浙江文化研究工程成果文庫

浙江文獻集成

浙江文叢

黄燮清集

〔第一册〕

〔清〕黄燮清 著

杜運威 叢海霞 整理

浙江古籍出版社

圖書在版編目(CIP)數據

黄爕清集 / (清) 黄爕清著 ; 杜運威, 叢海霞整理.
-- 杭州 : 浙江古籍出版社, 2024.11
(浙江文叢)
ISBN 978-7-5540-2191-0

Ⅰ. ①黄… Ⅱ. ①黄… ②杜… ③叢… Ⅲ. ①古典文學－作品綜合集－中國－清代 Ⅳ. ①I214.92

中國版本圖書館 CIP 數據核字(2022)第 008702 號

浙江文叢

黄爕清集

(清)黄爕清 著　杜運威　叢海霞 整理

出版發行　浙江古籍出版社
(杭州市環城北路 177 號　郵編:310006)
責任編輯　沈宗宇
封面設計　吴思璐
責任校對　吴穎胤
責任印務　樓浩凱
照　　排　浙江大千時代文化傳媒有限公司
印　　刷　浙江新華數碼印務有限公司
開　　本　710mm×1000mm　1/16
印　　張　110.25
字　　數　1129 千
版　　次　2024 年 11 月第 1 版
印　　次　2024 年 11 月第 1 次印刷
書　　號　ISBN 978-7-5540-2191-0
定　　價　880.00 圓

浙江省文化研究工程指導委員會

浙江文化研究工程成果文庫總序

習近平

有人將文化比作一條來自老祖宗而又流向未來的河，這是説文化的傳統，通過縱向傳承和横向傳遞，生生不息地影響和引領着人們的生存與發展；有人説文化是人類的思想、智慧、信仰、情感和生活的載體、方式和方法，這是將文化作爲人們代代相傳的生活方式的整體。我們説，文化爲群體生活提供規範、方式與環境，文化通過傳承爲社會進步發揮基礎作用，文化會促進或制約經濟乃至整個社會的發展。文化的力量，已經深深熔鑄在民族的生命力、創造力和凝聚力之中。

在人類文化演化的進程中，各種文化都在其内部生成衆多的元素、層次與類型，由此決定了文化的多樣性與複雜性。

中國文化的博大精深，來源於其内部生成的多姿多彩；中國文化的歷久彌新，取決於其變遷過程中各種元素、層次、類型在内容和結構上通過碰撞、解構、融合而産生的革故鼎新的强大動力。

中國土地廣袤、疆域遼闊，不同區域間因自然環境、經濟環境、社會環境等諸多方面的差異，建構了不同的區域文化。區域文化如同百川歸海，共同匯聚成中國文化的大傳統，這種大傳統如同春風化雨，滲透於各種區域文化之中。在這個過程中，區域文化如同清溪山泉潺潺不息，在中國文化的共同價值取向下，以自己的獨特個性支撑着、引領着本地經濟社會的發展。

從區域文化入手，對一地文化的歷史與現狀展開全面、系統、扎實、有序的研究，一方面可以藉此梳理和弘揚當地的歷史傳統和文化資源，繁榮和豐富當代的先進文化建設活動，規劃和指導未來的文化發展藍圖，增强文化軟實力，爲全面建設小康社會、加快推進社會主義現代化提供思想保證、精神動力、智力支持和輿論力量；另一方面，這也是深入瞭解中國文化、研究中國文化、發展中國文化、創新中國文化的重要途徑之一。如今，區域文化研究日益受到各地重視，成爲我國文化研究走向深入的一個重要標誌。我們今天實施浙江文化研究工程，其目的和意義也在於此。

千百年來，浙江人民積澱和傳承了一個底蘊深厚的文化傳統。這種文化傳統的獨特性，正在於它令人驚歎的富於創造力的智慧和力量。

浙江文化中富於創造力的基因，早早地出現在其歷史的源頭。在浙江新石器時代最爲著名的跨湖橋、河姆渡、馬家浜和良渚的考古文化中，浙江先民們都以不同凡響的作爲，在中華民族的文明之源留下了創造和進步的印記。

浙江人民在與時俱進的歷史軌跡上一路走來，秉承富於創造力的文化傳統，這深深地融匯在一代代浙江人民的血液中，體現在浙江人民的行爲上，也在浙江歷史上衆多傑出人物身上得到充分展示。從大禹的因勢利導、敬業治水，到勾踐的卧薪嘗膽、勵精圖治；從錢氏的保境安民、納土歸宋，到胡則的爲官一任、造福一方；從岳飛、于謙的精忠報國、清白一生，到方孝孺、張蒼水的剛正不阿、以身殉國；從沈括的博學多識、精研深究，到竺可楨的科學救國、求是一生；無論是陳亮、葉適的經世致用，還是黄宗羲的工商皆本；無論是王充、王陽明的批判、自覺，還是龔自珍、蔡元培的開明、開放，等等，都展示了浙江深厚的文化底蕴，凝聚了浙江人民求真務實的創造精神。

代代相傳的文化創造的作爲和精神，從觀念、態度、行爲方式和價值取向上，孕育、形成和發展了淵源有自的浙江地域文化傳統和與時俱進的浙江文化精神，她滋育着浙江的生命力、催生着浙江的凝聚力、激發着浙江的創造力、培植着浙江的競争力，激勵着浙江人民永不自滿、永不停息，在各個不同的歷史時期不斷地超越自我、創業奮進。

悠久深厚、意韻豐富的浙江文化傳統，是歷史賜予我們的寶貴財富，也是我們開拓未來的豐富資源和不竭動力。黨的十六大以來推進浙江新發展的實踐，使我們越來越深刻地認識到，與國家實施改革開放大政方針相伴隨的浙江經濟社會持續快速健康發展的深層原因，就在於浙江深厚的文化底蕴和文化傳統與當今時代精神的有機結合，就在於發展先進生産力與發展先進文化的有機結合。今後一個時期浙江能否在全面建設小康社會、加快社會主義現代化建設進程中繼續走在前列，很大程度上取決於我們對文化力量的深刻認識、對發展先進文化的高度自覺和對加快建設文化大省的工作力度。我們應該看到，文化的力量最終可以轉化爲物質的力量，文化的軟實力最終可以轉化爲經濟的硬實力。文化要素是綜合競争力的核心要素，文化資源是經濟社會發展的重要資源，文化素質是領導者和勞動者的首要素質。因此，研究浙江文化的歷史與現狀，增强文化軟實力，爲浙江的現代化建設服務，是浙江人民的共同事業，也是浙江各級黨委、政府的重要使命和責任。

二〇〇五年七月召開的中共浙江省委十一届八次全會，作出《關於加快建設文化大省的決定》，提出要從增强先進文化凝聚力、解放和發展生産力、增强社會公共服務能力入手，大力實施文明素質工程、文化精品工程、文化研究工程、文化保護工程、文化産業促進工程、文化陣地工程、文化傳播工程、文化人才工程等『八項工程』，實施科教興國和人才强國戰略，加快建設教育、科技、衛生、體育等『四個强省』。作爲文化建設『八項工程』之一的文化研究工程，其任務就是系統研究浙江文化的歷史成就和當代發展，深入挖掘浙江文化底藴、研究浙江現象、總結浙江經驗、指導浙江未來的發展。

浙江文化研究工程將重點研究『今、古、人、文』四個方面，即圍繞浙江當代發展問題研究、浙江歷史文化專題研究、浙江名人研究、浙江歷史文獻整理四大板塊，開展系統研究，出版系列叢書。在研究内容上，深入挖掘浙江文化底藴，系統梳理和分析浙江歷史文化的内部結構、變化規律和地域特色，堅持和發展浙江精神；研究浙江文化與其他地域文化的異同，釐清浙江文化在中國文化中的地位和相互影響的關係；圍繞浙江生動的當代實踐，深入解讀浙江現象，總結浙江經驗，指導浙江發展。在研究力量上，通過課題組織、出版資助、重點研究基地建設、加强省内外大院名校合作、整合各地各部門力量等途徑，形成上下聯動、學界互動的整體合力。在成果運用上，注重研究成果的學術價值和應用價值，充分發揮其認識世界、傳承文明、創新理論、諮政育人、服務社會的重要作用。

我們希望通過實施浙江文化研究工程，努力用浙江歷史教育浙江人民、用浙江文化薰陶浙江人民、用浙江精神鼓舞浙江人民、用浙江經驗引領浙江人民，進一步激發浙江人民的無窮智慧和偉大創造能力，推動浙江實現又快又好發展。

今天，我們踏着來自歷史的河流，受着一方百姓的期許，理應負起使命，至誠奉獻，讓我們的文化綿延不絕，讓我們的創造生生不息。

二〇〇六年五月三十日於杭州

本書爲江蘇高校『青藍工程』資助項目

整理前言

黄燮清（一八〇五—一八六四），原名憲清，字韻珊，一作韻甫，别號吟香詩舫主人、繭情生、兩園主人。浙江海鹽人。父一夔，字晚香，以執教書院爲生。黄燮清與兄際清幼蒙父親精心指導，入門端正。黄際清《帝女花跋》云：『余兄弟幼就外傅，昕夕悉由庭授。各量其資之所近，與其筆所能逮，而進退之、附益之。韻珊垂髫解四聲，課餘私淑唐人詩，辨覈體制，無復齟齬，以故文藝皆從詩入。』張炳堃《國朝詞綜續編序》：『韻甫篤學好古，自其少時已擅文譽，尤工倚聲，分别節度，窮極窈眇，所撰詩古文辭，及其他著述，填溢篋笥。』陳其泰《帝女花傳奇序》：『余友黄子韻珊，天才俊麗，逸藻雕華。墮地金鈴，人知任昉；浮波玉磬，世有高琳。能顧曲於髫年，遂安絃於綺歲。僧孺論樂，早知檀拍之名；摩詰按圖，便識霓裳之制。出畫羽綉鞶之餘技，爲哀絲流管之新聲。洵足令四座傾心，雙鬟垂手已。』此時之燮清可謂意氣風發。他曾道：『讀書期用世，國器頗自珍。』（《五十初度》）又云：『頗憶少年日，弧矢志四方。讀書慕管葛，作賦擬班揚。』（《出都留别諸同人》）

燮清之文才固然有過人之處，但科舉之路却并不順暢。他三十歲中舉，彼時的主考官翁心存十分欣賞他的文采。翁氏在《倚晴樓集總序》中云：『道光乙未，予典試浙闈，得黄生韻甫卷，醇茂瓌麗，決爲箸作才，因列之高魁。』然如翁氏這般的伯樂畢竟是少數，自此，燮清六應會試皆不第，個中辛酸，不言而喻。按清代科舉制度，凡舉人會試三科不中者可揀選知縣。燮清充實録館謄録，『用湖北知縣，病不之官，自是怡情山水，著述益富』（潘衍桐《兩浙輶軒續録》卷三十五）。從他的《寄内》詩可窺見他此時的心緒：『宦情本水淡，讀書期自立。所愧風塵吏，於世鮮裨益。本非出山雲，早返倦飛翮。偕隱願可償，躬耕計亦得。寄書代晤言，珍重慎眠食。離居而同心，千里固咫尺。』

燮清於海鹽購置拙宜園、硯園，自號兩園主人，與好友唱和往還。他有詩記載此段愜意生活，曰：『客來文酒互嘯咏，客去魚鳥相流連。有時眷屬共登眺，一家瀟灑如神仙。』（《倚晴樓爲劫火所毁》）又曰：『春事閒居賦，秋風廣厦心。閉門聊種菜，未是入山深。』（《硯園爲陸氏所毁予購得廢址剪除荆棘繚以短垣擬爲栽花種竹之所作詩紀之》）此期與燮清交往密切者，主要有何岳齡、朱錦琮、陳作敬、吴廷燮、錢聚朝、吴鑌、李修易等。

咸豐十年，太平軍攻克杭州城。翌年，海鹽亦被占領。倚晴樓毁於兵火，燮清多年來搜集的圖書，及自作詩詞戲曲，皆付之一炬。一家老小，不得已而四處奔走。《倚晴樓詩續集》有多篇作品記載這段避難經歷，如：『避亂居南鄉，寇自西南來。連村熾毒焰，剽掠無遺財。男婦駭奔竄，携抱童與孩。情迫屢傾跌，匍匐喘蒿萊。』（《避亂》）時兄黄際清，友李修易、孫謀、王守曾等皆不幸去世，更使他不勝傷感。受戰亂形勢影響，燮清最終决定赴楚就任數年前所辭之官，自長江逆流而上，至漢口，寓居武昌。

同治元年，他就任湖北鄉試同考官。九月，權宜都知縣。第二年，又改任松滋知縣。不久病逝。無子，有二女，一適宗景藩，一適馮肇曾。景藩扶其靈櫬歸鄉，葬於海鹽九杞山之陽。

燮清一生參加六次鄉試、六次會試，最終止步舉人。蔣坦《倚晴樓詩集後序》云：『以夫子負鼎華之譽，摛瓌麗之才，固宜彯纓承明，潤色鴻業，成一朝之箸述，起八代之衰頽。何氍毹風塵，骯髒鄉里？……笙簧騷雅，每多感遇之懷；詞賦江關，大有傷心之語也。』翁心存亦慨嘆：『且夫士之所以鬱鬱不得志者，徒以無知己故耳。以生之文采照耀，内而卿相吐哺，外而疆吏倒屣，則固未嘗無知己，宜亦可以揚眉吐氣，摶羊角而致青雲之上矣，而卒且困頓沉滯以至於今也，此又理之所不可解也。』（《倚晴樓集總序》）由此，我們也更能體會作者詩歌中『人生行樂何所望，志士不達徒憂傷。但願歲稔天下康，世不我材容我狂』（《舊製帝女花樂府同里楊樸齋布衣爲予填譜同人善歌者集倚晴樓度以管絃音調諧適頓挫盡致紀以長歌》）的感喟。或許正是這些不順，激發了作者的文學潛能，使他創作了《倚晴樓詩集》《倚晴樓詩餘》《倚晴樓七種曲》等詩詞曲佳作；又編有《國朝詞綜續編》，集乾嘉道咸詞家之大成。

黄燮清是晚清時期成就卓著的戲曲大家。史稱其『所撰樂府諸詞，流播人口，時比之尤侗』（《清史列傳》卷七十二《黄燮清傳》）。日本學者青木正兒評其戲劇曰：『其詞穠麗絢爛之極。』（《中國近世戲曲史》）張泰初《帝女花題辭》曰：『數文心前湯後蔣，與君鼎足。』論者言其可與湯顯祖、蔣士銓相媲美，或有過度稱贊之嫌，但就晚清劇壇而言，黄燮清占據着重要地位是毋庸置疑的。朱錫綬爲他所作輓詞曰：『千秋史筆推循吏，一代詞家拜後塵。』（《輓黄韻甫大令燮清》）堪爲定評。然而，我們不能因其戲曲方面的成就而忽視其詩詞方面的造詣。從作者畢生創作經歷看，戲劇創作主要集中在他的前半生，而他後半生則將創作重心轉向了詩詞，從《倚晴樓詩集》《倚晴樓詩餘》《國朝詞綜續編》，能清晰看到他在晚清戰争詩史的建構及詞學改革方面做出的積極探索。

黄燮清生前只刊有詩集十二卷及數部單行本傳奇，今日所見《倚晴樓七種曲》及其他詩詞集，皆由其婿宗景藩、馮肇曾陸續刊刻而成。吴鏔《倚晴樓詩續集序》：『子城（宗景藩）爲之收羅散佚，彙刊詩餘及《帝女花》樂府，今又集其自戊午迄甲子古今體詩續編四卷，爲之校讎，付諸剞劂，復搜其《脊令原》傳奇一種，屬余校梓。……』基於宗、馮兩婿所作各篇序跋，能够梳理出黄燮清各種作品的刊刻流傳情況。以下即對黄氏著作的版本以及本次整理的底本情況作一簡要説明：

一、《倚晴樓詩集》與《倚晴樓詩續集》：《倚晴樓詩集》刊於咸豐八年（一八五八），收此年以前所作詩歌十二卷，有翁心存序、蔣坦跋。《倚晴樓詩續集》刊於同治九年（一八七〇），收咸豐八年（一八五八）至同治三年（一八六四）間詩歌四卷，有胡鳳丹、朱錫綬及吴鏔序。本次整理即以上述兩種版本爲底本。

二、《拙宜園詞》與《倚晴樓詩餘》：《拙宜園詞》刊於道光乙未年（一八三五）。後宗子城復搜集黄燮清遺作，與前集重新整合成《倚晴樓詩餘》，刊於同治六年（一八六七），有張炳堃序。光緒六年（一八八〇），孫福清集《檇李遺書》，重刊黄燮清詞，内容與《倚晴樓詩餘》同，集名則使用『拙宜園詞』。本次整理以同治六年本爲底本。

三、《韻珊外集》與《倚晴樓七種曲》：《韻珊外集》收有《茂陵絃》（一名『當壚艷』）、《帝女花》、《鴛鴦鏡》、《桃溪雪》及《凌波影》（一名『宓妃影』）五種戲曲，於道光年間陸續刊刻。光緒辛巳（一八八一），馮肇曾將早期已刊五種，與《脊令原》《居官鑑》合併成《倚晴樓七種曲》。本次整理即以此本爲底本。燮清另有《絳綃記》《玉臺秋》兩部散見傳奇。《絳綃記》有清抄本，藏中國藝術研究院戲曲研究所。《玉臺秋》有光緒六年桐城吴氏瓊笏山館刊本。本次整理將此二種附於《倚晴樓七種曲》後。

四、《國朝詞綜續編》：此總集存同治十二年（一八七三）刻本，本次整理即以此爲底本。

由於學識有限，遺漏和錯誤之處在所難免，歡迎大家不吝指正。

杜運威　叢海霞　二〇二四年一月

韻甫先生小像

貌瘠而修，高顴削頸，而炯炯雙眸。是能讀三墳五典八索九邱，而位屈于百里侯。吾知天之所以信子者，固將壽文章以千秋。

同治壬申中秋，年愚弟何國琛題。

總目録

倚晴樓詩集

總序

道光乙未，予典試浙闈，得黄生韻甫卷，醇茂瓌麗，決爲箸作才，因列之高魁。揭曉後，知生負才績學，年少得盛名，歷任宗匠咸以國彦待之。其所梓樂府倚聲已紙貴一時，幾於有井水處皆歌柳詞矣。自喜月旦不謬，異日文章華國、長楊羽獵之才，此其選也。乃春官屢上不第，四旬後連遭大故，復飢驅奔走，南登虔臺，西渡彭蠡，東攬金焦之勝，浮家泛宅於長江浩淼之中者又數載。尋由謄録得縣令，發楚北，以病未之官，而生年已忽忽五十矣。向之所望於生者何如？固不意其困頓沉滯以至於今也。是可慨矣！

且夫士之所以鬱鬱不得志者，徒以無知己故耳。以生之文采照耀，内而卿相吐哺，外而疆吏倒屣，則固未嘗無知己，宜亦可以揚眉吐氣，摶羊角而致青雲之上矣，而卒且困頓沉滯以至於今也，此又理之所不可解也。

生少貧，其所學皆得之庭訓。尊甫晚香先生以宿儒屢躓場屋，乃以讀書勵行爲詒謀，嘗書楹聯曰：『貧未賣書留教子，飢寧吃粥省求人。』其志趣概可想見。而生之母氏朱夫人復勤苦節儉以成先生之志。故生兄弟得鋭意力學，先後膺鄉薦。夫以先生與夫人積累之德，鬱而未宣，意必假生以發洩焉，生之才又恢恢乎足以副之，而卒且困頓沉滯以至於今也，抑又何也？

生少以詞曲名，世皆以詞人目之；中歲以往，益肆力於詩古文章，世遂以詩人、文人目之；近又却塵息影，讀老莊之書，而溺於神仙杳渺之説，世且以有道人目之。噫，生之學愈進，而生之志亦愈可傷已！

雖然，文以載道爲宗，道以有利於物爲貴。生當服官之年，令有民社之責，而楚北又值兵燹之後，民俗衰敝，廬井蕭然，澤鴻嗷嗷，夷傷未復，正賴良有司學道愛人，以弦歌之化起凋殘而厚元氣，潁川循良之治，重有望於生焉！生豈遂以俯仰林壑、長吟抱膝終耶？

會生以所箸各稿乞言於予，予既閲而善之，而又不欲生之僅以詞人、詩人、文人名焉。蓋生之性情深厚，醖釀於詩書而流露於翰墨，倘以所學見諸施行，必有異於俗吏之所爲者。生其善體先人之志，而無負予之所屬望，則他日不朽之業，當更有進於此者，此特其壽世之一端耳。爰書以勉之。

時咸豐七年新秋，虞山友生翁心存二銘氏序於澄懷園。

目録

倚晴樓詩集卷一……（一）

倚晴樓詩集卷二

倚晴樓詩集卷三 ……（四二）

倚晴樓詩集卷五……………………（八三）

倚晴樓詩集卷六

倚晴樓詩集卷七

倚晴樓詩集卷十二

倚晴樓詩集卷一

海鹽黃燮清韻甫原名憲清

海上祀神樂癸未

潮　神

於廓滄海，宰匯衆瀆。浮乾沃坤，涵迴施博。神旗載揚，金羽紛簇。百靈承輿，弭祲降淑。
刑牲湛璧，既潔既虔。永永奠定，垂千億年。

火　神

南方火德，夏畏冬愛。麗正熾邪，熟生炳晦。神鑒有赫，赤幩緋蓋。如日當中，靡隱弗逮。
載齊其心，載升其馨。承耀受祉，大文昭明。

風　神

巽位司令，噓噫生氣。條豫宣鬱，植産化戾。神來泱泱，迺旟迺旆。不厲而温，如仁斯藹。
衆嫭粲列，五音笙簧。同游太和，庶彙蕃昌。

龍神

天用惟龍，霖雨萬物。飛潛以時，與道信屈。猗歟神靈，宫海而窟。轟雷蒸雲，百鱗禀節。鐘鼓既設，俎豆既陳。敷錫芳澤，阜成兆民。

敬述庭訓

父曰兒前，兒其績學。木正於繩，玉成於琢。逐物易遷，遇善斯覺。衡理以心，如鏡在握。

父曰兒前，兒其慎交。樹棘傷蕙，植莠害苗。善惡之質，成於薰陶。鳳以德下，鶚以腥招。浸淫醇和，補救偏駁。

父曰兒前，兒其戒刻。貧弱我憐，灾傷我惻。質薄易戕，土厚斯植。茹柔匪剛，権利損德。出此入彼，審端秋毫。

父曰兒前，兒其黜僞。人之禀生，恃此真氣。矯誣以逞，其何能繼。引經文姦，强辭襲義。怨毒在人，患不可測。欺人自欺，愧怍天地。

讀史

薛公雅好客，車騎喧盈門。邑入不給養，貸息資於民。蒯緱有寶劍，何乃輕貧身。鷄狗滿上坐，聚散安足論。勢敗客亦去，唾面奚須嗔。齊湣固宗黨，其分則君臣。小嫌輒反噬，破以四國軍。孤恩不自愧，乃言客負文。本根且弗顧，何況三千人。

毛生處門下，三年若無有。按劍要楚盟，王命懸遂手。睥睨視萬乘，利害兩言剖。堂下十九人，公等良足醜。去來亦尋常，枉斬笑臣首。相士固不易，勝也敢自負。才出處囊穎，終失賣漿叟。

華堂列尊俎，長筵羅簪纓。公子何不來，執轡迎侯生。侯生抱關者，兀傲睨公卿。敝衣照四座，乃令賓客驚。公子以生顯，生以公子名。終能濟患難，指揮却秦兵。一舉動天地，七國馳英聲。功成反受謗，誰能鑒衷情。英雄老醇酒，熱淚浩縱横。

春申固豪傑，上書説强秦。艱難出太子，楚勢賴復振。輕財重結納，游士來如雲。珠履炫門閥，氣蓋平原君。進女惑邪説，終乃植禍根。圖反計斯拙，欲蔽智亦昏。腹心視仇敵，芒刃已及身。當時座上客，無人殉棘門。朱英逝不返，知幾抑何神。

黄金致樂毅，驊騮遇王良。長驅走東帝，蹴踏穿齊疆。一朝惑反間，伏櫪徒悲傷。駿馬老頹喪，火牛始飛揚。烈炬照龍繒，銅器聲鋃鐺。風雲黯泰岱，神鬼相驚惶。得地不能守，國瘁由人亡。莫言蠹喙細，往往仆柱梁。

臣血可濺衣，臣頭可碎柱。秦缶使秦擊，趙璧還趙土。瞋目髮上指，直視若無睹。一叱左右靡，聲裂百鈞弩。歸來拜上卿，功大不自詡。折節下廉頗，詎忍鬥兩虎。吁嗟命世才，乃出舍人伍。國器重璠璵，連城何足數。

廉頗壁長平，秦師不敢薄。李牧鎮雁門，匈奴笑爲弱。臨危制以静，欲進勢轉却。守勁士不躁，敵驕將可掠。趙括竪子耳，談笑攖鋒鍔。長驅四十萬，有若鳥赴繳。始知老成心，鄭重見智略。郭開爾何人，黄金以口鑠。一佞妨兩賢，强寇已入郭。若輩無時無，安能靖蜂蠚。

吾愛魯連子，矯若春空雲。游戲圍城中，無求平原君。面折新垣衍，氣懾諸侯賓。高論激頽懦，遂却虎狼軍。拂衣謝卿相，富貴如輕塵。口舌取金紫，蟻視儀與秦。飛兔迅以逝，歸隱滄海濱。天風振浩蕩，絲組誰能馴。

争道遜句踐，論劍避蓋聶。庸庸不屑校，大勇固如怯。醉來燕市游，筑聲動嗚咽。浮沉屠狗中，酣歌繼以泣。燕丹洵知己，舉事何躁急。秦地遍天下，乃以匹夫劫。易水風蕭蕭，征馬去若葉。談笑媚祖龍，匕首倏出匣。環柱惜不中，天地已震讋。一死華嶽動，豪氣至今懾。

豪傑貴堅忍，否則謀始亂。進履爲帝師，結襪亦相漢。耳餘刎頸交，反覆良可嘆。餘也忿吏笞，其氣尚僄悍。愧彼桑下語，優容具成算。解綬終亢激，佩印獨勇斷。竟拔趙壁幟，卒膺泜水難。溯其成敗由，忍與不忍判。耳價重千金，餘乃僅得半。

信越起漁釣，能令項王死。英名蓋天下，駢首屬吕雉。高皇嫉功狗，罪誅涉疑似。豈知亂漢者，禍乃伏妻子。娥姁倚産禄，志在戮壯士。將將信雄才，咫尺昧床第。平勃幸無恙，卒以安劉氏。不然炎火衰，何待黄霧起。

魏其既失勢，武安方驕盈。治宅甲諸第，列坐皆簪纓。自言漢相尊，位次卑乃兄。舊時藍田客，咸來相逢迎。强哉灌仲孺，芒角何縱横。衆辱兩衛尉，耳語嗔嚶嚶。奴隸視勛貴，嬉笑輕死生。按項頗屈强，醉眼怒愈瞠。杯酒濺熱血，潁水不復清。負氣良足戒，傲骨庶幾撑。

應手斃射雕，翻身奪胡騎。猿臂控大黄，驕虜走相避。漢廷思頗牧，英雄獨顑頷。不封狼居胥，反對刀筆吏。精醪何見迫，失道亦天意。慷慨引佩劍，淋漓尚豪氣。豈惟一軍悲，千載壯夫淚。封侯信有數，不在骨相異。吁嗟飛將軍，何如妄校尉。

春曉曲甲申

玉虬唤月歸瑶宫，海雲入夢胭脂紅。珠箔沉沉嫩寒薄，鳥聲已轉樱桃風。推枕搴帷新睡足，羅帶連環壓裙幅。秦壽寶鏡雙蟠龍，黛煙翠活琉璃中。輕鬟鬖髾妝墮馬，衣薰馥面爐香灺。下階纖步春草深，柳絲踠地垂黄金。芳華如此不相賞，明日高樓成緑陰。

白紵詞

吴淞煙水明秋河，迴流作鏡皎若磨。嬋娟如花目横波，風鬟鑒渌嬌影娥。鮫人爲絲龍作梭，織成白紵輕於羅。飄煙舞雪姿婀娜，珠塵宛轉爲君歌。玉顔沉沉紅欲酡，酒痕易散愁蹉跎。獨房艷艷浮銀荷，畫屏咫尺風露多。明星東爛月西矬，良夜不樂如曉何。

同人集硯園消暑

小橋窄徑蘚痕蒼，來訪城南舊草堂。簟展風漪秋入夢，簾浮波影晝生凉。吟詩恰和琅玕韻，醒酒微聞菡萏香。物外閒情誰得似，分明莊惠在濠梁。

秦山晚步休於積善庵

言尋香草徑，坐對夕陽峰。林暝喧歸鳥，雲深閣晚鐘。泉聲上方落，茶味本山濃。獨與野僧語，悠然塵外蹤。

將進酒

琉璃杯勺金叵羅，鷓鴣留客春風和。落花游絲易晼晚，有酒不飲成蹉跎。東家女兒雙翠蛾，昔何窈窕今婆娑。嫫母夷光俱白首，明鏡安能别妍醜。玉顏如花不常好，底用閒愁損懷抱。劉伶鍤，步兵厨。鼓趙瑟，吹齊竽。美人贈我雙玉壺，酒酣擊節歌嗚嗚。犀首無事但須醉，君不見，三閭獨醒傷顑頷。

服食求神仙，神仙遠在三山巔。徐郎樓船去未返，祖龍已老沙邱邊。我來滄海上，但見海水摇青天。雲中麻姑鬢成雪，鰲骨飛霜照明月。東方小兒爾何人，游戲却得長生訣。飛廉桂館空瓌瓏，茂陵石馬嘶秋風。冥心好道苦寂寞，曠蕩無如酒中樂。

秋風西北來，吹我庭前雙梧桐。雨露非不厚，朝成緑陰暮還空。浮雲當貴豈常保，高冢祁連忽衰草。君不見，叔敖賢相子負薪，魏其勢去翻殺身。咸陽黄犬華亭鶴，應悔匆匆未行樂。金尊有酒當喜歡，醉鄉浩淼江湖寬。

束髮事游俠，結客千黄金。金盡不足惜，但願爾我同一心。人生聚散見交態，田常失職客何在？艷陽桃李敷春華，涎涎雙燕飛啄花。文粱畫棟有變易，明年花發來誰家？田竇車馬互冷熱，罵座空勞灌夫舌。吁嗟肝膽誰堪同，酒酣却看青芙蓉。

折楊柳乙酉

河橋萬楊柳，踠地罩殘紅。别路今宵月，高樓昨夜風。有時牽錦纜，無力挽青驄。多少征人淚，消磨玉笛中。

昭君怨

永巷三秋月，年年照淚痕。良媒難自託，遠嫁亦君恩。掩袂辭金殿，嗚絃度玉門。但能安絶塞，妾命不須論。

過一笑山廢址

多少登臨興，蒼茫付落暉。百年喬木盡，三月落花稀。斷澗鳴哀筑，荒禽惜舞衣。玉津誰是主，惆悵昔人非。

舟　夜

暝色沉遥岫，寒波送短橈。零星村店火，凉月寺門橋。采采芙蓉樹，依依楊柳條。離懷多感觸，酒醒況殘宵。

烏棲曲丙戌

商音帶月敲井梧，上有交頸白項烏。風枝摇簾夢影墮，舞榭秋寒尚燈火。美人薄醉嬌春紅，明河欲没歌未終，烏啼啞啞飛向東。

海塘散步

鼓盪人間世，浮沉化外天。一堤金可鑄，終古石難填。循例趨橐鼓，迎神賽管絃。生靈資保障，珍重水衡錢。

送汪少海師仲洋之甘肅戎幕

嫖姚旗纛正西馳，誓掃欃槍到月氏。書劍偶依嚴武帳，姓名終上蔡州碑。虎頭食肉宜公等，龍頷封侯及此時。早晚天山飛露布，直須飲馬過條支。

蘆花和舅祖查又山侍御元偁韻

空濛雲氣盪沙痕，一片潮聲響晚村。野渡風高秋在水，漁家夜静月當門。寒江可有吹簫客，雪塞應思挾纊恩。我自青衫感離别，琵琶相對易銷魂。

相逢行丁亥

相逢在歧路，愛逾平生歡。下馬飲我酒，言言皆肺肝。朝爲桃李華，暮爲冰與雪。流光不須臾，炎涼改時節。雲中雙黄鵠，日夕相翱翔。人心不如鳥，覿面起太行。太行高峨峨，十步九回首。驅車苟不戒，蹉跌隨其後。種蘭先去蝨，種竹先求疏。相逢不相棄，君子慎其初。

内子學琴初合節奏

玉軫鳴泉小院清，泠泠節奏漸分明。東風三月鳥相語，紅雨一窗花有聲。調不入時終灑落，静能養性自和平。餘音繚亂隨飛絮，絃上春寒翠袖輕。

早秋偕支少鶴茂才清彦兄蓮舫際清登吴山次少鶴韻

迴巒曲徑引盤蛇，紅樹蒼松媚晚霞。吴地江山天下勝，岑參兄弟客中家。潮來極浦龍鱗動，風急寒空雁翅斜。聞道防秋兵未解，登高愁聽暮城笳。時西酋未靖。

感懷次少鶴韻

搔首西風鬢易凋，吴山越水氣蕭條。消磨髀肉英雄淚，跌盪秋心江海潮。孤館月明聞候雁，高臺日落見寒雕。憐君抑塞同爲客，磊塊還應濁酒澆。

天竺道中

木葉弄早黄，山氣瘦寒碧。峰迴勢百轉，徑修勝屢易。雲霧霽上方，松篁陰絶壁。清風灑然來，泉聲激危石。妙香何處尋，諸嶂鳥啼夕。

旅　曉

蟲聲警短夢，斜月在東墻。秋風來無迹，枕簟生微凉。念我素心人，惆悵不能忘。朝爲牛女星，暮爲參與商。貧賤輕離别，觸緒多感傷。贈子五色繭，可以代報章。絲絲相聯屬，縷縷出衷腸。纏綿在方寸，尋引不可量。

客夜感賦

江上芙蓉已早霜，匆匆時序感炎凉。蟲聲漸少知秋盡，客夢頻醒覺夜長。讀賦誰憐揚執戟，賞音可有蔡中郎。文章但作飢驅用，嬴得高堂兩鬢蒼。

擬　古

勞勞事車馬，去去將安之。别易苦會難，白日倏如馳。津梁綿以邈，欲歸當何時。秋風吹已老，寒衣寄不早。日夕望歸馬，落葉滿衰草。相思不可極，夢魂與之杳。

亭亭江南樹，鬱鬱媚春日。一朝西風來，落葉各相失。峨峨田竇門，赫赫金張宅。昔時華屋居，化爲枳與棘。快意良須臾，榮枯亦瞬息。得歡且自怡，寸衷爲誰惻。落寞守太元，卓哉揚執戟。

今夕復何夕，燈火輝華堂。酒後看長劍，開匣森寒芒。烈士三摩挲，壯心與飛揚。江海抑何廣，欲渡無津梁。行路良獨艱，忼慨激中腸。會當及鋒試，手斬豺與狼。安能逐鴻雁，役役謀稻粱。

河漢動曙寒，秋氣在高木。蟪蛄奏衆響，幽窗炳殘燭。霜露逼歲暮，天地漸以肅。撫景懷故人，離思輒往復。紉蘭可爲佩，采蕭不盈匊。無由寄芳馨，誰能鑒心曲。

裊裊紅蓮花，亭亭出芳池。托根既清净，來親君子帷。君子行未歸，秋風減幽姿。念念新結髮，依依此別離。脉脉倚樓望，明鏡愁不治。芳草亦云暮，顔色難久持。此情持欲贈，恐勞遠道思。妾甘獨幽怨，不忍寄君知。

驅馬入平原，飛塵浩無際。夕陽自古今，莽莽動愁思。銅山苦易頽，祁連冢亦廢。富貴逝浮雲，豪華鑠精氣。寒暑數十年，蜉蝣寄天地。丈夫不自立，悠悠嗟没世。

秋風度玉關，疲馬卧荒阜。天地莽寒色，驚沙挾煙走。野曠人行稀，遺骸聚作塿。長夜燒青磷，陰芒燭幽藪。可憐征戰地，白骨無童叟。古王事開邊，業無千載久。寒暑相代謝，陳迹皆烏有。且復發浩歌，擊節對尊酒。

我生縱千歲，亦有窮已時。今人忽以古，往者不可追。會須極娱樂，莫負琉璃卮。達人自遠識，曠然忻所私。游心入太古，擾擾將奚爲。

觀演武

風騎驕平野，雷車掣太陰。虎羆堅士氣，狐兔鑠邊心。列陣銀刀肅，防秋玉帳深。天山兵未解，驕虜急生擒。

織錦詞

爐薰複帳湘煙碧，星户垂簾桂花白。萬緒秋心析亂絲，瓊梭宛轉愁難擲。香篝倚壁珍珠明，桐子落檐成雨聲。起視銀河忽見月，月色盪漾關山情。凉蛩警枕鴛鴦瘦，好夢浮沉玉壺漏。一夜啼紅上錦機，明朝顆顆相思豆。

元夜玩月贈内戊子

踏歌聲裏碧雲開，雪霽池塘正落梅。明月今宵人盡望，去年此夕汝初來。畫屏燈影浮紅蠟，石徑衣香染緑苔。自喜園林無俗韻，春風都上玉簫臺。

西湖春泛詞

打槳西湖煙翠間，畫橋流水碧迴環。曉陰寒鎖樹中樹，殘雪晴開山外山。

亭臺如畫散朝霞，垂柳陰陰燕子斜。堤上新過寒食雨，二分春色在桃花。
蓬萊樓閣碧玲瓏，鬟影釵光明鏡中。西舫歌聲接東舫，一湖簫管語春風。
白傅堤邊芳草長，蘇公祠外柳花香。踏青人上湖樓去，無數游驄繫夕陽。
酒香花氣散如煙，縹緲歌聲盪暮天。水底闌干紅袖動，琵琶人在柳陰船。
風颭殘紅香滿衣，蘇娘墳畔踏芳菲。白羅裙綉金蝴蝶，多傍青青草上飛。

畫　鷹

素壁颯寒氣，蕭蕭枯樹風。大荒秋鬱勃，平野月沉雄。肅殺乘金令，精神出化工。兔狐猶未盡，孤負羽毛豐。

畫　鷗

秋水影毫素，倐然生静機。野云閒共遠，溪月澹相依。浩蕩性天適，孤高時世違。豈無江海志，動作慎幾微。

西師凱旋恭紀

已撤黄龍戍，生擒賀洛渾。兵威如夏日，天意自春温。積雪開葱嶺，和風度玉門。五原争款塞，聲教迄崑崙。

廟算周荒遠，師行戒驛騷。九功新奏樂，諸將各垂櫜。鐵蓋騰笳吹，金城拜羽旄。道通仍却貢，休獻旅人獒。

游靈隱

翠微亭下路蒼蒼，静聽流泉到上方。清磬一聲黄葉落，碧山無語睡斜陽。

由靈隱至韜光

幽徑嘯叢篁，白晝忽風雨。空青鑒毫髮，飛翠濕眉宇。幽鳥不世情，閒雲若太古。茶煙起上方，筧水貫深塢。仰視煉丹臺，翛然若沖舉。𣝕𣝕松花飛，夕陽下蒼鼠。

韜光晚眺

秋色來蒼莽，西風一倚欄。雲歸諸嶂暝，日落大江寒。古洞聞猿嘯，晴空見鶚盤。神仙倘招手，乞與碧霞丹。

偕蓮舫兄登北高峰

絶壁俯江皋，長風走海濤。湖山都入畫，兄弟此登高。倚石捫星斗，摶空愧羽毛。青天搔首問，雲氣上征袍。

晚至南屏與鋤雲僧茶話

繫棹南屏水氣昏，晚鐘聲裏踏雲根。斜陽一院鳥争樹，落葉半山人扣門。心地空明塵不染，道機清浄月無痕。自今幽興往來熟，畫理詩禪與細論。

西湖晚歸

煙暝雷峰暮色蒼，匆匆歸棹櫓聲凉。風帆只送雲林寺，一卷殘經誦夕陽。

題汪水雲花卉草蟲卷

蟋蟀堂前芳草碧，金粉斜陽照鄉國。蕭疏不斷故宫愁，幻作煙羅好顔色。楚楚幽蘭含露香，可憐妃子泣瀟湘。籬角牽牛引蔓長，下有絡緯啼昏黄。明河雙星永相望，欲往從之無橋梁。玉階更補秋海棠，長門顑頷羞紅妝。團扇棄置秋風凉，冷螢飛來斷人腸。瞥見驚鴻起邊草，如送蛾眉上燕趙。一曲冰絃走殺聲，宫槐葉落哀蟬老。琴師當日在宫中，翰墨親承雨露濃。曾向瑶臺寫鸞鳳，曾從太液畫芙蓉。兵入空山驚草木，横江白雁來何速。防邊戰士化蟲飛，專閫將軍成鼠伏。貴戚貂蟬絶塞行，微臣蠛蠓滄江哭。驚風吹落上陽花，燕泊鶯飄竟誰屬。戀主惟餘鸚鵡悲，思鄉愁聽杜鵑曲。歌殘玉樹已無家，夢斷金籠難再續。鴉髻争裁入道冠，鳳裙盡換離塵服。南華蝴蝶悟空虚，北去胭脂忍摧辱。寄詩湖上别梅花，從此青山永孤獨。凄凉遺老賦歸來，今昔繁華痛轉轂。朱鳥難招信國魂，冬青自向荒陵緑。傷心重寫漢時秋，蔓草銅駝淚盈幅。聞道鷗波畫絶倫，寫生瀟灑妙傳神。生憐一片王孫草，恰占燕臺寂寞春。

春暮約少鶴出游己丑

曉陰初霽燕飛斜，客裏東風感歲華。明日又逢寒食節，一春不見故園花。蘼蕪渺渺懷人路，楊柳深深賣酒家。聞道西湖芳事暮，游山好試雨前茶。

湖樓小飲薄暮始歸

亭閣春陰入畫圖，柳花明滅下平蕪。衆山含雨淡將暝，遠樹積煙青欲無。香國閒參蘇晋佛，酒樓權當步兵厨。東風尚有留人意，芳樹愔愔唱鷓鴣。

歸自湖上夢得人影依微點遠山七字醒而足之

倚棹西泠煙翠間，一湖春水碧迴環。夕陽欲落鳥歸盡，人影依微點遠山。

羅浮蝶

神仙蜕影落天涯，兩翅晴翻五彩霞。客路東風正芳草，故山歸夢及梅花。留香裙上纖穠活，學舞盤中廣袖斜。我是漆園空色相，更須尋取葛翁砂。

蘇堤晚步

荒亭倚高柳，疏蟬散清響。碧陰通畫橋，斜陽戀酒幌。

新秋夜

一雨洗殘暑，浩然知已秋。客心淡遥夜，月氣藹高樓。機杼秦娥怨，文章宋玉愁。採蒓歸亦得，清夢問扁舟。

擣衣曲

擣衣明月夜，夜静響何悲。之子遠行役，歲暮未旋歸。秋風起叢薄，鴻雁東南飛。念君身上寒，不忍處重帷。布帛雖適用，物賤或見遺。安得心頭血，化爲機上絲。婉轉織羅綺，纏綿爲君衣。復恐春日暖，中道還分離。離合在君意，妾心焉得知。

月夜泛舟

放棹碧雲暮，月斜蛩亂鳴。秋聲無遠近，離夢不分明。蘅杜言愁物，芙蓉贈别情。酒醒眠未得，銀漢正盈盈。

九日登吴山憶兄 時蓮舫客環山

去年山上菊初黄，兄弟登高話故鄉。往事回思如昨日，今朝又道是重陽。田園冷落花三徑，江海分飛雁一行。安得西風送歸棹，白頭早慰倚閭望。

雀飛多

雀飛多，食我田中粟。黄鵠不廉，來共飲啄。烏鳶不敢下，飢鷹徘徊怒側目。吁嗟兮黄鵠。爾何不食玉山之禾，棲嶰谷之竹。冲舉千里，横絶四瀆。而乃貽笑於鸒鳩，取憎於鷄鶩，天生爾才忍摧辱？吁嗟兮黄鵠。

秋曉枕上作

五更蟾魄皓窗紗，倚壁殘燈自作花。簾外星河秋在樹，枕邊笑語夢還家。詩情自愛千金帚，壯志虚懷八月槎。抑塞襟期誰共語，落梧風裏亂朝鴉。

同蕭雨香明經應槐文少鶴登吴山

霽色晃脩樹，陵谷呈餘妍。雲蹤偶然合，振衣淩層巔。客懷苦鬱積，以酒蕩其天。醉眼極寥廓，大江横我前。一水斷吴越，俯視但蒼然。落日醒帆影，微辨中流船。此心忽萬里，波浪與回旋。安得跨黄鵠，游戲滄溟煙。

散　步

旅窗苦岑寂，散步入園林。因見菊花老，始知秋氣深。朔風欺客鬢，落日動鄉心。天半征鴻起，愁來不自禁。

徐新齋之銘齋頭菊花盛開適與少鶴過訪留賞竟夕鬮題分咏予得黄菊

夕陽問訊到籬東，晚圃黄花綴一叢。七寶莊嚴留正色，千金灑落見高風。沉酣酒暈霜華裹，省識芳名月令中。應有卷簾人比瘦，滿庭殘葉數歸鴻。

倚晴樓詩集卷二

海鹽黄燮清韻甫

飯牛歌庚寅

陟崇岡兮石犖确，枳棘蔓兮刺吾足。硎斧斤兮刃芒角，當要路兮敢余毒？飯吾牛兮高歌，吾有坦途無偏頗，小人據險如我何？

犬司昏夜鷄叫旦，麒麟鳳凰久不見。丈夫七尺苦貧賤，牛背高眠待清燕。毋飢我牛兮毋傷我黍，青天無雲幾時雨。

南山種樹近百年，養成枝幹高插天。時未至兮偃蹇，世不鑒余之忠謇。牛兮與爾同一餐，入世良不易，行將騎爾歸田間。

善哉行

白日經天，斯須百年。忽然有我，贅形兩間。一解 來如浮漚，去若逝流。何以永世，中多煩憂。二解 登高臨深，徘徊孤吟。世無鍾期，孰知我心？三解 我有寶刀，可鑒心肝。欲報知己，受恩實難。四解 道逢黄石，授我陰符。讀書不用，消磨壯夫。五解 蟲鳴知秋，花發知春。座有絲竹，可娛嘉賓。六解　歌不厭長，酒不厭多。俯仰千載，不醉奈何。

晚泊篁里張叔未丈廷濟留飲八甎精舍

言尋高士宅，竹影繞詩壇。杖履無時態，鐘彝足古歡。禮延徐孺子，琴賞顧元歎。幸結忘年契，還分脱粟餐。

俠客行

白馬銀鞍紫錦絛，少年結客五陵豪。歌樓月上紅燈灺，醉擁胡姬看寶刀。

寒食偕胡春如廣文元熙俞霞軒茂才興瑞查辛泉茂才人駿徐新齋支少鶴湖舫賞雨

濛濛遠樹濕樓臺，漠漠春陰障不開。盡日東風吹白雨，今年寒食似黄梅。依微塔影和煙滅，斷續鐘聲渡水來。絶妙元章圖畫本，勝游相對且銜杯。

岳武穆墓

强敵聞名氣不雄，權臣在内將無功。中原勛業魁諸帥，北地冰霜泣兩宫。半壁河山留戰蹟，一家兒女誓精忠。南枝大樹猶生氣，夜半秋聲石馬風。

于忠肅墓

瓦剌烽煙逼上京，指揮親練九門兵。英皇不念回鑾策，諸將惟邀復辟名。雲黑西曹聞野哭，月斜南内有鐘鳴。青山黯淡埋英魄，莫問當年十大營。

偕萬子珏立衙孤山探梅

霜氣肅空林，衆卉漸以禿。古徑踏黄葉，水亭指寒麓。幽鳥見人飛，好山向吾緑。暗香時一聞，春意醒枯木。密蕾自聯珠，疏蕊或綴粟。横斜出短籬，娙娟倚脩竹。未開趣已遠，再來夢應熟。更須冒雪游，賞此萬樹玉。

水仙吟

東風起兮夜寒聚，若有人兮隔芳渚。颭素珮兮結明璫，凌浩波兮澹容與。波浩浩兮盈盈，羅襪步兮塵生。撫瑶瑟兮動操，散縞袂之幽馨。湘簾盪兮欲波，鬥芳姿兮皇娥。託素心兮明月，暈奩中之翠蛾。美人兮如煙，娙娟兮可憐。獨與予兮流睞，情怳怳其莫宣。抱春寒兮幽處，恐憔悴而易妍。若將言兮未語，羞解佩以自前。奏玉笙兮渡瑶池，弄明珠兮吹參差。翩珊珊兮來何遲，將褰脩兮往從之。往從之，淡無迹。長相思，楚雲白。

題查青華大令人漢龍靈石圖

石長丈餘，寬不及尺，蒼皮萬竅，作四折勢。青華得於許淮陽太守故居。許名令典，家黄山之麓，明萬歷時中璫出鎮，潔身引退，自稱兩垞外臣。石其舊物也

海天黯黮春雷鳴，飛來怪石森中庭。冷雲一朵削鬼斧，爪牙拏攫騰空青。青華先生抱奇癖，得之不啻千瓊瑛。云是太守許公物，殫述始末綦詳明。許公舊住黄山麓，一麾出守淮陽城。琴鶴以外無長物，獨與此石共寢興。公廨或具袍笏拜，無乃爾是元章兄。是時天子隱龍德，蛇虺當道山成冰。誤倚中官作柱石，碔砆用事璠璵輕。太守不受白圭玷，潔身巖穴全其名。剛腸勁骨不可轉，直與此石同堅貞。林下歸來恣清賞，素心不負煙霞盟。彈指光陰三百載，風流過眼時代更。故國銅駝半傾仆，一卷之多安能撐。墻隙煙寒土花蝕，雲根雨過苔痕腥。落日荒村發凄嘯，空山冷月埋精英。梅壑高人雅好事，一經拂拭光熒熒。軒窗羅列供吟玩，錫之嘉名曰龍靈。誌其緣起繪其狀，蒼皮萬竅何瓏玲。長一丈餘勢四折，以手捫之鋒稜稜。蟠旋結曲鱗甲動，勢將破壁排滄溟。靈氣蓬勃溢絹素，如點以睛當飛騰。君家向有縐雲石，合之豈非二美並。惜哉雲龍未際會，不得霖雨蘇蒼生。神物遇合良不易，真龍入室見者驚。此石幸落知己手，嶄然頭角猶峥嶸。補天無由到上界，鼓浪慎勿歸延平。

古詩送友人出塞

百年惜會少，而况更遠離。川水逝無極，言歸當何時。旋風起霄漢，鴻雁東南飛。同類異所適，安能長相隨。久聚不知樂，驟行方苦悲。願如天上月，萬里同光輝。黄沙蔽四野，征馬動哀嘶。驪歌激清響，游子何栖栖。衷腸不可罄，語畢有餘悽。浮雲出華岳，豈無還山期。君子亮晚節，終始毋相遺。北風厲胡管，邊塞多苦音。車騎去安適，慷慨傷我心。高堂置尊酒，素月方西沉。舉以酬行客，未飲先沾襟。去去善自愛，令名乃所欽。

西湖柳枝詞 辛卯

罨畫深深燕子風，隔簾人面太空濛。長條遮住花間閣，只露闌干一段紅。
春水微茫浸碧空，水邊無樹不煙籠。天涯自是多離恨，錯向西泠怨曉風。
兩堤煙雨藹芳洲，曉色冥濛翠欲浮。枝上春鶯時一語，美人殘夢墮紅樓。
絮影如煙淡不收，因風飛過望湖樓。萍蹤自笑渾無定，却送行人上馬頭。

擬補亡詩

南陔

陟彼南陔，幽蘭其芳。念我父母，中心徬徨。飭爾饔飧，潔爾壺觴。各敬爾事，毋即慆忘。陟彼南陔，郁郁其芝。念我父母，悠悠我思。父母生我，飲之食之。今我不報，歲月其馳。陟彼南陔，上有棲烏。依依延頸，受哺于雛。烏猶如此，人而不如。有子弗養，將同于無。鼎鐘而文，不如葵菽。威儀而矯，不如愚樸。貌温非恭，中善斯慤。凡百人子，咸宜爾勖。

白華

采采白華，于庭之除。彼居之子，毋慆爾儀叶。圭璋而玷，碱砆不如。采采白華，于彼幽谷。彼居之子，如磨如琢。趨華易凋，守命無辱。縞絲雖潔，就染則烏。明鏡雖朗，即塵則汙。守素不易，所爭斯須。

擬蔡中郎琴歌

返元神兮歸冲虚，息群念兮澄太初。心閒暇兮安其居，素魄皓兮風如如。萬籟静兮衆音舒。湛空明而不染兮，淡逍遥以自娱。

孤兒行有孤兒不得於後母，作詩憫之

孤兒苦。兒父母在時，食魚肉，衣羅綺，冬不得寒，夏不得有暑。一解 父母既没，食無脯。髮蓬蓬垂面，衣垢不得浣，綻不可補。顧視姊妹兄弟，各淚下如雨。二解 往訴後母，母怪兒忤。目他視弗顧，兒不得竟語。三解 不得竟語，走告阿舅，後母雖好，不如兒生母。四解 舅語兒，兒勿傷悲。善事阿母，慎勿參差。兒無失，母無不慈。五解

擬陳思美女篇

南國有佳人，姿態何娟娟。提籠出采桑，顧影自蹁躚。羅衣稱皓體，鬒髮委香肩。瓊蕤耀簪珥，翠羽飾釵鈿。明珠綴百顆，一顆千萬錢。纖褵展雲錦，華裾散芳煙。荷者爲釋擔，行客坐停鞭。問女誰家子，言在南城邊。綺窗漾水緑，畫閣與雲連。明鏡照顏色，空房徂盛年。出處有時命，無媒羞自前。託身正其始，素心良獨堅。幽芳不求賞，惜此蘭與荃。

擬陶靖節讀山海經

村居絶塵鞅，榆柳蔭吾堂。茅檐過微雨，草木有清芳。興來偶讀書，樂此夏日長。鄰叟每

相過，欣然羅酒漿。主人先客醉，客去復自觴。晚風偶入室，襟抱生微凉。展卷頗有會，才得亦已忘。千古僅瞬息，何用多慨慷。

擬靖節咏貧士

衆卉麗春日，寒菊抱霜姿。不以時節變，根柯有改移。凉風起叢薄，暮色何凄凄。征鴻結遠響，天際獨因依。豈無一枝託，羞與燕雀棲。飛伏隨所遇，本志不可違。

殘年促短景，窮居一何閒。晨起出負米，薄暮常空還。敝裘不掩肘，破屋餘茅菅。酒醒松樹下，落日已滿山。得醉良勝飽，知足鮮後艱。神定物不擾，處困有歡顏。

顔子居負郭，簞瓢事躬耕。季路衣緼袍，狐貉非所榮。何世無賢哲，身困道自亨。强得鮮終保，持滿恒易傾。執鞭誠可求，志士無妄營。前軌可嚮往，守此歲寒盟。

夷齊居首陽，薇蕨甘如飴。嚴光隱富春，煙水亦療飢。草木供餐飲，魚鳥共游嬉。詎必樂卑賤，素心自有期。義利相倚伏，樂命無所疑。清風被山水，千載有餘思。

梁鴻處廡下，杵臼良苦辛。相者舉皮貌，遺之在風塵。豐嗇係時命，達士保其真。嗜好不同俗，中藏太古春。游心萬物表，所苦非賤貧。卓哉此高節，悠悠誰比倫。

擬靖節西田穫早稻

飢寒本自召，力田終有酬。愚者逐他務，因之多煩憂。春來事稼穡，新穀已可收。值兹風日佳，及時往西疇。盈歉姑勿計，有得無餘求。食力詎不勞，良勝非分謀。歸路多好景，夕陽淡彌幽。野鳥戀遺穗，相顧鳴啁啾。行當買斗酒，賞此茅檐秋。

擬謝康樂登池上樓

神龍狎波濤，野鶴絶風塵。高舉欠豐羽，深潛乏脩鱗。立功苦不早，積學愧未醇。優游隨所玩，愁病恒相因。登樓縱遠目，聊以曠心神。泉響激岸足，山翠墮溪脣。和風被晴野，霽色晃重闉。芳樹延衆緑，餘花媚晚春。懷人每咿鬱，觸緒多嘅呻。强歡無竟夕，感時鮮良辰。撫此冶陽景，惜少煙霞鄰。

擬康樂石壁精舍還湖中作

薄暝赴巖壑，煙霞弄殊姿。停舟遲不發，秋色澹相依。蠟屐興未艾，解纜日已移。蘆葦被清淺，竹樹森參差。柳色隱來艇，蘋香留去衣。山風落諸澗，川月蕩孤輝。景過有餘善，神行無滯機。心迹頗超忽，胡不咏而歸。

擬康樂從斤竹澗越嶺溪行

空山無曙鐘，鳥聲每先到。疏星歛微芒，殘月朗餘耀。結曲赴幽險，迆邐極危峭。鼠鼯常後避，麕麚若前導。下巘坐翠微，涉澗攬深奥。嵐花潤幽姿，水竹涵清照。乘流輒浩歌，得徑必遠造。忽憶高卧客，巖雲應未掃。葭露有餘思，蘭澤恣遐眺。獨游惟自歡，衆秀難盡肖。物我兩俱忘，山水隨我樂。

擬康樂游赤石進帆海

流風散餘花，衆樹藹芳澤。隨壑極幽覽，沿壖眩行迹。雲霞麗晴輝，煙水滉澄碧。潛蛟無顯鱗，飛鳥鮮停翮。携琴鼓水仙，乘槎訪淵客。流光相縈紆，迴湍互瀨湱。去景方逶迆，來勝遞變易。得趣意自愜，即遇欣所適。試招方子春，刺船共夷懌。

蔣書奴巢園賦白桃花壬辰

不將綺靡誤劉晨，畫出江南淡宕春。三徑東風寒刻骨，一溪流水迴傳神。已空諸相能消恨，縱入繁華不改真。誰唱朝朝瓊樹曲，踏歌岸上有汪倫。旅僕孫伶善歌。

挽陳丈健齋震省

覓句陳無己，終年常閉門。鬚眉皓霜雪，歌哭老乾坤。死有詩篇壽，生無儋石存。魯公橋上月，寂寞送吟魂。

偕金讓水孝廉濂吴子述茂才承勛游石屋嶺復自南屏放舟三潭印月看芙蓉

一徑赴蒼杳，松篁陰過山。人來秋色裏，屋老翠微間。朋酒有時合，風塵無此閒。茅亭足幽賞，小飲各酡顔。

曳履下山去，寺鐘催我行。寒雲連野色，絶壑走風聲。楊柳秋前老，蘆花煙外明。停舟正相待，乘興續鷗盟。

小泊紅橋下，芙蓉望若仙。艷能捐俗態，冷不乞人憐。瘦影淡窺鏡，餘香清入船。採之何所贈，雲水但蒼然。

日夕氣清迥，南屏落照低。青山如客瘦，紅樹有鴉啼。鄉思因風起，湖煙隔岸迷。漁歌送歸棹，寒翠滿蘇堤。

子述邀泛孤山時殘雪甫霽餘凍未泮湖光十頃皎若鋪鏡

寒雲散陰翳，衆樹媚新晴。篙師喚我渡，鼓枻擊空明。扁舟逆冰上，冰與舟相迎。櫓柔冰力勁，蕩作風雷聲。初緣葛翁嶺，旋泊逋仙亭。山陰日不到，殘雪蓋其汀。低檐有餘白，幽嶂無全青。荒寒得奇趣，塵抱忽以清。梅魂凍未醒，一鶴空山鳴。

吴山伍相祠

鹿走荒臺霸業空，獨留遺廟颯英風。越山對面青無數，常在孤臣淚眼中。

白馬靈旗蹴浪行，英雄遺恨幾時平。江潮怒挾風雷勢，猶似夫椒戰鼓聲。

望湖樓雪望遲許金橋主政謹身金讓水吴子述諸君未至率成短古

朔風厲寒聲，吹白湖上路。樓閣氣森聳，曠覽滌塵慮。衆山皙其巔，玉筍屼無數。峰麓靄青蒼，日出煙在樹。鷄聲隔昏杳，人影綴輕素。遠水醒漁舟，蓑笠皓於鷺。憑高極遠勝，俯迴豁幽趣。安得同懷客，却咏問天句。

早春薄飲湖樓癸巳

春風如醇醪，怡然使心醉。吹我出城來，鼓棹弄煙翠。水雲蕩澄輝，林木靄餘膩。雨久晴更宜，萬類具歡致。時鳥多好音，山花鮮俗媚。絲竹趁和朗，綺羅炫佳麗。一飲累十觴，清狂有真味。鬱鬱將奚爲，且隨興所寄。

擬郭景純游仙詩

長安冠蓋地，裘馬紛驅馳。潔身苟不早，素衣將化緇。煙霞抱奇癖，林木睨幽姿。縱情自怡懌，恥爲風塵羈。蛟龍不戀穴，鵾鵬不巢枝。迹希見物貴，處晦忌人知。馭風獨長邁，行將訪安期。

结廬東海上，俯仰曠心神。天風激靈絃，清響滌煩塵。誰能爲此曲，無乃方子春。林壑雜衆籟，魚鳥怡天真。碧雲起蓬萊，鸞翅矯如輪。美人解瓊珮，欲語殊逡巡。芳華易消歇，素心良足珍。

彩雲合琉璃，光風薄芄蘭。中有餐霞客，贈我青琅玕。把袂一以杳，樓宇何高寒。採芝馴白鶴，劚苓豢青鸞。黄石笑相揖，入山共盤桓。俯覽塵境仄，仰視天路寬。麻姑未爲壽，滄海良易乾。

縱馬無綏程，流川不西逝。華年遞變更，萬類倏遥異。感此起太息，朱顔惜憔悴。安得策六龍，扶桑恣游戲。赤繩繫萬丈，烏輪勿使墜。金石有銷鑠，遐齡永無既。

鸞鳳擇嘉蔭，鴻鵠摩蒼煙。處之燕雀地，烏能游其天。劍氣不掩水，珠光必騰川。素抱悵未釋，奄忽徂盛年。日暮秋風來，搔首心茫然。

龍性不可馴，釣以珊瑚竿。風雲爲驅策，御之涉長瀾。閶闔仰可問，星斗横闌干。晴煙織輕素，皓月吐瓊盤。霓裳奏新咏，美人何嫝姗。貽我九霞佩，授以八瓊丹。默念萬化理，獨具千古歡。南極亦已老，東方終戀官。

桃李敷葳蕤，當春吐芳灼。姿顔非不華，冉冉就凋落。金商轉素秋，疾風起叢薄。芙蓉惜歲晚，蒲柳嘆質弱。瑶池植琪花，蓬島産靈藥。服之可延年，游神返冲漠。笑視青瑣班，安知赤松樂。

長水竹枝辭

槿鄉十里水如羅鹽邑一名槿鄉，楊柳深深隔岸坡。欸乃一聲明月上，夜船欹枕聽山歌俗呼漁唱爲山歌。

白鶴園中白鶴飛，白雲塢外白雲遲。郎舟載鶴管山去，妾夢如雲不自持。管山有白鶴園，西有白雲塢。

惠人橋下水悠悠，資聖寺前春獨游。惠人橋在縣治西，又西爲資聖寺。一樹杏花開落盡，東風還上舊時樓。寺有古杏，即張黄門登樓賞花處。

胥里垂楊寂寞春，里有伍相祠，祈夢輒應，丹青祠宇枕溪唇。小橋夜半扁舟到，落月殘燈乞夢人。

古廟猶傳吴越王，廟在溆墅村，曾將弓矢捍錢塘。至今洗劍池邊路，洗劍池亦錢王舊蹟，風雨蕭條海氣凉。

丹竈何由問大還，譚仙遺迹白雲間。治西南有譚仙嶺，係仙人譚峭得道處。野花滿地無人掃，趁著東風紅上山。

東巡曾此葬紅裙，一徑深深暗夕曛。秦望山美人徑，係始皇葬美人處。三十六宫春夢斷，傷心不獨美人墳。

黄盤白塔峙清秋，逼東銀濤拍岸流。幸有藍田功德水，至今參政説魚頭。宋咸平中，知縣魯宗道濬藍田浦，通海入河，以洩潮勢。魯公後爲參政，有骨鯁，人目爲魚頭參政。

宣慰遺蹤蔓草秋，綺羅荒盡舊妝樓。隔水一道青山色，猶作蛾眉點點愁。元宣慰使楊梓居溆浦城，建樓十楹以貯姬妾，名梳妝樓，今廢。

徐福樓船去不回，何須采藥到蓬萊。紫薇亦有仙人井，曾見丹砂水底來。紫薇山有仙人葛洪井，汲者往往得丹砂。

聞琴橋下水迢迢，聞琴里畔暮山遥里有琴臺，相傳伯牙鼓琴處，遞鐘聲斷鍾期去，剩有天風咽海潮。

鳳皇山頂削芙蓉山在溆水，形似鳳翅，走馬塘前芳草濃塘在沈山之麓。妾願鳳皇長比翼，郎如走馬去無蹤。

浮圖高與暮雲平，一帶烏坵塘水清。治西南三里爲烏坵塘，建有天寧寺，寺後有塔可望山海。夜半忽聞風雨至，寺門銀杏作秋聲。寺前銀杏大十餘圍，時顯怪異。

秋磬孤煙碧樹隈，逋翁門巷閉蒼苔。只今惟有清林月，仍照横山舊日臺。唐顧况家横山，建讀書臺，有《憶横山故居》詩，云：『山連極浦鳥飛盡，月上清林人未眠。』

紅樓蠡殼小窗斜，望海城邊住妾家。唐開元時置城縣南以望海，今廢。特地爲郎消渴病，秋風新試桂花茶。以桂花浸鹽水中，香色逾年不變，瀹茗極佳。

一片晴虹向晚收，麂山山色接天浮。山在治西南四十五里，其麓有孟姥泉，源深無際。儂心孟姥泉中水，萬丈深源無盡頭。

畫舫盈盈隔柳絲，村娃三五鬥腰支。願郎招寶塘休去塘在治西南三十五里，商舟販貨皆經之，故名招寶，莫把黄金買别離。

曳屐遥登千仞岡，半潮峰接翠屏蒼半潮山，治西南四十五里，遥接翠屏山。空林葉盡秋寬闊，日落豐山石氣黄。豐山産石，色黄而堅，邑人采以爲利。

金蓮細細踏蒼苔，金粟山頭曉霧開。山有金粟寺，春日拈香士女雲集。妾向佛堂參佛去，郎從茶院乞茶來。錢鏐王幸金粟寺，命寺僧設茶施衆，故名茶院。

涌月臺前梅影娟，梅花屋外月如煙。東門樊圃爲明陳仲修讀書處，中有涌月臺及梅花書屋。屋荒梅老人何處，明月年年海上圓。

誰家簫鼓鬧芳辰，一院東風萬象新。道是歲朝宜吉語，鸞箋兩字寫宜春。歲朝寫宜春帖及『元旦把筆，諸事迪吉』等字。

風吹花信到樓臺，馬路迢遥雪乍開。馬路在南城外，坦直可試馬，因名。香霧襲衣寒不散，玉玲瓏館探梅來。館在城南張氏園，樹梅數十本，春初作花，皎如積玉。

杏花村前流水斜，杏花村後是儂家。夕陽走馬村前後，料是郎來看杏花。城之東南隅，多杏樹，號杏花村。

曲巷迢迢聲悄然，銀塘近水草如煙。落花門掩清明雨，一夜紅樓盡早眠。鹽俗清明夜都早眠。

李花落盡豆花開，小菜青青心長薹。芥之始花者曰薹心菜。昨夜春雷今日雨，猫頭新筍邵灣來。邵灣山在治西南三十六里，産筍最佳，俗稱邵灣筍。

釣舟來去白洋湖湖鄰海，湖畔青青長荻蘆。羨煞漁村三月味，桃花土蚨菜花鱸。土蚨桃花時最佳，鱸魚菜花時尤鮮美。

蠶種須教覓四眠鹽俗育蠶四眠者居多，買桑須買樹頭鮮桑初落爲樹頭鮮。蠶眠桑老紅閨静，燈火三更作繭圓。蠶三眠後作小粉圓，祀馬頭神，名曰繭圓。

上蠶最好老晴天，頃刻山頭顆顆圓。爲愛城南好水色，繅絲記取白沙泉。泉水清潤，汲以繅絲，有光澤。

澉川細葛薄於煙，艾葉榴花相對妍。淺酌雄黄共郎醉，嶼城西去看划船。午日以雄黄入酒，飲之可以祛毒。嶼城去縣十五里，里中好事者，以巨舟結彩置金鼓于上，使十餘人御之而行，謂之划船。

藕絲裊裊藕花香，流水溶溶鶴頸塘。塘在聞琴里，里中多荷花。郎意或如流水淡，妾心終似藕絲長。

大士齋期佛院開，接梁殿宇涌蓮臺。城南福業寺，寺有接梁殿，供奉普門大士。每歲誕辰，男婦如雲，香火達旦。簫聲吹起三更月，太子坊頭拜願來。太子坊，城北三百里許，鼓吹進香，俗呼拜願。

捍海塘前雪浪驕，入城漁擔鬧心橋橋在县治西里許。夕陽小市魚蝦賤，知是南風第二潮。

翠微深處暗松楸，横海長墻夕照銜。治南三十五里有長墻山，始皇東游望海，以山形横截若堵墻然，故名。石馬山前見郎馬山在澉浦西北，舊傳有馬隱入山中，故一名隱馬山，石帆山上望郎帆山在長墻之外，水中有立石如帆，因名石帆。

城東網舍幾人家沿海居民都結網捕魚，俗呼網舍，秋雨秋風一棹斜。日暮載郎横浦去，野塘空水割蘆花。横浦，縣東二里許，地多蘆花。

野鴨峰前野鴨飛野鴨嶺瀕永安湖，湖田稻熟，水鳥輒過嶺啄食之，因名，小鶴鶉鳥最鮮肥潋山多鶴鶉，居山者羅而致之，强者把之以鬥，弱者煮爲腊。秦山更有糟沙虎，甬上江瑶未足希。沙虎，沙中小蟹，醉以糖糟，絶佳。

羊頭山影畫中看羊頭瀕海，爲秦山支派，藥草差差帶雨寒。一縷妙香尋不到，韭華門下數莖蘭。秦山之陰，絶壁千丈，爲韭華門，産蘭花，香倍尋常，一本值數十金，俗稱爲秦蘭，得之甚艱。

陶涇塘北漲新痕塘在治北一里，生小浮家住水村。懊惱郎心似菱葉，隨風去住總無根。邑産浮根菱。

法雲古寺法雲遮，直上茅菴石徑斜。法雲寺、茅菴俱在秦山頂。松下一爐清沸雨，本山泉水本山茶。秦山産茶。

大步山連小步尖二山相連，在縣南二十餘里，城寒校尉柳纖纖舊有司鹽校尉城，今廢。秋晴十日海灰燥，竈户連村鬧煮鹽。沿海居民多曬灰爲業，灰燥則滷成，不利陰雨。煮鹽之家，俗呼竈户。

秦望山頭松子飛，秦望山下雄鶏肥。山多松樹，山人畜鶏，皆食松子，味鮮腴，異常鶏，俗稱秦鶏。鷹窠合璧留郎看，須過小春初一歸。鷹窠頂，潋山最高者，十月之朔，海上日月並出，望若合璧，邑之鉅觀也。

扁舟寒載曰高風清晨風利，俗稱日高風，煙水樓臺圖畫中。最好小西湖畔路，一林霜葉四山紅。永安湖，一名小西湖，湖上多楓柏樹，霜葉初紅，爛若碎錦。

梅花零亂水邊村，雙槳徐開野色昏。鐵笛一聲風外落，寒煙疏雨出巫門。巫門聽笛，澉湖之一景也。

晚秋庭院碧雲凉，景物清腴風味長。紅袖樓頭新製就，海棠花蜜桂花糖。深秋時閨中以秋海棠花釀蜜，作靧面之用。桂花作糖，亦嘉製也。

蘆荻蕭蕭漁火微，菊花開後雁初飛。縣東北去楊家斷，月黑天陰稻蟹肥。楊家斷，去縣十餘里，産蟹最肥，他處皆不及也。

木落城南霜氣清，海山寒翠畫新晴。西風滿地相思草，無限茫茫采緑情。城南居民多樹煙草爲業。

馬嘷城中爆竹鳴，馬嘷城外雪初晴。鹽城一名馬嘷。竈神去後風聲小，説是來春米價平。十二月廿一日至除夜風，謂之月頭風，某夕風小，則明年某月米賤也。

日落方洲噪暮鴉，方洲草堂，即雪夜歸舟，亦曰一笑山，係張黄門故居，後没入官中，有蒼玉峰、宿雨巖、歸雲洞、蘭雪坡、茶煙岫、咏月嶠、洗硯池，今爲邑令所毁，舊時臺榭變桑麻。扁舟如夢歸何處，春雪隨風散作花。

依山高閣望蓬萊，治水航前花正開。依山閣在海上，閣之下築室如舫，曰治水航，道光四年新建。庭中有山石，即一笑山故物也。記得海香燒罷後，春日婦女拈香於海上諸廟，謂之燒海香，風鬟霧鬢倚樓臺。

小築春深芳草繁，師陶高閣俯頹垣。東風一隊紅襟燕，依舊啣泥芥子園。吴文憲《芥子園落成》詩有『春社紅乾燕子泥』句。師陶閣，其一景也。

鄭公嘯傲侶禽魚，終古斜陽剩一廬。咬得菜根百事可，讀書風味樂何如。百可園，明鄭端簡公讀書處。

烏夜村中舊隱棲張氏涉園，亭臺邱壑爲一邑之勝，即烏夜村故址也，水邊亭子柳邊堤。游春人去佩聲杳，滿院落花鶯亂啼。

小築城南三徑幽，硯園猶有讀書樓硯園在南城下，水石深秀，予童時讀書處也。畫橋流水無人到，一隊春魚傍岸游。

水月清華花木深，拙宜亭榭晝陰陰。家園舊係楊晚研太史别業，中有竹港、梅溪、水月居、四愛亭、晴雲閣諸景。竹枝唱罷午風起，付與流鶯長短吟。

倚晴樓詩集卷三

海鹽黄燮清韻甫

短歌行甲午

涼風西來，秋氣在心。中夜忽起，慨焉悲吟。一解 仰視天宇，星斗闌干。我欲冲舉，慚無羽翰。二解 峨峨太行，滔滔吕梁。失足千仞，誰予之匡。三解 白鶴兩雛，南北分飛。同氣異適，孰知是非。四解 黠鼠飲河，拙鳩營巢。百歲瞬息，智愚同勞。五解 仙厨麟脯，食之長生。侏儒飽死，傷哉歲星。六解 軒轅鑄鏡，始誤美人。倉頡造字，文章賤貧。七解 我有鳴琴，古音直絃。所思不見，予懷曷宣。八解

休洗紅

休洗紅，洗多紅色變。朝爲春蠶絲，暮作秋風扇。君心妍醜明鏡同，不怨君心怨妾容。

陳宗伯用光師招集定香亭納涼

喜下南州榻，還浮北海觴。水房花左右，詩境月中央。灑落神仙趣，追隨弟子行。紅蓮慚

庾杲，孤負芰荷香。

雨後憩冷泉亭

溪亭過微雨，雲氣在檐楹。流水不能熱，出山依舊清。澄懷冰朗澈，凉韻玉瑽琤。坐久萬緣寂，晚鐘何處聲。

湖堤晚歸

凉風一以動，秋思滿陂塘。煙柳有寒意，藕花無數香。酒船歸杳靄，漁笛起滄浪。回首碧雲合，所期天一方。

登南屏天空雲净閣

殘雨息林表，積陰殊未開。歸心赴落日，秋氣上高臺。我欲乘風去，山如渡水來。憑闌極清眺，餘興亦悠哉。

圍棋限局字宗伯陳石士師命賦

空山寂無人，丁然響寒玉。消此夏日長，坐隱却炎熇。初時得大勢，寥寥滄海粟。氣静拗躁動，神暇每閒矚。來旨超以領，去脉遠相續。危機伏微茫，生意出紆曲。擊懈如縱鷹，點睛若破鵠。小挫勿自靡，既勝貴知足。變化恃内算，喧攘戒旁告。倖進固罔功，多取亦近酷。游戲見理數，成敗泯榮辱。中原逐鹿場，群雄競蠻觸。得失良須臾，誰能千載燭。天地本高厚，趨利始蹐跼。我心何所營，冷眼看當局。

馬乙未

西來龍種怒行空，鱗甲飛騰氣吐虹。萬里流沙奔電赤，一星上駟太陰紅。生逢武帝精神見，世有孫陽顧盼雄。聞説昇平方掩武，承恩未到槖泉宫。

題庚元圭南樓圖

闌干百尺俯晴漪，煙月空明落酒卮。秋入風雲嚴部曲，夜寒星斗動旌旗。江山半壁烏啼後，絲竹中天石裂時。此老清狂原絶俗，王郎休笑扇塵緇。

秋　思

梧葉翻風警晚凉，明星簾户木樨香。畫樓夢遠關山近，秋水天高客路長。翠袖自憐班女扇，銀荷閒照莫愁堂。虚奩眉黛青溪影，蹙損螺峰忍對妝。

寶蓮垂蓋柳成陰，月露闌干綉閣深。窗曳叢鈴檐馬語，盤跳漏箭水龍吟。蘭鈿香墮瓏玉，菊佩聲移絡索金。欲寄回文眠未得，燭房風細夜沉沉。

題福王夜燕圖

夢裏揚州入戰場，秦淮煙月正飛觴。外廷畫輦徵歌舞，中禁詞臣作棟梁。金粉餘香天酩酊，風雲殘局帝郎當。酒痕王氣同消滅，一曲春燈總斷腸。

餘杭道中望天柱諸峰欲登未果

卷幔生空翠，青山已在前。遠村明積雪，凍樹活炊煙。城小河爲郭，時清吏亦仙。洞霄宫不遠，咫尺隔人天。

游廣陵東園丙申

東園絶幽曠，山林面城郭。雕墻蔓藤蘿，脩徑墮筠籜。池塘草已長，濠梁水初落。巖崖蔽緑陰，闌隙燦紅藥。迴檻引曲房，複道架重閣。鳥聲隔畫屏，人影鑑晶箔。屢進奥愈闢，乍却視轉愕。桂坡足留人，梅嶺堪試屩。偉兹造化工，疑有仙靈託。竹西號繁華，黄金斗銷鑠。嗟此十畝園，已類五丁鑿。財賦日匱竭，元氣近耗削。鹽鐵敝成規，河渠域近略。興利弊更滋，節流源早涸。盛衰不須臾，蕭條到林壑。華堂輟管絃，朱扉每扃鑰。搔首悵登臨，飢禽下叢薄。

桃花庵謁唐六如祠即效六如體

桃花居士花爲天，一尊花下春陶然。花開日與酒相對，酒醉還向花中眠。無花無酒成枯禪，有花有酒即神仙。有酒無花酒不韻，借酒賞花花愈妍。花香得之風月裏，酒趣妙在山水間。酒酣作畫狀花態，賣畫恰得買酒錢。花見性情酒肝膽，願酒如海花如田。中山一醉一千日，瑶池一春三千年。人生得此樂復樂，役役塵夢吁可憐。魏其車馬似流水，霍家高冢像祁連。功名富貴亦俄頃，王侯將相何有焉。不若先生隱花酒，鄭虔三絶今猶傳。危亭廢館倚落日，載酒時有看花船。我從江南到江北，以酒酹君桃華前。桃花已落居士老，酒魂不醒花無言。

渡黃河

春色過江盡，莽然銷客魂。風聲驅地走，沙氣逼天渾。轉漕愁飛渡，防秋重列屯。平生萬里志，直欲訪崑崙。

順河集夜發

平野荒荒月色多，郎當鈴鐸走疲騾。夢中才過江南去，滿地西風喚渡河。

圯上懷張子房

荆卿匕首漸離筑，博浪沙椎更神速。匹夫鹵莽犯天子，來如鷹雕去鴻鵠。黄石老人笑俯首，勇則有餘智不足。人生養氣先讀書，手編乃出秦火餘。折其鋒鋭始可用，役使豪傑如傭奴。圯上恂恂效奔走，昔日贏豪忽烏有。能發能忍真丈夫，將相神仙此樞紐。一椎不能斃祖龍，一履蹴碎咸陽宫。少年舉事天地動，晚歲辟穀煙雲空。赤松去後仙蹤杳，古渡平橋但芳草。世外應多未見書，人間孺子虚心少。

滕文公廟

諸侯戰氣莽風雲，仁政猶能靖寇氛。齊楚之間居弱國，春秋以下此賢君。先王道法師鄒嶧，亂世規模酌夏殷。天意若非周德厭，七雄兵勢漫紛紜。

車中望嶧山

山勢徐州來，龍脉蜿西指。蒼然百里外，鄒嶧已隆起。黛色過雨潤，石氣入雲紫。衆山皆黄色，嶧山石質獨蒼紫。雄厚本元化，渾淪全太始。屼立群岫表，泰嶽想具體。千仞倘振衣，萬象早俯視。塵鞅惜匆匆，高山徒仰止。

亞聖祠

戰國輕仁義，詖淫日蔓延。先王道墜地，夫子力回天。絶學承三聖，斯文寄七篇。長留剛大氣，終古塞山川。

東平道中口占

萬疊蒼山列畫屏，馬頭鞭影指郵亭。客中未識春深淺，只覺垂楊比昨青。

憤王墓

綉衣歸去失關中，百戰山河屬沛公。猛士負恩資敵國，美人誓死殉英雄。漢宫秋老銅駝雨，魯邑春寒石馬風。勝敗須臾何足論，亡秦還仗大王功。

曉發苦水鋪

野店斷鶯語，荒鷄如送人。淡煙棲遠岫，微雨伏輕塵。倦僕閒思卧，疲騾久更馴。迢迢鄉國夢，宛轉逐車輪。

易水吊荆卿

高臺峨峨卓燕市，悲風蕭蕭動易水。死馬千金况死士，死士終能死知己。荆卿何人酒徒耳，冷醉高歌自悲喜。忽然感激許太子，徑欲西行劫秦始。哀筑蒼凉聲變徵，尊俎臨歧壯士涕。將軍頭顱髮結齒，夫人匕首雪繞指。擊柱不中怒未已，頸血猶冲白虹起。劍術纚疏豈足恃，養士之報乃如此。嗚呼，養士之報乃如此，何物黄金令人死。

出都感懷

愁絶尊前懊惱歌，一年春事暗消磨。杏花細雨疏簾隔，桃葉東風别院多。素手未諳依樣錦，翠眉懶學入時蛾。瓊瓏玉佩誰堪贈，盡日微雲掩絳河。

草草芳華過眼新，鈿車應悔入紅塵。蘼蕪道遠難爲别，芍藥花殘不是春。晚閣疏燈凉照影，曉窗明鏡暗傷神。天台自守神仙戒，肯煮胡麻引路人。

顧影春流瘦欲仙，早知顏色誤嬋娟。明珠羞託良媒獻，翠袖惟邀侍女憐。蝴蝶綉成思好夢，箜篌音苦感華年。傷心不及盧家婦，十五盈盈玉比肩。

擬譜閒愁入素琴，幽蘭凄宛有餘音。浣紗門巷仍芳草，飛絮樓臺易緑陰。紫燕歸來春寂寂，青鸞飛去信沉沉。賣珠壓綫尋常事，難慰桑榆阿母心。

傾脂河曲

河中之水珊瑚冷，河上妝臺猶倒影。煙波一鏡膩成雲，隔岸桃花紅不醒。憶昔夷光聘若耶，臨流顧影艷如花。珠簾滴粉成酥雨，鈿閣凝香暈落霞。河光曾照傾城面，一去五湖春不見。天涯多少浣紗人，可惜蓬門顏色賤。流水盈盈日向東，綺羅荒盡鳥啼風。赤闌干朽無人倚，時有閒鷗問落紅。

菱　花

幽姿媚芳渚，風過遠生香。數點雨中醒，一繩煙外凉。凌波誰照影，對鏡未成妝。采采碧雲合，美人秋水長。

送燕

江南冷落舊芳菲，客路微茫問夕暉。豈有鱸魚引鄉夢，秋風一著便思歸。

雜感

嚴寒動清曉，園林知有霜。凡卉忽凋敝，梧柳亦已黄。當其暢茂時，含華吐芬芳。陽和溥德澤，掩映生輝光。雨露詎不厚，質薄物乃戕。卓哉陶徵士，獨愛黄花香。

弱冠重肝膽，慷慨歌寶刀。酒酣仰天宇，氣薄秋穹高。朔風動邊草，征馬一何驕。呼鷹上層臺，原野曠蕭條。浮雲蔽天末，使我心鬱陶。流光坐奄忽，壯懷耿不銷。中夜撫長劍，北斗光摇摇。

越人貢珊瑚，光采灼星辰。珠崖育玳瑁，詭麗無與倫。異産奪嗜好，昔人斥勿珍。豈必樂簡陋，懼擾蚩蚩民。海外有奇貨，聲價值千緡。鍛煉土氣息，呵吸通精神。愚者或溺此，往往戕其身。貿販計重利，夤緣通關津。中原洩寶氣，黄金散如塵。禍亂伏隱微，所患不獨貧。何當清本原，還我民風淳。

我懷苦抑塞，悢悢復南還。老親幸健好，失意亦歡然。閨闥忽卧病，床幃頗纏綿。貧家重伉儷，百事賴分肩。我生本落拓，門户費周旋。匪直兒女私，恩誼良獨堅。誓求針藥效，精神倍從前。好事翁與姑，毋使心憂煎。

鶴翔必遠勢，驥騁無短途。盤旋足精氣，逝與風雲俱。守重往亦順，養深動始殊。今人喜輕捷，輒復笑其迂。在卑世弗貴，處近衆豈譽。感此坐太息，自信徒區區。

秋日田家雜咏

穫　稻

西風八九月，積地秋雲黄。力田已告成，計日宜收藏。刈穫須及時，慮爲雨雪傷。農家終歲勞，至此願稍償。勤苦守恒業，始有數月糧。嗟彼豪華子，素餐饜膏粱。安坐廢手足，嗜欲毒其腸。豈知民力艱，顆米皆琳瑯。園居知風月，野居知星霜。君看穫稻時，粒粒脂膏香。

礱　穀

檐際噪乾鵲，晚來天氣清。穀燥已可礱，場圃及新晴。蟄龍未出穴，曠野殷雷鳴。笑語隔籬落，約略辨其聲。篝火照昏壁，人影圍寒更。野叟驗稻色，老眼頗分明。輸租必嘉種，勿與官吏争。粗糲雖不飽，少食亦養生。守分鮮厚利，但祈歲豐盈。

春米

盛時無重税，課納心始安。官取近增益，爲言轉輸難。今歲稍豐足，餘米尚可餐。宵舂不厭瘁，童叟皆喜歡。前年苦荒歉，往往炊煙寒。不聞鄰舂聲，但聞兒啼酸。皇天憫凍餒，元化時造端。循環復生氣，使我家室完。欣然治杵臼，及此夜漫漫。清響搗寒月，霜落村鐘殘。

寒柳

津門送客尚青青，閱盡勞人長短亭。驢背有詩皆黯淡，蛾眉見嫉便飄零。江湖滋味嘗應慣，羅綺韶華夢易醒。張緒當年最風韻，可憐絲鬢亦星星。

數點荒鴉宿晚煙，臨流無復影娟娟。六橋晴雪還飛絮，十月征衣待寄綿。南浦離魂隨斷雁，西風殘曲畢寒蟬。如何一樣靈和種，但逐蘆花傍釣船。

腰肢憔悴倚斜陽，相望依依總斷腸。虛擲黄金買春夢，可能青眼媚冬郎。芙蓉池沼沉沉雨，鸜鵒樓臺淺淺霜。莫問舊時歌舞地，美人三五嫁王昌。

年華逝水太匆匆，吹老江南玉笛中。自惜芳華非舊日，尚含生意待春風。畫樓燕去秋如夢，野店烏啼月在空。擬譜神絃迎九烈，早添新緑送花驄。

蕉坪從兄鍾本櫬歸自洛詩以悲之

悲風颯颯動靈旗，落葉依依返故枝。魂魄有情還戀女櫬歸之次日，即兄女嫁期也，親朋易冷況無兒。步兵痛哭窮誰告，吴質憂傷病豈治。貧賤遂成生死別，流離偏在太平時。

浪迹天涯歲屢更，當年悔不阻長行。救貧無策慚兄弟，垂死難歸累友生。時查青華明府、羅静岩二尹代爲摒擋歸櫬。行篋殘書封誌在，征袍斷綫淚絲成。凄凉楚些招魂祭，莫使江湖風浪驚。

述懷丁酉

我來自淮上，載拜漂母祠。王孫不可見，芳草何離離。國士世所重，富貴始見知。當其淪落日，儕輩揶揄之。窮居損意氣，失路鮮英奇。婦人豈讀書，乃識非常姿。一飯詎足數，難在貧賤時。愛才屬巾幗，千載令人思。

郁郁蘭蕙花，幽姿媚空谷。處之塵土中，往往減清馥。豈伊素性改，所居使之濁。託根苟不高，衆穢動相觸。美質貴自珍，君子防失足。

明月何皎皎，照我梅花林。美人起中夜，哀怨撫瑶琴。紘紘動如訴，感嘆託微吟。自言少年時，一笑千黄金。蛾眉忽見嫉，芳華坐銷沉。固寵非妾意，君恩亦良深。所嗟絃上曲，不作歡娯音。好風或相送，萬一動君心。

岳倦翁銅爵歌

鄂王盡忠倦翁孝，尊酒凄凉奠斜照。此爵千年神所憑，青銅剥蝕常光耀。五國城中歸信絶，胡天黯淡餐冰雪。惟王忠憤冠諸軍，渴來誓飲羌奴血。擬補金甌盡赤心，誰知銅箸謀長舌。生不能飲黄龍府，有酒惟澆墳上土。空山石馬怒嘶風，古井銀瓶寒咽雨。敦槃金帛早和戎，鐘鼎勛勞翻對簿。荆棘銅駝泣故宫，佞臣鑄鐵嗟何補。一勺寒泉賦大招，西湖山色凄尊俎。吁嗟乎，鑑曲冬青蔭寂寥，天陰月黑鬼神朝。諸陵麥飯無人祭，携榼年年過段橋。

送僕

我僕忽不懌，上堂謝主人。言當遠離别，惻惻傷我神。念僕依我久，胡爲中道分。問僕何所苦，問僕何所嗔。僕亦無所苦，僕亦無所嗔。僕昔從長官，豪華無與倫。門庭爛成錦，流水轉車輪。黄金集昏夜，結納頗有因。多財不自用，使僕爲均匀。膏粱厭僕口，紈綺衣僕身。今從主人游，艱難歷關津。馳驅數千里，失意歸海濱。家徒四壁立，緼袍敝不新。交游但文字，富貴鮮與親。主人自恬淡，僕志苦不伸。願主早富貴，還來酬主恩。僕去勿復道，僕言亦良真。善自擇新主，慎勿如吾貧。

漫興

涼風激平野，秋氣使人悲。感慨生芒角，蹉跎惜鬢絲。故山容寄傲，行篋且餘詩。莫道歸來速，門閭已覺遲。

遠客多鄉夢，還家恐未真。入門才一笑，無恙見雙親。行色憐憔悴，慈顔慰苦辛。征衣久未浣，上有玉京塵。

日落暮潮動，壯心殊慨然。著書還閉户，看劍每思邊。月静魚龍夜，風高鸛鶴天。升沉無定象，感此不成眠。

樹老江南屋，金空冀北臺。固窮非樂此，隨分亦悠哉。紅葉晴相照，黄花冷自開。貴人書懶寄，恐使野鷗猜。

盡道東南地，從來財賦區。歲豐差足食，穀賤稍充租。鼠雀争膏血，艨艟病轉輸。正供原有定，多取慎錙銖。

僧寮松雨潤，道院藥煙香。杖履陪諸老，琴尊坐夕陽。投閒抛歲月，懷舊感星霜。髀肉愁消盡，悲歌漫激昂。

風日園亭美，閒居逸興超。林疏見鼠迹，水淺察魚苗。竹影通幽徑，蓉香過野橋。亦知高隱樂，未免負羲堯。

西北長安近，寒雲極莽蒼。遥知京邑樹，已落薊門霜。撫序頻看鏡，登高且盡觴。盛年空自愛，搔首獨徬徨。

子夜冬歌

依依望歡來，草草與歡别。歡去無幾時，梅花已如雪。

明月照層冰，瓏瓏見清影。妾心明月知，歡意同冰冷。

錦被綉芙蓉，花枝嬌可折。不辭妾手寒，要使歡心熱。

計偕北上感賦戊戌

我年已三十，親年逾七旬。詎不樂侍奉，菽水傷哉貧。馳驅冀禄養，上堂别雙親。憐子有行役，鬱懷苦不伸。慮沮遠游色，歡笑頗非真。明知齒髪脱，自言好精神。男兒志四方，令名乃所珍。慎勿守門户，安樂溺其身。舟行多風波，陸行多風塵。回頭語僮僕，途路忍艱辛。含淚不敢灑，就道始沾巾。

阿兄走相送，欲行重遲遲。艱難付家計，瑣屑雜公私。高堂近衰邁，晨夕善扶持。食貧亦良苦，門户賴强支。兄言弟努力，弟意兄所知。業知不待囑，往往重言之。離懷自惝怳，諄諄亦奚爲。

旭日照高樓，明鏡掩清曉。依依臨别辭，惻惻動懷抱。結褵今十載，離多苦會少。脂車駕言邁，再上長安道。長安行樂地，雜感易滋擾。窮達有時命，歸期定須早。青春易晼晚，芳華豈常好。不思妾顔衰，當思親顔老。

月下渡太湖

今夜一輪月，送人千里游。濤聲去不已，客夢與之流。春水欲無岸，遠燈疑在樓。年豐盜氛熄，絃管起吴謳。

雨中過惠山

濛濛鄉樹隔，渺渺去帆輕。雨氣淡遥岫，炊煙醒遠城。平蕪如送别，新柳迥含情。勝地懷高隱，梁溪春水生。

丹陽道中

飛鳥送桅檣，煙帆赴渺茫。孤城倚流水，一塔表斜陽。高岸有山意，遠林如畫蒼。春風最無賴，容易緑垂楊。

江口候潮

數聲漁笛隔滄浪，未許蒲帆十幅張。潮信不來如候客，去程方永敢思鄉。畫中遠樹含生意，鏡裏諸山學曉妝。安得髯蘇一尊酒，銅琶高唱泝流光。

渡　江

三峰對出勢崚嶒，跌盪江流萬馬奔。城郭至今誇鐵甕，樓船當日下金陵。蕪城明月南朝曲，瓜步繁星半夜燈。莫道長江恃天塹，古來形勝未堪憑。

晚泊瓜州

落日晃沙汀，疏鐘出山寺。樓臺隔昏杳，煙樹轉蒼翠。帆約暮雲歸，燈雜遠星碎。今夜夢江南，獨枕寒濤睡。

廣陵吊史閣部

沿江烽火怒濤驚，半壁青天一柱撐。群小已隳南渡局，孤臣尚抗北來兵。宮中玉樹徵歌舞，陣上鞾刀決死生。留得歲寒真氣在，梅花如雪照蕪城。

憩湖上草堂

寺門流水緑迴環，人在空濛煙翠間。載酒未捐名士習，題詩翻羨老僧閒。壁間靈根開士詩甚佳。臺宜玩月春如畫，窗可留雲晝不關。絶似西湖樓上望，只須墻角補青山。

登蜀岡平遠樓

樹杪迴廊曲折環，飛來秀色落禪關。春風緑盡淮南草，遠水青浮江上山。隋苑煙花猶綺麗，廬陵觴咏好追攀。腰纏騎鶴何時遂，塵鞅匆匆愧未閒。

平山堂晚歸

碧雲乍合暮天平，衣袂輕寒漸漸生。遠岸不山偏秀折，畫橋無月亦空明。柳邊簾卷浮燈影，煙外船歸辨櫓聲。聞道繁華近銷歇，吹簫猶有麗人行。

露筋祠夜泊

渺渺煙波動古懷，蕭娥靈蹟未沉埋。冰心只許清流鑒，不遣黄河水入淮。

水明樓閣月籠沙，素羽霓旌隔暮霞。三十六湖煙翠暝，夜船燈火起神雅。

晚抵南沙河

西風如海走黄沙，疲馬荒郵落照斜。閒裏看山如對友，倦時投店勝歸家。平原草盡難飛蝶，野樹春深但宿雅。襆被安排鄉夢穩，休將艶曲付琵琶。

夜半從舊縣出山

旅寐無竟夕，披衣酒未醒。出門霜氣高，殘月在峰頂。籠燈照幽險，驅馬踏荒泠。下阪如奔流，上坡若懸綆。身受物顛倒，魂夢不能静。幽鳥一何閒，啼聲出松影。

曉渡永定河值大霧

春陰黯不消，澹日遲未上。平沙接混茫，遠樹辨惝怳。隔煙人影微，蹴浪馬頭仰。淺水膠我舟，去岸尚逾丈。大車陷泥淖，小車脱靷鞅。叫號併衆力，推挽始一上。客子苦搴裳，背負出泱瀼。躓垤良可憂，滅頂詎敢想。行路誠艱辛，涉險恃勇往。幸得達彼岸，我心震已盪。浮名役身世，塵勞孰爾强。不見海上鷗，春風正浩蕩。

暮春集小有餘芳感念舊游并懷亡友許金橋

煙草滿地春緑肥，惠風冉冉吹我衣。燕臺三月芳事盛，落花蝴蝶隨人飛。尺五莊前新柳細，海棠紅到花之寺。綉轂争尋賣酒帘，香塵暗逐連錢騎。對花命酌朱顔酡，雛鶯乳燕宛轉歌。中年絲竹哀樂多，我心善感非由他。酒闌忽憶前游侣，萍水飄零幾人聚。論交千里應風雲，彈指三年惜時序。丙申暮春同孔綉山、秦濬如、潘惺齋、紱庭昆季，梅伯言，張亨甫，姚梅伯，高巳生諸君讌集於此，今聚散各半。陳迹轉瞬尤可悲，許渾已趁天風歸。平生愛我入骨髓，子今長别知我誰。昔年聊轡常游此，今我重來君已矣。欲傾杯酒奠郊原，惆悵詩魂呼不起。噫吁嚱！聚散匆匆劇愴神，暗將熱淚灑歡辰。不知明歲看花會，此地重游更幾人。

上巳日家大人集老友家園禊飲命賦己亥

春風幾時到，高樹已流鶯。佳日氣和暢，閒居心太平。賓朋無世態，觴咏有歡聲。即此徵天趣，聊移物外情。

去歲長安道，垂楊緑馬頭。韶光纔一瞬，清夢又孤舟。花落非春意，金空成浪游。陔蘭欣可采，聊解倚閭愁。

淺草通游屐，繁花媚客衣。悠然見生氣，相與惜清輝。水暖魚苗長，林疏燕子飛。呼童掃磐石，小坐亦忘機。

脆割煙中筍，香牽雨後蒓。莫嫌家釀薄，亦見野風淳。修竹陰廊檻，斜陽淡水濱。清談堪卜夜，風露不宜人。

馬頭孃神絃曲

楝花庭院春陰悄，殘夢沉沉月初曉。戴勝桑田拂羽來，羅敷栢館臨妝早。陽春三月正和融，蠶信吹來約略同。何處催花初擊鼓，誰家采葉乍提籠？中婦長眉山壓翠，小姑脂澤天然媚。紅裙掩映拜風前，以酒樂神使神醉。神醉我酒神喜歡，使我力健蠶平安。神醉我酒神歡喜，使我買桑賤於薺。願神賜繭滿筐筐，使我黼黻娱君王。願神賜綿滿箱篋，使我衣裳暖姑舅。我有新詞爲神譜，我有靈絃爲神鼓。神之來兮荼蘼雨，流鶯爲歌燕爲舞。神之去兮櫻桃風，酒顔欲與花争紅。願神常醉蠶常好，挾纊家家春不老。

南湖舟次賦新緑

波光樹色雨冥濛，一鏡春陰掃未空。别路但隨芳草遠，畫樓略許夕陽通。亭邊帆影微留白，水面脂痕漸失紅。誰唱鴛鴦三十六，棹歌聲在碧雲中。

層層凉翠壓湖心，約略樓臺出遠林。吹盡東風春似客，歸來西子葉成陰。煙昏萍末漁莊暗，夢隔楊花水閣深。惟有閒鷗最明白，去來蹤迹尚堪尋。

餞花詞

匆匆芳事最銷魂，狼藉殘紅晝掩門。啼盡鶻鵃留不住，一天微雨送黄昏。急管哀絲動遠愁，强扶殘醉獨登樓。夢中煙草茫茫緑，忽憶羅裙陌上游。

題覺庵上人倚松圖

老幹翳層陰，微颸颯幽爽。濤聲起太空，翛然墜煩想。我師無熱顔，白雲恣供養。聞鐘悟静機，返鏡得真朗。嗟我風塵客，閒愁動相網。對兹心地清，乃使佛性長。鶴趣淡更真，蟬語寂逾響。茗醉坐忘言，松花落琴幌。

京邸秋夜聞笛　庚子

何人倚長笛，吹作水龍吟。哀樂中年感，關山獨夜心。漸驚秋瑟瑟，况對月沉沉。此調凄誰和，空閨憶擣砧。

雨

庚子夏六月，淫雨苦不休。檐溜瀉懸瀑，路渠成飛流。我齋多草木，蕭然如深秋。客從故鄉來，道滯苦淹留。爲言鞍馬勞，蹴浪同行舟。江南禾黍地，半爲蘆荻洲。穀價漸騰躍，坐使居民愁。念我出門時，生氣滿田疇。奄忽僅數月，景象何不侔。況值海氛起，列艦森戈矛。帶甲三千人，温飽庶無尤。軍輸良不易，歲歉烏能周。居安鮮遠計，未事誰先謀？南望獨搔首，惻惻多煩憂。鄉思正無極，雨聲遠颼飀。

聞浙撫督師海上

砥柱東南倚，防秋竟若何。孤城喧烏雀，大澤走黿鼉。時定海失守。及早揚兵氣，中流聽浩歌。敵氛猶未熾，先發莫蹉跎。

健兒輕性命，驕悍最難馴。孰是能爲將，先令不殺民。瘡痍勞撫馭，壁壘見精神。所過皆安堵，知公警察頻。

夙昔承恩者，何人勇報君。艱難求一將，慷慨激三軍。弓挽南天月，旗翻北海雲。欃槍須盡掃，小勝漫論勛。

山水鯨鯢困，登山虎豹雄。用長先誘敵，得勢乃論功。洗甲千山雨，移營萬幕風。莫深宵旰慮，早奏捷旗紅。

京邸秋感和祝瘦梅同年葆慈保陽寄懷韻

紛紛捷報奏平安福建厦門連次告捷，跋浪猶留蜃氣寒嘆夷猶據定海。澤國烽煙誰破敵，天涯歌舞漫尋歡。渡江壁壘三軍肅，我兵守鎮海甚嚴，横海艨艟一將難。獨向南雲搔首望，幾時定策勝樓蘭？

風雨誰牽補屋蘿，買山心事已蹉跎。八旬父母衰年迫，半世文章曠日多。客裏閒愁消白墮，夜深歸夢渡黃河。長安絲竹中秋月，贏得尊前激楚歌。

題小青便面

照影春波自嘆嗟，鏡中憔悴惜芳華。蛾眉例入傷心傳，不是東風妒落花。

題許金橋遺札

自出春明道，相思各一天。竟成終古別，留得斷腸箋。意氣空儔輩，文章誤少年。平生知己淚，誰與寄重泉？

題楊龍友畫扇

一册煙雲墨未殘，板橋流水碧雲寒。南都王氣銷磨盡，留得青山畫裏看。

二月東風散麯塵，波光如鏡草如茵。桃花扇子都零落，忍憶秦淮舊日春。

倚晴樓詩集卷四

海鹽黄燮清韻甫

吴江嫗辛丑

征帆自北來，晚泊吴江湄。郊荒景色冷，老柳何垂垂。扶笻誰家嫗，見客意慘悲。自言農人婦，力田頗有資。今春苦淫雨，阡陌成陂池。菰蒲長四野，種豆落爲萁。官吏急徵額，輸租詎容遲。大男被拘繫，無由餽粥糜。次男避追呼，遠出歸無期。他鄉苟温飽，所苦非流離。我衰不自養，溝壑理亦宜。但恐親愛絶，骸骨知我誰？傷哉老嫗言，使我心不怡。憶乍經虎山，畫舫連雲馳。繁燈奪明月，掩映如花姿。清歌侑豪酌，韻以竹肉絲。四座各自媚，百媚銷一卮。咫尺有凍餒，醉飽焉得知？教養貴兼盡，所望良有司。

十一月朔日大雪

辛丑月在子，層陰掩寥泬。日氣凍不温，釀此連朝雪。松柏無完枝，菽麥斷萌櫱。巖壑白浩浩，千里不可别。側身望滄溟，烽煙猶未滅。戰士千百群，枕戈冰在鐵。角聲慘大荒，夜深氣嗚咽。亦有離鄉悲，不少新婚别。君恩重挾纊，戰守頗忻悦。主帥慎進退，出師貴有節。憤神仙兵古所譏，覆車戒前轍時鎮海初失。且復盡尊酒，躁動非英傑。玉帳何森森，貂錦燦成列。瘡在虚空，下與紅塵絶。居高有遠謨，處卑鮮奇烈。坐看銀虬飛，鼓盪鯨鯢穴。幾時陽和開，痍起東浙。搔首問穹閶，心與愁雲結。

廿四日又雪

積雪尚數尺，寒氣鬱不宣。天公好玉戲，朔風與迴旋。繽紛掩庭户，灑落平原田。老屋仆比鄰，凍樹折庭前。東南財賦地，翹首占豐年。過多亦非瑞，氣候慮有愆。陰陽貴燮理，休咎不在天。盛時念民瘼，告灾亦議蠲。海國正多事，轉饟義應先。不愁民力敝，但願兵力堅。用財期殺賊，非以厚利權。糜饟日數萬，忍使珠崖捐。黑夜收蔡州，時會豈偶然？羽書日東至，胡爲賊蔓延？貧骨苦凍餒，富室淪烽煙。流離在道路，安能高枕眠？何當掃陰翳，白日中天懸。衝寒走飛騎，捷報來甘泉。

沈可亭上舍品嘉贈紅梅一樹賦謝

凍雲壓樹木葉空，園林日夕蕭蕭風。故人爲我報春訊，移來七尺珊瑚紅。呼童掃徑帶雨種，忽覺香氣浮簾櫳。細幹結屈篆秋蚓，仙姿橫逸迴驚鴻。三尺四尺未消雪，十枝五枝勁橫鐵。可憐凡卉盡凋零，獨讓兹花表芳潔。丹心欲與嚴寒争，不使人間生氣絶。風流崛强總天然，美人顏色忠臣節。海國蒼涼鼓角哀，草木亦受冰霜灾。驛使江南走羽檄，馬頭不寄春風來。時艱絶少後凋質，眼中富貴誰奇才？玉樹瓊花縱珍異，未經歷鍊非良材。匡時無策但搔首，笑顏暫對梅花開。休文瀟灑世無兩，絶似梅花氣疏爽。羅浮移贈寄相思，紙閣文窗勞夢想。植土欲厚根欲深，不藉吹噓自長養。明年玉笛散邊愁，一曲紅羅待君賞。

題沈瘦生大令起鯨延清園圖遺卷

去歲征帆出虎阜，燈火元宵醉尊酒。得見延清水榭圖，先生妙筆真無偶。臨行贈我畫中山，欲换新詩弁其首。今年失意歸海濱，先生羽化離紅塵。一别春風感今昔，煙雲幻迹皆非真。令子文采絶類父，愛惜此卷逾常珍。索我題詩踐陳約，重覽遺墨傷心神。數峰插天青可挹，中含白雲氣猶濕。下有流泉動嗚咽，萬荷花上秋聲急。門前鷗鷺望歸帆，抽身宦海嗟何及。蒼梧秀竹迴含愁，拂露零煙慘如泣。近時吾邑寫山水，妙手獨讓城南李乾齋修《易》。先生畫筆亦殊絶，簡峭沉雄各行是。半生薄宦老江南，畫意分明戀桑梓。秋來戰火陰吴天，故山近與重溟連。靈鼉張帆怒濤立，瘦蛟吹沫腥風旋。三徑田園懼蕪没，陣雲咫尺横樓船。先生有靈定惆悵，忍使猿鶴愁烽煙。流民滿地邊聲入，惜少監門寫生筆。畫中樓閣自神仙，世外人家獨閒逸。幾時劫火盡消除，却看春山笑面出。

乍川紀事壬寅

烈山一炬走春霆，野哭千家不忍聽。劫火近連鄉樹赤，瘴煙遠失海門青。夷艘入寇每乘陰晦。孤城盡洩金銀氣，餘焰猶留草木腥。差喜有莘賢相國，暫修玉帛奠生靈。謂伊莘農相國。

吊關中卒乍川之役，夷從唐家灣登岸，惟陝兵禦敵最勇，旋因援絶，被害獨多，作詩表之

一旅熊羆勢已孤，男兒馬革誓捐軀。竟能殺賊先諸將，直欲當關抵萬夫。瀛海雷霆飛戰火，函陵風雨斷歸塗。牙旗朱蓋人何處，浩蕩君恩報得無。

寇退後張叔未文招集八甎精舍即事賦贈

道光壬寅月在巳，携家避亂新篁里。得與先生杖履親，患難從游倍欣喜。先生愛古不薄今，宏獎風流勵後起。意興矍鑠逾少年，交訂忘年不論齒。落花滿地爐煙沉，午簾雨霽聞幽禽。雪壁争看有聲畫，風篁時奏無絃琴。古香撲人使人醉，况有旨酒陶胸襟。長鯨跋浪海氛惡，日日軍書警風鶴。東南家室半飄零，忍把閒情付杯勺。民貧地瘠敵所憐，差幸風雲過一霎。今朝毒瘴净諸山，濕翠涓涓向空落。九峰當户含笑顔，如送詩情上高閣。未翁清儀閣可望乍川諸山。所惜流亡未盡招，尊前心事兼哀樂。人生飲啄亦前緣，華堂良會非偶然。主人愛客篤

且摯，客既醉飽猶流連。彈劍高歌聊快意，烽火弗及皆神仙。賈生嘆息嗣宗淚，杞人不達徒憂天。噫吁嚱，妖星芒角尚南指，將士投壺樂未已。據鞍誰似馬將軍，飲酒争師羊叔子。軍政何如觴政嚴，我輩清狂醉亦是。借翁之酒爲翁壽，翁壽直與金石偶。以酒壽翁翁喜歡，竹田歲歲常平安。翁所居曰竹田深處，翁覃溪學士顔額。

白馬廟紀事并序

廟去鹽城約十里，祀白沃使君像。壬寅四月，暎夷陷乍浦，南趨海鹽，道廟下，夷酋躓而殞，餘衆驚退，僉謂惝怳中若有掊之者，吾邑以西因是得保。噫，禦灾捍患，神歆厥祀，功亦偉矣哉！敬賦長律以紀。

孤城如斗倚斜曛，滿地瘡痍絶援軍。大壑波濤陰日月，空山草木起風雲。火攻但覺滄溟沸，兵門遥從碧落聞。異代英靈猶激發，元戎及早策奇勛。

秦漢瓦當搨本爲竹里王鉏園丈福田題

函關紫氣淪烽煙，南山宫闕犁爲田。此瓦歷劫尚完美，秦漢明月今猶圓。憶昔咸陽全盛日，飛樓複道相鈎連。丹霞照灼白日麗，金碧萬象光燭天。阿房窈窕矜創制，脂膏圖畫争新鮮。楚灰未冷漢殿起，建章宫闕連甘泉。鍛鍊火土發精彩，瓴甋燦爛明星聯。五雲樓閣起歌舞，否或縹緲求神仙。長生無極徵吉語，翬飛鳥革何蹁躚。轉眼繁華逐逝水，紅羊劫换朝市遷。金人夜泣銅駝死，二陵風雨悲啼鵑。萬翼鴛鴦忽矯翅，隨風飛落長城邊。當時梁棟且烏有，尺璧雖實安能全？天獨留之驗興廢，戰火陶鑄質益堅。古來聖主崇儉德，懼以奢靡誤後賢。夏卑宫室唐茅茨，未聞土塊窮雕鐫。靈沼靈臺亦西地，古有其制今不傳。此瓦千秋示殷鑑，豈惟好古供搜研？逸少風流擅淹博，一一考證資遺編。摩挲拓本共忻賞，十瓦可埒張八甎。謂叔未丈八甎精舍。請君造作題詩硯，好賦蒼茫懷古篇。

爲張叔未丈題明季東南三孝廉像

李潛夫名確，平湖人，私謚介節

薇蕨高蹤繼首陽先生貧甚，魏叔子禧擬集同志，爲先生謀月供，先生不可，卒以餓死，呼天難籲恨茫茫先生著有《呼天外史》。生無世事干塵吏先生既膺鄉薦，不一干有司。有守帥聞其名，車騎過訪，逾垣避，死有清風殉烈皇。一代科名留氣節，百年涕淚託文章。遺祠尚借神靈護，無恙青山傍戰場。乍川失守，濱海寺院皆毀於火，而先生之祠獨存。

巢端明名鳴盛，號崆峒，嘉興人。少孤，事母至孝。母死，既合葬，廬墓而居。邑人私謚貞孝

偕隱歸來守墓門先生夫婦偕隱，有梁孟風，鳳喈橋畔識孤邨。卅年常灑思親淚先生居永思閣以寄孝思，三十年如一日，一第難忘養士恩。老屋寒煙收橘税先生墓廬之外遍栽橙橘，疏籬秋雨落匏尊繞屋種匏，落其實，爲尊罍之屬。有詩云：『剖心香自發，刮垢力須攻。』朱竹垞太史《匏尊銘》曰：『物微奚足貴，重自高人置。』。平生忠孝皆千古，不藉文章光焰存先生遺稿散失，存者無幾。

徐俟齋名枋，長洲人。抱西臺之節。没後，家貧甚，周子潔茂藻爲先生作啓募葬

志節常留竹石清，西臺如意動秋聲。河山雪涕悲君父，風雨招魂仗友生。香草楚詞傳畫本先生善寫蘭石，梅花鄧尉訂詩盟先生有《鄧尉探梅詩畫册》。草堂已换紅羊劫，冷月寒泉不世情。先生舊有澗上草堂。

讀周子潔募葬徐俟齋先生疏敬題卷後子潔，忠介公次子。疏係絹本，現藏竹里張耒翁家

徐君古逸民，正氣卓江表。豪傑際風雲，斯人獨潦倒。内涵冰雪清，外視冠蓋小。多財損令名，丈夫貧亦好。介石矢堅貞，空山竟枯槁。周老本清門，意氣何矯矯。招魂志哀郢，撫孤義存趙。肝膽照古人，文章激諸老。潘楊真信人，覆巢翼雛鳥。卓哉戴山人，祠墓爲營造。潘太史耒，字次耕，號稼堂。楊先生无咎，字震伯，號易亭。戴山人易，字南枝，號南枝。皆不避嫌怨，卒保其寡媳

孤孫。山人并爲營葬。太史有《澗上祠堂記》。一疏動鬼神，豈惟文字寶。人生重交游，大節貴通曉。患難識性天，死生見懷抱。寶劍横墓門，麥舟贈遠道。古誼重太山，今人棄若草。此疏千載心，光争日月皎。燈昏不忍讀，讀之悲風繞。

雪浪石盆銘拓本次東坡雪浪石韻爲未翁題

群邪蔽日浮雲屯，華岳爲小培塿尊。拳石何幸得知己，巨眼特賞驅塵昏。殘星隕地作明月，夜深光焰騰江邨。補缺無用空洗煉，女媧遺之在天門。何年斧落巨靈手，空山陰雨啼精魂。青蠅驥尾附公顯，盆池丈八蘸松根。百折瀠洄盡水勢，無風亦緺煙濤痕。壺中九華仇池石，歲寒三友堪同論。大書銘字五十六，墨池巨浪驚翻盆。盆今磨滅石轉徙，此拓日少宜多存。

偕陳湘漁作敬登鷹窠頂憩雲岫菴山僧以蔬筍餉客癸卯

春游及寒食，霽色開清遼。好山如揖客，隔水青可邀。紆迴覓邨路，宛转延塘坳。雜花媚遠樹，群松走驚濤。白雲起蓬勃，英英濕我袍。飛鳥忽在下，始知所歷高。俯視西湖水，一勺如醇醪。東望海色紫，戰氣猶未消。臨風憶猛士，使我心鬱陶。山僧自閒適，地僻無塵囂。烹茶沸雪竇，煮筍餉山餚。世外有真味，何用羅腥庖？飽飯卧禪榻，境寂夢亦迢。吾性本冲逸，苦爲物所勞。到此衆緣息，人事嗟滔滔。夕陽速我去，出門見歸樵。危磴下九曲，叢竹鳴千梢。此鄉可忘世，故人屢相招。買山夙有願，金空安能豪？何時遂初約，笠屐同逍遥。

宿錢氏湖天海月樓

高樓百尺俯空明，新柳濛濛春水生。薄暮漁樵閒入畫，感時父老坐論兵。鷓鴣留客山中住，鷗鷺忘機世外情。塵夢今宵應不到，月殘酒醒有鐘聲。

游萬蒼山贈錢曉廷同年聚朝

野草巖花寂寞中，春來游屐幾人同。長松晴挾蛟龍雨，絶壑寒生贔屭風。天外潮聲陰白晝，山頭雲氣礙青空。救時無策商樵隱曉廷自號萬蒼山樵，可惜君家射海弓。

偕曉廷游西澗

春寒山更幽，雨過澗逾静。白日澗蒼松，蕭疏作秋影。我有素心人，相携陟蘿徑。倚樹得畫趣，面壁悟禪境。飛瀑從空來，紆折下修嶺。碎石觸寒聲，塵夢激使醒。小奴亦解事，携鐺爲煮茗。飲之澄肺肝，怡然若有領。薄暮聞樵吟，反照在峰頂。南望高士湖，湖光樹杪耿。惜無皎月來，坐看衆物暝。啼鴉催我歸，回首溪煙冷。

偕湘漁登譚仙嶺

萬叠蒼松鬱怒濤，冥冥寒翠撲征袍。空山壁壘閒雲宿時因防海，忝列營寨，大海帆檣落日高。春色可憐官道柳，仙人未種武陵桃。登臨無限憂時淚，却羡元龍意氣豪。

四月初四日家叔霽青觀察安濤招同袁雲溪大令斯熊泛舟魏塘觀水嬉

老鼉打鼓蟄龍起，鼓鬣盤旋萬夫指。旌旗五色鬥晴空，倒卷雲霞出水底。大船軒簸鯨跋川，小船接叠萍泛沚。坐看鱗甲現之而，百槳飛騰向空使。竹林同游興頗劇，座有袁宏亦奇士。然照絶類温太真，縱觀得無崔刺史。須臾彩仗煥中流，電閃煙霏疾風駛。或貫袍甲驚天神，或衣蘿薜嗤山鬼。或吹玉笛降飛仙，或鼓雲和迓帝子。賽船百餘更趫捷，捩舵移檣輕若紙。船中健兒各袒裼，跳躍歡呼自矜喜。負重能顯舞幢力，擲空巧試弄丸技。奪標時逐野鷗翔，飛叉或中老魚尾。一時勇藝皆絶群，擊節同聲嘆觀止。近聞海艦逼東南，以火旋輪迅莫比。我軍欲濟嗟無舟，勝不能追敗輒靡。吴兒弄潮好身手，可惜逍遥寄煙水。曷不鼓浪乘長風，直到扶桑挂弓矢。丈夫封侯豈有種，若輩驫豪或輕死。胡爲角逐在泥沙，豈識烽煙近尺咫。噫吁嚱，公等兒戲何足齒，棘門灞上亦如是。

小暑日竹里王芑亭茂才逢辰招集净相寺宜晚堂啖檇李會者六人薄暮返竹里復飲同年曹淡秋鎮定寓齋越日抵家得詩四章寄贈芑亭

仲夏檇李熟，顆顆紅霞鮮。故人招我游，謂宜小暑前。欣然冒雨往，同泛丁溪船。薰風頗解事，霽色忽滿天。新漲活遠翠，橋影低可穿。鳴榔出樹底，蕭森疑在煙。路迴見寺門，臨水紅墻偏。繫纜市郖酒，驚起閒鷗眠。

野寺息塵囂，緑陰正停午。禪房繚且深，小坐輒忘暑。亭亭垂檐樹，纍纍實可數。王郎絶狡獪，逢僧百詞嫵。意在賺佳果，不求使自與。同人察其微，匿笑掌或撫。值貴衆所珍，質賤世弗取。嗟爾天上根，豈識道旁苦。

西房李最盛，開筵宜晚堂。土瘦花愈實，味之如瓊漿。西子經一掐，爪印猶芬芳。葡萄昔入漢，荔枝曾貢唐。微物擾天下，禍機存微茫。盛時恤民力，珍異却遠方。此果縱仙品，只供山人嘗。如何戰氛起，反爲禁米囊。誰當横海去，銅柱標扶桑。借箸鮮良策，搔首徒徬徨。杞憂亦何益，且復盡一觴。

酒酣别寺僧，出門夕陽紫。一葉破空濛，疏燈見水市。更作西園游，夜闌客始起。平明理短櫂，贈别更投李。歸以奉高堂，次乃及昆弟。分潤暨友好，餘甘悦稚子。有美勿自私，清芬各在齒。黄金韞囊槖，不出使人鄙。取廉用則宏，萬事當如此。聊申永好懷，作詩報知己。

袁孝女

孝女垂髫能事母，母病不離母左右。女善烹飪供母餐，女愛種花博母歡。母病方作女憂始，母病既瘳女色喜。女心憂喜視母身，心憂心喜皆天真。造物冰霜試奇節，堂萱無恙庭椿折。女生事母死事父，誓捐此身酬罔極。殘燈閃閃月在門，北風吹簾摇斷魂。悲腸夜共寶釧折，黄金刻劃心肝痕。女吞釧以殉。人間事母有兄嫂，地下追隨女亦好。生無一日暫離親，死有千秋不爲夭。吁嗟乎，文臣死諫武死戰，至性激發風雲變。近來氣節亦淩夷，赴義從容殊罕見。鬚眉所怯女力争，上與冥漠通精誠。孝女名瑶字儀貞，袁氏望族家華亭。女不讀書不好名，心有所重身乃輕。卓哉大節何錚錚，草間苟活非全生。

海上秋感

朔雪炎風隕大星，南天銅柱近飄零。潛鮫涕淚珍珠貢，凡鳥文章翡翠翎。薏苡香隨征騎遠，芙蓉煙帶暮潮腥。鱷魚不爲强弓徙，始信昌黎筆有靈。

雷動舟山鬱戰氛，畫船談笑策奇勛。美人環佩歸滄海，大帥旌旗隔暮雲。萬里煙濤鷗鷺約，一江風月鸛鵝軍。潛師搗穴非難事，忍使蒼生玉石焚。

瘴雨連山白日沉，西風海色逼天陰。一軍背水無生理，三師焚舟有死心。振臂難呼兵氣短，裹瘡猶戰陣雲深。嬰城辛苦賢司牧，留得殘軀百鍊金。

玉帳森嚴士不囂，壞雲頹壁海山搖。消除綺靡紅羊劫，跌盪英靈白馬潮。生縛左賢心報國，死爲厲鬼氣干霄。右師無恙全軍返，坐看長鯨跋浪驕。

野宿貔貅萬竈屯，酒酣下令奪崑崙。丁男白骨沙場賤，子弟烏衣幕府尊。間道出奇搜虎穴，在淵无咎羨龍孫。偏師亦足威强敵，惜未生禽賀洛渾。

馬謖登山計總非，全師宵遁偃旌旂。孤軍絶援忠魂殉，萬幕移屯戰騎歸。禹穴龍蛇秋欲動，曹江烏鵲夜驚飛。梅花落盡清溪嶺，曉月蒼凉入翠微。

昨夜西興羽檄過，甘泉捷報走明駝。蛟門鎖鑰防秋少，麟閣衣冠入畫多。聞道至尊猶旰食，寄言壯士莫長歌。婆留弓矢誇神勇，咫尺龍湫已有波。

犀甲三千鎮怒濤，畫旗朱蓋九峰高。受盟直欲憑單騎，横海誰能策六鼇。人去蘆中秋黯澹，營荒柳外月蕭騒。潼關健卒猶輕死，曾向天風挂戰袍。

叱咤雷霆氣鬱盤，東南宿將老登壇。抽刀誓死從光弼，請劍無人及賀蘭。馬革招魂新鬼泣，豹皮留采後人看。雲車風轡應來往，夜半神燈照海寒。

懸軍深入敢横行，鶴唳江天草木驚。黿鼉潮通瓜步水，金焦煙障石頭城。風波激盪南朝寺，雲氣銷沉北府兵。廿四橋邊好明月，玉簫都作斷腸聲。

擊節中流一慨然，牙檣綉幕影江煙。將軍決勝周千里，丞相攻心計萬全。尊酒從容酬陸抗，圍棋閒暇走苻堅。諸酋羅拜非要約，雨露能濡化外天。聞道東南息戰争，枌榆蕭槭尚秋聲。老魚吹浪腥城郭，疲馬嘶寒厭鼓鉦。絶域功名思衛霍，高臺文酒吊韓彭。青天萬里浮雲散，好注銀河洗甲兵。

八月十三夜任硯雲大令沛霖朱葆青孝廉源慶陳琴齋孝廉其泰李乾齋茂才修易集家園陔南水榭賞月甲辰

燕臺明月送征鞍任君同伴入都，朱、陳二君又同出都，今夜清輝共倚闌。照水簾櫳如畫静，近城煙樹當山看。堂前蟋蟀憐遲暮，江上芙蓉識早寒。玉宇無聲秋思闊，滿天星斗正闌干。

風吹絃管動瀛洲，綺陌芳塵憶舊游。寶馬連錢花外路，玉人團扇鏡中樓。虹橋上接清虚府，銀漢高懸寂寞秋。一自空山歸獨卧，大羅天遠不勝愁。

星辰上界夢迢遥，杯酒閒將磊塊澆。十樣蠻箋裁翡翠，九華仙佩想瓊瑶。蘇孃機杼迴鸞字，秦女樓臺引鳳簫。同是嬋娟好顔色，燈前甘苦且分消。

銀箭催更夜易深，冥濛香霧藹園林。幽篁露灑珍珠淚，殘桂風飄絡索金。水檻空明魚影動，燭房窈窕麝煙沉。明朝勞燕東西去，千里還應照素心。

重九泊乍川偕楊西麓孝簾(懋賡)鍾穆園茂才(步崧)海上散步

風日重陽候，人煙劫火餘。晴空摩鸛鶚，秋汛伏鯨魚。扼險金湯固，防危玉帳虚。乘槎誰擊汰，晚唱動歸漁。

往日欃槍熾，經年草木腥。孤城淩莽蒼，廢廟鑠英靈。霜老啼烏樹，風悲落雁汀。陳山無恙在，還傍戰場青。

漸集流亡衆，重游浩蕩天。梯航徵禹貢，歌舞及堯年。警夕還刁斗，迎神自管絃。邊烽知已息，不復見戈船。

舊雨聯幽賞，寒濤送夕曛。樓船三島路，壁壘九峰雲。填石憐精衛，揚帆憶少文。身閒無用處，且狎鷺鷗群。

陳山登高

九月九日霜天空，落葉如雨蕭蕭風。好山歷劫幸無恙，曳屐直上青芙蓉。前年戰火逼海澨，龍湫一勺浮鴻蒙。老魚吹浪作人立，鼓聲夜徹馮夷宫。是時戰守頗有備，指揮決勝須元戎。甲盾五千詎云少，何爲散落成沙蟲。壞雲頹壁士氣墨，樓船一炬青山紅。萬室流離走相避，哭聲上達聞蒼穹。即今兵火已銷歇，人煙漸密秋禾豐。安不忘危古所戒，智士識遠毋苟同。道謀紛紛議善後，空壁亂疊層雲中。王公設險制中外，匪直壯觀高垣墉。糜金百萬豈得已，孰敢矯誣貪天功。亂離如夢忍追憶，中野尚有哀嗷鴻。髑髏滿地戰血紫，如見燐火燒丹楓。登高茫茫集百感，帝座呼吸何由通。側身東望獨搔首，海月恰挂扶桑弓。

秋暮憩卷勺園贈劉瑞圃丈潮

荷花池一鏡園在乍川城南荷花池頭，秋水到門前。孤櫂停寒碧，疏林指夕煙。來逢黄菊綻，情與白鷗聯。物外資幽賞，因之息衆緣。

會心不在遠，市隱足徜徉。滿地桂花影，一簾秋夢香。主人同北海，名士傲南陽。欲賦小園勝，無才愧庾郎。

頻年風鶴警，兵火照松關。獨此神仙宅，長留天地間。樓高延海月，城缺補秋山。合繼潛夫隱，溪雲盡日閒。

平生邱壑志，强半誤浮名。倦翮竟安適，素心常自貞。清流洗塵鬢，片石悟詩情。海鶴能留客，還來證舊盟。

倚晴樓詩集卷五

海鹽黄燮清韻甫

前明海上雜事得樂府八首乙巳

風櫃擒

登高城，破巨浪。無勝兵，有勝將。西來番舶如雲馳，結連海寇通諸夷。撫之不馴拒則變，議和議守皆權宜。東南砥柱中流撐，合圍請發諸道兵。首襲鎮海港，次逼風櫃城。風櫃城，高且堅。中有霹靂車，可以洞裂蛟門山。亦有光明鏡，可以下鑑不測之重淵。大兵壓之勢何疾，渠帥已縛高文律，誰其主之南居益。嗚呼，南八男兒真罕匹。

皂林捷

虞山尉律向空峙，游擊將軍應運起。誓斬鯨鯢報主恩，練卒三千皆死士。徐海兵勢何蔓延，翼以麻葉陳東船。大隅薩摩相鉤連，北掠瓜州南乍川，襄懋能軍怯不前。阮鶚庸材何足數，游擊一軍猛如虎。橫刀策馬三里橋，愁雲漠漠風蕭蕭。大呼陷陣青山搖，橋下戰血翻紅潮。三戰三捷敵鋒靡，孤軍無援敵心喜，大星墮空游擊死。賜謚忠壯祠皂林，龍蛇滿壁秋蕭森。英風夜逐寒濤長，激盪千秋烈士心。

獻白鹿

萬騎合圍夜吹角，不獻黄虬獻白鹿。飛章入奏頌安瀾，至尊歡喜斂人哭。中原角逐豺狼飛，以黑混白嚴分宜，目之爲馬誰敢非。上林惜無指佞草，荆棘横生蕙蘭槁。鹿果能仙鹿不飽，五色靈芝獻亦好。

舟山雪

危磴盤空失寒碧，北風滿天雪花積。敵壘傳觴醉未醒，笑倚冰山作盤石。樓船合圍夜斫營，列隊騰空勢辟易。忽從海底迸驚雷，倒卷銀虬上山脊。萬炬融冰火其柵，刀光雪光相映白。髑髏模糊雪中赤，玉掌擎天巨靈劈。川貴健兒勇絶群，敢戰乃有俞將軍。將軍兵法通易理，變化從心臂使指。紛紛竪子妄談兵，臨陣讀書何足恃。嗚呼，將軍神武世有幾，令人却憶平淮李。

祭海神

鵝鼻江，春酒緑。常熟山，綉旗纛。中原膏血光明燭，鼓樂迎神迓神福。願借神力張我軍，願仗神威清海氛。海不能言神怒嗔，倒立海風走海雲。奥竈可媚丞相府，爾敢媚神媚吾主。請假上方斬義子，招祭忠魂代牲醴。百靈呵護天人喜，海國波瀾永不起。

高税使

三萬朱提許通市，税使之力乃至此。中原寶氣照重洋，瞬息番檣已東駛。朝踞彭湖城，夕達春申浦。野有鷹鸇山有虎，爾敢招之入庭户。以金爲餌漁我民，飽則颺去飢搏人。當時尚有横海軍，不然貪狡之性焉能馴？噫吁嚱，古來邊釁言利始，豈獨區區高税使。

照海鏡

扶桑白日淡成雪，飛墮樓船作明月。珊瑚作架春雲紅，背文應有雙蟠龍。鏡能照水不照陸，箐密山深爾豈燭。將軍鼓角從天來，區區蠡測何爲哉！

哆囉嗹

在天豈無織女機，在地豈無鮫人絲。人心好奇風日靡，異物徵求及萬里。寒女育蠶蠶作繭，繭粗作綿使君暖，繭細作錦成雲煙，爲君衣裳如花鮮。君衣君暖不見憐，翻新更買哆囉嗹。哆囉嗹，長徑一尺值千錢。中原杼軸置不用，使我婦女心憂煎。噫吁嚱，哆囉嗹！

仲春既望張叔未丈過訪拙宜園對花命酌賦贈

小院愔愔屐齒稀，静中流覽鎮忘機。一池新水魚苗長，二月光風燕子飛。地有琅玕同竹里，春隨杖履到柴扉。呼童劚取籬邊筍，不醉斜陽莫便歸。

風雅東南孰主盟，一枝健筆老縱横。傳家法物鐘彝古，壽世文章鐵石貞。鷗鷺忘年勞問訊，魚龍歸海厭論兵。拈花如對長眉佛，安得黄金與鑄成。未翁眉長寸許，阮儀徵相國呼爲眉壽老人。

蓬萊春色隔雲天，未許乘鸞到日邊。芳草懷人難寄遠，落花送客又經年。消磨英氣閒情賦，疏淡名心入定禪。自惜瑶琴聲激楚，請從煙水待成連。

雨霽閒門長緑苔，庭梅都爲放翁開。雙柑斗酒聽鶯去，片石疏花待鶴來。拂檻和風迎笠屐，撲天晴翠暗池臺。願春常好人常健，金谷年年一舉杯。

賀張受之辛有移居東鄰

舍北荆扉咫尺通，圖書東壁想清風。鄰園樹借三分綠，古寺墻圍一曲紅。拂檻花枝春隔院，入樓雲氣海浮空。夜來燈火還相望，只在松篁杳靄中。

平波臺次潘稼堂太史贈通濟菴志遠上人韻和叔未丈

畫眉橋畔垂楊柳，青眼依依待客來。江海詩名重山斗，煙波家世署樓臺。五湖想像陶朱艇，三影分明李白杯。蒓菜鱸魚如見約，片帆同趁好風開。

受之以楊晚研太史書帖見貽叠前韻奉謝

園居舊是先生宅，遺墨如還趙璧來。一紙煙雲留几席，百年風月老池臺。庭中磊落元章石，林下疏狂草聖杯。差喜瓣香猶未泯，殘編還對夕陽開。

題邵稼夫靈石山房圖用東坡雪浪石韻

人間頑石如蜂屯，瑰奇自負世弗尊。離塵獨立隱光采，群瞽之目殊昏昏。此石乃荷識者賞，白雲一片離山郵。峰巒起伏盡畫趣，芙蓉倒插青當門。一卷隱具五岳勢，繪工刻劃追神魂。所觀者大物無小，亦從太華分靈根。活以清泉植寸樹，雪竇迸裂珍珠痕。主人愛之逾尺璧，暇輒詩酒相評論。春雲濛濛起膚寸，散作霖雨愁傾盆。題詩願與石同壽，石質不朽詩常存。

題葉雲帆月夜聽潮圖

明月出海上，倒印水底白。散作銀蜿蜒，雪照萬里色。寒聲激太空，壯心與淜湱。轟若萬馬奔，蹴碎泰華石。我昨泛申江，帆影指蟾魄。一鏡墮混茫，上下連城壁。明星忽在地，寒芒俯可摘。燐焰閃敗蘆，番檣列叢棘。惜無温嶠犀，下瞰鯨鯢宅。乘風願未酬，旅夢殊不懌。君懷何幽曠，遥想寄澄碧。請携珊瑚竿，來作釣鰲客。

蘭花會詩

薄游申江，適蕙蘭盛開，都人士各出佳種，陳列邑廟之豫園，名蘭花會。家霽青叔有八絶紀事，余亦繼作

暇日尋芳到海濱，散花會上證蘭因。嬋娟聲價黄金重，博得人間頃刻春。佳種有值數百金者。

美人空谷寄清高，解佩盈盈憶漢皋。三月花開惜遲暮，替傳哀怨譜離騷。

梅花蓮瓣鬥輕盈，佛手玲瓏並蒂生。花有梅瓣、蓮瓣、佛手瓣之别，皆蘭之異種。仙種不應塵世

有，只宜分付玉龍耕。

雨洗煙氛散渺茫，楚妃窈窕倚新妝。薛蘿山鬼休唐突，管領春風是國香。

碧玉依依弱不支，明璫素佩下瑶池。麻姑曾見紅羊劫，亂後根苗慎護持。時夷氛甫靖。

絶世丰神不合時，紅塵小謫現幽姿。長安已減看花興，香草重牽遠道思。

翦除荆棘表靈根，桃李芳華未足論。一種孤標誰比潔，携琴海上吊忠魂。

豫園裙屐鬥春妍，鬢影花香散作煙。劫後風光猶綺麗，令人重憶太平年。

壽霽青叔七十初度丙午

文采承家學，英聲動少年。胸吞雲夢澤，身到大羅天。讀賦驚才子，呼名首衆仙。鴻毛欣遇順，宣室正求賢。

文鑑開明月，詞曹重使星。公由内翰主試粤東。初夷秋水皎，巨眼遠山青。艷拂珊瑚樹，光騰翡翠屏。歸來何所有，藥裹盡參苓。

天慮方南顧，陽春自北來。出守潮州。親民惟刺史，治劇仗奇才。忠信鯨波涉，文章鱷浪開。籌邊知有策，頻上虎門臺。

法立諸姦靖，恩敷庶類同。萑苻知夏日，花柳拜春風。朱蓋笙歌裏署理南韶道，蒼生痌瘝中。屏藩方倚重，去棹太匆匆。

宦海迴帆疾，歸裝載石多。鄉心莼菜曲，離恨木綿歌。解組猶青鬢，填詞倚翠蛾。平生忠愛思，宛轉託微波。公自粵返浙，有《歸舫填詞圖》。

未老黃花徑，重開緑野堂。公於魏家港之南搆小竹林園。山林餘事業，金石壽詞章。暇日天倫樂，春風地主觴。斯文提唱少，還藉魯靈光。

末學忘年契，清談永夕留。每乘柑酒興，時共竹林游。許我聯吟榻，量才入選樓。知公期望厚，相勉是千秋。時以嘉道間近詞屬選。

花事催三月，萊觴介七旬。詩天留太古，酒國貯長春。南海勛名舊，西園翰墨新。行藏俱不朽，夙果證仙因。

題許玉年大令乃穀寒林平遠圖遺卷

西風肅萬象，木葉散如雪。陰寒蓄毫素，山骨勁成鐵。下筆千古心，媚世亮不屑。荒率見生趣，靜妙悟禪悅。想其揮灑時，氣與秋爭潔。撫卷三摩挲，清芬永不滅。

題許潤泉茂才禮身立馬曾登泰岱巔圖即送之粵東

平生五岳羅心胸，惜哉未策游山筇。丁卯詩人負奇氣，振衣直欲排蒼穹。石磴迴旋五十四，帝座呼吸真堪通。古柏蕭蕭鬱漢樹，長松落落羞秦封。空山偃卧不世用，根株蟠屈成虬龍。陰寒夾道白日凍，行人已瞑蒼煙中。馬蹄翻從鳥背起，俯視下界雲蓬蓬。天下已小况齊魯，綫河杯海浮鴻蒙。晴雨顯晦勢百變，地力乃有回天功。巃碑萬丈卓霄漢，贔屭吐焰成長虹。一心不滅照千古泰山萬丈碑高入微茫，惟心字點畫可辨，欲與造化同始終。冠蓋紛紛道旁客，出山慎勿違初衷。志堅行篤乃造極，繪圖豈特誇游蹤。愧我頻年走燕市，看山青眼殊朦朧。石丈有靈定撫掌，往來塵鞅何匆匆。聞君壯游讀君畫，不啻坐我蓬萊峰。浙西山水但平遠，惜無仙掌摩虛空。尺幅乃具萬丈勢，塵表躡足誰堪同。列星高寒仰可摘，采之入手櫻桃紅。携來海上作明月，倒影萬朵青芙蓉。明朝重向嶺南去，羅浮春媚桃花驄。歸時贈我五色繭，醉騎蝴蝶淩長風。鷄聲在天海門曙，更看日出扶桑東。

陳節母課兒圖雲山孝廉景高，少孤貧，不能延師，節母授五經四子書，翦燈課讀，佐以刺綉

母刺綉，兒讀書。兒倦母戚，兒勤母愉。母心其席，隨兒卷舒。一解　母語兒，兒勿荒嬉。兒無父而貧，母不兒教，兒將誰師。二解　母以兒存，兒以母生。心慈貌嚴，百憂叢并。匪忍勞爾形，乃懼隕厥聲。三解　嬌兒眼中書，慈母心中血。縷縷手中綫，寸寸霜中節。四解　翩翩雛鳳，乃翔乃翱。無忝令名，克慰母勞。五解　殘膏煎母心，甘苦爾應照。化爲明月珠，蓬蓽使光耀。兒能讀父書，母能食兒報，母兼父職兒盡孝。六解

吴鐵琴州守家蓄孔雀閉以木栅感而有賦

孔雀東南來，五色藻文翰。矯尾植翠屏，側翅閃金彈。耿耿川嶽精，借爾偶發現。負采貴自攱，詎宜俗眼衒。胡爲雲海身，樊籠此羈絆。跼蹐高厚中，不作鯤鵬變。在遠物愈珍，處卑世所玩。鳳凰亦文禽，時清始一見。

鐵琴以所藏孫登鐵琴見示予爲上絃并誌以詩

躍出蕤賓鐵，曾經劫火來。千年神鬼護，萬壑雨風哀。天籟沉高閣琴爲項氏天籟閣所藏，閣毁於火而琴獨存，秋聲落嘯臺。廣陵今絶響，孤負此良材。

暮春偕孫小熙大令恩保朱山泉通守善張許荀仲通守美身陳芰裳明經元鼎游南屏後山

殿閣笙簧語早鶯，撲空煙翠藹新晴。松陰石氣春雲動，竹外湖光曉月明。出世蹉跎塵海夢，看山留戀故人情。何時得遂幽棲願，恰與閒鷗訂素盟。

聞督臣收復定海

祆霧蒸雲薄太虛，從容巾扇爲驅除。健兒鼓吹騰鮫室，吏部文章徙鱷魚。碧血未乾田橫島，黄金誰致趙佗書。始知力戰非長策，地下忠魂恨有餘。

雨洗銀河毒障開，旌旗安穩甬東來。扶桑日照天王地，細柳春深大將臺。化外琛球歸禹貢，劫餘草木帶秦灰。流離莫問當年事，嗚咽重添父老哀。

廢壘荒林戰骨枯，竹山門外莽煙蕪。秋風化去滄浪劍，明月歸來緑水珠。尚有餘腥留瀆瀆，可能遠勢控彭湖。殘民元氣應調攝，温詔頻年已賜租。

星宿遥通貫月槎，亂檣西去指流沙。雲中島嶼收徐海，天外樓船走呂嘉。玉馬三年留外府，金鼇一柱表中華。承平豈便忘征戰，列戍連屯起暮笳。

憂旱

財賦三吴地，年來病轉輸。金繒消海市，珠玉照蓬壺。纔見鯨濤息，重嗟鮒轍枯。東南正凋敝，民氣若爲蘇。

同人集湘漁有九思齋席間喜雨作歌

江南黄梅一月雨，今歲翻添十倍暑。草堂投轄泛瓊觴，緑樹陰陰日停午。清談喜與故人同，力作方愁農事苦。五日不雨田不耕，十日不雨歲不登。古來亂機始衣食，昔之盜賊今蒼生。杞人憂深百感集，欲飲不飲心怦怦。安得片雲起華嶽，高歌迸作雷霆聲。精誠上訴帝心惻，涼風北來海天墨。倒瀉明河作白龍，急電紅燒太陰黑。人生憂樂互循環，世界炎涼亦瞬息。始知天意本仁慈，忍使東南竭民力。雨聲浪浪催我詩，詩成更酌琉璃卮。酒酣燈灺客始起，鷄黍重訂招涼期。歸來枕簟覓秋夢，殘響猶滴梧桐枝。

拙宜園之西偏舊有晴雲閣爲風雨所圮易樓三楹取涪翁快閣詩意顔曰倚晴丁未三月落成賦詩誌感丁未

蒼蒼三徑松，嶙嶙數峰石。先人忠厚遺，尺土重圭璧。王父購此園，性真寄閒適。醇穆含太和，萬事戒雕飾。不以機巧争，傳家示樸拙。先祖耕山公顔其堂曰『存樸』，齋曰『養拙』。古意澤後人，堂構永燕翼。及今七十年，清風被竹柏。我父秉先型，兢兢世厥德。嗜好泯衆緣，詩書抱奇癖。交游但文字，師友必賢益。空山歌咏聲，鏗與水風激。秋雲鬱壯圖，蓬樞苦沉抑。耻爲非分營，守道易蕭瑟。垂暮淡仕進，華髮漸以皙。仰維締造艱，牖户謹籌畫。先事葺墓廬，繼乃及園宅。草木欣際遇，山林忽生色。西閣號晴雲，全勝表秀特。屹峙二百秋，棟梁漸傾側。次第事改爲，憂患陡相迫。海祲東南來，勢卷萬山疾。敵至無堅城，兵悍或殘賊。十室九流離，闤市氣慘慼。移家類轉蓬，入林恐不密。吾鄉苦清貧，徼幸脱鋒鏑。寇退返故居，薪木尚含碧。艱難烽火餘，感時意慨惻。因之老病叢，乘屋詎能亟？茫茫未竟心，悲哉痛易簀。不肖襲父基，留貽重手澤。徘徊榱桷間，詎敢諉厥責？去年春雨多，巖墻更欹踣。誓慰先人志，經營始諏吉。我母念兒貧，諄諄儉是飭。毋存苟美心，精神耗我室。毋取苟得財，膏血污我壁。不見豪貴家，奢侈務窮極。盛衰不須臾，百年姓數易。柱石非不堅，要以身心植。長跪謹受教，規畫頗草率。綢繆半載餘，約略竟斯役。所悲此樓成，怙恃俱已失。花月有四時，板輿未一日。九原如念兒，還應恤兒力。力竭或可甦，親顔悲永隔。人生重富貴，富貴良頃刻。親在不及見，軒冕亦何必。歌哭聚骨肉，始知頌禱質。今我何所爲，蹇若退飛鷁。願守先人廬，風雨共晨夕。塵軌絶諠譁，座友進諒直。豈樂賦閒居，未敢違素臆。少時盛意氣，昂藏負七尺。冀有所建樹，温飽久慚惕。立身志顯揚，纏綿家與國。勞勞京洛塵，裘馬敝游歷。閶闔在九天，何由奉涓滴。經世多賢才，庸妄固宜斥。歸來滄海邊，盛年坐抛擲。兹樓我天地，譬彼馬在櫪。俯聽愁烏啼，仰睇愧鴻翮。無由報君親，微軀亦纖悉。所幸邊患清，閒鷗聊溷迹。長松向蒼蒼，可以撫而息。白石何嶙嶙，可以煮而食。且讀祖父書，敢言盛明逸。西北浮雲開，恰看中天日。

紀所聞詩以勉孝

衢巷紛紛傳孝子，孝子不詳其姓氏。孝子朝出傭工，暮歸負米，以米養母博母喜，母有兒生不則死。傭賤米貴給一口，一家之食安能有。孝子入門謀諸婦，孝婦之孝與子偶。烏有烏兮獸有羊，物有性兮人有良。母則有米兮兒則有糠，糠不肖米兮附米而成。米之不養兮糠於何生，根本爲重兮枝葉爲輕。孝子團糠母粒食，母見兒食大愴惻，母欲覓死死不得。含悲飲痛還入房，孝婦進飯潔且香。母而食之母斷腸，母不食之兒心傷。母瞰婦出母輟哺，傾飯入厠糞神怒。全兒孝名脱兒苦，俾雷死我孰知故。蒼天何高高，白日忽雨風。急電掣母去，此時孝子方傭工。孝婦入房大哀迫，厠中之飯何狼藉。呼天仰天叩天泣，願貸母死代母食。高高者天天怒消，電亦不能爲之急，風亦不能爲之驕，惟見白雨珍珠跳。所雨非雨雨者米，天賜爾孝作甘旨，母若有神促之起。孝子朝出傭工，暮還歸來，米何纍纍，如山崔嵬。孝子有米母有飯，嗚呼孝子出貧賤，微天之憫誰復見？事非吾見吾所聞，語涉奇誕理或真。誰非人子誰愛親，富貴之養養以文，孝如此子能幾人？噫吁嘻，孝如此子能幾人？

題朱保三中表有常看劍引杯圖

明月花間影，西風塞上秋。縱横星斗色，浩蕩古今愁。不用鋩應斂，無聊醉亦休。邊城方諱戰，酒國且封侯。

硯園爲陸氏所毁予購得廢址剪除荆棘繚以短垣擬爲栽花種竹之所作詩紀之

五畝城南地，茫茫茂草愁。廢垣欹仄徑，頽石亘寒流。小歷恒河劫，難成老圃秋。冷花如媚我，紅上倚晴樓。

駿骨寒成雪，蛾眉病不春。尋常都棄置，憐惜到風塵。樹老精靈守，山癯面目真。結廬猶有待，應諒主人貧。

舊主皆軒冕，華門棨戟標。百年更數姓，古月朗今宵。粉黛沉歌舞，珊瑚入採樵。乾坤傳舍耳，且復挂詩瓢。

曾記垂髫日，携書坐茂林。釣游成夙昔，歲月坐銷沉。春事閒居賦，秋風廣厦心。閉門聊種菜，未是入山深。

寄懷李藹如觀察本仁贛州

采采芙蓉花，凉風滿襟抱。秋士多感懷，忽復思遠道。夙昔同心人，關河阻脩杳。無由致芳馨，朱顔爲君老。嗟彼水上鷗，不作衡陽鳥。

端居忽不懌，慨焉思遠游。自顧所歡少，念君獨綢繆。束裝待明發，征櫂遲江頭。其時正炎鬱，烈陽沸中流。親故戀遠別，百辭相阻留。謂君愛惜我，暑行重君憂。感其所言摯，輒復理歸舟。出門與入門，彼此縈離愁。安得化明月，清光同九州。

昔同燕市游，連轡黄金臺。顧盼自矜異，兀傲無群才。良會忽以阻，盛年不再來。神龍已千里，疲策猶塵埃。伏櫪氣伉激，長嘯秋風哀。君子重高誼，不以窮達乖。性篤有真契，道在無時懷。感兹拳拳意，鬱衷始一開。

落日照平野，回光激晴瀾。當時送君地，流連不能還。置酒江上樓，坐看江上山。江流自往復，我心與迴環。所願章貢水，近與吴江連。好風達俄頃，咫尺到南天。

美人性芳潔，念我隔湘雲。自言家羅浮，遠寄梅花春。兹山多暖氣，能使蓬蓽温。兹花耐歲寒，點點生意存。神仙所培植，出手皆清芬。置之盆盎中，歡若對所親。東風不我待，散失同輕塵。花開有時落，素心良足珍。愧乏青琅玕，何以報殷勤。

出峽無緩流，到江有餘勁。川岳積雄特，民俗悍斯競。卓哉王文成，以道柔其性。致知本經傳，良知秉亞聖。末流事排擊，蠅聲惑衆聽。君能振起之，昏衢使光瑩。仰古挹前芳，踵武想新政。粤雲多變遷，楚澤亦形勝。制險扼東南，正賴雅化靖。賤子昧治要，聞風遠相慶。望君明德崇，豈惟聞譽令。

秋柳

津門飛絮馬蹄深，拋擲東風萬點金。學舞腰支偏失寵，過時眉黛易成陰。荒亭落照依依別，短楫空江渺渺心。莫共芙蓉怨憔悴，長安桃李亦蕭森。

江上西風鶴淚哀，蛾眉親見陣雲開。寒潭樹影將軍老，空壁潮聲戰馬來。笛裏關山猶鼓角，夢中歌舞幾樓臺。瓊花玉樹皆塵土，誰稱靈和雨露栽。

六橋載酒小蠻歌，舊恨淒迷託逝波。春夢樓前青眼少，故人湖上白頭多。香塵已散連錢騎，流水難尋拾翠娥。張緒風姿消減盡，征袍彈淚惜蹉跎。

金縷叢殘舊舞衣，滄江歲晚惜芳菲。五湖幽夢閒鷗約，一樹斜陽倦鳥依。高士柴門留客醉，美人畫閣待春歸。小園池沼宜煙雨，好補清陰上釣磯。

依山閣望海

鬱鬱此懷抱，登臨始一開。晴空諸島出，秋色大荒來。采藥通仙楫，吹蘆列將臺。浙西嚴鎖鑰，守險正須才。

甬江望月行爲何衡山茂才岳齡題行看子

秋風在心露沐髮，塵夢如煙滿城闕。中夜起舞鬱不歡，白眼蒼凉看江月。何郎與我總角交，少年意氣人中豪。劍芒出匣炫星斗，墨氣騰石翻波濤。文章無靈遇抑塞，飢驅暫作諸侯客。巴川明府劇好士，扁舟邀泛甬江碧。甬江江水清空浮，月色浩與江聲流。月中有人江有月，月不冷落江能秋。謫仙錦袍淩采石，髯翁洞簫吹赤壁。古人不共今人游，江月有情應嘆息。是時戰氣沉蛟門，刁斗警夜猶相聞。青天高高萬象肅，將星散落成飛燐。虎蹲山前怒濤咽，清溪嶺頭萬帳裂。當年夜半合重圍，白刃摩空鬥寒月。憶君念母歸故山，測變未形知幾先。漱廬濱海亦有警，風雲直與舟山連。空囊金盡移家走，予亦倉皇黯分手。銀蟾化作老黄虬，兩地相看各搔首。茫茫人事多變遷，波浪忽落月復圓。水鏡空明見顏色，昔何悲愴今何歡。塵土功名豈堪必，有酒不飲亦蕭瑟。笙歌且樂太平年，光明還照流亡室。采雲離合凉星稀，水長路迴行當歸。莫遣飛霜入圖畫，閨中昨夜製寒衣。

八月十二日吴子述歸自陽羡迂道過訪宿倚晴樓六晝夜每夕邀同里諸子燈酒縱談於其行也得詩四首

徑冷高軒少，門閒老樹深。故人猶我念，秋水遠相尋。貧有峥嶸骨，詩多慷慨音。自言經歲別，無事但悲吟。

園小詩新搆，交希愛舊游。晨星天下士，明月竹間樓。意氣窮途合，艱難廣厦謀。幸無風雨擾，沉醉過中秋。

暢好空明夜，圓光減一鈎十六夜月食。上清猶有劫，下界豈無愁。海色浮荒堞，邊聲動遠秋時乍聲舉礮護月。平生萬里志，嘯傲付滄洲。

浪迹真無地，高懷別有天。知君少親故，作客反流連。燈燼蛩聲裏，帆歸雁影邊。殘年倘乘興，更泊剡溪船。

月夜禾中舟次作

殘秋猶蘊藉，鼓枻溯流光。得月樹陰秀，在風蔆葉香。漁歌自斷續，清夢亦微茫。静極有禪意，塵勞此暫忘。

南湖秋泛

畫橋通市碧迴環，十萬人家縹緲間。如此煙波偏近市，未留一面補青山。

涼風吹浪織羅紋，蓼影蘆花盪作雲。此地只宜秋鷺宅，當年曾狎水犀軍防夷屯水軍處。

過煙雨樓

警蹕傳呼日，樓臺氣鬱蒼。江南誇富庶，海内重文章。天藻雲霞色，春波雨露香。白頭諸侍從，幾輩賦長楊。

秋夜曲

明星高高月在天，湘江美人彈冰絃。冰絃有情鬱不宣，玉雁夜哽銀河煙。凉風西來凋朱顔，美人洵美非從前。燭房羅帳坐微嘆，春短如日秋如年。

東塔寺晚步

塔危風欲撼，徑僻日俱荒。古佛無煩惱，空山亦老蒼。世情閒處少，秋味静中長。薄暮鳥驚起，鐘聲出廢廊。

古結交行贈馮少山茂才烺青即題其名山訪友圖

仰高未必窮其巔，臨深不戒將淪淵。君子失足防未然，結交奈何非英賢。離索寡陋古所恥，將以輔益繩吾愆。君之愛友入骨髓，脂車直欲窮名山。琴瑟在和非獨絃，鐘鼓能虚聲格天。學不自有納衆有，江海空闊吞群川。嗟哉世事多變遷，結交良易全交難。浮薄猥瑣不足齒，肝膽何必由衷言，太行峨峨忽在前。昨日信誓同憂患，耳餘當時亦管鮑，變機乃在微茫間。美人空谷何娵娟，欲往從之阻且艱。禮防森嚴非過峻，懼悔於後持於先。噫吁戲，結交良易全交難，必逢佳士亦執鞭。不則風雨持一編，日與古人相周旋。

絡緯

絡緯爾何物，能令秋夜長。餘音流玉砌，好夢落銀床。得氣詎甘寂，處幽應自傷。月斜啼更急，併入楚絃凉。

贈朱春甫茂才錦

故人如白雲，無心偶一至。同里頗契闊，所交在神契。憶予初識君，甫應童子試。垂髫能詞章，磊落自矜異。父兄戒狂縱，師友獎意氣。少女初學妝，婉轉鬥嬌麗。此境怳目前，忽忽逾二紀。我困燕臺車，五上不得志。君亦守蓬蓽，青青子衿敝。一事差勝予，佳兒善文字。烏兔迅飆輪，相對各顱頷。去日惜蹉跎，來日勿荒棄。貞此歲寒心，令名互砥礪。

丁溪眉壽老謂張丈叔未，博雅時所崇。君與十年游，積學詎不充。何乃久困頓，惻惻悲途窮。送窮固有術，道外利所叢。逐物昧本性，衣食亦足豐。嗟君不能爲，爲之亦不工。想見志士節，高潔無塵蒙。守己鮮外鑠，徇時多内訌。勁卉犯冰雪，陽春伏其中。天意有往復，願君慎初終。

猫

吾家畜狻猊，捕鼠疾於箭。聞聲若有睨，覓影不在見。有時搗巢穴，尾逐暗塵旋。有時擊飛走，從身逸飆電。鼠輩亦狡黠，望風匿不現。静如設伏待，屏息伺其變。高險輕一擲，隕跌氣猶健。豈不憚顛危，職在軀命賤。誓窮賊所往，以絶主人患。吁嗟爾微物，不忍負芻豢。爪牙盡如此，道路或清晏。

研園在倚晴樓之西更名西園暇日課家僮闢治蕪穢慨然作詩

三徑久荒棄，彌望塞荆榛。蔓延賊佳卉，終歲無陽春。同得造化氣，爾生何不倫。芒刺苟勿慎，往往能傷人。奇石仆叢莽，湮没無精神。小人在肘腋，君子安得伸。翦伐務净盡，搜剔窮其根。處之稍姑息，行將據要津。莠去美乃植，殺以濟吾仁。自嗟所用小，惜此斧與斤。

西園梧穀雜生伐去其穀而存梧焉

穀樹何暢茂，葉頗類梧桐。梧桐有清韻，爾貌徒蘢葱。忠孝以形似，世乃多奸雄。真僞慎去取，皮相非至公。留此百尺條，爽直淩秋空。時來作琴瑟，元氣使調融。

倚晴樓詩集卷六

海鹽黄燮清韻甫

將之虔州臨行感賦戊甲

昔上燕臺車，父母意徬徨。不願兒富貴，但願兒在旁。臨歧百辭囑，途路慎風霜。一滯增百慮，早歸慰所望。今我遠行役，不復見高堂。伏地叩遺像，如聞語諄詳。仰視忽已失，音容兩茫茫。親在不祿養，親逝走他鄉。抱此不孝軀，躑躅心摧傷。

李健伯同年光溥爲我送行詩以誌感

伯也古君子，真性何悱惻。念我虔州游，風波迥難涉。獨行知我愁，爲我訪儔匹。長路知我需，爲我檢衣食。體會入細微，綢繆及纖悉。我留懼我滯，我行恨我迫。中有無盡詞，意繁口不出。臨歧作歡顔，暗淚已在臆。友誼有如此，感極轉愴悒。

夜泊虎爪山下

第一江湖夜，蕭然倚短篷。炊煙深樹白，燈影遠山紅。鄉夢微茫裏，漁歌縹緲中。莫嫌聽雨苦，愁味有人同。

江天曉霧次富陽城外用謝康樂富春渚韻

櫓聲疑在空，人語知近郭。浮天合混茫，壓水沍旁薄。去岫雜隱現，來樹每舛錯。已復綜昏旦，安能剖林壑。泉流隔雲響，鳥影就煙託。夙昔慕壯行，處幽惜卑弱。不爲鴻鵠騫，未踐鷗鷺諾。萬物有顯晦，四序遞榮落。坐待初陽開，晴空起蛟蠖。

富春江懷大癡道人

富春江上翠屏開，我亦扁舟覓畫來。安得先生一枝筆，好山寫過子陵臺。

過戴仲若聽黃鶴處

携柑載酒吊幽人，雲水茫茫重問津。尚有啼鶯留客住，東風五月似殘春。

桐　廬

空山草木閟清芬，杳靄叢祠指白雲。婦女亦知仙隱好，輕衫細步拜桐君。

小市臨江三里寬，山光水色照闌干。仙居未識勞人苦，却借煙帆當畫看。

嚴瀨雨泊

旦發富春煙，暮宿嚴瀨雨。雷轟直下川，雹灼既昏嶼。瞬息異寒燠，俯仰感時序。因雲識龍氣，未秋警蟲語。浪石鏗以激，枕夢遠逾阻。聽喧愕衆響，處寂念孤旅。我勞復如何，侵曉更鳴櫓。

嚴瀨曉發

萬壑奔流帶雨渾，寒聲噴薄漱雲根。緣行絶壁猿猱走，石亘荒灘虎豹蹲。身世艱難同上水，天涯潦倒且開尊。西臺痛哭人何在，千古茫茫此淚痕。

嚴陵觀瀑布

萬山如馬如神龍，宛頸矯首游青空。千回百轉蓄水勢，望若無路舟能通。其時積陰鬱不散，似釜上蒸煙濛濛。散作飛雨灑萬嶂，噴薄倒瀉珍珠宫。大聲裂壁殷雷鼓，細亦絲竹鳴琤瑽。萬斛一注蟒赴壑，激宕争與江流東。下流既殺勢猶怒，上流却在雲當中。衆喧合鼓念逾静，五月不暑生凉風。年來世事苦齷齪，耳目乃爲塵埃封。天遣銀河洗煩熱，使我豁達開心胸。由勝入勝勿中輟，造化造境無雷同。此去馬當借風力，更須一識匡廬峰。

晚抵嚴州城外

宛轉出胥口，奔流盪客心。灘争烏石險，山抱睦州深。雙塔開新霽，孤帆破夕陰。路長煙更遠，空翠滿衣襟。

上灘行

衆水趨東流，水底石横出。我舟溯流上，往與水石激。既上不須臾，稍縱輒倒擲。舟子愕相視，鼓舞策全力。或以裸負榜，千鈞冀盪側。或以肩承篙，匍匐争咫尺。或以足運舵，手乃一竿揭。號呼集衆勁，百體與之敵。欲進聲愈喧，既登氣猶迫。我生多艱難，所往境屢逆。跼蹐途路中，群勞復予竭。物我同憂患，安能夢寐適。出險慎勿嬉，持重庶鮮失。

崖縴行

臨江多崖壁，迴環境屢變。予舟出崖邊，其上行以縴。越峻如猱升，赴遠若蟻旋。路往飛鳥共，景落游鱗見。俯深趾欲浮，仰碧眶或眩。僥倖侈捷足，危坦争一綫。策進不在躁，履險詎云善。感兹託孤吟，山翠落吾面。

蘭江道中

童子灘連焦石灘，崚嶒石壁灘名湧迴湍。行人厭説風波險，只當尋常畫本看。

平堤緑野水中間，放鴨馴牛事事閒。始信桃源隨處有，不須重問武陵山。

竹蘺茅舍有人煙，世外生涯不種田。兩岸盡栽楓柏樹，安排紅葉待歸船。

鄰船買酒作蒲觴自嚴陵至蘭江，一路有賣酒船，醉倚煙篷納晚涼。聽盡畫眉三百里，玉壺峰下過端陽。

夜雨泊蘭溪城外

暝色沉諸嶂，涼聲動遠更。人家煙外宿，江火雨中明。獨客蹉跎感，中年離別情。鄰船正絃索，能使亂愁生。

同年汪春生大令道森置一石於玉山官廨靈矯若舞雲作詩賞之次東坡雪浪石韻

冰溪諸山羆虎屯，懷玉一峰山之尊。不及汪侯座中石，皎若片月開黄昏。當其偃蹇見者讋，芙蓉冷落西施邨。一經拂拭光焰發，不啻聲價高龍門。出世雖非渭濱釣，入夢恐是飛熊神物顯晦良有數，位置高下何足論。但令出岫起膚寸，霖雨所及能傾盆。侯之愛石悟石理，石交古誼今猶存。

偕春生同年及其弟壽萱同年道厚君子亭看竹時值梅雨鞭筍茁芽主人劚以餉客即餞予至虔州

君子亭前萬竿緑，能使清陰滿溪谷。主人好客極瀟灑，邀我看山兼看竹。其時梅夏土膏潤，遍地龍孫茁寒玉。長鑱長鑱柄白木，劚以餉客味絶俗。山川靈秀借發洩，亦見宰官雨露沃。汪侯宰此今五載，三見靈芝産峰麓。善氣所感物能瑞，侯不自功謂民福。但願人和歲豐熟，座有清風意亦足。君子自進趙文若，不待故人寄書屬。對床况有仲氏賢，四海子由氣超卓。十年上書惜未用，似我襟懷同抑鬱。往時津門共翦燭，今日冰溪更聽瀑。人生聚散不可卜，八載光陰逝如轂。却因小蘇識大蘇，意氣輪囷頗相屬。斟酌廉泉釀春渌，一杯持飲醇醪渥。送我扁舟江上宿，風波爲我平安祝。天涯友誼良足感，自愧飢驅頗碌碌。來宵聽雨憶瀟湘，此境還應在心目。

五月十七日由玉山西渡瞬息百里用放翁抵雁隨浦韻

五月黄梅半月雨，萬壑寒生夏不暑。扁舟却共江流西，下水帆輕疾於舞。倒瀉銀河送客星，但聞波濤不聞櫓。岸山過隙馬奔馳，汀竹摇空鳥飛舉。直恐呼嘯起雷霆，已復須臾判吴楚。平生未遂萬里心，夢魂忽借風雲鼓。揚帆破浪如是觀，碌碌功名亦塵土。眼中鷗鷺何蕭閒，雙宿雙飛傍沙渚。我獨何爲好遠游，買山安得錢神許。且復高歌彈水仙，夜深應有蒼龍語。

水碓

動不關人力，圓機激宕生。自春仙兔藥，如和水禽聲。噴薄風雷氣，循環日月行。隨流千百轉，似我别離情。

上饒江

江水拍浮橋，乘風過上饒。鳥聲新霽樹，帆影夕陽潮。詩境真空闊，離懷總寂寥。亂山相送晚，何處是今宵。

由廣信而西山皆巨石隆起列作崖嶂無大小相間之法詩以寫之

渡江日看山，玆山何岝崿。隆起絶雄特，峰殊勢亦各。或圓如鏡奩，或方如屏角。或森如劍鋩，或列如刀削。或凹邃中空，巉巖齒在齶。或倔强矯立，枯根樹盤錯。異文恥苟同，一體結一邱壑。不以積累高，大氣自旁薄。乃知混沌奇，正在未開鑿。趨厚物不戕，過靈質易鑠。想入混茫，方寸起華岳。

夜泊湖口風月甚曠次放翁舟中對月韻

凉風瑟瑟吹微雲，江蒲江柳愁殺人。昨宵記與故人别，懷玉峰頭話明月。謂汪春生、壽生昆季。明月今宵更清冷，坐使江湖秋意醒。岸蟲幽咽語潮聲，水鳥驚飛怯人影。藐姑山翠欲到船，羽衣恍惚來神仙。高樓有夢無尋處，明日輕帆更西去。

舟次獅江野步遣興

昨日風水能兼程，今日獨向獅江行。野色却與意俱遠，山光亦如人有情。長橋界渚石齒齒，老樹倚空雲英英。沙禽向客作蠻語，畫閣東風無此聲。

九獅山

獅子江頭獅子山，一獅一山交迴環。兩山委蛇若靡首，兩山踞浪勢欲走。雲霧顯晦波浪高，氣蒸草木成拳毛。一山昂頭一矯尾，峰如欲斷中還起。中起一山迥且蒼，渾然屼立獅之王。以頸顧腹若有戀，俯視衆山皆兒行。尚有兩山左右列，如借熊羆作賢弼。直恐吐納起風雷，舞弄鉛山一丸鐵。長江鎖鑰資雄關，噓氣定應走百蠻。爪牙不到豺虎有，安得諸山伏地吼。

自獅江至鵝湖山益奇詭紀以長古

鵝湖之山山絶奇，一山一石無宗支。方者垣墉尖立錐，削者巨刃圓圍棋。中央危峰空所依，江流四面環繞之。餘亦起伏争雄雌，於水爲鼉爲蛟螭，於陸爲犍爲熊羆，窮極詭異各不師。目縱已及心猶疑，大造所造不可思。未識真面安得知，約舉形似見者嗤，不宜於畫宜於詩。

弋陽江懷謝文節

苦守夷齊節，難回天地心。勢危拚一戰，力盡鑒孤忱。熱淚崖山浪，離騷楚澤琴。招魂薦薇蕨，風雨極蕭森。

積雨初霽由安仁至餘干舟行甚迅

梅雨有時霽，我行殊未還。江流偏曲折，客思與回還。落照龍津馹，微雲馬祖山。去帆何所競，争及釣船閒。

夜過瑞洪鎮

夜過瑞洪鎮，漸近彭蠡邊。彭蠡雖未達，氣已凌百川。衆山忽遷避，讓此渾渾天。蒼然合上下，中有太古煙。盛夏颯凉氣，秋風到已先。市燈偶一閃，迴若陰火然。四極恐無地，安能辨桑田。涉險豈予志，人事苦憂煎。安得乘大化，沖舉隨飛仙。倘遂向平願，定拍洪崖肩。

夜渡彭蠡

四更殘星稀，篙師起鳴榜。百夫植巨桅，併力相叫嚷。推篷若萬里，一粟已蒼莽。視極但浩浩，焉識目所往。曙色從東來，幽遐漸以晃。笠圓涵大明，鏡闊受萬象。九江泄湍怒，三楚接漭瀁。勢與風雲合，氣挾蛟龍上。形忘始一快，境過詎敢想。歷險叢百憂，我懷終悵惘。

舟過南昌風利不得泊

孺子亭前新柳陰，滕王閣外暮煙沉。古人車笠論交誼，游子雲山入苦吟。暝色遠從三楚起，怒濤直下九江深。天涯未必無知己，莫負風帆送我心。

西　山

微雨過西山，山光窈窕間。美人新膏沐，煙霧滿秋鬟。塵夢憐歌舞，仙游想佩環。我行太匆促，惜未一躋攀。

南　浦

茫茫南浦水，千載送驪歌。予亦天涯客，相思當奈何？征帆從此去，芳草至今多。一掬歧途淚，還應化綠波。

寧王邸

寒濤細雨接天陰，莽莽風雲變古今。大壑魚龍猶戰氣，故宮鸞鶴自悲吟。分封難襲三王制，據險終生七國心。燕啄王孫原祖法，英雄時命有升沉。

婁妃墓

一片殘碑祀國香，故宫寥落水雲凉。漢皋明月歸神女，楚澤雄風怨大王。詩諫難馴龍虎氣，草書都作鳳鸞翔。湘妃淚點蠙磯恨，併入江流九派長。

豐城爲雷焕得劍處感事作歌

豐城之劍人不識，寶光乃令牛斗赤。塵霧障蔽焉得致，鬼神驅遣始一出。雷焕前世太白精，能識劍氣通劍靈。兩龍出地雌雄鳴，起蟄定有雷霆聲。當時華夷方擾擾，何不以之清邊城？閒在腰間未一試，張華佩之翻戕生。神物不用愧知己，徑乘波浪歸延平。吁嗟乎，劍無雷焕劍磨滅，塵海茫茫六州鐵。精靈偶與時顯晦，光采還應自愛惜。太平無事斂鋒芒，千金購之詎可得。但聞江水繞城寒，坐使神龍氣蕭瑟。龍兮龍兮歸去來，虎狼在户須邊才。慎勿悲吟向風雨，恐有故人詔求汝。

樟樹行

樟樹鎮頭老樟樹，根裂重泉氣蒸霧。晴昊自轟雷雨聲，太初已有鬼神護。蟠踞空山勢鬱蒼，獨留精氣鎮南昌。故王宫殿多零落，幸不當時作棟梁。

新淦道中

仙女峰何秀，化梭亭已荒。神龍隔雲氣，快馬走風檣。鎖鑰嚴章貢，波濤接廣湘。城孤堪制險，豈但賦滄浪。

峽江行

昨日南昌今峽江，如犀入海分驚瀧。片帆瞬息三百里，但見崖岸移篷窗。江流至此忽一束，兩山峨峨相對矗。中裂門户走飛濤，鬼斧神工此開鑿。畫屏迴立青芙蓉，孤城高卓山之峰。得人可以一夫守，設險却扼雙江衝。巨石崚嶒勢斧劈，萬斛泉聲石縫裂。猿鶴難尋梅福廬，蛟龍猶護周郎壁。是時浪息風初停，亂蟲啾唧鳴沙汀。微雲近籠玉笥樹，暮色遠耿金灘星。篙師夜行誇捷足，列炬牽檣走山麓。遠浦迷茫煙外明，茂林杳靄火中緑。有奇不賞如愁何，游魚出水聽我歌。我歌未終風更作，古意鄉心滿寥廓。

盧陵行

盧陵古稱忠節鄉，浩氣直與江流長。澹菴老人百鍊鋼，疏斬秦檜論激昂。同時上書歐陽珣，早辦一死殉燕疆。宋四百載結全局，文山正氣何堂堂。臣能盡忠友死義，以身代戮劉民章。當日牙旗開幕府，梓鄉賓從皆英武。臨刑罵賊明元甫，生祭丞相王炎午。同里勤王有劉沐，吉水來從鄒鳳叔。我頭可斷膝不屈，銘笏誓死劉安福。龍巖士昭血書幅，生死大宋一言卜。上爲日星下河嶽，正氣所感成風俗。赴難不啻遂所欲，光焰常令太陰燭。遺風餘力久不消，後之繼者管鳳韶，矢志不臣燕王朝。自言讀書氣剛直，懼玷同鄉文信國，含笑從之死亦得。吉水蜿蜒接太和，文筆之峰高嵯峨，此中碧血何其多！扣舷一唱廬陵歌，悲風激盪回星河。

文江曲

文江江水碧回環，别思江流共往還。何物他鄉留客住，始知郎到鷓鴣山。
五雲洲邊日昜曛，十龍巖上霧氤氳。郎心變化龍難測，妾夢隨郎願化雲。
妾是蓮花峰下蓮，鑑湖如鑑照娟娟。欲從亭外淩波步，來訪仙槎江上仙。
郎愛芙蓉山上看，妾如雙鳳向雲盤。送郎十八灘頭去，預祝風帆總萬安。

歐陽文忠故里

一代勛猷埒范韓，三朝光輔重儒冠。文章氣局開嘉祐，山斗聲名動契丹。生際盛明圖治易，謗興朋黨協恭難。讀書庭院秋蕭瑟，欲薦蘋花江水寒。

過泰和懷涪翁

是鄉素悍黠，其俗好訟毆。涪翁以德化，宛轉使之柔。文法不忍用，民瘼必諮諏。狼虎識禪意，人性較物優。移易在無形，豈宜操切求。所惜窮山吏，割鷄刀以牛。藥神罔不效，器大可雜投。始知君子心，陽春與周流。餘事託吟嘯，浩氣淩滄洲。我來日已暮，今古思悠悠。惜未登快閣，一覽澄江秋。家風素宗仰，倚晴名吾樓予有小樓，取《快閣》詩意，名曰『倚晴』。

由萬安入惶恐灘時江水方盛諸灘皆伏水底予舟揚帆徑進不知其險也作歌以紀用東坡百步洪韻

上流倒瀉銀漢波，下流騰擲神龍梭。諸灘中扼勢巉削，劍鋒仰立鏗相磨。我來風順水灝瀚，片帆笏植淩山坡。其時雲氣滃千嶂，雨聲打篷珠跳荷。巨流盤曲冒石出，以舟觸之成圓渦。篙師鳴金意鼓舞，不啻衣帶看黃河。故鄉湖山但靈秀，山如屏畫湖如羅。月游煙泛極容與，豈識高浪高如駝。未經閲歷所見隘，從前諸境良委蛇。人事變幻詎可測，慎勿游戲蛟龍窠。小人狃近輕一快，樂時不戒如憂何。波濤敢言恃忠信，風雨終仗神撝呵。

逆流過武朔崑崙諸灘勢極艱險夜泊土墻灘灘聲繞船客感交并愴然有作

章貢合流向東走，霹靂弓開箭脱手。亂山旋折蓄其鋒，裂雹奔雷怒逾吼。篷櫓篙索百夫并，力盡欲回萬牛首。直曳鹽車上太行，倒引仙槎入星斗。灘勢中亘如横絃，亂石補此水底天。一灘已極耳目駭，前灘後灘還相連。人爲我言初不信，身歷其險知其艱。平生怯膽到此勇，如陣背水奮則前。嗟我髮膚受父母，如此風波作羈旅。少年近游路咫尺，顧視門閭意猶苦。今我怙恃俱已失，乃敢輕身蹈險阻。側身東望白雲寒，獨立空江淚如雨。

蓮花洲阻水去贛州僅百餘里兩岸丹崖緑樹奇麗奪目即事口占有懷藹如

新漲奔騰下遠汀，行舟如爲看山停。亂崖五色氍毹錦，雜樹千章翡翠屏。大塊文章何爛漫，將軍畫本是丹青。只愁咫尺相思路，銀漢微茫滯客星。

五月二十八日至虔州藹如賦詩誌喜次韻奉和

故人風味玉壺清，餘事吟詩見性情。雷雨喜馴蛟鱷瘴時會匪滋事，咸收捕置法，煙波來踐鷺鷗盟。山連閩粤峥嶸氣，灘落巴湘浩蕩聲。我愧橋邊魏處士，漫勞車騎遠相迎。

六月初七夜同人集甓園之虚白亭納凉

小亭敞四面，繚以曲折廊。清虚絶障礙，老樹陰其旁。偕我素心人，情話追微凉。月色動蒼翠，花影忽在墻。好風與之會，秋氣生衣裳。浩然視太素，倒瀉明河光。

甓園夜坐次藹如韻

月露沉空夜浩然，西湖清氣及南天。春風玉樹生連理園有玉蘭一本，近成連理，秋水銀河洗瘴煙時會匪初靖。今夕壺觴良宴會，故人襟抱在山年。燕臺燈火聯床話，舊夢重符十載前。舊時三徑已蕭然甓園已成廢址，藹如重爲建復，新敞園林别有天。花夢初醒蛩語月，松陰微動鳥棲煙。芙蓉遠道尋千里園多木芙蓉，芍藥離愁種五年。柱下有書驚未見，一尊同校夜燈前。新建柱下小築，爲修郡志之所。

謁王文成祠

電掃欃槍定豫章，書生偉烈照旂常。大江東去風雷氣，吾道南行日月光。一代功名高李郭，百年心學啓何黄。讀書有用非禪寂，濂洛源流合混茫。

蘇楊夜話亭

坡老南遷日，萍蹤此暫留。空山經一顧，處士亦千秋。湖海神交重，炎荒别路愁。虚亭舊明月，曾照古人游。

出水寺訪三潮泉

古寺倚山麓，一徑若迴帶。靈泉何涓涓，塵襟使我汰。晝夜必三潮，潤物衆所賴。静深以時出，疏鑿不在外。乃知本源厚，中虚受始大。氣候日月應，脉絡江海會。植基苟弗深，立涸笑溝澮。

灌嬰故壘

將軍略定豫章來，屏障炎荒壁壘開。一使未通天子詔，百蠻猶拱越王臺。江城畫角聲秋月，嶺嶠征鼙動晚雷。南海即今歸禹甸，雄疆控制正須才。

清水塘吊楊忠節

慷慨臨江挂戰袍，南天一柱卓金鼇。虎頭城郭當關苦，龍武旌旗跋浪高。吏部餘光争日月，孤臣熱淚瀉波濤。寒塘夜半蛟螭泣，星斗闌干動佩刀。

廉　泉

美人對奩鏡，何處著纖埃。銀漢水清淺，玉壺秋往來。只宜明月照，未許白雲猜。心素欲誰寄，芷蘭花正開。

靈山廟榕樹歌兩榕交幹，下蔭舞臺

寺門日出響秋雨，兩樹榕陰夏不暑。東西屹立蔽層臺，上鬱雲煙下歌舞。巨幹横出成橋杠，奇根中空裂門户。老閲人事忘太初，勢與大化相終古。我聞江右古豫章，本以喬木名雄畺。楩柟杞梓世所重，樹之百年皆棟梁。爾不過贛生南荒，工師斧斤弗爾戕。爾棄世耶世棄爾，空山偃卧如羲皇。仰承雨露不一償，繫匏無用殊堪傷。噫吁嚱，仔肩大任須厚力，庸弱當之懼傾側。天下多材不爾惜，投置荒閒計亦得。

澄塘海忠介題壁忠介令興國時，省歛至澄塘，憩諸生王應時家，題詩於壁，字大如碗，瘦硬有生氣，今猶存王氏宗祠

諫書凛烈風霜字，情話流連父老觴。九死餘生終倔强，一官小受亦循良。觸邪争避神羊

角，擲筆猶騰卧虎芒。五十六言游戲墨，空山留鎮重甘棠。

木客吟

停君白玉琴，聽我木客吟，木客自言秦至今。當時咸陽恣荒宴，四海徵材起宫殿。民力凋殘地力窮，鞭撻山靈況愚賤。木客採木上洛山，不得大木無生還。自分此身委豺虎，豈知服食能長年。徐福樓船渺滄海，秦皇不仙木客在。木客晝侣麕麚，夜則猱與猿。山魈野魅相伯仲，非人非鬼非神仙。不知有漢况魏晋，山無甲子忘其年。晝游盤古峰，夜攀女媧石。直視下界雲茫茫，萬里鄉關秦月白。月色不照歌舞臺，照見長城鬼燐碧。城下髑髏生齒牙，山之人兮歸無家。武陵或有舊相識，春風無路尋桃花。噫吁嚱，三十六宫盡塵土，十二金人淚如雨。客何爲者竟終古，獨醉孤吟意良苦。曷不乘煙訪毛女，千載荒凉結儔侣。同是嬴秦流落人，未識相逢作何語。

登望闕臺

潦倒江湖客，還登望闕臺。微臣獨草莽，弱水是蓬萊。日指南天近，雲從北極開。長安原咫尺，頽廢愧庸才。

文信國遺劍

一劍風塵老，猶留戰血痕。山河争氣運，星斗照乾坤。恥落他人手，難忘故主恩。沉藴六百載，浩劫殉忠魂。

食鮮荔枝

盛世舒民力，珍奇却遠方。星馳無北騎，風味老南荒。玉沁仙人體，香浮海客航。不須憂内熱，心本玉壺凉。

憶西園荷花

西園種菡萏，春水碧迴環。此日花應放，他鄉客未還。蕭疏改青鬢，憔悴惜紅顔。道遠無由寄，離愁千叠山。

鍾令公讀書巖

越國藏書地，虔州衣錦鄉。山林終古秀，翰墨至今香。往日清宫禁，殊勛在廟廊。始知侔李郭，不獨擅鍾王。

七夕風雨同人小集鶴石軒

新秋又明日，七夕况殊鄉。何處星河影，滿山風雨凉。無聊清夜漏，且盡故人觴。友誼天涯重，蓬飄只自傷。

甓園文星閣晚眺

夕陽動高閣，秋色俯全城。山積百蠻氣，江流千古聲。登臨游子感，留戀故人情。搔首西風裏，蕭蕭愁鬢生。

七月二十九日得霽青叔訃音感念疇昔不能無詞賦此代哭

别公半載餘，遠泛西江船。道阻音問闊，寤寐心懸懸。有客故鄉來，言公歸道山。驟聞氣結轖，逾時始涕漣。憶公解組後，著述娱林泉。太息大雅替，時響沸蜩蟬。欲從淫靡中，振以太古絃。文章勵後進，英俊羅賓筵。公初不我識，聞我能詩篇。下榻招孺子，倒屣迎仲宣。下問冀一得，質以手所編。嗟余少也賤，烏足裨大賢。顧念知我深，詎忍唯諾先。公懷固虚受，滄海容百川。逢人稱小友，延譽賓客前。洎余獲鄉薦，南北疲輪轅。知我行路難，爲我謀腰纏。殷殷屬望厚，拭目俟騰騫。五上書不用，駑駘豈足鞭。懼我志頹鬱，招我游南園。往往共舟楫，放浪江湖間。醇酒載百石，裙屐紛翩翻。醉翁意不在，聊以游其天。信陵愛婦人，楚騷吟嬋娟。中有無盡淚，誰能測憂端。往歲十二月，雪霽天蒼寒。慷慨置巨觥，酌我梅花邊。自言去日多，俯仰心骨酸。後來者誰子，顧我殊拳拳。口述平生行，謂我猶能傳。語罷輒痛飲，既醉忽汍瀾。瞪目視太空，徘徊起長嘆。悲感雜曠達，聽之惻肺肝。豈意自兹别，不復親容顔。夙惜知愛少，所歷多迍邅。公獨遇我摯，久久無變遷。自嘆不舞鶴，仰天愧羽翰。憶初識公時，顧影猶少年。公今舍我去，我鬢星星斑。蹉跎廢歲月，人事苦憂煎。浪游去鄉里，溯流上贛灘。茫茫千載别，未獲視蓋棺。東望一灑涕，凄風與迴旋。賤子陋文采，久爲時棄捐。蘭茝自有芳，豈藉草與菅。古人重知己，生死終纏綿。他時有道碑，敢忘平生言。我詩公所賞，賦此達九原。知公聞不聞，月黑江湖寬。

八月十五夜虔臺望月贈藹如兼憶去年倚晴樓賞月諸子

結交須結天下士，看月須看一萬里。我懷抑塞何爲哉，振衣直上虔南臺。虔臺明月氣蒼潔，上無纖雲下成雪。昨日陰晦今宵晴，天爲吾曹放佳節。主人磊落詩中豪，與我拾級同登高。一層初上萬象列，緑陰如海翻銀濤。更有一層出樹杪，俯視全城白皓皓。城外江流接大荒，江邊山色開昏杳。東望百粵南八閩，湖海蒼茫赴懷抱。始知眼界貴自廣，所居者高視乃瞭。不然坐蔽塵障中，安得游心萬物表。虔山龍氣何蜿蜒，結穴乃在東海邊。形家言贛龍至海鹽結穴。明月本從海上出，流光還照虔南天。去年海上看明月，月色皓與蓬瀛連。同游諸子極豪放，高樓秉燭開瓊筵。舉杯邀月月在酒，座中可惜無青蓮。去年看月憶江上，今年看月思去年。我身慚無縮地術，每於空闊生纏綿。人生聚散真難必，莫問歡娛與離别。耿耿之心不可滅，有酒且酌今宵月。月色沉沉風露清，水光上接星河明。南飛一鶴歸何處，笛裏關山無限情。

十六夜南樓望月欠藹如十五夜望月韻

昨夜南樓月，能令秋思多。今宵一片影，依舊滿關河。欲賦廣寒曲，翻成懊惱歌。離懷誰與共，織錦有秦娥。

既醉山公酒，重登庾亮樓。萬山高處見，一氣大荒秋。落落星辰影，茫茫章貢流。神仙倘招手，還跨采虹游。

寓齋八月始聞蟬聲

物候虔南早，鳴蟬聲獨遲。夏蟲羞與語，秋氣爾偏知。風露成高潔，炎凉妙轉移。尋常聽未慣，翻笑不宜時。

鶴石軒古桂作花藹如屬賦長句

曉起聞香何處尋，西軒老桂壓墻陰。主持清氣前身月，鬱烈秋風志士心。蟋蟀亭臺寒悄悄，罘罳簾幕晝愔愔。王孫已赴淮南約，忍作離騷哀怨吟。

謁周元公祠

君子蓮花凈，卑官柳下同。昏衢懸皎日，悍俗化光風。道悟飛潛境，心涵造化功。淵源啓閩洛，能障百川東。

束裝待發歸有日矣旋以彭蠡水灾饑民梗道遂不果行悵然志慨

秋氣動寥泬，客心思故鄉。魚龍翻楚澤，梟雁梗鄱陽。利涉須舟楫，殘黎忍斧斨。憂懷與離恨，江水共茫茫。

哀江頭

哀江頭，江頭誠可哀。愁雲積空晝不開，老蛟挾雨游江淮。荆襄横流下皖豫，漢水併合鄱陽來。噫吁嚱，悲哉！地浩浩而無涯，天高高而不可階。巨浪齧土土崩裂，田園廬舍同沉薶。

萬室流離走相避，哭聲幽咽陰風霾。中澤嗷嗷痛轉徙，存殁焉能顧妻子。溝壑江湖同一死，少緩須臾豈足恃？否或化爲豺與豕，飢寒所驅憂未已。去年河内凶，瘡痍元氣猶未充。今年復苦水，江田半入洪濤中。帝心仁愛憫赤子，頻年薄税減正供。陰陽燮理資三公，賑撫更應籌司農。噫吁嚱，悲哉！江頭之哀哀何極，滿地風波行不得。唐虞天下有飢溺，搔首長吟望禹稷。

客夜屢夢先嚴慈悲從中來筆淚俱下

父逝三載餘，母逝已大祥。宅兆未安厝，痗寐心皇皇。弱冠謀菽水，屺岵徒徬徨。三十膺鄉薦，塵海疲游繮。每於叩别時，酸惻結中腸。父言近衰邁，兒宜在我旁。母言强寬解，謂宜志四方。同是愛兒心，所言若相妨。名利曠定省，厥辜何由償？當時行役歸，猶幸親壽康。今兹永暌隔，兒孤何所望！兒尚未有嗣，曷以主蒸嘗。况復去鄉里，浪游未終喪。雖有故人金，不得奉高堂。九京猶念兒，千里遠相將。諄諄頗有訓，惝怳苦不詳。豈以室家故，命兒束歸裝。兒歸意良決，江水梗汪洋。汪洋梗江水，親何至他鄉。愴然忽有悟，欲哭聲不揚。嗚咽見窗月，淚溢衾與裳。父母愛兒心，存没總弗忘。胡爲役人事，坐令至性戕。平生不孝罪，海水詎可量！

十月十日爲先慈諱日設祭寓齋遠道不歸罪可言乎

遠道逢家祭，茫茫心更悲。天涯頻作客，地下定思兒。禄養虛今世，門閭憶往時。空餘斷腸酒，東望獨漣洏。

父執湯耑木丈拱辰由袁浦寄詩至虔爲倚晴樓落成并賀新得硯園感念今昔賦此奉答

丈人我父執，硯園我西鄰。丈人居硯園，花竹皆清芬。憶余垂髫日，抱書丈人門。童心好嬉戲，入塾頗逡巡。攀林走飛鳥，瞰水攬潛鱗。每見丈人出，嚴憚使我馴。丈人去硯園，今已三十春。人事多變遷，園樹久爲薪。俯仰異疇昔，觸緒成慨呻。我父重友誼，夙與丈人親。平生道義交，能使薄俗淳。常時訓兒輩，示以所遵循。數言丈人好，大雅卓不群。桑梓必恭敬，況乃父事尊。先人痛已逝，讀書志未伸。舊時所交厚，惟有丈人存。丈人亦困頓，老作諸侯賓。所幸氣醇固，健骨猶輪囷。春來登我樓，高談能干雲。俯視硯園址，豁達開荆蓁。倚晴樓可望硯園。悼往輒感喟，撫今極歡欣。謂宜置尊酒，賞此韶光新。既醉復能咏，老鶴横秋雯。近游袁公浦，寄書通殷勤。嗟我共逆旅，乃在西江濱。萍梗去鄉里，惆悵難具陳。秋風起彭蠡，波浪來湘岷。田廬没浩蕩，中澤多灾民。鴻哀雜梟悍，亘絶要路津。故園阻歸櫂，平地忽崑崙。復聞淮水溢，洩注龍蛇奔。飢溺滿道路，誰爲舟楫臣。彼此隔江水，憂懷浩無垠。何當賦歸去，扁舟竟鱸蒓。醉翁志山水，慎勿羈風塵。科名亦塞馬，得失何喜嗔。所立苟不朽，豈在笏與紳。開我西園門，傾我南樓尊。流連釣游迹，感念興廢因。萬事迅猋電，勞勞百年身。且復順至化，怡然全吾真。三徑幸未荒，頗足娛丈人。

憇靈山廟

白日不到地，半山榕樹陰。蒼涼得古趣，蕭槭見秋心。異代風雲老，禪關歲月深。鳥聲自歡喜，聊與散幽襟。

登八境臺

山氣連閩粵，江流合貢章。樓臺天咫尺，城郭水中央。我輩登臨地，群雄戰鬥場。坡翁題句在，光焰照南荒。

藹如招同王蔗邨觀察訓周潤山太守玉衡陳仲博茂才觀酉燕集望闕臺

我從馬當揚帆來，風雲驅赴虔南臺。黄鵠摩空視千里，使我豁達心胸開。八扉玲瓏四面闢，俯瞰秋城莽寒碧。百年豪興動尊俎，萬古蒼煙落几席。此時白日懸青空，錦屏華蓋胭脂紅二山皆赭紅色。酒星磊落出塵表，山靈拱揖爭朝宗。太守能言醉翁趣，仲宣解作登樓賦。湖海元龍意氣豪，釣竿曾拂滄溟霧。仲博曾至琉球。主人汧公之後身臺舊名鬱孤，唐李勉官虔州時，更名望闕，登高每憶長安春。往時清漏如在耳，冠履怳惚通星辰。入境雄奇萬峰矗，古來盜賊此流毒。清晏方知民俗和，酒杯亦見承平福。須臾雲氣陰全城，雷霆下激波濤聲。初擬看月翻聽雨，燈火忽若江船明。造化端倪不可測，顯晦陰晴異頃刻。酒酣燭灺歸當歌，高臺夜迥秋風多。

虔臺閱武歌贈藹如

七閩五嶺東南天，下流江勢汀漳連。書生裘帶資坐鎮，虔州軍事當中權。轅門吹角警秋雁，天下承平敢忘戰。光弼登壇令一新，戈矛未動精神見。鼓聲起蟄雷在空，初閱騎陣繼火攻。馬蹄蹴塵浪灩澦，犀燧裂石煙崆峒。矯若游龍迅飛燕，來成驚飆去成電。萬幕無聲起白雲，郊原漠漠平如練。忽然甲盾翻猿猱，曲踊距躍輕騰超。團弄全身入明月，飄瞥一現昆吾刀。橫槊健兒亦矯捷，短兵擊刺紛相躞。鋒刃閃鑠爭秋毫，於膚不撓目不逃。危梯踏雲何高高，戰守互用吁其勞。鐃歌歸唱弓矢弢，從容應節軍無囂。是日秋陰莽遼闊，北風吹旗怒虬掣。不惜千金勵士心，歡呼合陣江潮裂。讀書不武能行軍，操縱變化如有神。君乃臨淮之後身，地則陽明之軍門。帝心南顧方憂勤，干城所寄真其人。我懷抑塞無由暢，慷慨長歌嚴武帳。暫逐諸侯壁上觀，駑駘伏櫪心猶壯。

幽蘭操

藹如以素心蘭置余齋頭，幽秀芳潔，宜讀《離騷》賞之，雜感成篇，託之《琴操》。

秋風起兮江水寒，露湛湛兮歲將闌。衆卉淒以改芳兮，爾獨娟娟以自憐。離塵壒兮迴立，鏗玉佩兮翩翻。夕偃息於瑶圃兮，朝乃擢秀於瓊田。悵芳華之晼晚兮，愬含憂兮未遣。矢幽潔以自閑兮，慚世俗之我眷。幸遠道之蹇脩兮，得置君之玉堂。君能鑒予之貞白兮，忍自秘其馨香。嗟蕭艾之見嫉兮，謂余情之未芳。素曜耿以在空兮，或精神之我量也。嘆蛾眉之不淑兮，亦繾綣以自傷也。將淄涅以諧俗兮，余安能强而爲此態也。將戢晦於空谷兮，又君子之不我棄也。仰蕭濛而流覽兮，心怳悢其若昧。顧娉婷以自珍兮，結明珠以爲佩。予惟不改此素質兮，任相者之妍媸。侶芙蓉於江浦兮，指白蘋以相思。懼微波之間斷兮，余又安能以自持？澹容與而旁皇兮，惜幽芳之不時。亂曰：蘭之生兮汀洲，性美好兮無尤。秋水兮渺渺，香欲逝兮仍留。撫瑶琴兮起嘆息，我所思兮不可極。

藹如招集春雨軒賞菊賦長古見贈占此奉答

故園歲歲重陽節，獨對黄花憶舊游。今日遠尋千里約，西風小別五年秋。芳華不屑時人賞，真味還從淡處求。公瑾醇醪能醉我，天涯遲暮未應愁。

虔州雜詩

連岡蜿蝘闢蠶叢，雨洗前朝戰血紅。鑿險本無天子地舊傳十八灘有天子地，後爲盧光稠鑿去，涉川難仗大王公俗呼灘師爲大王公。盧城瓦礫飄零盡，楊僕樓船想像中。聲教即今通海外，請纓無路愧終童。

貢江噴薄下汀洲，閩粤南來此上游。地接百蠻資重鎮，天迴萬嶂折奔流。蛾眉戈甲森羊角羊角堡，冼夫人屯兵處，龍武旌旗控虎頭明季楊、萬諸公守贛，其所募將士號龍武軍。兒女英雄俱寂寞，坡翁詩句自千秋。

千里秋風正憶鱸，兼天波浪阻江湖。時欲賦歸，爲水災所阻。還家遠夢憑鴻鵠，留客空山有鷓鴣。王粲登臨非故國，嗣宗哀毀況窮途。玉巖可是忘歸地，萍梗誰憐泛海鳧。玉巖，即通天巖，亦名忘歸，宋楊行先隱居於此。

搔首蒼凉賦九歌，昏笳曉角滿關河。大江東去雄心激，遷客南來熱淚多。榕樹不材成老大，芷蘭有恨惜蹉跎。嶺悔縱放春消息，已是殘年感慨過。

藹如擢皖臬行有日矣余亦束裝待發甓園花草依依有情作詩別之

花草天涯物，留人非故鄉。平時增感觸，臨別轉徬徨。小院芙蓉月，疏林橘柚霜。明朝挂帆去，誰爲惜幽芳。

相見灣

相見灣，朝暮幾相見。朝見相思心，暮見相思面。相見那得有相思，相思却在不見時。暫時離別有如此，何物風帆忽千里。

儲潭觀音閣晚眺

高閣臨江勢建瓴，西風斜日古郵亭。山連炎徼千峰赤，天入滄浪一髮青。上水帆檣迎候吏，下灘金鼓賽神靈。閒鷗未識勞人苦，自逐漁榔過遠汀。

張家渡文信國故居

白雁飛來草木兵，一朝王氣盡空阬。英雄無事耽聲伎，志士臨危決死生。海上君臣歸净土，人間河嶽重科名。大江日夜雷霆轉，想像勤王戰鼓聲。

舟次峽江徐芷坪明府燧招集官舍

一城山色翠橫空，官閣壺觴入畫中。知己論文同李白謂藹如，主人記曲似張紅予所製樂府，明府輒能背誦。賞音塵海憐焦尾，搔首天涯悵斷蓬。鐵笛蒼涼吹不得，周郎祠外正東風。

周郎祠

巴邱山控豫章城，鎖鑰東南舊列營。識曲自饒名士氣，指囷肯負故人情。天生伉儷藍田玉，地裂風雷赤壁兵。年少君臣如骨肉，丈夫知己感平生。

余在虔州讀年丈袁穀廉大令翼遂懷堂詩文稿想慕其爲人冬杪得晤於南昌客舍依依若平生歡惜其之官浮梁匆促言別於其行也賦贈二章

微波曾未一通詞，酒後燈前似別離。名士江東應獨秀，美人天末久相思。故鄉金粉梅郎集，窮海風雲玉局詩集中多入廣之作。世有廣陵誰擊賞，瑤琴調苦不宜詩。

纏綿心素託閒鷗，親解明珠賦蹇脩。小聚摶沙偏易散，幾時泛月更同游。芙蓉遠道懷人曲，蘆荻空江送客舟。此去哀鴻猶滿路，歲寒好試白公裘。

南昌除夕

陣馬追風車轉轂，又見殘年盡紅燭。飣盤柏酒列長筵，卷地春聲萬爆竹。尋常餞歲惜遲暮，何況天涯坐蕭肅。縱然賓從强歡娱，无奈離人易感觸。客中除夕計兩度，九年前在燕山麓。燕山高高見白雲，南望門閭愴心目。當時高堂尚健在，擬向長安覓微禄。故園白髮話他鄉，已苦終年遠骨肉。今夜却在鴻都城，失巢禽已悲風木。燈前無復唤兒聲，搔首江天淚盈掬。遥知弱息薦蘋蘩，應代孤兒奠醽醁。養不能豐祭亦薄，安得椎牛列鼎餗。生兒讀書望兒賢，豈料飢軀仍碌碌。馬齒徒增無用年，燕巢尚戀他人屋。南游縱獲稻粱資，争及承歡水與菽。歲月消磨百感中，鬢絲點點烏能緑。明年何日是歸期，燈火深閨定瓦卜。

倚晴樓詩集卷七

海鹽黃燮清韻甫

元　旦己酉

曉雲收雨展芳辰，寒盡天涯物候新。千里家山經歲別，一城絃管渡江春。幾時蘭夢宜孫子，恰共梅花作主賓。坐待陽和起鴻雁，片帆安穩送歸人。

豫章臺明太祖朝父老處

百靈呵護下鄱陽，壯士長歌入豫章。劍佩風雲環御宿，闌干星斗擁真王。連城苦戰英雄骨，動地歡呼父老觴。回首江山已陳迹，魚龍成敗兩茫茫。

澹臺墓

當年書劍楚天游，尚有殘碑誌首邱。蛟鼉空江朝處士，麒麟高冢小通侯。四時松竹留清氣，一徑蘼蕪畫遠秋。屈子文章徐穉節，武城遺化及南陬。

鐵柱宫

中流砥柱鍛黄金，地脉鉤連鎖太陰。蛟龍江上風雲肅，鷄犬淮南歲月深。萬户笙歌動元夕，樓臺燈火照球琳。飢溺自援天下手，神仙原具聖人心。

梅尉祠

一疏難移外戚權，微忱蟣蝨欲回天。君臣誼重官無小，妻子情輕骨已仙。渡海紫雲三島路，塞空黄霧五侯煙。夜來游戲滄江月，應與洪崖笑拍肩。

桓烈公墓

淮南虜騎盡投鞭，移鎮荆吴半壁天。十郡瘡痍拯水火，八公草木走風煙。笛聲夜動消魂月，筝柱秋鳴墮淚筵。石馬街前尋斷碣，江州一疏更誰鐫。

百花洲訪蘇翁圃

百花洲上柳扶疏，高士當年此隱居。風月交游和靖鶴，煙雲生計子陵魚。芳華冷淡宜餐菊，英氣銷磨合種蔬。慚愧吾廬歸未得，青山舊約負樵漁。

義竹林吊萬大司馬元吉

王氣銷沉玉樹歌，南天猶挽魯陽戈。江淮四鎮同心少，滇廣諸軍解體多。窮海魚龍悲折戟，故山鸞鳳想鳴珂。琅玕定化珊瑚紫，上有忠臣淚不磨。

徐孺子亭

環波亭上望，日暮碧雲深。惟有秋江水，能知高士心。風塵棄軒冕，煙月老行吟。黨禍他年起，茫茫何處尋。

都督第爲前明劉少保綎故居作歌吊之

九獅山前獅子吼，氣挾江潮向東走。化作麒麟地上行，至今光怪騰牛斗。將軍本是黑虎子，虎父虎兒世罕有。頡頏千古岳家軍，不數中原射鵰手。將軍視敵如鴻毛，敵不呼名呼大刀。大刀所向萬騎赤，靈犀劈海分驚濤。身手矯捷輕猿猱，鏇標命中爭秋毫。匈奴渠帥懾李廣，吳中小兒知張遼。誓掃欃槍報天子，精誠上激蒼穹高。揮灑黃金結賓客，羅致羌夷及盜賊。乙支思解水中匿乙支思能匿水中數晝夜，黎載滿能行絶壁黎載滿行絶壁如平地。呿哏吧嘰善火攻，風雨聲寒走霹靂。呿哏吧嘰能雨中發礮。縞衣鷂子雪中飛，敵壘牽來照夜白。公臨陣，見敵營白馬甚駿，使人盜之，有壯士應聲往，值大雪，夜衣縞，潛赴敵壘，以草屨縛馬蹄，牽之歸。敵失馬，無迹可踵，駭以爲神。公呼壯士爲『縞衣鶻子』。徐郎何人獨狡獪，不死知己亦可惜。公嘗手植大刀繞場三匝，望空擲之，刀卓地，柄入土三尺許。公大驚喜，欲官之，徐不顧而去。令於衆曰：『能拔而舉者膺重賞。』有徐生者，以隻手起之，亦三匝而卓其刀，柄入土三尺許。軍不師古惟神奇，因地變化隨所宜。平生愛士如骨肉，但能殺賊真吾兒。緬倮倭播次第靖，神威震鑠西南夷。銅鼓聲沉老蠻哭，鬼神驅策風雲馳。戰罷歸來鐵衣熱，怒馬縱横電火掣。口銜髑髏髮結舌，鬚髯戟張眥猶裂。嬋娟扶下綉鞍來，笑向刀環洗殘血。公酣戰後，雖敵衆竄盡，猶瞪目擊殺，即所部將士不復省識，無敢近者。惟左右兩蜀姬爲之勒馬捧刀，始怳然以醒。貪財好色皆奇節，嗜慾安能玷英烈。毛舉細故屢得罪，碌碌群公豈廉潔。汾陽聲伎古有證，伏波明珠謗誰雪。封侯乃屬妄校尉，絳灌争功諒不屑。瀋陽戰騎來如龍，警函夜報甘泉宫。特起將軍辦東事，陣旗慘淡陰悲風。經略楊鎬真豎子，大兵未集驅使攻。朝恩監軍相州潰，雖有李郭難爲功。捐軀報國豈足惜，從此函谷無人封。天命所在詎能挽，乃以一死完精忠。忠魂來兮江水急，大刀卓空老蛟立。六丁前驅百靈集，健兒喑嗚美人泣。魂之去兮策靈鼉，故家喬木風雲多。豫章臺上登高望，腸斷當年猛士歌。

將之皖江錢筱南茂才符祚送余南浦黯然言别

千載銷魂地，蒼然滿落暉。與君同是客，而我亦非歸。芳草可憐色，柳花無定飛。相逢更何處，情極一霑衣。

舟中望廬山歌

昨發豫章浦，今乘彭蠡船。彭蠡空闊若明鏡，一峰已見廬山巔。廬山秀出滄江邊，初若眉影青彎環。扁舟摇摇遠相就，漸能窈窕分煙鬟。蜿蜒起伏盡畫理，峰勢不到微雲連。丹崖紫壁屹相向，倒影江水光澄鮮。美人獨立何娟娟，欲往從之未可攀。精神所通不在迹，領略乃於微茫間。我從去年泛短楫，涉江訪友兼看山。富春山色妙天下，千峰迴合如龍蟠。其時梅雨正五月，石裂奔瀑雷轟淵。虔南諸山太奇詭，赬若烈火開紅蓮。崆峒天竺竊僞號贛有崆峒、天竺諸山，東施乃效夷光妍。今看兹山信秀絶，萬螺翠漾琉璆盤。探討雖未盡幽勝，淡蕩已足怡心顔。中含靈氣意自遠，半面亦覺全神傳。謝靈運，李謫仙。詩魂一醉不復醒，坐令酒杯屐齒冷落千餘年。平生愛山入骨髓，庸知一面非前緣。惜未置身雲錦九叠之屏風，俯挹谷簾萬丈之清泉。自慚諸境閲歷淺，豈真負此佳山川。大姑塘前桅燈懸，今夜恰枕寒潮眠。呼童置酒速好夢，夢魂飛渡春空煙。

大姑山

一弓晴翠寫娟娟，獨立空江出水蓮。小妹合呼桃葉渡，離魂常傍木蘭船。黄金貼地思宫樣，素襪淩波認洛仙。莫向望夫山上去，片雲無力恐成煙。

小姑山

窈窕水中央，春風試曉妝。明珠羞洛浦，寶瑟憶瀟湘。螺黛愁深淺，蛾眉恨短長。青溪甘獨處，無夢到彭郎。

丈船行

大船峨峨泊官渡，小船戢戢如蟻附。大船小船相向停，關吏不來三日住。關吏丈船先索錢，關吏得錢始丈船。吏囊滿，船身短。吏腹枵，船身高。欲往揚州須腰纏，不然留看匡廬山。屈伸操縱出吏手，若輩可畏亦可嘆。安得黄金飽吏槖，萬丈離愁爲我縮。

上巳日彭澤道中

片帆摇颺蔚藍天，一鏡空明散曉煙。春水碧於陶令酒，桃花紅似太元年。故園風日湔裙節，遠道雲山入畫船。三徑欲歸歸尚阻，滿堤楊柳正啼鵑。

登迎江寺浮圖

長江東去海西流，身世茫茫一粟浮。晋代衣冠殘隴月，吴天控制大荒秋。登臨有路羊腸阪，聚散無憑蜃氣樓。百戰山河形勝在，風雲南望使人愁。

登樅陽臺吊漢武帝

遥空寒色赴蒼茫，落照平臺輦道荒。近郭江聲趨采石，連天漢水下潯陽。關山葉落宫蟬冷，砧杵秋高代馬强。太息蛟龍頻起蟄，更需弧矢鎮汪洋。

同年如冠九宫贊山屬作寫秋圖圖成并媵以詩

群芳自榮悴，落葉滿空林。不識冰霜氣，安知松桂心。春風或相待，秋興且高吟。欲寄蘋花怨，茫茫煙水深。

記得逢君處，東湖楊柳邊。别來已三月，楊柳忽成煙。抑塞同羈旅，蹉跎惜壯年。秋風茅屋意，聊倩畫圖傳。

寄涉園漫興

林泉無俗韻，暇日一尊開。徑仄樹陰厚，樓高山翠來。酒星動河漢，詩境滿池臺。欲擬梁園賦，慚非枚馬才。

雨過竹煙重，風來簾影斜。鷺鷥起晴雪，蝴蝶下秋花。觸物感懷抱，思歸憐鬢華。主人能醉客，未覺是天涯。

將歸里門諸同人賦詩以餞口占奉答

林塘楓荻畫滄洲，潮落沙明送客舟。四座春生梁苑月，一帆晴指海門秋。故山舊約尋元鶴，野浦離懷付白鷗。歸去西樓作重九，暮雲千里入新愁。

留別藹如

束髮事交游，交游今幾人。車笠見世態，君獨存其真。五載不一晤，别久情更親。纏綿永朝夕，心好難具陳。顧余非寶劍，頓鉎忽焉新。君子重故舊，愛惜逾常珍。以之風近尚，薄俗亦可淳。丈夫感知遇，意氣鬱輪囷。酒酣仰天宇，慷慨霑我巾。

庭中雙孔雀，顧盼惜光儀。感戀主人誼，日夕相因依。其一忽高舉，徘徊不能飛。豈無霄漢志，所苦生别離。人生篤友好，中道忍相違。家室累懷抱，彼此兩牽持。松柏施蔦蘿，蔦蘿縈菟絲。纏綿各有託，去留心不怡。安得生羽翼，朝飛暮還歸。朝暮亦俄頃，猶恐長相思。

援琴待顧雍，下榻禮孺子。古人吐哺懷，包舉天下士。自慚挾持淺，竽濫良足恥。感子拳拳忱，骨肉相看視。翻恐别後思，薦賢慰知己謂爲湘漁司筆札。黄金照燕臺，驊騮蹴雲起。疲策詎足珍，用才自隗始。

往歲定歸計，數日無歡顔。投詩潤行色，讀之心黯然。忽聞江淮水，遠泛彭蠡天。懼攖波浪險，百詞阻歸船。今歲來皖江，江水甚去年。哀鴻滿郊野，目擊叢憂患。念我離家久，不忍重遷延。君有蒼生淚，更灑離别間。先期訂後約，往往再三言。游子戀故鄉，欲歸反流連。多情損壯懷，萬緒曷由宣。君心江上帆，送我滄海邊。我心海上月，迴照龍眠山。

留别湘漁

子從故鄉來，我歸故鄉去。白雲隨飄風，瞬息忽異處。子來得新交，我歸少親故。詎無家室歡，念遠惻心素。開我南樓門，撫我西園樹。美人遲不來，芙蓉墮秋露。晨星數舊游，參商錯躔度。我爲海上鷗，子爲園中鷺。鷺鷥有儔匹，海鷗隔煙霧。日夕秋氣深，宛頸各延顧。明月滿空江，中有相思路。

留别蔡斗槎孝廉世源

夜話亭前路，重逢楊行先孝廉贛邑人，與楊玉岩故里相近。文章得新契，燈火亦前緣。秋水淡相照，幽蘭香自憐。美人謝雕飾，静好本天然。

今歲共羈旅，扁舟吴楚間。登樓望明月，開卷對青山。客久轉難别，君行殊未還。明年燕市酒，相與慰離顔。

由秋浦至屯溪山行雜詩

蒲帆卸江浦，筍輿指叢野。地僻人煙稀，心遠世情寡。松篁何森森，細徑出其下。板橋界斷澗，清泉曲以瀉。溪迴見小市，老樹庇檐瓦。山花不知名，邨鬟鬥嬌奼。童叟俱太古，語言絶虚假。所遇非仙逸，煩襟忽瀟灑。惜哉劉子驥，但識釣魚者。

山行無直徑，一徑輒數轉。絶壁斷去路，路盡忽復現。倏谷衺羊腸，單車出蟻綫。初從井陘入，繼訝天磨旋。人語隔叢薄，鳥聲韻葱蒨。去影遠已滅，來蹤到始見。負重慎險巇，鬥捷恥巧便。至境貴漸臻，力行尚無倦。

蕎麥瘦已花，蘆葦寒未折。風來摇漾之，空山忽飛雪。秋氣動草木，萬象表蒼潔。歸鳥遠相續，晚蟬凉更咽。羈懷惜蹉跎，撫序意騷屑。

暮嵐倏已靛，餘霞染使赤。蒼然林麓間，籬門見山驛。僕夫已況瘁，且復永今夕。野老荷鋤歸，見客問所適。知我行旅勞，草草具盤食。苦言年歲惡，水旱遞相迫。秋禾半不登，有田盡菜色。山中無好米，不足供上客。聞言心骨悲，投箸起太息。

鷄聲警旅枕，啓户星未落。晨光辨熹微，山氣滃旁薄。日出煙外樹，泉鳴霧中壑。遥翠合混濛，高嶂漸閃鑠。邨扉曉已開，帶露事耕作。嗟余苦行役，未遂田園約。塵夢殊勞勞，悔不隱東郭。

緣溪得清照，循麓赴寒暈。枯藤架幽險，飛梁接危峻。後旅帶煙出，前行撥霧進。厓箐泫殘露，澗草瑩餘潤。盈虚無停機，滋息驗流運。萬物動懷抱，元化起方寸。

清溪合諸澗，微波叠秋縠。一葦斜渡之，明漪豁心目。汲水試新茗，坐我山之麓。林風激虚籟，石磴蔭重緑。日午生微凉，秋氣滿襟服。何當抱琴來，一賦考槃曲。

深淵逼我左，絶壁森我右。危石陡欲仆，奔瀑怒逾吼。老樹復横出，槎枒動掣肘。巖陰繚仄阪，迫若循墻走。蜿蜒縱孤往，蠓蠛視萬有。庸境多坦途，勝觀乃險藪。躁進慎勿誇，懸崖一回首。

晚涉珠溪渡，暝投茅店宿。到門識秋意，豆花在籬角。行旅何譁囂，言厖耳頗瀆。夜深僕夫静，蛬話出空谷。仰視天宇寬，露氣膏松竹。清輝可娱人，予懷惜幽獨。

白雲宿巖腰，侵曉殊未醒。初陽嬌欲上，烘作淡紅影。仰視煙濛濛，晴翠活峰頂。東嶂勢忽斷，照水光逾炯。流姿雜顯晦，餘艷轉幽靚。變幻良須臾，悠然獨神領。
淺渚不盈尺，對岸輒數丈。長橋窄三板，風來若摇盪。時有猿猱行，微聞架格響。作楫用已小，濟輿惠亦廣。寫之圖畫中，幽人日來往。
言經陵陽山，陟彼流沙嶺。面壁石可鏡，懸磴道如綆。不知所歷高，平視衆山頂。寺樓出木末，僧笠帶雲影。秋思墮蓬勃，天風逼清冷。搔首呼九閶，愧乏驚人咏。
丹室蔭蒼靄，釣臺俯清渠。里人指相告，謂是神仙居。靈異所鍾毓，得之皆清虚。子明友白龍，琴高乘鯉魚。魚龍有變化，何爲人不如。會當謝世網，更結南陽廬。不求傅巖夢，且讀猿公書。
蒼龍抱絶壑，雪蟒盪諸嶂。雷聲殷足底，路出飛瀑上。洪嶺何高高，群峰莫之抗。煙叢滴巖雨，風樹起崖浪。蚓結入蒼杳，蝨行綴幽曠。中途絶鳥迹，下界辨樵唱。未至憚仰矚，已過怯回望。迤邐經百盤，豁達列萬狀。絶頂一振衣，顧盼使神王。長嘯應川谷，雲日與鼓盪。平生抑塞懷，庶幾此奔放。
危岡下千仞，勢峭若趨重。籃輿苦倒懸，前頸承後踵。臨厓步始轉，倚壁肩更聳。吾身在中央，宕颺挂枝蛹。群峰疊巨浪，碧海莽奔湧。攬遠盡衆觀，出險有餘恐。須臾歷夷坦，輕捷快推擁。就下抑何易，怦怦使心竦。
峰回路已舒，嶺疊勢逾縭。幽徑蔭萬緑，能使白日秀。茶煙識邨影，琴聲韻溪溜。林重山果肥，水淺石根瘦。樵擔出谷見，僧語隔雲漏。屢轉勝如引，徑行意嫌驟。山鳥向人飛，涼翠落衣袖。

盤陀相對峙，一綫裂門户。風篁碧成暈，露苔青可數。出晦忽開朗，霽色滿平楚。邨居跨溪澗，門巷鎖煙雨。山亭翠微聳，酒閣樹陰補。闌影墮水曲，波痕織檐柱。野趣絶嫵媚，幽艷鑿太古。點染亦畫理，終焉遠塵侶。

嶺接祁門秀，水合雙溪緑。人煙入市稠，秋水抱邨曲。邨前萬桃樹，經霜枝已秃。想見二月時，流霞醉巖腹。粉墻何縹緲，樓宇更盤矗。里多搢紳子，風氣漸雕琢。安得懷葛民，保此羲皇樸。

蕭蕭烏桕林，亭亭石柟樹。時於蒼蔚中，嫣紅一呈露。山凹每横出，橋背或斜布。明滅無定姿，閃鑠炫歧路。朱紫燦錦綉，閒鷗獨守素。静觀别有會，更踏夕陽去。

籬落種芙蓉，墻陰媚紅蓼。病柳三兩枝，掩映使秋好。平生厭離别，輒復走遠道。撫序惜憔悴，遇物動懷抱。蝴蝶上衣來，忽憶西園草。

早行值微雨，平野净如拭。雲氣蒸山腰，樹隙混茫白。巖草生清香，溪花墮殘滴。蟲吟帶露意，牛背暈曉色。薄陽時一晃，輕煙淡已隔。回視所來徑，空濛暝寒碧。

暮宿漁邨驛，朝達齊雲山。兹山絶秀特，萬笏摩青天。琳宫翼翠岫，金碧相新鮮。野僧日無事，高枕秋雲眠。有夢亦不遠，起滅松石間。惜無遠公社，誰證詩中禪。

黟水潴衆壑，匯合成長流。縈紆出谷口，難遝趨江頭。江橋跨里許，宛虹亘空浮。其下八九孔，迴環可通舟。沙棠兩頭纖，輕若蘆花浮。飄泊終近岸，清淺尤宜秋。萬里盡如此，安有風波愁。

西照尚留戀，北雲陡縱橫。疾雹破昏暗，未雨先風聲。天陰霧更白，樹黑溪轉明。跳珠忽噴薄，著物皆飛鳴。恐有石鯨起，疑是癡龍行。瞬息變氣候，俯仰殊陰晴。我行既困頓，我僕駭且驚。黄昏抵江驛，輿服濡已零。壯游雖云樂，役役終勞形。歸來作屏障，聊寄煙霞情。

由新安江至嚴州舟行雜詩

泠泠山下水，磊磊水中山。雲根每倒植，雪練縈其間。淪漪見絶底，鋒鍔齒我船。鐵篙響磪碻，點破皇媧天。下水輕一擲，勢與風迴旋。飛沫噴鱗甲，中有蛟龍眠。異險鑿空出，矯若靈梭穿。寒聲激舵樓，數里猶潺湲。

沿流入釣邨，邨樹淡將夕。落日醒寺門，炊煙斷崖壁。沙語遲野渡，溪浣坐磐石。漁燈水底紅，鷺影草根白。篷爲看山卷，船因買酒泊。微聞叢桂香，秋思滿空碧。

順流舵欲立，逆進縴更僂。同途異勞逸，窄境輒邂逅。去留良須臾，争捷或生鬥。小住亦復佳，諸勝正輻輳。浪石洩靈竅，水春轉奔溜。鴉飛木葉墮，魚唼渚雲縐。瑩白亘淺沙，涵碧鏡遠岫。我懷何所緇，涓涓清可漱。且隨性所適，忍使塵顔瘦。

嶔崎梅花灘，截流亘奇石。縱横千點星，散亂一枰弈。驚湍莽奔瀉，蹴碎太華碧。殷雷轉地竅，飛雪濺崖脊。虎踞森爪牙，螺旋入罅隙。前發箭飛迅，後挽縴行逆。危坦判毫芒，進退争咫尺。幽險出入陣，門户風雲闢。世途何不平，磊塊此鬱積。吁嗟行路難，長歌三太息。

落日照汀洲，斷霞媚林表。餘影朗去帆，流姿絳歸鳥。金紫互變幻，屏障漸深窈。不知遠郵瞑，忽覺近水皓。夜峰黝成霧，初星淡如曉。露泊秋聲多，離懷與綿緲。

迴環七里瀧，重看嚴陵山。山色静如故，流光忽以還。去歲此遄發，梅雨蒸山泉。今我理歸楫，楓老秋江邊。勞人苦道長，離思凋朱顔。羡彼水上漁，日弄溪頭煙。賣魚輒醉倒，酒醒月在船。此中有至樂，無求即神仙。何當結鄰住，還我希夷天。

晚泊釣臺下

高士此垂釣，客星千載明。漁樵知姓氏，山水屬先生。不入君王夢，常留天地清。停舟重洄溯，慚愧事長征。

西臺懷謝皋羽

南渡終殘局，西臺老逸民。悲歌開竹石，高節動星辰。朱鳥魂難返，黄龍恨未伸。歧塗無限淚，重與一霑巾。

窄溪晚泊

江上初生月，清輝寫遠山。美人歌水調，秋氣滿煙鬟。燈火微茫裏，琵琶杳靄間。離腸多感觸，不是惜紅顔。

富陽曉渡

曉色開清曠，空江入畫城。人煙依竹秀，帆影近山明。鷄犬雲中市，鷗鳧世外情。大癡呼不起，水墨尚縱横。

江上晚霽

層疊煙巒卓遠空，青天界畫紫屏風。一江秋水清於酒，醉得斜陽澈底紅。

夜泊六和塔下

露華凉洗萬山煙，仰視清虚夜浩然。未必月中還有月，不知天外更何天。瓊樓縹緲游仙曲，采石徉狂載酒船。差喜今宵歸夢近，武林寒翠落燈前。

爲沈可亭司籍題戴醇士侍郎熙秋山煙靄畫卷

空林欲霜石見齒，寒色蕭蕭逼鴉尾。西風爾從何處來，能使秋心動萬里。誰司造化洩秘鑰，湖上舊游戴學士。學士平生善寫秋，水墨陰翳秀生紙。少年曾作悲秋圖，抑鬱離騷泣蘭芷。楚江風露警啼猿，羈客無聊壯士涕。丁卯才人雅好事，索我長歌寄燕市。許金橋戎部曾以醇士所作《悲秋圖》屬題，今二十年矣。舊夢回頭二十年，忽忽光陰迅如矢。後來供奉承明廬，簪筆從容侍天子。落葉聲中獻賦來醇士以《落葉賦》應大考，尋擢宮贊，聽秋圖裏承恩始醇士曾應詔作《秋聲圖》。桃李長安未覺春，青山一笑天顔喜。零星餘墨落人間，秋色還從北極起。入雲遠樹每中斷，倒影危巒忽孤峙。最後一峰絶混茫，少昊精神太華體。我昨新從秋浦回，日日煙霞送行李。黄山雲氣出袖中，嚴陵黛色陰篷底。吾家子久惜不作，富春江水寒如此。歸來展卷作卧游，夢魂忽墮秋山裏。沈郎愛畫兼愛詩，畫中詩境猶堪指。依稀振策下寒雲，馬上回頭萬峰紫。

倚晴樓詩集卷八

海鹽黄燮清韻甫

立春後屢警於火邑人三日齋合禳於祝融之神而患遂熄賦長歌紀之庚戌

土年木月百卉叢，生氣在震位則東。青陽司令和且冲，煦育正賴句芒功。春霆起蟄驚赤龍，火珠夜照虯髯紅。巨靈奰屭噓以風，邨焦郭糜籜卷空。轆轤噴雪攖其鋒，有若微雨從蝃蝀。垣墉稂桷頹山峰，餘燼所熾皆飛蓬。下民孽重宜罹凶，今願修省明虔恭。錯陳玉幣禱祝融，於水截鱗野獻豵。檀雲椒霧炬彩虹，醽醁江漢牲崆峒。錦毹綉薦爛芙蓉，雷鳴霜吼聲鼓鐘。馨香豈足致微衷，春秋悔過聖所容。臟腑洗滌心陶鎔，至誠所格神明通。神來陟降光熊熊，佩摇紫玉纓緋絨。絳幢朱蓋汗血驄，霞旌電轂霹靂弓。珊鞭戛燈鏗紅銅，炯若赤日臨當中。俯視下界嗟鷄蟲，憫其蠕蠢不爾恫。峨峨南岳神所宫，烹飪萬物襄化工。上以文明光九重，下以照灼開群蒙。龍何不馴熾厥烽，使我下民心憂忡。龍言下方苦昏曚，嗜欲錮蔽禮教窮。道德其口兵其胸，甚或骨肉相讎攻。龍性雖烈心至公，以威示戒非横縱。乞貶洞庭游雲夢，更灑霖雨清鴻濛。赫赫神目逾重瞳，口雖不應意固同。蠓蠛螻蟻猶蛢蠓，忍毁家室戕愚庸。罪非不赦終彌縫，夐哉功德高衡嵩。禍福轉移如轉篷，庶幾恐懼慎厥終。民龐俗厚臻綏豐，永膺神祐時其雍。

東阿道中懷曹子建

年少縱横勢不羈，生憐灑淚賦然萁。才名蓋世遭兄忌，賓從多賢啓主疑。兩漢文章雄後勁，一朝封建薄宗支。洛神豈是游仙夢，忠愛纏綿本楚詞。

螢

小院流螢度，夜凉秋氣清。因風忽高下，帶雨總光明。耿耿遠相照，依依空復情。幽輝自憐惜，香草本前生。

許丈滇生尚書乃普招游澄懷園信宿鑿翠山房

塵蹤偶到白雲鄉，春入蓬山氣鬱蒼。檐外星辰天北極，水邊樓閣月中央。羽林宿衛環銀漢，香案群真近玉皇。自笑頑仙猶墮落，暫時清夢伴旂陽。

寄支少鶴學使成都

春明燈火悵離筵，勞燕分飛七載前。聞説函關迎紫氣，長歌蜀道上青天。橋邊駟馬酬初志，江上雙魚到隔年。弦望安能似明月，清光萬里恰同圓。

聞道蠶叢闢五丁，峨嵋寒照百蠻青。空山猿鳥秋聲激，終古豺狼戰血腥。白帝風雲通灩澦，黄牛波浪下雷霆。即今文教開邛僰，馬上重書劍閣銘。

早年豪氣極縱橫，日日西湖載酒行。楊柳歌殘金縷曲，芙蓉開到錦官城。春闈想望熊羆夢予與少鶴均未得子，秋水流連鷗鷺情。愧我升沉殊未定，更須橋上問君平。

巫山曉日照陽臺，負弩歡迎使節來。此去争傳司馬檄，前生可是謫仙才。碎琴市上尋詩卷，問字亭中憶酒杯。訪古重游浣花里，秋風廣厦待君開。

中秋大風雨感賦

中秋三日雨，淫潦突泛灎。檜漏夜逾兢，林猋晝如蹭。澄宇晦不醒，昏霧日以斂。幽居墜曠抱，兀坐觸群念。前歲虔臺游，列炬夜樓煔。主人謫仙裔謂藹如廉使，觴咏盛壇坫。天空雲無翳，秋爽月俱艷。玉露浩瓊筵，燈闌客未厭。去歲留皖江，其時正昏墊。連山走波濤，平陸漭已占。素魄皎荒墟，悲風激天塹。飢溺滿東南，飧酒詎忍饜。今年歸故園，鷄黍幸能贍。庶幾娱清輝，使我心目愜。愁霖爾何來，有若水傾瓴。恍惚江湖中，夜深浪没綫。竈薪蛙怒蹲，岸荇魚紛噞。既傷往歲灾，復慮秋穫欠。元氣猶未蘇，民病詎堪砭。調燮資公孤，休咎有徵驗。欲獻野人曝，分卑議或僭。良辰無好懷，頹慵復病痁。已曠庾亮樽，更輟子雲槧。安得掃浮雲，金鏡發光燭。一擲化虹杖，再試斬蛟劍。

舊製帝女花樂府同里楊樸齋布衣爲予填譜同人善歌者集倚晴樓度以管弦音調諧適頓挫盡致紀以長歌

園林暑退白日蒼，庭梧葉落鏗清商。秋聲何來警絃索，風雨氣入高樓涼。少年擲筆喜狡獪，七情簸弄成文章。褒擊忠佞參予奪，歌泣兒女悲滄桑。鮫人灑淚作明月，蟻綫曲引千迴腸。廿年塵海役羈紲，穎鋒已頓干將鈯。計車六上不得志，扁舟散髮歸滄浪。中年哀樂動百感，正須斫劍歌王郎。客有吹簫楊世昌，能以律吕調陰陽。是日秋霽叢桂香，座中有酒各盡觴。舊詞新譜諧笙簧，一唱衆和歌繞梁。纏綿恩愛聲抑揚，感嘆治亂氣激昂。游戲仙佛入渺茫，陶鑄魑魅窮毫芒。猿吟出峽烏啼霜，聽之慷慨霑我裳。嗟我頻年游帝鄉，欲抱琴瑟登明堂。調變元化和八方，上與稷契相賡颺。黄鍾瓦缶不自量，病鶴豈足侔鸞凰。側翅哀唳隔九閶，乃以鶗鴂鳴下方。楊生識曲何精詳，使我字句瓊瑶鏘。清漏沉沉夜未央，花影動户月在墻。安得列炬珊瑚長，羽衣翠舞金支黄。垂手大小歌頡頏，百年坐醉三萬場。人生行樂何所望，志士不達徒憂傷。但願歲稔天下康，世不我材容我狂。

藹如廉使遺書見招將攜家之皖吾笏山大令德涵集同人餞於倚晴樓

故人憐我别，携酒上高樓。燈火殘宵語，煙波客路愁。此行千里遠，明月九江秋。去後情何似，寒潮日夜流。

嘉禾舟次示内

一葉輕帆載綺羅，全家游戲汎煙波。灣頭楊柳顰眉減，湖上鴛鴦比翼多。秋水樓臺看畫本，夕陽城郭聽漁歌。他時偕隱成歸計，不數當年張志和。

平望夜泊

畫眉橋下片帆收，小市疏燈夜泊舟。知己遠尋千里約，全家如作五湖游。菊花風日重陽過，蒓菜煙波客路秋。自嘆萍蓬猶未定，海雲東望總生愁。

晚次吴門

金閶城外路，秋漲緑沄沄。鏡納吴山翠，帆移笠澤雲。蘆花明遠渚，楓葉醉斜曛。酒醒鄉愁迥，寒鐘不耐聞。

暮游虎山塘

七里萍波一鏡澄，木蘭雙槳剪吴綾。篷窗香霧秋入鬢，水檻紅雲夜市燈。翠袖似嫌風力重，玉釵多恐露華凝。雨臺擬聽生公法，欲懺情禪愧未能。

慧山道中

一片梁溪水，千秋高士心。泉名傳陸羽，山色畫雲林。勝蹟前賢重，長途落照深。江湖行未已，惆悵五噫吟。

毗陵道中兩岸蘆花一白瀰望

秋色晚蕭蕭，蘆花作絮飄。因風雲叠浪，不夜月平橋。萍梗中年感，蒹葭去路遥。雁聲將別夢，斷續渡寒潮。

舟中見新稻登場喜賦

野曠秋禾盡，黄雲積地鋪。鷄豚自閒適，烏雀亦歡呼。饑饉嗟頻歲，瘡痍幸再蘇。長官能恤隱，豈便更征輸。

維舟京口訪故人陸方山廣文嵩即次其寄懷韻

良會出意外，日暮携舟來。别久盛顔改，乍見翻疑猜。艱難語身世，慷慨有餘悲。憐君富才調，下筆光陸離。荆璞鮮真賞，屢困秋風闈。冷官滯京口，按劍登高臺。蠓蠛視驕虜，氣與風雲追。夷艘犯京口，君擬率洲民禦敵，旋因議款不果。干將不一試，四顧空徘徊。誰令邊烽入，焰及江都帷。述往夢寐悸，叙舊心顔開。所嗟非少壯，絲鬢各已催。大江日東下，頽波詎能回。相期崇令名，本志慎勿違。

鄒生芝卿茂才培林邀游焦山余及内子偕往珏琇二女鳳婉兩姬從焉即事作歌

長江浮天走海東，焦山一粟珠團空。丹厓紅樹鬥蒼艶，雲廊水榭嵌玲瓏。朅來南北苦奔走，輕帆十度殊匆匆。篷窗卧游僅識面，曾未躡足登其峰。鄒生知我有山癖，邀我一覽青芙蓉。細君弱女各瀟灑，筆研更有清娱從。羅綺飄雲入煙翠，佩環戛玉鳴天風。羈人熱淚滿江海，窮途歡笑誰堪同。樓閣淩虚踏鼇背，萬里平視千帆通。中流門户截海勢，射潮豈乏婆留弓。誰令番舶玷圖畫，妖星夜照圖山紅。英夷犯京口，泊舟山下。開關延敵失天險，坐使風鶴愁哀鴻。新亭搔首望江左，嗟爾將士真沙蟲。兹山歷劫幸無恙，雷霆不擊蓬萊宫。椒山正氣隱士節，呵護定仗神靈功。天留名勝待我輩，裙屐一現游仙蹤。裹糧何必待婚嫁，拂衣直欲輕王公。寒濤瀉雪滌塵夢，一杵恰墮斜陽鐘。歸來新月滿江樹，莫吹長笛驚蛟龍。

登觀瀾閣

浮空雪浪轉驚雷，鬱勃塵襟浩蕩開。萬叠雲山環几席，一家兒女俯樓臺。邊烽已息魚龍靜，鄉思方深鴻雁來。聞道長江恃天塹，安危誰是濟川才。

定慧寺

寺門秋色裏，草木散幽芬。詩徑通黄葉，鐘樓帶白雲。翛然游物外，暫爾息塵氛。却羡清修子，長年鷗鷺群。

登觀音崖

絶頂千帆出，中流萬馬奔。長風連海色，飛雪漉雲根。扶倩焦公杖山產細竹，名焦公杖，游人扶以登山，狂携太白樽。平生豪氣在，雲夢尚堪吞。

海西菴觀楊忠愍公手書卷子敬誌長古

卧虎騰芒燭梵宇，焦山椒山各千古。忠臣健筆挽狂瀾，合付長江作砥柱。我來再拜敬展視，白晝虛堂颯風雨。疏開煤市感異類，詩吟狄道傷羈旅。平生辣手著文章，欲以精誠悟明主。想見峥嶸下筆初，魍魎潛形老虬舞。當時邊釁開仇鸞，斬伐元氣嚴鈐山。公獨抗疏聲其奸，不惜頸血朱刀環。兩稿皇皇在天地，三百年來垂正氣。點竄塗改類三表，凛雪嚴霜結成字。我友張辛擅石刻辛字受之，吾邑布衣，毫髮精神肖腕力。萬言磊落貫牟尼，照耀祇園紫金色。公諫馬市、劾分宜兩疏稿，受之入都摹泐於松筠菴，朝士作諫草廬庇之。布衣顛頷殉忠魂，尾附青雲死亦得。受之泐石甫蒇，即於松筠菴病没矣。更留此卷鎮江東，河嶽英靈峙南北。所嗟故人已夙草，未泐寒山一片石。儀徵相國雅好古，什襲禪關竇神蹟。認取金剛不壞身，終古山靈長護惜。卷係阮雲臺相國留鎮焦山之寶。老僧妙公我鄉里妙銓，浙之海昌人，索我題詩誌顛末。登高茫茫集百感，撫卷摩挲三太息。吁嗟乎，奸臣誤國無時無，刀鋸不奪真丈夫。先後印合龍虎符，文山之歌常山書。書中熱淚成江湖，年深定化鮫人珠。

憩自然菴古香室咏梅即贈定峰上人

支檐兩梅樹，鐵幹鬥玲瓏。氣節空山裏，精神劫火中。前身悟明月，閱世幾春風。待到花開日，還來訪遠公。

焦山晚歸

輕帆斜趁暮雲開，電掣霆轟逆浪回。三面江聲環北固，六朝秋色自西來。山風浩蕩吹衣袂，海月空明墮酒杯。回首茫茫天萬里，中央樓閣是蓬萊。

黄天蕩懷古

八千勁旅走熊羆，曾斷金人十萬師。驄馬宣威臨陣日，羯胡喪膽渡江時。風鳴環佩軍中鼓，谷暗雲霞戰士旗。從古庸臣好和議，寒潮嗚咽使人悲。

夜泊燕子磯望月

燕子磯頭月，飛來萬古秋。雲開諸嶂出，雪照大江流。遠夢憑黄鵠，高歌起白鷗。團圞終是客，兒女解鄉愁。

金陵雜咏

秦淮王氣夢沉浮，虎踞龍蟠控上流。五馬渡江天設險，六朝垂統帝無愁。月中樓閣金蓮步，笛裏家山玉樹秋。千載繁華浪淘盡，高臺空憶鳳凰游。

萬叠煙巒瞰石城，風流江左舊神京。相臣霖雨東山屐，大將雲雷北府兵。故國寒潮環白下，新亭熱淚念蒼生。於今聲教同南朔，鐵鎖銷沉戰氣平。

月色濤聲入酒樓，南朝人物半清流。龍吟秋浦桓伊笛，鷺點寒空謝尚舟。詞客江湖盛文藻，醉鄉天地小王侯。我來重寄滄洲興，紫綺清狂續舊游。

後宫學士鬥明珠，金粉餘香尚有無。秋水自生桃葉渡，垂楊已老莫愁湖。橋邊飛燕尋妝閣，埭上鳴鷄憶綉襦。日暮空江歌擊節，遠山閒看十眉圖。

石城雨泊阻風

聽風兼聽雨，蕭瑟白門秋。陵闕興亡感，江湖逆旅愁。中年悲浪迹，八口寄扁舟。日暮鄉關遠，寒潮打石頭。

由石城抵采石

寒濤東下客西來，上水風檣觸怒雷。回首鍾山青一髮，金陵已在浪花堆。

采石磯

太白高吟處，臨江尚有樓。我來千載下，不共古人游。川岳餘英氣，風雲生暮愁。扣舷誰與和，一鶴下滄洲。

阻風牛渚有懷藹如

牛渚磯頭煙浪深，蕭蕭落葉下寒林。風迴地軸千檣聳，雲過江心一片陰。戰壘防秋延古意，扁舟載月想高吟。相思欲采芙蓉寄，三十六鱗何處尋。

江上賽神詞

一兒鳴金衆兒鼓，小兒摇旗大兒舞。紙錢燒野紅成雲，毛血灑地椒酒芬。老儺跳擲酡顔醺，飛叉戛戛聲相聞，肩承彩輿來迎神。神之來兮彩輿重，人力不參自飛動。神之去兮煙冥冥，靈絃夜續鑾歌聲。旅客維舟待明發，電馬雲車正飄忽。曉來願祝一帆風，釃酒臨江拜明月。

荻港吊黄靖南

列鎮銷餘燼，孤軍落大星。生爲上柱國，死殉小朝廷。壞壁頹雲黑，寒濤戰血腥。五王龍種盡，白馬尚英靈。

蟂磯夫人廟

家國茫茫恨未休，鸞凰離合是荆州。九江波浪湘君淚，八陣風雲白帝秋。天半靈旗紛羽葆，月中仙仗肅戈矛。歸心夜逐寒潮上，直接岷峨萬里流。

蕪湖舟次

吴楚風雲鬱大荒，東南砥柱屹中央。潮驅白馬來溢浦，山走蒼龍下建康。討賊旌旗思庾亮，雅歌弦索憶周郎。江關無限登臨感，暮雨瀟瀟鼓角凉。

泊澛港月色甚皎聞鄰船笛聲

霽色開寥廓，江流入混茫。何人吹鐵笛，明月滿滄浪。忽憶高樓夜，清歌玉漏長。羈愁正無賴，風露浩垂楊。

自澛港解纜中途風雨交作舟不能前軸行寸進勢極艱險感賦短古

日暮西風來，我舟往與觸。飛流挾雨勢，回湍激岸足。帆楫兩無用，引纜運以軸。蟻聚轉輪磨，牛旋走車轂。舵師懼舟泥，篙行反在陸。匍匐争咫尺，泥塗每顛撲。吁嗟行路難，百慮叢心目。浪游不自已，隐憂及骨肉。夷險視瞬息，進退苦蹐跼。搔首望寒雲，摩空羡黄鵠。

三山峽遇雨

放櫂青溪紅樹邊，米家水墨畫長天。寒塘點點鷺鷥雪，邨舍濛濛楊柳煙。山骨峻嶒經雨秀，檣梢攲側受風偏。江湖憔悴憐塵鬢，争及蘆花垂釣船。

晚泊銅陵

古渡炊煙起，江天晚霽開。濤聲流月去，山翠抱城來。近市餘茅屋，頻年苦水灾。肅霜時已屆，恐有澤鴻哀。

自銅陵至大通風日晴曠偶興

半江紅樹正啼鴉，不獨詩情爲晚霞。更有秋來好風景，青山高下襯蘆花。

舟中示内

全家縹緲畫圖中，流水泠泠環佩風。此去匡廬知不遠，神仙還訪李騰空。

示　女

濛濛寒翠夕陽餘，杳杳煙林落葉初。記取九華秋色好，明朝商略綉羅裾。

示鳳枝婉儀兩姬

廣陵明月秣陵花鳳籍維揚，婉籍金陵，江左風流勝若耶。姊是桃根妹桃葉，一般春色要宜家。

晚次太子磯謁梁昭明祠

臺城禾黍起秋風，野渡猶留太子宫。文字網羅三代下，狂瀾鎮壓百川東。讀書樓閣寒雲裏，入畫江山落照中。千載詞宗遺像在，靈光金碧燭長空。

謁余忠宣墓

南來群盗正披猖，一柱龍山扼沔湘。星斗科名文信國公於元統元年賜進士及第，江淮保障許睢陽。全家净土銀河水城陷之日，公眷屬皆赴井死，六載圍城鐵甲霜。太息墓門殘照裏，老臣危素髮蒼蒼。

吊風節井即忠宣眷屬死節處

鯨鯢跋浪走滄溟，寂寞孤城戰血腥。九派長江沉鐵鎖，一奩秋水葬銀瓶。西風絡緯興亡恨，冷月梧桐慘淡青。下有丹砂金百煉，明河清淺動寒星。

喜晤藹如即送其入覲

經歲江湖隔，相逢慰别顔。吟尊纔皖水，凍騎又燕山。民氣災荒後，臣心霄漢間。嘉謨行入告，何以恤時艱。

抵皖七日湘漁復别去詩以送之

去年君送我，今我送君歸。昏旦參商錯，東西勞燕飛。孤舟摇客夢，千里共斜暉。明歲梅花發，相期幸勿違。

儉伯來自淮揚信宿寓齋尊酒夜話感而有賦

伯也弟視我，我以兄事之。結交二十載，雙鬢忽成絲。近從江上來，問客何所爲。客言不得志，浪迹淮海湄。偶與販夫伍，聊籌買山資。嗟君少年日，意氣空當時。書劍不世用，羲輪迅以馳。子亦苦奔走，長年役塵羈。相見各搔首，亢激心不怡。落寞守太元，頗爲世俗嗤。列鼎始灑削，連車出陂池。飛將不封侯，何如牧羊兒。始信陶朱樂，絶勝梁鴻噫。人生貴快意，致富亦良宜。行矣善自愛，且盡黄金卮。

儉伯邀游迎江寺小憩遲客軒

遠公精舍絶塵氛，陶謝同來話夕曛。劫火已空獅子座佛殿近燬於火，怒潮如鬥犼兒軍。中流帆影移朱檻，上界鐘聲墮白雲。莫向浮圖高處望，江天寥落雁呼群。

同儉伯登江上涵春樓

罘罳簾户照滄浪，水鏡煙帆客路長。三楚風濤來浩淼，五松雲氣合青蒼。最難湖海逢知己，可惜江山非故鄉。王粲登臨多感觸，更堪搔首對斜陽。

爲儉伯題燕雲亭太守庇山水障子

寒空木落霜滿天，萬峰争出青横煙。誰能縱筆寫遠勢，元氣鬱律秋毫顛。池州太守好墨戲，不以蹟肖惟神傳。林壑谽谺石巃嵸，空處似有雲盤旋。西湖短李我好友儉伯自號西湖短李，索我紙隙爲長篇。我從九月出京口，日坐明鏡看煙鬟。欲師造化慚腕力，鴻濛氣局難雕鐫。披圖豁達使心遠，清夢忽墮滄江邊。嗟我浮家走千里，支篷但結青山緣。君亦江湖役塵鬢，二頃未置西泠田。相逢逆旅起太息，百感迸落寒燈前。故園三徑寄屏障，對之亦足怡心顔。君家伯時昔擅此，山莊窈曲圖龍眠。垂雲汫與建德館，意匠慘澹開林泉。今來皖水路咫尺，惜未杖策窮追攀。煙霞亭閣待位置，買山一笑須金錢。安得銅坑恣鼓鑄，揚州鶴背皆腰纏。歸來醉到白雲裏，猿鳥鼓舞羲皇年。丈夫落拓不稱意，將相無分當神仙。少文卧游曷足數，直須結屋蒼茫間。

柬錢筱南南昌

往歲洪都别，春風正緑波。去程煙浪闊，離夢暮山多。掩抑素琴怨，纏綿金縷歌。思君容易老，愁鬢況蹉跎。

頗憶天涯樂，登臨每賦詩。江山餘倦客，湖海得新知。南浦桃花舫，東風柳絮詞。别來春雨度，事事總相思。

三月燕臺路，風塵悔浪游。彩雲神女夢，芳草美人愁。歌哭黃金市，清狂紫綺裘。看山緣未了，江上又扁舟。

日暮高臺望，寒空滿夕陽。客愁千里共，江水九條長。遠抱憑魚素，靈風待馬當。宵來看紫氣，憔悴惜干將。

懷張吉菴茂才以煊梅里

空山流水賞音稀，冷守長蘆舊釣磯。許靖生涯憐馬磨，王章熱淚灑牛衣。梅花氣骨如君少，薑桂心情與世違。莫向江潭怨摇落，春風還自柳邊歸。

皖江除夕

兒女長筵客裏家，今年除夕又天涯。江湖浪迹營巢燕，歲月驚人赴壑蛇。旅舍殘更消蠟炬，故園舊約負梅花。浮生强半飢驅誤，明鏡蹉跎惜鬢華。

倚晴樓詩集卷九

海鹽黃燮清韻甫

清明後一日皖營閱武歌爲蔣中丞賦有序辛亥

咸豐辛亥春二月既望，積雨乍收，薄陽初霽。衆芳藻野，叢翠涵嵐。草肥盤馬之場，水暖射蛟之浦。蒐期已及，農隙可乘。中丞將按部行春，順時宣令。爰簡虎旅，首閱龍江。時則柳拂旌旄，花承節鼓。陣圖地劃，號令山尊。僕姑與紫燕齊飛，叱撥共緋桃一色。帳前羆虎，忽新光弼之旗；江上鯨鯢，盡避顧榮之扇。小范之甲兵十萬，操縱在心；會稽之君子六千，指揮於掌。從此軍聲遠振，戎律交修。地有長城之倚，民有安堵之歡。洵足砥柱江淮，保障吴楚矣。從此軍聲遠振，戎律交修。豈惟固我東封，直可繫彼南越。望五溪之妖焰，士有戰心；吟半夜之龍泉，人思敵愾。銀刀灼日，正風和細柳之營；銅鼓鳴雷，早威懾大藤之峽。迺賡長句，用和鐃歌。

花香撲地草薰陌，江上東風過寒食。青旗畫戟影芳郊，照耀春山作金碧。鼓聲曉激晴空雷，平原漠漠春陰開。玉帳嗚笳號令肅，蝥弧風颭樅陽臺。六花陣法龍蛇變，霹靂神珠怒轟電。雪刃吹毛矛掣練，散作梨雲太陰旋。健兒跳擲好身手，盾畝團空倏不見。驕嘶汗血走桃花，一點平蕪迅於燕。騎士彎弓目睊睊，柳枝已鏃雕翎箭。落日鳴鞭唱凱迴，長歌恰和流鶯囀。是時郊外方踏青，士女塞道騰歡聲。東南節鉞有如此，天塹永鎮波濤平。方今粵氛焰未滅，萬騎南征示撻伐。軍需日費水衡錢，戰壘猶腥壯士血。豈容徼側煽象郡，可有班超入虎穴。安得龍驤一旅軍，雨洗蒼梧瘴煙絶。丈夫萬里覓封侯，正是垂楊好時節。

題藹如方伯長江籌遠圖

城上高樓縱大觀，東南形勝一憑欄。顧榮麾扇旗門肅，温嶠燃犀水府寒。半壁江山天下險，六朝人物畫中看。承平絶少防秋戍，端仗婆留策粉盤。

八月驚濤下吕梁，陂陀一綫裂金湯。時河決豐、沛。民憂魚鼈天心惻，竄徙蛟龍地脉傷。捧土似聞填瓠子，懷山直欲走芒碭。願移宗慤乘風楫，更作昌黎治水航。

老蠻銅鼓警蒼梧，百粵瘡痍久未蘇。捷報頻來大藤峽，邊聲已近洞庭湖。五溪妖焰多淫毒，三楚軍儲急轉輸。咫尺潯陽誰制險，樓船極早震雕弧。

桐城蘇厚子徵士惇元同寓皖江寄涉園燈火相望談讌甚樂賦贈

幽人如白雲，翛然遠塵迹。偶與清風來，流輝照几席。聆謦感夙夢，接儀快今臆。鷄鳴慰所思，駒縶永兹夕。脩竹生夏凉，高梧聳秋碧。鑑影月在户，澄聽水鏗石。心閒諸境超，機静群動息。飲醇使我醉，聞琴使我寂。何以喻芳馨，芙蓉秀蘭澤。

三月二十日偕李生坦甫以行由皖入都臨行雜賦壬子

啼鴂滿空山，芳草緑如此。解纜溯餘春，片帆正東指。八口寄天涯，游子更千里。家計付弱息，維持仗知己。勞勞事浮名，役役嗟未已。平生離别多，臨歧不復涕。時眷屬留皖。

春江春水緑，故人故鄉多。時鐵士、吉菴、湘漁、梅侣俱在皖。故人江上别，江柳青婆娑。攀條贈我行，置酒爲我歌。酒醒故人遠，落日滿關河。帆檣側受風，激浪成圓渦。離懷浩以滯，宛轉隨迴波。顧視皖公山，一粟浮煙螺。明發路更緬，鬱陶當如何。

錢郎我夙好，别來今三年。昨從彭蠡來，携家返幽燕。顧我皖江上，歡喜難具言。知我將北征，遲我淮揚間。北平錢筱南茂才自江右入都，訪予皖江，先二日解纜去，約於廣陵相待，聯鑣北上。長途共酬答，逆旅堪周旋。惜别殊惘惘，今會益拳拳。性情所感召，意外續前緣。聚散亦氣運，斯言豈其然。

李生秉粹質，從游四載餘。今兹遠行役，復與共舟車。於山見泰岱，於水觀江湖。禮樂盛鄒魯，英俊滿皇都。文章濟閱歷，足以輔詩書。先鞭幸努力，振策淩天衢。

舟中望九華山

九華秀江左，窈窕絶塵境。清暉近可挹，流姿遠愈艷。餘霞媚陰巘，微雲續斷嶺。神異此焉託，世念忽以屏。既懷謫仙游，愧乏昭諫咏。幽奥阻躬陟，空翠但神領。勝賞惜蹉跎，勞生尚萍梗。

泊銅陵登小磯頭眺望

停舟巑山麓，登高曠游眄。群松陰倏徑，芳草展平甸。寺樓緬空闊，城郭靄葱蒨。近帆樹杪出，遥峰水底見。在别難爲歡，遇勝每多戀。且隨興所寄，懷抱庶幾遣。

晚宿銅陵風雨竟夕

日暮潮生煙草汀，銅陵山色夜冥冥。江湖風雨離人慣，只恐深閨不耐聽。

板子磯

板子磯頭芳草碧，黄公壘外暮天藍。蕭蕭古戍斜陽裏，千載英靈兩靖南宋靖南侯黄幹、明靖南侯黄得功皆治兵於此。

舟次蕪湖馮少山焿青許子仁柏身邀游陳氏園園在小西湖上

門外東風飛水禽，長堤如帶界湖心。臨湖盡種垂楊柳，三面波光寫緑陰。

樓臺水木弄清華，茗話流連日易斜。小院風簾清晝静，一雙飛燕蹴楊花。

濛濛煙草浄無塵，貼貼新荷翦未匀。一色闌干紅倚水，夕陽如待卷簾人。

故園風景水邨圖，臣是煙波舊釣徒。九十九峰歸未得，恰尋江上小西湖。吾鄉高士湖亦名小西湖，山水幽迴，有九十九峰之勝，每思結廬其間，而志未逮焉。

天涯鷗鷺自成群，可惜匆匆袂易分。如此溪山不留客，明朝相望各煙雲。

蕪湖夜泊

往歲攜家過，扁舟復此經。桅檣森落照，燈火浴繁星。鳩港浮天白，蟂磯隔岸青。客游殊未已，愁上識舟亭。

采石磯太白樓歌

太白宫袍游采石，采石千年歸太白。唐陵漢闕已烏有，醉鄉高樓尚百尺。文章不入瀛洲圖，功名不畫淩煙壁。世人欲殺天生之，留與江山壯顔色。江濤洊湃山嵯峨，騷人哀怨離懷多。絶壁長風走滄海，酒氣拂拂生巖阿。當年痛飲長安市，醉眼安知高力士。翻將瘦燕比肥環，欲以微詞悟天子。玉女投壺笑露齒，閶闔遥遥雲萬里。猪龍跋浪鸚鵡死，豺虎當關魑魅喜。杜鵑泣血鳳凰愁，猩鼯啼煙峽猿涕。可憐鴻鵠困樊籠，六翮摩空不得起。徘徊四海欲何依，垂暮翻遭夜郎徙。汾陽勛業冠中興，未得一官報知己。歸來泛月長江游，换酒不惜千金裘。謝家青山吾糟邱，死便薶骨生薶憂。汨羅長醒采石醉，飲與不飲同千秋。我求一繫沙棠舟，仰見突兀臨滄樓。樓外江水東北流，醉魄似與江沉浮。長庚墮地化片石，至今豪氣横九州。幽厓絶壑吟龍虬，拔劍擊柱風雲愁。蕭條異代登臨感，誰稱題詩在上頭。

牛　渚

桓公白紵曲，謝客紫羅襦。勝地成今昔，風流尚有無。余霞明遠嶂，殘照下平蕪。高咏誰堪寄，漁榔起野凫。

燃犀亭

慷慨温忠武，中興第一流。光芒驚水府，涕泣念神州。半壁支天塹，韋公陋楚囚。夜船燈火起，應有老蛟愁。

烈　山山形如栗，突出江心，亦名栗山

金焦兩點門青蒼，大小姑山窈窕妝。更有一珠浮浪出，分明五嶽水中央。

登燕子磯

何年石燕子，飛撲大江中。煙樹一峰秀，水天三面空。危亭崖背出，仄徑寺門通。不盡登臨感，高吟萬里風。

晚次瓜步舟中望焦山

昔年泛宅訪焦山，水閣天風響佩環。今日扁舟成獨賞，一江殘照畫煙鬟。

廣陵遇錢筱南

皖伯臺前一携手，緑楊城外又逢君。今宵且話揚州月，前路同看泰岱雲。

同筱南飲嚴問樵太史保庸齋中

我初不識嚴夫子，撮合錢郎書一紙。往年北征道廣陵，傾蓋論交自兹始。己酉冬筱南自江右致書，盛稱太史之才，屬便道過訪。庚戌北上，舟出維揚，始訂交焉。太史意氣空九州，海内才名動朝士。文章能煉五色石，仕宦羞營五斗米。歸來落拓走江湖，冷醉閒吟自悲喜。昨日扁舟采石回，月色濤聲送行李。袖中雲氣敬亭山，酒邊花影秦淮水。黄金到手便空囊，但道人生行樂耳。側身權貴誓不屑，潦倒相逢轉知己。昔因錢郎識太史，今與錢郎同飲此。我輩聚散關氣運，三葉風帆鬼神使。予與筱南、問樵先後渡江，同日抵揚州，似有成約。瓊筵月上婺尾開，瓜州潮落鰣魚來。一犀首無事須快飲，屈原獨醒空悲哀。龍劍會合肝膽熱，但願有酒如長淮。長淮水竭不可渡，一綫河流方北注。時豐北尚未合口，而高郵以北水涸見底。轉輸誰是濟川才，行旅遠愁蹇人步。碧漢難浮博望槎，客星翻與君平遇。人間涸轍何其多，吁嗟萬事成蹉跎。當筵且酌金叵羅，興酣擊缶慷慨歌。主人留春復留客，客醉欲别春幾何。窮通離合各有數，阮籍無須悵歧路。天涯萍水亦風雲，杯酒他年更何處。

季玉溪鹺尹元琛邀游蜀岡諸勝晚集玉清觀之碧梧翠竹居賞芍藥同游者爲吴興胡梅垞海昌許子巖兩茂才及余坦甫賓主五人焉

十里萍波澈底澄，木蘭雙槳翦吴綾。無多春色留人住，芍藥開時到廣陵。

曾向虹橋繫畫船，玉簫聲裏鬥嬋娟。舊游星散蛾眉老，杜牧重來十四年。戊戌春偕支少鶴、朱月槎、朱鏡香同游平山堂。忽忽十四年矣，少鶴、鏡香遠在數千里外，而月槎墓草已青，回首茫茫，不勝今昔之感。

蜀岡煙樹老啼鶯，平遠樓頭倚晚晴。客路不知春已去，綠陰如海滿江城。
紆迴石徑到禪關，俯視江南數點山。京口人煙瓜步水，微茫都在樹中間。
江鄉風味餞春餘，來賞名花翠竹居。豆綠櫻紅蘆筍白，玉盤三月有鰣魚。
天涯游歷紀鴻泥，俊侶相逢盡浙西。自嘆萍蹤渾未定，一篷飛絮過隋堤。

淮上吊淮陰侯

漂母哀王孫，蕭相知國士。一飯令侯生，一薦令侯死。漢皇喜謾罵，拜將忽殊禮。分羹非人情，解衣豈知己。男兒負奇質，貧賤貴崛起。委身事梟雄，富貴安足恃。韓侯天下才，識乃未及此。功名不自立，貽笑淮陰市。先後事劉項，終出袴下耳。

清浦吊袁公路

我從淮上來，驅馬過清浦。公路昔屯軍，乘亂輒耀武。不思酬漢恩，僞號敢竊取。血水腥淮黃，一敗等灰土。平生恃閥閱，意氣凌儕伍。富貴而庸妄，視之直腐鼠。孫郎何桓桓，屈身寄廊廡。乞師下江東，瞬息便龍虎。時運偶際會，悲憤始一吐。丈夫固應爾，公等何足數。

陰平道中新霽

一宵微雨伏塵埃，平野茫茫霽色開。隴麥已黄邨樹緑，遠山青到馬頭來。

南沙河旅舍有湖石一拳勢極靈矯惜其在塵土中感賦

磊落星辰氣，何年下界來。奇根無地植，靈竅自天開。邱壑期他日，風塵惜此才。出山殊草草，惆悵隔蓬萊。

滕縣道中即景

槐陰城市堪維馬，桑柘人家正飼蠶。看火紮山啼不斷，鳥聲四月似江南。

東平旅店水窗垂柳塵障一清喜誌絶句

曲岸平橋盡緑陰，一彎流水洗塵襟。柳絲風裏垂簾坐，便有煙波縹緲心。

縠城山

早發東平州，暮入縠城山。井陘苦逼仄，盤谷深迴旋。仰睇乏佳蔭，俯聽無流泉。蹴蹄石迸火，轉轂雷轟川。不意留侯師，得之風塵間。空山一片石，何由知爲仙。漢祖性猜忌，功高鮮自全。保身恃明哲，達人知幾先。辟穀非養生，赤松固寓言。身世有代謝，誰能金石堅。但游萬物表，即是三山巔。我生何勞勞，人事多憂煎。安得絶塵鞅，還我羲皇天。

倉頡墓

短碣空山裏，荒邱太古年。神靈尚呵護，造化此雕鎸。漸啓光華運，難完渾沌天。文章無限淚，能否達重泉。

出山即景

蟻磨盤旋石徑斜，遥邨鷄犬見人家。緑陰滿地幽香細，一路山風落棗花。

茌平旅夜

浪説功名似馬周，蕭條逆旅暫勾留。琵琶聲裏星星雨，觸撥離懷不自由。

雨霽茌平曉發

宿雨清塵曉未乾，緑陰如畫送征鞍。迷離一枕溪山夢，錯認鞭絲作釣竿。

平原吊顔光禄

烈士臨危志不移，千秋生氣尚淋漓。孤城屢折封狼焰，百戰能張鉅鹿師。兄弟精忠真手足，君王圖畫壯鬚眉。承平將帥知兵少，苦憶平原太守旗。

趙北口

纔經塵土三千里，忽遇煙波十二橋。易水更無人擊筑，垂虹曾記我吹簫。微傳風信來蘋末，時見凉陰拂柳條。鷗鷺清閒應笑客，日斜疲馬尚蕭蕭。

渡桑乾河

全河水涸欲生塵，驅馬悠悠渡此津。消長盈虚原不定，暫時波浪莫驚人。

題自畫山水團扇送沈紫卿中允炳垣主試蜀中

燕市一爲別，何時尊酒同。思君如皎月，贈子以清風。使節詞曹重，文章劍閣雄。茫茫雲樹感，萬疊亂山中。

陶凫鄉宗伯樑題八十小影

坡翁笠屐自翩然，鸞鳳文章海鶴年。一代詞宗天下望，三朝耆老地行仙。上清鶵序推前輩，下界龍門待後賢。太息風騷漸零落，尚餘健筆照臨川。

十一月初三日凫鄉宗伯招集寓齋圍爐咏雪即事

日暮忽吹雪，來尋驢背詩。寒消梁苑酒，捷報蔡州旗是夕閱邸鈔，得長沙捷音。天上飛瓊戲，人間屑玉詞。明朝圖主客，殘醉覓東籬。時凫翁倩秦彝亭孝廉繪圖記事。

賤子飄蓬久，京華暫滯留。偶然鴻印迹，閒與鶴同游。薄宦憐塵海，群仙住玉樓坐客京秩居多。長途行策蹇，風雪總離愁。

寄　内

唧唧復唧唧，蟋蟀鳴東壁。與君爲夫婦，十年半行役。貧賤苦羈旅，江湖殊未息。懼傷離別懷，不如同游歷。前歲辭故鄉，扁舟遂泛宅。溯流上焦山，乘月過采石。豈不愁風波，險巇勝孤寂。勞生累細弱，千里俱爲客。爲客誠艱辛，聊喜共晨夕。今歲上燕臺，浮名復我迫。暮春三月時，春草可憐碧。我行君反留，天涯各萍迹。別多淚已枯，臨歧不能滴。悠悠江水流，兩情豈有極。車輪不生角，風帆忽張翼。旦發黃河南，暮宿黃河北。嗟此濺濺流，使我魂夢隔。鳴鷄曉警枕，疲騾夜伏櫪。離人無好懷，一燈坐荒寂。邯鄲多佳麗，少女好顏色。羅袂拂我衣，銀箏薦我席。思君不能忘，塵土視珠璧。長安盛歌舞，瓊枝燦樂籍。宛轉移性情，玲瓏媚心魄。思君不能忘，腥穢視香澤。七月明河明，八月白露白。九月木葉飛，繁霜漸以積。檢我篋中衣，一一君手疊。我寒君所知，君寒更予憶。明知憂傷人，情至詎能釋。前言半載歸，相見長干側。客游無定程，今乃多變易。相思令我老，况復憂患逼。夕烽照西南，楚氛焰未戢。空城嘯狐鼠，平野走狼猰。徵調及數省，大帥正飛檄。龍山界吴楚，先事慎籌畫。淩波狎水犀，健兒耀戈戟。逆旅警風鶴，使我心結轖。何如歸去來，早泛秋江楫。嗟我尚滯淫，未得自迎接。弱質走長途，勞勞詎所習。幸賴故人賢，肝膽共休戚。料量定歸計，護持返鄉邑。謂藹如、二梅、吉菴、湘漁、梅侶諸君。豈無骨肉親，翻仗友生力。交誼有如此，感極繼以泣。二女頗嬌慧，只宜弄黛墨。小星隨大婦，只可侍巾幗。間關行路難，事事君所職。昔與君同行，看山興頗劇。君今獨自歸，百感在胸臆。明鏡掩光輝，寶奩謝妝飾。懼攖游子懷，來書强歡懌。言甘意良苦，區區我所識。時逢北風起，忽憶江潮逆。知君泊荒渡，寒聲滿蘆荻。南望祝江神，惟願舟行適。平安出艱險，迆邐達鄉國。念君到家時，殘冬已將及。西園多梅花，樹樹我所植。看華懷遠人，徘徊不忍摘。我留亦不久，行當理歸策。遲不過華朝，早或上元夕。春風對尊酒，稍慰離懷惻。人生數十年，塵勞近半百。一別一回老，蹉跎良可惜。宦情本水淡，讀書期自立。所愧風塵吏，於世鮮裨益。本非出山雲，早返倦飛翮。偕隱願可償，躬耕計亦得。寄書代晤言，珍重慎眠食。離居而同心，千里固咫尺。

哭錢筱南

窮陰晦萬象，百感贅心曲。文章一斛淚，更爲故人哭。嗟君倚馬才，因風漱珠玉。女粲易遭嫉，士奇亦損福。老作諸侯賓，未食太倉粟。手搴南浦雲，口吸西江淥。時爲泛宅游，聊曠登樓目。囊客洪都城，與君交始篤。晝游必聯轡，夕飲每秉燭。纏綿三月餘，情好逾骨肉。依人不自由，分携抑何速。其時正暮春，芳草傷心緑。臨行贈我言，悽惋未忍讀。風帆不世情，東指康王谷。己酉春，訂交於南昌，尋客皖江，匆匆别去。登高覽夕暉，眷眷尚余矚。一别忽三載，流光迅轉轂。今春將北征，相遇龍山麓。風緣幸未竟，墜歡欣再續。看華到廣陵，瞻雲過泰嶽。共踏長安塵，更擊燕市筑。吁嗟冠蓋場，吾道偏窮蹙。予既困宦轍，君乃墮病梏。茫茫高厚中，俯仰苦蹐跼。窮途相慰藉，期君勉饘粥。豈意憂傷人，永逝不可復。昔别限關河，迴腸已愴觸。今無再見期，他生詎能卜。才高遇何蹇，情長世頗促。悠悠千載心，草草百年局。魂兮歸來乎，有夢或我告。

題葉潤臣侍讀鳴灃風雨懷人卷

獨處已孤寂，况禁風雨聲。美人在天末，相望總盈盈。患難識肝膽，別離知性情。幾時同翦燭，一爲訴平生。

漫　興

嶺嶠休兵後，瘡痍尚未蘇。受降寬斧鉞，乘隙起屠沽。漸熾封狼焰，難稽豕鹿誅。伏波專閫重，莫問海南珠。

虎門頻破敵，象郡又連兵。雲暗蒼梧野，春閒細柳營。老師翻縱寇，餉士但刑牲。珍重輸邊粟，司農白髮生。

祆祲通藤峽，潛師出桂林。壺頭亡險要，峴首悵登臨。盡道從軍樂，誰堅殺賊心。鼓鼙思將帥，彈劍作龍吟。

磴道千山裏，孤城倚暮霞。急應開枳棘，及早斬萌芽。未築鯨鯢觀，翻磨虎豹牙。武溪淫毒水，流恨到長沙。

殺氣蒸雲夢，邊聲入洞庭。潮連三楚白，山失九疑青。酩酊仙人酒，蕭疏大將星。湘江無限淚，哀瑟不堪聽。

列炬纔清野，投鞭竟斷流。電車穿地脉，霜笛起邊愁。熱血晴川水，悲風大樹秋。月斜黄鶴去，凄絶武昌樓。

備北嚴關隘，征南仗節旄。偏師逾廣武，間道塞成皋。民力傷凋敝，軍行戎驛騷。願申司馬法，一試吕虔刀。

總制三邊合，將軍五道分。戈船淩沔漢，鐵騎下燕雲。搗穴宜乘懈，磨崖好勒勛。至尊方旰食，早晚捷書聞。

除夕同人集寓齋餞歲

風雪長安道，塵蹤尚滯淫。激昂名士酒，遲暮美人心。烽驚防邊急，鄉愁入夜深。寒雲慵出岫，歲月悵銷沉。

倚晴樓詩集卷十

海鹽黄燮清韻甫

出都留别諸同人癸丑

浮名役鞍馬，去留皆感傷。逢時多艱難，且復還故鄉。頗憶少年日，弧矢志四方。讀書慕管葛，作賦擬班揚。春蠶宛轉絲，筐篚媚君王。雖乏補衮材，亦足爲文章。抱此徑寸心，歲久未獲償。行歌困燕市，坐令愁鬢蒼。一官墮塵海，風波浩茫茫。愧非干莫用，行將鉛刀藏。故人惜遠别，置酒爲我觴。一觴三嘆息，涕泣霑衣裳。南天正烽火，北地多冰霜。長途叢百憂，欲語未忍詳。舉杯謝故人，聲咽氣慨慷。時危仗匡濟，眠食善自將。夷險各分定，君子道其常。鴻鵠迅一舉，從此隔九閶。顧視西山雲，低徊不能翔。

灾民嘆自兖州至王營，聞見所及，怛然於懷，書之以俟采風者覽焉

客從兖州來，野殣紛相屬。徐泗更蕭條，道路不忍目。白骨浩縱横，零殘手與足。郉荒狗彘饑，矯尾食人肉。嗟爾何貪饕，爾非民不畜。民饑不爾食，民死飽爾腹。膏血飼爪牙，反噬抑何毒？爲我語狗彘，爾毋縱殘酷。民瘠難更甦，爾肥豈能獨。食盡欲何依，早晚同溝瀆。

阿弟猶襁抱，阿兄四五齡。阿弟饑已死，阿兄匍匐行。狗來食弟肉，還復視阿兄。明知與鬼伍，見慣亦不驚。哀爾固人子，生死兩伶俜。饑寒父母棄，軀命螻蟻輕。吁嗟紈綺兒，梨棗方紛争。

驅車嶧陽道，邨寒少人煙。老穉什伯群，雜遝擁馬前。見客相叫號，宛轉乞一錢。得錢豈救死，殘喘冀苟延。襤褸誰家婦，長跪官道邊。手指所生兒，願隨耶執鞭。割愛詎不痛，良勝墮九泉。呼兒坐轅上，瑟縮吁可憐。阿母顧兒喜，謂免溝壑填。兒往幸温飽，我生旦夕間。亦知死離别，撒手翻欣然。群兒不得偕，躑躅思追攀。路長哭聲遠，悲風與迴旋。

濺濺順河流，娟娟河上女。哀哀向我啼，綿綿淚如雨。自言良家子，嬌小守房户。低徊阿母旁，未識饑寒苦。自從黄河灾，有田不種黍。阿母老更病，三日火未舉。骸骨滿郊原，兒死何足數。一死固尋常，誰來飼阿母。聞言心骨悲，未忍呼蹴與。解囊供一餐，旦夕竟何補。

野店倚落日，下馬入草堂。主人肅客坐，竭蹶羅酒漿。苦言草具惡，味淡不足嘗。往歲豐沛決，一水三年荒。不見凍餒骨，纍纍棄道旁。皇心憫饑溺，日月照流亡。不惜内府金，艱難恤夷傷。聖人覆幬恩，原期民物康。百萬輕一擲，豈意雪沃湯。彌縫及乾没，何由知其詳。煩冤滿道路，誰能達九閶。野草久不青，遑問黍與粱。粗糲幸得備，且復盡一觴。舉酒勸主人，黽勉爲善良。西南方用兵，膏血飽虎狼。此鄉雖困苦，猶喜免斧斨。浩劫會有盡，剥復理亦常。時艱樂土少，憂端兩茫茫。

二月四日自瓜步渡江抵丹徒聞時金陵被圍，江上戒嚴

扁舟觸險盪驚魂，東下江聲萬馬奔。跋浪鯨鯢春起蟄，當關虎豹夜連屯。鼓鼙直逼黄天蕩，烽火遥連白下門。擊檝悲歌空灑淚，新亭時事忍重論。

二月十三春社日抵家喜賦示内

故園重問舊漁磯，偕隱林泉暫息機。來日正宜花上壽，此行恰與燕同歸。嵇康性懶閒居好，阮籍途窮壯志違。但有青山堪避俗，不須熱淚灑牛衣。

南　歸

倦鳥思故林，疲馬戀歸轍。奄忽百年中，勞生不如逸。侵晨戒徒旅，脂車向南發。復念長安春，徘徊我心結。夙昔負壯懷，誓與凡伍別。讀書志古人，致君宜有術。迂疏謬時尚，出處計頗拙。慚無報稱資，且復謝塵紲。拂衣辭所親，握手但嗚咽。後會當何時，婉語諱訣絶。安知非浮雲，聚散或有日。相期各自愛，道在無窮達。日暮風蕭蕭，猋輪去何疾。京塵隔夢寐，薊樹漸明滅。沉飲醉燕筑，悲歌激趙瑟。暮宿齊州煙，曉踏穀城雪。其時正初春，野曠寒愈慄。熾炭火不焰，噓氣冰在褐。窮荒日精緻，地軸凍欲裂。輪蹄蹴陰崖，鏗與石磨戛。陷淖轅

或仆，陟險轃更折。扶持脱幽險，叫號起顛蹶。行行過兗州，泰岱望鬱勃。此鄉號富庶，氣象忽慘切。往歲黄河灾，豐沛遭漫溢。膏腴付巨浸，蕩析及家室。髑髏滿道旁，知是誰骸骨？或巉巉齒牙，或蓬蓬毛髮。或臀已無膚，或口尚存舌。或仰天裂眦，或伏地流血。或烏鳶飛啄，或狐狸蘊揞。積尸相枕藉，煩冤溢遼闊。既死不復苦，暫生詎可必。或疾痛號呼，或匍匐行乞。或奔走踉蹌，或龍鍾跛躄。或衣敗露肘，或裳敝見膝。或臨風傾仆，或遮道喧聒。人鬼良須臾，得錢冀苟活。疇非血肉軀，詎忍爾呵咄。側聞内府金，百萬早存卹。所望大吏賢，籌畫及纖悉。居高厭粱肉，人命視蟣蝨。誰將賈生淚，痛染監門筆。南轅道淮上，淮水清且洌。河防幸已固，流冗稍安謐。警函從西來，賊鋒正豕突。九江潰何速，雙姑防盡撤。千里無堅城，南都氣已奪。瓜口多驚濤，蕪城但寒月。牙旗控上游，誰實秉節鉞。一敗等灰土，無乃太倉猝。皇仁憫赤子，劫運冀旋斡。每飯念頗牧，何由慰飢渴。逆流經焦山，厓浪駭蕩潏。健兒據要隘，露刃或嗔喝。黯淡出鯨波，迴翔離虎穴。荆棘滿道途，片帆獨飄瞥。安危固有命，先事詎能决。脱險驚始定，得歸憂稍豁。入門急問訊，舉室幸安吉。相見若意外，乍語轉怳惚。危亂獲生還，艱難未遑述。斗酒且一快，不獨慰離别。南樓華正繁，西園柳初拂。昔年所種樹，枝條已稠密。春光如待我，百卉麗佳節。身經憂患來，得此良欣悦。惟願大造仁，陽和化肅殺。鴻雁起中野，蛟龍奠巢窟。疆吏盡方召，廷臣比稷契。瘡痍得耕鑿，水火各拯拔。坐看萬象新，使我百憂失。搔首籲蒼冥，庶幾鑒微末。

悲武昌

紅頭磨刀水氣赤，醉挾腥風過夢澤。黄鶴高飛避太白，痛哭登陴壞雲黑。方城漢水古稱雄，燎原一炬人民空。生不能戰死效忠，英靈雜遝悲群公。湖上書生更奇絶，手寫梅花表芳潔。平生鐵石歲寒心，大樹蒼涼犯冰雪。馮小亭學政培元工寫梅花，城陷死節。

龍山高

龍山高高皖江碧，樅陽老蛟忽生翼。飛來城頭攫人食，月暈重圍走霹靂。城中達官誰最賢，蔣欽忠孝能兩全。謂蔣蔚亭中丞文慶。陳陶一敗賊蔓延，故人房琯吁可憐。男兒沙場期報主，鋒刃餘生翻對簿。早知猿臂不封侯，悔不殘年終射虎。

二月十二日金陵不守揚州鎮江鳳陽亦相繼失陷感賦

砥柱中流斷，戈船下水來。江空擒虎壘，烽接射蛟臺。六帥排墻死，群公殉國才。寒潮和熱血，幽咽不勝哀。

瓜步兵先解，蕪城事可傷。摸金空地穴，鳴鏑走天狼。腐草青磷焰，瓊華白刃芒。虹橋二分月，淒惻照流亡。

夷艦傳烽日，金焦戰血腥。壬寅英夷内犯，京口被害甚烈。灾傷猶未復，喪亂况重經。頽壁祅雲黑，浮天海色青。防邊諸將在，擊汰下滄溟。

萬里徵邊騎，連屯控要津。時黑龍江兵屯浦口，以防北竄。不聞淝水捷，已動洛陽塵。哀痛垂明詔，艱危望異人。中原誰鎖鑰，制險莫逡巡。

懷嚴問樵廣陵

去歲雷塘路，春風載酒行。湖山同浪迹，淮海重詩名。一别經離亂，無由問死生。過江書札斷，何日却休兵。

園中雜詩

平生嗜泉石，經歲翻遠游。檣轂殫艱險，行旅多煩憂。還家幸安適，矯若魚脱鈎。春光正滿目，好鳥聲和柔。種梅三十樹，高者已及樓。東風如待我，尚有餘花留。花開未一賞，塵鬢良可羞。得閒且快意，萬感醉亦休。

兩園多桃花，花開上巳節。紅逾江上霞，白勝月中雪。濃淡無定姿，嬌艷各自别。尹邢互矜寵，媚態兩殊絶。根葉已可憐，况乃對麗質。自傷離别多，愛玩不忍摘。東南嗟喪亂，夕烽照三月。兵氣入草木，芳事苦銷歇。園中數樹花，世外獨閒逸。但向春風笑，莫爲外人説。此是武陵源，亦號維摩室。

閒居若深山，地僻無囂塵。貧交四五輩，時來款我門。念我契闊久，携酒致殷勤。自從江左亂，道路梗荆榛。旦夕望歸騎，消息苦不真。今日共尊俎，歡喜難具陳。感謝故人誼，飄蕩意轉親。貧賤見肝膽，肝膽多賤貧。時會固爾爾，且復盡一尊。

西園竟畝池，池水何涓涓。小橋界清淺，左右種紅蓮。萍藻掩蔽之，生氣無由宣。小人居上流，君子乃深潛。惡植易滋長，非必雨露偏。萌蘖稍隱忍，其勢日蔓延。翦除悔不早，誰能防未然。

落落平生交，讀書苦顑頷。世亂無所之，具言不得志。側聞淮南捷，軍賞絶優異。鞶帶錫大帥，貂錦及將吏。豺虎尚縱横，一勝競功利。旦暮或九遷，任擢每不次。海内方用武，文字固應棄。丈夫不封侯，空灑憂時淚。

樓角架荼蘼，清陰已滿院。微風散温香，白晝使人倦。蝴蝶向我飛，過墻忽不見。一家好登樓，惜此春光殿。弱女頗類父，暇或事筆研。而翁坐病此，半生苦貧賤。嗜好苟殊衆，恐非世俗善。我今百無營，渴飲飢餐飯。醒眼但看花，悠悠隨所玩。

擬諸將

赤眉青犢敢操戈，手詔重徵老伏波。符節自天頒虎豹，旌旗臨海走黿鼉。武侯卧病緣憂國，宗澤傷心未渡河。馬革忠魂招不得，五溪淫毒至今多。

相公使節忽登壇，敕賜神刀北斗寒。斧鉞未伸司馬法，貂蟬空壯惠文冠。百蠻地險懸軍苦，五嶺天高轉饟難。了了山川形勢在，談兵恰向畫圖看。

書生裘帶鎮南瀛，絶島窮洋識姓名。五等酬庸新拜爵，兩朝專閫舊知兵。蠻夷早納包茅貢，吴楚方驚細柳營。百勝餘威應破竹，可憐未過岳陽城。

傳聞陸抗在東吴，衣帶長江未可圖。自信兵威雄北府，誰知天險失南都。上流扼要空屏障，下水連檣走舳艫。舉目新亭風景異，隕身能報國恩無？

通侯家世老元戎，九死餘生氣尚雄。李廣殺降宜落籍，孟明棄罪再論功。援軍未扼潯陽口，捷報頻來淮水東。騎鶴揚州何日到，瓊花落盡戰場風。

烏鴉旗纛下蠻荆，江左夷吾在此行。七省材官歸特將，三吴士女倚長城。然犀應見龍蛇走，帶甲微聞蟣蝨生。苦爲東南支一柱，誓將肝膽奉承明。

硤川蔣節母挽辭

節母賢，賢哉節母。母幼而慧而孝，慎於言語。與姊妹兄弟婉孌，一室未嘗有齟齬。旦誦詩書，暮乃習針縷。姻黨相嘆嗟，温淑無與伍。母年十八，迺賦于歸。幸得配君子，百年願爲連理枝。蔦蘿附松柏，根蔓兩相依。驚飇忽摧折，使我中道長分離。結褵甫十月，生死兩決絶。仰天椎心，泣盡見血。病不能代誓同穴。願從地下黄泉，甘苦與君相周旋。仰視堂上舅姑，舅姑衰年。小郎小姑，細弱比肩。俯視膝下，誰嗣所天。母死不可生苟延。上堂行，黽勉事舅事兩姑。宛轉慰藉，强悲以愉。荼蘼心中苦，不忍傷根株。悲哉節母！母十月而孀，五載遭舅喪。家難稠叠，既雪載霜。經紀内外，扶持姑嫜。來悲續往痛，沉憂結轖摧肝腸。摧肝腸，母勿悲。母無子，娣有兒。兒父即夫弟，娣兒即母子。母無兒有兒，夫雖死不死。兒啼啞啞，就母索棗栗。母顧兒喜，喜而嗚悒。念我地下舅與夫，兒不得見顔色。兒育於母，無父何怙！童枝方寄生，本根忽復委風雨。嗣子甫弱齡，復遭生父喪。樓前兩寡鵠，哀鳴失其群。蓼荼各自種，異體同苦辛。兩世守一孤，兩姑四目視一孫。兒寒母衣，兒飢母飼之。兒勤懼勞瘁，兒逸慮荒嬉。教兒以孝弟，勖兒以寬慈。兒友良友師良師，漂摇家室兒能支。兒病母憂，母病兒禱。股血淋漓，刲肉以療。孤兒之孝，節母之報。他人不能得之於所生，母而有此孰感召。節母賢，賢哉節母！母大事稟兩姑，小事襄介婦。怡怡復邕邕，善氣抑何厚！里黨被慈惠，往往道母不去口。昔憂子弱今弄孫，長者在前幼在後，牽裾抱頸飲母酒。願母大歡喜，願母百歲徵上壽。惠風轉，吹蘭苕。莫甘匪蔗，莫秀匪苗。蔗甘蔗已盡，苗秀而實苗已焦。子養親不逮，悲哉風木何蕭蕭。噫吁嚱！持危濟變，丈夫所難。猗與節母，處之晏然。上自監司二千石，下逮郡縣鄉三老。靡不濡筆稱母賢，行誼直達青冥天。西山石稜稜，硤川水涓涓。欲識節母操，於水比潔山同堅。

追悼吴子述

延陵佳公子，幽谷揚清芬。卓犖抗孤抱，齷齪卑群倫。忽然與我厚，有若昆弟親。平生重性情，味永如飲醇。締交二十載，繾綣難具陳。每泛西湖櫂，時共北海尊。隱微有至契，悲喜皆天真。中歲不得志，奔走各風塵。子爲陽羨賈，我敝燕臺輪。我游屢失意，垂翅歸海濱。子從陽羨還，往往過我門。戀友逾家室，益見交誼淳。昔年秋八月，月出聞琴邨。子來登我樓，浩歌激蒼雯。吾黨二三子，知我有嘉賓。携酒相顧問，會合如有神。時同里諸子，排日集倚晴樓，談讌甚樂。流連四五夕，欲歸反逡巡。臨歧揖明月，惻惻含悲辛。君顧視明月，如不勝情。予及諸子送君登舟，相對惘惘。自兹履綦絶，永隔江東雲。越三年辛亥，秋半日夜分。嗒焉委恒幹，夜臺不復晨。時予客江左，未得一哭君。綢繆畢後事，乃有周子因。予友子因與君爲患難交，慷慨任事，有古人風。遺孤尚穉弱，二女亦未姻。家無儋石儲，何以贍其身？而翁夙仗義，戚串頗受恩。勢窮見交態，肺腑若路人。擠井更下石，薄俗何不仁。向有鹺業，身後俱爲戚串攘去，即昔之受德於尊翁者。楚卿殉死友，夜戰荆將軍。匣劍苦銹澀，肝膽無由伸。庸懦負知己，碌碌何足云。懷才易困頓，遭時多艱屯。有生具智慧，乃爲造化嗔。茂陵求遺稿，没世知誰珍。但留光焰在，夜照星斗文。我窮亦已甚，世途方荆榛。疲策未一展，伏櫪傷賤貧。空有唐衢淚，來吊湘纍魂。夙草積餘痛，慷慨霑我巾。開徑望明月，月浸秋梧根。憶子經行處，歷歷蒼苔痕。悲歡與圓缺，惆悵難再論。呼酒更澆月，知君聞不聞。

陳笠雨刺史希敬挽辭刺史守深州，城陷被執，駡賊不屈遇害，甚烈

陳刺史，罵賊死，拍案狂呼髮上指。賊不死，我罵不止。楚南艑艞飛過江，江淮烽火通金梁。渡河僅賫三日糧，朔方健兒走且僵。曾無一騎守太行，井陘失險真堪傷。鬼燐夜照滹沱月，刺史孤城外援絶。武夫殺賊三尺鐵，書生殺賊一腔血。賊氣沮喪正氣激，握爪穿齦眥怒裂。刺史短視長於文，千秋之業已等身。處爲佳士爲才人，出爲循吏爲忠臣。刺史弟昆吾弟昆，兩家文字相討論。家兄蓮舫與刺史同筆研，予又與令弟湘漁爲文字交。十四年前一別君，萬事變幻成浮雲。人生大節忠孝始，不惜捐軀報天子。天顔慘憺朝士涕，晋秩監司更崇祀。以死衛國固應爾，豈獨靈光照鄉里。中原守土盡如此，安得金湯潰螻蟻？噫吁嚱，草間苟活何足齒，請看男兒陳刺史！

感　懷

截江弧矢射天狼，翻遺艨艟過馬當。大澤鼉鼉争跋浪，空城鼠雀苦搜糧。平明吹角邊雲合，半夜燒屯列宿光。差喜斬蛟神劍在，解圍還仗許旌陽。南昌奉許旌陽，數著靈異，賊不能克。

八公草木駭成兵，倉猝烽煙接汴京。列戍但高熊耳甲，嚴關誰控虎牢城。中原士馬疲輸

挽，兩戒河山入戰争。砥柱龍門天設險，可能衣帶斷盈盈。

沉舟破甑渡黄來，直北欃槍照五臺。河内寇恂資重鎮時懷慶不下，雲中李牧憶邊才。敵圍小刼頻邀賞，民氣難蘇更理財。上黨從來天下脊，冥冥氛祲幾時開。

太行山壓薊門雲，策險曾無廣武君。拔幟但聞開趙壁，裹糧誰解却秦軍。健兒已盡漁陽鋭，戰馬應空冀北群。回首神京天咫尺，承恩諸將早論勛。

中原格鬥少完城，更聽章泉戰鼓聲。徐海受降終反側，盧循據險尚縱横。連屯直指三星島，逾嶺重煩五道兵。安得長纓繫南越，關門應有棄繻生。

自從刼火照天池，海市通商集島夷。城郭十年生聚後，干戈再見亂離時。倭奴首鼠觀邊釁，戰士沙蟲近水嬉。蕞爾滬洋猶負固，江淮羽檄况紛馳。

游仙

兒家縹緲近蓬萊，霧閣煙扉映水開。手種梅花三百樹，暗香終日滿樓臺。

朗吟飛下碧芙蓉，俯視蒼蒼海氣濃。截得珊瑚紅一丈，閒抛珠餌釣癡龍。

鶴背吹笙下界聞，朝真歸去酒微醺。袖中偷取媧皇石，叠作園林五色雲。

瓊漿一勺訂三生，十五雲英與目成。莫道仙宫無界限，藍橋一水總盈盈。

玉佩明璫賦蹇修，白雲鄉裏有温柔。冥冥花氣珠簾隔，盡日薰香伴粉侯。

花宮春曉日磨銅，窗隔琉璃悄掩風。滴露自調天女粉，鏡奩微暈早霞紅。

閒從姊妹會群仙，嬌婉能邀阿母憐。乞得瑶池衣帶水，便呼侍女種紅蓮。

伉儷神仙玉不如，文簫常伴彩鸞居。零星一硯櫻桃雨，手爇爐香看寫書。

臨池照影綺羅香，新學瓊妃髮鬌妝。忽記夢中春曉曲，隔簾教與雪衣孃。

十三洞府玉玲瓏，月殿瑶階宛轉通。明日踏青知有約，安排鸞帚掃殘紅。

吹面東風三月三，瀛洲草緑似江南。携來五色園公蒻，戲采扶桑學飼蠶。

玉炭新燃若木枝，細繅冰縷作琴絲。七絃微動春雷起，海水天風是我師。

雪藕冰梨綺席開，紫桃華飯碧霞醅。美人別有清虚饌，不用東方割肉來。

扶上雲軿鶴不知，飄煙墮月想腰支。藐姑織縞猶嫌重，更遣鮫人織藕絲。

瑶臺初月弄輕黄，簫譜修成引鳳凰。風露沉沉天宇闊，一肩華影鬢釵凉。

琤瑽棋子墮圓冰，欲判輸贏兩未曾。落盡松花人事變，一雙睡鶴尚瞢騰。

水晶簾幅有如無，聞道瑶姬住玉壺。不耐人間燈火氣，夜凉只挂辟塵珠。

新裁法曲奏清虚，月府霓裳總不如。敕賜霞箋書一遍，寒簧親捧玉蟾蜍。

阿環嬌惰倚雲屏，斜彈煙翹酒半醒。玉宇秋凉眠未得，碎抛星點作流螢。

罘罳庭院素娥家，雪地無塵玉作沙。明鏡未空香色界，垂檐一樹木樨花。

月落參横夜色闌，羅浮仙子影珊珊。只因香夢沉酣去，紙帳空明未覺寒。

玲瓏滕六最聰明，六出冰華手翦成。忽見紫鸞空際舞，御風應是許飛瓊。

劉樊夫婦本天仙，修到塵寰玉比肩。飽飯青精無一事，研池吹水作雲煙。

胡麻留客住天台，世外桃花對我開。何事紅塵猶未厭，閒雲草草出山來。

聘錢難貸負娉婷，誠素安能達帝廷。別淚年年消不得，可憐都化絳河星。

博望歸來五百年，崑崙咫尺絕人天。枯槎海上閒無用，乞與明河代鵲填。

弱水三千羽不浮，微茫煙浪隔瀛洲。垂天鵬翅車輪重，未許乘風到上頭。

蜃氣噓空黯不開，阿香閒試六丁雷。電光一現星星火，曾見昆明動劫灰。

華陽玉竈嫋青煙，修得丹成便上天。何事金銀貪鍊汞，也應無此不能仙。

太乙乘蓮信所之，朝游暘谷暮咸池。亦知江海多風浪，花瓣無根不自持。

借得靈風過馬當，偶尋仙尉到南昌。小官獨具冰霜質，家世梅華譜牒香。

寶劍英英百鍊鋒，曾隨鐵柱斬蛟龍。豐城亦有冲霄氣，雷煥千年始一逢。

青蓮酒氣吐成虹，長嘯滄洲浩蕩風。爲看匡廬千丈瀑，携家來訪李騰空。

紫府新銜署墨侯，赤文朱字煥龍虬。借他才子心頭血，點綴虛空白玉樓。

千歲蟠桃紅滿枝，羨門攜酒訪安期。仙厨狼藉麒麟脯，乞米誰憐臣朔飢。

徐福樓船指海東，方壺圓嶠有無中。童男童女皆仙骨，翻笑黄眉洗伐功。

金闕銀屏扣不開，重重花影隔瓊臺。嫏嬛福地真天上，只許黄童入夢來。

窈窕麻姑絶世妝，年來青鬢漸成霜。生憐下界桑田涸，手擲明珠補太倉。

承露高臺聳杳冥，飛廉桂館引仙靈。文成五利皆封拜，未識長安有歲星。

百千塵劫海茫茫，難乞真人續命湯。除是鍾離親度厄，指頭一試點金方。

烏影飛來月下看，王喬游戲彩雲端。雙鳧不逐煙波去，却向風塵現宰官。

拔宅飛昇去渺然，酒傭也是有仙緣。蠹魚食字偏枯槁，不及茅龍會上天。

宋玉荒唐續楚詞，澧蘭沅芷寄哀思。前生未盡傷心淚，罰與湘江種竹枝。

梅花吹盡漢皋秋，滿目青山一笛愁。枕上功名誰將相，葫蘆沉醉岳陽樓。

木落天高秋氣哀，大江東去幾時回。仙人似厭風波惡，黃鶴摩空懶下來。

楚雲渺渺隱蒼梧，帝子精靈尚有無。一曲哀弦訴明月，秋聲已滿洞庭湖。

玉禾瑤草有時荒，親向通明奏緑章。願賜崆峒煮白石，蓮舟飛挽鳳凰糧。

紛紛蠻觸鬥蟲沙，棋局茫茫事可嗟。螻蟻鯤鵬同一瞬，醉騎蝴蝶註南華。

藍田玉種暖生煙，美璧成雙亦夙緣。隨分溪山偕隱好，醒時歌嘯倦時眠。

夢草琅函奏玉京，乞來甘雨洗欃槍。桃花無恙桑麻長，還我閒鷗浩蕩情。

倚晴樓詩集卷十一

海鹽黄燮清韻甫

爲周子因題戴醇士侍郎所貽山水畫幅甲寅

厚夫性高簡，中歲即挂冠。荷衣遂初服，日看湖上山。白雲向我飛，氤氲懷袖間。呵吸入豪素，散作蓬蓬煙。持以贈知愛，虛壁漪風泉。周昉善寫生，神妙難具言。畫禪證心契，俯仰希夷天。海内方帶甲，人事苦憂煎。水亭攬空曠，鷗鳥爾何閒。結鄰儻有地，同泛移家船。理亂勿復問，但種桃花田。

蔣生藹卿茂才坦索繪秋林箸書圖并附短古

我昔客湖上，子來從我游。髫齡擢早秀，英詞吐琳璆。而翁方盛年，文章與神謀。謂我契誼合，晨夕相綢繆。鴻鵠睨霄漢，側翅摩清秋。罡風鎩健翮，志高未得酬。我生既偃蹇，一官等浮漚。江漢多矰繳，窮鳥不可投。而翁復淹化，寂寞歸山邱。片雲忽中失，念之涕滂流。子能讀父書，卓犖邁恒儔。所嗟遇亦嗇，奮飛不自由。中原方用兵，丈夫當封侯。請纓固有路，倖功良可羞。賈生多感憤，虞卿甘窮愁。箸述苟不朽，富貴詎足侔。西風起高樹，思君湖上樓。芙蓉隔秋水，行當泛扁舟。

家鶴樓明經金臺過倚晴樓索繪扁舟訪友圖并附句

瀲湖紅葉照斜曛，暇日來尋鷗鷺群。别後相思何處著，臥游九十九峰雲。時泛瀲湖看紅葉，圖中即寫其意。

贈朱松巢文藻即題其小影

秋聲颯庭樹，忼悢多所感。故人多好懷，能使百慮淡。有時風日佳，杯酒共游覽。對月生遠心，看花戀新萏。情至語自深，意愜首屢頷。談笑寓俠腸，任事往往敢。和平見圭稜，患難出肝膽。反躬若無能，自視抑何歉。結交十餘載，味永妙回欖。斯人老布衣，惜哉珠墜闇。披圖挹清風，鬚眉識恬憺。道在無戚容，真氣信難揜。

爲趙湊洲道人題朱西邨布衣枯木竹石圖用布衣韻

迂老當年洗碧梧，畫池清水未全枯。野人噴墨作秋氣，獨樹幽篁兩不孤。

少山索繪草廬三徑圖并題句

小築寄塵外，冷花相與秋。到門無俗駕，繞屋有清流。風月閒俱好，干戈近未休。時艱容抱膝，我亦夢漁舟。

十月廿三日五十初度

孟冬天氣佳，麗旭回春和。衆芳就摇落，叢菊猶婆娑。晨起掃庭宇，竹影交煙蘿。朋舊款扉至，餚核紛以羅。雜遝爲余壽，把酒使顔酡。人生寄天壤，藐若滄溟螺。百年已過半，往者東逝波。修名恨未立，鬢髮空消磨。强弩既貫札，餘勁亦不多。感謝諸朋舊，何以慰蹉跎。

父母生我時，望我易長育。志趣驗嬉戲，福命問占卜。家貧不賣書，兒頑不廢讀。所期在遠大，匪直光宗族。疲蹇弗自振，奔轍嗟屢覆。塵勞敝形質，流光電過目。閒散老樗櫟，窮愁戀薖軸。盛年不再來，先志逝難續。永辜罔極恩，讀書愴莪蓼。

弱冠騁詞藻，旌鼓張一軍。三十舉孝廉，去踏長安春。浮名動卿相，流譽及王門。屬草驚四座，詫嘆筆有神。讀書期用世，國器頗自珍。鉛刀未一試，十載疲風塵。浮家泛江浦，更作諸侯賓。一官嗟晚遇，可治堯舜民。邊烽忽中斷，豺虎當要津。愧乏濟時策，恥作出岫雲。平生苦蹭蹬，舉足多荆榛。行當侶白鷗，閒散不復馴。

我家城南隅，園林極幽蒨。空翠涵池臺，雜花媚庭院。疊石肖畫理，鑑水洗塵面。明月海上來，流輝照几硯。感懷或長吟，撫景有餘戀。瀟灑送晨夕，交游雜狂狷。四美固已俱，百年隨所玩。世網苟弗攖，城市亦仙眷。機智鬥名利，伐性不自見。失意毋妄求，庶幾泯尤怨。貞此金石心，勿與歲時變。我生固有真，何用大還煉。

馮節母七十壽

蒼松翳華姿，幽篁森勁節。具茲鐵石心，鍛鍊出冰雪。賢哉馮節母，錚錚女中傑。鴻案侔前儀，鹿車踵往轍。結褵未十載，大樹忽摧折。不惜摩笄殉，化石誓同穴。上堂視舅姑，齒衰髮已皙。俯仰三歲雛，呱呱賴提挈。非婦孰侍奉，不母豈存活。一身肩兩世，守貞不在烈。貧家百事難，四壁無長物。艱苦畢孝養，恩勤勖來哲。兒能讀父書謂令子少山，文采照門閥。交游盡英俊，懷抱陋瑣屑。負米非不勞，能使母歡悦。春風海上來，寒梅香正發。登堂介母壽，白華信芳潔。子婦燦斑錦，雛孫奉棗栗。載酒車盈門，列筵履踵闑。陽和伏冰霜，循環理可必。賤子叨末座，母儀固素悉。摛詞弗崇華，攄美必徵實。願母壽而康，子孫其逢吉。伫占五世昌，不數九還術。

客秋吴鐵士作倚晴樓夜話詩創五平五仄體中有海月出樹杪天風吹人衣坐久覺夜静談深忘宵歸句湘漁即借作起語得短古四章屬和久未之應歲暮敦迫甚於索逋信筆成此

海月出樹杪，樓臺生清光。仰視泰素净，明星何煌煌。瑩雪耿露薜，鳴風交煙篁。惜此夜景寂，誰來同壺觴。啓户踏荇藻，空庭多嚴霜。彼美遲不至，徘徊摧中腸。錦帳爛五色，流蘇垂中央。好夢苦間隔，何由通馨香。

天風吹人衣，送我出海島。途逢安期生，贈以五色棗。蓬萊非人間，弱水亘浩渺。神仙良多情，出世惜不早。吁嗟春蠶絲，作繭自裹繞。嘔心成文章，素質亦易槁。何當乘青鸞，跌盪萬物表。超然離塵埃，俯瞰世界小。

坐久覺夜静，疏燈摇簾櫳。世念忽以墜，微聞松間風。俯仰百歲内，薪勞殊匆匆。得此片刻暇，能令諸緣空。展卷契往軌，彈琴希高蹤。結想在廣漠，游神於虚冲。守寂得道味，趨喧慚塵衷。善悟不在感，奚須聞霜鐘。

談深忘宵歸，坐視轉北斗。貧居高軒稀，益戀淡泊友。清言無成心，興到或舞手。窮愁多奇懷，涉想靡不有。移時尋其端，自覺齒冷口。金尊羅長筵，醉咏更擊缶。癡頑非人情，藉洗俗耳垢。更闌重呼燈，婢僕睡已久。開門看晨星，露氣忽膏柳。杯盤猶縱横，客去月在酒。

坡公生日爲可亭題笠屐圖

岷江發源向東走，噴薄驚濤作龍吼。下激雷霆上星斗，一代雄文落公手。入洛聲名動帝后，嘆息奇才弗去口。磨蝎在宫命不偶，帝心雖簡相曰否。蛾眉孤妍衆媸掊，剛直從來易招咎。君實英賢諫弗受，何論荆公章子厚。欲挽强弧動曳肘，安得從容在朝右。蓮炬承恩苦不久，一官江漢空搔首。南海風波尤險陡，聊假蠻鄉作文藪。狎昵蛟螭侶童叟，心鏡空明絶塵垢。平生進取無所苟，道衛全憑志氣守。窮愁箸書期不朽，文字光芒豈終黝。咸豐甲寅月在丑，老梅作花春入柳。笠屐圖開爲公壽，拂拂鬚眉生氣有。文章福命古難耦，此有所勝彼則負。當時不信俟諸後，數困於世亦奚忸。仰天嗚嗚歌擊缶，公聞不聞且飲酒。

予既和五平五仄詩湘漁鐵士復以七平七仄體相難除夜守歲有感於懷復走筆爲之

海内擾擾走羽檄，拔劍擊柱起嘆息。壯志未展苦伏櫪，兩鬢漸向鏡裏白。馬齒荏苒忽五十，欲挽逝水挽不得。殘更無多銷晨鐘，明朝江南春融融。願洗浩劫轉氣運，中原澄清民和豐。

檐冰初消庭梅開，疏香冥冥籠池臺。陽春無私從東來，生機悠然問根荄。和風如醇怡心懷，窮愁幽憂何爲哉。富貴有命取勿苟，萬事不若飲美酒。登高樓兮揚清歌，唤起海月酌北斗。

予以七平七仄詩示同人湘漁謂轉韻取巧彥宣謂無題易工因以鐵士所繪梅邊覓句圖屬題并須一韻起結律亦苛矣暗香在檐倚樓成咏乙卯

三年栽梅梅成林，花香隨風過墻陰。卷幔坐對萬樹雪，穿檐時來雙飛禽。薄有旨酒助冷醉，微聞幽篁催孤吟。空山泠泠張瑤琴，湘雲迷茫湘江深。嬋娟如煙春沉沉，搴裳從之難追尋。古調信美惜獨賞，冰蟾無言知予心。

正月十一日舅氏朱尚齋太守錦琮集同人晤言室賞梅太守作長古紀事余亦繼聲

雛梅驕春冷逾艷，醉翁嗜酒老未厭。餉客猶能出俸錢，藏醞無須市郵店。招邀賓從同晤言，跌盪壺觴洗塵念。籍咸能詩謂令侄朵山給諫、孚山廣文羲獻書令子竹虛廣文亦在座，季重孔璋文各贍彥宣、湘漁。鷗波文雅近無倫趙拳山茂才，快閣高吟我則僭。春陰漠漠籠書屏，東風怡人味何釅。生平凡骨不自醫，酒氣花香或能砭。將相有命遇亦偶，林泉可娛福奚欠。只愁海內未消兵，尚有戈船斷天塹。時金陵未復。瓊華玉樹戰場多，肉食紛紛忍飽饜。願飛杯酒洗欃槍，更上銀燈看寶劍。

十六日同人集有九思齋湘漁出所藏蔡中郎九疑山碑拓本屬題爲賦長古

小篆既散生八分，中郎筆妙無其倫。嵩山石室殫祕奥，上與斯籀通精神。紛紛諛墓未遑數，九疑片石垂鴻文。陶冶虞書繪日月，瓊鎸玉切青嵌雲。八角光芒走妖魅，千年呵護煩神君。言簡意括筆渾勁，書胎羲頡辭皇墳。當時清流被黨禍，共驩在位朝無人。石經叢殘玉璽走，宦寺焰盡來强臣。堊壁空摹飛帛字，劫灰已燼鴻都門。餘生乃附千里草，臍燈一哭嗟戕身。次仲羽化逝不返，程邈幽繫冤誰伸。此才惜不終漢史，一代鉅製淪煙塵。故人阿瞞信雄傑，千金贖女誼亦敦。黄絹幼婦解隱語，摩挲遺蹟增慨呻。子桓受禪竊神器，謬託揖讓誣放勛。太傅隸法縱殊絶，輔翼篡奪慚臣鄰。露盤已倒銅狄去，獨留兹石侔瑶琨。空山摹拓閱桑海，黿趺夭死文章存。此本居然硬黄搨，古香撲手梅花春。孟公作書驚四座，賓之不啻連城珍。酒闌傳觀各嘆惜，豈直痛飲招虎賁。楚山一角忽在眼，徑欲喚起湘妃魂。方今沅澧正擾亂，雲霧顯晦纏奴氛。川嶽望秩百靈護，洞庭竟有飛來軍。時有兩湖大捷，楚逆肅清之報。廟謨决勝垂拱治，干羽行見頑苗馴。登封紀績咸五帝，中興聖德須貞珉。高文典册屬鉅手，賡歌恰和南風薰。

題湘漁牧山課犢圖

近市憚囂塵，城居不如野。奔轍多覆車，騎牛良勝馬。戀彼澂上山，能令世情寡。携幼往耕讀，風趣雜俚雅。儋石足自謀，異書不用假。雖非南陽廬，適意亦聊且。新醞馥鄰釀，幽禽語檐瓦。聲味別有會，時事付聾啞。莫種桃花田，恐有問津者。

二月十四日彦宣招集詩境出所繪楚山清曉圖索題

摩空黄鶴懶登樓，咫尺清湘且卧游。一枕朝雲巫峽夢，半奩殘月洞庭秋。頗聞蘭澤多哀雁，可有桃源住野鷗。如此江山行不得，畫圖蕭瑟使人愁。

倚晴樓下手植日月桃二本春半作花麗奪群卉許飛瓊降乩言從西池回雲海上聞園桃初花過此賞玩留詩云環佩聲中謁母皇青鸞飛渡水雲鄉人間也有桃源境五色花開蘊妙香越日同人集飲花下即用仙韻賦之

游戲人間跨鳳皇，天風吹下白雲鄉。此花應是瑶池種，留得仙裾百和香。

明日獨坐桃花下感賦用前韻

無分朝真禮紫皇，小籬深院亦仙鄉。微聞天上春如錦，雨露承恩不在香。

同眷屬賞桃花再用前韻

緋裙素佩鬥英皇，風日温柔戀此鄉。錦障春雲慵不展，紅兒嬌艷雪兒香。
武陵小隱傲羲皇，未許漁郎問水鄉。江左瓊枝零落盡，蓬門自愛綺羅香。
桃根姊妹拜東皇，敕賜流霞入醉鄉。睡起無言相對笑，紫屏籠霧月生香。

風雨作惡桃花謝矣鐵士寫折枝見遺再用前韻

片石何由補女皇，美人憔悴苎蘿鄉。傳神幸有江郎筆，唾暈能留廣袖香。

蕭山丁豹卿茂才文蔚以重刊桃溪雪樂府并折枝畫帙見貽賦詩以酬即題其大碧山館横卷

我生曾行五千里，咫尺未渡鑑湖水。我生曾交天下士，咫尺不識丁敬禮。越山吴岫相對青，瀚墨游戲能通靈。渡江一曲感知愛，形骸雖隔先有情。山陰道上携絲竹，指按宫商韻珠玉。錦軸重裝吊烈詞，牙籤自署銷魂録。新編寄我長水邨，尺書遠附錢江鱗。芬芳何來襲襟袖，折枝更賸耶溪春。文章憎命衰甚矣，歌泣猶能動知己。不因顔色始相思，我輩多情故應爾。大碧山館仙之廬，松風篁月交綺疏。樓閣玲瓏指煙水，嬋娟路隔紅芙蕖。甬東姚燮吾舊侣，構霧鑱雲豁幽宇。卷有姚梅伯同年序。福地嫏嬛想像之，身未經行夢已屢。沿江防戍方列屯，桃源自有羲皇民。直須文字銷兵氣，莫但離騷怨美人。幾時恰泛剡溪楫，畫裏林巒認蓬勃。看山一路訪詩人，閒采湖蒓話明月。

陸凝廬倚松圖遺照

仙人碧玉杖，擲地成蒼龍。鱗甲怒飛動，勢欲迴長風。惜哉不霖雨，偃卧窮山中。幽人本閒雲，歲暮還相從。依倚如老友，古心與之同。年深各變化，靈氣歸太空。塵夢瞬已墜，悠然懷高蹤。

十三古印齋小集朱孚山中表以其先世西洲先生所繪桃源圖索題

渾渾滄海水，杳杳蓬萊山。徐郎逝不返，凡骨何由仙。武陵固塵境，乃具希夷天。達人保真性，物擾我自閒。與世苟無競，何適非曠然。先生悟此旨，亮節希陶潛。結茅胥水上，繞屋桑麻田。我心自懷葛，安用求駐顔。託興寫泉石，涉筆同寓言。意到非迹似，畫理原通禪。尺幅重遺澤，清芬及後賢。酒闌各展玩，神往桃花間。白雲滿巖壑，風流不可攀。

尚齋母舅招集晤言室賞素心蘭

秋風嫋嫋度簾隙，煩暑初收早凉入。美人挹露下空山，玉袂羅裙翦寒碧。醉翁愛酒兼愛花，命酒華前款嘉客。平生心迹湛冰壺，絶世芳華韻詞筆。冷淡原宜君子交，臭味相忘善人室。乾坤清氣幾時收，坐對無言可終日。酒酣忽憶洞庭秋，木落空江烽照夕。漢皋佩影墮寒奩，楚女斑痕泣冰瑟。湘花湘草戰場多，欲種河陽愁未得。誰從焦土覓靈姿，移植華堂勞護惜。出世能無遲暮悲，託根幸免兵戈劫。一枝携贈勝瓊瑶，許我幽香夢中摘。歸來新月上罘罳，碧玉明珠門標格。漫將孤憤托離騷，且倚嬋娟醉香澤。

偕湘漁藹卿葛嶺晚眺

層嶂負夕曛，紆徑絶塵壒。雨過白石净，悠然若予待。明湖滴冰奩，長堤界羅帶。泉聲漱樹杪，鳥影没煙外。萬象俯清曠，六根空障礙。幽賞宜同心，鬱衷聊一快。惜無仙翁砂，役役愧凡械。

秋雨初霽藹卿招同慈溪王珠垣景星伴石景曾兩茂才暨從侄梅汝秉鈞出游南山湖堤曉行

雨霽曉雲潔，日出諸嶂開。筍輿踏露草，綠净舞塵埃。湖光漾明瑟，流影瀉襟懷。早涼起沙鳥，好風菰蒲來。山行兼水趣，清光兩徘徊。静照使心遠，萬事何有哉。

石屋洞

古洞豁榛莽，嵌空架林壑。何年巨靈斧，淬鋒此鑱削。皴裂莓苔痕，倒垂菡萏萼。造物弄奇詭，遑顧衆視愕。後起踵人功，梯石作樓閣。天花散道場，龍象紛鏤錯。當其未開闢，元氣本旁薄。自從靈竅洩，遂令混沌鑿。道體貴自然，願言返冲漠。

煙霞洞

猿引涉危崖，螺旋撥荒徑。白雲忽在下，已歷衆峰頂。平視若萬里，遠趣超以領。繁弦韻風泉，匹練亘江影。洞府非人間，秉燭瞰幽迥。坤軸偶罅漏，深黝不可竟。鬼工幻靈奇，塵念廢思省。慚無謝朓詩，且醉參寥茗。

理安松巔閣贈觀念上人

凉陰夾道奏松篁，静聽流泉到上方。萬樹秋聲上樓閣，七峰晴翠濕衣裳。山中猿鶴堪招隱，海内風雲已坐忘。何日塵鞿能解脱，晝禪好證木樨香。

法雨泉

法雨何年灑，老僧殊未知。自天霏玉屑，終古奏琴絲。潤物豈無意，爲霖或有時。衹愁風浪惡，紆曲出山遲。

品虎跑泉次坡翁韻

叢桂零殘露草香，古松蕭秀瀑泉凉。頓令塵世繁華賤，衹覺山居風味長。小坐聊爲歇脚地，大還可有駐顔方。靈源一勺清虚氣，未許游人鹵莽嘗。

虎跑晚步

古寺庋叢碧，高峰生夕陰。一徑達奥曲，群木翳蕭森。平橋接蘿磴，空潭洗塵襟。入門俯下界，萬井煙沉沉。殘照墮林隙，蒼翠忽以深。泉響雜晚鼓，暝色帶歸禽。勝地惜匆促，未獲竟幽尋。後游更應續，芒鞋方自今。山靈不我棄，諒此區區心。

偕藹卿珠垣伴石梅汝暮至西溪宿雲章閣

暮出北郭門，移篷繞山麓。秋思滿滄浪，空明不可掬。邨煙近更濃，橋影遠相續。水鳥警漁燈，野犬吠鄰屋。山居百無事，飽飯睡已熟。豈知乘興來，更闌始剥啄。肅客重開扉，炊黍更秉燭。古人嗜夜游，惜此百年促。塵海日勞勞，得閒詎非福。況有素心同，寤歌不嫌獨。欹枕夢游仙，殘月下溪谷。

荆　山

荆山何高高，群峰曲以繞。林木靄清輝，龍氣此迴抱。形家占地脉，牛眠穴深窅。翁仲誰家墳，拱立侍華表。黿趺蝕莓苔，豐碑僵已倒。不知中爲誰，歲久無人掃。當其會葬時，冠蓋赫衢道。冢像祁連山，器賜東園寶。陵谷易變遷，彈指忽蔓草。茫茫天地間，有質終須槁。苟無不朽業，石槨豈常保。所以古賢達，立名恐不早。俯仰千載心，山靈或能曉。

由留下至交蘆菴訪詩僧一如并覽前賢詩畫卷時已昏黑籠燈返櫂

層蔭合衆樹，寒淥滉諸澗。疏萤語荒寂，游魚弄清淺。橋隙蔚暮嵐，岸曲螢秋蘚。到門日已曛，開軒勝逾展。贊公好文字，晤言極繾綣。詩味證畫禪，塵慮滌茗碗。暝色苦催人，回頭幸不遠。迷津仗慧燈，來路急須辨。

翌日再至交蘆菴并邀一公出游

昨游惜匆遽，侵曉重理楫。叢蘆罥明漪，秋淺未成雪。繞門煙水長，蔓籬豆花結。采芳薦詞仙菴奉厲樊榭徵君栗主，舉葉味禪悦。更約慧遠游，喜踵蓮社轍。暫假四大坐，能令六塵滅。溪聲方潺湲，聽取粲花舌。

游華塢定慧寺飯净公禪房留句以報師號能净，能書，以寫經爲事

曲岸艤孤篷，盤陀引修徑。松篁交凉風，白日轉幽靚。石梁架荒澗，泉響足底冷。叢薄韻樵唱，空翠帶僧影。籬門出樹杪，梵宇見峰頂。丈室飯伊蒲，一坐萬緣静。溪雲肯予留，塵夢自兹醒。

由休菴至眠雲室品蓑衣泉

休菴可小休，眠雲宜高眠。層峰當户列，日落横蒼煙。俯視何所有，萬頃琅玕田。幽夢墮澄碧，不雨秋翛然。陰崖漱寒漏，激石鏗冰弦。小飲洗煩濁，世網澹以捐。各現歡喜相，

幸到清凉天。

晚至梅溪菴境益幽折惜暮色已深未盡其勝

澗曲路疑盡，籬迴境忽變。老樹厓背撐，纖鱗石根見。鐘聲墮翠微，梵語隔葱蒨。衆山合秋暝，嵐氣濕如濺。但覺晴昊蒼，能使夕照靛。行行澹忘歸，清暉有餘戀。

昏黑下山迷路幾不得出山人鄭叟導客登舟

看山極流連，下山苦昏黝。出勝犯叢莽，陟險歷幽藪。露草已濕屨，風枝或礙肘。月黑不見人，萬象忽烏有。微聞䶂鼯啼，復恐豺狼吼。登頓殫崎嶇，歌呼應岡阜。乞火媚郰嫗，指迷賴樵叟。濟僧戒律寬，釀詩更酌酒。一公薄醉，登舟同至交蘆菴前，始各别去。同上鹿門船，相送虎溪口。鼓櫂擊空明，疏星在楊柳。

永興寺焦背魚翦尾螺相傳爲濟師靈蹟

永興寺前一泓水，有魚焦背螺翦尾。顛師襌戲幻生死，拂拂陽春在口齒。朱門酒肉美且旨，供養皮囊賊心胏。老饕獨具造化體，一霎輪迴迅彈指。殺機之終佛性始，西來大意本如此。浩蕩乾坤各歡喜，活潑潑地眼前是。寒潭沉沉清到底，腥穢在中我何滓？世間萬物唾餘耳，空洞何曾著些子。

大雄山崇福寺贈杲軒長老師一號照空，真樸能詩，款客極摯

群松接煙翠，疏籬繚其陰。籬根踏落葉，路與雲俱深。寺門到始見，紺碧蔭蕭森。樓閣架蒼巘，披豁快登臨。净土屏纖翳，萬緑秋沉沉。我師道氣静，詩趣通禪心。時以詩稿見示。情摯絶誑語，物淡空塵襟。愧予慧根淺，把臂未入林。叢桂滿巖谷，妙香不可尋。

杲公屬賦五斗松歌走筆留贈明季有老僧駐錫寺中，值歲饑不能舉火，里人請以五斗米易寺前松，僧不之許。至今虬幹茂鬱，爲群松之冠，遂以五斗名焉

五斗不易五株柳，五斗豈易一株松。老僧視爾爲性命，忍死不負十八公。天生靈物感知己，能以氣節撑嚴冬。出山愧非棟梁任，在野却有神仙風。倔强偃蹇老歲月，鱗甲含雨成虬龍。瞿曇泡滅胡不殉，欲與古刹標靈蹤。我來盤桓脱帽坐，虚籟颯颯生晴空。自慚樗櫟不世用，三徑荒落衰成翁。裹糧未遂向平願，托鉢頗類阿難窮。杲公愛詩兼愛客，客至不擊飯後鐘。禪榻飽卧對蒼叟，夢游應與華胥同。惜無健筆寫東絹，才非八斗詩難雄。

入九鎖山

一鎖境一轉，轉轉繞雲根。崖箐活層碧，巖花散清芬。同行隔蒼靄，路折聲相聞。溪瀑沸晴雪，水碓舂寒雲。籃輿穴煙進，衣翠如有痕。林隙度鳥影，悠然見斜曛。綠净不待洗，何處可纖塵。此是世外世，恐非人間人。

竹徑晚步憩元同橋

一碧不可竟，煙雨在中央。秀語奪秋氣，夕陰生衣裳。好風颯以動，虚籟吹笙簧。仰面落空翠，但覺鬢眉凉。小橋蔭蒙密，其下溪流長。塵夢漱寒玉，我身坐已忘。

宿洞霄宫

上書叩九關，每觸虎豹怒。著屐來九峰，乃與鸞鶴遇。朝真謁紫皇，身到上清住。元蓋洩地竅，玉柱矗天路。蒼然煙霧中，列仙此來去。微軀蝨閻浮，久困蹇人步。矯首問太虚，靈風忽以御。笙簫動巖籟，星斗落檜樹。酒酣且高眠，形骸若非故。碧雲滿空山，曉夢濕難度。

訪大滌洞

言尋大滌洞，蒼厓裂門户。蛇行達幽邃，聯踵燦列炬。奇石駭横出，蛟龍怒攫取。鱗甲不敢捫，復恐起雷雨。元關閟扃鑰，空壁坎桴鼓。洞中石壁，擊之逢逢有聲，名石鼓。片雲隔塵凡，睨視不可俯。有隔凡石，阻絶内外，石隙嵌空，望之奥不可測。仙靈好鑿空，罅漏幸未補。何當御氣游，一叩清虚府。相傳内通華陽洞天，爲列仙往來之徑。

由大滌洞至白鹿菴

聯臂陟高嶺，駢足下危阪。去景黝以深，來美曠益展。茅菴面青嶂，白鹿逝已遠。霜槲絳巖腰，露花綻籬眼。曉陰尚未開，嵐氣互深淺。塵鬢鑑空潭，幽屐齧蒼蘚。笑語落天風，隔雲警仙犬。

登天柱峰時值微雨雲氣滃勃萬山起滅頃刻變幻洵奇觀也

天柱卓太虚，渾然積元氣。危磴轉百盤，巖篠沍崖翠。白處微見天，緑外恐無地。攀峻憚仰矚，俯深怯回睇。路出飛鳥上，人語蒼龍背。登高一振衣，長嘯激涼吹。雲海合混茫，雨嶂雜顯晦。偶洩造化奇，豈識神靈意。所嗟凡骨重，竊丹尚予祕。願招青鳳皇，矯翼謝人事。

微雨出山

來時興何豪，去日意苦戀。塵障恐未消，一雨爲我浣。濕翠膏崖樹，寒聲瀉溪練。煙鬟如送行，颦妝淚微泫。回視來賢亭，白雲忽中斷。我生苦憂勞，百年已得半。情多出世難，未遂芒鞋願。後約當何時，元髮亦易變。神仙憫癡愚，垂手或相援。請從許葛游，更挈劉樊眷。

雨中自西溪返櫂

清游天氣佳，初念幸不左。十日九晴和，今朝雨亦可。得意毋盡歡，且復理歸舸。勝賞豈有窮，到眼即屬我。既往境已空，雖夢興良頗。所嗟城市囂，翳障更堆垜。溪迴情與長，山遠路漸鎖。白蘋解相思，愁華向予墮。

題慈溪王六庭羅浮春夢圖

嶺南蝶繭大如甕，嶺上梅花密無縫。醉騎胡蝶看梅花，雪凈天寒列星凍。空山美人何娉娟，碧雲樓閣非人間。暗香襲衣濬成霧，春魂帶月輕籠煙。紙帳綃帷坐忘曉，清游絶勝胡麻飽。不知世上有冰霜，但覺温柔此鄉好。

題周澹巖泰邗江春泛圖

往歲客廣陵，其時正春暮。雙槳劃澄漪，孤篷逐飛絮。蜀岡騁遐矚，虹橋攬近趣。殘紅點客衣，新翠靄江樹。是鄉號繁華，聲色鑿太素。彈指成浮雲，飄零已非故。玉簫能斷腸，瓊華竟召禍。憑城恣鼠竊，跳梁逞蛙怒。鬼燐奪明月，兵氣慘愁霧。今兹叢葬區，昔日鈿車路。髑髏枕平原，血染草頭露。桑海良須臾，及此寧非數。弁陽紀冶游，詞客紛題句。重增興廢懷，更覓登臨處。焦土縱能收，殘黎正須護。莫言杜牧愁，請續鮑昭賦。

題蕭山王嘯盦小竹里館圖

策策風鳴檐，濛濛煙罥嶺。聽寂泯塵噪，棲幽識天静。茅堂闢陰翳，蘿蹬接清迥。心空無所淄，神往輒有領。得此數椽息，遂使萬感屏。子猷企前芬，輞川遺後景。秉節乃君操，趨囂實予警。張琴思古人，夜凉月在徑。

與秦次游中翰光第周子因少尉可宗晚集仰蘇樓時將賦歸留詩言別樓在杭州郡署

周秦兩詞客，書畫各擅奇。次游工書，子因善繪。樓居足仙趣，俯仰心神怡。憑高得勝侣，清言坐忘機。日夕秋氣迴，湖光上我衣。水波攬空曠，煙樹列參差。明霞化山翠，烘作黃琉璃。靈秀入毫素，世俗焉得知。主人劇愛士謂王雪軒郡伯，騷雅賴維持。坡老去已久，流風方在兹。所惜良會促，登臨送將歸。芙蓉滿秋水，何由慰相思。

張春嶼應泰芝庭澍兩茂才招同朱朶山給諫昌頤何子安汝枚潘載園坤厚兩學博顧翰園大令元寀兄蓮舫讌集涉園

長廊翳寒叢，幽磴蔭喬木。詩懷如白雲，因風墮巖谷。主人京兆裔，儒雅表清族。及此風日佳，聯鑣曠游矚。霜槲艶林隙，露蓉絢堤曲。落照暖醉顏，秋錦紛在目。我從天柱歸，衣染九峰緑。入山苦不深，凡骨未療俗。十日城市中，腥穢更相觸。借君一杯酒，洗我六根濁。樂哉濠梁游，水清不污犢。物我兩忘機，願借南華讀。

渡錢塘江至西興驛遲藹卿

朔風起鴻雁，江水浩無極。歲暮無好懷，來看越山碧。孤櫂破層陰，寥天翳寒色。木葉霜後黃，檣帆霧中白。衣帶望盈盈，水沙忽我隔。舍舟踏寒瀨，輿從苦朝涉。裸衣走空明，蹴浪冰在膝。清流非險途，躁進或傾跌。彼岸幸可登，塵勞殊未釋。賴有素心人，長途慰寥寂。搴裳何不來，相思滿蘭澤。

偕藹卿越溪夜泛

昔日同游到禹航，今朝相約過錢塘。案頭紅燭催詩短，枕畔青山引夢長。廿載師生俱落拓，扁舟吴越且徜徉。鏡湖一曲堪商隱，可有閒田付酒狂。

自紹興至曹江途中雜咏

碧山如畫水如羅，小市寒郵鏡裏過。如此煙波好世界，曾無一個釣魚蓑。

净緑無塵照客衣，溪流新漲没鳧磯。畫船脚槳輕於葉，斜掠萍波作燕飛。

越女如花滿水濱，更誰能解捧心顰。浣紗溪冷芙蓉落，不見西施愁殺人。

鳥門煙翠接山陰，未許勞人着屐尋。只恐閒愁高處有，夕陽雖好罷登臨。

泊王山伴石留宿小樓

偶泛剡溪檝，來登王粲樓。族居真太谷山居皆王氏支派，群從盡風流謂珠垣、桐生、晴芬昆季。文酒論交誼，湖山訂勝游時言光溪之勝，約游未果。殘年非久客，情劇此淹留。

慈湖來鶴山房晚眺

長堤引帶曲迴環，如在明湖葛嶺間。飛閣流丹臨水寺，虛亭涵翠隔溪山。微波瑟瑟容鷗隱，落木蕭蕭有雁還。如此樓臺風色冷，暫將懷抱付躋攀。

甬江行

甬江東連海水白，估舶番檣密於櫛。碧眼夷奴識寶氣，萬里浮家來作客。繞城結屋三里餘，霧閣雲窗照金碧。聖朝寬大示羈縻，内外一家漸相習。近聞海寇極縱横，中原多故未遑緝。夷奴趫健頗效順，翻爲商民擊盜賊。巨艦峨峨銜尾歸，百戲酬神夜繼日。以虎禦虎未足恃，但計近功豈遠識。銷鑠黄金熾火輪，重貲填壑能無竭。古來邊釁由利開，官司撫御要有術。浙東寶玉是鄉多，亂後維持誰所職。當年戰血猶未乾，此際元陽賴培植。紛紜歌舞炫承平，若輩蚩蚩何足責。

甬上返櫂留别伴石

王郎有至性，愛客非貌親。留我十日游，送我鄞江濱。依依臨别語，反復一再陳。直言規愛友舟次規戒，藹卿語甚痛切，有若親弟昆。熱淚迸肝膽，抗論期必伸。嗟彼世俗交，諧媚久失真。面從視所好，顛倒喜與嗔。否或匿陰險，伺隙生荆榛。諒直有如此，庶幾追古人。所惜判袂促，無由挹清芬。明朝浙西水，今日江東雲。東西永相望，雲水會有因。但去勿復道，留戀傷我神。

雪後由梁湖登岸至曹江

行旅侵晨發，來尋野店門。雪山圍凍驛，霜屋表寒邨。濁酒何由買，炊煙尚未温。且乘驢背興，記取爪泥痕。

曹娥廟

颯颯靈風動桂旗，握登山下孝娥祠。髫年至性驚神鬼，終古長江屬女兒。銜石難平精衛恨，沉羅應共屈原悲。摩挲雙檜重憑吊，惜少邯鄲絶妙詞。

雪霽皋湖道中

布帆一葉側迎風，烏榜天然明鏡中。水浴斜陽紅澈底，峰留殘雪白撑空。詩情冷澹通禪趣，畫本蕭森出化工。聞道雲門山更好，殘年歸櫂惜匆匆。

送郁燕山主政鋐入都

往歲津門別，君來送我行。故園纔小聚，單騎又長征。驛枕曉寒重，佩刀秋氣生。中原方用武，及早請長纓。

倚晴樓詩集卷十二

海鹽黃燮清韻甫

丁少薌司馬溥席上題縐雲石圖丙辰

天上星辰偶淪謫，化作琅玕一丈碧。空山倔强洩精靈，丁甲雷霆怒驅策。大力將軍夜射虎，笑挽石兄出叢棘。營門突立生面開，偃蹇風塵賴拂拭。有如奇士遇知己，兀傲階前地盈尺。此時此石光熊熊，氣吐征雲照矛戟。釀春園中花亂開，壯士移山浮海來。蹴踏黿鼉舊巢穴，點綴鶯燕新樓臺。嬋娟擊賞黃金釵，主人醉酹白玉醅。春雲一朵嫋空翠，舞衣香染青莓苔。此時此石忽嫵媚，顧影絕世誰堪偕。吁嗟人事迅轉轂，豪傑風流電過目。鐵漢功名付海潮，玉津歌舞荒樵牧。塵夢悠悠二百年，醒來幾閱興亡局。人間富貴浮雲浮，靈根不壞桑田秋。語兒溪水東南流，還我真面行歸休。石門蔡小硯由海昌馬氏園移置語溪之福緣寺。女媧棄置空王收，生公設法應點頭。情緣未了迹相留，尺幅幻影歸丁侯。丁侯愛石如愛友，石性堅凝石交久。興酣翦燭展長卷，索我題詩爲石壽。骨重神寒氣深厚，膚寸英英落尊酒。兩袖清風妙卷舒，蒼生霖雨此中有。欲知貞白在山心，請看丹青補天手。

題丁筱泉嘉藻少薌溥兩司馬聯床話雨圖

江南兩黄鵠，健翮争翱翔。天風忽中斷，遠道不得將。男兒墮地志弧矢，安能局促守故鄉。丁儀兄弟好文采，宦轍飆馳異江海。片雲出岫各分飛，廿載重逢鬢毛改。阿弟捧檄宰吴興，阿兄策馬辭帝京。南來握手互悲喜，意外團圞若夢裏。昔别少壯忽老蒼，庭前兒女紛成行。人生百年電過目，今日良會須盡觴。清漏沉沉動官鼓，殘燈作花夜聞雨。翻恨年來會面稀，聲聲點點傷離緒。當時兩鵠天一方，今來浙水交頡頏。和鳴矯翅悦且康，羽儀王國民之望。萬里相思不相見，南征却憶孤飛雁。筱泉官粤東，少薌官浙江，不相見者二十餘年。癸丑春，筱泉自京南還，與少薌晤於雪溪官廨，因繪是圖，以誌塤篪之樂。時季弟小峰遠宦益州，故收句及之。

題吕畔漁丈松陰獨立圖遺照

蒼松何夭矯，鱗甲蟠龍虬。白晝作風雨，六月成凉秋。高人此偃息，曠若華胥游。心與太古静，夢逐寒濤流。白鶴逝不返，神仙安可求。杖履已世外，慨焉企清修。

李海帆司馬鵬揚滄海揚飄圖

君家遼海東北流，鼓枻却向東南游。雷奔電掣迅飛鳥，一綫遠接鴻蒙秋。丈夫弧矢志萬里，瑟縮里巷吁可羞。星宿鑿空客犯斗，崑崙垂餌鼇中鈎。大川涉險仗舟楫，忠信豈復波濤憂。方今蜃鰐擾江漢，中流慷慨誰同仇。使君壯懷頗鬱勃，氣吞雲夢隘九州。隴西將種好神射，控弦定使蛟龍愁。扶桑洗兵看日出，飛行食肉當封侯。嗟余涸轍苦淹滯，挂席每遇風打頭。蓬萊弱水不得渡，尺波馴此浩蕩鷗。披圖忽作汗漫想，坐令豁達開心眸。海上諸山青浮浮，煙潮如鏡通瀛洲。李膺龍門近可接，折巾願附神仙舟。

爲江陰吴冠英少尉儁題戴醇士侍郎所贈畫册

延陵公子敦友誼，縞紵論交盡奇士。平生愛古心古人，肝膽鬚眉照燕市。冠英精於鑒古，名噪京師。我邑張辛君舊游謂受之，真氣相投絕渣滓。松筠庵中共晨夕，金石纏綿訂知己。向與受之同寓松筠庵，相契甚厚。千里馳書報所親，得友英賢輒自喜。并言文字有因緣，未見相思及賤子。受之自京致書，言冠英見余所製樂府，輒想念不置。北鴻南燕苦分飛，十載光陰迅彈指。幾時春水送歸帆冠英有《春水歸帆圖》，意外相逢忽在此。感召能令川嶽通，撮合寧非鬼神使。惜哉故人已宿草，惆悵人琴哀未止。受之下世逾十年矣。想像當年挂劍風，誰説交情異生死。朅來湖上寫青山，似有精靈出腕底。薄宦依然嗜好殊，絕藝原從性情起。太息風塵真賞稀，一官但飲西泠水。夙好猶存戴侍中，味洽醇醪久愈旨。從來點墨頗矜貴，獨爲先生盡所技。水石花竹各擅場，持贈應須十朋比。先生癖畫兼愛詩，索我長歌贅其尾。珠玉盈前愧續貂，向託神交詎敢鄙。聊將翰墨證心知，傾蓋言歡自今始。

楊子萱司馬炳過訪拙宜園留詩見贈賦答

莓苔滿地掩松關，何意高軒過此間。雅量自慚黄叔度，好詩如對白香山。花飛小院聞鶯語，簾卷層樓看燕還。我是癡雲眠不起，賴君辛苦恤時艱。

七月十八日敬奉先嚴慈靈櫬合葬於澂湖之九杞山俗名元寶山禮成恭誌

佳城苦難得，蹉跎近十年。今兹卜宅兆，乃在九杞山。山徑引奥曲，人穴開中間。形家以山巔爲天穴，山麓爲地穴，中央則爲人穴。近鄰黄門祠西爲許黄門墓廬，下俯周氏阡。峨峰森左右，龍虎交回環。後嶺積壘塊，石氣摩蒼煙。後山多巨石。登高向南望，湖水漾清漣。即澂湖。鷹窠遠朝拱，青案横我前。對岸案山爲鷹窠頂。巽隅微見海，練影浮松巔。東南海色，山腰可望。穴向指壬丙，弦直无欹偏。高壤植美蔭，先靈庶幾安。兒輩附生藏，分列東西邊。痛念怙恃恩，罔極同昊天。生時不一報，何由贖罪愆。銜恤藏窀穸，呼叫難追攀。自念身有盡，地下終承歡。存亡隔俄頃，骨肉會團圓。所賴先人德，孫曾多英賢。蘋藻薦霜露，世澤長綿延。

營生壙於先塋之西偏張厂山茂才毓林以詩誌賀次韻

漵湖風景勝斜川，穴傍先人享祀便。經世不才聊作達，買山無價敢求全。他年骨肉團圓地，終古煙霞浩蕩天。擬結墓廬貧未得，幾時高枕白雲眠。

早春集同人倚晴樓賞梅丁巳

倚晴樓下百樹梅，兩園主人親手栽。花時遠游不一玩，檐前笑口何由開。近年寂寞守窮巷，春風自到蓬門來。有花不賞負花意，一尊聊洗窮愁懷。吁嗟人生迅轉轂，萬事蹉跎苦不足。倚樓無計卜行藏，惟見梅花高出屋。樓扉小拓花中央，東西南北風俱香。怡然偃卧使心遠，不飲已醉言俱忘。對花命酌爲花壽，興到未厭歌聲長。主能貧樂客騷雅，花不勢利人清狂。沂公詩句廣平賦，未必梅花例寒素。閬苑瑶臺或際時，疏籬茅屋還安遇。君不見秦淮玉樹盡成塵，竹西瓊花愁煞人。江樓聽笛堪腸斷，争及空山歲歲春。

障海樓望海意有所會

危樓面空曠，煙潮去混混。遥天斷海色，翻疑地軸盡。盡處正無盡，無乃域於近。所見非所歷，何由測渾沌。破浪者誰子，風迅片帆穩。識窮境斯囿，躬赴道逾引。願爲逍遥游，一探大化本。

丁豹卿索題其姬人秦佩芬雲牡丹畫卷久未之應暮春同人邀賞牡丹薄醉歸來適有所感遂展卷書之

潋山已採穀雨茶，時有鶗鴂鳴檐牙。吾黨諸子老猶韻，排日置酒招看花。群花開落已過半，鼠姑獨盛紛晴葩。錦幔四角障風日，雕闌百寶圍雲霞。脂紅粉潔各照耀，盤欹樓矗相交加。衆芳前導若侍從，留此後勁軒春華。瓊筵酌酒爲花壽，人花同醉顔生赮。歸來却展秦女畫，筆露所到春萌芽。千英百蕊互間出，姿態似與風欹斜。看花何人得花趣，妙手有此真堪誇。瑶臺愧乏李白句，寶樹合種丁仙家。生香活色自珍祕，有若根葉歸瑯琊。時來富貴感知遇，歲暮芳華休嘆嗟。君不見芙蓉溪上蘋花冷，尚有嬋娟老浣紗。

陳友帆別駕申垣招同陸費春帆中丞瑔沈蓮溪觀察濂錢曉廷學博聚朝醼集南湖水榭即題水榭圖

南湖湖水明於玉，畫檻雲屏漾秋縠。菰蒲㜷㜷入簾青，楊柳濛濛到門緑。主人意興淩滄洲，勝地流連曠游矚。休文韻語放翁詩，樵客來從萬蒼麓曉廷自號萬蒼山樵。孟公豪飲近無倫，投轄留賓意良渥。酒酣忽憶江上事，駭浪騰空走艨艟。新亭熱淚灑壺觴，當世夷吾竟誰屬。

東山裙屐苦銷沉，我輩清閒詎非福。倒瀉煙波入酒尊，坐看塵夢翻棋局。神仙居處總無愁，主客圖成洵不俗。半天秋思落蘋花，一曲滄浪付横竹。月明恰和櫂歌聲，驚起鴛鴦三十六。

五月三日楊子萱司馬招飲秀州署齋席間觀騎虎圖

榴花艾葉交菖蒲，良辰醉客雙玉壺。感時搔首氣鬱勃，仰天擊缶歌烏烏。風雲咤叱驚座隅，酒闌却見騎虎圖。虎視獰惡虎性麁，誰履虎尾捋虎鬚。使君游戲膽力殊，徒手扼虎跨虎軀。平生德化感異類，治去害馬苛政無。虎不咥人敢噬膚，虎將渡河敢負嵎。挽强可裂北平石，假威安有南山狐？靡首貼耳供馳驅，縱虎所往無險途。金陵虎踞狼生貙，磨牙吮血稽天誅。願君手縛生於菟，歸來更綰銅虎符。飛行食肉真壯夫，驊騮振策凌天衢。嗟我局促轅下駒，四方靡騁多崎嶇。文章彪蔚聊自娱，畫虎不成良可吁。不入虎穴得虎子，讀書牛背胡爲乎。

趙拳山茂才衡銓索繪滄洲嘯傲圖圖成贅以詩

懷抱何由豁，登臨俯大荒。縱心游汗漫，濯足到滄浪。變幻魚龍戲，流連鷗鷺行。驚人有奇句，搔首問蒼蒼。

重五日同子安載園可亭登煙雨樓

良辰集勝侶，出郭理孤櫂。明漪劃城市，峨樓屹壺嶠。拾級仰高峻，攬勝殫幽陗。林箐罨堤曲，藤蘿蔓石竅。觸景感興廢，淩虛豁登眺。人煙淡入雲，湖光凈逾縞。秋爽動虛籟，歸興付長嘯。菰蒲風颼颼，水禽起斜照。

朱孚山中表席上觀楊忠愍獄中寄鄭端簡書誌以長歌

書曰：『別後一路日食。奏稿成，日夜奔趨至京師。十八日到任，日食。次日，賫本至端門，聞拿内靈臺打一百，知題目不合，即趨出。連日怏怏，至十八日，故又有此奏。二王事，本後原有一段，大意謂賊臣之得專權，皆原於皇上父子之不相見，後俱削去，止存此二句，猶有此禍。打後，兩腿出血膿，約四十碗，内潰幾見骨。今幸將平復，逐日心亦坦然，略無懼慄意。南都之事，主張贊成，專望老先生。言不盡意，統惟鑒諒。初會湖翁，有欲老先生還朝之意，并報。二月十一日，頓首具。』端簡跋曰：『癸丑三月五日，應天府當該林居龍從京回，附此信至，得見椒山先生手書，始知天相正人無恙，喜甚喜甚。海上大笠生曉謹識。』

河嶽精靈久不死，三百年來書一紙。丈夫血性照人間，友義臣忠略見此。世宗好道崇青詞，太阿倒授嚴分宜。疏斬佞臣反對簿，廷杖不斃神扶持。平生未了誰能補，屬望同心意良苦。生殘血肉報君王，死挈頭顱見宗祖。忠愍降乩詩曰：『一腔碧血膏城市，自挈頭顱見祖宗。』忠烈之氣凛凛如生。遺札淋漓十七行，子孫永寶鄭公鄉。後來轉徙歸菟床，手完趙璧何慨慷。海昌吴菟床先生收藏十二年，復歸鄭氏。好古更有朱紫陽，千金什襲珍琳琅。兩海波濤不敢蝕，神龍夜抱明珠藏。昔登焦山展詩稿庚戌秋杪，挈眷游焦山，觀忠愍狄道詩卷，係儀徵相國留鎮焦山者，曾作詩紀之，復向燕臺讀諫草劾分宜、諫馬市兩疏稿，故友張受之辛泐石於松筠菴，朝士作諫草廬庇之。更留殘墨鎮鄉關，三處靈光日月皎。長筵花落春欲徂，酒酣擊缺雙唾壺。世間萬物各有盡，生氣蔚此龍蛇書。男兒報國死不渝，廉頑立懦綱常扶。寸縑尺璧詞瓊琚，誰能手寫兼心摹。肝膽氣誼今有無，側身天地長唏嘘。

久旱得大雨喜賦

去年苦旱灾，民力嗟已竭。哀鴻滿城郭，斗米錢六百。今年夏及秋，炎炎熾烈日。有如病後病，元氣詎能攝。忽然夜雨翻，勢挾海風疾。檐溜瀉奔泉，土膏占下尺。一潤甦萬槁，偉哉造化力。皇天視衆生，不啻保孩赤。懲勸寓悲憫，循環示威德。天本愛惜人，人敢不自惜。天不戕賊人，人忍自戕賊。感召良有因，修省豈無術。陰陽在人心，天意終仁惻。

金眉生觀察安清陳實菴太史元鼎作西湖别柳詩和者數十家徵及俚言依韻誌感

摇颺山邨更水邨，從來此樹最銷魂。絮飛遠道成秋夢，酒滴離筵化淚痕。一曲陽關新入弄，三眠漢苑舊承恩。愁絲長短誰能解，好借鵾絃與細論。

大道朱樓落照微，飄萍蹤迹欲誰依。秦淮水咽瓊枝曲，隋苑花殘金帶圍。隔浦煙籠愁縹渺，渡江春盡惜芬菲。嬋娟冷落非關妒，眉樣生憐與世違。

擬向中流擊楫來，細腰宮闕半莓苔。風波自怨湘妃瑟，煙月誰傾庾亮杯。漢水有情招隱士，楚雲無力到陽臺。笛中不盡關山感，可是封侯萬里才。

休將顧頷感浮生，根葉終須打槳迎。金縷歌殘芳事暮，畫船來趁早潮平。遥知落月沉江岸，應有春風度漢營。寄語湖邊舊鷗鷺，暫時飄泊莫傷情。

太白舉杯邀月圖

青天皓月逆雲走，偶然飛墮杯中酒。酒香月氣兩氤氲，化作西江併一口。落星巖前紫綺裘，采石磯邊沙棠舟。生不願封萬户侯，但願醉骨藴糟邱。月當頭，杯在手。笑仰天，歌擊缻。明河倒瀉入胸懷，富貴浮雲我何有。銀蟾無聲老鯨吼，惟見長庚俯北斗。

題沈伯淵茂才德溥怡園圖

高樹翳層廊，寒流界孤彴。雲搆鑿空翠，窈窕起樓閣。主人吾舊游，早歲侣猿鶴。别來三十年，音容頗約略。相逢由拳城，語我幽居樂。披圖見性情，題詩感今昨。嗟我役浮名，半生苦落拓。家有數畝園，塵勞未能却。之子洵高曠，泉石欣所託。何當抱琴來，登臨試芒屩。娟娟芙蓉花，渺渺鷗鷺約。碧雲懷美人，清夢墮林壑。

子安招集署齋賞菊

冷署張秋錦，幽香拂酒袍。文章看爛漫，氣韻出蕭騷。感遇應憐屈，游仙每憶陶。時靖節處士屢降乩筆。不知天下士，誰稱此花高。

悼犬

舊馴卑脚犬，拳毛質黑斑。靈黠解人意，有若通語言。我行尾我後，我歸噉我前。白日吠所怪，昏夜卧當關。家貧無閽者，恃以高枕眠。從我皖江來，豢養近八年。一朝忽病仆，顧之心惻然。朱門養食客，勢去客變遷。黄金蓄壯士，金盡撫馭難。嗟爾苦戀主，圖報心獨堅。人而以犬例，怒髮必指冠。感奮如此犬，雖人亦復賢。烏得薄異類，而遂賤視焉。生不負主恩，死終邀主憐。崊帷古有制，瘞爾荒城邊。雖乏胞與量，斯亦仁之端。鄰尨警寒月，念爾不能諼。

題朱春甫小影

與子垂髫契，交情老更深。太元終落寞，壯志近銷沉。衣食磨詩骨，冰霜試道心。歲寒松菊在，相對一開襟。

南郭晚步

負郭煙邨四五家，數畦寒菜間桑麻。荒城斷續支殘照，開遍秋風野菊花。

送長女珏歸武林宗子城孝廉景藩

生女雖非男用陶句，教養固一致。既長適他姓，留戀詎忍置。所幸得快婿，汝身欣有寄。今當送汝行，勖哉慎厥事。念我未有兒，愛汝過優異。井臼素未嫺，耽玩及文字。詞畫良可娱，何如四德備？儉雅敦素風，柔和化意氣。汝母教有年，汝當一一記。繞膝廿餘載，臨別總酸鼻。婦職尚無虧，我心庶稍慰。墮地屬他人，庭闈豈久侍。假使汝爲男，宜有四方志。局促守門户，亦非丈夫計。何況蔦蘿絲，終當擇木施。錢江漪清流，吴山聳蒼翠。咫尺非天涯，歸省亦良易。明歲春風和，早偕夫婿至。兩園花事多，同賞韶光媚。

泊吴江登挹秀閣戊午

小閣淩滄對畫屏，遥看七十二峰青。菰蒲水響東風急，無數煙帆入洞庭。

垂虹橋

紅兒白石久沉淪，艷迹猶留舊日春。八百年來無此樂，可憐風月屬何人。

兵船行

紅旗高卷金鼓鳴，大船小船縱横行。縣官羊酒來犒兵，縣官出城兵入城。瞋目露刃輕死生，承平罕見見者驚。街市闃寂門晝扃，行船瑟縮僻港停。兵來捉船誰敢争，兵來捉船慎勿争。君不聞東浙傳烽星火迫，明日官兵要殺賊。

游吴市復園

執政園中春未荒，鈿車寶馬戀餘芳。水簾楊柳銷魂緑，風鬢荼蘼近客香。庭院笙歌催永晝，樓臺羅綺送斜陽。維摩老去禪心定，權借天花作道場。

獅子林

一池春水冰奩空，雲根亂插青芙蓉。磊落森聳綯透漏，偃仰峭削清奇雄。七十二峰卅六洞，二十四橋架石縫。誰驅丁甲巧移山，不信神仙好鑿空。何年星府隕太虛，墮地化此九曲珠。左盤右繞不得出，咫尺有若數里餘。輪磨方從地底旋，振衣忽在峰頭見。但覺招邀笑語聞，欲尋蹤迹罔巒變。老迂狡獪妙絶倫，借畫叠石真通神。媧皇巨靈合一手，混沌穿破天須嗔。爪牙飛舞勢欲走，忽若回頭看虎阜。東南狐兔正縱横，安得一聞獅子吼。

訪陳韻清司馬恭溥於崑山署齋文酒道舊留五日始别去瀕行賦贈

締交三十載，蹤迹晨星稀。橐筆走江海，勞燕東西飛。别多苦會少，動輒十年期。文字有真契，千里終依依。昔日兩少年，今來鬢各絲。所幸斧柯假，已膺民社司。長才雖小用，庶幾展布之。入境屢聞善，頗異俗吏爲。潔己飭簠簋，不及膏與脂。司馬雖服官，而自奉儉約，一如寒素。繁華豈厭疾，我瘠使民肥。牧令盡如此，世亂行當夷。官齋置尊酒，言笑如往時。論文或鼓舞，感事每嘘唏。守素久不易，官政美可知。即此性情厚，定卜風俗移。嗟予尚沉滯，窮鳥猶繞枝。同爲出岫雲，霖雨不得施。千秋詎可必，熱血銷文詞。愧無經世略，敢言吾道非。興到且行樂，爲君盡一卮。今夕良宴會，明日長相思。

同陳石民丈砥游崑山憩半山亭

一峰秀城隅，玉氣入天白。仄徑繞松根，孤亭枕山脊。即景曠以展，攬勝此焉息。其時正暮春，俯視全城碧。紺宇繪近寺，芳草界遠陌。客心淡無著，野趣閒愈適。方山頗老健，危岡更齒屐。石翁高歷巔頂，予不能從。豈無高遠心，萬事當量力。知止皆坦途，行險終倖得。獨坐望青雲，群鴉正接翼。

游半繭園

亂紅吹盡緑陰肥，新水盈盈没釣磯。燕子不來池館静，隔簾惟見柳花飛。
蘇臺士女好嬉春，寶馬香車接路塵。一樣溪山偏冷落，只留磐石待幽人。

申江寓樓風雨連夕柬叔彝觀察

瀟瀟客中雨，濺濺海上流。疏燈炳幽户，初夏如深秋。平生善感觸，况此無聊游。塵巷沸市語，夢枕警更籌。披衣起中夜，慨焉生離愁。彼美在空谷，窈窕不可求。投我雙明珠，兩意同綢繆。故鄉正風鶴，倦鳥行歸休。不惜羈旅苦，因君暫淹留。願言達誠素，一展微波眸。
江南三月雨，猗彼陌上桑。美人采桑葉，所慮蠶瘦僵。燈火語晚閣，脂澤謝晨妝。心力豈不勞，愛此錦綉腸。肥瘠在夢寐，眠起善自將。感君珍重意，纏綿詎能忘？願爲仙人藕，心與絲俱長。

喜晤金瀛仙太守安瀾

一别燕臺二十年，重來海上證前緣。秋風唱斷黄河曲太守曾任河防，春夢驚回弱水船謂由翰林改官。名士官貧終灑落，美人骨瘦自便娟。文章贏得雙愁鬢，感遇傷時各惘然。

題路少海璲聲清溪小隱圖

壬寅夏四月，避兵丁字溪。與君一握手，情話愜心期。别來十七載，我鬢亦既絲。今兹滬上游，忽復遇故知。乍見已恍惚，神味猶可思。示我清溪圖，煙柳交明漪。幽鳥似相識，拍拍向我飛。凉風起蘋末，秋爽近在衣。對此心地遠，翛然坐忘機。東南苦厭兵，買山行當歸。何意中歲來，兩見干戈時。桃源幸咫尺，溯洄將從之。

瀛仙太守招集寓齋作歌以報

屠估崛起爵武功，萬卷不如兩石弓。海國居奇集百貨，文宿不如天市大。江南太守今謫仙，淩雲健筆光燭天。祕書曾窺石渠閣，迴風忽返蓬壺船。長安飢死東方朔，恰向監河貸餘粟。唱斷秋風瓠子歌，杜陵詩瘦仍茅屋。頻年宦轍羈淮揚，垂老出守嗟馮唐。才人乞外未補郡，一官落拓徐空囊。昨夜追逋打門人，今夕張燈且晏客。風流如在醉翁亭，豪雅猶争名士席。春明小别二十秋，昔日青鬢今白頭。君才十倍尚沉滯，我無一能宜窮愁。出處雖異真面留，人生富貴難强求。君不見，李廣數奇卜式侯。畢竟牧羊勝射虎，難快鴟鴞嚇腐鼠。萬事惟應付酒杯，不知門外黄昏雨。酒酣踏雨籠炬行，城樓鼓角催三更。夜叩韖門出符節，將軍令重文人輕。城鑰不啟，得參府對籤始出。前歲豺狼起市肆，門卒倉皇盡走避。亂定方知鎖鑰嚴，時清應有戈矛備。借酒銷愁愁未銷，夜窗風雨仍瀟瀟。俯仰人事心鬱陶，百感起落申江潮。江潮欲落還更起，寫作長歌報知己。

洋涇竹枝詞

春申江上有閒田，突起瓊樓住水仙。十二闌干雲萬里，笑看帆影下青天。夷族好樓居，高或三四層，便於眺遠。

碧油簾幕太空濛，玉砌雕廊面面通。夷樓四面皆廊。百葉明窗自開合，不留炎暑但留風。百葉窗以薄板叠成，能屏炎暑而通凉風。

瘦石清池緑樹陰，别開邱壑豢珍禽。倒翻海底珊瑚網，籠住雲天萬里心。夷園以鐵網籠文禽，多至數百，網寬竟畝，高數丈，中有樹石，并鑿池以馴水鳥。

組織銀絲作短墻，蘼蕪一片緑中央。懶龍未解耕瑶草，權當空山走鹿場。夷園又以鐵籬圈地數畝，馴鹿其中。

綉絨錯彩介騊駼，夾鏡雙瞳信不虚。一片雷聲煙外過，金根飛轉四輪車。夷馬皆衣彩繒，復以鏡籠眼，又冶鐵爲車，轉以四輪，極穩捷。

芍藥開殘芳事稀，花屏風鬥紫薔薇。氍毹五色翻嫌俗，更翦青莎作地衣。夷園細草平緑如毯，長則以翦齊之。

神風引楫到天涯，萬里萍浮客當家。也學陶朱載西子，不教商婦怨琵琶。

華鬘圓轉學盤螺，窄袖長裙細馬馱。扶下綉鞍聯臂去，生塵從未解淩波。夷婦出游，或乘馬，或男夷聯臂而行。

雪色倭雛艷絶群，青紗籠面却塵氛。仙裾乞得天孫錦，貼地都成五彩雲。夷女皆青紗籠面，曳雜彩長裙。

輪船激浪走春雷，水勢翻憑烈焰開。楊太縱横驕已甚，不知何日有飛來。

數里煙濤接渺茫，忽看蝃蝀落中央。箜篌莫唱公無渡，新策靈鼉架海梁。跨黄浦築橋，長里餘，飾以紅闌，過者人税一錢。

牓題墨海起高樓墨海書館爲夷人刊書處，供養神仙李鄴侯謂李壬叔茂才。多恐祕書人未見，文昌光焰借牽牛。夷人印書，以鐵機駕牛轉運，如旋磨然。

重重芳樹簇檐牙，短檻高籬盡種花。却笑中原乾净土，長年辛苦爲桑麻。夷性愛草木，尤喜種花，庭隙皆滿。

堤劃銀沙路玉繩，街横十字閣三層。門前夜夜留明月，晝挂琉璆七寶燈。夷門各以朱架懸明燈，遠近聯屬。

鏤金寶匣韻宫商，節奏天然妙抑揚。深院日長風細細，似聞佩環在瀟湘。八音匣，小者盈握，大或如櫃，音調清越，節奏自然。

銀箭何須報水龍，法輪自轉玉琤瑽。洞天容易忘昏曉，但聽高樓幾點鐘。近製大自鳴鐘，高逾層樓，聲聞數里。

檐頭雲氣裊青天，獸炭都從地底然。玉宇瓊樓寒不到，始知煙火有神仙。冬日穴地熾炭，以高突出煙樓脊，舉室皆温，而不見火。

四面雕墻短短環，滿園春色不須關。樓臺自涌金銀氣，誰向波斯奪寶山。夷館四圍皆短垣，鏤砌空靈，其居室歷歷可望，且多玻璆窗户，然竟無盗賊。

世界玻璃絶點塵，碧廊翠檻月爲鄰。生憐幻作天魔國，不貯風鬟霧鬢人。

玉洞凌虚閃鑠開，彩雲縹緲勝蓬萊。漢皇儉德規模小，翻惜千金築露臺。

碧螺春换紫霞漿，一樣天生續命湯。不是蠻神具茶癖，如何寶氣返重洋。夷族近歲茶癖日深，故販茶益夥，猶内地之於鴉片也，火克水克，天然對待。

細柳營荒過禁煙，戈船散盡見珠船。自從滄海揚塵後，化作瓊瑶萬頃田。

臺上黄金夜有光，估帆雲集爲蠶桑。江南一事差堪喜，絲販鮫人價漸昂。通商後，絲價愈昂，亦我民之利也。

載竇年年入漢關，雲來煙往總循環。翻因海市通財賦，天道原來果好還。通市後，夷族建造樓館及日用之需，費以千萬計，因之商賈日盛，關課益增，天道好還，即此可見。

贈李壬叔茂才善蘭

憐君不得志，海外作經師。鼇客青蓮興，鷄林白傅詩。才名通島國，長嘯俯天池。吾道春風遠，應須夏蠻夷。

贈楊肖英茂才煃

前歲吴山别，分携直至今。三年勞夢想，一往總情深。灑落窮途契，低徊廣厦心。從來知己感，何必是黄金。

題孫意林茂才謀獨咏圖

孫郎弱冠工於詩，中歲忽復爲良醫。陽春入手起沉痾，學窮倉扁經軒岐。以術濟世二十載，倦游却賦歸來辭。閉門海上杜塵軌，欲與古昔通襟期。日守鉛槧事箸述，詩統將墮憑扶持。意林有《全唐詩補》及自箸詩話、詩文稿。空山孤嘯出金石，妙趣領略蒼茫時。我聞詩學本天籟，要以太和培根基。七情有節二氣順，肥者使骨瘠使肌。剛柔偏倚失調燮，針砭急下安可遲？時俗習染毒更熾，雖有國手功難施。君於此中悉甘苦，務辨毫忽窮醇疵。千金有方不爾祕，靈丹再造蘇羸疲。攻心爲上恃願力，欲令騷雅延生機。側身四望有所思，俯仰千載心不怡。古人不作來者稀，吁嗟此意無人知。

倚晴樓詩集後序

憶壬辰春，從吾師韻甫夫子游。於時楊烏跧《易》，初識藩羝；劉駿誦《詩》，始及鳴鹿。夫子則矩之繩尺，器及槻釽，於同堂獨許暇明，而從游必携荀淑。故后山髫辮，即受知於南豐；議郎枕書，獨祕傳於王粲。當是時，坦年纔十齡也。萱緑吹春，槐黄過夢。惠蔚名重，旋舉孝廉之科；王通遠游，行散河汾之席。坦既袪衣南學，移笈西州。立雪之屐遂孤，瓣香之私誰奉？蓋馬融在洛，絳紗僅此一年；侯芭執經，元亭遠如千里。於兹睽隔，其間幾二十年焉。迨甲寅秋，坦游武原，夫子始自燕南返。鄭公一至，咸集通德之門；盧植此來，重聞後堂之笛。於是海濱侍講，甬水同舟。借玉軫以移情，荷金篦之刮目。會昌有集，廼命序於義山；孔璠是師，轉析疑於李謐。瓊瑰盈尺，薇盥至三。竊謂熊水支流，本根源於閩海；螢囊爝火，何增損於纖阿？惟吾夫子遇嗇於才，文窮其命。謝安絲竹，不無哀樂之多；君實詩篇，半出江山之助。其中覶縷，坦竊詳焉。

蓋夫子生穹隆崇藴之門，奮旭絶鋭銀之學。何家兄弟，獨數小山；賈氏文章，首推偉節。叔開一出，才冠洛中秀才；功甫十年，名著海鹽曲子。當夫旗亭賭唱，樂府傳鈔，尊中之酒不空，户下之屨常滿。會陳碩士學使視學浙中，譽爲國彦。虞忠選士，首契魏遷；昌黎論詩，獨思長吉。自下陳蕃之榻，譽滿江南；既登李膺之門，名聞日下。此固前輩之韻事，抑亦士林之美談也。

乃一登試榜，已及子昇之年；六上長安，仍下劉蕡之第。都中如穆鶴舫相國、許滇生尚書，與夫金門才士、寶玦王孫，莫不抱送襟推，蘭憔蕙嘆。謂逾輪偶蹶，終簫足於尰衢；璿珠孕華，豈藉力夫綈櫝。而夫子則塵輕世艷，夢戀親廬。時晚香太夫子梁孟偕臧，劉樊並壽。因而歸承子舍，重理故氈。積賣文之錢，上資甘滑；借問奇之酒，分介眉梨。而且仲蔚小園，文山家樂。藝花如粟，多於河陽；拍曲登場，以爲萊彩。二老人顧而樂之，謂六珈之彰身、三釜之説口，未是過也。

風不寧枝，雲倏歸影。《莪》篇一廢，崔九之骨日癯；堊廬三年，嗣宗以憂强起。適李藹如方伯開藩江左，迎鮑照以掌書，爲穆生而設醴。於是扁舟一葉，凉波半帆，負入夢之溪山，作依人之針綫。酒醒瓜步，月楫乘潮；葉落秦淮，秋燈聽雨。謝朓驚人之句，視境爲奇；休文紀游之書，積日成寸。時則金鑾侍側，蒨桃隨行。德曜盤飧，佐伯鸞之觴咏；清娛筆硯，箸司馬之文章。小紅之唱疑於仙，太白以後無此樂矣。

既而征帆息影，宦轍催人。蕭育於例當詣曹，裴秀則儒而將吏。豐臺紅藥，更拾春明之餘歡；幕府頳蓮，易觸秋士之前夢。方謂鉛刀小試，牙板邀除。縱負陶潛之腰，差解韋皋之意。胡乃風雲黯澹，尚愆際會之期；星運蹉跎，更抱幽憂之疾。江上之梅花零落，黄鶴遲來；樓頭之月色荒寒，白皛懶下。茂陵多病，不以駟馬爲榮；梁父高吟，暫作卧龍之隐。而夫子則年幾五十矣！

嗟嗟！貧如東野，此事真足窮人；世無揚雲，吾道幾於絶響。以夫子負鼎華之譽，摛瓌麗之才，固宜彯纓承明，潤色鴻業，成一朝之箸述，起八代之衰頹。何至氍毹風塵，骯髒鄉里？子安賦好，僅見賞於閻公；杜甫途窮，至感恩於嚴武。遇亦窮矣，命竟何如！宜其觸緒纍情，因風激籟。笙簧騷雅，每多感遇之懷；詞賦江關，大有傷心之語也。

坦淺似匏蠡，焉知測海；傳無祖鉢，敢望抽衣？惟舊學出於師門，而公是無如弟子，敢陳目論，藉付手民。若謂宙合廓然，瓌才不作。能仁經義，非慶喜不宣；屈原《離騷》，惟宋玉能解。是何異使瞽盲之士，游行天市之垣；負擔之夫，競侈輪王之富耶？則又王微所謂東向之人，不能望見西墻者矣！

咸豐八年戊午夏仲，錢塘受業蔣坦百拜謹序。

浙江文獻集成

浙江文叢

續修浙江通志海塘初稿

〔第三册〕

關豫 輯

浙江古籍出版社

收掌沈[illegible]
十一月初四日收

纂修金閱竟（自嚴）

分纂原送廿五段條款尤資討論將來合訂當以分段爲綱某年份章法於下或別作三段表以省繁冗此時毋酌

總纂沈
纂張
陶
韋
金

劉鍾肖書

海塘第六冊

海塘八

同治

第一案至第七案

關隸編輯

同治六年十一月巡撫馬新貽　第一案

奏爲恭報浙省海塘搶築西中兩塘缺口柴壩及建復外埽盤頭已竣各工段落丈尺用過銀數開列清單恭摺奏祈　聖鑒事

竊照海塘東中西三防各工前因年久失修以致石塘節節坍缺塘外埽工盤頭裹頭沖汕殆盡塘內附土、堰土戧埝蕩無存經前護撫臣蔣益澧暨臣節次設法籌款先後　奏明設局委員分別辦理計自同治四年二月興工起至六年正月督臣吴棠奉　旨查勘海塘止三塘共計先已辦竣柴壩二千九百五十七丈五尺又已成埽工埽坦附土子塘行路共四千七百二十四丈五尺當于覆　奏摺內聲明在按自同治六年正月以後截至九月底止總計三塘築成柴壩一千四十三丈八尺

四寸埽坦等工二千三百二十七丈二尺柴盤頭一座除東塘已築柴垻一千

四百四十五丈七尺四寸鑲柴等工二千八百八十一丈五尺俟東塘工竣另按

報銷外共計西塘已竣柴垻七百三十五丈五尺埽工埽坦七百七丈八尺裹

頭八十二丈塘後鑲柴二百三十四丈四尺附土子塘橫垻面土行路一千七百

八十七丈二尺新建律歲字號柴盤頭一座中塘已竣柴垻一千八百二十丈二尺

塘後鑲柴二百四丈八尺埽坦一百九十九丈柴工三十丈附土橫塘九百二十五丈

共計西中兩塘已竣柴垻二千五百五十五丈六尺埽工埽坦裹頭鑲柴、工附

土子塘橫垻橫塘面土行路各工共長四千一百七十丈二尺新建柴盤頭一座

所有工段尤險之處如築托垻抛護塊石以資捍衛此項完竣各工均經前

杭防道蘇式敬段光清陳璚林聰彝及現任杭防道何兆瀛等先後親

駐工次督率廳備委員如式搶辦完竣于工竣日隨時驗收經臣歷次親往覆勘尚無草率偷減情事並飭將已竣各工如何設法保護酌定歲修章程另行詳辦其餘東塘未竣柴埧及西中兩塘外埽各工現值冬令天晴水涸臣仍時詣工次督催在工員弁赶緊修築以期搶堵完竣茲據總局司道詳請具

奏前來附除用過銀兩造具細冊另行具

題請銷外謹將搶築西中兩塘已竣柴埧各工段落丈尺用過銀數開列清單繕摺恭呈

御覽

謹將浙江省西中兩塘自西塘李家汛西改字號起至中塘戴家汛谷字號止沖坍缺口搶築柴埧裏頭埽工盤頭橫塘子塘加填附土行路各工做過工段高寬丈尺用過例加工料銀兩繕具清單恭呈

御覽

一西塘境内李汛西吠字號起至翁家汛雨字等號止搶築埽工埽坦工長七百七丈八尺估築底寬二丈至三丈面寬一丈五尺至二丈二尺高一丈五尺至二丈二尺加築頂土高二尺寬一丈五尺至二丈二尺

一西萬字等號搶築柴壩七百三十五丈五尺底寬五丈至八丈面寬三丈至五丈高一丈四尺至一丈七尺頂土高二尺寬三丈至五丈柴壩後加鑲托壩一道計長七十四丈面寬三丈底寬四丈高二丈上加頂土高二尺寬四丈壩外拋填塊石七十四丈面寬八尺五寸底寬二丈五尺高一丈六尺

一西身字等號建築裹頭八十二丈柴高二丈面寬一丈五尺腰寬二丈底寬三丈上加面土高二尺寬一丈五尺

一翁家汛西律歲字號柴盤頭一座後身長二十四丈外圍長二十八丈中面寬

五丈東西兩雁翅各面寬三丈二尺中底寬六丈二尺兩雁翅各底寬四丈四尺築高一丈二尺頂土高二尺面寬二丈六尺面長二十六丈

一西育字等號塘後鑲柴工長二百三十四丈四尺築高八尺至一丈上寬二丈下寬一丈八尺上加頂土高二尺寬二丈堵築攔水橫垻兩道共長十七丈五尺上寬八尺下寬一丈一尺五寸高一丈二尺建築草塘一百五十二丈上寬二丈下寬二丈四尺高一丈六尺填築附土工長二百十七丈七尺牽寬一丈五尺牽深一丈定又行路工長一千四百丈牽寬一丈二尺牽深二丈五尺一律加土挑填平整

以上西塘境內搶築柴埽柴垻等工共用過工料例估加貼銀二十九萬九千六百一兩四錢七分

一中塘境内翁汎露字等號戴汎乩字等號石塘缺口搶築柴壩一千八百二十丈一尺底寬三丈至十二丈面寬二丈至八丈高八尺至二丈二尺上加頂土高二尺寬二丈至八丈西龍頭大缺口柴壩前後加築托壩二道共長一百十丈底寬六丈至八丈五尺面寬三丈五尺至六丈築高二丈四尺柴壩外拋填塊石各長二百丈面寬八尺至八尺五寸底寬二丈五尺高深一丈六尺至二丈二尺

一壹字等號建築埽坦一百九十九丈底寬二丈面寬一丈五尺築高一丈五尺又髒率二號建築柴工長三十丈面寬一丈五尺腰寬二丈底寬三丈高二丈前工外口加拋塊石上寬八尺下寬二丈四尺高一丈二尺

一支刃等號塘後鑲柴工長二百四丈八尺上寬二丈下寬一丈八尺高八尺至一丈

一稱夜等號塘工後身建築橫塘工長一百六十七丈面寬一丈二尺底寬三丈六尺高一丈又鳴化等號加土填築附土工長七百五十八丈牵寬一丈五尺牵深一丈二尺

以上中塘境内搶築柴壩柴埽等工共用過例估加貼銀六十二萬五千四百九十兩二分一厘

西中兩塘統共用過例估銀五十五萬五千八百十五兩三錢四分一厘加貼銀三十八萬九千二百七十八兩一錢五分

總共例估加貼銀九十二萬五千九十一兩四錢九分一厘以上銀兩悉照海塘志載例估加貼銀數核報合併聲明奉 旨該部知道

八年八月工部咨為題銷浙江省西中兩塘搶築缺口柴壩埽坦盤頭等工用過銀兩與例相符應准開銷事都水司案呈工科抄出浙江巡撫李瀚章題西中兩塘同治四年至六年搶築缺口柴壩埽坦盤頭等工用過銀兩造冊題覆（按同治八年五月二十四日題四月初三日奉　旨該部察核具奏欽此於五月二十九日據該撫將冊籍揭送到部該臣等查得浙江巡撫李瀚章疏稱西中兩塘同治四年至六年缺口搶築柴壩埽坦盤頭等工用過柴橋夫工銀兩造冊題銷一按經部議該撫銷冊開列奏報清單摺內聲明悉照海塘志載核报何以銷冊開列物料均有浮多將原冊不符處簽出發還行令遴員赴工丈量切實刪減另冊送部核辦等因除飭委專員後到任

臬司劉齊銜遵照辦理外行司遵照去後茲據督辦塘工總局布政使楊　按察使劉齊銜　署鹽運使馮禮藩督糧道英樸杭嘉湖道何兆瀛前任杭嘉湖道陳璚補用道林聰彝候補道康康熊飛會同詳稱查海塘志載修築草塘柴工每丈層土層柴係靠塘築做用柴六百斤至石塘沖潰缺口搶築柴壩兩面臨水係于汪洋巨浸之中施工潮汛晝夜沖激若用層土層柴搶築如湯沃雪柴土實有漂流沖失之虞是以缺口柴壩每丈俱用柴料一千二百觔兜纜簽樁搶做密釘底面腰樁各五十根以資堅固此柴壩所用工料與海塘志所載柴塘做法不同之實在情形也該塘原估從減每丈只用柴六百觔樁木五十根嗣因同治四年五月霉汛山水陡發漫過石

塘各口門新沙洗去水深至一二丈不等修築更難必須多用柴料樁、木較之原估有增至一倍及二三倍者經升任撫臣馬新貽據實奏明在按至清單內聲明照海塘志核根係指工料價值加貼銀數而言其搶築缺口柴埧工料做法海塘志所不載係遵照咸豐七年築做西塘西鞠字等號缺口柴埧等工奉部准銷成按造報已于銷冊內登明除于冊內粘簽登復外請照原冊核銷並抄錄咸豐七年奉部准銷柴埧原冊一併送部詳請題復並據按察使劉齊銜詳稱遵飭赴西中兩塘按冊查丈均屬相符物料工價委無浮冒等情臣復核無異除將原冊並抄錄准銷柴埧冊送部查核外理合題覆等因前來查浙江省西中兩塘同治四年至六年搶築缺口柴埧等

工先據前任浙江巡撫蔣益澧等奏明設法籌款分別辦理嗣
據前任浙江巡撫馬新貽將西中兩塘搶辦築缺口柴壩等工段落
字號高寬丈尺銀數開單奏報並將用過柴橋夫工銀九十二萬五
千九十一兩四錢九分一釐造冊題銷經臣部查核銷冊開列物料
均有浮多將原冊發出發還行令遴員赴工查丈切實刪減另
冊送部核辦在案今據浙江巡撫李瀚章飭委事後到任臬
司劉齊銜親赴西中兩塘按冊查丈均屬相符物料工價委
無浮冒並聲稱石塘沖潰缺口搶築柴壩兩面臨水係於汪洋巨
浸之中施工是以每丈俱用柴料兜纜簽樁以資堅固係遵照
咸豐七年築做西塘西鷄字等號缺口柴壩准銷成案造報請

照原冊核銷臣部　查該撫所覆尚係實在情形且核與准

銷成按相符應准開銷奉　旨依議

以上第一案

同治五年十月巡撫馬新貽　第二案

奏為開辦海甯繞城石塘先其所急以資保衛繪呈圖說恭摺奏　聞仰

祈

聖鑒事竊照海塘工程關係江浙兩省農田要務前因賊擾歲久失修以致塘身節節潰決沿海田廬盡成斥鹵自克復省城之後經前兼署撫臣左宗棠及前護撫臣蔣益澧先後　奏請勸修土備塘以資保衛臣履任後復督飭道廳員弁興築柴壩以補石塘之缺添修柴埽以固石塘之根迄今將及兩年西塘決口之工已竣塘外接辦柴埽其餘決口危險工程中塘報竣者十之六東塘報竣者十之三唯土塘柴壩祇能暫備捍禦究不如石塘之足垂永久亦經臣節次　奏明在案查年來潮勢北趨南岸漲沙日寬一日北岸塘工日險一日自四堡下至尖山一百數十里

處處喫重而海甯州之繞城石塘貼近城垣數十步外即屬巨浸已當潮勢頂衝朝夕震撼以故石塘間斷坍損坦水漂蕩殆盡内無土塘護衛僅賴新築柴埧抵禦比之他處更爲險急臣久擬設法興辦石工柰經費過鉅籌備維艱購料集夫一時俱難湊手且本年夏秋兩汛潮汐尤大不能施工八月十九日臣親詣該處率同杭嘉湖道陳璚暨在工廳備周歷勘明目覩情形實難再緩決計將前項繞城石工先行估辦當飭布政司楊赶緊籌款即於九月初一日在海甯州城内設立專辦石塘分局委候補道唐樹森駐工會同杭防道督辦遴委妥員分任經理并飭撙節估計去後茲據塘工總局司道會同詳稱海甯州南門外原建魚鱗石塘自神字號起至大東門外洛字號止共五百四十丈現在勘明口門坍缺應全行建復者計

九十五丈四尺欹裂拗拜應拆修到底者計九十五丈五尺面石潑損應添補
加高者三百九十一層九分作拆修石塘十八層共核戍二十一丈七尺七寸又拆修
接口鑲縫五十六丈再迤西毘連將軍殿之廉沛等字號坍裂缺口應建復者
十三丈裂損拗拜應拆修者三十一丈又接口鑲縫五十四丈五尺統計應辦石工一百
六十七丈一尺七寸又迤東毘連普陀菴之面洛等字號原有坦水兩層亦已無
存木椿之塘經嚙激其底樁多半欹斜空洞應請自廉字號起至殿字號止
復建頭二兩層坦水每層計長六百八十丈八尺共工長一千三百六十一丈六尺又康
好字號向有石堵四十七丈二尺廉沛等字號向有柴盤頭三座專為攔挑
大溜保護塘根均應同時建復經該司道悉心估勘原建繞城魚鱗石塘十六
層今因地勢刷深應加築兩層共建十八層仍鑿嵌生鐵鋦錠加用米汁石

灰俾資經久從前歷辦石工以採購塘石為最難茲查各處坍毁舊塘除碎
小之石多已陷入沙底外其大塊塘石未盡陷沒可以抵用現在雇集夫船分頭
打撈所有此次興修魚鱗石工二百六十餘丈擬一律全用舊石以節經費如
舊石實在不敷再行設法採辦至建復坦水需用條石塊石以及樁木柴料鐵
麻灰油及一切需用之物均須採買統計石塘坦水盤頭石堵各工約需銀二
十四萬餘兩所估銀數核之定例未免懸殊實緣兵燹後一切工料無不騰
貴較之從前價值加至倍蓰欲求工歸實濟不能不按照時價確估購辦
再查此次建修繞城石塘與從前情形迥異購料做工與集夫其尤難者
塘石之外以樁木塊石條石三項所用為最鉅樁木以徽州為上龍游諸山
次之從前物產繁滋需用數十萬根招商承攬皆能如期運到自徽州浙

被擾山木多半焚斫新長者既不合用舊産者入山更深商人因盤運維艱承辦者甚少祗得委員前往督同山戶選擇圍圓合式之木盡力採購兩水陸解送節節耽延所費益多至建復坦水須用塊石墊底條石蓋面塊石購于富陽之長口饅頭山條石購于山陰之羊山烏石山內來採石宕戶約有數百家今則重價招募不過十數家耳且富陽至海甯水程幾及二百里山陰又隔百餘里洋面運石之船趁潮來往一月只能兩次各場滷船既少百官閘梢船亦屬無幾即多給水腳裝運亦不能迅速此購料較難之實在情形也以前塘外尚有護沙十數里多係陸地挖槽各項匠役晝夜皆能興作此時護沙久經刷盡潮水直逼塘根塘外水深六七尺至丈餘不等若于興辦處所先圈月壩遮護兩潮激水深勢難抵禦欲退後數武其地丈

近逼城垣難移尺寸是外難障蔽內無餘基不得不仍循坍塘舊址設法建修須將塘底之碎石朽樁淘拔盡淨然後能清底開槽礎釘扦樁況臨水施工海潮一到即須停止現當冬令水涸大汛之日工作不過兩時小汛之日工作不過三四時一交春季潮汐日旺更難措手此做工又難之實在情形也至集夫一項以樁架最為緊要底樁牢固塘身方能持久樁夫衆多辦理始得迅速從前開辦大工樁架數百副需夫數千名旬日之間一呼而集自遭賊擾樁夫流亡殆盡而非習是業者又不能應募自三防開辦柴工以來將近兩年多方招集僅有四十餘副若全行調赴海甯則三防之工均須停歇未免有顧此失彼之虞現在一面再設法添招一面於三防酌留二十副分辦石塘但石塘坦水共用樁木十餘萬根樁夫缺少簽釘更遲此集夫亦難之實在情

形也現在唯有竭力籌辦趕備物料廣集人夫定於十月初六日開工興辦等情具詳前來臣覆加確查核與親勘情形無異其層層爲難之處亦屬毫無捏飾所估工價駁刪數次實已無可再減當即親詣海甯州率同在工各員恭祭潮神即日興工除該司道等籌備專款以濟工用併飭杭嘉湖道陳璚候補道唐樹森暨在局各員督率廳備速購料物多集人夫盡力趕辦務須工堅料實一律鞏固臣仍不時往來工次稽查勸勉俾免草率偷減仍俟工竣之日將用款照例專按造冊報銷外合將先其所急興辦海甯繞城石塘盤頭坦水石堵開工日期繕摺具

奏並繪圖說恭呈

御覽

同治七年四月巡撫馬新貽

奏為建復拆修東防海甯繞城石塘坦水盤頭石堵各工丈尺并用過銀數及工竣日期開列清單恭摺奏報仰祈　聖鑒事竊臣前將開辦海甯繞城石塘緣由繕單恭摺奏　聞同治五年十月二十一日奉　上諭馬新貽奏開辦海甯繞城石塘繕單呈覽一摺海塘為東南農田要務而海甯塘工貼近城垣尤關緊要既據馬新貽督飭道員陳璚等親加履勘自應赶緊興辦所有海甯魚鱗石工二百六十餘丈即照該撫所請揀用舊石如有不敷設法採辦其建復坦水需用石塊椿木等件務擇堅料以期經久雖採辦維艱亦不可意存畏難致涉草率所需經費銀二十四萬兩准其照數動

用該撫即嚴飭陳璚等認真興辦，不得稍有偷減。倘該道等不能得力，並著嚴行參辦。如或工料不能堅固，修成後未能經久，必將承修各員著落賠補，並從重治罪，毋稍玩忽。摺留中。將此由五百里諭令知之。欽此。欽遵。當即分派委員各司其事，實力興辦，臣不時親往督催查驗，期於工歸實在，費不虛縻。溯自五年十月開工後，經駐工之候補道唐樹森、前杭嘉湖道陳璚設法廣募人夫，多集物料，督率工次文武員弁兵役人等逐段興築，無分寒暑，不避風雨，加緊趕辦，現於本年三月初五日一律工竣。計建修工共作成一百八丈四尺，與原估相符；拆修并接縫補高工共作成一百五十八丈七尺七寸，又續添拆修工十七丈，共工長一百七十五丈七尺七寸，照原估多作十七丈；頭二兩層坦水共作成九百九丈六尺；又將字號石塘

西八丈改作坦水兩層照原估增作二十六丈共作成九百二十五丈六尺其原估二
坦牲字等號二四百五十二丈緣海水太深且多碎石實難清底施工議改護
塊石竹簍間釘護樁其康好爵等號石堵共作成三十九丈二尺因好字號
西頭尚可釘樁改為坦水照原估減作八丈康沛自都宮殿等字號照原
估建復柴盤頭三座又原估未及自沛字號至宮字號塘後土堰間段卸
塌飭汛估辦加築二長二百九十七丈五尺均經一律修築完整至所用銀數
原估銀二十四萬餘兩現二坦改用竹簍減省銀二萬四千餘兩實用銀十八
萬四千五百餘兩照原估多作及原估未及之工所用銀數均在其內仍即
省銀二萬一千餘兩應飭收支委員分造清冊呈送所有辦竣之工經前署
辦道員唐樹森接辦道員林聰彝先後會同該管道隨時驗收均係

如式完固臣節次親詣覆驗尚無草率偷減情事茲據總局司道詳
請具 奏前來臣查石塘工程自道光三十年後未經興辦加以兵燹之餘
案卷全無此次建修石工較同創始一切籌辦維艱情形經臣疊次陳明
在案此按原估銀數本屬減而又減深恐不敷工用幸在事大小員弁無
不懍遵 諭旨悉心講求力為撙節舉凡督工收料發價等項事事核實
一洗從前陋習不但工程牢固兼有省存餘款一年有餘始終勤奮俾要
工得以告竣似未便沒其微勞當此西防大工甫興正在用人之際可否仰
懇 天恩准臣擇其在工尤為出力者酌保數員以昭激勸之處出自
聖
主鴻慈其勞績稍次者由臣飭司量給外獎以示公允除飭該管廳備
督率弁兵將新建石塘各工實力保護而任損壞其節省銀二萬一千餘

兩擬發商生息以備歲修坦水盤頭之用并將用過工料銀兩造具
清冊 題銷外謹將興辦海寧繞城石塘工竣日期會同兼署閩浙
總督臣英 繕單恭摺具 奏奉 旨著准其擇尤酌保數員毋許
冒濫餘依議該部知道
再查前估海寧繞城石塘原係擇要辦理力求節省至修築之時見有
應辦工段不能不隨時酌增如清單內開列拆修石塘及坦水石塊土堰各
工有續添改護之有增減加築者均係隨時變通辦理惟核與原估
多有未符應飭令據實逐款造報以免混淆至此次工程欽遵同治六年十月
初六日 諭旨仿照道光年間前撫臣帥承瀛修築海鹽石塘章程
仍參用歷屆成法以期工堅料實經久不壞第今昔情形不同實用
與例銷懸殊若不陳明於 君父之前必致報銷掣肘竊惟海塘

石工停辦亦二十餘年在昔例銷之外已有加貼名目今則兵燹之餘人物凋殘購料僱工其難尤甚苟非寬以價值安能迅速成功查繞城石塘久成缺口舊石無幾不得不赴各處坍圮舊塘打撈抵用而各處舊石有沈沒于數十丈淤沙之外亦必俟小汛潮退始能尋迹打撈又復處處僱船盤載方可抵岸從新運工鑿整所費實鉅較用新石減省無多此打撈舊石不能節省之實情也從前開辦柴垻委員購辦樁木較之昔年招商承攬亦已屬不易近石塘開工附省諸山樁木漸經採盡必須深入徽嚴內山採購水陸解運所費益多山木則愈採愈稀山戶更居奇索價此購辦樁木加價之實情也至建復坦水本無舊石抵用所用條塊各石俱購運於數百里之外而魚鱗大塘本擬一律全用舊石迨撈獲復

石多殘缺不符尺寸且原建祗十八層前經 奏加二層俱係臨水之工塘底尤宜平穩是以添採新石用鋪塘底多加鐵錠鋦鎖鞏固惟兵燹後宕户寥寥匠工亦少老宕產石無多不得不分投遠採盤越迂迴運腳更多此採購新石多費之實情也若夫打撈砌築釘樁鑿鏨全在夫工抗省收復之後民多流離在外招集之難不自今始迨來田多開墾民急歸農而石塘需夫愈衆招募愈難欲其迅速趲工必須增給日食間時酌賞始可羈縻此夫價增貴之實情也以此兩項加添不獨按照例價難以報銷即照從前加貼核其價值亦屬不敷甚鉅惟有仰懇 天恩俯念實用在工並無浮濫准予另立新加貼名目以便報銷而昭核實謹會同兼署督臣英 附片陳明伏乞 聖鑒訓示謹 奏奉 旨著照所請

謹將建修東塘境內海甯繞城石塘石堵坦水盤頭字號丈尺并續
添工段尺寸數目敬繕清單恭呈　御覽

計開

一建復繞城塘缺口石工計守字號東八丈滿字號中七丈東二丈逐字號
西四丈意字號東一丈移字號西中十四丈好字號中六丈爵字號中四
四丈自字號中七丈都字號西五丈邑字號中九丈華字號西二丈東
五丈夏字號西二丈六尺二字號中三丈京字號中四丈八尺背字號中十一
丈又繞城塘迤西毘連之康字號東七尺靜字號中六尺
以上建修繞城及繞城迤西缺口石工共長一百八丈四尺
一拆修繞城塘迤西敧裂撳損石塘并附接縫石工計沛字號西中十

六丈又因原塘樁折折修續添東四丈性字號東二丈外接縫二丈静字號中二丈外接縫五尺心字號西一丈外接縫一丈動字號東九丈外接縫一丈

以上折修繞城迤西石工共長三十一丈又續添四丈又接縫工四丈五尺共三十九丈五尺

一折修繞城塘散裂拗損石工計守字號中二丈外接縫五尺志字號西一丈中五丈外接縫一丈又因原塘樁折矬低折修續添西五丈中二丈東六丈滿字號西六丈中五丈逐字號西一丈五尺外接縫五尺意字號東一丈五尺外接縫五尺移字號東二丈外接縫五尺好字號中一丈外接縫五尺爵字號西二丈中二丈五尺外接縫西五尺中五尺自字號東九丈外接縫

五尺都字號西二丈中七丈邑字號西三丈東六丈華字號西三丈中六丈
夏字號中六丈二字號中六丈外接縫五尺京字號東五丈外接縫五尺背
字號西二丈東七丈邙字號西八丈
以上拆修繞城石工共長九十五丈五尺又續添十三丈又接縫工六
丈共一百十四丈五尺
一繞城石塘潑損補高石工計都字號東二丈四尺計七層二分邑字號
西二丈計六層東字號東七丈計三十五層西字號西四丈計二十四層東
十一丈計一百三十八層二字號西九丈五尺計一百二十三層五分東一丈五尺
計三層京字號西十丈二尺計六十一層二分
以上共補高三百九十一層九分作拆修石塘十八層合算共長二十

一丈七尺七寸

一自廉字號起至殿字號止頭二兩層坦水共工一千三百六十一丈六尺又因好字號石塘西八丈尚可釘樁改為坦水計增工十六丈共工長一千三百七十七丈六尺内除二坦之性字號東十丈靜情逸心滿字號各二十丈逐字號西十丈守志字號各二十丈都字號十六丈邑華夏東西二京背邙面洛渭據十三號各二十丈殿字號十六丈共四百五十二丈因水深不能清底施工改護竹簍塊石外實頭二兩層坦水共作工九百二十五丈六尺

一好爵字號石塘四十丈内好字號西八丈因能下樁改作坦水實作工三十三丈計減省八丈又廉字號石塘七丈二尺共作工三十九丈二尺

一廉沛字號内柴盤頭一座外圍長二十八丈後身長二十四丈面寬五丈

築高三丈八尺

一自都字號内柴盤頭一座外圍長二十八丈後身長二十四丈面寬五丈

築高三丈六尺

一宫殿字號内柴盤頭一座外圍長二十八丈後身長二十四丈面寬五丈

築高三丈五尺

一加築土堰折實二百九十七丈五尺

以上土堰工程不在原估之列

八年七月工部咨開都水司按呈内閣抄出浙江巡撫李瀚章奏折

修海甯繞城石塘各工仍照原奏請酌增加貼據實覆陳一摺同治

八年六月二十九日軍機大臣奉　旨該部議奏欽此欽遵抄出到部

臣等查奏内稱浙省海甯繞城石塘停修已二十餘年久成缺口前撫

臣馬新貽奏奉　諭旨興修一律完竣並將採辦木石等項種種棘

手懇請另增加貼以資工用奏奉　諭旨著照所請該部知道欽此旋

接部咨所奏另立加貼名目並未酌定數目恐將來逐項加增漫無限制

請　飭查明覆奏等因當飭在局司道確查茲據詳稱溯查乾隆

年間修辦海塘石工例價尚嫌不敷致有加貼今則兵燹之餘凡採新

石購辦樁木打撈舊石以及招募人夫無不掣肘若不另增加貼斷難

辦理應手前撫臣奏請另增加貼實爲工程緊要迅速蒇事起見且未
將通塘各工籠統普請漫無區別查前項工程原估銀二十四萬兩零
係撙節估計其原估未及之工亦在其內仍節省銀二萬一千餘兩實係
格外節省未敢籠統開報稍有冒濫臣覆查無異所有拆修石塘工
用不敷仍請　俯准另增加貼據實覆奏等因臣等復查浙省拆修
海甯石塘工程前撫臣馬新貽因工用不敷奏請另立新加貼名目經臣
部以另立新加貼名目不獨與成案不符且並未酌定數目易啟浮冒之
弊更恐將來逐項加增漫無限制行令查明覆奏在案今據該撫奏
稱修辦海塘石工若不另增加貼斷難辦理應手前項工程原估銀二十
四萬兩零係撙節估計未敢稍有冒濫等語臣等公同商酌該撫所

奏拆修石塘工程請另增加貼係爲工程緊要起見自應准其酌增惟
不得立新加貼名目致違定例仍請　飭下該撫確切查明每丈應增若
干兩明定數目核實開報不得稍有含混以杜浮冒此外各項塘工均不得
援以爲例並令照例造具細冊題銷報部核辦所有臣等核議緣由
理合恭摺具　奏是否有當伏乞　聖鑒訓示遵行奉　旨依議

九年十二月二部咨為查明浙撫題銷海甯繞城石塘坦水盤頭竹簍
等工應請　旨核減由題改奏事都水司按呈工科抄出浙江巡撫楊
昌濬題東塘境內拆修海甯繞城石塘坦水盤頭竹簍等工用過銀
兩造冊題銷一按於同治九年四月十九日題八月十二日奉　旨該部察核
具奏欽此嗣于九月二十八日據該撫將冊揭送到部據該撫疏稱東防
所轄海甯繞城石塘貼近州城因年久失修間段坍損情形難緩節
經前撫臣馬新貽先後勘明奏准設局興辦于同治五年十月興工至
七年三月初五日一律完竣所有作成石塘坦水竹簍盤頭土戧各工段落
丈尺銀兩開單奏明並將催募人夫採購料物打撈舊石種種棘手不
能拘定從前加貼銀數懇請另增加貼以資工用附片奏奉　諭旨

着照所請該部知道欽此當經臣部議覆另立新加貼名目並未酌
定數目恐漫無限制請 旨飭令查明覆奏不得籠統率請致滋冒
濫等因隨經前撫臣李湖章覆奏採購木石打撈舊石招募人夫若不
另增加貼斷難應手前請另增加貼實為工程緊要迅速蕆事起見並
未逐項加增復經臣部議覆該撫奏請另增加貼係為工程緊要自應准
其酌增不得另立新加貼名目致違定例仍查明每丈應增若干明定數
目核實開報此外各項塘工不得援以為例並令造冊題銷報部核辦
奏奉 諭旨依議欽此遵行在按茲據督辦塘工總局署布政使覺
羅興奎署按察使何兆瀛鹽運使錫祉署督糧道如山署杭嘉湖道林
聰彝前任杭嘉湖道陳璚補候道馮礼藩會詳該工自康字號起至

殿字號止計作成建復石塘一百零八丈四尺折修並接縫石塘一百五十四
丈補高石塘照折修石塘折算計二十一丈七尺七寸坦水共長九百二十五丈
六尺二坦改砌竹簍四百五十二丈石塘三十九丈二尺廉沛自都宫殿等號柴
盤頭三座又原估未及自沛字號起至殿字號止加填土塡二百九十七丈五
尺共用銀十八萬四千五百三十兩六錢四厘造冊題銷等語臣部查浙
江海甯州繞城石塘工程前據浙江巡撫馬新貽奏准辦理嗣以該工
程種種棘手不能拘定從前加貼銀數懇請另增加貼以資工用奏明
奉　旨允准及臣部覆准各在案本年四月該撫以繞城石塘竹簍被
水冲去改建二坦經臣部查明竹簍在保固限內冲去應將所估銀六萬
四千餘兩照例賠補不准開銷亦在案今據該撫將繞城石塘各工造冊

送部核銷臣等查冊内所開竹簍二坦工程核對字號丈尺銀數與前
次所開奏沖去改建二坦之按均屬相符惟該撫疏内未據聲明應
請 飭下該撫將竹簍二坦兩項確切查明按照臣部 前奏著落賠
補核實聲覆應將冊内竹簍二坦銀二萬四千八百四十八兩二錢七分八厘
全數刪去俟該撫覆奏到日再行核辦至所銷石塘等工銀兩除將
竹簍二坦銀數劃除不計外共銷銀十五萬九千六百八十四兩三錢二分
六厘内例價銀七萬六千九百二十二兩一錢九分二厘加貼銀四萬六千
五百三十二兩五錢三分四厘新加貼銀三萬六千二百二十九兩六錢查新
加一項雖係該撫奏准及臣部 核覆之件但爲數過多未免糜費
臣等公同商酌擬將新加銀三萬六千二百二十九兩六錢核減一半准

銷銀一萬八千一百十四兩八錢，統共准銷銀十四萬一千五百六十九兩五
錢二分六厘。其核減銀兩應令在承辦之員名下追完歸款，報部查
核。所有臣等查明繞城石塘工程改題爲奏緣由，理合恭摺具奏，伏
候命下，臣部行文該撫、並户部欽遵辦理。謹奏。旨：依議。

同治十年五月巡撫楊昌濬

奏為查明建修海甯繞城石塘用過銀數實無浮冒委難追賠懇　恩
勅部准銷恭摺奏祈　聖鑒事竊查建復拆修海甯繞城石塘及盤
頭各項工程比因浙省克復未久民物稀少十室九空其採購木石打撈
舊石招募人夫無不棘手不能拘定從前加貼銀數當經前撫臣馬新貽
將實在情形縷悉細陳奏奉　恩旨着照所請等因並准工部行令
新加貼名目並未酌定數目恐將來漫無限制復將浙省兵燹之餘民物凋
瘵凡採料集夫無不掣肘情由奏奉工部　覆准酌加當即行取銷冊具
題送部核銷各在案嗣准部議擬將新加銀三萬六千二百二十九兩八錢
核減一半其後減銀兩應令承辦之員名下追究歸款等因臣查該工新

增加貼之款欽奉 諭旨允准並奉工部 覆准之按其所加銀兩並非逐
項加增亦無過於例價且該工原估銀二十四萬餘兩又將原估未及之工均在其
內實係格外撙節並無絲毫浮溢況前工早經完竣料價夫工無不現銀開
發委實難以追賠由塘工總局司道詳請 奏覆等情前來除咨工二
部准予作正開銷並將部 查改建竹簍之按另行奏咨外合將修建海
甯繞城石工用過新加銀兩實無浮冒免予追賠緣由恭摺具 奏
勅部核覆准銷施行奉 旨著照所請該部知道

以上第二案

同治八年六月巡撫李瀚章

奏為恭報搶築東塘缺口柴壩及鑲柴附土各工完竣日期恭摺仰祈　聖

鑒事竊照浙省杭屬東中西三防各工前因年久失修塘外柴埽坦水盤

頭裏頭間段坍沒塘內附土土堰土戧迭漸坐陷以致石塘潰缺甚多經歷

任撫臣奏奉　諭旨興辦自同治四年二月興工起截至六年九月底止

西中兩塘已竣柴壩二千五百五十五丈六尺埽工埽坦裏頭鑲柴土工附土子

塘橫壩橫塘面土行路各工共長四千一百七十丈二尺新建柴盤頭一座做過

工段高寬丈尺用過例加工料以及夫工稞用銀兩業經升任撫臣馬新貽

開列清單造具冊結會說分別奏報題銷并聲明東塘已築柴壩鑲

柴等工俟該塘一律工竣另按報銷各在按今自同治六年九月以後起連

前截至七年十二月底止東塘做矮柴埧三千一百七十餘丈塘後鑲柴六
百九十餘丈附土土堰子塘橫塘等工共三千三百五十餘丈柴盤頭一座其
工段尤險之處並經加築托埧拋護塊石以資捍衛此次完竣各工計共
七千餘數百丈較之西中兩塘工段尤多而該工內有念汛大缺口一處正當
東南兩潮會激之區逐日潮汐搜刷竟成一片巨浸施工尤爲不易節經
前杭防道陳璚林聰彝譚鍾麟及現任杭防道何兆瀛等先後駐工
督率員弁如式搶辦完固于工竣日隨時驗收委無草率偷減情事
節經升任撫臣馬新貽暨臣歷次親詣履勘無異茲據塘工總局司道詳
請具　奏前來臣查浙省東中西三塘自同治四年二月興工起至七年
十二月止做過柴埧五千七百餘丈埽工埽坦裹頭鑲柴柴工附土子塘橫埧

横塘西工行路各工七千五百餘丈爲時已及四年在事大小員弁無不凛
遵　諭旨悉心講求力爲撙節俾得工堅料實費不虛糜各該員櫛風
沐雨寒暑無間均屬勤奮出力當此大工告成未便没其微勞可否仰
懇　天恩准臣擇尤酌保以示鼓勵之處出自　聖主鴻慈除將用過
銀兩造具冊結另行具　題請銷外謹將東塘缺口搶築柴壩等
工完竣緣由會同閩浙督臣英　恭摺具　奏
再西中兩防尚有未竣柴埽各工現仍督飭廳備上緊趕辦完竣以便
一併造報合併陳明謹　奏　奉　旨准其擇尤酌保毋許冒濫

同治八年八月巡撫李瀚章

奏為恭報搶築東塘缺口柴埧盤頭並續辦西中兩防柴埽盤頭等工丈尺用過銀數開列清單恭摺奏祈

聖鑒事竊照浙省海塘東中西三防柴石盤頭各工前因賊擾失修間段坍卸經歷任撫臣奏奉

諭旨設局委員興辦計自同治四年八月興工截至六年九月底止西中兩防已竣柴埧二千五百五十五丈六尺埽工埽坦裹頭鑲柴柴工附土子塘橫埧橫塘面土行路各工共長四千一百七十丈二尺新建柴盤頭一座經升任撫臣馬新貽取具畝冊開列清單分別

奏报題銷並聲明東塘未竣柴埧及西中兩塘外埽各工仍督催搶培嗣東塘自六年九月以後起截至七年十二月底止連前报辦竣柴埧三千一百

七十餘丈塘後鑲柴六百九十餘丈附土之堰子塘橫塘等工共六千三百五十餘丈柴盤頭一座亦經臣　奏明各在按茲西中兩塘未竣柴埽各工截至八年六月底止計西防境內續又辦竣埽工埽坦二千二百二十九丈五尺柴工二百九十丈柴盤頭一座中防境內續又辦竣埽坦一千八百五十二丈柴工十二丈統計西中兩防續辦完竣埽工埽坦柴工共工長四千三百八十三丈五尺柴盤頭一座前定西中兩防善後歲修章程內聲明西防律歲字號盤頭之外水深溜急形勢危險必須加拋塊石亦已一律拋護完竣此項續竣各工均經前杭防道陳璚林聰彝暨現任杭防道何兆瀛等先後親駐工次督率廳備委員如式搶辦完整於工竣日隨時驗收並經前撫臣馬新貽暨臣節次親往覆勘委無草率偷減情事

茲據塘工總局司道詳請具奏前來臣復核無異除將用過工料銀兩取具冊結另行具題請銷外合將搶築東塘缺口柴垻並續籌西中兩防柴埽盤頭各工段落丈尺用過銀數謹繕清單恭摺具奏

謹將浙江省東塘自戴家汛孝字號起連海甯繞城塘至尖山汛彤字號止沖坍缺口搶築柴垻盤頭塘後鑲柴附土土堰横塘子塘并西塘李家汛自西長字號起至翁家汛餘字號止續辦柴工埽工盤頭埽坦又中塘翁家汛師字號起至戴家汛因字號止續辦柴工埽坦各工做過工段高寬丈尺用過例加工料銀兩敬繕清單恭呈御覽

一東塘境內戴家汛孝字號起至尖山汛彤字號止搶築柴垻三十一百

七十九丈七尺四寸底寬三丈至六丈二尺面寬二丈至三丈五尺高二丈至二丈四尺頂土高二尺寬二丈至三丈五尺加築前後托埧各一道計長四百丈面寬二丈至三丈底寬二丈至三丈高二丈一尺至二丈四尺上加頂土高二尺牽寬二丈五尺埧外拋填塊石面寬八尺五寸底寬二丈五尺高二丈一尺至二丈四尺

一用軍字號建築柴盤頭一座後身長二十四丈外圍長二十八丈中面寬五丈東西兩雁翅各面寬三丈二尺中底寬六丈兩雁翅各底寬四丈四尺築高二丈二尺頂土高二尺匀寬三丈八尺匀長二十六丈

一廿字等號塘後鑲柴二六百九十五丈上寬二丈下寬一丈八尺高八尺至一丈上加頂土高二尺寬二丈又則字等號填築附土二千九百三十五丈牽寬一丈五尺

牽深一丈二尺又世字等號建築横塘一百二十六丈面寬一丈二尺底寬三丈六尺高一丈又池碣等號建築子塘一百九十八丈上寬一丈一尺下寬一丈四尺牽寬一丈三尺五寸築高一丈四尺又沙字等號建築土堰九十九丈上寬一丈下寬一丈四尺高一丈三尺

一　西塘澆内李家汎西長字號起至翁家汎餘字號止建築埽工埽坦二千二百二十九丈五尺底寬一丈九尺至二丈五尺面寬一丈八尺至三丈六尺高八尺至二丈二尺頂土高二尺寬一丈八尺至三丈六尺又地字等號搶築柴工二百九十丈面寬一丈五尺腰寬二丈底寬三丈高二丈頂土高二尺寬一丈五尺

一　元黄字號建築柴盤頭一座後身長二十六丈外圍長三十丈中面寬六丈東西兩雁翅各面寬三丈三尺中底寬七丈兩雁翅各底寬四丈六尺築高二丈二

尺頂土高六尺每寬四丈二尺每長二十八丈又前建律歲字號柴盤頭一座外
拋石塊面寬八尺五寸底寬二丈五尺高一丈二尺
一中塘翁家汛師字等號建築埽坦一千八百五十二丈底寬一丈八尺至二丈四
尺面寬一丈一尺至二丈高一丈五尺至二丈頂土高二尺寬一丈一尺羊景二號搶
築柴二十二丈面寬一丈五尺腰寬二丈底寬三丈高二丈頂土高一尺寬一丈五尺
以上東西中三塘共用過例加工料銀一百三十七萬五千三百九十七兩
四分七厘理合登明
奉旨該部知道單併發

同治十一年六月准 工部咨為題銷浙江省搶築東塘缺口柴垻並西中兩防續辦柴埽等工用過銀數應准開銷事都水司案呈工科抄出浙江巡撫楊昌濬題同治六七八等年搶築東塘缺口並西中兩防續辦柴埽等工用過銀兩造冊題銷一摺同治十年五月二十八日題三月二十日奉 旨該部察核具奏欽此當經臣部行取段落字號丈尺詳細清單去後嗣于同治十一年四月初二日據該撫將段落字號丈尺清單咨送到部該臣等查得浙江巡撫楊昌濬疏稱東中西三防境內搶築缺口柴垻並建復柴埽盤頭等工前經截至同治六年九月底止所有西中兩防先竣各工業已造冊題銷其六年以後東防搶築柴垻並西中兩防續辦完竣柴埽等工高寬丈尺銀數於上年八月間開單奏報

在按茲據督辦塘工總局布政使盧定勳按察使興奎鹽運使錫祉督
糧道如山杭嘉湖道何兆瀛候補道唐樹森補用道林聰彝前任杭嘉湖
道陳璚會詳自同治六年九月以後東防境內興辦各工截至七年十二月
底止計建前报辦該柴垻二千一百七十餘丈塘後鑲柴一百九十餘丈附土二堰
子塘橫塘等工共二千三百五十餘丈柴盤頭一座又西中兩防境內至八年正月底
止計西塘續該埽工埽坦二千一百二十九丈五尺柴工二百九十丈柴盤頭一座中塘續該
埽坦一千八百五十二丈柴工十二丈西律歲字號盤頭二外加拋塊石統共用過例加工料
銀一百三十七萬五千三百九十七兩四分七厘均經專員核實經理尚無浮冒其支用銀兩
係在於海塘捐輸暨提濟塘工經費等款項下分別動支此項工程經該管道先
後親駐工次督率總備委員擔辦隨時驗收前於奏报摺內声明其用款一切自

應由司道等公同造報以歸核實合將東塘搶築柴壩並西中兩塘續
辦柴埽等工用過例估加貼工料銀兩分造冊揭詳送具題等情臣覆核
無異除冊籍送部外理合具題等因前來查浙江省同治六七八等年搶
築東塘缺口柴壩並西中兩防續辦柴埽等工先據前任浙江巡撫李瀚章
奏明東中西三防柴石盤頭各工前因賊擾失修間段坍卸經歷任撫
臣奏奉　諭旨設局委員興辦等因並將高寬丈尺銀數開單奏報嗣
據浙江巡撫李瀚章將東防境內辦竣柴壩共工長三千一百七十九丈七尺四寸
塘後鑲柴六百九十五丈附土又添子塘橫塘等工三千三百五十八丈柴盤頭一座
又西中兩防境內柴工三百二丈埽工埽坦共工長四千零八十一丈五尺柴盤頭一座
並律歲字號盤頭之外加拋塊石統共用過例加工料銀一百三十七萬五千三百

九十七兩四分七厘造冊題銷經臣部行令造具詳細清單咨送到部以便

核題今據該撫將前項各工分晰開具詳細清單咨部核銷臣部按冊查

核內開工段丈尺字號銀數核與原奏清單均屬相符工料價值亦與

海塘志載及准銷成案均屬無浮應准開銷其支用海塘捐輸提濟塘工

經費等款銀兩之處並行文戶部查照奉 旨依議

以上第三案

同治九年四月初三日巡撫楊昌濬

奏為東塘境内海甯繞城塘外改砌竹簍仍建條石二坦并興竣日期恭摺仰祈　聖鑒事竊照東塘境内海甯繞城二坦四百五十二丈前因水深難以施工援照舊按改砌竹簍于七年三月初五日完竣經升任撫臣馬新貽　奏明在按計自七年入秋以後霪雨不時潮汐盛旺直逼繞城一帶致將前項竹簍於九月内先後激散塊石蕩然無存查明該工已逾固限自應修築第竹簍僅藉竹纜聯絡勢難持久一經潮浪潑卸不免塊石漂失頭坦亦牽動坍損於保護塘根大有關係似不如仍建條石二坦由該管廳備稟經塘工總局司道批准估辦去後隨據前代理東防同知梁銘樹前署海防營守

備何國楨會同稟復遵即親往復勘自性字號東十丈起至殿字號東十六丈止共二長四百五十二丈原辦竹簍僅止拋塡塊石並未安砌條石目下竹簍坍卸塊石業經漂失此後添補塊石均須隨時採辦並無存石可抵其水深處所應用塊石塡底亦須加添至清槽釘樁施工尤爲不易兼之木石人夫價值均有加增若照例銀估辦委難敷用力求核實共估需工料銀二萬四千餘兩經駐工前杭嘉湖道陳璚覆勘估銀尚無浮冒由司核明詳准飭辦于同治七年九月初一日開工將性字號東十丈靜情逸心滿字號各二十丈逐字號西十丈守志字號各二十丈都字號東十六丈邑華夏東西二京背邙面洛渭據等十三號各二十丈殿字號東十六丈計二十四號共建復條石二坦二長四百五十二丈挨次釘樁安砌於八年三

月十五日一律完竣經杭防道何兆瀛親詣驗收委係如式堅固並無
草率情弊並經撫臣李瀚章覆驗無異惟所用工料銀數核之例估未
免懸殊實因兵燹之餘民物凋瘵凡採購木石招募匠夫在在棘手而
工程緊要欲其迅速蕆事不得不寬予價值此與前辦海甯繞城石
塘情形相同並不敢稍有浮冒除將用過銀數另造冊結圖說請銷外
所有海甯繞城塘外前次改砌竹簍現仍建復條石二坦并完工日期由該
總局司道核明具詳撫臣李瀚章未及核辦移交前來臣復核無異除
飭取報銷冊結圖說另行具　題外理合繕摺具　奏伏乞　皇上皇太后
皇上聖鑒施行謹　奏奉月十五日軍機大臣奉　旨該部知道

同治十一年十一月二十二日工部咨爲題銷浙江省東塘海甯繞城一
坦改砌竹簍坍卸仍建條石坦水工程用過銀兩應准開銷事都水司
按呈工科抄出浙江巡撫楊昌濬題同治七年建築海甯繞城條石坦
水工程用過銀兩造册題銷一按同治十一年六月十四日題九月二十八
日奉　旨該部察核具奏欽此于十月初六日科抄到部該臣等查得
浙江巡撫楊昌濬疏稱海甯繞城二坦工長四百五十二丈前因水深難以
施工改砌竹簍嗣于限外被冲激散塊石隨潮漂没仍一律建復條石
坦水估需工料銀二萬四千餘兩於同治八年三月十五日一律完竣節
經前撫臣李瀚章臨工覆驗由局將做成字號丈尺用過銀數詳請
奏報完竣並陳明所用工料銀數核之志載例估加貼未免懸殊實緣

兵燹之餘民物凋瘵與前辦繞城石塘情形相同不敢稍有浮冒嗣
准部咨以此項竹簍七年三月完工九月内激散論固限未及三汛即
稱蕩然無存與例不合應將前項竹簍銀兩着落賠補其坦水仍
照例辦不得增加以杜浮冒等因隨經該司道會查此項繞城二坦改
建竹簍工程於同治七年三月初五日完工當經署杭嘉湖道譚鍾麟駐
工督辦補用道林聰彝會同驗明均如式完整結報並令該管廳
備按照向限保固半年歷經霉伏秋三大汛工程穩固足資擁護詎意
九月間潮汐盛旺直逼繞城一帶勢甚洶猛致將限外竹簍全行
激散塊石隨潮漂沒情形險要于落汛察看水勢已較前辦竹
簍時稍淺是以建復條石二坦並于底深處多填塊石以期平滿結實

所用工料銀數係照前辦繞城塘案內原估工坦銀數辦理雖與例價不符實因兵燹之餘物力維艱時勢不同所致均係實在情形委無事後揑飾浮冒情事臣奏覆懇請免予賠補等因嗣准工部咨欽奉
諭旨着照所請該部知道欽此欽遵各在案兹據督辦塘工總局布政使盧定勲等會詳前項建復條石坦水用過銀兩係於提濟塘工經費暨海甯塘捐輸各款項下動支由該司道等造具冊籍具題等情臣復核無異除冊籍送部外理合具題等因前來查浙江省同治七年東塘海甯繞城工坦改砌竹簍坍卸仍建條石坦水工程先據浙江巡撫楊昌濬奏明東塘海甯繞城工坦工長四百五十二丈前因水深難以施工援案改砌竹簍于七年三月初五日完竣

自入秋以後潮汐盛旺于九月内激散塊石蕩然無存查明該工已逾固限自應仍建條石二坦惟所用工料銀數核與估例未免懸殊若因當經臣部議覆此按竹簍未歷三汛蕩然無存與例不合應將前項竹簍銀兩着落賠補至條石坦水工料銀兩仍照例辦不得增加復據該撫奏稱竹簍工按照向限保固半年歷經霉伏秋三汛詎竟九月間潮汐盛旺直逼繞城一帶勢甚洶猛致將限外竹簍全行激散塊石隨潮漂沒情形險要仍照原估做法建復條石二坦其所需工料銀兩係照前辦繞城石塘按内原估二坦銀數辦理雖與例價不符實因兵燹之餘物力維艱時勢不同所致均係實在情形並無事後捏飾情事詳請覆奏請免賠補奏奉 諭旨着照所請該部知道欽此欽遵各

在按今據該撫將前項修建條石二塏共工長四百五十二丈共用例估加
貼銀一萬九千五百九十五兩二錢七分四厘新加銀四千四百五十二兩二錢
三分六厘統共例估加貼新加銀二萬四千四十七兩九錢一分造冊題銷
臣部按冊查核內所開工料例估加貼與例相符其新增加貼亦與奏
明奉　旨允准之按無浮應准開銷至竹簍一項照例應歷春伏秋三汛
汛今於秋汛內激散是尚在保固限內惟既據該撫奏准免其賠補應
毋庸議于本月二十四日奉　旨依議

以上第四案

同治九年八月二十八日巡撫楊昌濬

奏為請修東塘塔山石壩工程估需工料銀數恭摺奏　聞仰祈　聖鑒

事竊照東塘境内有塔山石壩一道原建工長二百丈横插海中為全塘鎖鑰乾隆年間百計成之惟年久失修潮汐衝激塊石散落應及早修築以免疎虞臣於覆勘三防塘工大概情形摺内曾經聲明在按茲經塘工總局司道飭據委員候補知府甘炳暨該管廳備勘明該工原建添地元黄宇宙日月盈昃辰宿列張寒來暑往秋收等二十號每號十丈共計壩身二百丈緣年久失修護壩竹簍早經霉朽漂沒以致壩身間段坍卸亟應分別修築以免倒塌現查日字號起至收字號止兩面間共工長一百九丈七尺又雁翅十丈均已坍卸應請添石埋砌内自張字號起至收字號止七十丈

並請加高塊石三尺並將地字號起至收字號止一百九十丈一律加填面土二尺再於埧外加抛塊石以護根脚而資鞏固按照時價撙節估計共約需工料銀九千七百餘两由該局核明開摺詳請具奏前來臣查此項石埧居尖山塔山之間為尖汛一帶石塘屏障因歲久失修被潮衝刷外護竹簍早經漂没以致塊石散落埧身日就低薄核與親勘情形無異所估工價尚屬核實除飭赶緊集料興辦工竣專按造冊報銷外謹將估修塔山石工料銀數緣由恭摺具奏伏乞皇太后皇上聖鑒訓示謹奏九月二十九日軍機大臣奉旨該部知道

同治九年十二月十九日巡撫楊昌濬

奏爲修砌東塘塔山石壩工竣日期恭摺仰祈　聖鑒事竊照東塘境内尖塔兩山之間原建石壩一道工長二百丈橫揷海中爲全塘鎖鑰因年久失修潮汐冲激外護竹簍漂没無存塊石散落壩身低薄前經督飭委員候補知府甘炳暨該管廳備勘明估計業經　奏明興修在案兹據塘工總局司道具詳籌撥經費飭令該委員等購料集夫於本年四月十三日祀土興工督飭在工員弁實力赶修於八月二十八日一律完竣計添石裡砌日盈昃辰宿列張寒來暑往秋收等十三號兩面間共工長一百九丈七尺又雁翅十丈並于張寒來暑往秋收等七號添石加高工七十丈又地元黄宇宙日月盈昃辰宿列張寒來暑往秋收等十九號加填面土工一百九十丈壩外一律加抛塊石以

護根脚共用石價土方夫工穰料等銀九千七百餘兩經前署杭防道林聰彝勘明該工如式完固尚無草率偷減詳請具　奏前來伏查此項石壩工程前據報竣臣於赴塘勘工之便逐加親驗委係工堅料實並無偷減情事其工段丈尺以及估用銀數均與原奏相符亦無浮冒除飭將用過工料銀兩另行專案造冊　題銷外合將修砌東塘塔山石壩工竣緣由恭摺具　奏伏乞　皇太后　皇上聖鑒謹　奏十年正月三十日軍機大臣奉　旨該部知道

同治十一年十一月初六日工部咨為題銷浙江省修砌東塘境内塔山石坝工程用過銀兩與例相符應准開銷事都水司按呈工科抄出浙江巡撫楊昌濬題同治九年修砌東塘境内塔山石坝工程用過銀兩造冊題銷一按同治十一年八月十四日題九月十四日奉　旨該部察核具奏欽此欽遵嗣于九月十七日科抄到部該臣等查得浙江巡撫楊昌濬疏稱東防境内尖塔兩山之間原建石坝一道工長一百丈橫築海中為全塘鎖鑰嗣因年久失修潮汐沖激外護竹簍漂没無存塊石散落坝身低薄前經督飭委員候補知府甘炳暨該管廳備勘估詳請奏明興修於同治九年四月十三日興工至八月二十八日一律分別修竣計自日字號起至收字號止十三號内兩面間共添石埋砌工一百九丈七尺又雁翅十丈並於張字

號起至收字號止七號添石加高工七十丈又於地字號起至收字號止十九號加填面土工一百九十丈埧外一律加拋塊石以護根脚共用過例估加貼工料銀九千七百餘兩工竣均經前署杭防道林聰彝逐一驗收結覆經臣覆勘均係工堅料實並無偷減情事當經奏奉諭旨該部知道欽此並准部咨欽遵查照等因各在案茲據該司道等會查前項工用銀兩係于提濟塘工經費暨海塘捐輸各款項下動支督飭委員核實經理仍由該司道等公同造具冊籍具題等情臣復核無異除冊籍送部外理合具題等因前來查浙江省同治九年修砌東塘境內塔山石埧工程先據浙江巡撫楊昌濬奏明東塘境內塔山石埧一道原建工長二百丈緣年久失修護埧竹簍早經霉朽漂沒以致埧身間段坍卸並

應分別修築以免倒坍等因在按今據浙江巡撫楊昌濬將前項修
砌石塘自日字號起至收字號止兩面間共添石埋砌工一百九丈七尺又雁翅
十丈並於張字號起至收字號止添石加高工七十丈又于地字號起至收字
號止加填面土工一百九十丈塘外一律加抛塊石以護根脚統計共用過例估
加貼銀九千七百二十八兩三錢二分九毫造册題銷臣部按册查核内所開
工料價值與例相符應准開銷本月初四日奉　旨依議

以上第五案

同治六年十二月初三日巡撫馬新貽

奏為海甯繞城石塘將次工竣現擬接辦西防石塘大工謹將勘估大概情形酌議章程恭摺具　奏仰祈　聖鑒事竊維海塘工程為江浙兩省農田保障關係最重前因軍興之後年久失修以致塘身坍缺甚多鹹水內灌下游郡縣胥受其害自克復省城以後前撫臣左宗棠護撫臣蔣益澧先後勸辦土塘暫資抵禦臣到浙後仍循原議趕築柴壩堵塞缺口為土塘屏蔽數年以來仰賴　聖主洪福雨順風調波恬浪靜柴土各工均稱穩固俾數郡田疇咸安耕鑿第土塘柴壩僅堪暫救目前不能垂之久遠是以上年冬間經臣　奏明先將最為緊要之海甯繞城石塘尅期開辦迄今將及一載在工各員無不勤慎將事臣毋于大汛之後

親臨查勘督催而加獎勸即夫役人等亦皆不遺餘力工程固屬堅實爲
時亦尚迅速現已將次完竣應俟勘明另行 奏報伏查本年正月間督
臣吴 會勘海塘摺内欽奉 上諭所築柴塘各工不過暫時堵禦潮
汐將來仍需興建石塘等因欽此欽遵在案兹查得西塘之十堡十二堡
等處地當扼要日受潮汐撞激兼之山水頂冲本年五月間陰雨連旬山
潮兩水冲刷尤甚險工迭出經駐工之前署杭防道林聰彝降調杭防道
陳璚督率廳備極力搶護幸保無虞目下海甯繞城石塘既將工竣自
應接續開辦西防石工以資經久當將應修石塘工段字號丈尺并應石
建復盤頭飭據該廳備勘明西塘西萬及賴木草被化七號條塊石塘口
門坍卸共長一百十五丈八尺散裂共長四丈二尺緣該工現築柴塘緊貼原塘

舊址埽底水深礙難施工今請由埧後建復並折接兩龍頭共增長二十一丈
計實應建復坍卸者共一百三十六丈八尺折修散裂者四丈二尺又西食駒二號條
塊石塘應就舊基建復口門坍卸者二十丈二尺折修散裂者六丈八尺又西竹在
鳳三號條塊石塘應就舊基建復口門坍卸者四十丈折修散裂者三丈四尺
又西黎首二號魚鱗石塘應就舊基建復口門坍卸者十三丈折修散裂者三
丈又西人官鳥火師翔潛淡鹹薑十號魚鱗石塘口門坍卸共長一百七十九丈六
尺散裂共長三丈八尺緣該處原塘缺口形勢已成灣窩海水又深且與現築
柴埧相去甚遠礙難循舊今請由埧後建復並折接兩龍頭共增長十五丈六
尺計實應建復坍卸者共一百九十五丈二尺折修散裂者三丈八尺又西菜柰李
珍四號魚鱗石塘應就舊基建復口門坍卸者五十五丈三尺折修散裂者五

丈又西麗生金霜四號魚鱗石塘應就舊基建復口門坍卸者四十四丈三尺拆修散裂者一丈五尺又西律歲成餘閏藏冬收秋往暑來寒十三號魚鱗石塘口門坍卸共長二百二十五丈四尺散裂共長一丈七尺該處形勢與西人官各號相同今請由埧後繞道建復計減少二八丈三尺現定新基築過東龍頭八丈二尺連口門坍卸者實應建復二百二十五丈二尺拆修散裂者一丈七尺又黃字二號條塊石塘二十丈現經殘陷拗裂應請拆修又宙日二號條塊石塘應就舊基建復口門坍卸者十三丈七尺拆修散裂者十一丈五尺又成歲律呂調陽雲騰致雨十號魚鱗石塘內口門坍卸共長五十六丈五尺其餘均有散裂今請由成字號東三丈起順其地勢繞復斜建與中塘露字號接頭以資聯絡計連口門坍卸者應建復共五十六丈五尺拆修

散裂者共一百二十六丈五尺統計前項應建復條塊石塘共二百一十丈七尺應建復魚鱗石塘共五百八十九丈六尺應拆修條塊石塘共四十五丈九尺應拆修魚鱗石塘共一百四十一丈五尺合計建復拆修條塊魚鱗各石塘共九百八十七丈七八尺又查西在鳳字號塘後附土單薄且與南岸長山衖對沖甚爲緊要今請于該處添建柴盤頭一座又查西黎育字號亦係山水沖擊今請于該處添建柴盤頭一座又查西剡始人官字號爲山潮兩水會激之區沖刷尤甚從前鳥官字號原建盤頭一座現已坍卸今請移至剡始人官字號改建大裹頭六十丈似此逐段挑溜方臻周妥再建復魚鱗石塘應用條石大工鋦錠灰蔴等項每丈約估銀四百八十兩建復條塊石塘每丈約估銀二百四十一兩八錢有零拆修魚鱗石塘舊其石照例准抵五成今並打撈舊石約抵一成共

除該抵六成外每丈約估銀三百一十七兩五錢有零拆修條塊石塘除舊石亦抵六成外每丈約估銀一百七十一兩四錢有零計建復拆修條塊魚鱗各石塘總共約估銀三十八萬六千七百八十餘兩其建復在鳳字號盤頭一座黎育字號盤頭一座每座約估銀一萬七百五十餘兩改建制始人官字號大裹頭六十丈約估銀三萬五百三十餘兩計移建盤頭裹頭總共約估銀五萬二千三十餘兩統計建拆條塊魚鱗各石塘並移建盤頭裹頭共約需銀四十三萬八千八百一十餘兩文武員弁薪水局用等項不在其內所估銀數核之例價酌加六成有奇實緣兵燹百物昂貴不得不按照時價確估以期工堅料實其盤頭銀數較之上年海甯繞城塘所估之價不相上下惟裹頭銀數較多實因該處向被山水潮汐搜刷塘外水深一丈六七尺及二

大有餘其搭底搶柴需用尤鉅且塘底全係活沙來去無定必須多拋
塊石以固根脚即所釘樁木亦須格外加長地形迥別以致估數稍增
等情由該總局司道逐段覆勘悉屬相符其所請添建柴盤頭裹頭
相度形勢亦屬萬不可省之工惟建復條塊石塘二百一十丈七尺擬一律改
為魚鱗塘以資永久核計工料照原估約加銀五萬餘兩統共約需銀
四十八萬九千兩第所估銀數核與例價稍有未符而物料增昂地形各
異尚無浮濫至此次開辦西塘防大工需石甚鉅除舊石抵用外尚須添
購新石十餘萬丈浙省現已委員分投採辦誠恐不敷所用自應查照
誌載循按移咨江蘇辦運協濟以速工用等情具詳前來臣復親詣覆
勘情形無異惟所估工料價值核與例定稍有加增實因物力艱難時勢

不同所致並無絲毫浮冒至開辦大工以採購塘石為最急之務除飭
該司道等督率在事各員趕緊採辦新石打撈舊石及一切應用物料俟
各物漸次齊集擇吉開工另行　奏報外相應請　旨飭下江蘇撫臣
委員在於洞庭等山按照尺寸採辦條石五萬丈迅速運浙以濟工用其石
價水脚運費等項一併由蘇籌辦自行報銷合將勘估西防石塘大概
情形酌擬章程繪圖貼說謹會同閩浙督臣吳　兼署督臣英　恭摺
具　奏伏乞　皇太后　皇上聖鑒訓示謹　奏
謹將開辦西防石工應辦事宜酌擬章程六條繕具清單恭呈　御覽
計開
一擬移建塘址以順地勢也查舊例修築海塘不許挪移寸步原恐有

礙民間田廬惟今昔形勢不同必須變通辦理現在西塘興築各工再
三履勘其小缺口之處海水尚淺仍可先築外埽以禦浸漏即于舊基
建復其大缺口之處因數年來潮水衝刷舊塘基址坍没無存並有水深
至二三丈者從前搶築柴壩已難循舊現在修復石塘更難措手勢不得
不變通酌辦惟有請將現築柴壩作爲外埽即由壩後興築石工繞接
東西兩頭舊塘以資鞏固是柴壩仍非無用而新塘亦易施工現在塘
内荒田尚多非昔時烟户稠密有礙廬舍可比也
一建復條塊石塘擬一律改爲魚鱗塘以資久遠也查條塊石工每丈只用梅花
樁四十根馬牙樁四十根條石三十餘丈塊石十餘方較之魚鱗石工估價雖
省而坍卸亦易究非持久之計現辦各工除歆裂拆修之條塊石塘照

舊辦理外所有此次西防建復條塊石塘二百一十丈七尺擬請一律改建魚

鱗石塘以資久遠

一舊塘形勢變遷一律改為十八層以期鞏固也查西防原建石塘十六七層

不等塘身既矮地勢復低每遇夏秋大潮幾至漫塘而過今就舊基建復

者統應加高一二層增為十八層以資抵禦其由柴垻後建復各工亦請一律

辦理以免漫溢之患

一移建盤頭以挑急溜也查西塘自七堡至十四堡原建盤頭七座裏頭三處

除七堡西蓋此身三號之大裏頭十二堡西律歲之盤頭業經建復外餘

俱坍沒無存目今南沙日漲潮勢北趨加以山水搜刷西防各工處處吃

重非多建裏頭盤頭斷難殺其洶湧漩溜之勢惟今昔地勢不同殘

急迴異查西在鳳字號西黎育字號皆當山水衝擊日夜搜刷塘根實

爲最險工段請移建盤頭二座又西剡始人官字號爲山潮兩水會激之

區沖刷尤甚應請將鳥官號之盤頭移至該處改建大裹頭六十丈如此

擇要修築與七堡十二堡之裹頭盤頭一氣聯接逐段挑溜南沙冀漸

次衝塌矣

一新修石塘擬請外築埽工內填附土以資保護也查石塘均以埽工爲外

護附土爲內靠庶塘身穩固可期持久除舊工陸續建復埽工外此次新

工告成應請循舊分按一律辦理埽工附土以固塘身

一西防應需石料循按咨請蘇省協濟以免缺誤也查乾隆四十五年及四

十八年又道光十四年浙省辦理塘工需用條石均由江蘇辦運協濟

所用銀兩即由江蘇報銷此次開辦西防石塘大工除舊石抵用外尚須新石十餘萬丈最爲急需現已委員於紹屬烏門羊山等處採辦新石斷難敷用應請查照成按由江蘇撫臣委員于洞庭等山按照志載尺寸六面做光每條寬一尺二寸厚一尺長四五尺如式採辦五萬丈運浙濟用工價運費一併由蘇籌辦自行報銷仍由本省派員會同蘇省委員秉公量收加蓋印記運工應用如有尺寸不符及毛糙之石應行駁回承辦不得掗交驗收之員亦不得任意刁難如違均准稟究

本月十四日軍機大臣奉　旨另有旨欽此今日奉　上諭馬新貽奏接辦西防石塘大工單開章程並繪圖呈覽一摺海甯繞城石塘將次工竣現辦西防石塘大工通共約需銀四十八萬九千兩據稱所估工料價值較與例定稍

有加增實因物力艱難時勢不同所致自係實在情形惟所估銀數既
經加增馬新貽當督飭屬員認真購辦務期工堅料實爲一勞永逸之
計所有勘估各工及章程六條均著照馬新貽所擬辦理該撫即實心經
畫迅速開辦以重要工此項工程須添購新石十餘萬丈浙省採辦欿難
敷用著郭
遴委妥員在於洞庭等山按照志載尺寸六面見光每條
寬一尺二寸厚一尺長四五尺如式採辦五萬丈運浙濟用毋稍遲誤其石價
水脚運費等項均由江蘇籌款自行報銷將此各諭令知之

同治七年正月二十六日巡撫馬新貽

奏為興辦西防石塘開工日期恭摺奏　聞仰祈　聖鑒事竊臣前以建築海甯繞城石塘將次告竣擬接辦西防石工當將酌議章程取估開單於上年十二月間會同調任四川督臣吳棠　兼署閩浙督臣英　奏奉　上諭馬新貽奏接辦西防石塘大工單開章程並繪畫呈覽一摺海甯繞城石塘將次工竣現辦西防石塘大工通共約需銀四十八萬九千兩據稱所估工料價值核與例定稍有加增實因物力艱難時勢不同所致自係實在情形惟所估銀數既經加增馬新貽當督飭屬員認真購辦務期工堅料實為一勞永逸之計所有勘估各工及章程六條均著照馬新貽所擬辦理該撫即實心經理迅速開辦以重要工此項工程須添購新石十餘萬丈浙省採辦斷

難敷用著郭　遴委妥員在于洞庭等山按照志載尺寸六面見光每條寬一尺二寸厚一尺長四五尺如式採辦五萬丈運浙濟用毋稍遲誤其石價水脚運費等項均由江蘇籌款自行報銷將此各諭令知之欽此欽遵在按臣當即督同司道遴委妥員分赴紹屬之烏門羊山等處招集宕戶開採石料並往徽州衢嚴等處購運樁木槍柴一面催集抬班夫役人等打撈舊石分設分局派定職司將應用物料迅速購辦去後茲據塘工總局司道轉據各委員稟報石料樁柴灰油等項均已陸續運到工次堪以興辦謹擇于正月十八日開工查前議鳳在黎育字號水深潮猛之處各建柴盤頭一座現已首先搶辦以資挑溜而利興工一面分撥樁架于十堡十四堡等處開槽清底接辦石塘其一切做法均照建築海甯繞城石塘之式逐層鑿嵌生熟鐵錠鋦加用

米汁石灰桐油蔴絨等料以防滲漏而期鞏固等情具詳前來臣
維此次興辦石工事關重大必得專委大員督辦以昭慎重查有降補同
知前任杭嘉湖道陳璚在工三年辦事認真能耐勞苦于工程情形較爲
熟悉現經臣飭委該員常駐西塘會同現任杭防道何兆瀛督率在工各
員實力趕辦不准草率遲延臣仍不時親往督催稽查情勤情量予勸
懲俾要工速成而事歸核實除再咨催江蘇撫臣將協辦石料趕緊運浙
濟用外謹將興辦西防石塘開工日期恭摺陳明伏乞　皇太后　皇上聖
鑒謹　奏六月初九日軍機大臣奉　旨知道了

同治九年四月初三日巡撫楊昌濬

奏為建復修整西防魚鱗條塊石塘盤頭裹頭各工丈尺用過銀數并

工竣日期恭摺仰祈 聖鑒事竊查開辦西防石工當經升任撫臣馬新

貽將酌議章程勘估情形開單會奏欽奉 上諭現辦西防石塘大

工通共約需銀四十八萬九千兩據稱所估工料價值核與定例稍有加

增實因物力艱難時勢不同所致自係實在情形惟所估銀數既經加

增馬新貽當督飭屬員認真購辦務期工堅料實為一勞永逸之計

所有勘估各工及章程六條均著照所擬辦理該撫即實心經畫迅速開

辦以重要工等因欽此欽遵在按茲據塘工總局司道會詳前項工程自

開辦以來經杭嘉湖道何兆瀛前杭防道陳璚督率工員廣募人夫

多集料物力求撙節分段趕辦自同治七年正月十八日興工起至八年七月二十三日一律完竣計西萬字號起至雨字號止原估改建并建復魚鱗石塘八百丈三尺今辦成八百二十七丈八尺較原估續添建復魚鱗工二十七丈五尺又原估拆修魚鱗石塘一百四十一丈五尺今辦成一百五十五丈較原估續添拆修魚鱗工十三丈五尺又原估拆修條塊石塘四十五丈九尺今辦成三十七丈四尺較原估減者條塊工八丈五尺又原估西在鳳黎育四號盤頭兩座今如式辦成原估西始制人官四號裹頭五十丈今移於西文制始人四號築成裹頭六十丈較原估續添裹頭十丈統查原估銀四十八萬九千餘兩今又續添裹頭並建復拆修魚鱗石塘估銀二萬三千五百八十餘兩合計原估續估共銀五十一萬二千五百八十餘兩除酌減拆修條塊石塘八丈五尺者

銀一千四百餘兩實共估銀五十一萬一千一百三十餘兩其建復魚鱗石塘原
擬全用新石今搭用打撈舊石實共用銀四十九萬六百餘兩計共節省
銀二萬四百餘兩此項節省銀兩應請發商生息以備盤頭兩壓裹頭六十
丈限外歲修之用以上續添減省更移各工均經駐工督辦之員於開辦時
詳細察看或因海水復深難以措手或因潮勢變遷隨時酌量辦理致與前
估丈尺銀數稍有不符所有辦竣各工均經如式完固並無草率偷減前經
撫臣李瀚章親臨勘驗并委杭州府知府陳魯逐細驗收分別結報在案
今據承辦各員開明修建丈尺用過工料銀數由總局司道呈請核奏
前來伏查此次建復修整西防石塘各工附近省垣爲赴塘必經之路臣兩
次查工順道履勘逐加復驗委係工堅料實如式完固並無草率偷減

情弊其工段丈尺并估銀數目與原奏稍有未符者係臨辦時察看形勢
因地制宜分別酌辦所用工料銀兩核與例價稍增實因兵燹後物力艱
難時勢不同所致亦無浮冒情事所有承辦各員爲時已及兩年櫛風沐
雨寒暑無間均屬始終勤奮異常出力可否仰懇　天恩准臣擇尤酌
保以示鼓勵之處出自　鴻慈除將用過例加工料銀兩細數另行造冊
題銷外謹將西防建復石塘等工丈尺用過銀數并工竣日期恭摺具陳伏
乞　皇太后　皇上聖鑒訓示謹　奏本月十五日軍機大臣奉　旨著准
其擇尤酌保毋許冒濫
再浙省海塘三防建立石塘前有柴埽石坦後有附土土戧各項工程與石
塘相爲表裏西中西二防柴埽之後石塘之前又有溝槽等工遍栽楊柳

以期盤根鞏固查西防間段建復條塊魚鱗石塘自七堡萬字號至十四
堡雨字等號共成新工一千六十丈二尺均已一律完竣除將驗收完竣日期另
行　奏報外惟石塘前後空濶低窪之處春夏雨水難免不侵積其中
自應仿照向章做法塘後幫厚附土塘前填滿溝槽俾石塘與柴埽聯
爲一氣脣齒相依益臻周妥當飭石工局員黎錦翰督同在工員弁於
各段各號分別丈量面底寬深撙節勘估核計應用土方并工價約共
錢一萬五千四百餘串經督辦西防石塘前枕防道陳璚開摺移局
詳明飭辦一律完固所用經費核實專按報銷由塘工總局司道核明請
奏前來臣查前項填槽附土實爲保護塘根起見業經勘明一律工竣
所用錢文自應准其造銷除飭令核實造册另行　題銷外謹附片陳明

伏乞 聖鑒謹 奏本月十五日軍機大臣奉 旨該部知道

同治十一年九月十八日工部咨爲題銷浙江省建復拆修西防魚鱗條塊石塘盤頭裹頭加填溝槽附土各工用過銀兩與例相符應准開銷事。都水司按呈工科抄出浙江巡撫楊昌濬題同治七年至八年建復拆修西防魚鱗條塊石塘盤頭裹頭加填溝槽附土各工用過銀兩造册題銷一按，同治十一年四月二十七日題，七月二十五日奉旨：該部察核具奏。欽此。于七月二十七日科抄到部。該臣等查得浙江巡撫楊昌濬疏稱，杭州府屬西防李、翁二汛境内七堡至十四堡等處地當首冲，塘身日受潮汐冲激，山水搜刷，年久失修，間段坍卸，應行分别修建。經前撫臣馬新貽奏准興辦，于同治七年七月十八日興工，至八年七月二十三日一律完竣。自西萬字號起至雨字號止，辦成改建、復十八層魚鱗石塘八百二十七丈八尺，拆修魚鱗石塘一百五十

五丈拆修條塊石塘三十七丈四尺柴盤頭二座裹頭六十丈並于新辦石塘前
後一律加填溝槽附土均經升任撫臣李瀚章親臨勘驗並檄飭杭州府知
府陳魯赴工逐細驗收由局將做過工段丈尺詳請奏報並陳明所用工料銀
兩核與例價稍增實因兵燹後物力維艱時勢不同所致嗣准部咨拆修魚
鱗條塊石塘自應揀選舊石抵用原奏並未詳細聲明打撈舊石銀兩亦
應按原估銀內扣除續添裹頭各工當時並未奏明工料稍增若干豈得漫
無定數請 旨飭令核實覆奏並將填槽附土所用工料錢文扣除等因臣
即經行局查明拆修魚鱗條塊石塘原係照按選揀舊石抵用六成其改
建之復魚鱗石塘原估本係全用新石臨辦時亦揀取舊石搭用至續添
改建之復拆修魚鱗各工石塘及裹頭十丈皆係臨時察看情形因地制宜

斟酌辦理除石塘加築填槽附土一項另按造報外實用銀四十九萬餘
兩核與原奏稍增二成有奇本屬相符所有新辦填槽附土皆係必不可
少之工經臣奏覆懇請並免扣除以便造銷嗣准部咨奉　旨著照
所請該部知道欽此欽遵到部即經行司查照在按茲據督辦塘工總
局布政使盧定勳按察使蒯賀蓀等會詳前項各工所用銀兩均係在
于提濟塘工經費暨海塘捐輸各款項下動支由該司道等公同造報所
有驗收保固各結分造清冊詳送具題等情臣復核無異除冊籍送部
外理合具題等因前來查浙江省同治七年至八年建復拆修西防魚鱗
條塊各石塘並盤頭裹頭及填槽附土各工先據原任浙江巡撫馬　奏明
興辦西防石塘自西萬字號起至雨字號止辦成建復魚鱗石塘八百二十

七丈八尺拆修魚鱗石塘一百五十五丈拆修條塊石塘三十七丈四尺柴盤頭二座裹頭六十丈並于新辦石塘前後一律加填溝槽附土等工復據浙江巡撫李　奏報工竣聲明工料銀兩核與例價稍增實因兵燹後物力維艱時勢不同嗣經臣部查明拆修石塘自應揀選舊石該撫原奏内並未聲明又未奏明工料稍增若干奏請　飭下該撫核實覆奏嗣據該撫查明覆奏奉　諭旨着照所請該部知道欽此轉行遵照各在案今據該撫將前項建復魚鱗石塘自西萬字號起至雨字號止共工長八百二十七丈八尺拆修魚鱗石塘一百五十五丈拆修條塊石塘三十七丈四尺柴盤頭二座裹頭六十丈除選用舊石扣除不計外共用例估加貼銀三十九萬二千五百二十七兩七錢二分三厘二毫五絲八忽八微一纖稍增銀九萬八千一百三十一

兩九錢三分八毫一絲四忽六微九纖又塡槽附土共用銀一萬二百八十七兩五錢一分三厘八毫四絲五忽一微四纖三共用銀五十萬九百四十七兩一錢六分七厘九毫一絲八忽六微四纖造冊題銷臣部按冊查核內所開工料價值例估加貼銀兩與例相符其酌增例價塡槽附土各節均經該撫奏明奉　旨允准應准開銷本月二十日奉　旨依議

以上第六案

同治九年二月初四日巡撫楊昌濬

奏為浙省東西二防境內坍缺拗裂石塘處所續又搶築柴壩鑲柴盤頭埽工埽坦等工丈尺年終彙截數目恭摺 奏報仰祈 聖鑒事竊照浙省杭州府屬東西中三防海塘各工自同治四年二月興工計東防境內截至七年十二月底止共辦發柴壩三千一百七十九丈七尺四寸鑲柴附土土堰子塘橫塘等工四千五十三丈柴盤頭一座西中兩防境內截至八年正月底止先後辦發柴壩二千五百五十五丈六尺埽工埽坦裏頭鑲柴柴工附土子塘橫壩行路各工共長八千五百五十三丈七尺柴盤頭二座做成二段高寬丈尺用過例加工料以及夫工雜用等項銀兩業經各前撫臣分別開單先後 題奏各在按

今自八年正月起截至十二月止東塘續發柴壩一百四丈五尺鑲柴五十丈盤

頭二座西塘又該埽工萬化鳩三字號三十二丈埽坦九十六丈其工段尤險之處並經加築托壩拋護塊石以資保衛此次東塘續該各工在同治三四年擇要勘辦之時舊石塘僅止坳拜者尚可從緩興築現計閱時將及五年潮大浪急漸至潰裂傾卸本應建復石塘因正辦西中兩塘石工未能同時併舉祇得搶築柴壩暫資抵禦潮汐其舊有盤頭二座及西防埽工埽坦亦皆善後應辦之工其已滿固限之柴壩固須加意保衛即新築柴工仍恐土性鬆浮必須壩外厚培柴土以期鞏固所有東西兩防續完各工均經杭嘉湖道何兆瀛親駐工次督率員弁如式搶築完固均於工竣後隨時驗收尚無草率偷減情事並經前撫臣李瀚章歷次臨工履勘無異除飭將做成高寬丈尺用過例加工料銀兩分別開單造具冊結由說另行　題奏報銷外據

塘工總局司道核明詳請具　奏前來前撫臣李　未及核辦移交到臣

臣覆核無異謹將東西二防境內坍缺拗裂石塘處所續又搶築柴埧鑲柴

盤頭埽工埽坦等工完竣丈尺年終彙截數目緣由摺恭具　奏伏乞　皇太后

皇上睿鑒施行謹　奏六月初七日軍機大臣奉　旨該部知道

同治十年六月二十八日巡撫楊昌濬

奏爲恭報續又搶築東塘坍缺拗裂石塘柴垻及塘後鑲柴建築盤頭並西防續辦埽工埽坦各工高寬丈尺用過銀數開列清單恭摺仰祈

聖鑒事竊照浙省海塘東中西三防各工自同治四年二月興工截至八年正月止先後辦竣柴土石各工字號段落高寬丈尺用過例加工料銀兩經各前撫臣取具簡冊分案開單分別　奏報題銷各在案其同治八年正月以後起截至十二月止續辦東塘柴垻一百四丈五尺塘後鑲柴五十丈柴盤頭二座西塘埽工三十二丈埽坦九十六丈並工段尤險之處加築托垻拋護塊石當於年終截數　奏明在案茲據塘工總局司道具詳前項續辦各工均由駐工杭道親歷督率搶辦如式完整隨時驗收並無

草率偷減情事所有做成高寬段落丈尺用過工料銀數核明開單詳請具

奏前來臣覆核無異除將用過工料銀兩取具冊結當説另行具題請

銷外謹繕清單恭摺具奏伏乞　皇太后　皇上聖鑒謹奏

謹將浙江省東塘鎮念尖三汛典字等號沖坍缺口搶築柴壩塘後鑲柴建

築柴盤頭并西塘李翁二汛萬字等號建築埽工新列虹堤永慶安五號

埽坦及加築托壩拋護塊石做過工段高寬丈尺用過例加工料銀兩敬繕清

單恭呈　御覽

一東塘境內鎮汛典字號起至尖汛某字號止搶築柴壩一百四丈五尺底寬五

丈至六丈五尺面寬三丈至四丈高一丈八尺至二丈二尺頂土高二尺寬三丈至四丈

加築托壩一道計長五十二丈五尺面寬二丈五尺底寬三丈八尺高二丈四尺又馳

岱二號十七丈加抛塊石面寬八尺四寸底寬二丈四尺高一丈六尺

一東塘境内尖汛誡寵增三號塘後鑲柴五十丈上寬二丈下寬一丈八尺高一丈四尺除面土高二尺實鑲柴高一丈二尺

一東塘境内念汛魏横字號建築柴盤頭一座外圍長二十八丈後身長二十四丈中面寬五丈東西雁翅各面寬三丈二尺中底寬六丈二尺東西雁翅各底寬四丈四尺築高三丈二尺面匀寬三丈八尺除頂土高二尺實築高三丈底面共匀寬四丈四尺匀長二十六丈又外圍加抛塊石面寬九尺底寬二丈七尺五寸高三丈

一東塘境内念汛合濟字號建築柴盤頭一座外圍長二十八丈後身長二十四丈中面寬五丈東西雁翅各面寬三丈二尺中底寬六丈二尺東西雁翅各底寬四丈四尺築高二丈四尺面匀寬三丈八尺除頂土高二尺實築高二丈

二尺底面共匀寬四丈四尺匀長二十六丈又外圍加抛塊石面寬九尺底寬二丈七尺五寸高二丈二尺

一西塘境内李汎西萬化塢土號建築埽工二十二丈面寬二丈底寬三丈高二丈四尺除頂土高二尺實築柴高二丈二尺又埽外抛護塊石面寬八尺底寬二丈四尺高一丈六尺五寸

一西塘境内翁汎新列虹堤永慶安五號柴壩之外添建埽坦九十六丈面寬一丈五尺底寬二丈築高一丈六尺又坦外抛護塊石面寬五尺六寸底寬一丈八尺高一丈二尺

以上東西兩塘各工共用過例估加貼工料銀七萬四千八百七十八兩零

理合呈明

八月十五日軍機大臣奉 旨該部知道單併發又清單內同日奉

旨覽

同治十一年十二月十七日工部咨為題銷浙江省續辦東塘柴埧鑲柴盤
頭暨西防埽工埽坦各工用過銀兩與例相符應准開銷事都水司按
呈工科抄出浙江巡撫楊昌濬題同治八年續辦東塘柴埧鑲柴盤頭
暨西防埽工埽坦各工用過銀兩造冊題銷一按同治十一年七月二十八日題
十月二十三日奉　旨該部察核具奏欽此於十月二十六日科抄到部該臣
等查得浙江巡撫楊昌濬疏稱東西中三防海塘工程自同治四年月
興辦起至八年正月止先後辦竣柴土各工均經分按題銷在按所有八年
正月以後起至十二月止續辦東塘柴埧一百四丈五尺塘後鑲柴五十丈柴盤
頭二座西塘埽工三十二丈埽坦九十六丈並於工段尤險之處加築托埧抛護塊
石以資擁護工竣均經杭嘉湖道何兆瀛隨時驗收結覆並前撫臣李瀚

事臨工覆勘均無草率偷減情事當於年終截數奏報完竣陳明此次東
塘續竣各工在同治三四年擇要勘辦之時尚有可從緩興築現計閱時
將及五年潮大浪急漸至潰裂傾卸本應建復石塘因正辦西中兩防石工
未能同時並舉衹得搶築柴壩暫資抵禦副准部咨以此項續竣各工既係
柴壩告竣後續出之工並非缺口自應歸于歲修估辦何得率混大工請
旨飭下確切查明據實覆奏等因旋據塘工總局司道會查三防堵禦原
坍缺口之柴壩雖已陸續辦竣而散裂拗拜之石塘尚未一律興辦此項東塘
續竣柴壩一百四丈五尺鑲柴五十丈即係同治六年前督臣吴　撫臣馬
會勘塘工按內散裂拗拜石塘段落當時尚可從緩追越數年潮汐沖刷漸
成缺口因未能與西中兩防石工同時並舉先行搶築柴壩其潰裂而尚未

傾卸者不得不赶于塘後鑲柴以資抵禦既係續辦之工未便歸入歲修
自應另按造報並無牽混經於臣海塘關係重大不敢苟簡按冈奏覆
奉
旨工部知道欽此並准部咨遵照在按茲據該司道等會查此項續
竣東西兩防各柴工所做字號段落高寬丈尺用過例估加貼工料銀兩先經
開列清單詳請奏報所有用過工料銀七萬四千八百七十八兩一錢三分六厘
五毫七絲五忽均係在於提濟塘工經費暨海塘捐輸各款項下動支
督飭各該管廳備核實經理應由該司道等公同造具冊籍詳請具題
等情臣覆核無異除將冊籍送部外理合具題等因前來查浙江省自
同治八年正月起截至十二月止續辦東塘柴壩鑲柴盤頭暨西防埽工埽
坦各工先據浙江巡撫楊　奏明東塘續竣柴壩各工在勘辦之時尚可從

緩興築現計閱時將及五年潮大浪急漸至傾卸本應建復石塘因正辦
西中兩防石工未能同時並舉祇得搶築柴壩暫資抵禦當經臣部議令
此項續發柴壩各工並非缺口自應歸入歲修按内撙節確辦嗣據該撫陳
奏海塘關係重大不敢苟簡摺內聲明三防堵禦原坍缺口之柴壩雖已陸續
辦竣而散裂坍拜之石塘尚未一律興辦此項東塘續發柴壩各工係前督
臣吳棠等會勘散裂坍拜石塘段落當時尚可從緩比越數年潮汐沖刷
漸成缺口因未能興西中兩塘石工同時並　先行搶築柴壩既係續辦之工
未便歸入歲修自應另按造報奏奉　諭旨工部知道欽此臣部欽遵行知在
按今據該撫將前項搶築柴壩一百四丈五尺鑲柴五十丈盤頭二座西塘又發埽
工三十二丈埽坦九十六丈共用過例估加貼銀七萬四千八百七十八兩二錢三分六

厘五毫七絲五忽造册題銷臣部 按册查核内所開工段字號丈尺銀數核與

原奏清單均屬相符其工料價值與例亦屬無浮應准開銷等因本月十

八日奉 旨依議

以上第七案

收掌余羅沈驛驗十一月初四日收

閏陸月分

總纂沈

纂脩張

陶

章

金

海塘第七冊

海塘九

同治

第八案至第十二案

關豫編輯

同治八年十月初四日巡撫李瀚章

奏爲接辦中防石塘並將估需工料銀數恭摺

具奏竊臣前經親詣三防勘驗塘工查得西防石塘將次告竣應即預籌接辦中防石工以資聯絡箄固惟該防缺口較多自應擇要辦理以期覈實當經飭委司道會勘確估詳辦去後茲據塘工總局具詳經署臬司如山杭防道何兆瀛候補道馮禮藩前杭防道陳璚會同親赴中塘督率廳備各員勘得自翁家埠汛露字號起至潛字號止共坍卸魚鱗石塘六百十四丈又散裂魚

鱗石塘六丈該處原係大缺口情形較爲吃重且形勢灣窩數年來潮汐晝夜沖刷原塘基址久已坍沒無存即柴垻亦非久遠之圖亟應首先舉辦石塘以資保衛茲應仿照西防石塘之西人官等號變通辦理擬繞柴垻後斜接龍頭約略增長三十五丈共散裂六丈一律建復統應建復已坍散裂并增長魚鱗石塘六百五十五丈每丈照西防石工成按估銀四百八十兩共需工料銀三十一萬四千四百兩其文武員弁薪水局用均不在內所估銀兩較之例價不無稍增緣兵燹之後未遽復元物力昂

責興辦繞城石塘時無殊不得不按照西防石工確估以期工堅料實至前工增長丈尺均係約略聲叙將來有無加減仍須開辦時察看情形酌量核定其餘坍卸石塘尚可從緩者另行察辦以符庫項至所坍舊石能否打撈及撈獲若干約可抵用幾成亦須隨時核扣方能作准將來石工蕆事仍專歸一按造銷等情呈請具奏前來臣復核無異除飭赶緊興辦將所撈舊石核實揀選抵用專按報銷外謹將接辦中防石塘估需工料銀數緣由恭摺陳明　十一月初六日奉　旨該部知道

責興辦繞城石塘時無殊不得不按照西防石工確估以期工堅料实至前工增長丈尺均係約略聲叙將来有無加減仍須開辦時察看情形酌量核定其餘坍卸石塘尚可從緩者另行察辦以符庫項至所坍舊石能否打撈及撈護若干均可抵用幾成不須隨時核扣方能作准將来石工歲事仍專歸一按造銷等情呈請具

奏前来臣復核無異除飭赶緊興辦將所撈舊石核实揀選抵用專按報銷外謹將接辦中防石塘估需工料銀數緣由恭摺陳明十一月初六日奉

旨該部知道

[illegible]

同治十年九月二十一日巡撫楊昌濬

奏為建復中防翁家埠汛魚鱗石塘丈尺用過銀數并完竣日期開列清單恭摺　奏報竊查接辦中防石塘經升任撫臣李瀚章當將勘估工料銀數情形專摺　奏明并委前杭防道陳璚駐工督辦在按茲查前項工程經總局司道遴委幹員分投購料監工設立分局于同治八年九月二十六日祀土開工經督辦陳璚會同杭道何兆瀛督率在工員弁募夫集料力求撙節挨號趕辦至十年三月二十三日一律完工計建復翁家埠汛露結為霜金生麗玉

出崑岡劍號巨闕珠稱夜光果珍李柰菜重芥
薑鹹淡鱗潛翼三十二字號十八層魚鱗石塘六百四
十丈惟此拔工程原以該處地勢灣寫擬繞柴塤後
斜接龍頭原估建增長共請辦工六百五十五丈每丈
估需工料銀四百八十兩共應估銀三十一萬四千四百
兩嗣于臨辦時相度地勢討論工作以槽底略爲向
外俾塘身順直稍減增長之工以節經費經臣親詣
工次察勘指授機宜量予變通計減辦原估增長
二十五丈實辦成工六百四十丈核計打撈各號舊石
約抵一成實共用木石雜料夫工等項銀二十九萬一

千五百餘兩除較原估少辦工十五丈應減省銀七千
二百兩外計節省銀一萬五千六百餘兩辦竣之工均
係駐工督辦之員親率員弁夫匠認真趲辦悉係
工堅料實如式完固並無草率苟簡報經臣親臨勘
驗并委杭州府知府陳魯赴工逐號驗收結覆亦在
按今據督辦工員開明辦竣字號丈尺用過工料銀數
由總局司道詳請核　奏前來伏查此次接辦建
復中防石塘工程臣節次臨工覆勘逐加覆驗
委係料實工堅如式完固並無草率偷減情弊
足資捍禦其工段丈尺并估計銀數與原奏稍有

未符其係臨時察看形勢因地制宜分別減辦
所用工料銀兩較之前辦西防建復石塘用數不
相上下實無絲毫浮冒所有承辦各員考時將
及兩年夙興夜寐寒暑無間尤能事事核實工堅
費節均屬始終勤奮並有微勞可否仰懇天
恩准臣擇尤酌保以示鼓勵之處出自聖主鴻
慈除將用過例價工料銀兩細數另行造冊題
銷外合將建復中防翁汛魚鱗石塘丈尺用過銀
數并工竣日期謹繕清單恭摺具陳

摺開

一建復露結爲三號魚鱗石塘六十丈于九年三月二十三日完工

一建復霜金生麗四號魚鱗石塘八十丈于九年四月二十五日完工

一建復玉出崑岡劍號六號魚鱗石塘一百二十丈于九年七月二十日完工

一建復巨闕珠三號魚鱗石塘六十丈于九年八月二十七日完工

一建復稱字號魚鱗石塘二十丈于九年九月二十二日完工

一建復夜光果珍李柰六號魚鱗石塘一百六十丈
於九年十一月二十六日完工
一建復菜重芥薑鹹淡六號魚鱗石塘一百二十丈
於九年十二月初十日完工
一建復鱗潛二號石塘四十丈于十年二月二十七日完
工
一建復翼字號魚鱗石塘二十丈于十年三月二十三日
完工
以上二十二號共建復魚鱗石塘六百四十丈
十月十八日奉 旨該部知道單併發在工各員並

准其擇尤酌保毋許冒濫又清單內同日奉　旨
覽
再浙省三防海塘建立石塘前有柴埽石坦後有附土
土戧各項工程與石塘相為表裏其西中兩防柴埽
之後石塘之前又有溝槽等工適栽楊柳以期盤
根鞏固歷辦如斯查中防有汛露字等號建復
魚鱗石塘六百四十丈均已一律完竣除將驗收完
竣日期另行　奏報外惟石塘前後空闊低窪之
處春夏雨水勢必浸積其中應仍仿照向來做
法塘前填滿溝槽並于石塘附土後加築托壩俾

石塘與柴埽聯為一氣唇齒相依孟鎮周妥當
由駐工暫辦前杭防道陳璚率同在工員弁于
中防翔汎露字等號三十二號新塘前後分別
大量面底寬深撙節核估共需土方工價銀一
萬三十餘兩卯經挨號填築于同治十年六月二
十日一律完工由在工分局委員振經總局司道
核明請　奏前來臣查前項溝槽附土實為保
護塘根必不可少之工係照成案辦法所做之工
業經勘明一律堅固所需土方工價亦係核實無
浮自應准其造銷除將用過銀數另行造冊　題

銷外謹附片陳明十月十六日奉　旨該部知道

同治十二年四月十一日准　工部咨爲題銷浙
江省建復中防翁汛露字等號魚鱗石塘并填
築溝槽托坝各工用過銀兩應准開銷事都水司
案呈工科抄出浙江巡撫楊　題同治八年至
十年建復中防翁汛露字等號魚鱗石塘并填
槽托坝各工用過銀兩造冊題銷一案同治十一年
七月初六日題九月二十八日奉　旨該部察核具
奏欽此于十一月初十日據該撫將冊籍揭送到部該臣
等查得浙江巡撫楊　疏稱浙省杭州府屬中
防境內翁汛自露字號起至巽字號止三十一號共

建復十八層魚鱗石塘六百四十丈並于塘前填滿溝
槽附土後加築托坝工竣均經親臨履勘悉係料
实工堅如式完固並無草率偷減情弊當將做成
工段字號丈尺用過銀數并完工日期分按奏報並
陳明所用工料銀兩較之前次西防建復石塘用數
不相上下实無絲毫浮冒所有填槽托坝等工亦
係仿照向来做法俾與石塘表裏相護並臻鞏
固均經奏 旨該部知道欽遵在按茲據督辦
塘工總局布政使盧定勲按察使蒯賀蓀等會詳
此按建復石塘所用工料銀二十九萬一千五百六十三

兩六錢八分五厘六毫七絲塡槽托垻工料銀一萬
三十一兩八錢五分九厘五毫六微均係在于提濟
塘工經費暨海塘捐輸各款項下動支由該司道
等公同造册詳送具題等情臣覆核無異除册留
送部外理合具題等因前來查浙江省同治八
年九月起至十年八月止建複中防翁汛露字等號
魚鱗石塘並塡築溝槽托垻各工先據前任浙江巡
撫李瀚章奏明勘驗西防石塘將次告竣應籌
接辦中防石塘惟該防缺口情形較爲吃重其
形勢灣窩數年來潮汐晝夜沖刷原塘坍沒

無存柴埧亦非久遠之圖亟應首先舉辦石塘
以資保衛並奏明照西防石工成案估銀等因嗣
據浙江巡撫楊 將所做工段字號丈尺銀數開
單奏報在案今據該撫將前項中防海汛露字
號起至冀字號止三十二號共建復十八層魚鱗石
塘六百四十丈並于塘前填槽附土後加築托埧各
工共用過例估加貼並稍增銀三十萬一千五百九
十五兩五錢四分四厘七毛七絲六微造冊題銷
臣部按冊查核內所開工料例估加貼與例相
符其稍增銀數經該撫奏明較例價不無稍增按

照西防石工確估應准開銷等因同治十一年十二
月十七日題本月十八日奉　旨依議
以上第八案

同治十年八月初七日巡撫楊昌濬
奏為東塘境內散裂坍拜石塘被沖增卸續又辦
竣搶築柴壩各工丈尺年終截數開單奏竊照浙
省西中東三防石塘自同治四年六月興工起至八年
十二月止前後辦竣各工節經分別開單造冊題
奏各在按復自九年正月起截至閏十月底止東防
境內散裂坍拜年遠石塘除前經估辦戴鎮二
汛石塘小缺口不計外是年陸續增卸念吳二汛
石塘間共工長一百三十六丈九尺又續辦竣柴壩一
百三十二丈五尺鑲柴一百六十丈五尺外埽四十丈附土二

堰眉土九百七十丈三尺伏查該防散裂拗拜石塘即
同治六年間調任督臣吳前任撫臣馬新貽會勘
摺內所稱次第興辦之工實因年久失修塘外坦埽
全無護沙早經刷盡又兼根脚空虛底樁朽卸下
既不能負重上又日受潮衝前所謂散裂外拜稍輕
者轉為今日更形吃重之處不時間段洩卸實非人
力所能保護總計東塘境內塘卸石塘二百餘丈
其已坍卸者當即搶築柴壩散裂仍甚者亦應趕
辦鑲柴俾潮水不致內灌至附土外埽等工亦係防
有沖缺之虞定不可少之工均經該管道親駐工次

督率廳備委員分投搶辦截至閏十月底止如式完
固統共用過例外加工料銀三萬八千二百餘兩均于工
竣後隨時驗收並無草率偷減情事至該防境内所
有坍卸石塘處所雖經搶築柴埧鑲柴只因工
力不及暫資抵禦若為長久之計自應限接建修
石塘以期一勞永逸將來接建石塘所有柴埧各工
或作外埽或為内戧均可酌量作用尚非靡費其
附土土堰等工亦係擇要應辦之工經臣歷次親
臨勘明所搶各工均係暫救目前以免決裂由塘
工總局司道核明呈請奏報等情前來臣復核

無異除將做成工段高寬丈尺用過例加工料銀數分
行造冊　題銷外合將同治九年搶築東塘散裂拗
拜石塘被衝增卸續辦柴埧等工丈尺年終截數
緣由先行開單具陳
謹將同治九年四月起截至閏十月底止東塘境內續
辦接築改建柴埧鑲柴外埽附土〻堰眉土各工字號
丈尺恭繕清單敬呈　御覽
一東塘戴家汛似字號西十丈起至下字號西四丈
止續辦塘後鑲柴共工長五十八丈于九年七月
初六二十等日先後完工

又戴汎深字號東四丈起至婦字號西九丈二尺止續辦附土共工長二百丈七尺于九年七月二十日完工

又戴汎映字號東十五丈起至婦字號西九丈二尺止續辦土堰共工長一百八十一丈七尺于九年七月二十日完工

一鎮海汎訓字號東十丈入字號二十丈奉字號西六丈仁字號東四丈慈字號二十丈共續辦塘後鑲柴工長六十丈于九年四月二十四日完工

又鎮汎婦字號東十丈八尺起至磨字號二十丈止續

辦附土共工長一百九十五丈八尺于九年四月二十四日完
工
又鎮汎婦字號東十丈八尺起至磨字號二十丈止續
辦眉土共工長二百一十一丈八尺于九年四月二十四日
完工
又鎮汎婦字號東十丈八尺起至磨字號二十丈止續辦
土堰共工長一百八十丈三尺于九年四月二十四日完工
一念里亭汎羣字號中東一丈五尺次東五尺稾字號
西一丈五尺鍾字號次東四丈五尺又中東二丈又中二
丈五尺府字號西四丈羅字號東九丈路字號西中

一丈五尺又東十丈俠字號西五丈戶字號次東一丈封字號西中五尺兵字號東三丈又次東三丈高字號西十九丈冠字號次東一丈五尺驅字號東二丈轂字號西七丈纓字號中一丈駕字號次西四丈又西中三丈又次東四丈肥字號次東五丈又中六丈策字號次東二丈又次東三丈刻字號東中四丈又次東四丈又東二丈銘字號西二丈曲字號東四丈阜字號西四丈五尺最字號次東二丈五尺州字號次東三丈五尺止共續辦改建接築柴埧工長一百三十三丈五尺于九年三月十五日起至十月十七等日先後完工」

又念汎沂字號東六丈五尺漠字號二十丈馳字號西十六丈共續辦鑲柴工長四十二丈五尺于九年六月二十八日完工

又念汎霸精二號續辦外埽工長四十丈于九年閏十月二十六日完工

以上共續辦柴埧工一百三十三丈五尺鑲柴工一百六十丈五尺外埽工四十丈附土土堰眉土共工長九百七十丈三尺統共用過工料銀三萬八千二百餘兩

九月十三日奉　旨該部知道單併發又清單內

同日奉　旨覽

同治十一年三月十八日巡撫楊昌濬

奏為恭報同治九年分東塘境内續辦柴埧鑲柴附土土戧眉土外埽各工做成高寬丈尺用過銀數開列清單恭摺竊照浙省杭州府屬東西中三防海塘工程自同治四年二月興工起至八年十二月止先後辦竣各工字號段落高寬丈尺用過例加工料銀兩節經前撫臣馬具畫冊分按開單分別奏報題銷各在按其自同治九年正月起截至閏十月底止東塘境内敧裂拗拜年遠石塘被衝增卸續又搶辦柴埧一百三十三丈五尺塘後鑲柴

一百六十丈五尺外埽四十丈附土〻塘眉土九百七十丈
三尺當于年終截數　奏明在按茲據塘工總局
司道具詳前項續辦各工均由駐工該管道親歷
督率搶辦如式完整隨時驗收並無草率偷減情
事所有做成高寬段落丈尺用過工料銀數核明開單
詳請具　奏前來臣復核無異除將用過工料銀兩
取具冊結圖說另行具　題請銷外謹繕清單恭
摺具　奏
謹將東防境內續辦戴鎮念三汛同治九年正月
起截至閏十月底止塘後鑲柴加築附土眉土〻塘

柴坝外埽等工字號段落做成高寬丈尺用過工料
銀數敬繕清單恭呈
御覽

一東防戴家汛似字號西十丈止字號西八丈思字號
次東九丈詠字號次東二丈五尺貴字號次西五丈
尊字號東十三丈和字號東五丈五尺下字號西四丈
共計工長五十八丈一律塘後鑲柴每丈上寬二丈。
下寬一丈六尺牽寬一丈八尺高一丈四尺除頂土高二
尺實鑲柴高一丈二尺
又戴汛深字號東四丈履字號西七丈松字號東九丈
之字號二十丈映字號東十五丈榮字號東十六丈

攝字號二十丈職字號西十丈從字號西六丈又東五丈政字號西十三丈棠字號東三丈而字號西十八丈詠字號次西六丈卑字號西八丈睦字號東十丈五尺夫字號二十丈唱字號東五丈婦字號西九丈二尺共計工長二百丈七尺一律加築附土每丈底面牽寬一丈六尺牽深一丈二尺

又戴汛映字號東十五丈攝字號二十丈從字號東十六丈政字號二十丈棠字號東三丈而字號西十八丈樂字號東十三丈殊字號西三丈尊字號東十丈和字號東六丈下字號西四丈睦字號東十丈五

尺夫字號二十丈唱字號東十四丈婦字號西九丈二尺共計工長一百八十一丈七尺一律填築土堰每丈底寬八尺面寬五尺寬牽六尺五寸牽深六尺

一鎮海汛訓字號東十丈入字號二十丈奉字號西六丈仁字號東四丈慈字號二十丈共計工長六十丈一律塘後鑲柴每丈上寬二丈下寬一丈八尺牽寬一丈九尺高一丈四尺除頂土高二尺实鑲柴高一丈二尺

又鎮汛婦字號東十丈八尺隨字號西六丈又東四丈外字號西十丈傅字號東十八丈訓字號西十丈比

字號東十二丈兄字號二十丈孔字號二十丈懷字號西九丈投字號二十丈分字號西十九丈切字號東十七丈磨字號二十丈共計工長一百九十五丈八尺一律加築附土每丈底面牽寬一丈八尺牽深一丈

又鎮汎婦字號東十丈八尺隨字號西六丈東四丈外字號西十丈傅字號二十丈訓字號二十丈比字號東十二丈兄字號二十丈孔字號二十丈懷字號西九丈投字號二十丈分字號二十丈切字號二十丈磨字號二十丈共計工長二百一十一丈八尺一律加築眉土每丈

底面牽寬四丈高一尺五寸

又鎮汛婦字號東十丈八尺訓字號東西中九丈入字號二十丈奉字號東六丈比字號東十二丈兒字號二十丈孔字號二十丈懷字號西二丈五尺枝字號二十丈分字號二十丈切字號二十丈磨字號二十丈共計工長一百八十丈三尺一律填築土堰每丈底寬七尺面寬四尺牽寬五尺五寸牽深五尺

一念里汛羣字號中東二丈槀字號西一丈五尺鍾字號中東九丈府字號西四丈羅字號東九丈路字

號西中東十一丈五尺俠字號西五丈戶字號次東一
丈封字號西中五尺共計坍成缺口搶築柴壩工
長四十三丈五尺每丈面寬二丈五尺底寬三丈五尺牽
寬三丈築高二丈除頂土高二尺實築柴高一丈八
尺
又念汎兵字號東六丈高字號西十九丈冠字號次東一
丈五尺驅字號東二丈轂字號西七丈纓字號中一丈
篤字號中十一丈肥字號東中十一丈策字號次東五
丈刻字號中東十丈銘字號西二丈曲字號東四丈
阜字號西四丈五尺最字號次東二丈五尺州字號

次東二丈五尺共計坍成缺口搶築柴塤工長九十
丈每丈面寛二丈五尺底寛三丈牵寛二丈七尺五
寸築高二丈除頂土高二尺实築柴高一丈八尺
又念汎沙字號東六丈五尺漠字號二十丈馳字號西
十六丈共計工長四十二丈五尺一律塘後鑲柴每丈
上寛二丈下寛一丈八尺牵寛一丈九尺高一丈二尺除
頂土高二尺实鑲柴高一丈
又念汎霸字號二十丈精字號二十丈共計工長四十丈
一律搶築外埽每丈上寛二丈下寛三丈牵寛二
丈五尺築高二丈四尺除頂土高二尺实鑲柴高二

丈二尺

以上共用過例估加貼工料銀三萬八千二百七十一兩九分四厘

四月二十四日奉 旨該部知道單併發又清單同日奉 旨覽

同治十二年八月初三日准工部咨開為題銷浙江省續辦東塘搶築柴壩外埽鑲柴附土土戧各工用過銀兩與例相符應准開銷事都水司按呈工科抄出浙江巡撫楊　題同治九年續辦東塘搶築柴壩外埽鑲柴附土土戧各工用過銀兩造冊題銷一摺同治十二年二月初六日題四月十八日奉　旨該部察核具奏于四月二十一日科抄到部該臣等查得浙江巡撫楊　疏稱東中西三防海塘工程自同治四年二月興辦起至八年十二月止先後辦竣柴土各工字號段落高寬丈尺用過例加工料銀兩均經

分按造冊題銷所有九年正月起至閏十月底止續辦搶築柴壩一百三十三丈五尺塘後鑲柴一百六十丈五尺外埽四十丈附土土堰眉土九百七十丈三尺暫資抵禦工竣均經杭嘉湖道何兆瀛隨時驗收當于年終截數完竣並將各工所做字號段落高寬丈尺用過例估加貼工料銀兩均經開單先後詳報各在按茲據該司道等會查此項續竣東塘柴壩外埽鑲柴附土土堰眉土各工所有用過工料銀三萬八千二百七十一兩九分四厘均係在于提濟塘工經費暨海塘捐輸等款項下動支督飭該管廳備核实經理應由該司道等

造具册籍詳請具題等情呈復核無異除册籍送
部外理合具題等因前來查浙江省同治九年正
月起截至閏十月底止續辦東塘搶築柴垻外埽鑲
柴附土土堰眉土各工先據浙江巡撫楊　奏明東塘
境內石塘其已坍卸者當即搶築柴垻散裂加甚者
亦應趕辦鑲柴俾潮水不致內灌至附土外埽等
工亦係防有沖缺之處均經該管道親駐工次督率
廳備委員分投搶辦如式完固等因並親將做過工
段字號丈尺銀數開單奏報在按今據該撫將前
項搶築柴垻一百三十三丈五尺塘後鑲柴一百六十丈

五尺外埽四十丈附土〻墕眉土九百七十丈三尺共用
過例加銀三萬八千二百七十一兩九分四厘造冊題銷
臣部按冊查核內所開工料土方例加價值與例相
符應准開銷其動支塘工銀款並行文戶部查照
同治十二年六月初十日題本月十二日奉　旨依議
以上第九案

同治十一年正月二十八日巡撫楊昌濬
奏為同治十年分東塘念汛散裂拗拜石塘被
衝增卸續又搶築柴埧埽坦各工丈尺年終截數
開單竊浙省西中東三塘海塘工程年久失修節
節坍卸自同治四年二月興工起至九年年終止先後
搶辦完竣柴埧柴埽盤頭裹頭附土各工節經分
別開單造冊　題奏各在案茲自十年正月起至十
一月止東塘念汛續又搶築埧柴六十八丈五尺建
築埽坦二百三十四丈五尺並將埽外一律加拋塊石以
資擁護伏查此項續辦柴埧工段即係同治六年調

任督臣吳　前任撫臣馬　會勘摺內所稱年遠
舊石老塘歡裂拗拜之工比時情形稍輕陳明次第
興辦閱今數載護沙刷盡外埽久無底樁繳於日
受兩潮衝擊以致喫重之處續又坍卸本應建復
石塘以期一勞永逸惟當此戴鎮二汛石塘坦水同時
興辦工力不及是以趕先搶築柴壩暫資抵禦俾潮
水不致內灌將來建復石塘或作外埽或為內戧底
時仍可酌量抵用尚非虛糜經費所有建築埽
坦之工緣念汛九里橋一帶間存石塘久無外埽
勢成孤立每遇大潮沖擊多有損卸惟于塘外

赶築埽坦埽外一律加抛塊石庶期石塘藉以擁護不致再有冲損是目前得保一段舊塘即將未省一段新工之費因時制宜實係至要應辦之工核計統共用過例加工料并七分公費總計銀二萬七千七百餘兩均經該管杭道親駐工次督率該管廳備實力搶辦如式完固工竣隨時驗收均係工堅料實並無草率偷減情事經臣歷次臨工覆勘無異由塘工總局司道核明截數呈請奏報前來臣覆加查核委係工關緊要用款核實除將做成工段高寬丈尺用過例加工料銀數另行造冊題銷

外合將同治十年分東塘念尖二汛散裂拗拜石塘
被衝增卸續又搶辦柴埧埽坦各工丈尺年終截
數緣由先行開單具陳
謹將同治十年正月起截至十一月止東塘境內續辦
接築改建柴埧埽坦各工字號丈尺並完工日期恭
繕清單敬呈　御覽
一東塘念里亭汛阜字號次西一丈五尺杜字號東十
丈羅字號七丈槀字號中一丈五尺路字號西中三丈
五尺續辦添建改建柴埧共工長二十三丈五尺于十年
三月二十九四月二十六月二十八等日先後完工

又念汛俠字號東十七丈起至篤字號西二丈止計十三號續辦埽坦共工長二百三十四丈五尺于十年七月二十日完工

又夾山汛邈字號次西二丈岫字號西中十五丈謹字號東九丈敎字號西三丈傚字號東六丈載字號西九丈續辦添建改建柴壩共工長四十五丈于十年十一月二十九日完工

以上共續辦柴壩工六十八丈五尺埽坦工二百三十四丈五尺並埽外一律加拋塊石統共用過例加工料銀二萬七千七百餘兩

三月初六日奉 旨工部知道單併發又清單內

同日奉 旨覽

同治十一年十一月初四日巡撫楊昌濬

奏為恭報同治十年分東塘念汛境內續辦

柴埧埽坦並埽外拋護塊石各工做成高寬丈尺

用過銀數開列清單恭摺竊照浙省杭州府屬東

中西三防海塘工程自同治四年二月興工起至九年

年終止先後辦竣柴土各工字號段落高寬丈尺用

過例加工料銀兩節經分按開單造冊　題奏各在

按其自同治十年正月起至十一月止東塘念汛續

又搶築柴埧六十八丈五尺建築埽坦二百三十四丈五尺

並于埽外一律加拋塊石當于年終截數　奏明在

按兹據塘工總局司道具詳前項續辦各工均由
駐工該管道親歷督飭搶辦如式完整隨時驗收
並無草率偷減情事所有做成高寬段落丈尺用
過工料銀數核明開單詳請具　奏前來臣複核
無異除將用過工料銀兩取具冊結另疏具
題請銷外謹繕清單恭摺具　奏
謹將東防念汛西汛境内同治十年正月起至十一月止
搶築柴埧添建埽坦並拋埽外塊石等工字號丈尺
做成高寬尺寸用過例加工料銀數敬繕清單恭呈
御覽

計開

一東防念里亭汛阜字號次西一丈五尺杜字號東十丈羅字號中七丈槀字號次西一丈五尺路字號西中三丈五尺共計坍成缺口搶築添建改建柴埧二長二十三丈五尺每丈面寬二丈五尺底寬三丈牽寬二丈七尺五寸築高二丈除頂土高二尺實築柴高一丈八尺

一尖山汛邈字號次西三丈岫字號西中十五丈謹字號東九丈勑字號西三丈徵字號東六丈載字號西九丈共計坍成缺口搶築添建改建柴埧二長四十五

丈每丈面寬二丈五尺底寬三丈牽寬二丈七尺五寸築高二丈除頂土高二尺實築柴高一丈八尺一念里亭汎俠字號東十七丈槐字號二十丈卿字號二十丈戶字號二十丈封字號二十丈八字號二十丈縣字號二十丈家字號二十丈給字號西十五丈五尺祿字號二十丈富字號二十丈車字號二十丈駕字號西二丈石塘之外建築埽坦共計工長二百三十四丈五尺每丈底寬一丈八尺面寬一丈二尺牽寬一丈五尺築高一丈四尺並于外口臨水加拋塊石每丈底寬一丈二尺面寬五尺牽寬八尺五寸高九尺

以上共用過例加工料銀二萬七千七百九十三兩七
錢六分五厘五毛二絲五忽

十二月初九日奉　旨工部知道單併發又清單

内同日奉　旨覽

[illegible]

[illegible]

[illegible]

[illegible]

同治十三年五月十七日准　工部咨開浙江省東塘
境内念汛續又搶築柴垻並建築埽坦拋護
塊石各工用過銀兩與例相符應准開銷事都水
司案呈工科抄出浙江巡撫楊　題同治十年東
塘境内念汛續又搶築柴垻並建築埽坦拋護
塊石各工用過銀兩造冊題銷一案同治十二年七月
初六日題九月十三日奉　旨該部察核具奏于九
月十四日科抄到部該臣等查得浙江巡撫楊
疏稱浙省杭州府屬東中西三防海塘工程自同治
四年六月興工起至九年〻終止先後辦竣柴土各

工均經分按造冊題銷在按所有十年正月起至十一月止東塘念汛續又搶築柴埧建築埽坦並埽外加抛塊石以資擁護此項工段係同治六年調任督臣吳　等會勘摺內所稱年遠石塘散裂長拗拜陳明次第興辦閱今數載護沙刷盡外埽底樁霉朽日受兩潮衝激以致喫重緣念汛九里橋一帶間存石塘久無外埽勢成孤立每遇大潮沖激多有損卸惟于塘外趕築埽坦埽外加抛塊石庶期石塘籍以擁護不致再有衝損實係因時制宜工竣均經杭嘉湖道何兆瀛隨時驗收結覆並

臣歷次親臨勘明將各工所做字號段落高寬
丈尺用過例估加貼工料銀兩開單奏報在
案茲據塘工總局布政使盧定勳等會同詳
稱此項續發東塘念汛柴壩六十八丈五尺
埽坦工二百三十四丈五尺並埽外加拋塊石各工用
過工料銀二萬七千七百九十三兩七錢六分五厘
五毫二絲五忽均係在于提濟塘工經費暨海
塘捐輸各款項下動支督飭該管廳備核實經
理應由該司道等公同造具冊圖詳請具題等
情臣復核無異除冊圖送部外理合具題等因

前來查浙江省同治十年東塘境內念尖二汛續
又搶築柴垻並建築埽坦拋護塊石各工先據浙
江巡撫楊　奏明並將各工字號丈尺銀數
開單奏報在案今據該撫將東塘念尖二汛續
又搶築柴垻六十八丈五尺建築埽坦二百三十四
丈五尺並埽外加拋塊石共用過工料例加銀二萬
七千七百九十三兩七錢六分五厘五毫八絲五忽
造冊題銷臣部按冊查核內所開各工字號丈
尺銀數核與奏報清單相符其工料價值與
例亦屬無浮應准開銷等因同治十二年十一

月二十六日題本月二十八日奉　旨依議

以上第十案

同治八年八月初十日巡撫李瀚章

奏爲開辦東塘戴鎮二汛頭二坦水盤頭各工估需工料銀數恭摺奏　聞竊照東防石塘前因年久失修塘外柴埽坦水盤頭逐漸坍没以致石塘孤立間段坍卸其缺口處所前撫臣飭令搶築柴垻鑲柴盤頭各工以資抵禦業經究竣先後

奏明在按兹查西塘石工尚未告成如東防石塘同時並舉不特經費難籌且人工物料一時萬難購集前經臣親臨東防察看石塘坍卸段落甚多所存舊塘多露塘脚坦水殘缺不全

再遇潮汐復有塌卸則塘身更形孤立今日保一丈之舊塘將來即少修一丈之新工權衡輕重東防工程應以速辦石坦為要上年臣于巡閱塘工情形摺內亦經聲明在案當飭總局查明現存石塘工段應築若干勘明確估開摺詳辦并委候補知府慶泰駐工董率去後茲據塘工總局司道轉據該廳備暨各委員會同赴工逐一勘覆除尖汛坦水另辦并繞城已竣之工及各缺口已築柴埧不計外所有現存舊石塘均屬顯露即原建埽工現亦無存應請一律改建頭二坦水計自戴汛

積字號起至鎮汛典字號止應辦頭坦工長二千三百
六十一丈一尺內併辦二坦工長二千七百六十四丈六尺二
共工長六千一百二十五丈七尺內有舊存條石三十六大塊
石三百四十八方樁木一千七百八十丈五尺均已霉朽間有
低窪不堪抵用前工內有僅辦頭坦者情形吃重准
如所估釘用排樁兩路以資關鍵其頭二坦並辦者
應照例仍釘排樁一路共估需工料銀三十萬六千
三百九十九兩零又勘得戴鎮念三汛原建忠則
如松同氣甲帳聚羣十號大小柴盤頭五座均已
坍盡一概無存亦請一體建復以挑水勢共估需工

料銀四萬三千六百四兩總共銀三十五萬三兩零所估工料係援照上屆繞城坦水成按科覈核與定例稍增然体察情形今非昔比此時物料人工較前昂貴與前辦繞城工程無異且坦水露底深亦須多用塊石在在增費尚無浮冒由總局司道核明開摺具詳請

奏前來臣覆加確查核與親勘情形無異此係舊塘新坦應請專按報銷以清眉目合將興辦東塘戴鎮二汛頭二坦水盤頭各工緣由繕摺具

奏同治八年八月初十日奉　九月初十日奉

旨該部知道　十二月初八日准　工部咨開

都水司案呈內閣抄出浙江巡撫李　奏開辦東
塘戴鎮二汛坦水盤頭各工估需工料銀數一摺同治
八年九月初十日奉
旨該部知道欽遵抄出到
部臣等查原奏內稱東防石塘年久失修坍卸段
落甚多塘脚坦水殘缺不全再遇潮汐則塘身更形
孤立應以速辦石坦為要上年臣于巡閱塘工情形
摺內聲明在案兹據塘工總局司道暨各委員勘工
迹一勘覆應請一律改建頭二坦水計自戴汛積字號
起至鎮汛典字號止應辦頭二坦工釘用排樁兩路
以資關鍵共估需工料銀三十萬六千三百九十九兩

零又戴鎮念汛原建忠則如松同氣甲帳聚羣
十號大小柴盤頭五座均已坍盡亦請一併建復共估
需工料銀四萬三千六百四兩零所估銀兩係援照上屆
繞城坦水成按科算與例稍增臣復加確核與親勘
情形無異此係舊塘新坦應請專按報銷以清眉
目等因臣等查浙省上年拆修海寧石塘工程前
據浙江撫臣覆奏修辦海塘石工若不另增加貼斷
難辦理應手經臣部以該撫所奏係為工程緊要
准其酌增此外各項塘工均不得援以為例奏明在
按茲據奏稱戴鎮二汛改建頭二坦水盤頭各工所

明援照上届繞城塘水成按料覈查前案尚未題銷
並經臣部奏明此外各項塘工不得援以爲例該撫
何以復行援案請增且該撫並未聲明所增數目
奏明請　旨遵行僅聲稱與例稍增恐該工員等
藉以冒銷殊非慎重錢糧之道相應請　旨飭下浙
江巡撫臣嚴督工員核實辦理毋得含混加增稍涉
浮冒以資撙節所有臣等查明具奏緣由是否有
當伏乞　聖鑒訓示同治八年十月十三日具奏本日
奉　旨依議

同治十年十二月巡撫楊昌濬

奏為查明估辦東塘戴鎮二汛頭二坦工寔無浮冒委難核減仍請援案辦理㪅准部咨上屆繞城坦水藉增例價一案奏明此外各項塘工不得援以為例何以此次戴鎮二汛改建頭二坦水盤頭各工復行援案請增且未聲明所增數目僅稱與例稍增恐該工員藉以蒙銷殊非慎重錢糧之道請旨飭臣嚴督工員核寔辦理毋得含混加增稍涉浮冒等因即經轉行遵照去後茲據塘工總局司道詳稱查此案請辦東塘戴鎮二汛坦水盤頭各工原因該處石塘孤立舊築坦水塌已歲久失

修早任坍沒外無術護潮汐衝擊僅恃一綫石塘難資抵禦是以擇要估辦以固舊塘至於估需工料銀兩當此經費艱難之際何敢稍任浮冒實緣今昔情形不同故不得不援案請增溯查乾隆年間修辦海塘石工其時人物富庶例價尚屬不敷是有加貼今則兵燹之後民物凋殘與從前工所有木石各料均係採自深山紆迴盤越脚價貴至數倍至夫工匠作亦係僱請他方惟有加給工食方可募集若不援案請增辦理斷難應手是工程之緊要購料之艱難僱夫之棘手無不與前辦繞城坦水同一情形原估銀數本係核實無浮奉

飭前因復經會同督飭接辦坦工委員及該防廳備細將工程物料夫匠等項逐一料算又復通盤核計原估銀兩在在核實無可再減且現距估辦之時已逾兩載海中潮汐變遷南沙日漸寬闊海潮全趨北岸坦基披刷益深已估未經興辦者原估平底之工現多露底甚原估露底一二尺者又須加深至三四尺不等即原估塊石一項已屬不敷況原估頭二兩坦並辦者頭坦祗釘單排樁木側於臨辦相度情形間有險要之處又須加釘排樁添拋塊石保護舊塘新坦兩受其益由臣親臨察看指受機宜飭照通志辦法於未成頭坦一律加釘以期鞏固是原估銀數

不惟難于核減抑且還慮不敷若使拘執例價勉爲
經費勢必有誤工務該司道等一再據核均係實在情
形委難删減等情詳請具奏前來臣復加確查實無
浮冒情事除咨明工部查册照外據實覆陳十一年奉
旨着照所請該部知道

同治十一年十二月初三日巡撫楊昌濬

奏為東塘戴鎮二汛舊存石塘建復頭二坦水盤頭各工丈尺並完竣日期恭摺具　奏竊照浙省杭州府屬東塘境内戴鎮二汛積字等號舊存石塘應建頭二坦水盤頭各工經陞任撫臣李　臨工勘明擇要興辦飭局委員估計銀數　奏明在按經該總局司道委員分投購料監工設立分局于同治八年九月初一日祀土興工並委候補知府慶泰暨接辦工員候補知府陳乃瀚先後駐工會同該管廳備督率在事員弁募夫集料挨號趕辦至十一年七月二十五日

一律完竣計自東塘戴汛積字號東頭坦六丈五尺起至鎮汛典字號西頭二坦各十丈止原估應辦頭坦工長二千三百六十一丈一尺二坦工長二千七百六十四丈六尺大小柴盤頭五座先經慶泰辦竣頭二坦工長三千一百三十六丈典字盤頭一座嗣經陳乃瀚辦竣頭二坦工長二千九百三十五丈忠則如松盤頭各一座候補知縣石家麟辦竣頭二坦工長一百四十五丈均經一律完竣惟該工興辦已歷三年之久其中潮勢變遷情形頗異有較原估應增之工如建築忠則盤頭照原估丈尺外實添築外圍二丈八尺面寬四

尺如松盤頭添築後身工長六丈五尺外圍沖鋒一律加寬又併辦二坦之澄取字等號頭坦間段工長五百六十四丈四尺原估只釘單排椿今應一律添釘双排方資抵禦有照原估應移應增之工如典亦盤頭原估建于聚羣字號今酌量情形應移建于西首之典亦字號其迤東迎潮極重並酌量加幫雁翅添築後身沖鋒方禦衝擊有照原估應改之工如同氣甲帳四號原估盤頭二座近日情形較輕改辦頭二坦水亦能保護塘根除原估坦水外計添辦頭二坦工各長五十三丈九尺有照原

估應減之工如松盤頭丈尺既增後身即占地步則字號原估坦工並有重複丈尺共計應減辦頭坦工十一丈五尺二坦工六丈以上原估續添各工抵計共实辦成頭坦工長三千四百三丈五尺二坦工長二千八百一十六丈五尺柴盤頭三座統查原估工料銀三十五萬三兩零今又續添頭坦並加釘排樁添築盤頭後身沖鋒雁翅等工續共估銀一萬七千四十三兩零合計原估續估共銀三十六萬七千四十餘兩除減辦坦水盤頭等工應于原估數內扣除銀二萬一千七百六十餘兩外实共估銀三十四萬

五千二百八十兩零此項工程均經監辦工員于興辦時察看情形酌量更改似不能拘定前估丈尺銀數稍事遷就致誤要工臣于　奏覆部查前項坦工估數委難核減案內陳明亦在案所有辦成頭坦工三千四百三丈五尺二坦工二千八百一十二丈五尺柴盤頭三座內除慶泰經辦之坦工潑損一千六百餘丈遵照　奏案飭令賠修據報工竣應俟驗收結覆另案辦理外其餘辦竣各工由總局司道查明具詳請　奏前來臣查此項建復改建頭二坦水工程各依舊跡扦釘安砌以及盤頭各工均能如

式完固並委臬司蒯賀蓀赴工驗收其所築工
段丈尺間有寬窄不等及估用銀數與原奏未符
之處委係臨辦時察看形勢因地制宜分別酌
辦所估工料銀兩核與例價稍增已奏奉 聖
恩允准在案所有該工字號丈尺并實用銀數除
俟總局核詳另行繕單 題奏請銷外謹將
建復改建東塘戴鎮二汛頭二坦水盤頭各工丈尺
並完竣日期恭摺具 奏十二年四月初四日奉
旨工部知道

同治十二年四月二十二日巡撫楊昌濬

奏爲辦竣東塘戴鎮二汛頭二坦水盤頭各工字

號丈尺用過銀數開列清單恭摺　奏報竊照

浙江省杭州府屬東塘境内戴鎮二汛積字等號

舊存石塘應建頭二坦水盤頭各工前經陞任撫臣

李　親勘擇要估計銀數　奏明飭局委員

興辦在按經該總局司道委員分投購料監工設

立分局自同治八年九月初一日興工起至十一年七月

二十五日一律完竣統共辦成頭坦工長二千四百三

丈五尺二坦工長二千八百十二丈五尺柴盤頭三座内

經委員候補知府慶泰辦竣頭二坦水工長三千一百三十六丈柴盤頭一座候補知府陳乃瀚辦竣頭二坦工長二千九百三十五丈柴盤頭二座候補知縣石家麟辦竣頭二坦工長一百四十五丈工竣後當委臬司蒯賀蓀赴工驗收均係工堅料實如式完固並無草率偷減情事經臣將完竣日期並實共估計工料銀三十四萬五千二百八十兩零 奏報在案茲據塘工總局司道會查得該分局前後收支委員造送冊報用過工料經費核共銀三十三萬五千二百餘兩逐一勾稽均屬核實無浮其坦水丈尺

間有寬窄不等实係限于地勢因時酌辦工料亦
有所省照估实計節省銀一萬餘兩開單詳請
具　奏前來臣復核無異除飭將辦竣工段字
號丈尺用過銀數照例造具冊結另請　題銷外
合將辦竣東塘戴鎮二汛坦水盤頭各工用過例
估加貼新加工料銀兩緣由開單具　奏

謹將東塘戴鎮二汛舊存石塘建築頭二坦水盤
頭拋護塊石各工字號丈尺做成高寬用過例估
加貼新加工料銀數敬繕清單恭呈　御覽

計開

一東塘載汎積字號東六丈五尺福緣善慶尺璧寶寸陰是競資父事均曰嚴與敬孝等字二十號各二十丈力字號東七丈忠字號西十七丈則字號東九丈五尺命字號西十丈流字號東十一丈不字號中丈十息字號次東五尺澄字號次東五丈五尺取字號東四丈映字號二十丈思字號中丈十辭安定篤初慎等字六號各二十丈終字號東十丈宜字號二十丈令字號西十八丈榮字號東十三丈業基籍甚竟學優登等字八號各二十丈從字號次西四丈詠字號東十丈樂殊二號各

二十丈貴字號西十丈尊字號西十四丈卑字號西六丈又鎮汎訓入二號各二十丈奉字號西三丈五尺同字號二十丈氣字號西四丈仁字號東四丈四尺慈箇二號各二十丈楹字號西五丈五尺筵字號二十丈設字號西東八丈席鼓二號各二十丈瑟字號西四丈吹字號東十丈笙字號二十丈共計工長一千一百五十五丈四尺一律建築條石頭坦每丈照例築寬一丈二尺上除蓋面條石不計外下用塊石墊底填深自三尺起至六尺五寸止前工或因僅辦頭坦或因潮勢吃重扦釘排樁

二路

一東塘戴汎臨字號東十五丈五尺深履薄夙興溫清似蘭斯馨等字十一號各二十丈如字號西十三丈五尺松字號東九丈五尺之盛二號各二十丈川字號西十七丈息字號東一丈五尺淵字號二十丈澄字號西九丈五尺容止若三號各二十丈思字號東西十丈言誠美三號各二十丈令字號東廿二丈榮字號西七丈所仕攝職四號各二十丈從字號西六丈東六丈政字號西十七丈存字號東九丈以字號西十六丈棠字

號東十一丈兩字號二十丈益字號西十三丈詠字
號次東八丈貴字號東十丈禮字號二十丈別字
號西三丈九尺東七丈六尺尊字號東六丈卑字
號中十一丈五尺上字號中十四丈和字號東十六丈
下睦夫三號各二十丈唱字號西四丈東五丈婦字
號東十丈八尺（西九二丈鎮汛婦字號東十丈八尺）隨外受傳四號各二十丈奉字號東
十六丈五尺母儀諸姑伯叔猶子比兒孔懷兄弟等
字十四號各二十丈氣字號東十六丈連枝交友投
分切磨箴規等字十號各二十丈仁字號西十五
丈六尺隱惻造次弗節義盤鬱樓觀飛寫畫

綵仙靈丙舍傍啟甲帳等字二十三號各二十丈楹字號東十四丈五尺肆笙二號各二十丈階字號西中九丈納字號東十八丈陛弁轉三號各二十丈疑字號西十二丈東三丈星右通三號各二十丈廣字號西八丈內字號東六丈左達承三號各二十丈明字號西七丈既字號東三丈集字號二十丈典字號西十丈共計工長二千二百四十八丈一尺一律建築條石頭坦每丈照例築寬一丈二尺上除蓋面條石不計外下用塊石墊底填深自三尺起至六尺五寸止扦釘排樁一路

一東塘戴汛臨字號東十五丈五尺深履薄夙興溫
清似蘭斯馨等字十一號各二十丈如字號西十三
丈五尺松字號東九丈五尺之盛二號各二十丈川字
號西十七丈息字號東二丈淵字號二十丈澄字號
西十五丈取字號東四丈映容止若思言辭安定
篤初誠美慎等字十四號各二十丈終字號東十
丈宜令榮業所登仕攝職等字九號各二十丈
從字號西十丈東六丈政字號西十七丈存字號東
九丈以字號西十六丈棠字號東十一丈而字號二十
丈益字號西十三丈詠字號東十八丈樂殊貴礼

等字四號各二十丈別字號西三丈九尺東七丈
六尺尊字號二十丈卑字號西十七丈五尺上字
號中十四丈和字號東十六丈下睦夫二號各二十
丈唱字號西四丈東五丈婦字號西九丈二尺又
鎮汎婦字號東十丈八尺隨外受傅訓入奉母
儀諸姑伯叔猶子比兒孔懷兄弟同氣連枝交
友投分切磨箴規仁慈隱惻造次弗節義盤
鬱樓觀飛圖寫畫綵仙靈丙舍傍啟甲帳楹
肆筵等字六十二號各二十丈設字號西東八丈席
鼓二號各二十丈瑟字號西四丈吹字號東十丈笙

陞二號各二十丈階字號西中九丈納字號東十八
丈陛弁轉三號各二十丈疑字號西十二丈東三丈星
右通三號各二十丈廣字號西八丈内字號東六丈左
達承三號各二十丈明字號西七丈既字號東三丈集
字號二十丈典字號西十丈共計工長二千八百十二丈
五尺一律建築條石二坦每丈照例築寬一丈二尺上
除蓋面条石不計外下用塊石墊底填深自三尺起
至六尺五寸止扦釘排樁二路
一東塘戴汛忠字號東三丈則字號西十丈五尺建
築柴盤頭一座外圍工長二十丈八尺後身長十三丈

五尺中面寬五丈二尺底寬六丈東西兩雁翅各面寬三丈二尺各底寬四丈四尺除頂土高二尺實築柴高三丈二尺

一東塘戴汎如字號東六丈五尺松字號西十丈五尺建築柴盤頭一座外圍工長二十二丈五尺後身長十七丈中面寬五丈底寬六丈東西兩雁翅各面寬三丈二尺各底寬四丈四尺除頂土高二尺實築柴高三丈二尺

一東塘鎮汎興字號東九丈爪字號西十五丈建築柴盤頭一座外圍工長三十丈後身長二十四丈中面

寬六丈底寬七丈東西兩雁翅各面寬三丈四尺各
底寬四丈六尺除頂土高二尺實築柴高三丈五尺並
迤東加築雁翅四丈面寬一丈八尺底寬二丈二尺高
三丈五尺
前項盤頭三座均因埽外水深酌量加抛塊石面寬
自八尺起至九尺止底寬自二丈五尺起至二丈七尺五
寸止高自三丈起至三丈三尺止
以上統共用過例估加貼新加工料銀三十三萬五
千二百餘兩係動支提濟塘工經費暨海塘捐
輸等款理合陳明

五月二十日奉　硃批工部知道單併發又清單內

同日奉　硃批覽

同治十三年十一月初十日准　工部咨爲題銷浙江
省東塘戴鎮二汛建築頭二坦水盤頭等工用過銀
兩應准開銷事都水司按呈工科抄出浙江巡撫楊
題東塘戴鎮二汛同治八年建築頭二坦水盤
頭等工用過銀兩造冊題銷一摺同治十三年三月初六
日題五月二十八日奉　旨該部察覈具奏于六月初二
日科抄到部該臣等查得浙江巡撫楊　疏稱浙
省杭州府屬東塘戴鎮二汛境內石塘前因年久失
修坍卸段落甚多塘外柴埽坦水盤頭逐漸坍沒
所存舊塘多露塘脚亟應一律建築坦水盤頭庶

足以衛石塘而挑水勢可估工料係援照上屆繞城坦
水成按料算覈與定例稍增然体察情形今非昔
比物料人工較前昂貴與前辦繞城工程無異且
坦水露底深者亦須多用塊石此項工段係前陞撫
臣李　遴員赴工興辦奏奉　諭旨該部知道
嗣准工部咨以上屆繞城坦水稍增例價一按奏明此
外各項塘工不得援以為例何以此次戴鎮二汛改建頭
二坦水盤頭各工復行援按請增奏明行令核實辦
理毋得含混加增等因當經飭令委員廳備細將工
程物料夫匠等項逐一料算又復通盤覈計原估

銀兩在在核實無可再減並以原估頭二兩坦並辦之
頭坦祇釘單樁經臣親臨勘明仿照通志辦法飭于
未成頭坦一律加釘雙樁以期鞏固是原估銀數尚慮
不敷實難刪減等情奏覆欽奉　諭旨著照所
請該部知道欽此　接准部咨欽遵行令查照各在案
計東塘戴汛積字號東頭坦六丈五尺起至鎮汛典
字號西頭二坦各十丈止間共建築頭坦工長三千四
百三丈五尺二坦工長二千八百十二丈五尺柴盤頭三
座自同治八年九月初一日興工至十一年七月二十五
日一律完竣當經飭委按察司蒯賀蓀等逐

細驗收茲據塘工總局布政使盧定勳等會同
詳稱此項辦竣各工除舊存條石三十六丈塊石
三百三十八方不計錢糧外可用例估加貼增貼工
料銀三十三萬五千二百二十二兩一錢三分七厘六毛九
絲五忽均係在于提濟塘工經費暨海塘捐輸各
款項下動支督飭該管廳備核實經理應由該司
道等公同造具冊籍詳請具題臣覆核無異除將
冊籍送部外理合具題等因前來查浙江省東
塘戴鎮二汛同治八年至十一年建築頭二坦水盤頭
等工先據前任浙江巡撫李　奏明東塘戴鎮

二汛境内石塘援照上届繞城坦水成按科算覈
與定例稍增當經臣部奏明行令核實辦理毋
得含混加增等因復經浙江巡撫楊　以原估
銀兩無可再減並以原估頭二坦水工祗釘單樁
經臣親臨勘明加釘双樁是原估銀數尚慮不敷
實難刪減等情奏覆奉　旨著照所請該部
知道欽遵在案今據該撫將東塘戴汛積字號
東頭坦六丈五尺起至鎮汛典字號西頭二坦各十丈
止間共建築頭坦工長三千四百三丈五尺二坦工長二
千八百十二丈五尺柴盤頭三座共用例估加貼增貼

工料銀三十三萬五千二百二十二兩一錢三分七厘
六毛九絲五忽造册題銷臣部按册查核內所
開工料例估加貼增貼經該撫查明覆奏奉
旨允准應准開銷其動支塘工經費暨海塘捐
輸各款銀兩并行文户部查照至西中兩塘同
治六七兩年修、歲柴埧裏頭等工先據該撫造
册題估造今數載尚未題銷並同治八年至十二
年歲修各工亦未分按具題殊屬延抗應令該
撫迅將各該年歲修工程挨次具題以憑覈辦
等因同治十三年九月十九日題本月二十一日奉
旨

依議爲此合咨前去欽遵施行

以上第十一案

同治十二年二月初十日巡撫楊昌濬

奏爲同治十二年分東塘念汛境内前坍石塘龍頭被沖增卸續辦柴埧並西防翁汛境内原築埽坦山潮衝刷分别初築柴埽各工丈尺年終截數奏報竊照浙省杭州府屬東西中三防海塘工程年久失修間段坍卸自同治四年二月興工起至十年十一月止先後搶辦完竣柴埧鑲柴盤頭裏頭柴埽附土等工節經分别開單造冊題奏各在案茲自十一年正月起至十一月止東塘念汛境内續又搶築柴埧十一丈五尺西塘

翁汛境內加築埽工六十丈柴工六十丈以資擁護查此項東塘念汛續又搶辦滚州亭三號柴埧工段即係同治六年調任督臣吳　前任撫臣馬　會勘指內所稱原坍石塘龍頭散裂拗拜之工比時情形稍輕陳明次第興辦閱今數載護沙刷盡外埽久無底樁纖朽日受兩潮衝激以致吃重之處續又坍卸本應接建石塘以期一勞永逸惟當此戴鎮二汛石塘坦水同時興辦工力不及是以趕先搶築柴埧用資抵禦俾潮水不致內灌將來建復石塘或

作外埽或為内戧屆時仍可酌量抵用尚非虛糜經費至西塘原築埽坦加築埽工柴工緣西寒張列三號地勢本屬灣曲山潮搜刷沖漫時虞查量埽外水深至二三丈不等藏閘餘三號工段與大龍頭衿肘毘連並當山潮頂沖尤關緊要僅藉埽坦不足以護塘身必須分別加築埽工柴工庶期石塘藉以擁護實係因地制宜為至要應辦之工核計統共用過例加工料銀一萬一千四百餘兩均經該管杭道親駐工次督率該管廳備

实力搶辦如式完固工竣隨時驗收均係
工堅料实並無草率偷減情事經臣歷次
親臨覆勘無異由總局司道核明截數呈請
奏報前來臣覆加確查实係工關險要用
款核实除將做成高寬丈尺用過例加工料
銀數另行分別開單造冊題奏外合將
同治十一年分東塘念汛搶築前坍石塘龍
頭被沖增卸柴埧並西塘原築埽坦情
形吃險分別加築埽工柴工各丈尺年終
彙截數目先行具陳三月初四日奉硃

批工部知道

同治十二年十一月初九日巡撫楊昌濬

奏為同治十一年分續辦東塘念汛柴壩並加築西塘翁汛柴工埽工字號高寬丈尺用過銀數彙繕清單恭摺竊照浙省杭州府屬東中西三防海塘工程年久失修間段坍卸自同治四年興工起至十年止先後搶辦完竣各工字號丈尺用過工料銀數節經分別造冊 題

奏各在案其自十一年正月起至十一月止東塘念汛境內續又搶築柴壩十一丈五尺西塘翁汛境內加築埽工六十丈柴工六十丈前于年終

截數　奏報完工亦在按兹據塘工總局司道
會督局員將前項續辦各工字號丈尺並用過
銀數詳請　奏報前來臣復核無異除飭局取
齎結造冊　題銷外合將同治十一年分續辦
東西兩塘柴垻柴埽各工字號高寬丈尺並用
過銀數彙繕清單恭摺具　奏勅部核覆
施行
一東塘念汛漆字號中東一丈州字號中四丈五尺
亭字號西中六丈共搶築柴垻十一丈五尺每丈底
寬四丈五尺面寬三丈五尺牵寬四丈築高二丈

二尺除頂土高二尺实築柴高二丈
一西塘翁汎西寒張列三號每號改築埽工二十丈
共六十丈每丈面寬二丈底寬三丈牽寬二丈五尺
築高二丈四尺除頂土高二尺实築柴高二丈二尺
一西塘翁汎藏閏餘三號每號搶築柴工二十丈共
六十丈每丈面寬一丈五尺腰寬二丈底寬三丈牽寬
二丈一尺二寸五分除頂土实築柴高二丈
以上總共用過例估加貼工料銀一萬一千四百二
十七兩零
十二月十一日奉　硃批該部知道單併發又于

清單內同日奉 硃批覽

光緒元年正月十九日准　工部咨爲題銷浙江省東塘念汛境內搶築柴壩並西塘翁汛加築柴埽等工用過銀兩與例相符應准開銷事都水司按呈工科抄出浙江巡撫楊　題同治十一年東塘念汛搶築柴壩並西塘翁汛加築柴埽各工用過銀兩造冊題銷一摺同治十三年五月初九日題八月初四日奉　旨該部察核具奏于八月初八日科抄到部該臣等查得浙江巡撫楊　疏稱浙省杭州府屬東中西二防海塘工程自同治四年二月興工起至十年年終止先後辦竣

各工字號丈尺用過工料銀兩節經分按造冊題
奏各在按嗣自同治十一年正月起至十一月止東塘
念汛境内續又搶築柴壩十一丈五尺西塘翁汛境
内加築埽工六十丈柴工六十丈當于年終截數
奏明此項東塘念汛續又搶辦柴壩工段即係
同治六年間調任督臣吳　前撫臣馬　会
勘摺内所稱原坍石塘龍頭散裂拗拜之工比時
情形稍輕陳明次第興辦閱今數載護沙
刷盡外埽久無底樁繳朽日受兩潮衝激以
致吃重之處續又坍卸本應接建石塘以期一

勞永逸惟當此戴鎮二汛石塘坦水同時興辦工力不足及以赶先搶築柴壩用資抵禦俾潮水不致內灌將來建復石塘或作外埽或為內戧届時仍可酌量辦理南非虛糜經費至西塘原築埽坦加築埽工柴工緣西塞張列三號地勢本屬灣曲山潮搜刷冲漫時虞查量埽外水深至二三丈不等藏閭餘三號工段與大龍頭衿肘毗連並當山潮頂冲尤關緊要僅藉埽坦不足以護塘身必須分別加築埽工柴工庶期石塘藉以擁護实係因地制宜為要至應辦之工核計統共用

過例加工料銀一萬一千四百餘兩均經杭嘉湖道
何兆瀛親駐工次督率該管廳備實力搶辦如式
完固工竣隨時驗收茲據塘工總局布政使盧定
勲等公同造具冊圖詳請具題等情臣復核無異
除將冊圖送部外理合具題等因前來查浙江省
同治十一年東塘念汛搶築柴埧並西塘翁汛加築
柴埽各工先據浙江巡撫楊　奏明東西兩塘念
翁二汛境內原坍石塘龍頭散裂拗拜之工護坦
刷盡外埽久無底樁霉朽日受兩潮沖激以致吃
重之處續又坍卸本應接築石塘以期一勞永逸

惟當此戴鎮二汛石塘坦水同時興辦工力不及是
以赶先搶築柴埧用資抵禦等因並將各工字號
丈尺銀數開單奏報在按今據該撫將前項搶
築柴埧十一丈五尺埽工六十丈柴工六十丈共用工料
例加銀一萬一千四百二十七兩三錢一分四厘六毫二絲
五忽造冊題銷臣部按冊查核內所開各工字號丈
尺銀數核與奏報清單相符其工料價值與例亦
屬無浮應准開銷等因同治十三年十一月二十日
題本月二十二日奉　旨依議為此合咨前去欽遵
施行

以上第十二案

十

校字沈祥熙
余輿十月初四日收

總纂沈
纂脩張
陶
章
金

閱羅月書

海塘第八冊

海塘十

同治 光緒

第十三案至十七案

關蔭編輯

同治九年十二月初四日巡撫楊昌濬

奏爲接續興辦東中西防戴鎮二汛石塘小缺口

並添建坦水埽坦等工估計工料銀數恭摺具

奏竊照東中西防節年所坍石塘小缺口甚多

擬俟翁汛石工報完後先行補齊以免續坍經臣

于復勘二防海塘工程大概情形摺內聲明在按

現在補築之中防翁汛大口門石工將次完竣應即

接辦兩防小缺口以資聯絡當經飭委司道會勘

確估詳辦去後茲據塘工總局具詳前署杭防

道林聰彝前任杭防道陳璚會同親赴該工督

率廳備各員勘明東防鎮汛次字號起至聚
字號止石塘缺口二十六處計建復工一百八十一丈四尺
拆修工五十四丈六尺東防戴汛孝字號起至唱
字號止石塘缺口二十九處計建復工一百七十丈三尺
拆修工六十六丈九尺中防戴汛終字號起至谷字
號止石塘缺口四十六處計建復工五百一丈六尺拆修
工四十七丈二尺共計戴鎮兩汛建復改建魚鱗石塘
八百五十三丈三尺拆修魚鱗石塘一百六十八丈七尺又
東塘戴鎮二汛上年興辦興辦坦水係將各缺口
剔除此次建復石塘之外應隨塘添建頭二兩層

坦水工共七百八丈五尺二寸又中防戴汛建復石塘
之外應隨塘添建埽坦六百二十丈五尺均應同時
建築以護塘身查前項石塘原建時內有搶修
緩修魚鱗大石等名目自係同時制宜今察看
情形刻下潮勢北趨臨水興工塘身喫重惟魚
鱗塘做法堅固可以抵禦應請將建復拆修前
項石塘一律改作十八層魚鱗工以期經久所需
工料仿照前辦海寧繞城石工成按估計惟繞
城石工均有舊石酌抵今建復之工缺口餘石無存
應一律全用新石拆修之工牽抵舊石五成比繞

城塘舊石減少必須多購新石增添工料以敷工用核計建復魚鱗石塘每丈約估銀四百九十九兩七錢零拆修魚鱗石塘每丈約估銀三百五十五兩五錢零添建條石頭坦每丈約估銀四十五兩四錢零二坦每丈約估銀五十六兩八錢零添建埽坦每丈約估銀五十九兩八錢零總共約估銀五十五萬九千九百餘兩核計坦水工價與前辦積字號相仿其石塘工價較之建修西中兩防魚鱗石塘銀數稍有加增實緣此次建復之工全用新石而拆修之工又因前拼舊石曾經西防拆修

石塘撈取抵用今再打撈实屬無多約僅五成
可抵且前項缺口均係臨水興工非前辦西中兩
防石塘繞從柴垻後身建築者比况自興辦大工
以來樁木日採日稀宕石日運日遠水脚料價
不能不逐漸加增良由時事不同地形迥異尚
無浮冒核明開摺呈請具　奏前來臣查戴鎮
二汛一帶石塘年久失修間段坍缺塘外護埽
坦水早经沖没無存大小口門雖已築成柴垻
暫時抵禦亟應建復石工期于经久除東防念
汛尖汛及中防翁汛已築柴垻各口門及尚可

從緩之拗拜各工另行辦理外現議建修戴
鎮兩汛之小缺口共九十三處工長一千二十二丈坦水
埽坦一千三百二十餘丈均應一律興辦臣于查工之
便覆加履勘情形無異所估工價亦無浮冒竊
思海塘石工開辦已越四年工程尚未及半柱砍
多集人夫廣購物料迅速赶辦以冀及早告成
無如協撥餉需過多限于經費地方彫敝已甚
物力艱難心餘力絀無計可施惟有相度形勢
擇要興辦庶幾日就月將事蕆有日以期仰副
聖主厪保民生之至意此次開辦工程仍應派

委大員督辦以專責成除飭委前署杭防道候補道林聰彝常川駐工督率各員赶緊設局集事照估興辦工竣專按造冊報銷外合將接續興辦東中兩防戴鎮二汛石塘小缺口及添建坦水埽坦等工估計銀數緣由恭摺具　奏並繕具字號丈尺清單敬呈　御覽

謹將東中西防戴鎮二汛建復拆修魚鱗石塘及添建坦水埽坦各工字號丈尺繕具清單恭呈

御覽

一東塘境內戴家汛孝字號中十丈起至唱字號

中東十一丈止間段共石塘工長二百三十七丈二尺

内建復工一百七十丈三尺拆修工六十六丈九尺

一鎮海汛次字號東三丈起至聚字號西三丈七

尺止間段共石塘工長二百三十六丈内建復工一百

八十一丈四尺拆修工五十四丈六尺

一戴家汛忠字號東三丈起至唱字號中十一丈止

間段建復石塘之外添建隨塘頭二兩層坦水

工共長四百二十五丈内頭坦工二百二丈二坦工二

百二十三丈

一鎮海汛對字號起至聚字號西三丈七尺六寸止

間段建復石塘之外添建隨塘頭二兩層坦水

工共長二百八十三丈五尺二寸內頭坦工一百四十一

丈七尺六寸二坦工一百四十一丈七尺六寸

一中塘境內戴家汎烈字號東三丈起至谷字號

西中九丈六尺止間段共石塘工長五百四十八丈八

尺內建復工五百一丈六尺拆修工四十七丈二尺

一戴家汎烈字號東五丈起至谷字號西六丈止

間段建復石塘之外隨塘添建埽坦工長六百

二十丈五尺

本月十六日奉　旨該部知道單併發又清單內

内同日奉 旨覽

同治十年四月十三日准　工部咨為奏明請
旨通行事都水司按呈内閣抄出浙江巡撫楊
奏接續興辦東中兩防戴鎮二汛石塘小缺
口並添建坦水埽坦等工估計工料銀數一摺于同
治九年十二月十六日奉　旨該部知道單併發
又清單内同日奉　旨覽欽遵抄出到部查原
奏内稱據塘工總局具詳勘明東防鎮汛次字
號起至聚字號止石塘缺口二十二處計建復工一
百八十丈四尺拆修工五十四丈六尺戴汛孝字號起
至唱字號止石塘缺口二十九處計建復工一百七

十丈三尺拆修工六十六丈九尺中防戴汛烈字號起至否字號止石塘缺口四十二處計建復工五百一丈六尺拆修工四十七丈二尺共計戴鎮兩汛建復改建魚鱗石塘八百五十三丈三尺拆修魚鱗石塘一百六十八丈七尺又東塘戴鎮兩汛上年興辦坦水係將各缺口剔除此次建復石塘之外應隨塘添建頭二兩層坦水各工共七百八丈五尺二寸又中防戴汛建復石塘之外應隨塘添建埽坦六百二十丈五尺均應同時建築以護塘身查前項建復拆修石塘一律改作十八層魚鱗工以期經久所

需工料仍照前辦海寧繞城石工成按估計核
計建復魚鱗石塘每丈約估銀四百九十九兩七
錢零拆修魚鱗石塘每丈約估銀三百五十五兩
五錢零添建條石頭坦每丈約估銀四十五兩四錢
零二坦每丈約估銀五十六兩八錢零總共約估
銀五十五萬九千九百餘兩核計坦水工價與前
辦積字等號相仿其石塘工價較之建修西中
兩防魚鱗石塘銀數稍有加增緣此次建復之
工全用新石而拆修之工又因前坍舊石曾經西
防撈取抵用今再打撈實無多僅五成可抵且

前項缺口均係臨水興工非前辦西中兩防石
塘繞從柴塤後身建築者比況自興辦大工以
来椿木日採日稀宕石日運日遠水脚料價不
能不逐漸加增呈請具奏臣于查工之便覆加
履勘情形無異所估工價亦無浮冒開具字號
丈尺清單具奏並稱海塘石工開辦已越四年工
程尚未及半等語臣等查上年浙省海寧繞城
石塘工程前據該撫奏准另增加貼經臣部核
復准其酌增並聲明此外塘工不得援以為例
此次該撫奏報東中兩防戴鎮二汛石塘小缺口

等工声称所需工料仍照前辦海寧繞城石工成
按估计于臣部奏明不得援以為例之語置若罔
聞任聽屬員朦混援引殊屬不合其坦水工價據
称與前辦積字等號相仿查上年該撫奏報戴鎮
二汛積字等號工程声称係援照上届繞城坦水成
按料算與例稍增經臣部奏駁在按該撫尚未核
实覆奏輒行援引亦屬含混臣部均難率准至
所称石塘開辦已越四年工程尚未及半等語查
上年臣部因該省海塘工程用銀至數百萬兩
為期逾五六年尚未一律告竣奏令該撫查明將

已修未修工段據實繪圖覆奏咨部備查迄
今年載有餘尚未據該撫切實覆奏殊屬延玩
相應請　旨飭下浙江撫臣嚴飭工員將所報東
中西防戴鎮二汛石塘小缺口等工核實刪減專
摺覆奏並請　飭下該撫查照臣部前奏迅
將已修未修各工段確切查明繪圖具奏並將
臣部歷次奏駁各條迅速查明核實聲覆不
得任意遲延所有臣等查明具奏緣由是
否有當伏候　訓示臣部行文浙江巡撫欽
遵辦理爲此謹　奏請　旨同治十年七月

二十七日具奏本日奉　旨依議

同治十一年二月初五日巡撫楊昌濬

奏為核明部駁東中兩防戴鎮二汛石塘小缺口等工銀數實無浮冒恭摺覆陳竊照按准部咨此次奏報東中兩塘戴鎮二汛石塘小缺口等工聲稱所需工料仍照前辦海寧繞城塘石工成案估計于奏明不得援以為例之語置若罔聞任聽屬員朦混援引殊屬不合其坦水工價稱與前辦積字等號相仿查上年奏報戴鎮二汛積字號工程援照繞城坦水成按科算與例例稍增經部奏駁尚未核實覆奏

輙行援引亦屬含混均難率准經部奏奉
諭旨飭臣嚴督工員核實刪減專摺覆奏
等因當經轉行遵照茲據塘工總局司道詳稱
會查此按清辦石塘坦水等工係于原拆舊基接
建修復緣因對峙南沙日漲寬闊以致塘外護
沙早經刷盡海潮全趨北岸外口水深數尺至
丈餘不等塘底碎石斷樁逐段遺存先須淘挖
淨盡然後始能開槽釘樁臨水做工潮來即須停
止若冬令潮平尚可多事工作然大汛之日力作
仍不過兩時小汛之日加不及半春夏秋三季潮

汐旺大措手更難是工費一項較之陸地施工加
至倍從安砌石塘與繞城塘一樣做法聯絡扣嵌
亦多加用錠鋦至坦水原基湲刷年久露底太
深墊底塊石尤須多用始能平滿結實埽坦水
深之處有當險要其埽外亦須拋護塊石庶足
擁護是物料又較尋常之工加多況前辦繞
城石塘時尚有舊石可以打撈搭用此次全用
採買新石拆修之工舊石祇堪抵用五成採辦
各料自兵燹後本已凋零連年興辦鉅工愈
採愈稀一日運日遠且土曠民稀招募夫匠尤

屬匪易種種棘手情形歷經隨按聲明至是
按估需工料當此料用艱難之際無力不求撙
節何敢稍涉朦混實緣時事不同地形迥異
慎重要工不得不援按估辦原估銀數本係
核實無浮茲復會同督飭總理工程委員候補
知府李審言調署東防同知吳世榮署中防
同知唐勛署海防營守備蔡興邦細將現做
工程採買料價僱募夫匠等項逐一料算又復
通盤核計原估銀數均屬在在核實無可刪減
等情詳請具 奏前來臣再四稽核確係實

在情形原估銀數委無浮冒情弊實難刪減
除仍督飭撙節辦理工竣核實請銷並咨工
部查照外合將奉部駁查東中兩塘戴鎮二
汛石塘小缺口等工銀數實無浮冒緣由恭摺覆
陳敕部查照施行再此按工程原派候補道林
聰彝駐工督辦因病改委候補道吳艾生嗣吳
艾生委署臬篆復委候補道戴槃駐工督辦
合併陳明謹　奏　五月初九日奉　旨著照所
請該部知道

同治十一年六月初一日巡撫楊昌濬
奏
為東塘鎮汛石塘小缺口及隨塘坦水一律完工並
戴汛工程分數減省續估變通辦理恭摺具 奏
竊照東塘鎮汛原估建修石塘工二百三十六丈東
中西塘戴汛工七百八十六丈東塘鎮戴兩汛隨塘
頭二坦水共七百八丈五尺二寸中塘戴汛埽坦工六
百二十丈五尺前經 奏准興辦在按自同治元年
十一月二十九日在海寧州城設立分局興工先從
鎮汛辦起所有各字號興設日期迭據詳報有
按茲據塘工總局司道轉准駐工督辦道員戴

槃移據辦工委員候補知府李審言署東防同知補候知府陳乃瀚署中防同知唐飭署海防營守備蔡興邦会申稱鎮汛原估自次字號起至聚字號止建復工一百八十一丈四尺拆修工五十四丈六尺隨塘頭二坦水六百八十三丈五尺六寸內除典字號因多按改建盤頭間隔現只興辦石塘中一丈七尺頭二坦水各一丈其東九丈三尺及相連之亦聚兩號大塘工二十三丈七尺並隨塘頭二坦水共十七丈五尺六寸因與念汛接界該汛石塘早經坍卸無從接扣龍頭又係盤頭後身只

好截歸念汛將來估辦時接續興辦庶臻聯
絡此項緩辦塘坦工料銀兩應俟全按工程完竣
按照丈尺核扣外所有鎮汛原估建修工二百三丈
兹已一律安砌完竣其隨塘頭二坦水二百六十六丈
一併工竣各龍頭續埂加長各工不在其內至東中
兩塘戴汛工程現在約成十分之四一面趲催趕辦
凡屬臨水勉強可以施工之處無不遵照估按臨
水興辦惟查中塘戴汛原估建修之知過必改
罔短靡恃已長信使羊景行維賢克念作聖德
等字凡二十二號計工長三百一十九丈二尺該處地勢

低窪積水更深自春徂冬塘不見底屢乘潮後水
平作埧閘槽而沙性汕澁底未清而潮復至舊
樁木由拔起新樁即無從扦釘若必拘定臨水
工程終歲迄無措辦之日虛糜經費更復不少
且查該段至老鹽倉一帶即誌載沙性汕澁实
有不能釘樁之處乾隆年間曾有石工後即
以柴塘為外埽之　諭想見當初已在柴塘後
興工近來潮勢北趨益劇該段低窪受衝臨水
实難強辦擬請援照成按繞從柴埧後建築不
但做工順手牽量基址形勢又復直截洵屬有

利無弊似可變通辦理至臨水工程估價有
差自應查照西中塘繞築前挨分別建復拆
修按丈核扣計應減除銀六千六百餘兩其石
工竣後即可以柴塤為外埽應者辦埽坦三
百一十九丈除各龍頭增長丈尺仍應留建埽坦
四十六丈七尺實可省辦埽坦二百七十二丈五尺
照估價應扣除銀一萬六千二百餘兩之項共應
減省銀二萬二千九百餘兩又查有未曾估辦之
談彼兩號及糜恃已三號內石塘工長七十二丈
五尺先只殘隨游走近又受兩年潮溜衝刷

拗拜更甚又聞在估辦新工之中其塘脚距原基三四尺不等若拘定原估丈尺新工龍頭既不接縫舊工亦難保不續坍與應續估拆修俾新舊聯為一氣該工除舊石可抵八成外應查照西中塘前按拆修估價遞減石價二成每丈約估工料銀二百五十九兩零計需銀一萬八千八百餘兩又應加築隨塘埽工七十二丈五尺每丈約估工料銀六十八兩三錢零計需銀四千九百餘兩續估兩項工程共約需銀二萬三千七百餘兩以前項扣除銀二萬二千九百餘兩抵辦所短無幾即于原估工程內撙

節省補無庸另籌經費所有此次續建減省又
續估各工經駐工督辦委員候補道戴槃確实
勘估移向查照並据辦工委員李審言等分次
開摺稟由塘工總局司道核明会詳請　奏前
来臣查鎮汛續辦之工暨增長龍頭均係隨時
相度形勢分別辦理其餘原估修建段落現
已一律如式完竣並無草率惟戴汛原估修
建知字等二十二號石塘三百餘丈本係臨水之工
現因潮汐日益北趨水勢過深原坍缺口更值頂
冲以致開槽清底無從措手臣屢次親詣履勘與

督辦委員再三審度迫于地勢不得不援照成按改從柴塘後身建築石塘以期堅實將來即以柴塘作為外埽又可節省埽坦經費洵屬兩得其宜至該工毘連未曾估辦之談彼兩號及靡恃已三號石塘七十二丈五尺先已坐陷游走近則拗拜更甚必須赶緊拆築並隨塘添築埽工以資聯絡估需經費即以節省銀兩抵用毋須另籌均屬核實似此一轉移間則辦理得以迅速工程可期穩固除飭在工各員趁日認真赶辦外合將鎮汛石塘小缺口並隨塘坦水一律完工及戴

汛工程分数並減省續估變通辦理緣由恭摺具

奏再此按工程原係擇要估辦所有全汛附

土眉土土堰處處均須培補以臻完固應俟全工

告竣援按另行估修造報合併聲明本月二十九

日奉　旨該部知道

同治十二年八月二十七日巡撫楊昌濬

奏為東中兩防建修戴鎮二汛石塘小缺口及坦水埽坦等工一律全竣日期恭摺具　奏竊照浙省東中兩塘戴鎮二汛應行建修石塘埽坦除前辦工丈外原應築埽坦三百四十八丈惟內有同字號十一丈因與續估之談字號埽工毗連若照原估建築埽坦未能聯絡當經酌度情形改築埽工十一丈以期貫串而資鞏固實計應辦埽坦三百三十七丈並續估埽工七十三丈五尺及續改埽工十一丈亦均一併隨塘完竣據總理工程委員候補知府李富

言署東防同知吳世榮署中防同知唐勛暨海
防營守守備蔡興邦会同申請駐工督辦之
候補道吳艾生戴槃核由總局詳經臣先後分
委運司靈杰臬司蒯賀蓀赴工驗收均係工堅料
实一律完固並無草率偷減情弊結報在案經臣
歷次親臨履勘確实惟各該段有地勢低窪蓄水
過深無從清槽釘樁經該道戴槃做工時相度情
形不能不因地制宜變通辦理之處故所築坦水
間有寬窄不等而于原估石料牽計亦有減省
至東防鎮汛照原估裁減建復石塘三十三丈頭二

坦水十七丈五尺二寸暨戴汛應除頭二坦水四十
九丈各按原估共應核扣工料銀一萬九千八百九
十六兩零其中防囲字號原估埽坦十一丈現改
埽工所增工料無幾業于通工内撙節匀補不再
另估經費以歸核實現在通工告竣所用工料銀兩
均照原估尚有節省一俟採辦支應各員册報到
齊另由總局核明聞具辦成工段字號丈尺高寬
清單並用過工料銀兩細數另行詳辦等情
呈請具　奏前來臣覆核無異所有該工字號
丈尺並實用銀數除俟總局核詳另行繕單

題奏請銷外所有此按工程自九年冬間開辦起至現在完工止隨逾二年工係臨水且地段較長在事大小各員均係實心實力認真經理不應辦石塘小缺口暨隨塘坦水埽坦埽土前經　奏明設局興辦並委補用道吳艾生等先後駐工督飭廳備委員監工購料自同治九年十一月二十九日興工起至十二年三月三十日一律完竣辦成建復石塘八百二十丈三尺拆修石塘二百四十一丈二尺隨塘頭二坦水六百四十二丈埽坦三百三十七丈埽工八十三丈五尺均經委驗　奏報在按查該工原估工料銀

五十五萬九千九百三十五兩零除經前次聲明照
原估減辦石塘坦水並戴汛應除坦水各工銀一萬
九千八百九十六兩有零外實計估需銀五十四萬三
十九兩零所有建復石塘原估全用新石拆修石
塘舊石抵用五成添用新石五成嗣于開槽清底
及塘外水涸之時見有沈埋舊石尚可打撈均經
隨時督飭夫役不憚辛勞起撈搭用以節經費
牽計建復石塘舊石抵用六成左右拆修石塘
舊石抵用五成有餘茲據塘工總局司道具詳
核計建修前工並挑填附土分別加築土堰滿

槽各工統用過工料經費銀四十八萬九千一百餘
兩逐一勾稽均係確實無浮其填築新工附土々
堰填槽工程原奏銀數均未估列在內此次辦
理該工格外撙節所有新工附土々堰填槽土夫
用款即于正工內勻撥不另估報外核照估按實尚
節省銀五萬八百餘兩此項銀兩擬請酌提三萬兩
發商生息查海塘續志內載東塘柴石各工額撥
歲修銀十二萬四千兩自興辦大工以來該防業經
先後請定柴壩等工歲修銀七萬八千兩遶城盤
頭歲修銀三千三百兩遶城坦水石塘歲修銀六千

一百兩共已請撥歲修銀八萬七千四百兩在按
現在東防戴鎮二汛坦水業已一律全竣限滿後
後歲修之費即應預為籌畫備用此次請撥
發商銀三萬兩即以息銀備該工歲修之用
惟該防西汛坦水共計工長六千八百五十餘丈
此項息銀按月八厘計算每年僅得銀二千八
百八十兩不敷尚鉅將來尚須另請添撥總期不
致有逾原額等情詳請具 奏前來臣查前
項工程原估銀數本係照章核實估計因上年
秋冬潮小水涸塗寬臣于查工時見沈埋沙中舊

石不少當飭工負設法打撈隨處抵用減辦新石
是以節省銀五萬兩有奇至各項工程亦均委
驗親勘並無偷減除將用過銀兩飭造冊結备說
另行具　題請銷外謹繕清單恭摺具奏
謹將浙省海塘中東西防戴鎮二汛建築拆修
魚鱗石塘及隨塘添石頭二坦水埽坦埽工並
填築附土土堰溝槽等工字號寬深丈尺用過例
估加貼新加工料銀兩數目開列清單恭呈
御覽

計開

一中防戴汛烈字號東三丈男效二號各二十丈才字號西五丈知過必三號各二十丈改字號西八丈莫字號東二丈忘字號西十二丈罔字號東十一丈五尺短字號東十五丈靡字號西六丈五尺恃字號西十四丈己字號東七丈長字號二十丈信字號西十五丈欲字號中東十四丈難字號西二丈五尺量字號西中十五丈墨字號中東十五丈染字號西三丈五尺詩讚二號各二十丈羔字號西一丈羊字號中東十丈六尺景行維三號各二十丈賢字號西三丈克字號東十丈念作

勝名四號各二十丈端字號中東十四丈止字號東九丈合字號西五丈共計工長五百一丈六尺一律建復十八層魚鱗石塘每丈照例底寬一丈二尺面寬四尺五寸築高一丈八尺計用厚一尺寬一尺二寸折正條石一百十八丈三尺三寸釘底樁木一百五十根並填築附土內自知字號起至勝字號止閘共三百丈六尺係于柴塘後身興築塘前一律填滿溝槽以資聯絡擁護

一中防戴汛短字號西五丈信字號東五丈使字號西六丈器字號西十四丈染字號東四丈

羔字號次西二丈六尺德字號西二丈六尺表字號西一丈正字號中二丈四尺答字號中四丈六尺共計工長四十七丈二尺一律拆修十八層魚鱗石塘每丈照例底寬一丈二尺面寬四尺五寸築高一丈八尺計用厚一尺寬一尺二寸拆正條石一百十八丈三尺三寸釘底樁木一百五十根並填築附土内羔信使德四號工長十八丈六尺係于柴埧後身興築塘前填滿溝槽以資聯絡擁護

一中防戴汛談字號二十丈彼字號二十丈靡字

號中東二十三丈五尺恃字號東六丈已字號西十三丈共計工長七十二丈五尺一律拆修十八層魚鱗石塘每丈照例底寬一丈二尺面寬四尺五寸築高一丈八尺共用厚一尺寬一尺二寸折正條石一百十八丈三尺三寸釘底樁木一百五十根並加填附土以資倚護

一中防戴汛然字號東七丈男效二號各二十丈才字號西七丈良字號東四丈五尺知字號西五丈改字號西十三丈莫字號東七丈五尺忘字號西十四丈罔字號中三丈五尺使字號西十

五丈五尺欲字號東十八丈難字號西六丈量字號西十九丈然字號東十九丈染字號西七丈東三丈詩讚二字各二十丈羔字號西五丈六尺羊字號東十丈五尺賢字號西八丈九尺克字號東十丈五尺勝字號東四丈德字號西五丈五尺名端二號四十丈表字號西三丈正字號東十二丈谷字號西八丈共計工長三百三十七丈一律建築埽坦每丈上寬一丈六尺底寬二丈除頂土外築高一丈六尺每單長一丈用柴六百觔土五分排樁一路二十根

一中防戴汎罔字號東十一丈談字號二十丈彼字號二十丈靡字號東十三丈五尺恃字號東六丈己字號西十三丈共計工長八十三丈五尺一律建築埽工每丈上寬一丈六尺下寬二丈四尺築高二丈除頂土高二尺实築柴高一丈八尺每單長一丈用柴六百觔土五分底面腰樁共二十六根

一東防戴汎則字號西二丈七尺命字號東九丈臨字號西一丈五尺如字號東一丈六尺松字號西十丈川字號東三丈流字號西八丈不字號西東各三丈五尺息字號西中十八丈澄字號

東四丈馭字號西中十六丈終字號西八丈仕字號中一丈從字號中三丈五尺政字號東一丈存字號西一丈中二丈以字號東三丈甘字號二十丈棠字號西八丈益字號東七丈詠字號西一丈五尺別字號中八丈卑字號東二丈五尺上字號西五丈中六丈和字號西四丈唱字號中八丈又鎮风次字號東一丈弗字號西七丈樓字號中三丈五尺畵字號西六丈舍字號東一丈二尺甲字號西六丈對字號中十二丈設字號西八丈瑟字號東十八丈吹字號西一丈階字號東十

一丈五尺納字號西三丈五尺疑字號東六丈五尺廣字號東十二丈五尺内字號西十四丈東一丈左字號西丈一五尺明字號東十四丈既字號西十八丈五尺典字號中一丈七尺共計工長三百十八丈七尺一律建復十八層魚鱗石塘每丈照例底寬一丈二尺面寬四尺五寸築高一丈八尺共用厚一尺寬一尺二寸折正條石一百十八丈三尺三寸釘底樁木一百五十根並填築附土加築土堰俾資倚護

一東防戴汛孝字號中十丈則字號西三丈中

二丈命字號中一丈八尺臨字號西一丈六尺似字號西九丈如字號東四丈五尺松字號中一丈流字號中四丈東一丈五尺不字號次西二丈次東一丈五尺息字號東二丈竟字號中四丈存字號西八丈中一丈詠字號西三丈上字號東四丈唱字號東三丈又鎮汛次字號東二丈樓字號西一丈東三丈六尺觀字號西四丈舍字號中二丈五尺東三丈五尺甲字號東七丈對字號西三丈東四丈設字號東五丈五尺吹字號西五丈疑字號東三丈通字號東五丈五尺左字

字號西五丈共計工長一百二十一丈五尺一律折
修十八層魚鱗石塘每丈照例底寬一丈二尺
面寬四尺五寸築高一丈八尺共用厚一尺寬一尺
二寸折見條石一百十八丈三尺三寸釘底樁木一
百五十根並填築附土加築土堰俾資倚護
一東防戴汛命字號東十丈臨字號西四丈五尺
川字號東三丈流字號西九丈不字號西東十
丈息字號西十八丈澄字號東五丈取字號西十
六丈終字號西十丈從字號中四丈政字號東三
丈存字號西十一丈以字號東四丈甘字號二十丈

棠字號西九丈益字號東七丈詠字號西二丈
別字號西中八丈五尺卑字號東二丈五尺上字
號西五丈東一丈和字號西四丈唱字號中十一
丈又鎮汎對字號二十丈設字號中十二丈瑟字
號東十六丈吹字號西十丈階字號東十一丈納字
號西二丈疑字號東五丈廣字號東十二丈内字
號西十四丈明字號東十三丈既字號西十七丈典
字號中一丈共計工長三百一十丈五尺一律建築
條石頭坦每丈照例寬一丈二尺上用厚七
寸寬一尺二寸新條石一層蓋面不計外下用新

塊石墊底填深五尺三寸籤釘新排樁一路二十根

一東防戴汎命字號東十丈臨字號西四丈五尺川字號東三丈流不二號各二十丈息字號西十八丈隂字號東五丈取字號西十六丈終字號西十丈從字號中四丈政字號東三丈存字號西十一丈以字號東四丈甘字號二十丈棠字號西九丈益字號東七丈詠字號西二丈別字號西中八丈五尺卑字號東二丈五尺上字號西五丈東一丈和字號西四丈唱字號中十一丈又鎮汎對字號

二十丈設字號中十二丈瑟字號東十六丈吹字號
西十丈階字號東十一丈納字號西二丈疑字號東
五丈廣字號東十二丈內字號西十四丈明字號
東十三丈既字號西十七丈典字號中一丈共計
工長三百三十一丈五尺一律建築條石二坦每丈
照例寧寬一丈二尺上用厚七寸寬一尺二寸新
條石一層蓋面不計外下用新塊石墊底填
深五尺五寸鐵釘新排樁二路四十根
現共用過例估加貼新加工料銀四十八
萬九千一百餘兩

九月三十日奉　硃批該部知道單片併發

又清單內同日奉　硃批覽

光緒元年七月初八日准　工部咨爲題銷浙
江省東中兩防修建戴鎮二汛石塘坦埽等
工用過銀兩與例相符應准開銷事都水司
按呈工科抄出浙江巡撫楊　題同治九年至
十二年東中兩防修建戴鎮二汛石塘坦埽等
工用過銀兩造冊題銷一按于同治十三年九月
初四日題十一月二十一日奉　旨該部察核具奏于
光緒元年正月十四日據該撫將冊籍揭送到部
該臣等查得浙江巡撫楊　疏稱浙省杭州
府屬東中兩防戴鎮二汛一帶石塘年久失修

間段坍缺塘外護埽坦水早經冲没無存應行
分別建修前經督飭廳備勘明撥按估計約需
銀數聲明因此次舊石無多且係臨水興工近
來水脚料價又復逐漸加增是較上次建修西
中兩防石塘銀數稍多前經奏明興辦旋准部
咨以前項各工分別撥按另增加貼均難率准奏
明行令核實刪減等因又將實在難以刪減緣
由奏覆欽奉　諭旨著照所請該部知道欽
遵行令查照嗣兩汛建復石塘八百二十丈三尺拆
修石塘二百四十一丈二尺隨塘頭二坦水六百四十二丈

埽坦三百三十七丈埽工八十三丈五尺並分別填築附土土堰濬槽計自同治九年十一月二十九日興工至十二年三月三十日一律完竣並陳明續于開槽清底時見有沈埋舊石設法打撈搭用查照原估計有節省銀兩另行造冊具題各在案茲據督辦塘工總局布政使盧定勳等會詳稱此案建修石塘續經設法打撈舊石搭用計與上次西中兩防石塘支銷例估加貼增貼銀數不相上下其坦埽柴土各工亦與歷次支銷各案相彷統共用過例估加貼增

貼工料銀四十八萬九千一百九十八兩九錢均係在
于提濟塘工經費暨海塘捐輸各款項下動支
督飭工員核实經理應由該司道等公同造具
冊圖詳請具題臣復核無異除冊圖送部外理
合具題等因前來查浙江省同治九年十一月
起至十二年三月止修建東中西防戴鎮二汛
石塘坦埽等工先據浙江巡撫楊　奏明
並將各工字號丈尺銀數開單奏報在案今據
該撫將東中西防建修石塘八百六十丈六尺拆
修石塘二百四十一丈二尺建築頭二坦水六百四十

二丈埽坦三百三十七丈埽工八十三丈五尺除選用
舊石外實共用過工料例估加貼並貼增銀四
十八萬九千一百九十八兩九錢造册題銷臣部
按册查核內所開各工字號丈尺銀數核與奏
報清單相符其工料例估加貼增貼價值亦與
奏明准銷成按無浮應准開銷等因光緒元
年五月初四日題本月初六日奉　旨依議欽此
合咨前去欽遵施行
以上第十三案

同治十二年八月二十七日撫院楊昌濬片　奏再
東中兩塘戴鎮二汛石坦塘水埽坦埽工業經一
律分別建修完竣所有該處一帶舊塘後身
原存附土土堰眉土等工歷年已久雨淋潑卸
俱形單薄以致石塘節節顯露每遇大汛風潮
潑濺低窪之處輒慮漫溢察看情形實為緊
要必須分別加高培厚以資抵禦而護塘身
庶期有備無患益臻鞏固曾于上年　奏報鎮
汛石塘完工案內附陳請俟全竣後援案另估
修辦在案嗣經總局司道督飭署海防營守

備蔡興邦分段勘估計應加填東塘鎮汛自隨字號起至典字號止土堰工六百八十二丈附土工七百三十六丈六尺眉土工七百三十六丈六尺戴汛自忠字號起至婦字號止土堰工九百十丈二尺附土工七百五十九丈六尺眉土工七百五十九丈六尺中塘戴汛自女字號起至積字號止附土工五百四十七丈後身幫寬工一百四十二丈五尺各就地勢填築高寛不等統共估需土方夫工銀三千六十餘兩逐一句稽均係核實無浮當飭該備取用黄土夯硪結實如式趕填茲于本年六月初五日一律完竣經臣飭委海寧州知

州靳芝亭署西防同知余廷訓赴工逐細驗收均係如式加填一律完整並無草率偷減茲據塘工總局司道請　奏前來臣覆核無異除將該工字號丈尺用過銀兩細數飭令另行造冊取結詳請　題銷外合將加填東中兩塘戴鎮二汛舊塘附土眉土土堰等工完竣緣由附片具陳飭部查照施行九月三十日奉　硃批覽

光緒元年六月十二日准 工部咨開都水司按
呈工科抄出浙江巡撫楊 題同治十二年
東中兩防戴鎮二汛填築舊存石塘後身土埝
附土眉土等工用過銀兩造冊題銷一按同治十
三年九月初四日題十一月十三日奉 旨該部察核
具奏于光緒元年正月十四日据該撫將冊籍疏
揭送到部該臣等查得浙江巡撫楊 疏
稱浙省杭州府屬東中兩防戴鎮二汛一帶
舊塘後身原有附土土埝眉土等工歷年已
久雨淋潑卸俱形單薄以致石塘節節顯

露每遇大汛風潮激湧低窪之處輙慮漫溢察看情形实為緊要必須分别加高培厚以資抵禦而護塘身前經督飭分段勘估填築计東塘鎮汛自隨字號起至典字號止加填土埝工六百八十二丈附土工七百三十六丈六尺眉土工七百三十六丈六尺戴汛自忠字號起至婦字號止加填土埝工九百十丈二尺附土工七百五九十丈六尺眉土工七百五十九丈六尺中塘戴汛自女字號起至積字號止加填附土工五百四十七丈慕字號起至聲字號止後身幫寬工一百四十二丈五尺各就地

勢塡築高寬不等于同治十二年六月初五日一
律完竣當經飭委海寧州知州靳芝亭等先
後赴工逐細驗收前經奏報并陳明另行造册
題銷欽奉　硃批覽嗣准部咨欽遵行令
查照各在案茲据督辦塘工總局布政使盧
定勳等會同詳稱此項加塡各工所用例估加貼
工料銀三千六十餘七兩五錢五分一厘均係在于
提濟塘工經費暨海塘捐輸各款項下動支督
飭該管廳備核實經理由該司道等會同造
册詳請具題臣復核無異除將册結送部外

理合具題等因前來查浙江省同治十二年
東中西防戴鎮二汛填築舊存石塘後身
土埝附土眉土等工先據浙江巡撫楊
奏明並將各工字號丈尺銀數彙摺奏報在案今
據該撫將前項戴鎮二汛填築土埝一千五百
九十二丈二尺附土二千零四十三丈二尺眉土
一千四百九十六丈二尺後身幫寬一百四十二丈
五尺共用過工料例估加貼銀三千六十七兩五
錢五分一厘造冊題銷臣部按冊查核內所開
工料價值與例相符應准開銷等因光緒

元年四月十八日題本月二十日奉　旨依議欽此

合咨前去欽遵施行

（以上第十四案

同治十二年三月二十二日巡撫楊昌濬

奏為接續興辦中東兩塘翁尖二汛石塘小缺口並塘外添建埽坦改建坦水等工估計工料銀數恭摺馳查中東兩防節年所坍石塘大小缺口甚多祇因經費支絀物料艱難不得不酌量緩急次第建修前于接辦戴鎮二汛石塘坦水摺內声明翁念尖三汛已築柴埧各口門另行辦理在案現在鎮汛業已完工戴汛亦不日告竣臣屢次赴塘察看情形除念汛石塘缺口地段甚長將來宜于柴埧後面興建尚可從緩外築翁尖二汛石塘小

缺口均係臨水要工亟應接續興辦以資聯絡當
經飭委司道會勘確估詳辦茲據塘工總局司道
會詳稱親赴工次督率委員候補知府黎錦瀚
暨廳備各員勘明中塘翁家汛龍字號起至豈
字號止挨號逐段丈量原築石塘均高十七層共坍
缺口十六處計應建復石塘均高十七層三百十三丈
八尺拆修石塘七十七丈三尺查該處地當山水
海潮交滙每屆大汛浪花撇潑高過塘身照舊
修建難免水漫應請一律築高十八層魚鱗石塘
以資抵禦其建復之工均係缺口舊石無存應全

用新石每丈估需工料銀四百九十九兩七
錢零計建復石塘三百十三丈八尺共估需
工料銀十五萬六千八百三十餘兩其拆修
之工多係散裂坍卸舊石牽抵五成應添新
石五成每丈估需工料銀三百五十五兩五
錢零計拆修石塘七十七丈三尺共估需工
料銀二萬七千四百八十餘兩石塘之外從
前築有柴工保護塘身兵燹之後亦逐漸坍
沒無存當將完整舊塘之外搶築埽坦以護
根脚其坍卸缺口之所因石塘無存是以列

入緩辦今既石塘分別興修應請將埽坦一律隨塘添築庶期聯絡擁護逐號丈量計應添築埽坦三百三十八丈五尺每丈估需工料銀五十九兩八錢零共估需銀二萬二百四十餘兩又湯字號地形鼓凸東迎潮汐西當山溜最為吃重之處若僅築埽坦勢難抵禦惟查該號西九丈前經築有埽坦應請加高作為埽工其迤東十一丈原坍缺口新估石塘之外亦請添築埽工並于埽外加拋塊石以資衛護共估需工料銀二千七百六十

餘兩綜計中防翁汛建復拆修石塘暨添築
埽坦埽工加拋塊石各工統計共估需工料
銀二十萬七千三百三十兩零所估工料銀
數核與前次估辦戴鎮二汛埽坦之案相符
緣該處地勢抵窪沙土虛浮臨水釘樁施工
不易所以做法情形均與戴汛相同應請援
照估計次至尖山汛自石字號起至躬字號
止按號勘丈共石塘缺口十五處計應建復
者二百六十七丈五尺應拆修者六十一丈
五尺原建均係魚鱗石塘今應仍請照舊興

修以期鞏固查尖汛地勢較高與各汛情形
稍有不同所有石塘坍卸舊石賴塔山壩批
溜尚有存溜留此次估請建復淘挖撈用節
者較多查拆建石塘除本工原有舊石可抵
外亦須添辦新石以濟工需詳細科計該汛
建復石塘估用舊石四成採辦新石六成每
丈估需工料銀三百九十八兩四錢零拆修
石塘估用舊石七成採辦新石三成每丈估
需工料銀二百九十七兩五錢零二共建復
拆修十八層魚鱗石塘三百二十九丈估需

工料銀十二萬四千八百九十二兩零又該汛
原建條坦塊坦盤頭等工前因久未修理均經
潮水沖激柴樁木石蕩然無存今石塘既經興
修則塘外坦水尤宜一律建復保護塘根查海
塘誌載尖汛原建坦水舊接槩條條坦與塊坦間
段分別建築又于頂沖險要處陸續添建盤頭
五座自係因時制宜保護要工起見今察看形
勢與昔年稍有區別因此估計做法量為變通
未敢稍有拘泥總期工歸實濟款不虛糜查石
字號東五丈九尺二寸並毘連兌汛石字號中

二丈八寸計工長八丈以前係念汎碉石字
號盤頭後身嗣（後）盤頭坍卸未曾建復今該處
缺口估請興辦應請隨塘改建塊石頭二坦
水各八丈以護塘根脚此外估請建復字號
丈尺自能字號二十丈起至嘉字號二十丈
止計條石頭二坦水各一千一百八十丈又
自索字號二十丈起至默字號西十二丈止
計條石頭二坦水各九十二丈二共條石坦
水各計工長一千二百七十二丈從前原係
條石坦水兹因石塘興工條石稀少若照舊

建復條坦不免有懸工待料之虞應請一律
改建塊石坦水二層又自猷字號二十丈起
至推字號二十丈止並自默字號東八丈起
至遺字號西十三丈七尺八寸止共計間段
工長六百四十一丈七尺八寸查此項工程
本係塊坦舊基築寬二丈四尺無頭二坦之
分今該處正值潮勢頂沖塘外水深三四尺
不等如照舊建復坦面寬闊潮汛沖激易于
損壞此次建復應請分作頭二兩坦中用樁
木關排内高外低形如坦坡以順潮勢核計

頭二兩坦各工長六百四十一丈七尺八寸
其做法高寬需用工料與鉅字等號情形相
同併計共請建復改復頭坦一千九百二十
一丈七尺八寸每丈估需工料銀三十二兩
九錢零共估銀六萬三千二百九十八兩零
共二坦一千九百二十一丈七尺八寸每丈
估需工料銀四十四兩一錢零共估銀八萬
四千九百十八兩零又自道字號東六丈二
尺二寸起至杷字號西十六丈止計工長三
百四十二丈二尺二寸原建係屬塊石單坦

並條字號石盤頭一座查該盤頭後身九丈
五尺內有一半尚屬堅固今請修理折筭應
扣除工四丈八尺不計外實應建復塊石單
坦三百三十七丈四尺二寸現請仍照舊址
建復每丈築寬一丈六尺估需工料銀四十
四兩一錢零共估銀一萬四千九百五兩零
統計改建〻復塊石頭二坦水工長各一千
九百二十一丈七尺八寸又塊石單坦工長
三百三十七丈四尺二寸共單長四千一百
八十丈九尺八寸內計建復隨塘坦水單長

六百五十八丈舊塘新坦單長三千五百二十二丈九尺八寸總計東防尖汛建復拆建石塘並建復改建坦水各工共估需工料銀二十八萬八千十五兩零均係核實確估並無浮冒至該汛前建于農黍稷庶幾讙索條字等號紫石盤頭五座當時係因工段吃險間段添建以分潮勢惟海中陰沙消長無定每月潮汛趨向靡常查工程之平險視乎潮勢之趨向潮勢之趨向又視乎陰沙之消長刻下該汛險工既無定所自應各就坦水本

工加釘樁木闌攔自固藩籬俾資抵禦所有
前建盤頭五座現在均請緩辦俟將来全汛
工竣如必須籍資分挑潮勢再請建復以重
经費第尖汛石塘坦水同時興工所有欲建
建復塊石坦水共计長四千一百八十丈九
尺八寸工段绵長需時較久應请分作四限
奏報完工以半年為一限每限報竣一千餘
丈此係查照志載成按辦法以期迅速以上
兩汛工程由委員黎錦翰暨該兩防廳備先
後會同清摺到局由總局司道核明呈請具

奏前來臣親往復勘所估均係確實至翁
汛石塘估價較之尖汛稍多亦實因該汛建
復工程舊石無存全用新石拆修工程舊石
入較尖汛少抵二成且翁汛地當山潮並激
之處形勢低窪塘外水深清槽釘樁一切均
較尖汛更為棘手情形既有不同估價自難
一律逐細勾稽在在核實並無浮冒除飭該
引道委員分往設局購料集夫擇吉興辦工
竣專按造冊報銷外合將接續興辦中東兩
防翁尖二汛石塘小缺口並塘外添建掃坦改

建坦水等工估计銀數緣由恭摺具　奏再
中防滸汛尚有潑損拗裂低陷石塘一百二
十四丈四尺並東防尖汛面石潑損底石尚
整石塘六十五丈五尺祇須加高理砌不多
作正估報即于前估工內勻撥工料辦理以
資撙節合併陳明四月二十七日奉　硃批
該部知道

同治十三年三月初十日巡撫楊昌濬片

奏再杭州府屬中塘翁汛境内應行建復石塘三百十三丈八尺拆修石塘七十七丈三尺添築隨塘埽坦三百三十八丈五尺埽工二十丈前經飭委廳備勘明估需銀二十萬七千三百三十兩零央汛境内應行擇要建復石塘二百六十七丈五尺拆修石塘六十一丈五尺以及塘外坦水等工飭委勘明估需銀二十八萬八千十五兩零前經彙按

奏明興辦在按當將翁汛各工飭委候補道

戴槃候補知府黎錦翰設局辦理于同治十二年三月初七日祀土興工截至十一月二十四日止共計間段辦築丈字等號建復魚鱗石塘一百三十三丈八尺白字等號拆修魚鱗石塘六十八丈五尺又夾冈各工飭委候補知府陳璚東防同知吳世榮等設局辦理于同治十二年六月十二日祀土興工截至十二月年十六日止共計間段辦築石字等號建復魚鱗石塘一百七十丈五尺畝字等號拆修魚鱗石塘三十二丈五尺並自謙字

號起至增字號止修築頭二坦水單長一千丈經杭嘉湖道何兆瀛往來督率員不時赴工履勘分別緩急次第修建其中原估柱字等號頭二坦水各五百十三丈七尺八寸又原估道字等號單坦三百三十七丈四尺二寸現在各該字號塘外漸有漲沙堪資擁護且距塔山尖山不遠塘身尚穩酌擬緩辦以節經費至東塘尖汛原估改建〻復塊石坦水共計單長四千一百八十丈九尺八寸工段綿長需時較久前經　奏明分作四限完

工以半年為一限每限報竣一千餘丈係照
舊志成按辦法茲查石塘坦水同時並舉事
頗繁重乃為時未及一年翁尖兩汛修竣石
工四百餘丈坦工單長一千丈辦理尚為妥
速現在酌定緩辦坦工共單長一千三百餘
丈核計未辦坦水工不及二千丈毋庸再行分
限應即飭令趕于本年夏秋間一律辦竣所
有緩辦各工核照原估銀數計應扣減銀五
萬四千五百三十兩零據翁尖二汛駐工督
辦委員分聞清摺到局由塘工總局司道詳

請先行　奏報前來伏查上年臣覆奏三防
海塘所費不致有逾原估仍請分援辦理摺
內欽奉　硃批覽奏已悉著該撫督飭承辦
工員核實經理勿避怨嫌所請另派大員督
辦之處著毋庸議臣跪聆之下感悚難名當
即宣示在事大小各員凜遵　聖訓實心實
辦要速辦理工程務求堅實用款期于撙節
各該員均能激發天良踴躍從事又值天旱
水涸施工較易是以開工未及一年兩處做
成石塘四百餘丈坦工一千丈爲前次未有

之事其間節省浮費實已不少至減辦坦工一千三百餘丈節省銀五萬四千餘兩亦屬因地制宜慎重經費兼之海水退足打撈舊石亦多又有新築乃字等號石塘工長一百四丈因塘下水深繞入柴埽後釘樁安砌較臨水之工亦無減省將來全工告竣自應核實造銷不敢以估報在先然毫浮濫以上辦成各工均經臣隨時親臨督率指授機宜逐一勘驗並無草率偷減之弊臣現在出省查閱浙東各屬營伍周歷八郡約將兩月之久

所有海塘現辦工程諄囑總局司道督飭工
員照常認真辦理以期速蕆乃事除俟該兩
汛通工告竣委員查勘結覆再將辦成字號
丈尺實用銀數分晰開單奏報外合將建
修中防翁家兩汛石塘坦水初限完竣各工
並酌擬緩辦坦工丈尺緣由附片陳明二十
二日奉　硃批工部知道

光緒元年三月十二日巡撫楊昌濬
奏為中東西塘翁尖二汛建修石塘小缺口
並塘外添建埽坦改建坦水等工一律完竣
恭摺具　奏竊照浙省中東西塘翁尖二汛
應辦石塘小缺口並塘外添建埽坦改建坦
水等工丈尺估需銀數前經　奏准設局興
辦嗣將初限完竣各工並酌擬緩辦坦工暨
繞築石塘各緣由分晰附片陳明各在案茲
据塘工總局司道詳稱中塘翁汛各工自同
治十二年三月初七日興工至十三年十二

月十二日一律辦竣計龍字號起至養字號止間段建復魚鱗石塘共三百十三丈八尺師字號起至養字號止間段拆修魚鱗石塘共七十七丈三尺内文字乃三號建復石塘四十四丈五尺暨賴及萬方蓋五號建修石塘五十九丈五尺繞入柴埽後釘樁安砌其餘均照原估臨水興工又龍字號起至養字號止間段築成埽坦二百六十八丈按照原估計減辦文字乃及萬五號埽坦七十丈五尺緣文字等號石塘續議繞築是以減辦埽

坦仍于文乃及方四號塘外修築柴埽三十八丈以資鞏固所用工料即以減辦埽坦經費抵支毋庸另請開銷又原估湯字號埽工二十丈並埽外加抛塊石亦已如式辦成核查原估統需工料銀二十萬七千三百餘兩今實用例估加貼增貼工料銀二十萬一千九百餘兩計節省銀五千三百餘兩其東塘夾汛各工自同治十二年六月十二日興工至十三年九月十九日一律辦竣計石字號起至躬字號止間段建復魚鱗石塘共二百

六十七丈五尺岫字號起至勅字號止間段拆修魚鱗石塘共六十一丈五尺又原估改建〻復塊石坦水工長四千一百八十丈九尺八寸內除減辦極字等號改建塊石頭二坦水各五百十三丈七尺八寸遺字等號建復單坦三百三十七丈四尺二寸外实在石字號起至增字號止辦成塊石頭二坦水單長共二千八百十六丈核查原估統需工料銀二十八萬八千十五兩零內除前項減辦坦水應除原估銀五萬四千五百三十兩零

尚應銀二十三萬三千四百餘兩今實用例
估加貼增貼工料銀二十萬三千七百餘兩
計節省銀二萬九千六百餘兩共計銷夫兩
汛興辦石塘坦埽等工三千八百六十餘丈
需用工料銀四十萬五千餘兩經駐工督辦
候補道戴槃督率工程委員候補知府黎錦
翰陳璚署東防同知吳世榮及在工員弁認
真赶辦竭力打撈舊石以節經費候補道惲
祖貽親詣江干設局查驗所辦木料選運濟
用杭防道何兆瀛候補道吳艾生会同駐工

往來督率以期工堅實者臣歷次親臨履勘所做工程均能如式堅固工竣後飭委運司靈彬候補道唐樹森赴工驗收結實並無草率偷減情弊兹據總局司道詳請具奏前來除飭取辦成工段字號高寬丈尺並實用銀數另行繕單 題奏請銷外伏查此按建修塘坦工長費鉅頭緒紛繁自十二年春間開辦至上年十二月工竣爲時未及兩年要工一律告成在事大小各員均能實心實力認真經理所用經費按照原估尚多節省不

無微勞足錄仰懇　天恩准其擇尤酌保以
示鼓勵之處出自　鴻慈謹將建修中東兩
塘翁尖二汛石塘小缺口並塘外添建埽坦
改建坦水各工一律全竣緣由恭摺具　奏
再前次陳明該二汛尚有潑損拗裂低陷石
塘併于正工內勻撥工料加高理砌在按現
亦一律修辦完竣合併陳明十一日奉　旨
著准其擇尤保奏毋許冒濫

光緒元年五月二十六日巡撫楊昌濬
奏為辦成中東兩塘翁汛石塘坦埽各
工字號高寬丈尺用過銀數開列清單恭摺
竊照浙江省中東兩塘翁汛應辦石塘
小缺口並塘外添建坦埽暨改建坦水柴埽
各工前經臣將開辦興竣日期及減辦緣由
先後奏報各在案茲據塘工總局司道詳
稱計辦成中塘翁汛龍字號起至養字號止
間段建復魚鱗石塘三百十三丈八尺師字
號起至養字號止間段拆修魚鱗石塘七十

七丈三尺龍字號起至養字號止間段築成
埽坦二百六十八丈文乃及方四號修築柴埽
三十八丈又湯字號埽工二十丈並于埽外
加抛塊石又東塘尖汛石字號至髮字號止
間段建復魚鱗石塘二百六十七丈五尺岫
字號起至勑字號止間段拆修魚鱗石塘六
十一丈五尺石字號起至增字號止改建塊
石頭二坦水共單長二千八百十六丈統計
用過工料銀四十萬五千七百餘兩核明開
摺呈請循按具　奏等情前來臣查前項工

程原估銀數本係照章核實估計用上年適
值天旱水涸施工較易並經吕隨時親臨指
飭認真赶辦竭力打撈舊石隨處抵用各委
員皆能实心实力踴躍從事是以工段雖多
蕆事甚速俾得節省銀三萬兩有奇做成各
工亦均委驗親勘結覆並無草率偷減除飭
造实用銀數細冊取結绘圖另行具 題請
銷外合將辦成中東兩塘翁尖二汛石塘坦
埽各工字號高寬丈尺用過銀數繕單恭摺
具奏

謹將浙省辦成中東西塘翁汛二汛石塘坦
埽各工字號高寬丈尺用過銀數開列清單
恭呈覽御

計開

一中塘翁汛龍字號東十丈師字號西二丈
火字號二十丈帝字號中九丈始字號東
十九丈文字號中東十一丈五尺字字號
二十丈乃字號西中十三丈虞字號東二
丈陶字號二十丈唐字號西十七丈湯字
號東中十一丈愛字號東十丈育字號西

東十四丈五尺黎字號二十丈賓字號中
十三丈二尺鳴字號西八丈六尺鳳字號
東六丈在字號西十六丈五尺賴字號東
一丈及字號二十丈萬字號西七丈五尺
大字號東七丈五字號西十八丈五尺恭
字號西八丈鞠字號東二丈養字號西六
丈五尺共計工長三百十三丈八尺一律
建復十八層魚鱗石塘每丈照例築成底
寬一丈二尺面寬四尺五寸高一丈八尺
計用厚一尺寬一尺二寸全新條石一百

十八丈三尺三寸三分三厘釘馬牙梅花

新橋共一百五十根

一中塘前汎師字號東三丈三尺愛字號中

一丈五尺白字號東六丈駒字號西中十

三丈萬字號東六丈五尺方字號西四大

東十六丈蓋字號西四丈五尺大字號中

四丈恭字號中西一丈五尺鞠字號次東

三丈五尺養字號中三丈五尺東十丈共

計工長七十七丈三尺一律拆修十八層

魚鱗石塘每丈照例築成底寬一丈二尺

面寬四尺五寸高一丈八尺計需用厚一
尺寬一尺二寸條石一百十八丈三尺三
寸三分三厘內除搭用舊石五成釘馬牙
梅花新樁共一百五十根
一中塘翁汛龍字號東十五丈師字號東五
丈火字號二十丈帝字號西十七丈始字
號東十九丈文字號中三丈虞字號東五
丈陶字號二十丈唐字號西十五丈弔字
號東十丈育字號西十丈黎字號二十丈賓
字號中十五丈鳴字號西九丈鳳字號東

五丈在字號西十八丈賴字號東三丈大
字號東八丈五字號二十丈恭字號次西
九丈鞠字號東三丈養字號西十九丈共
計工長二百六十八丈一律建築埽坦每
丈上寬一丈六尺底寬一丈八尺除頂土
外實築柴高一丈六尺釘樁一路計二十
根又每單長一丈用樁柴六百觔土五分
一中塘霜風乃字號東七丈原係埽坦今改
築埽工每丈面寬二丈底寬三丈除頂土
外實築柴高二丈二尺釘底腰面樁共二

十六根又每單長一丈用稭柴六百觔土五分

一中塘翔汎文字號東中四丈乃字號次東二丈及字號西十五丈方字號西十丈共計工長三十一丈原係柴埧今改築柴工每丈面寬一丈五尺腰寬二丈底寬三丈除頂土外實築柴高二丈釘底腰面樁共十五根又每單長一丈用稭柴六百觔土五分

一中塘翔汎湯字號西九丈原係埽坦今加

築埽工又東十一丈建築埽工共計埽工
二十丈每丈除頂土并拼存埽坦抵用外
牽計实加築柴高一丈四尺上寬一丈六
尺下寬二丈釘底腰面新樁二十六根又
每單長一丈用檜柴六百觔土五分並加
拋塊石底面牽寬一丈四尺高一丈四尺
以上中塘翁汛共用過工料銀二十萬
一千九百餘兩
一東塘尖汛石字號東八丈鉅字號二十丈
野字號西東十六丈五尺庭字號西二丈

五尺曠字號中東十六丈遠字號西五丈邈字號中東十七丈巖字號二十丈岫字號西中十四丈五尺治字號西中十四丈於字號中東十一丈五尺農字號西二丈五尺茲字號中八丈五尺稼字號中八丈俶字號東五丈載字號西四丈五尺南字號中東十六丈畝字號西六丈新字號中九丈勸字號中東十一丈賞字號西中十五丈孟字號西十丈某字號中東十五丈謹字號東五丈省字號東八丈躬字號西

三丈共計工長二百六十七丈五尺一律
建復十八層魚鱗石塘每丈照例築成底
寬一丈二尺面寬四尺五寸高一丈八尺
共需用條石一百十八丈三尺三寸三分
三厘內搭用舊石六成有餘釘馬牙梅花
新樁共一百五十根

一東塘尖汎岫字號東一丈五尺稼字號次
東二丈載字號東中十四丈五尺畝字號
東四丈我字號中二丈五尺黍字號中東
十一丈熟字號中東十二丈新字號次東

一丈陟字號東五丈敦字號西三丈五尺謹字號次東二丈五尺勅字號西二丈共计二長六十一丈五尺一律拆修十八層魚鱗石塘每丈照例築成底寬一丈二尺面寬四尺五寸高一丈八尺共需用條石一百十八丈三尺三寸三分三厘內搭用舊石九成有餘釘馬牙梅花新樁共一百五十根

一東塘夹汛石字號東五丈九尺二寸並昆連念汛石字號中二丈八寸又夹汛鉅字號二十丈野字號二十丈庭字號二十丈

曠字號二十丈遠字號二十丈綿字號二十丈邈字號二十丈巖字號二十丈岫字號二十丈治字號二十丈本字號二十丈於字號二十丈農字號二十丈務字號二十丈茲字號二十丈稼字號二十丈穡字號二十丈俶字號二十丈載字號二十丈南字號二十丈畝字號二十丈我字號二十丈藝字號二十丈黍字號二十丈稷字號二十丈稅字號二十丈熟字號二十丈貢字號二十丈新字號二十丈勸字號二

十丈賞字號二十丈陟字號二十丈孟字
號二十丈軻字號二十丈敦字號二十丈
素字號二十丈史字號二十丈魚字號二
十丈秉字號二十丈直字號二十丈庶字
號二十丈幾字號二十丈中字號二十丈
庸字號二十丈勞字號二十丈謙字號二
十丈謹字號二十丈勑字號二十丈聆字
號二十丈音字號二十丈察字號二十丈
理字號二十丈鑒字號二十丈貌字號二
十丈辨字號二十丈色字號二十丈貽字

號二十丈厥字號二十丈嘉字號二十丈猷字號二十丈勉字號二十丈其字號二十丈祗字號二十丈植字號二十丈省字號二十丈躬字號二十丈譏字號二十丈誡字號二十丈寵字號二十丈增字號二十丈共計工長一千四百八丈一律改建塊石頭二坦水兩共二千八百十六丈每丈照例頭坦築寬一丈二尺二坦築寬一丈二尺共寬二丈四尺通工牽計築深五尺共用全新塊石十二方又頭坦釘椿一

路二十根二坦釘樁二路四十根共樁六

十根

以上東塘尖汛共用過工料銀二十萬

三千七百餘兩

統共前尖兩汛各工實用工料銀四十

萬五千七百餘兩

七月初四日奉　旨該部知道單併發

光緒二年二月三十日准　工部咨為題銷浙江省建修中東兩塘翁尖二汛石塘坦埽等工用過銀兩應准開銷事都水司按呈工科抄出浙江巡撫楊　題同治十二三年建修中東兩塘翁尖二汛石塘坦埽等工用過銀兩造冊題銷一摺光緒元年九月初五日題十一月十七日奉旨該部察核具奏於十一月十九日科抄到部該臣等查得浙江巡撫楊　疏稱浙江省中東兩塘翁尖二汛應修石塘小缺口並塘外添建埽坦改

建坦水等工先經奏明分局興辦嗣將尖汛
工程暨翁汛石塘道工一律告竣分別委員
驗收先後分晰奏報飭取工段字號高寬丈
尺繕单具奏並陳明飭造實用銀數冊籍另
行題銷各在按茲據督辦塘工總局布政使
盧定勳等会詳伏查中塘翁汛各工自同治
十二年三月初七日興工至十三年十二月十
二日止計龍字等號建復石塘三百十三丈
八尺師字等號拆修石塘七十七丈三尺又
龍字等號埽坦二百六十八丈文乃及方四

號修築柴埽三十八丈又湯字號埽工二十丈並埽外加拋塊石共用過工料銀二十萬一千九百二十六兩零其東塘尖汎各工自同治十二年六月十六日興工至十三年九月十九日止計石字等號建復石塘六百六十七丈五尺岫字等號拆修石塘六十一丈五尺又石字等號改建塊石頭二坦水單長共六千八百十六丈共用過工料銀二十萬三千七百九十五兩零統計翁尖二汎各工共用過工料銀四十萬五千七百十八兩零

均係在于提濟塘工經費暨海塘捐輸各款
項下動支核與歷次奏准報銷各項銀數相
符應仍由該司道等公同造報合將造具冊
圖詳送具題等情呈覆核無異除冊圖送部
外理合具題等因前來查浙江省同治十二
年起至十三年止建修中東西塘翁夾二汛
石塘坦埽等工先據浙江巡撫楊　奏明
中東西防石塘大小缺口甚多因經費支絀
物料維艱不得不酌量緩急次第建修現在
翁夾二汛石塘缺口均係臨水要工亟應接

續興辦以資聯絡等因並將工段字號丈尺
銀數開單奏報在案今據該撫將翁汛建復
石塘三百十八丈八尺拆修石塘七十七丈
三尺又築埽坦二百六十八丈修築柴埽三
十八丈埽工二十丈並埽外加拋塊石共用
過工料銀六十萬一千九百二十二兩四錢
三分三釐七毫三絲八忽四微又東塘尖汛
建復石塘二百六十七丈五尺拆修石塘六
十一丈五尺改建塊石頭二坦水共計單長
二千八百十六丈共用過工料銀二十萬三

千七百九十五兩九錢一分六厘一毫九絲二忽四微統計前奏二汛共用過工料銀四十萬五千七百十八兩三錢四分九厘九毫三絲造冊題銷臣部按冊查核內所開各工字號丈尺銀數核與奏報清單相符應准開銷等因于光緒元年十二月十六日題本月十八日奉

旨依議爲此合咨前去欽遵施行

以上第十五案

光緒元年三月十二日撫院楊昌濬片奏

再浙省杭州府屬西塘李汛境內西育字號東十一丈西爰字號西九丈共限外埽坦二十丈緊貼西黎育字號盤頭當山潮匯激最爲緊要之處是年春汛陰雨連綿山潮並旺該工疊被沖刷柴土漂失殘陷情形甚爲危險若仍修復埽坦誠恐大汛踵臨難以抵禦經總局司道飭據該管廳備勘明估請加築埽工二十丈所需款項在于塘工經費項下動支給辦經杭防道何兆瀛駐工督率于同

治十三年二月二十三日開工至三月十七日完竣共用過例估加貼工料銀一千七百餘兩報請驗收委係工堅料實如式完固並無草率偷減由總局司道呈請具奏前來臣覆核無異除飭將做成該工高寬丈尺用過工料銀兩造具冊結詳請題銷外合將十三年分續辦加築西塘李汎西首戔二號埽工丈尺銀數緣由附片具陳飭部查照施行四月十一日奉旨該部知道

光緒二年四月二十三日准　工部咨爲題
銷浙江省續辦加築西塘李汎埽工用過銀
兩與例相符應准開銷事都水司按呈工料
抄出浙江巡撫楊　題同治十三年續辦
加築西塘李汎埽工用過銀兩造冊題銷一
按光緒元年九月初五日題十一月十五日
奉旨該部察核具奏于十一月十九日科
抄致劄部該臣等查得浙江巡撫楊　疏稱
同治十三年分續辦加築西塘李汎西首爰
二號埽工完竣驗收一摺光緒元年四月十

一日奉　旨該部知道欽遵查照等因當経
轉飭照例詳辦去後茲据督辦塘工總局布
政使盧定勳等会詳稱復查同治十三年分
續辦加築西塘李汛埽工二十丈用過工料
銀一千七百五十六兩四錢二分五厘在于
提濟塘工経費項下動支核與應奉准銷銀
數相符應仍由該局司道以同造冊詳送具
題等情臣復核無異除冊籍送部外理合具
題等因前來查浙江省同治十三年續辦加
築西塘李汛埽工先据浙江巡撫楊　奏

明西塘李汛境內西育字號東十一丈西爰
字號西九丈緊貼西蔡育字號盤頭山潮滙
激最要之處是年春汛陰雨連綿山潮並旺
該工迭被沖刷柴土漂失殊屬情形甚為危
險若修復埽坦誠恐大汛陡臨難資抵禦估
請加築埽工等因並將字號丈尺銀數奏報
在案今據該撫將前項加築西塘李汛西育
等字號埽工二十丈共用過工料銀一千七
百五十六兩四錢二分五厘造冊題銷臣部
按冊查核內所開工料價值與例相符應准

開銷等因光緒二年三月初五日題本月初七日奉　旨依議爲此合咨前去欽遵施行

以上第十六案

「同治」十三年二月初四日巡撫楊昌濬
奏為勘明海鹽縣境坍損石塘等工先行擇
要估修恭摺竊照嘉興府屬海鹽縣境濱臨
大海自前明建有石塘數千丈並築土塘等
工以資保障該處海面較寬風潮沖擊時有
坍損康熙雍正朝乾隆年間均經　奏請動
項修築道光初年前撫臣帥承瀛疏請興修
垂章等號魚鱗塘工籌有歲修專款由地方
官紳經理兵燹之後原款無著以致年久失
修同治六年前撫臣馬新貽会同调任督臣

吴崇具奏勘明海塘各工籌款次第辦理緣
由摺内陳明鹽平兩汛计潑損石塘長一百
八十七丈三尺土塘五百五十三丈五尺柴
工十八丈隨時酌量修復以保全塘等因在
案伏查鹽汛舊建大石塘以及魚鱗石塘高
寬約在二丈以外較之現辦杭州府屬之東
中西三防石塘高寬丈尺不啻倍蓰所需修
費亦復懸殊即如應用塘石每塊需長五尺
寬厚一尺五六寸在于紹興府屬之山陰縣
羊山地方採購其中水陸舟車節節盤運方

達工次運費既多辦理又極艱難所有前次
奏明潑損各工一時实難全行修復惟近
來每遇大汛屢有續損工段且坐朝等號逼
近海鹽縣城塘高城低情形甚為危險若不
擇要先行興辦不但日久需費更鉅更慮風
潮鼓盪之際居民尅難安枕現在専款既已
無著自應併由局辦以照核实臣于查閱海
寧工程之便督同杭嘉湖道何兆瀛親詣複
勘隨飭委候補知府黎錦翰蕭書会同該管
府縣暨海防營守備赴工詳細勘估興辦旋

据勘明該處舊建五縱五橫魚鱗大石塘内有位字號西一丈民字號中三丈南字號中五丈五尺坐字號東二丈西十一丈五尺朝字號東二丈伏字號西四丈均已坍卸至底又迤近南城之落水寨地方緊接鱗塘之尾爲大塘之首内遐字號西八丈邇字號東西十八丈五尺壹字號東四丈中西七丈体字號中九丈五尺亦均坍卸至底兩工均特内護一線土塘前臨大洋後靠白洋河實係情形險要必不可緩之工亟應一律拆底建修

查得該處各號石塘各用地勢層數不一從
前原用條石安砌道光初年該前縣汪仲洋
承修再章等號各工始于出海縱石鏨鑿合
縫嵌鑲錠鋦外口抵以油灰內裏縱橫條石
灌用灰漿至今稱爲完固此次拆修之高低
層數循舊安砌其做法應照道光年間再章
等號成式辦理以垂久遠經該委員等督匠
核實估計總共應修魚鱗大石塘二十九丈
大石塘四十七丈內自十八層至十四層不
等除舊石拿抵四成有奇外每丈拿估銀七

白十八两零統共估需工料銀五萬四千五百餘两实因丈尺既寛應需物料人工在在增多兼之兵燹後元氣未復一切工料無不昂貴核計所估銀數实無浮冒等情飭據總局司道復加確核應請照估動用塘工經費赶速興辦以重要工並檄委候補知府蕭書会同嘉興府知府許瑤光督率縣備于上年八月間設局開辦惟該工石料長大寛厚尺寸倍于尋常自羊山採辦釗工水陸搬運節節艱阻較之三防石塘購運情形倍難措手

必須新石運辦齊備始能尅期完工惟有督飭妥員赶緊集料興修不任稍有躭延至前前項石塘本有塘外双坦今亦坍没無存以及塘後附土等項並此外未辦石土各工擬請隨後察看情形次第籌辦再該塘工有朝南發瑞四號及倖字號魚鱗大石等工共計工長十七丈面石殘損並請于前工內匀撥工料辦理不另作正開銷以節經費等情經由塘工總局司道詳請具　奏前來臣覆查無異除俟全工告竣核實請銷外合將勘明

海鹽縣境坍損石塘等工先行擇要估修緣由恭摺具奏三月初七日奉硃批工部知道

光緒元年四月十九日巡撫楊昌濬
奏為恭報原估修復海塩縣境坍損石塘完
竣日期并字號丈尺用過銀數恭摺竊照浙
省嘉興府屬海塩縣境濱臨大海舊建石塘
等工年久失修間段坍卸前經委員勘估擇
要先行拆修魚鱗塘二十九丈又大石塘四
十七丈仿照道光年間修築成式辦理當將
應修字號丈尺估需銀數並于前工內匀撥
工料理御朝字等五號大石塘潑損面石十
七丈不另作正開銷以節經費緣由　奏明

興辦在按旋經駐工委員試用知府蕭書晢率縣備委員募夫集料妥速興辦自同治十二年九月初四日興工至十三年十二月二十九日一律報竣計辦成原估位字號西一丈民字號中三丈商字號中五丈五尺坐字號東二丈西十一丈五尺朝字號東二丈伏字號西四丈共拆修魚鱗大石塘二十九丈又原估遐字號西八丈迩字號東西十八丈五尺壹字號東四丈中西七丈体字號中九丈五尺共拆修大石塘四十七丈其朝字等

五號潑損石塘十七丈亦已理砌完竣共用
工料銀五萬四千五百餘兩即經飭委嘉興
府知府許瑤光逐一驗收結覆委係如式堅
固毫無苟減情事茲據塘工局司道核明詳
請具　奏前來臣覆查無異除飭造具報
銷冊結備說分行詳請　題銷外合將原估
拆修海鹽縣境內坍損石塘完竣日期並字
號丈尺銀數緣由恭摺具　奏勅部查照施
行再該塘尚有　奏准續辦魚鱗大石塘八
十三丈塊石双坦一百五十九丈內有戎字

號魚鱗塘二丈五尺又戎位民商坐朝伏等七號護塘双坦共三十一丈五尺或昆連前工或為前工外護情形險要刻難緩待業據提前趕辦于十三年九月二十六日十一月十五等日次第照估辦竣亦經委據許瑤光詣驗結覆所用工銀應俟續估各工一律告成再飭彙造銷冊專按詳辦以清界限合併陳明謹奏五月初九日奉旨該部知道

光緒二年九月初一日准　工部咨爲題銷
浙江省嘉興府屬修復海鹽縣境坍損石塘
工程用過銀兩與例相符應准開銷事都水
司按呈工科抄出浙江巡撫楊　題同治
十二三年修復海鹽縣境坍損石塘工程用
過銀兩造冊題銷一按光緒元年十一月初
九日題二年三月二十六日奉　旨該部察
核具奏于四月初七日科抄到部該臣等查
得浙江巡撫楊　疏稱浙省嘉興府屬海
縣、鹽境濱臨大海舊建石塘等工年久失修

間段坍卸前經委員勘估奏報先行擇要拆
修位字等號魚鱗塘二十九丈遐字等號大
石塘四十七丈并陳明該處各號石塘各因
地勢層數不一從前原用粗石安砌道光初
年該前縣汪仲洋承修垂章等號各工始于
出海縱石鑿鑿合縫嵌鑲錠鋦外口抵以油
灰內裏縱橫條石灌用灰漿至今稱為完固
此次拆修之工高寬層數循舊安砌其做法
仿照道光年間辦理以垂久遠欽奉硃批
工部知道并准工部咨行欽遵查照當經轉

飭駐工委員妥速修趕辦計自同治十二年
九月初四日興工至十三年十二月二十九
日止將各工一律趕辦完竣飭據嘉興府知府
許瑤光逐一驗收結覆各在案茲據督辦塘
工總局布政使盧定勳會詳稱此次拆修位
遐等號石塘係照道光年間奎章等號成式
辦理核共用過工料銀五萬四千五百五十
六兩七錢八分九厘係動支塘工經費陸續
給發工員支用合將造具冊籍詳送察核具
題等情臣復核無異除冊籍送部外理合具

題等因前來查浙省同治十二三年嘉興府
屬修復海鹽縣境坍損石塘工程先據浙江
巡撫楊　奏明海鹽縣境內海面較寬風
浪沖擊時有坍損康熙雍正乾隆年間均經
奏請動款修築道光初年前撫臣帥承瀛疏
請興修塘工籌有歲修專款由地方官律經
理兵燹之後原款無著以致失修同治六年
前撫臣馬　等奏勘明海塘各工籌款隨
時酌量修復以保全塘等因並將各工字號
丈尺銀數奏報在按今據該撫將前項拆修

魚鱗石塘二十九丈大石塘四十七丈共用
過工料銀五萬四千五百五十六兩七錢八
分九厘造冊題銷臣部按冊查核內開各
工字號丈尺銀數核與奏明相符應准開銷
等因光緒二年七月初二日題本月初四日
奉
旨依議爲此合咨前去欽遵施行

以上第十七案

浙江文獻集成

浙江文叢

續修浙江通志海塘初稿

〔第四册〕

關 豫 輯

浙江古籍出版社

九

總纂沈
[illegible]輯張
陶
章
金

河經月告

收掌[illegible]祥麟
十一月初四日收

海塘第九册

海塘十一

同治　光緒

第十八案至二十六案

闞鐸編輯

同治十三年八月二十五日巡撫楊昌濬
奏為接續建修東塘念汛東西兩頭石塘埽
坦等工丈尺約估工料銀數恭摺竊照浙省
海塘應修工程節經　奏明次第估辦在案
現在翁尖二汛石塘將次完竣應行接辦念
汛工程伏查該汛各段坍缺口門共有二千
五百餘丈之多舊存石塘亦多殘損應修工
鉅費繁萬難一氣呼成前經飭委候補道惲
祖貽暫飭署東防同知吳世榮詳細勘估以
使接續辦理時臣赴塘查勘工程暫同杭嘉

湖道何北瀛補用道吴艾生会商籌度酌定先就東西兩頭缺口臨水建復石塘以前築柴塤作爲後靠該處塘外舊有埽工今已坍没無存擬照俠字等號成式改築埽坦較爲節省并將舊存石塘分别修理一律建築隨塘埽坦以資聯絡擁護经該道等詳细勘丈計自西頭騎字號起至肥字號止間段建復石塘五百二丈四寸前工應建隨塘埽坦内除俠字等號已先築有埽坦外实須添建四百九十三丈四寸并建舊塘埽坦六十八丈

七尺又東頭泰字號起至碣字號止間段建
復石塘一百四十六丈五尺拆修舊石塘三
十六丈前工應建隨塘埽坦一百七十八丈
五尺並建舊塘埽坦一百七十三丈五尺另
有前辦戴鎮二汛石塘挨內　奏明截歸念
汛石塘併辦之鎮汛典字等號建復石塘三
十三丈此次丈量增長一尺六寸又截歸頭
二坦水一項現擬改築埽坦八丈七尺六寸
緣係毘連念汛之工是以歸併估辦統計建
復十八層魚鱗石塘六百八十一丈七尺拆

修十八層魚鱗石塘三十二丈建築埽坦九百二十二丈五尺前項坍缺口門雖間有舊石顯露將來能否撈獲若干殊難預必惟值此經費艱難自應力求撙節所用有缺口建復石塘擬用新石八成抵用舊石二成核實估計每丈實需銀四百四十九兩零拆修石塘約計抵用舊石五成每丈估銀三百五十五兩零建築埽坦每丈估銀五十九兩零總共估銀三十七萬三千四十餘兩應請于塘工經費項下動支給辦此外尚有該汛東西兩頭

舊塘拗裂坍陷者共計四百四十三丈二尺
擬于歲工內勻撥工料加高理砌不另估報
以節經費以上均就目前情形分別估計將
來開辦後或有隨時相機酌量增減之處統
俟工竣照例分別開單造冊核實報銷據候
補道惲祖貽督同該廳備勘估明確開摺送
向由總局司道核明呈請具奏前來臣查
念汛一帶石塘年久失修開段坍缺至二十
五百餘丈之多現在翁尖二汛石塘等工將
次告竣應行接續興辦至該汛塘外埽工早

經沖没無存大小口門雖已築成柴垻暫資抵禦亟應建復石工庶與鎮尖兩汛上下銜接一氣可期經久除現議建復東西兩頭魚鱗石塘六百八十一丈七尺拆修魚鱗石塘三十二丈建復埽坦九百二十二丈五尺外尚剩中間口門一千八百餘丈將來宜于柴垻後面興築惟工大費鉅不得預集料物方能次第接辦以復全塘舊制現擬開辦之工經臣親臨履勘情形無異所估工料亦均確實並無浮冒除飭該道等赶緊設局購料集

大擇吉興辦工竣專按造冊報銷外合請將
接續建修東塘念汛東西兩頭石塘埽坦等
工丈尺約估工料銀數緣由恭摺具　奏奉
硃批工部知道

光緒元年七月初五日巡撫楊昌濬
奏爲東塘念汛東頭建修石塘一律完工並
西頭現已辦竣建復石塘丈尺恭摺奏報
竊照浙省杭州府屬東防念汛東西兩頭應
辦石塘並截歸併辦之毘連鎮汛石塘共計
建復工六百八十一丈七尺拆修工三十二
丈又建復埽坦九百二十二丈五尺前經飭
委勘明估需銀三十七萬三千四十餘兩專
摺　奏明興辦在摺當經飭委候補道戴槃
督率候補知府李審言署東防同知吳世榮

蘄芝亭等設局分起辦理于同治十三年九月十九日祀土興工次第修建截至光緒元年六月二十六日止將原估東頭泰字號起至碣字號止間段建復魚鱗石塘一百四十六丈五尺拆修魚鱗石塘三十二丈一律趕辦完工此外尚有　奏明勻撥工料辦理不另開銷之東頭坳缺坍陷石塘一百餘丈亦經加高理砌完竣其西頭工段較長現已將駭字號起至封字號止及毘連鎮汛典字等號共計建復魚鱗石塘二百十八丈先行辦

後據駐工總辦工員分開清摺由總局司道
詳請先行　奏報前來臣伏查此次東防念
汛東西兩頭工程同時並舉購料集夫倍形
繁劇臣不時親臨指示督催趕辦在工各員
無不踴躍從事計自開工至今歷時僅半年
有餘已將東頭石塘工程一律告成並辦竣西
頭石塘工程二百餘丈辦理均尚妥速除飭
將西頭未完石塘暨埽坦等工接續趕辦仍
循按俟全工報竣再行飭委驗收分晰開單
奏報外合將東塘念汛東頭建修石塘一

律究工並西頭現已辦竣建復石塘丈尺緣

由恭摺具奏八月初四日奉旨知道了

光緒二年四月十五日巡撫楊昌濬
奏為建修東塘念汛東西兩頭石塘埽坦等
工一律完竣驗收恭摺具　奏竊照浙省杭
州府屬東塘念汛東西兩頭石塘埽坦并截
歸併辦之毘連鎮汛工程前經將應辦丈尺
估需銀數　奏明興辦並陳明以上各工均
就當時情形分別估計開辦後或有相機酌
量增減之處統俟工竣照例分別開單造冊
核實報銷嗣經將同治十三年九月十九日
興工起至光緒元年六月二十六日止已竣

工段丈尺先行　奏報請俟全工報竣再行飭委驗收分晰開報各在按茲查此按原估念汛東西兩頭駢泰等字號並毘連鎮汛典字等號共建復魚鱗石塘六百八十一丈七尺拆修魚鱗石塘三十二丈又原估建築埽坦共九百二十六丈五尺內有西頭篤肥字號埽坦二十九丈東頭泰字號埽坦二十丈均與大口門柴埽毘連承辦工員于臨辦時察看情形擬請改建埽工又呂石字號埽坦六丈五尺毘連尖汛坦水并請一律改建坦

水所擬係爲連絡擁護並鑲單固起見當經飭辦计实建築埽坦八百六十七丈埽工四十九丈塊石頭二坦水各六丈五尺同前項原估石塘工程飭令總辦工員候補知府李審言前後署理東防同知吴世榮靳芝亭等妥速辦理兹于光緒二年六月二十九日一律完竣其前次陳明在于飞工内匀撥工料加高理砌不另開銷之舊石塘工四百四十餘丈亦已辦竣呈由督辦工負會局詳請委驗即經飭委署鹽運使記名道張景渠赴工

驗收結覆均係工堅料實並無草率偷減情
事據塘工總局核明詳請具 奏前來臣查
念汎東西兩頭石塘埽坦等工同時並舉籌
料集夫倍形繁劇候補道戴槃常川駐工督
率興建候補道惲祖貽親詣江干查驗木料
選運濟用以期工堅費省署杭嘉湖道陳魯
補用道吳乂生已任杭嘉湖道何兆瀛前在
本任內往來工次會督稽查催儹并將一切
應辦事宜隨時妥籌稟辦經臣不時臨塘查
看指授機宜在事各員均能實心實力妥速

辦理閱今未及兩年鉅工一律告成所用工
料銀兩悉照原估核實動支毫無浮冒除飭
將實用銀數俟支應各員冊報齊全通盤核
算迅即開具辦成工段字號高寬丈尺用過
工料銀兩細數另行開單詳奏請銷外合
將建修東塘念汛東西兩頭石塘埽坦等工
一律完竣驗收緣由先行恭摺具奏再杭
屬西中東三防石塘前經次第辦竣所餘東
防念汛中段大口門石塘柴埧等工續經
奏明估辦因需石甚多現飭分投採購俟積

有成數可方興工其中有策最刻卅四號應築柴埧二十三丈五尺情形險要先行提前赶辦業於光緒九年七月二十六日二年正月二十八日告竣亦經臣飭委署鹽運使張景渠驗收結覆所用銀兩應俟前項續估大口門石塘等工一律告成再行彙冊專按造銷以清界限仍以工竣之日起分別扣限保固以昭核實合併陳明五月初八日奉旨

該部知道

光緒二年六月初四日巡撫楊昌濬
奏為辦成東塘念汛東西兩頭石塘埽坦等
工字號高寬丈尺用過銀數循按開單恭摺
竊照浙省杭州府屬東塘念汛東西兩頭並
截歸併辦之毘連鎮汛應辦石塘埽坦各工
前經臣將開辦興該日期及改建埽工坦水
緣由先後奏報各在按茲據塘工總局司
道詳稱計辦成東塘念汛西頭緊字等號並
毘連鎮汛典字等號建復魚鱗石塘五百三
十五丈二尺緊字等號建築埽坦五百四十

一丈五尺駕肥二號建築埽工二十九丈又
念汛東頭泰字等號建復魚鱗石塘一百四
十六丈五尺岱字等號拆修魚鱗石塘三十
二丈岱字等號建築埽坦三百二十五丈五
尺泰字號建築埽工二十丈石字號建築塊
石頭二坦水各六丈五尺統計用過工料銀
三十七萬三千四十餘兩核明開摺呈請循
按具奏前來臣查念汛東西兩頭石塘等
工同時並舉籌料鳩工倍形緊劇且當時查
勘坍缺口門雖間有舊石顯露能否打撈君

千難以預必祇因經費艱難撙節約估建復
工抵用舊石二成拆修工抵用舊石五成分
晰　奏明在按經臣隨時親臨指飭在事員
弁竭力打撈舊石認真辦理歷時未及兩年
得以妥速告蕆所抵舊石悉如原擬成數其
共用工料銀兩按照原估數目亦無浮溢做
成各工亦均委驗親勘結實並無草率偷減
除飭造具實用銀數細冊取結繪圖另行具
題請銷外合將辦成東塘念汛東西兩頭
石塘埽坦等工字號高寬丈尺用過銀數繕

單恭摺具　奏所有此按在事出力大小各
員弁不無微勞足録擬俟現議開辦之該汛
大口門初限六百餘丈工竣後再行請旨
彙按酌保以昭核實合併陳明
謹將浙省辦成東塘念汛東西兩頭石塘埽
坦等工字號高寬丈尺用過例加工料銀兩
敬繕清單恭呈　御覽

計開

一東塘念汛西頭駁字號東中十六丈六尺
四寸羣字號二十丈英字號西中十一丈

五尺杜字號東八丈稾字號西中十七丈
六尺鍾字號東中十五丈隸字號西中十
八丈漆字號東中十二丈五尺書字號二
十丈經字號二十丈府字號西中十八丈
羅字號東中十五丈將字號二十丈相字
號二十丈路字號二十丈俠字號西三丈
五尺戶字號東三丈五尺封字號西四丈
五尺給字號東五丈千字號二十丈兵字
號西八丈東六丈五尺高字號西中十八
丈二尺冠字號東三丈五尺陪字號二十

丈輦字號二十丈驅字號二十丈轂字號二十丈振字號二十丈纓字號二十丈世字號二十丈駕字號東中十七丈五尺肥字號二十丈以上共計五百二十丈四寸又截歸併辦之毘連鎮汛典字號東九丈四尺亦字號二十丈縣字號西三丈七尺六寸共計三十三丈一尺六寸統共工長五百三十五丈六尺一律建複十八層魚鱗石塘每丈照例築成底寬一丈二尺面寬四尺五寸高一丈八尺共應用厚一尺寬

一尺二寸折正條石一百十八丈三尺三
寸三分三厘內除搭用舊石二成釘馬牙
梅花新樁木一百五十根

一東塘念汛西頭駁字號東中十六丈二尺
四寸羣字號二十丈英字號二十丈杜字
號二十丈稾字號二十丈鍾字號二十丈
隸字號二十丈漆字號二十丈書字號二
十丈經字號二十丈府字號二十丈羅字
號二十丈將字號二十丈相字號二十丈
路字號二十丈俠字號西三丈槐字號東

四丈五尺千字號二十丈兵字號二十丈
高字號二十丈冠字號二十丈陪字號二
十丈輦字號二十丈驅字號二十丈轂字
號二十丈振字號二十丈纓字號二十丈
世字號二十丈駕字號西中九丈以上共
五百三十二丈七尺四寸又截歸併辦之
毘連鎮汛尒字號東五丈縣字號西三丈
七尺六寸統共工長五百四十一丈五尺
一律建築埽坦每丈上寬一丈六尺底寬
一丈八尺除頂土外實築柴高一丈六尺

釘樁一路計二十根又每單長一丈用柴
六百觔土五分
一東塘念汛西頭篤字號東九丈肥字號二
十丈共計工長二十九丈一律建築埽工
每丈底面牽寬三丈六尺六寸除頂土外
築高二丈釘底腰面新樁共二十六根又
單長一丈用柴六百觔土五分並加拋塊
石底面牽寬一丈五尺五寸高一丈五尺
一東塘念汛東頭泰字號二十丈岱字號西
中十八丈亭字號東中十三丈五尺雁字

號二十丈門字號西十一丈紫字號東八
丈塞字號二十丈鷄字號西中十二丈五
尺池字號東中十六丈碣字號西七丈五
尺共計工長一百四十六丈五尺一律建
復十八層魚鱗石塘每丈照例築成底寬
一丈二尺面寬四尺五寸高一丈八尺共
應用厚一尺寬一尺二寸折乙條石一百
十八丈三尺三寸三分三厘内除搭用舊
石二成釘馬牙梅花新樁木一百五十根
一東塘念汛東頭岱字號東二丈亭字號次

西三丈五尺紫字號西中十二丈田字號
東中十四丈五尺共計工長三十二丈一
律拆修十八層魚鱗石塘每丈照例築成
底寬一丈二尺面寬四尺五寸高一丈八
尺共應用厚一尺寬一尺二寸折正條石
一百十八丈三尺三寸三分三釐內除搭
用舊石五成釘馬牙梅花新椿木一百五
十根

一東塘念汛東頭岱字號二十丈禪字號二
十丈柱字號二十丈云字號二十丈亭字

號二十丈雁字號二十丈門字號二十丈紫字號二十丈塞字號二十丈鷄字號二十丈田字號二十丈赤字號二十丈城字號二十丈昆字號二十丈池字號二十丈碣字號二十丈石字號西五丈五尺共計工長三百二十五丈五尺一律建築埽坦每丈上寬一丈六尺底寬一丈八尺除頂土外築高一丈六尺釘樁一路計二十根又每單長一丈用柴六百觔土五分

一東塘念汎東頭泰字號二十丈一律建築

埽工每丈底面牽寬三丈二尺除頂土外
築高二丈釘底腰面新樁共二十六根又
每單長一丈用柴六百觔土五分並加拋
塊石底面牽寬一丈五尺五寸高一丈五
尺
一東塘念汛東頭石字號西中六丈五尺一
律改建塊石頭二坦水每丈共築寬二丈
四尺深五尺計用新塊石十二方釘排樁
三路共六十根
以上統共用過例估加貼新加工料銀

三十七萬三千四十餘兩

二十四日奉旨該部知道單併發

光緒三年七月初六日准　工部咨為題銷
浙江省建修東塘念汛東西兩頭魚鱗石塘
埽坦等工用過銀兩應准開銷事都水司按
呈工科抄出浙江巡撫楊　具銷題同治
十三年至光緒二年建修東塘念汛東西兩
頭魚鱗石塘埽坦等工用過銀兩造冊題銷
一摺光緒二年十二月初八日題三年三月
初四日奉　旨該部察核具奏于三年三月
十一日科抄到部該臣等查得浙江巡撫楊
疏稱浙省杭州府屬東塘念汛東西兩

頭並截歸併辦之毘連鎮汛應修石塘埽坦
等工先經奏明委員設局興辦嗣將通工一
律完竣並改建埽工坦水等工委員驗收先
後分晰奏報並將辦成工段字號高寬丈尺
用過銀數繕單具奏在按茲據督辦塘工總
局布政使衛榮光署按察使唐樹森鹽運使
靈杰督糧道如山署杭嘉湖道陳魯補用道
吳乂生惲祖貽會詳稱此按辦成東塘念汛
西頭賊字等號並毘連鎮汛典字等號建復
魚鱗石塘五百三十五丈二尺賊字等號建

築埽坦五百四十一丈五尺篤肥二號建築埽工二十九丈又念汎東頭泰字等號建復魚鱗石塘一百四十六丈五尺岱字等號拆修魚鱗石塘三十二丈岱字等號建築埽坦三百六十五丈五尺泰字號建築埽工二十丈石字號建築塊石頭二坦水各六丈五尺自同治十三年九月十九日興工起至光緒二年二月二十九日止一律趕辦完竣統共用過工料銀三十七萬三千四十八兩五錢九分九厘均係在于提濟塘工經費暨海塘

捐輸各款項下動給核與歷次奏准報銷各
項成按均屬相符詳送等情已復核無異除
冊備送部外理合具題等因前來查浙江省
同治十三年起至光緒二年止建修東塘念
汛東西兩頭魚鱗石塘埽坦等工先據浙江
巡撫楊　奏明並將工段字號丈尺銀數
開單奏報在按今據該撫將東塘念汛西頭
建復魚鱗石塘五百三十五丈六尺又建築
埽坦五百四十一丈五尺又建築埽工二十
九丈又念汛東頭建復魚鱗石塘一百四十

六丈五尺又拆修魚鱗石塘三十二丈又建築埽坦三百二十五丈五尺又建築埽工二十丈並建築塊石護二坦水各六丈五尺統共用過工料銀三十七萬三千四十八兩五錢九分九厘造冊題銷臣部按冊查核內所開各工字號丈尺銀數核與奏報清單相符其工料價值與准銷成案無浮應准開銷等因光緒三年五月十三日題本月十五日奉

旨依議為此合咨前去欽遵施行

以上第十八案

光緒元年七月初五日巡撫楊昌濬
奏爲建修東塘念汛大口門石塘等工丈尺
先行約估工料銀數恭摺具　奏竊照浙省
海塘應修各工節經　奏明次第估辦嗣于
上年接辦念汛工程因該汛各段坍缺口門
共有二千五百餘丈工鉅費繁萬難一氣呵
成當經　奏明先將該汛東西兩頭臨水石
塘七百餘丈勘估建修并將此外所剩中間
大口門一千八百餘丈將來宜于柴壩後面
興築必得預集物料次第接辦緣由分晰陳

明各在按現在東西兩頭工程約計今年冬
間均可告竣應將該汛中間大口門石塘一
千八百餘丈先行勘估以便籌備接辦經臣
飭据塘工總局司道督飭工員候補知府李
審言署東防同知靳芝亭署海防營守備蔡
興邦等詳細勘丈計自軽字號起至宗字號
止共長一千八百六十丈內有策字號起至
馳字號止間段存有殘缺石塘五十五丈五
尺約可抵用舊石五成應作拆修工估辦以
節經費其餘缺口一千八百四丈五尺委係

片石無存必須全用新石建復以上建復拆修各工均在柴垻後面興築弁擬于某字號起至卅字號止塘外一律添築柴垻俾與前辦各工均得接縫聯絡核实估計建復石塘每丈約估銀四百八十兩拆修石塘每丈約估銀三百四十二兩零添築柴垻六十二丈五尺牽計每丈約估銀九十五兩八錢零統共約估銀八十九萬一千一百餘兩應請于塘工經費項下動支給辦前項均就現在情形分別估計將来興辦或有隨時相機酌量

增減之處統俟工竣照例分別開單造冊核實報銷茲據該委員等開具工段丈尺估需銀數由總局司道核明詳請具奏前來臣查西中東三防臨水石塘次第建復惟餘念汛大口門一處工段較長外面舊石塘節經坍損殆盡即間有存者亦復敧零破碎不成片段自應于柴埧後面興築並將坍剩零碎舊塘一併移置于後以期塘身順直基址鞏固即以外面柴埧作爲埽工無虞多費所估工料係援照西中兩防成按核計均尚確實

無浮惟現條先行估報祇就石料一項計需二十餘萬丈之多為數甚鉅兼之近來舊宕枯竭必得多方設法開採即舊石亦無可打撈一時萬難集事臣惟有激勵該委員等殫心竭力分投購辦倘得源源採運積有成數即可尅期興辦酌擬分為三限嚴催報竣以竟全工合將修東塘念汛大口門石塘等工丈尺先行約估工料銀數緣由恭摺具

奏

八月初四日奉

旨知道了

光緒二年七月二十八日撫院楊昌濬片

奏再浙省東防念汛中段大口門應辦石塘一千八百餘丈以及柴埧等工先于上年督飭勘估實需銀數籌議興辦緣此按工段較長所需石料爲數甚鉅現在舊石無可打撈必得多方設法分投採購俟積有成數方可興工并酌擬分爲三限辦理以竟全工當經臣分晰奏報嗣以所估策最刻卅四號柴埧工程情形險要先行提前辦竣復經臣于奏報該汛東西兩頭工竣摺內先行陳明

各在按所有此按石塘分為三限興辦計初
限應辦工六百餘丈前經委員分投採辦木
石各料陸續運工現已積有成數自應乘時
開辦並飭督催源源採辦各料接續運工濟
用俾速蕆事除委員前往工次設局興辦一
面催儹料物運工以資接濟一俟建築完竣
即行委驗奏報外合將東塘念汛大口門
初限應辦石塘現在開辦情形謹附片陳明
九月十六日奉旨知道了

光緒三年八月二十二日巡撫梅啟照
奏為東塘念汛大口門初限建復石塘等工
完竣日期恭摺具　奏竊照浙省東塘念汛
中段大口門應行建復石塘一千八百餘丈
經前撫臣楊　先行約估工料數目酌分
三限辦理並將辦理情形先後分晰　奏報
各在按茲据塘工總局司道呈報所有念汛
大口門初限建復石塘六百二十丈均於本
年四月十四日一律辦理完竣經臣飭委布
政使衛榮光赴工勘驗均係結實堅固並無

草率偷減等情結報前來臣復核無異除飭
將該工實用工料銀數另行開單詳請奏
報核銷外合將念汛大口門初限建復石塘
工竣日期恭摺附驛具陳飭部查照施行九
月初四日奉旨該部知道

光緒三年十一月二十四日巡撫梅啟照
奏爲辦成東塘念汛大口門初限建修石塘
等工字號高寬丈尺用過銀數循按開單恭
摺竊照浙省杭州府屬東塘念汛大口門應
行建修石塘一千八百餘丈經前撫臣楊
將約估工料銀數酌分三限及初限開辦
情形先後奏明在按臣于本年四月蒞任該
工適已告成循按派委大員赴工勘驗結覆
將工竣日期　奏報各在按茲據塘工總局
司道詳稱辦成東塘念汛大口門初限輕字

等號建復魚鱗石塘六百六丈五尺策字剝二
號拆修魚鱗石塘十三丈五尺策字等號添
築塘外柴埧二十三丈五尺統共用過工料
銀二十九萬七千九百八十餘兩核明開單
呈請循按具 奏前來臣查東塘念汛大口
門工段坐當東南兩潮滙激之區應建石塘
工鉅緊要飭委候補道惲祖貽駐工督率並
經杭嘉湖道何兆瀛候補道吳艾生往來工
次會同查催在事各員均能不辭勞瘁竭力
趲辦自光緒二年六月二十四日興工起至

三年四月十四日一律完竣為時未及十月要工得以告蕆至所用工料銀兩按照原估數目亦無浮溢做成各工亦均委驗親勘結覆並無草率偷減伏查前撫臣楊　于上年六月間具奏辦成東塘念汛東西兩頭石塘埽坦等工摺內声明在事出力各員擬俟該汛大口門初限完竣再行請旨彙按酌保今初限工程業經告竣所有承辦大小各員併計已歷數年之久實心實力妥速辦理不無微勞足錄可否仰懇天恩准予擇

尤酌保以示鼓勵出自 鴻慈除飭造實用
銀數細冊繪圖取結另行具 題請銷外合
將辦成東塘念汛大口門初限建修石塘等
工字號高寬丈尺用過銀數繕具清單恭摺
具奏

謹將浙省辦竣東塘念汛中段大口門初限
建修石塘柴垻等工字號高寬丈尺用過銀
數繕列清單恭呈 御覽

計開

一東塘念汛中段大口門輕字號二十丈策

字號西東十六丈功字號二十丈茂字號
二十丈實字號二十丈勒字號二十丈碑
字號二十丈刻字號西東十丈五尺銘字
號二十丈磻字號二十丈溪字號二十丈
伊字號二十丈尹字號二十丈佐字號二
十丈時字號二十丈阿字號二十丈衡字
號二十丈奄字號二十丈宅字號二十丈
曲字號二十丈阜字號號二十丈微字號
二十丈旦字號二十丈孰字號二十丈營
字號二十丈桓字號二十丈公字號二十

丈巨字號二十丈合字號二十丈濟字號二十丈扶字號二十丈共計工長六百六丈五尺一律建復十八層魚鱗石塘每丈照例築成底寬一丈二尺面寬四尺五寸高一丈八尺共用厚一尺寬一尺二寸折正條石一百十八丈三尺三寸三分三厘釘馬牙樁八十根梅花樁七十根

一東塘念汛中段大口門東字號中西四丈刻字號次西九丈五尺共計工長十三丈五尺一律拆修十八層魚鱗石塘每丈照

例築成底寬一丈二尺面寬四尺五寸高一丈八尺共用厚一尺寬一尺二寸折正條石一百十八丈三尺三寸三分三厘內照估搭用舊石五成釘馬牙樁八十根梅花樁七十根

一東塘念汛中段大口門第字號中七丈剥字號西中八丈最字號中五丈五尺州字號次西三丈共工長二十三丈五尺一律築成柴埧底面牽寬四丈高二丈二尺除頂土外实築柴高二丈內除舊築鑲柴埽

存柴木揀選抵用計每丈用新舊樁木一
百五十根每單長一丈用新舊槍柴一千
二百觔
以上統共用過例估加貼新加等項工
料銀二十九萬七千九百八十餘兩
十二月二十八日奉 旨該部知道單併發此
次承辦工程各負着准其擇尤酌保毋許冒
濫又于清單内同日奉 旨覽

光緒四年七月二十九日准工部咨為題
銷浙江省東塘念汛大口門初限建修石塘
柴埧等工用過銀兩應准開銷事都水司按
呈工科抄出浙江巡撫梅　題光緒二年
至三年東塘念汛大口門初限建修石塘柴
埧等工用過銀兩造冊題銷一摺光緒四年
二月十三日題四月十六日奉旨該部察
核具奏於四月十九日科抄到部該臣等查
得浙江巡撫梅　疏稱浙省杭州府屬東
塘念汛大口門應行建修石塘一千八百六

十丈柴埧六十二丈五尺經前撫臣楊先行約估銀數奏准分為三限辦理旋將策字等號柴埧二十三丈五尺提前辦竣委員驗收暨初限石塘開辦情形分別具奏嗣將建修初限石塘六百二十丈一律辦理完竣經臣飭委驗收并將辦成工段字號高寬丈尺用過銀數繕單分晰奏報在按茲據督辦塘工總局布政使衛榮光按察使升泰鹽運使靈杰督糧道胡毓筠杭嘉湖道何兆瀛補用道吳艾生陳士安惲祖貽會詳稱此按辦

成東塘念汛大口門初限輊字等號建復魚鱗石塘六百六丈五尺策刹六號拆修魚鱗石塘十三丈五尺自光緒二年六月二十四日興工起至三年四月十四日止一律如式趕辦完竣并提前辦竣策字等號建築柴埧二十三丈五尺統共用過工料銀二十九萬七百九百八十八兩九錢三分三厘均係于在提濟塘工經費等款項下動給核與歷次奏准報銷各項成按均屬相符詳送察核具題等情吕覆核無異除冊籍送部外理合具題

等因前來查浙江省光緒二年起至三年止
東塘念汛大口門初限建修石塘柴壩等工
先據前撫臣楊　奏明並將約估工料銀
數開辦情形及工段字號高寬丈尺銀數繕
單分晰先後奏報在案今據浙江巡撫梅
將東塘念汛大門口初限輕字等號建復
魚鱗石塘六百六丈五尺築剩二號拆修魚
鱗石塘十三丈五尺又築字等號建築柴壩
二十三丈五尺統共用過工料銀二十九萬
七千九百八十八兩九錢三分三厘造冊題

銷臣部按冊查核內所開各工字號丈尺銀
數核與奏報清單相符其工料價值與准銷
成案亦屬無浮應准開銷等因光緒四年六
月初二日題本月初四日奉旨依議為此
合咨前去欽遵施行
以上第十九案

光緒九年十二月十八日巡撫楊昌濬
奏為續估修建東防尖汛石塘坦水盤頭等
工丈尺銀數恭摺竊照查前于同治十二年
間估辦中東二防翁尖兩汛塘工按內查勘
得東防尖汛石塘坍缺甚多塘外舊建坦水
盤頭均已蕩然無存擬請建復石塘二百六
十七丈零拆修石塘六十一丈零又建築塊
石坦水單長四千一百八十丈零其各號盤
頭均請緩辦俟將來全汛工竣如必須藉資
分挑潮勢再行建復當經臣分晰陳明旋于

臨辦時察看情形原估極字等號頭二坦水
各五百十三丈零又原估道字等號單坦三
百三十七丈零塘外漸有漲沙堪資擁護應
請扣除緩辦復經奏明一面將其餘應辦各
工照估辦竣分別造報在按本年交春以後
潮勢較旺據該防廳備先後稟報夾汛竈
增二號四十丈阜字號中東十二丈章字號
西八丈共舊石塘六十丈被潮激損坍裂情
形危險亟須拆修又前擬緩辦之極字等號
頭二坦水現在該處塘外陰沙漸消與前情

形不同應請擇要改築單坦二百六十丈并建復黍稷雁門字號盤頭二座俾分潮勢而護全工經臣飭次臨塘察看实係刻不可緩之工飭令赶緊籌辦稟按估報兹據署東防同知靳芝亭等詳細勘估拆修石塘六十丈約用舊石七成核計每丈估銀二百九十七兩零建築單坦二百六十丈每丈估銀四十四兩零建復柴盤頭二座每座估銀九千七百六十餘兩以上均係援照成按估計總共需銀四萬八千八百餘兩此外尚有皋字號

西一丈五尺幸字號中二丈五尺共舊石塘四丈應行理砌加高擬于拆修工内勻撥工料辦理不另估報前項各工係就現在情形分別估計臨時或有應行相機酌量增減之處以及盤頭後身前建埽坦各料尚可抵用若干統俟工竣核実報銷等情会開清摺由工塘總局司道核明詳請具奏前來臣覆加查核所需工料銀數均係撙按確估並無浮冒除飭該司道于塘工經費項下陸續動給責令署東防同知靳芝亭妥速辦理工竣

專摺造冊報銷外合將續估修建東防塘坦
盤頭等工丈尺銀數緣由恭摺具　奏二年
正月二十六日奉　旨工部知道

五月二十四日奉 硃批覽

[illegible]

[illegible]

光緒三年八月二十八日巡撫梅啟照

奏為續估修建東塘尖汛石塘坦水盤頭並添築戴念二汛坦埽等工完竣日期恭摺

奏報竊照浙省杭州府屬東防尖汛續行修建石塘坦水盤頭等工估需工料銀四萬八千八百餘兩經前撫臣楊　奏明責令署東防同知蘄芝亭妥速興辦并于摺內陳明前項各工係就當時情形分别估計臨時或有應行相機酌量增减之處統俟工竣核實報銷在按嗣復察看情形因地制宜將原估

念汎雁門字號柴盤頭一座移于碣石字號
建築廉柴石兩坦交接之處藉以閘攔又積
戴汎積字號西坦水十三丈五尺前因該處
塘外水勢較深未經估辦現在潮勢北趨亟
應接築條石頭坦十三丈五尺估需工料銀
七百餘兩並因上年秋汎潮汐盛旺致將念
汎東字號二十丈篤字號西二丈舊建埽坦
被衝坍卸情形危險亟須改築埽工二十二
丈并將毘連之篤字號西中限內埽坦九丈
一併加築埽工共估需工料銀二千九百餘

兩旋據署東防同知靳芝亭等申報估原次汛寵字號二十丈增字號二十丈暴字號中東十二丈幸字號西八丈共拆修石塘六十丈黍稷字號建築柴盤頭一座極字號二十丈起至調誰字二十丈止建築塊石單坦二百六十丈念汛碣石字號移建柴盤頭一座又續估戴汛積字號西接築條石頭坦十三丈五尺念汛車駕二號改築埽工二十二丈駕字號西中加築埽工九丈自光緒元年四月初一日興工次第修築截至光緒三年五月

初八日止一律如式趕辦完竣其前次陳明于正工内匀撥工料加高理砌不另估報之舊石塘四丈亦已辦竣即經飭委鹽運使宗室靈杰赴工驗收結復均係如式堅固並無草率偷減情事所用工料銀兩核與原估續估銀數均無浮溢等情茲據塘工總局司道核明詳請具奏前來臣復查無異除飭取辦成工段字號丈尺用過工料銀兩細數另行開具清單奏報請銷外合將續估修建東防尖汛石塘坦水盤頭並添築戴念二汛

坦埽等工完竣驗收緣由恭摺具陳九月二十六日奉旨知道了

光緒三年十一月二十四日巡撫梅啟照
奏為辦成東塘尖汛續估修建石塘坦水盤
頭並添築戴念二汛埽坦等工字號高寬丈
尺用過銀數循按開單恭摺竊照浙省杭州
府屬東塘尖汛續估修建石塘坦水盤頭並
添築戴念二汛坦埽等工一律報竣後經臣
飭委鹽運使宗室靈杰赴工驗收結覆臣將
完竣日期　奏報在按兹據塘工總局司道
詳稱據承辦工員開報東塘尖汛寵字等號
拆修魚鱗石塘六十丈黍稷字號建築柴盤

頭一座極字等號建築塊石草坦二百六十
丈又念汛碣石字號移建柴盤頭一座共原估
工料銀四萬八千八百餘兩又戴汛積字號
接築條石頭坦十三丈五尺續估工料銀七
百餘兩又念汛車駕二號改築加築埽工三
十一丈續估工料銀二千九百餘兩以上原
估續估各工共銀五萬一千五百餘兩内除
前次除陳明盤頭後身原建坦埽各料揀選
搭用扣抵銀六百餘兩外今實共用過工料
銀五萬一千八百三十餘兩核明開單呈請

具奏前來臣覆核無異除飭造實用銀數
細册繪畫取結另行具題請銷外合將辦
成東塘尖汛續估修建石塘坦水盤頭並添
築戴念二汛坦埽等工字號高寬丈尺用過
銀數繕單恭摺具陳
謹將辦成浙省東塘尖汛續估修建石塘坦
水盤頭並添估戴汛條石頭坦念汛埽工字
號高寬丈尺用過銀數分晰開具清單恭呈
御覽
計開

一東塘炎汎寵字號二十丈增字號二十丈
辠字號中東十二丈幸字號西八丈共計
工長六十丈一律拆修十八層魚鱗石塘
每丈照例築成底寬一丈二尺面寬四尺
五寸高一丈八尺計用條石一百十八丈
三尺三寸三分三厘內搭用舊石七成釘
馬牙梅花樁一百五十根
一東塘炎汎泰稷字號建築柴盤頭一座外
圍長二十八丈後身長二十四丈中面寬
五丈底寬六丈二尺東西兩雁翅各面寬

三丈二尺底寬四丈四尺除頂土二尺實
築柴高三丈三尺每單長一丈用槍柴六
百觔壓埽土五分共釘底面腰樁五百六
十根外圍加拋塊石該工有後身原築坦
工塊石揀選抵用扣銷
一東塘尖汛極字號二十丈殆字號二十丈
近字號二十丈林字號二十丈臯字號二
十丈幸字號二十丈卲字號二十丈兩字
號二十丈疏字號二十丈見字號二十丈
機字號二十丈組字號二十丈誰字號二

十丈共計工長二百六十丈一律建築塊石單壩每丈築寬一丈二尺高深五尺六寸用塊石六方七分二厘釘排釘樁二路共四十根

一東塘念汛原估雁門字號移建碯石字號柴盤頭一座外圍長二十八丈後身長二十四丈中面寬五丈底寬六丈二尺東西兩雁翅各面寬三丈二尺底寬四丈四尺除頂上二尺實築柴高三丈三尺每單長一丈用槍柴六百觔壓埽土五分共釘底

面腰樁五百六十根外圍加抛塊石該工
有後身原築埽坦柴土塊石揀選抵用扣
銷
一東塘戴汛積字號西十三丈五尺建築條
石頭坦每丈築寬一丈二尺韋深五尺四
寸蓋面條石下用塊石墊底深四尺七寸
釘排樁二路共四十根
一東塘念汛車字號二十丈篤字號西二丈
共計工長二十二丈已坍埽坦今築改埽
工除原存柴土各料抵用外韋計每丈加

築柴高二丈面寬二丈底寬二丈九尺五寸釘底腰面樁二十六根每單長一丈用柴六百觔壓埽土五分

一東塘念汛駕字號西中九丈原存完整埽坦仝加築埽工除原存柴土各料抵用外牽計每丈加築柴高二丈面寬一丈三尺底寬二丈釘底腰面樁二十六根每單長一丈用柴六百觔壓埽土五分

以上統共用過例估加貼新加工料銀五萬一千八百三十餘兩

十二月二十八日奉 旨該部知道單併發

又清單内同日奉 旨覽

光緒四年十月二十日准　工部咨開爲題銷浙江省建修東塘夾汛石塘坦水盤頭並添築戴念二汛坦埽等工用過銀兩應准開銷事都水司按呈工科抄出浙江巡撫梅　題光緒元年至三年建修東塘夾汛石塘坦水盤頭並添築戴念二汛坦埽等工用過銀兩造冊題銷一按光緒四年三月二十七日題五月二十日奉　旨該部察核具奏于五月二十六日科抄到部該臣等查得浙江巡撫梅　疏稱浙省杭州府屬東塘夾汛

續請修建石塘坦水盤頭等工先由塘工局
督飭勘估詳經前撫臣楊　奏明興辦嗣
經承辦工員次第修建並移建盤頭暨續估
添築載念二汛埽坦等工一律報竣經臣飭
委驗收辦成工段字號高寬丈尺繕單具奏
在案茲據督辦塘工總局布政使衛榮光
按察使升泰鹽運使靈杰督糧道胡毓筠杭
嘉湖道何兆瀛補用道吳又生陳士安惲祖
貽會詳稱此案辦成東塘夾汛寵字等號拆
修魚鱗石塘六十丈黍稷字號建築柴盤頭

一座極字等號建築塊石單坦六百六十丈，念汛碣石字號移建柴盤頭一座，又戴汛積字號接築條石頭坦十三丈五尺，念汛東駕二號改築加築埽工三十一丈，自光緒元年四月初一日興工起至三年五月初八日止，一律趕辦完竣，統共實用過工料銀五萬一千八百三十九兩三分二釐，均係照估核實辦理。此項銀兩在于提濟塘工經費等款內陸續動給，核與次歷奉准報銷各項成案亦屬相符，應仍由該司道等公同造報。合將續辦

東塘尖汛石塘坦水盤頭並戴仝二汛坦埽
等工用過工料銀数詳送察核具題等情臣
覆核無異除冊圖送部外理合具題等因前
來查浙江省光緒元年起至三年止續估修
建東塘尖汛石塘坦水盤頭並添築戴仝二
汛坦埽等工先据前撫臣楊 奏明並將
工料銀数及工段字號高寬丈尺繕單具奏
各在按今据浙江巡撫楊梅 將東塘尖汛
嶽字等號拆修魚鱗石塘六十丈黍稷等號
建築柴盤頭一座極字等號建築塊石單坦

二百六十丈念汛碣字石號移建柴盤頭一
座又戴汛積字號接築條石頭坦十三丈五
尺念汛車駕二號改築加築埽工三十一丈
統共用過工料銀五萬一千八百三十九兩
三分二厘造冊題銷臣部按冊查核内所開
各工字號丈尺銀数核與奏報清单相符其
工料價值與准銷成按亦屬無浮應准開銷
等因光緒四年八月十一日題本月十三日
奉
旨依議局此合咨前去欽遵施行

以上第二十案

同治十二年十一月

（同治十三年）十一月（初五日）巡撫楊昌濬
奏爲接續建修海鹽縣境石塘坦隳要各
工（估計丈尺銀數）竊照浙省嘉興府屬海鹽
縣境濱臨大海舊建石塘等工從前隨者損
隨修以爲常迨經兵燹款項無着以致年久
失修兼之近年以來每遇大汛又復屢有續
損工段情形甚爲危險祗緣該處舊塘高寬
約在二丈以外較之現辦杭州府屬東中西
三防石塘高寬丈尺不啻倍蓰應用長石大
條石採運兩難所需費修工復多寡懸殊一

時实難全行修復前经臣分晰　奏明請先
行估修位字等號魚鱗大石塘二十九丈遐
字等號大石塘四十七丈又勻撥工料理砌
石塘十七丈并陳明塘外双坦塘後附土等
項以及此外未辦石土各工隨後察看情形
次第籌辦于同治十三年四月十七日欽奉
硃批工部知道欽遵在按節経飭令委員
赶緊購料興修現在工將過半自應將其餘
各工擇要接續籌辦除察看其中次要各工
仍請從緩辦理外計有裳字號西三丈一尺

推字號東七丈中四丈位字號中西五丈五尺讓字號東五丈國字號中十三丈四尺民字號東二丈五尺西七丈五尺瑞字號中二丈西六丈五尺坐字號東五丈五尺拱字號西六丈平字號東二丈五尺戎字號東二丈五尺羌字號東中四丈以上舊建魚鱗大石塘七十七丈並毘連前工之羌字號西舊建大石塘四丈遐字號東大石塘二丈均經坍卸亟須拆修又先今估辦石塘之外必得建復双坦一百五十九丈俾得聯絡擁護經臣

于查閲海塘工程之便督同杭嘉湖道何北瀛親詣勘明实係緊要必不可緩之工飭據委員試用知府蕭書查照前按核实估計拚修魚鱗大石塘七十七丈大石塘六丈内自十八層起至十四層不等除舊石牽抵五成有奇外每丈牽估工料銀六百九十餘兩共估需工料銀五萬七千四百餘兩建復塊石双坦一百五十九丈除打撈舊石約抵五成外每丈估需工料銀四十六兩零共估需工料銀七千四百餘兩統共估需工料銀六萬

四千八百餘兩此外尚有埋砌周平壹佇四號石塘十五丈仍當于正工內勻撥工料辦理不另作正開銷以節經費至所估工段做法均就現在情形而論將來或有隨時相機酌量增減之處應俟工竣彙報（惟前工需用長大石料甚多實非一時所能猝辦惟有陸續採運次第興辦等情飭據總局司道覆加查核委係實在情形應需工料銀兩均尚核實無浮現雖　奏辦東防念汛石工需費不貲而前項工程為數既祇六萬餘兩且係次

第興辦應請照估在于塘工經費項下從容籌撥以便先行購料接續興辦以全要工等情由塘工總局司道核明詳請具奏前來臣復查無異除俟全工告竣核實請銷外合將接續建修海鹽縣境石塘雙坦緊要各工估計丈尺銀數緣由恭摺具奏十二月初十日奉旨工部知道

光緒三年九月二十二日巡撫梅啟照
奏為第二次續辦海鹽縣境石塘双坦各工一律完竣日期恭摺竊查同治十三年冬第二次續估修建浙省嘉興府屬海鹽縣境裳字等號大石塘八十三丈双坦一百五十九丈共需工料銀六萬四千八百餘兩經前撫臣楊　奏准興辦內戎陳字號魚鱗石塘二丈五尺戎位民商坐朝伏等七號双坦共三十一丈五尺情形險要刻難緩待先行提前辦該外其餘應辦之工當委候補知府陳

墒親駐工次督率員弁于光緒二年五月十
二日札土興工將裳字號西三丈一尺推字
號東七丈中四丈位字號中西五丈五尺讓
字號東五丈國字號中十三丈四尺民字號
東二丈五尺西七丈五尺瑞字號中二丈西
六丈五尺坐字號東五丈五尺拱字號西六
丈平字號東二丈五尺虎字號東中四丈共
拆修魚鱗大石塘七十四丈五尺又毘連前
工之羔字號西四丈遐字號東二丈共拆修
大石塘六丈又建復裳字等號塊石双坦共

一百二十七丈五尺并續添瑞壹佐三號双
坦十二丈以及隨塘附土截至光緒三年六
月二十八日一律赶辦完竣其原報理砌不
請開銷之周平壹伍四號石塘十五丈内除
周字號西三丈平字號西一丈壹字號中一
丈五尺伍字號東二丈共七丈五尺續經大
汎風潮衝掛至底難以理砌歸于第三次續
估塘坦按内動項拆修外其壹字號西石塘
七丈五尺又續加瑞字號石塘龍頭工五尺
業已勻撥工料修辦完竣所有前項石塘双

坦支用工料銀兩核與原估續估銀數均無
浮溢等情由塘工總局司道核明詳請具
奏前來經臣飭委嘉興府知府許瑤光赴工
勘驗結覆均係工堅料實如式完固並無草
率偷簡情弊伏查此接開辦之初陳明所估
工段做法或有增減之處工竣彙報所有歸
入下次拆修之周平壹佈四號石塘七丈五
尺續及添瑞壹佈三號双坦十二丈委因本
年五月下旬颶風潮旺致被冲損與估報時
情形不同是以分別酌辦前項添辦坦水照

按估用工料銀五百六十兩有零並無浮冒
應與提前辦竣之戌字等號塘坦用款一併
彙入此按造銷以昭核實至海塩石塘工程
自同治十二年九月初按開工起至此次工
竣止為時將及四年在事各員均屬勤奮出
力不無微勞足録應由請臣查明存記遇有
三防塘工保按擇尤彙奬以昭激勸除飭將
前項辦竣各工用過銀數取造冊結備說另
行詳請　題銷外合將第二次續辦海塩縣
境石塘双坦各工一律完竣驗收緣由恭摺

具陳勅部查照施行十月初五日奉　旨該

部知道

以上第二十一案

光緒三年二月（二十八日）巡撫楊昌濬
奏為續估修建海鹽縣境石塘坦水等工（丈）
尺約需工料銀（數）恭摺（竊）照浙省嘉興府屬
海鹽縣境瀕臨大海舊建石塘等工從前隨
損隨修歲以為常自經兵燹款項無着年久
失修兼之近年以來疊遇大汛續多坍損前
經兩次擇要先行估辦石塘双坦等工奏
明興辦並陳明此外未辦石土各工擬請隨
後察看情形次第籌修各在按嗣因前年伏秋
大汛暨上年霉汛風潮大作波浪衝激情形

萬分危險飭據該縣詳報請修前來當查杭州府屬西中東三防海塘僅餘東塘念汛中段亦経估定集料分限興辦不久大工可以告竣其海鹽未辦工程自應勘估確実接續次第籌辦飭據現辦該縣塘工委員候補知府陳璚逐一履勘該縣境內先後沖損石塘或潑卸散裂或坍没無存輕重不一共計工長二千餘丈並護塘坦水及土塘附土等工在在均關緊要惟是一時全行建復需費不貲勢難籌此巨款仍應擇要趕修次第籌辦

以竟全工計目前必得搶辦此戎字號中西魚鱗大石塘四丈五尺商字號東二丈尚有前按擬請勻撥工料理砌尚未興辦之周字號西三丈平字號西一丈壹字號大石塘中一丈五尺作字號東二丈現已坍卸至底均應估辦拆修此外露字等號舊建斗砌中條石塘一百九十五丈八尺已經坍沒無存必須建復又水字等號中條石塘四十六丈間有舊石存留尚可拆修其戎雨等號護塘坦水暨生字等號土塘附土等工亦宜擇要分

别搶辦俾資擁護核実估請拆修魚鱗大石
塘十丈五尺大石塘三丈五尺内除舊石牽
抵五成有奇外每丈牽估銀七百十七兩零
建復中條石塘一百九十五丈八尺全用新
石每丈牽估銀一百三十四兩零拆修中條
石塘四十六丈内除舊石牽抵五成外每丈
牽估銀九十六兩零修復塊石双坦十七丈
五尺内除舊石約抵五成外每丈估銀四十
六兩零建復塊石单坦二百八丈六尺舊石
盡已衝失全用新石每丈估銀三十七兩零

又土塘附土等項零星各工估需銀二千九
十餘兩以上各項統共估需銀五萬一千四
百餘兩尚有發字號魚鱗大石塘三丈五尺
兩露出岡四號中條石塘十九丈一尺四寸
前項建修工內匀撥工料理砌不多估報以
節經費至所估工程做法係就現在情形而
論將來或有隨時相機酌量增減之處仍俟
工竣彙報（此次估修魚鱗大石塘全係十六
十七層之工與上次估修各工層數不同是
以牽估銀數亦異將來分別層數造冊報銷

仍應一律相符禀由塘工總局司道核明此次續行擇要請修各工係就目前刻不可緩者先行撙節估辦似尚妥協應請照估辦理于塘工經費項下籌給至其餘應修各工緣現在經費支絀購料又極不易實難同時並舉而海洋風汛靡常塘工情形變遷莫定亦未能預行一併估計容俟續籌有款臨時再行確勘估辦等情詳請具 奏前來臣覆查無異除飭趕緊興辦工竣詳候驗收分晰開單 奏報外合將續估修建海鹽縣境石塘

坦水等工丈尺約需工料銀數緣由恭摺具
奏三月二十二日奉　旨工部知道
以上第二十二案

光緒三年　月　日巡撫梅啟照

奏為親詣查看海塘接續修築酌擬稍為变通辦理情形恭摺竊浙省仁和海寧所屬海塘工程緊要前撫臣奏估銀數八百餘萬兩十餘年來修築撙節動用計銀六百餘萬兩尚有未辦之二限三限魚鱗石塘一千二百四十丈已在前數之内必須接續辦理以竟全功查該段東防所屬距尖山漸近海面更濶地形更低潮勢極猛向遇颶風大汛叠出險工每在該處臣于五月十四日六月初八

日七月十七日三次赴工詳細查看二限難于初限二限更難于二限做法工料必須堅益求堅始足抵禦稍涉大意必有衝決之虞海塘志載雍正十三年颶風壞塘工數千丈惟老鹽倉五百丈完好如故係康熙五十四年原任浙江巡撫朱軾所築其法用長五尺厚二尺闊一尺大條石縱橫側立交接處上下鑿成笋槽凡二十層高三十尺近今工料昂貴異常欲覓厚二尺闊一尺長五尺大條石縱不惜重價亦不可多得現在海鹽縣修築

購求大石時日甚長而該處估價每丈七百
九十兩較之仁和海寧石塘每丈四百八十
兩須加三百一十兩之多刻下經費支絀之
時已亦未敢輕議伏查江南松江海塘係乾
隆年間原任兩江總督尹繼善所築加用鐵
鋦鐵筍至今鞏固其奏疏內稱海水吞吐為
力甚大一石移動全身動搖惟于兩石層累
之處各鑿一孔用鐵筍穿合則上下連結于
橫石排結之處各于頭尾鑿孔用鐵鋦閂住
則左右貫穿較之用鐵錠搭釘浮面易脫者

相去懸殊等語誠爲篤論臣再四思維並與
司道等悉心籌酌所有未修石塘一千二百
四十丈内二限六百二十丈仰須接續修築
擬仍照前建復魚鱗石塘以資鞏固惟該處
地勢愈低吃潮更重若仍照從前十八層之
數必有浸塘之患關繫匪輕議者或謂升高
椿木以免加費然根脚不穩更恐難于經久
臣復與督辦工員候補道惲祖貽相度形勢
再四斟酌非量加層數斷不足以資抵禦茲
擬于原定十八層外加高二層計二十層共

得高二十尺每石寬一尺二寸厚一尺長自
五尺至三四尺不等一切辦法均依舊式惟
將塘身丁順鋪砌之牆石外層仿照松江石
塘添用鐵鋦鐵筍聯為一氣其鐵鋦鐵筍尺
寸一律用長四寸逕一寸圜圓三寸一分有
奇重約一觔以外皆取平正匀圓熟鐵再石
質鑿成孔太多恐致損傷者中舊有機器向
修造鎗砲等件應委酌貿并及熟及習萬機匠
目參用鋼鑽串孔使石質毫不受傷又條石
須加工鑿鑿六面見方表裏平正方可合用

近時諳熟石匠頗少工資亦昂約計每丈四百八十兩外須加石鐵工料銀五十四兩二限工程六百二十丈原估銀二十九萬七千六百兩共須增銀三萬三千四百兩即可敷用臣亦知經費艱難用款宜求撙節無如地勢如此工關緊要不敢率意于目前致貽後來之大患除督飭在工各員實心經理不准稍有偷減以期實濟一面遴賒工料定期開辦外所有海塘工程酌擬稍為變通辦理緣由理合專摺陳明勅部查照施行完結三年

十一月十二日奉撫憲梅　為咨行事光
緒三年十月二十九日准　工部咨開都水
司按呈內閣抄出浙江巡撫梅　奏親詣
查勘海塘接續修築酌擬稍為變通辦理情
形一摺光緒三年九月初四日奉　旨該部
知道欽遵抄出到部查石塘工程每丈估銀四
百八十兩茲該撫所擬仿照松江石塘添用
鐵鋦鐵筍又加二層條石每丈共加石鐵工
料銀五十四兩八限工程六百二十丈原估
銀二十九萬七千六百兩共須增銀三萬三

千四百兩係為力當堅固起見應行文浙江
巡撫督飭局員撙節動用核實辦理不得以
工關緊要遽援請增致糜工費可也等因到
本部院准此合就轉行為此仰該局查照准
咨奉旨事理即便移行遵照毋違須至按
者

光緒五年五月初十日巡撫梅啟照
奏爲東防念汛大口門二限石塘完竣接辦三限工
程仍仿照二限工程做法籌照浙省東防念汛大
口門石塘工程一千八百餘丈經前撫臣楊昌濬奏
估分作三限辦理初限完工後接辦二限前因
地勢愈低吃潮更重經臣察酌籌議于原定十八層
外加高二層並仿照乾隆年間原任兩江總督尹繼
善松江石塘辦法將塘身丁順鋪砌之牆石外層
添用鐵鋦鐵筍上下連結左右貫穿當將酌擬變
通辦理緣由奏奉　諭旨欽遵轉行遵辦去後

臣不時臨工察勘在工各員弁均能不辭勞苦
認真辦理前署杭嘉湖道梁恭辰吳文生暨
現任杭嘉湖道方鼎銳亦常川赴工督察茲
于本年四月十二日據駐工督辦候補道李輔耀
稟報二限石塘六百二十丈已于四月初十日全工一律
完竣臣于十四日親臨工次查勘每二十丈爲一段六
百二十丈共分三十一段當即督同杭嘉湖道方鼎
銳等將三十一段字號內簽掣得踐字號一段拆
驗做法以數十工匠鐵錘鐵鑽之力莫能搖動因
飭石工鑿碎面石一塊始能逐細查驗均各如式

並無草率偷減情事並見鐵鋦鐵筍連結貫
穿較之鐵錠搭釘浮面易脫相去懸殊其言信
而有徵也次日仍即添新石一塊安砌完竣復
照案飭委布政使增壽前往逐段驗收結報現在
三限工程即須接續趕辦所有做法情形仍擬
仿照二限工程辦法一律于十八層之外加高二層
並添用鐵鋦鐵筍俾二三兩限石塘一千二百四十丈
通工聯為一氣臣仍當隨時臨工督飭趕辦除嚴
飭工員實力承辦外合將念汛大口門二限石塘
工竣並接辦三限工程仍仿照二限做法緣由恭

摺具陳光緒五年六月初六日奉 旨知道了

以上第二十三案

光緒五年十二月初十日巡撫譚鍾麟

奏再浙省東塘念汛中段大口門尚有估定應辦三限石塘六百二十丈經前撫臣梅啟照于

奏報建覆二限石塘完竣摺內陳明三限工程卽須接續趕辦所有做法情形仍擬仿照二限工程辦法一律于十八層之外加高二層並添用鐵鋦鐵筍俾二三兩限石塘通工聯為一氣等因欽奉

諭旨允准轉行遵辦在案茲查接管卷內据署辦塘工總局司道詳稱查称此按三限石塘六百二十丈內計約字等號應行建

複工五百七十八丈最字等號應行拆修工四十
二丈所需木石簰筍各料業據委員分投採
辦陸續運工現已積有成數自應乘時開辦
以竟全功據總辦工員候補知府胡元潔申
報項前工程遵即招集人夫于光緒五年九
月十六日設局隨同督辦道員李輔燿祀土
興辦等情核明詳請具奏前撫臣梅
未及核辦移交前來臣複查無異除督飭在
事各員弁實力趕辦一面催儧料物運工以資
濟用一俟建築完竣即行委驗　奏報外合

將東塘念汛大口門建修三限石塘現在開
辦情形謹附片陳明光緒六年正月奉　旨
知道了

光緒七年正月二十六日巡撫譚鍾麟

奏為東塘念汛大口門三限塘工告竣謹將字號高寬丈尺用過銀數循案開單竊照浙省杭州府屬東塘念汛大口門建修石塘柴垻等工經前撫臣楊　飭委勘估　奏准分作三限辦理嗣將辦竣初二兩限石塘等工并接辦三限石塘及提前辦竣柴垻各緣由先後　奏明在按茲據工員具報三限建修石塘六百二十丈又增長工三丈五尺五寸于光緒五年九月十六日興工經六年九月十七日完竣經臣飭委候補道靳邦

慶驗收結覆均係如式完固並無草率偷減情
事臣親臨覆勘無異所用工料銀兩亦與原估應
增數目相符由塘工總局司道核明開單詳請循
案具　奏前來臣查同治六年前督臣吳　撫臣
馬　會勘應辦各工共石塘石坦等工二萬一
百餘丈各項柴工一萬五千餘丈柴盤頭十五座
及土工等項現已一律告竣共用過工料銀六百四
十餘萬兩節經開具丈尺銀數　奏報有案此
外尚有原議未及之各防舊建石塘續經損裂
又西防李汛從前因有漲沙未建石塘現在沙勢

坍漲靡常將來亦宜酌量興築及挑濬備塘河道
等項須俟經費稍裕再行次第興辦所有先後在
事出力人員均能實心經理不無微勞足録可否仰
懇
天恩俯准擇尤酌保以示鼓勵之處出自
鴻慈除飭造具實用銀數細冊繪圖取結另行具
題請銷外合將東塘念汎大口門三限石塘等工字
號高寬丈尺用過銀數繕具清單恭摺具奏光緒
七年三月初九日奉　旨該部知道單併發在事
出力員弁准其擇尤酌保毋許冒濫

以上第二十四案

光緒九年巡撫劉秉璋

奏勘明海鹽縣坍塌石塘擇要估修疏稱臣蒙

恩簡授是缺蒞任之初諮訪重要事件即据紳士僉言海塘等工年久失修勢甚岌岌必得赶籌修復以免後患維時即擬設法辦理乃值海防喫緊費無可出不得不暫置緩商兩年以來潮汐衝刷坍塌愈甚日前海防事宜正在籌議間即据該縣紳民呈請建復石塘以資捍衛情詞甚爲迫切當飭塘工總局行知會辦局務杭州府知府吳世榮提調候補知府童光澤等確切查勘去後茲据覆稱向繞

城裳字號十八丈起至羌字號十五丈止魚鱗大石塘六百十三丈及進北之添字號二十丈起至翔字號五丈止中條石塘一千三百六十五丈現均完整其魚鱗塘之北裳字號二丈起至中條石塘之南翔字號十五丈止原建大石塘三百十七丈率多潑損完整者不過十分之一自繞城之南羌字號五丈起至空字號五丈止原建大石塘一千八百七十丈間段潑損完整者不過十分之二自空字號十五丈起至傳字號五丈止原建新條石塘四十丈亦多坍損完整者不及十分之一自傳字號十五丈起至習字號十五丈止原建高矮石塘七十丈均已坍卸至底又自習字

號五丈起至秦駐山脚璧字號十五丈原建低矮石塘一
百八十丈均已坍卸無存其秦駐山迤南自青山脚非
字號二十丈起至長牆山脚曰字號十八丈五尺止原建
小塊石塘二百十八丈五尺亦皆坍卸至底總計應行
修建石塘二千餘丈若一律興辦二千餘丈費鉅勢難
舉行自應擇要估辦以紓財力悉心籌度審察情形
内短自字號二十丈起至傳字號五丈止大石塘七百二十
五丈新條石塘四十丈潑損數層或坍卸至底該處地
勢灣環秦駐山當其右承受西北風頂沖外偪大海内
靠白洋河僅倚一綫土堤爲固每屆秋汛潮盛漲風大

浪高居民異常驚恐係屬刻不可緩亟應修復之工
案號勘估其僅殘損散裂而樁脚未動者五百丈擬
請仍用原石理砌完整內有低矮段落請分別酌量
加高一二層以資抵禦其坍卸至底樁朽不堪承受者
二百六十五丈擬請一律補樁添用新木拆底修砌完固
惟有原建大石塘舊石寬一尺六寸厚一尺五寸今若照
樣採買興辦工本既重運脚亦鉅擬請仿照三防魚
鱗塘石樣寬一尺二寸厚一尺者採購添用以節經費
其傳字號十五丈起至習字號十五丈止坍卸高矮石
塘七十丈現存舊石約有二成可以抵用又習字號五丈

起至善字號二十丈止坍没低矮石塘二百二十五丈舊石無存僅有基址據工人云當時建築冊節省工料堅固不如大石塘以致不能經久今若照舊做法需費未免過鉅擬請將前段兩石塘一百九十五丈仿照三防十八層魚鱗石塘辦法一律改建以期鞏固以上共請修建石塘九百六十丈並將塘後附土一律挑築培護統計約估工料銀十九萬九千九百餘兩並據聲明此次所估工段做法銀數均就現在情形撙節核實確估將來或有審時度勢酌量增減之處隨時另行核辦等情由總局司道核明轉詳請奏前來臣查勘海

鹽縣濱臨大海全仗石塘保衛原建四千六百餘丈節年坍損過半經前撫臣陸續修建魚鱗大石塘二百餘丈中條石塘二百四十餘丈其餘應修各工奏明俟續籌有款再行勘辦近年秋潮旺盛奇險迭生僅存一綫土塘萬不足恃脫有不虞何堪設想下游嘉湖蘇松各郡皆蠶桑財賦之區尤關緊要不僅海鹽一邑然也現雖財力不支而事不能已惟有擇要興辦以重要工此次估修之工埋砌者五百丈建復者四百六十丈共計九百六十丈需銀十九萬九千九百餘兩尚屬核實臣以經費艱難節益求節准以約略八折發銀十六萬餘兩工料定以程

式不准偷減一面擇日開工尅期竣事以省浮費此次
並無專款厘金收不敷支無可指撥惟有前次籌辦海
防兩浙商人自願案行捐輸以備急需截至上年十二
底隨徵存銀八萬兩此係零星湊集並不請奬似可以
公濟公移作此項工程之用其餘不敷銀十萬兩擬請藩
庫提銀一萬五千兩運庫提銀一萬五千糧儲兩道庫提銀
三萬兩厘捐局提銀二萬兩分作兩年陸續解塘工局
支發應用庶幾衆擎易舉以成厥事

右第二十五案

光緒十年巡撫劉秉璋

奏陳西中東三塘柴埽盤頭等工酌量改建埽坦情形疏言杭州府屬西中東三塘工程之緩急視潮勢爲轉移從前三防石塘外建埽工坦水保護塘身本無埽工名目自同治年間興辦柴石各工費用浩繁不得不量爲變通于塘外暫作臨水埽坦保護石塘根脚原議經費稍裕再行一律加高以復舊規嗣查埽坦保衛頗資得力凡工段不甚頂沖之處擬行停加同治十一年西防西塞張列字號山水下注忽出險工

經前撫臣楊　督飭西防同知余庭訓將
埽坦改修埽工六十丈暨光緒五六七年各
工員因潮勢變改遷塘身吃重陸續稟請將
埽坦改為埽工者三防合計不下千丈歲修
用款因之日增當此經費支絀而近年海鹽
石土各工又多危險必須隨時撥款搶護抵
禦風潮不得不于歲修項下力求撙節以期
勻撥濟用即經飭據塘工總局提調杭州府
知府吳世榮等前往三防海鹽塘工周歷勘
明稟報除西防西寒張列字號東防車駕輕

肥字號地勢險要毋庸輕議更改外其西防自
西育字號起至西字字號止原建埽坦續加
埽工三百三十一丈中防自服字號起至賴字號止
原建埽坦續加埽工四百十六丈東防自㳟字號起
至滌字號止原建埽坦續加埽工一百六十五丈查
看形勢現在各工段尚稱平穩均擬請一律仍改
埽坦所有各工負承修埽工凡在限內者仍令照
常經費營以專責成一俟限外潑損後即陸續改
建埽坦以節經費又道光十三四年間東防對江
南岸堤漲陰沙以致鎮念兩汛險工迭出雖經搶

築柴埽建復坦水仍難抵禦再擇潮勢頂冲之處添建盤頭挑溜攬淤當時頗稱得力現查東防南潮直撲塘身盤頭不能挑遏潮勢且兩年拆修一次每座需銀三千餘兩徒糜經費無益于工擬請將海寧州繞城塘廉祠自都宮殿盤頭三座尚能得用仍舊存留外其忠則如松泰稷盤頭三座接連頭二坦者均請改建頭二坦其典示碯石盤頭兩座接連埽坦者均請改建埽坦其合濟魏横用柴盤頭三座接連埽工者均請改建以順潮勢以上改囬改建各工擬請陸續由歲修項

下動用所用之款較之拆築盤頭埽工均有節省若潮汐不改常度現在請改之工足資捍衛萬一潮勢再有變遷即臨時搶修亦可立辦似此分別酌改挪出款項兼顧海鹽各工之用以濟以實于庫款工程兩有裨益等情稟由塘工總局司道会查得東中西三防及海鹽塘工為七郡民生保障工關緊要現在經費艱難不得不權其緩急于歲修案內匀撥濟用今委員吳世榮等查看形勢擬請分別酌改通融抵撥免致顧此失彼實因權宜撙節起見事屬可行核明請先行奏咨立案以便遵辦等情吕覆加查核既無碍于工程

亦有裨于庫項應准照辦謹繕單恭摺具陳

右第二十六案

收掌俞霖　沈耕臨　十二月二日收

七十張

章奏程則採輯完備，十分之中已稽稿出七八分，
但少估工丈尺方單與分段用料數目，共塘事要目，從
條陳議論，需該大宜加意甄錄。纂修金　閱

閱勝月昔

總纂沈
纂修張
陶
章
金

海塘第十冊

海塘十二

同治

奏疏

關豫編輯

今入

同治

海塘十二

同治三年九月二十二日工部等部爲遵旨妥速議奏事都水司案呈内閣抄出掌江西道御史洪昌燕奏海塘潰決民生危迫關係南漕大局尤爲緊要請旨迅飭速籌修築以拯民命而裕倉儲一摺同治三年九月初七日奉上諭御史洪昌燕奏浙江海塘潰決堪虞民生危迫關係南漕大局請飭速籌修築一摺著該部妥速議奏查原奏内稱海塘年久未修近日塌坍愈甚潮水内灌自仁和海寧交界之翁家埠以至許巷其間支港橋梁悉被沖損所過積沙一二尺厚且直齧海寧城根今年五月二十三二十八兩

潮灌入州城將城外窩橋城內埝下壩全行沖去上溢之處波及仁和地界備捐稭時日危險各工設有潰決其害可勝道哉伏讀雍正十二年 上諭浙江海塘關繫重大固須詳慎尤戒遲疑 高宗純皇帝南巡屢次親臨閱視指授機宜定歲修以固塘根增坦水竹簍以資擁護迭降 恩諭爲民保障寔惟浙江仰沐 生成大江以南各郡縣咸知樂利現在蘇浙蒼生安危呼吸若以軍務甫未肅清稍遲修築或因部議拘牽則例延誤事機內外輾轉因循日就墊溢南漕坐計更且視爲緩圖深恐潰決之後雖有千百

萬帑金亦束手無從措辦相應請　旨飭下浙江江
蘇各撫臣趕緊籌商遵照乾隆二十七年　諭旨一
面奏請一面趲辦惟是經費浩繁必須多方籌畫
惟有仿照從前浙江總督程元章請開海塘捐例事
宜凡有戶部捐銅局所不能報捐各項准在蘇杭設局
收捐令各該撫條例上　聞此項捐款湊足工需即行
停止與他項捐例係屬有間請　飭部即行議准並
恐捐例之開尚需月日請將沿海各郡辦理善後各
款先行墊用賠辦柴料緣海塘不修即善後亦無可
措手況以工代賑亦未始非善後之一端也其籍隸杭嘉

湖蘇松太之出仕京外各官應請　特降諭旨令
其從厚捐輸並令迅速集解以衛桑梓其江浙兩
省無海塘處所紳衿富户應由各該撫派委清廉
大員妥爲勸諭廣爲資助以敦鄉誼其餘有可籌
款之處令在事官紳通盤籌畫兩數百里財賦膏腴
之地不致淹沒則南漕不可望復舊于　國計之裨
益實非淺鮮等因臣等查浙江省海塘柴埽各工
向係歷年奏請動項興修隨案報部迨至軍務紛
陳艱于經費是以多年未修漸次坍卸本年夏間
督臣左宗棠奏稱浙江海塘一遇沖缺蘇浙二省襟田

水利大有關礙曾與江蘇撫臣李鴻章會商亟應設
法興修惟工繁費鉅商令蘇浙各屬紳富捐修等語
奏奉
諭旨著照所請該部知道欽此據該御史奏稱
該督具奏時潮汐未大但就坍卸情形而言五月下旬
潮汐大汛坍塌愈甚橋梁田廬悉被淹沖關繫南漕
尤為緊要請將沿海各郡辦理善後各款先行墊用
並將請在于籍隸江浙二省之官紳富户妥為勸諭捐
助俾得購辦柴料趕緊修築該御史所奏係為國計
民生起見其所稱請將沿海各郡辦理善後各款先
行墊用並在蘇杭設局仿照從前浙江總督程元章請

開海塘捐例事宜户部查海塘捐例事隔多年咸
豐九年户部稿庫不戒于火案卷被焚無從檢查海
塘工程緊要關係天庾正供沿海生靈亟宜擇要
興修以免墊溺本年六月間署浙江巡撫臣左宗棠奏
請按照向行籌餉減成章程凡報捐實職虛銜本減
二成再遞減一成其已減四成不再遞減等因經户部
議准具奏奉旨依議行令遵照辦理在案此項
捐輸原為該省興辦善後修築海塘而設兹查該
御史應陳塘海坍塌情形甚屬緊急應令該督臣
先將籌備各郡善後捐項已收若干先行提用迅辦

柴料即日興修毋致延緩漫溢惟工鉅用繁所恐捐項寥寥緩不濟急臣等悉心商酌京銅局已停者惟增附捐款一項即令暫准捐收仍屬無甚裨益擬就奏定專歸京銅局收捐及專歸皖省收捐各條內酌量推廣如捐省分發各項勞績保奏補缺後以各項升途補用升用人員未滿三年捐請免補本班並捐免遠省等九條酌減京外官捐請翎枝銀數等八條以及軍務省分實缺候補人員准于隣近用兵省分捐升改捐一條暫准由江浙收捐專備海塘工料此項海塘捐輸專歸浙江藩司委員收捐江蘇分局亦歸浙

江委員辦理所收捐項由浙江督撫臣按季奏報仍
令該督撫會同江蘇巡撫迅將沿海各郡有海塘處
所詳細履勘核實估計興修將實在應需銀數先行
奏報一俟捐有成數即行停止其餘各捐局仍照奏
定章程斷不准率行援請以示限制如蒙 俞允即
由戶部查照歷次奏准成案並京銅局現行收銀成
數章程分別抄錄行文浙江督撫臣遵照迅即遴派賢
員設局勸辦倘因海塘情形緊迫捐款有需時日應
准其先由浙海江關二關稅項下酌量動撥一面專摺
奏 聞以期要需不致耽延塘工早竣完固至所稱

籍隸杭嘉湖蘇松太之京外各官以及該兩省無海塘處所之紳富派員勸諭一節在該官紳籍隸該省食毛踐土世代相承坟墓田廬詎能膜視諒必自相勸勉共畚捍衛惟自髮逆竄擾該兩省數年來焚掠頻遭毒流全境老弱轉于溝壑壯者散于四方家室仳離田園荒蕪近雖漸次肅清為長吏者方招集撫綏之不暇吏何堪再事誅求即向稱豐厚之家經此亂離亦豈能蓋藏獨困其有情殷桑梓勉力輸將者應聽其自行赴局呈報若派員勸設諭有不肖官紳藉事侵漁按户鄣抑勒勢必至未歸者聞風裹足已歸者仍復

流離無裨要需徒資中飽應請毋庸置議以培元
氣而固民心再此摺係工部主稿會同户部核議是
以具奏稍遲合併聲明所有臣等會議緣由理合恭
摺妥議具奏本日奉 旨依議

同治三年十一月初三日巡撫蔣益澧

奏為遵　旨籌修海塘要工現將進水缺口先行堵築情形竊同治三年十月初一日承准議政王軍機大臣字寄九月二十三日奉　上諭前據御史洪昌燕奏浙江海塘潰決請速籌款修理當今（經）降旨交户部速議昨經户部議准將浙海關等稅酌撥動用著左宗棠遵照部議章程覈勘興修及此冬令水涸潮汐不旺易于告成東南民命攸關漕運大局所繫諒該督必仰體朝廷恵愛黎元之意撙節帑項妥速籌辦其如何辦理情形並著趕緊具奏以慰馳廑等因當經前兼署撫臣左宗

宗轉行欽遵去後茲據杭嘉湖道蘇式敬詳稱查浙江海塘自錢塘縣所轄之獅子口起迄海寧海鹽交界之尖山止延袤一百五十里為杭嘉湖蘇松常鎮七府水利農田保障情形最為衝要是以歲給帑金以時修築自咸豐十年以後省城兩次失守該處久為賊踞不但石塘柴埽各工盡行沖刷即石塘以內之土備塘亦漸就卸缺以致鹹水內灌濱海各屬勢將盡為斥鹵春間省城克復後前兼署撫臣左宗棠以該工緊要即行會同江蘇撫臣李　奏明飭令蘇浙各屬紳富捐輸興辦並委前任浙江臬司段光清會同

藩司杭嘉湖道勸捐督辦在按嗣據前江蘇糧道楊
坊等倡捐籌辦先後稟報計已修護土備塘堤五百丈
尚有手字號起計長一百四十丈亦已興辦俟報竣後即
將翁汛一帶要工以次修築至海寧州之繞城塘亦已
籌款飭修將次可以竣事惟石塘工費甚繁刻難籌此
鉅款且兵燹後人稀料貴購集維艱事即奉部指撥之
海關等稅現在亦未能足額就目前而論土備塘繞城
塘果能一律完整則進水缺口堵築堅固雖不能恃爲久
遠尚不致如從前漫無收束俟土備塘捐修完竣後
再行酌量情形籌撥巨款　奏請開辦石工俾資鞏固

等情具詳請　奏前來臣查海塘各工爲江浙兩省農田水利所係頻年因賊擾停修以致塘堤潰決田成斥鹵九月内臣由湖州凱旋取道石門傳詢海寧州知州馬修良等塘工情形咸稱需款甚鉅待修孔殷捐項恐難應急臣隨諭飭趕緊設法勸捐堵築又委員分往海寧德清武康等處開辦米捐專爲接濟海塘工用茲據該道等具詳土備塘繞城塘將次竣工臣當嚴飭該道等妥速督築務期一律堅固藉資捍衛仍俟省城善後事宜辦有端緒臣再親往海寧一帶沿塘察看多籌捐款興辦石工以資鞏固所有進水缺

口先行堵築情形理合摺恭具　奏十二月初七日奉
旨知道了著即嚴飭該道等將進水缺口妥速督率
堵築務須工堅料實一律穩固不准草率偷減其應須
籌款興修石工之處並著俟省城善後辦有端緒即親
赴海寧一帶沿塘察看會同李　等酌量奏請開
辦

同治三年十二月初十日巡撫蔣益澧

奏為勘明塘工酌籌辦理情形竊海塘關繫緊要浙紳楊坊等現辦土備各工是否堅固委令杭嘉湖道蘇式敬前往覆勘並声明蘇式敬回省後臣擬親至工所察看情形酌籌辦理業于前月二十九日奏明在按嗣蘇式敬于三十日回省禀稱紳捐紳辦之土備塘報竣者一千二百四十二丈現辦者六百餘丈認辦者自十堡至翁家汛十七堡止又四百八十餘丈但能堵浸潤之鹹潮斷不能遏沖激之巨浪此外險工林立不辦則民困益深搶辦則經費無出臣軫念民依無任焦灼即于本月

初一日詰早輕車減從率曾辦塘工之候補知府高鄉培自李家汛起東至尖山止督同廳備逐一履勘晝夜奔馳于初四日五更旋署實勘得仁和縣境自李家汛西效字號起至西國字號止尤險工長八百九十六丈又西過字號起至西歸字號止最險工長三百六十丈又翁家汛西鹹字號起至五字號止尤險工長七百八十丈翁汛官字號起至女字號止最險工長二千七百五十九丈戴汛烈字號起至上字號止尤險工長二百八十丈又貞字號起至傳字號止最險工長四百四十九丈五尺鎮汛廉字號起至亦字號止尤險工長四百九丈又次字號起至承字

號止最險工長一百十九丈念汛將字號起至雞字號止尤險工長一千一百三十丈五尺又羣字號起至秦字號止最險工長二百六十七丈五尺尖汛鉅字號起至貴字號止尤險工長四十一丈又石字號起至躬字號止最險工長四十四丈九尺又海鹽縣境坐字號石塘七丈又朝字號石塘二丈又崑字等號條石塘二十六丈結字等號土塘一百三十七丈五尺又平湖縣境內餘字等號石塘長九十六丈又天字號接頭處柴工十八丈以上共計尤險工三千八百餘丈最險工四千三百餘丈並據蘇式敬開載丈尺稟請核辦前來臣查自李汛西效字號起至

令汛鷄字號止人烟稠密距海最近必應先行修築以衛民生又海鹽縣坐字號石塘起至結字等號土塘止該處係近縣城塘身單薄內無附土亦係刻不可緩之工又平湖縣境餘字等號石工及天字號接頭處柴工為浙省石塘之始基即蘇省上流之屏障石塘則樁木朽壞附土空虛柴工亦蕩然無存若不設法堵禦則鹹水直灌蘇松關係尤非淺鮮此時拼辦石塘非六百餘萬金不可浙省凋瘵之餘流民尚未復業萬難籌此巨款早在　聖明洞鑒之中微臣愚見擬先自李汛起至海寧州城為止缺口之石工修

柴埧以禦急溜僅存之石塘用柴埽以護塘脚至東
塘鎮汛翁汛夾山一帶土塘基趾南岸仍責成紳董加
高培厚俾鹹潮不至橫流雖未能永遠鞏固而暫時
不致潰決即農田可無荒蕪此亦刻下釜底抽薪之
一法也第值料稀工貴之際即此柴埽各工撙節估
計亦須四五十萬金乃能敷用臣前 奏明委員分赴
海寧海鹽平湖德清等處勸辦米捐專以接濟塘
工究恐捐款寥寥不敷應用臣與署藩司楊 等
再四相商不得已惟有于杭嘉湖所屬擇其户口少
為殷實者酌量勸辦米捐以濟工用江蘇撫臣李

公忠素著併擬函請飭令蘇松太所屬量力佽助以濟要需蓋借濱海之民力以衛濱海之民生諒衆擎易舉當能補救目前且不時督令蘇式敬轉飭廳備各員認真經理使涓滴皆歸實濟併選派樸實幹練營官率領所部勇丁幫同督築務期趕于明年春夏之交及早竣事以冀仰副 皇上振興水利惠養黎元之至意餘俟庫款充裕元氣稍復再行舉辦石工所有微臣勘明塘工酌籌辦理情形是否有當理合恭摺附驛具 奏是月二十日奉 旨另有旨今上奉 上諭海塘工程既據

蔣益澧親自履勘查出尤險工三千八百餘丈最險工四千三百餘丈自應先行修築以衛民生第柴埽各工撙節估計亦須四五十萬金蔣益澧現在委員勸辦米捐凋瘵之餘恐難集成巨款著李　派員勸諭蘇松太所屬殷實之戶量力捐助俾得早日興工于江浙兩省地方均有裨益將此由五百里諭知馬新貽　並傳諭蔣益澧知之

[illegible]

同治四年二月十四日巡撫馬新貽

奏為親詣勘明海塘工程酌籌辦理情形繪具圖説

竊臣于到任後將地方應辦事宜縷晰陳 奏並聲明海塘工程尤關緊要俟親詣查勘後另行詳細具報臣于正月二十六日出省率同督辦塘工之前臬司段光清杭嘉湖道蘇式敬沿塘履勘自李家汛起至尖山計百五十里石塘缺口不下百餘處大者三百四丈小亦數十丈及數丈不等其間以翁汛為最險缺口亦最大口大則潮寬潮寬則勢猛潮汐洗刷片石無存塘內沙土淤墊民舍深埋詢之土人僉稱近年以來海水北趨以致塘外漲土

盡在水中根脚被浸日久木樁朽壞塘內附土雨淋水積因之低陷石工裏外皆空勢成孤立一遇大汛遂致潰決此歲修失時之故現在已決之口若不趕緊堵築沙淤愈高泛濫愈廣未倒之塘亦須加之培墊方免續坍等語又勘得紳民捐辦之土備塘已有九分工程尚屬整齊因立春以後雨雪交加未能一律完竣仍飭趕緊挑築並飭將頂沖卑狹處所加高培厚以期穩固約計二月內可以畢事惟土性鬆浮雖加以柴埽木樁祇能堵浸潤之水不能遏沖激之浪石塘僅數年失修坍塌如此而況新培之土塘伏秋大汛不但漫溢堪虞仍恐潰決

為患是石塘缺口險工萬難延緩而石工無此經費無此工料難于措手臣與各司道等籌商惟有仍照前護撫臣蔣益澧原議自李家汛起至海寧州城迤東為止凡石塘之倒塌者建築柴壩以禦急溜石塊尚整而塘腳漏水樁木朽爛者于塘外修築柴埽以資保護塘後附土低陷殘缺者亦即填實培厚以免坍卸其缺口較寬之處水深溜急人力難施祇能右就形勢築成月堤以救目前至海鹽平湖一帶塘工為蘇松屏蔽已據嘉興府知府許瑤光勘報情形由省另行委員勘估一律興辦現于省城設立海塘總局檄委藩司蔣

益澧鹽運司高卿培籌備工需會同杭防道蘇式敬前臬司段光清督飭文武員弁認真經理于翁家埠分設一局由段光清蘇式敬駐紮工所監督一切旋據報于二月初四日開工並據議詳章程大致核實用項禁革浮費揀賢任能工歸實在款端均屬妥協批准照辦惟兵燹之後籌款困難即賠料募工亦屬不易上年勸辦未捐所收不過十餘萬串不及估工三分之一蘇省雖有協貼之舉以冬漕喫緊暫難兼顧議開捐例尚無把握臣當督飭該司道等先就現成之款計應修之工分別緩急趕日興辦倘需項急迫本款不敷擬照部議于藩關各

庫酌量籌撥　奏明動用不敢因經費艱難稍存膜
視以期仰副　皇上軫念民生之至意謹將勘明海
塘工程酌籌辦理情形繪圖貼說恭摺馳
陳　月　日奉　旨覽奏均悉著即督飭段光清
等覈實勘估認真興辦務須工堅料實不准有草
率偷減之弊以衛民生而節浮費方為妥善圖留
中

同治四年閏五月十六日巡撫馬新貽

奏為紳民捐修仁和海甯境內土備塘堤一律完竣請將出力紳董量予獎勵以昭激勸恭摺奏

聞竊照浙省海塘工程自遭逆擾以來歲久失修上年省城克復因石塘工費浩繁無從籌此巨款經前兼署撫臣左宗棠議將石塘以內舊有之土備塘堤先行修葺免致潮水內灌當即會同江蘇撫臣李

奏明飭令蘇浙各屬紳民捐輸興辦並委前任浙江臬司段光清會同藩司杭道勸捐督辦旋据紳士二品頂戴前江蘇糧道楊坊員外郎銜候補主事經緯四品銜候選主事

蔡慶地知府銜江西候補同知馮祖憲知府銜江蘇
候補同知趙立誠同知銜廣東儘先補用知縣馮桂同
知銜舉人裘澄宗等倡捐籌辦計自同治三年八月
初八日開工起至四年二月初三日止一律完竣經杭防道
蘇式敬等親往週歷履勘該工自戴家汎積字號起
至翁家汎字字號止計長二千六百九十丈面寬二丈四尺底
寬五丈又翁家汎文字號起至西宙字號止計長一千六
百六十八丈面寬三丈底寬五丈統計工長四千三百五十
八丈塘身均高一丈二尺外用檜柴扦釘樁木裡用茅
柴墊築其瀕臨深處底寬七八丈不等多用檜柴釘

橋以資鞏固又勘得東塘戴鎮念三汛一帶土備老塘
多有低窪之處亦經加高培厚間有等柴填補計工長
一千二百餘丈如式完整足資捍禦共用工料錢二十五
萬串有零均係該紳董經理出納所用捐項不敢邀獎
請免造册報銷惟該紳董櫛風沐雨駐工督辦始終其
事未便沒其向義不可量予鼓勵由該司道等會詳
請　奏前來臣查翁家汛一帶舊有土備塘堤自乾隆
年間改築石塘之後外禦有資土塘年久失修日損月
削已成平陸加以近年潮水沖刷溝渠縱横施工尤難
費用甚鉅前據具報工竣經臣兩次便道勘驗所築之工

均屬堅固不獨數郡膏腴不爲鹹水浸灌即此時興辦外塘柴埽亦得藉資其力此次紳民捐修土塘工至四五千丈費至二十餘萬而時僅半年一律告成皆由前臬司段光清平日循聲感動又復不辭勞瘁躬親督率所致而該紳等齊心協力籌辦妥速當隆冬沍寒之際窮民執工以食全活甚多于國計民生両有裨益实屬著有微勞惟捐資本由湊集不願邀奬應如所請其在工出力官紳可否量予鼓勵之處出自聖主鴻慈如蒙俞允容臣擇其尤爲出力者酌量請奬不敢稍涉冒濫至此案工程爲數雖多係屬民捐民辦應請仍照前兼署

撫臣左宗棠原奏先其造冊報銷所有紳民捐修土備塘堤一律工竣緣由謹會同閩浙督臣左宗棠署兩江總督江蘇巡撫臣李　合詞恭摺具　奏再現辦堵築石塘缺口之柴埽工程係另開捐輸及動用本捐銀兩將來自應照例報銷保固以昭核實合併聲明謹　奏是月二十六日奉　旨另有旨今日內閣奉　上諭馬新貽奏紳民捐修塘堤完竣可否將出力紳董量予鼓勵一摺浙江仁和海寧境內土備塘堤年久失修經該撫委令前浙江按察使段光清等勸捐督辦一律告竣勘驗均臻堅固尚屬著有微勞所有在工出力官紳著馬新貽擇尤保奏毋稍

冒濫餘著照所議辦理該部知道

同治四年六月十九日巡撫馬新貽

奏為開辦海塘柴垻已未完竣各工及續坍丈尺酌籌辦理情形繪具圖説竊臣前將勘明海塘缺口丈尺應築柴垻柴埽各工擬分别緩急酌籌辦理情形繪陳圖説

奏明在案計自本年二月初四日興工起至閏五月二十五日止開辦東中西三塘境内柴垻柴埽及理砌等工已報竣者五百二十八丈五尺其將次工竣者二百三十七丈至海鹽縣境内開辦填築土塘暨理砌石塘等工已報竣者三百二十四丈共計竣工一千零八十九丈五尺所辦各工均係如式修築一律堅固迭經大風足資抵禦惟自五月望汛以後霉雨

連句山潮二水互相沖激致將西塘李家汎西及賴木草
被化官鳥淡薑金成餘潤藏冬等字十七號中塘翁
家汎霜金生麗水五字號東塘戴家汎命臨松流不
息改存甘棠唱等字十一號間段共計續坍條塊魚鱗石
塘缺口三百六十九丈又續坍李翁二汎西人官師翔潛淡等
字六號塘後附土鑲柴共計工長七十五丈八尺經駐工之杭
嘉湖道蘇式敬親歷勘明實因歲久失修塘身孤立勢
極危險一經沖刷全行倒卸今就續坍缺口之工除列入
初次奏辦原估請築柴埧無須再請重築外實計應
築間段柴埧共工長三百二十丈五尺又加填附土工六丈五

尺及塘後鑲柴工六十九丈三尺統共工長三百九十六丈三尺亟應籌辦興修等情由布政使蔣　杭嘉湖道蘇式敬會核詳請具　奏前來臣查海塘工程從前歲時修築藉資保障自賊擾以後年久失修所有外護柴埽坦水沖刷淨盡塘內附土低陷殘沒僅存一線危堤勢成孤立一遇大汛難以搶護本年夏雨過多山洪潮汛同時盛漲以致續坍石塘三百餘丈幸有新築土塘尚屬穩固下游田廬無虞浸灌此項續坍之工亟應趕緊柴壩鑲柴以禦急溜除飭該司道督率廳備各負分別緩急次第搶築務須一律堅固照例保固報銷外謹將開辦海塘柴壩

已未完竣各工暨籌辦續坍石塘缺口丈尺搶築柴垻情形繪具清摺奏（竒？）恭摺具奏七月十七日奉旨工部知道單併發

同治五年四月二十日巡撫馬新貽
奏爲海塘支絀集工購料均難湊手情形日益可慮及
現在盡力籌辦各緣由竊東南兵燹之後亟宜講求水利
盡力農桑以蘇民困而浙省海塘關係兩省民命實爲
目前至急之務臣于履任後歷經將塘工歲久失修陸續
坍決急需先堵缺口趕辦柴壩坦水及續坍石塘先其所
急力籌堵禦各情先後　奏明在案然皆隨事隨時就工
論工而言至通籌全局前以體察未深究未能盡知底裏自
上年夏秋以來每值潮汐盛大或風雨不時臣輒單騎詣
工與前臬司段光清前杭嘉湖道蘇式敬身歷目擊悉

心講求益知工程關係之重催夫儲料之難未能迅速集事之苦實有不寒而慄者茲據藩司將　署杭嘉湖道段光清會同詳稱查以前三防建立石塘外面復建坦水石堵柴埽盤頭裹頭並行路濟槽以禦潮水沖刷塘內添築附土土堰土戧以培後靠定章每年額設歲修經費銀二十餘萬兩遇有工程損壞隨時加修俾無坍決之患迨自軍興以來庫款支絀歲修工程漸不足額賊擾數年石塘坍缺三千六百餘丈掛裂外拜者二千四百餘丈其老鹽倉迤東至海寧廟灣迤西塘外坦水塘內附土等工間段尚有存留此外石塘雖在而塘外坦水石堵柴埽盤頭裹頭行路濟

槽皆因歲久失修被潮沖刷蕩然無存且水深七八尺
至一二丈不等塘脚空虛樁皆拗露塘面相離數丈迤段裂
縫其塘内附土之塘土戧因塘脚灌水洗刷亦蹲矬低陷是
石塘外埽已無後靠復虛底樁盡露勢成孤立每遇風潮
大汛或值山水陡發必致續坍此石塘危險之實在情形也
至從前每遇興工先備料物各山戶積存柴木充足需用若
干立即如數購辦今嚴州各屬蹂躪最深人民稀少山柴
乏人砍伐雖經委員入山設法招募現採現裝每月不過
二十萬擔上下實不敷用每致減工待料搶築未能應手即
需用樁架夫向年沿塘一帶人烟稠密招募數百副一

呼吁至茲則十室九空蕩晰離居各處僱募不過二十餘名不敷分撥現在除坍決拗裂各工外加以七堡至尖山止應修應補坦水石塘外埽盤頭裹頭等工不下一萬餘丈處處危險誠有應接不暇之勢就目前所有工料而計實難趕辦此料物不齊人夫難集緩不濟急之實在情形也前次估工時石塘缺口之內雖深淺不一然處處見底皆有淤沙數尺是以所估柴料樁木夫工無不從減數意上年五月蛟汛山水陡發漫過石塘爲從來所未有並將各口門新漲淤沙盡行洗去深至五六尺一二丈不等修築更難必須多用柴料樁木較之原估有增至一倍及二三倍者且新築柴

壩縱極堅整而兩頭均與石塘緊接石塘穩固柴壩斷無
他慮設石工坍卸潮水內灌柴壩勢難獨立此工程更變需
料增多而接辦石工亦難延緩之實在情形也該廳備責任修
防誠恐曠日持久東塘西坍經費多糜於工無補不得不將
石塘危險及現辦之工未能迅速各情形據實直陳並請
寬免處分等情由該司道具詳請　奏前來臣復加體察
該司道所稟與臣歷在工次目覩者無異土備塘堤幸于上
年春間告成漫水不致內灌蘇杭等七府屬秋禾無損南
漕遂得起運柴壩工程自上年二月間開辦以來東西中
三塘已報完工者二千餘丈現正搶築翁家埠要口無如

經費既絀集大辦料不但價值昂貴抑且購募皆難不得已委員赴嚴州山内購定山樹調派兵勇前往砍伐運濟工用並嚴飭該廳備盡力趕辦不准藉口延緩要皆補苴目前于全局仍萬分可慮況石塘一日不修則愈坍愈甚其新建柴垻交接之處尤爲岌岌可危向來一交冬令水落潮平及去年十二月潮汐仍旺交春以後日甚一日萬一稍有疏虞則兩省民生關係至大曷堪設想此臣自夏秋以來輾轉于中每至午夜彷徨寢饋俱廢者也現欲修復石塘萬難籌此鉅款臣亦不敢存此奢想但期將應修柴垻各工督飭廳弁接續趕辦一面設法

另籌十餘萬金多辦料物存儲工次備遇危險尚可及時
搶護庶幾有恃不恐然上年所收未捐與蘇省協濟銀
五萬兩業經用於塘工捐輸自設局以來僅收銀二萬兩
以之添補目前工程不敷尚鉅更何從籌此預備之款臣思
維再四惟有督同司道嚴飭各廳弁將新築之土塘及已
完之埽工認真保護未堵之缺口趕緊修築現存之石塘
或添修護埽或加築坦水以期目前多保一丈石塘則險
要時應少一分顧慮一面函商署兩江督臣李　護江蘇
撫臣劉　能否再行設法資助並與藩司蔣　兼籌
並計但得一分經費即辦一分料物以備不虞然全工能否

不致潰裂實臣所不敢預必總惟盡其力之所能爲以上對
皇上下對民生而已至此次工程均係該司道會同認核
實用實銷毫無浮濫各廳弁皆三年枕塊克復後始行
委署祇今晝夜在工盡力催辦于銀錢全不經手與從前
領項承修者迥不相同所有修防處所擬議請俟工竣日
再行扣限核計又歲久失修各石塘如續有坍卸可否邀
恩一併免議俾該廳備益加奮勉之處出自　逾格鴻
慈理合恭摺具　奏六月十八日奉　旨另有旨同日內閣奉
上諭馬新貽奏籌辦海塘情形一摺所稱石塘工程危險
雇夫儲料均難湊手未能迅速集事均係實在情形惟

浙省海塘爲兩省民命所關著該撫督同司道嚴飭各廳弁設法籌款多購料物將土塘埽工認真保護未堵缺口趕緊修築斷不可怠緩因循停工待餉據奏此次籌修海塘工程均係該司道會同總核實用實銷各廳弁皆三年杭城克復後始行委署于銀錢全不經手與從前領項承修者迥不相同等語所有修防處分即著照馬

新貽所請俟工竣日再行扣限核計至歲久失修各石塘如續有坍卸各該員應得處分並著一併免議該部

知道餘著照所議辦理

同治五年九月候補內閣侍讀學士臣鍾佩賢　奏為海塘關繫東南大局尤于南漕切要為江浙兩省善後第一急務不得因難苟安補苴目前籲請　特派大臣總理督修以一事權而策萬全事竊浙江海塘捍衛杭嘉湖三府民田江蘇之蘇松太三府同其利害額定歲輸漕糧亦此數郡居其大半自粵逆踞杭將石工毀圮海潮湧入塘内田廬咸被其患曾經御史洪昌燕剴切奏陳　飭部籌議特開海塘捐輸並准動撥浙海江海兩關稅項先令興築在案本年春間浙江撫臣馬新貽具奏籌辦情形一曰石塘危險二曰料物不齊人夫難集三曰工程更變需

費增多接辦石工亦難延緩此三者已覺議論自相矛盾復曰土備塘于上年春間告成漫水不致內灌要皆補苴目前全工能否不致潰裂亦不敢預必等語封疆大臣與 國家同休戚與民同患難馬新貽 果清忠愛民者此或具奏時未及審慮而出之辭也臣于田籍莫親及服闋北上經由浙之杭嘉蘇之蘇常採訪輿論知海塘之關係重大不止一端敬爲我 皇上縷晰陳之查杭嘉湖三府額田八百五十餘萬畝徵漕將及百萬近蒙 恩減三十分之八亦應運起米七十餘萬石即上年偶遇偏災亦尚可收漕三四十萬而本年海運米數僅二十萬石由于八百

五十萬畝中萬菜居其半倘不亟籌開墾加此後年穀順成亦斷不能徵滿七十萬之新額設塘裂潮沖併此一半之田亦成斥鹵漸漬將何所出荒田不治原由流亡之戶未歸今則兩年有餘漸皆復業而海塘安瀾尚不定縱有殷戶出貲開墾承種萬一潮水泛溢工本悉歸烏有又非四五年雨水蕩滌不能土沽插秧此乃農之家所以相率袖手而曠土墾復無期漕米永難足額浙境地居上游其波及于蘇松太者可想而知此有關于 國計者一也浙江近年丁漕兩款或蠲或緩司庫所入無多全賴商販流通抽釐以贍軍食而海塘附近之長安壩等處皆貨船必經

之所自塘工毀壞江水挾沙內灌支河汊港卒多淤墊
若不將石塘修整僅將一線土備塘抵禦潮汐晝夜往
返沖刷土性遇水坍卸終歲補苴伊于胡底一經潰決人
力難施內灌之淤沙日多遠來之商販至不厘金又從何
出有關于軍餉者一也海寧一州逼近尖山猶如釜底該處石
塘尤為危險一有疏失建瓴直下海鹽平湖秀水等縣皆
患其魚水過沙停淤成平陸蘇松亦不免墊溺之虞彼
時再議濬挑即非千百萬不可此有關于水利者二也浙
西三府陷賊數年之久被戕被擄而外繼以疫病饑寒
户口凋零不及從前十之三四即以臣經過之嘉興而論

秀平海三縣數十里渺無人烟小民生計已極艱窘若塘
工不治水利不修設再遇海潮沖突併此遺黎亦填溝壑
上年督臣左宗棠奏上海內係淡水今水味忽鹹是入蘇松
之確證再生之民何堪又遭此厄有關于民命者四也前
雍正年間先後　特派大學士朱軾總督李衛河督嵇曾
筠前赴浙江查勘並總理海塘工程事務　世宗憲皇帝
諭內大臣海望等四常等到浙詳細踏勘如果工程永固
可保民生即帑金千萬亦不必惜費因辦成大石塘工利賴
百年之久道光年間亦三次　特派尚書吳椿河督嚴烺
相度兩年始克蔵事緣事關江浙兩省大局非通力合

作不能奏功而兩省督撫事權不一倘存意見必貽悞事機所以 特派大臣總理者 聖謨至深且遠也今東南蹂躪之餘一切善後事宜不過經畫一二年便有端倪而海塘工程非用數年人力數百萬帑金不足以臻鞏固若因費之不充工之太鉅為苟且補苴之計歲費仍不下數十萬而塘工之能否無虞仍歸于不敢預必豈非以難得之財為無益之用乎論者謂大石塘工普律修復費須千萬亦因近日工料皆昂故為此說不知現在尚有舊築石塘與雍正年間之初次興辦者情形不同倘能熟計深籌次第修復費皆實用有五百萬金即可一勞永逸若欲驟集五

百萬巨款固屬不易而此則工非一時畢舉費亦可接續而來本年左宗棠　奏停浙江月解閩餉十四萬專留為塘工之用聞者為之感泣此款一年通計已將近百七十萬而浙省釐捐經左宗棠蔣益澧認真辦理所入頗豐以前紙捐每包抽釐洋銀三元又加增一元最為巨款各善後事宜如省城之三處學宮上下各衙署及貢院書院各祠廟逐一修建如前以後用款日少而釐捐則有增而無減不以之修築海塘而僅屬望于捐輸能得幾何況省中設局太多時閱兩年有餘大可歸併善後一局便可節省無數開費浙境軍務已完水陸留勇萬人一

面操練本省額兵已足固疆圉而資備禦閩蔣益澧
之赴粵已將湘勇帶往餘存之客兵客勇亦不妨分
別遣撤以節餉需通盤籌劃以一年厘金分作十成提出
二成留充軍餉及尋常善後用度以八成專辦海塘期以
三年次第興築亦已足敷工用又況蘇松太當海塘之下
游事同一體江蘇督撫臣尤宜通籌接濟更無不足之理
所慮者任事之人耳不諳工程不習勞苦任令工料草率偷
減帑項虛糜一可慮委用非人致不肖官紳罔利私營私
徒資中飽二可慮江浙大吏畛域太分不肯移緩就急彼
此通融錢糧不能應手三可慮臣反復思維惟有仰

懇
皇上天恩特派廉明公正大臣前往總理督辦周歷浙江江蘇海口有工處所相度修築新任督臣吳棠實心實力從不因難苟安其在清淮成效可覩應令該督會同辦理總期慎選明白工程諳練事機之廉潔官紳不辭勞苦者分任其事自然費省工堅蘇浙編氓永戴
皇仁于無既矣又調任督臣左宗棠在浙較久塘工尤所切念此次由閩赴甘可否
飭下該督如經由浙境即會同
欽派大臣查勘定議益臻周妥至撫臣所稱山柴難運人夫難覓然果議定有此三款勘定全局工程分別最要次要劃清段落先後舉行則一年需料若干用夫若干皆有約略數目可

以顧計發逆之擾並未運出山石竹木之料又能逐年生長散勇難民即是人夫藉此亦可餬口且有工可作遠者亦聞風而至臣以為經費但能敷用諸事皆可籌劃思其難以齑其易在人之不畏難而已臣為東南大局關係南漕恐因循日久則以上之兩害必致日滋月盛而益難措施情急勢迫據誠上 聞再浙省每月撥解甘省要餉尚有地丁正雜鹽課鹽厘及甯波關税等款可動無須仰給厘捐合併声明謹 奏

再前經戶部 議奏將海塘捐例酌量推廣內開捐者分發等九條酌減京外官捐翎銀數等八條及軍務者

分入負准于鄰近用兵省分指升改捐一條暫准由江浙
收捐專備海塘工料所收捐項由浙江按季奏報等因行
知在案今聞自開例以來請獎甚遲皆緣當事者必待
集有成數方能詳奏以致延宕無期伏思招徠之道固在
於捐例之推廣尤在於奏獎之按期捐生挾貲而來皆思
及時自效若遲之又久而始得獎後至者未免聞風觀望
於收捐難期踴躍現當工需緊要可否　飭下該督撫無
論捐數多寡每月奏獎一次由部核准即頒發執照庶
捐生益形鼓舞捐項易于湊集于塘工不無小補是否
有當謹附片具　奏九月十三日奉　上諭候補內閣侍

讀學士鍾佩賢奏海塘關係東南大局請派員督修以策
萬全一摺前因御史洪昌燕條奏海塘工程曾諭令動
撥關稅特開捐例赶緊興築茲據該學士奏稱此項工程
非用數年人力數百萬帑金不足以臻鞏固若爲苟且
補苴之計歲費仍不下數十萬而工之能否無虞仍不敢
必所陳四害三可慮等情均尚不爲無見著吴棠于赴閩
浙新任時便道先往海塘詳細查勘與馬新貽妥速籌商
現辦土備塘是否足資捍禦如必須興築石塘應如何籌
撥款項約期竣事該學士所請寸停觧閩省月餉十四萬
之外再提厘金八成專辦塘工之處均著統籌全局酌度

奏明辦理蘇松太當海塘下游與浙省休戚相關如須通
籌協濟即著咨商該省督撫一體會籌興辦另片奏海
塘捐例請獎甚遲請飭每月奏獎一次由部核准頒發執
照等語著照所請行原摺片均抄給閱看將此各諭
令知之

同治五年十月十一日巡撫馬新貽片奏再擬辦海寧繞城石塘籌議甫定正具摺間九月二十三日承准軍機大臣字寄同治五年九月十三日奉　上諭候補內閣侍讀學士鍾佩賢奏海塘關繫東南大局請派員督修以策萬全一摺前因御史洪昌燕條奏海塘工程曾諭令動撥關稅特開捐例赶緊興築茲據該學士奏稱此項工程非用數年人力數百萬帑金不足以鞏固若爲苟且補苴之計歲費仍不下數十萬而工之能否無虞仍不敢必所陳四害亦可慮等情均尚不爲無見著吳棠於赴閩浙新任時便道先往海塘詳細查勘與馬新貽妥速籌商現辦土備塘

是否足資捍禦如必須興築石塘應如何籌撥款項約期竣
事該學士所請于停解閩省月餉十四萬之外再提厘金
八成專辦塘工之處均著統籌全局酌度奏明辦理蘇松
太倉海塘下游與浙省休戚相關如須通籌協濟即著
咨商該省督撫一體會籌興辦等因查浙省海塘爲杭
嘉湖蘇松太各郡保障關係極重臣雖至愚敢不盡力
籌維前次捐修土備塘以免潮水内灌原係救急之法兩年
以來仰叨　聖主洪福浪靜波恬民漸復業復于土塘之外將
已坍石塘缺口搶築柴壩又于石塘之外添築柴埽以保未
坍之石塘兼爲土塘外蔽使潮水不致直浸土塘冀可稍資

經久此柴壩與石塘相為依附並與土塘互相表裏者也
且三防興辦柴壩道廳負弁督率夫役終日在工每遇大
汛何處工程喫緊刻即併力堵築既可保衛土塘並免斥
鹵內侵即將來開辦石塘亦可將柴壩作為後靠層層
保障更覺堅固臣通盤籌劃即將目前柴壩等工停止
專辦石塘亦非用數年人力數百萬帑金不能竣事此數
年中未坍之塘已缺之口豈能任其沖刷坍卸而不為設
法保護是柴壩工程于未辦石塘之時固難延緩即既辦
石塘之後亦難中止縱使歲費數十萬金實與全塘不無
裨益查以前石塘完固每年尚有歲修經費二十餘萬

而以備遇險搶築況現在石塘露底散裂拗拜者處處皆
有若不隨時趕護勢必致于一律傾圮恐將來多費尚不祇
數百萬也臣忝任疆圻關辦石塘之舉莫不時刻在念
惟以現在時事固不能與雍正年間相提並論即較之道
光年間亦有今昔之異浙省經費入不敷出早邀 洞鑒
臣于春間將籌辦情形詳細具 奏皆屬实情非敢
畏難苟且設此依違之論欽奉前因除飭該道廳將未
完柴壩埽坦照常興辦並俟新任督臣吳棠到浙會同
覆勘統籌全局酌定辦法另行 奏報外謹先
附片覆陳伏乞 聖鑒謹 奏奉月二十一日奉

另有旨

同治六年正月二十五日總督吴棠巡撫馬新貽
奏為會勘浙省海塘要工謹擬籌撥釐款分別最要次要次第辦理情形恭摺覆陳竊臣等先後承准軍機大臣字寄同治五年九月十三日奉　上諭候補內閣侍讀學士鍾佩賢奏海塘關係東南大局請派員督修以策萬全一摺前因御史洪昌燕條奏海塘工程曾諭令動撥關稅特開捐例赶緊興築茲據該學士奏稱此項工程非用數年人力數百萬帑金不足以臻鞏固若為苟且補苴之計歲費仍不下數十萬而工之能否無虞仍不敢必所陳四害三可慮等情均尚不為無見著吴棠于赴閩浙

新任時便道先往海塘詳細查勘與馬新貽妥速籌商現辦土備塘是否足資捍禦如必須興築石塘應如何籌撥款項約期竣事該學士所請停解閩省月餉十四萬之外再提釐金八成專辦塘工之處均著統籌全局酌度奏明辦理蘇松太當海塘下游與浙省休戚相關必須通籌協濟即著咨商該省督撫一體會籌興辦原摺著抄給閱看等因仰見 皇上垂念要工痌瘝在抱跪聆之下欽悚難名臣崇于交卸漕篆後仰荷 聖恩賞假二十日回籍省墓即由原籍來浙于本年五月初四日行抵杭州先將連年修辦塘工情形詳加察詢即于初九日

會同臣新貽輕騎減從自仁和縣李家埠汛勘至海甯州
境之尖山止又自尖山勘至海鹽于十八日折回省城勘得海
塘自李汛五堡起至尖山止一百四十餘里悉皆濱臨大海從前
塘外間段尚有漲沙足以擁護塘根現在南岸淤沙日寬有
相距不過數里者以致潮勢全趨北岸直逼塘身其西中兩
防所屬與上游諸山相近一遇陰雨連朝山泉下注沖激尤為
勁利臣等于潮汐來時親立塘上詳加察看遠見海水自
東南進至尖山以內始行湧起潮頭直撲念里亭汛折而
至南復又北趨電掣星馳倏忽百數十里漲水至一丈數
尺其間以念里亭翁家埠及李汛之九十十一十二等堡最

為迎潮喫重之處就通塘形勢而論西防受山水漫淘之患東防受海潮排擊之患中防則兼受江海交激之患此現在海潮趨向之大概情形也至塌損工程巻查三防原建石塘一萬七千二十二丈現在原續坍缺口四千四百九十六丈六尺四寸擲裂外拜石塘二千六百十九丈二尺二寸其現辦海寧繞城石塘坍缺擲拜各工折实二百六十七丈一尺七寸不在其內在原建埽工並柴塘一萬二千八百五丈三尺八寸盤頭二十九座現在塘外埽工及盤頭均已無存原建頭二條石坦及塊石坦一萬一千六十四丈二尺現在間有存留三防土備塘均尚一律完整其尖山以下盤平兩汎計潑損石塘共長一

百八十七丈三尺潑損土塘共長五百五十三丈五尺柴工十八丈此工段坍損之實在情形也現做柴埽工程自四年二月興工復經臣新貽飭令前杭嘉湖道蘇式敬段光清陳璚先後常駐工次督率廳汛委員核實經理截至現在止已堵缺口二千二百五十八丈六尺四寸計越築柴壩二千九百五十七丈五尺均係層土層柴視地段之平險分别壩面之寬窄自數丈起至十餘丈不等以一丈六尺至三丈以外長樁由三坯至五六坯分次磯釘每丈用柴數百擔至一二千擔不等總以堅實為度不任稍有草率其外埽埽坦等工做法亦復相同計已成埽工埽坦附土子塘行路

共四千七百二十四丈五尺至海寧繞城石塘于上年初六日興
辦初僅勻撥樁架二十副現在設法招募增至四十餘架惟
斷樁沉石逐段皆然一丈之地淘拔動須十數日方能施工
且臨水築做潮來即須停止截至現在止約成石塘二成
有餘但水不過一成其向來砌法九層以下不用錠鋦今因
脫卸塘工多屬底層先裂概自第二層起間層每丈扣
砌錠三個五分鋦三個面石一層扣砌錠十六個較原辦每
丈酌加錠二十二個加鋦十個以期石勢聯絡並因近水做
工一日兩潮灰漿未乾每多滲脫用嚴州所產之蔦蘿
椅浸和灰叁以米汁層層灌砌復于臨水一面用桐油蘇

絨仿照艌船之法加工艌縫此現辦石塘較之歷辦章程
務外講求之實在情形也臣等伏查浙省海塘為江浙
六府州民命餉源所繫有關于東南大局者甚鉅誠如
鍾佩賢所陳非尅期修復石塘不足以資捍禦惟查歷屆
興修塘工從未有至數千丈之多其時集料僱夫易于
措手又非兵燹之餘所能比擬臣新貽前將種種為難之處
縷晰奏陳均屬實在情形未敢于　聖主之前稍有欺
飾此次歷閱塘次會商熟籌石塘係屬至要之工而蕆功
難以迅速且此時潮勢北趨山泉洩刷斷非此一線石塘所
能支柱外向柴埽捍水內向附土培工均屬缺一不可若同時

並舉是徒博興辦之虛名而並無程功之速效惟有籌定
專款分別最要次要次第辦理則有條不紊庶幾日計不
足月計有餘查中東西防所屬缺口尚有二千二百三十八丈
未經堵合近兩年來惟賴已成之土備塘以禦潮汐一經衝
決則下游各州縣又成斥鹵萬不足以久恃是目前所辦堵
禦缺口之柴壩實爲最要次則現存之石塘若不設法保
護之則海潮晝夜嚙激勢必東修西塌終無了期必得趕
鑲外埽建復坦水以爲重門之障能多保一丈之舊塘即節
省一丈之新工此又次要工段中之不可從緩者然後酌形勢
之重輕定興工之先後將全塘石工接續修復庶潮水早

資抵禦舊工不致多坍斯蕆事可期有日矣臣等約略綜
計以上各工非用七八百萬帑金竭十年人力不能告厥成功
逮日興在省司道以同籌畫閩餉現雖停解而上年已增新
撥之款本無可謂月存十四萬之數原指一項上今兩年將坐
貫餉減五成進款已絀于前内如本省防勇新兵甘肅雲
貴各協餉織造月撥紅單船口糧及善後各務無不取給
于此亦不得不兼籌並顧而江蘇省協濟一層臣棠前與
李鴻章等商之江省現在捐挑瀏河無暇顧及又復無可
指望現擬於餘捐及鹽貨各厘内每年撥定銀八十萬兩
並佐以海塘捐輸專備塘工之需按月按數提存不准挪

移劄用此時僅辦柴工無需用此鉅款即以每歲所餘之項採辦石塘新料撈取舊石約計柴工年餘後事則石工料物已可集有成數接手興修亦不致有減工待料之慮倘以後軍務戡平外撥之款可以從省民氣漸復人夫椿架可以踴躍或能無待十年得觀厥成是則存此希冀之心而不敢預必者也至于現辦柴壩目前原為堵禦缺口而設將來定築塘基或在柴壩之內或仍須臨水築做由臣新貽時時隨相度形勢酌定 奏明辦理則柴壩即可作為外埽內靠之用並不多費其夾山以東鹽平兩汛潑損工段容隨時酌量修復以固全塘臣新貽惟當督飭在工各員視如家事各

矢慎勤程功不厭其精求用款務歸于核實仍一面設法招徠多集夫料以期早辦一日早紓一日　宵旰之廑仰副

聖主軫懷民瘼之至意所有會同勘籌海塘工程緣由理合聯銜由驛恭摺覆陳再臣棠于拜摺後即由浙起程赴閩合併陳明

再浙江海塘工程籌費不易經理苟不得人則虛糜即不能免臣到浙後詳加察訪撫臣馬新貽于塘工事宜盡心擘畫不時單騎赴工講求指示在工員弁無不懍服其未能早辦者工之故要因費鉅工煩夫料難集且此時所最要者莫如先堵缺口以禦海潮並非為苟且補苴之計實係先其

所急也惟工程浩大必得熟悉塘務人員以資指臂查有
前杭嘉湖道陳璚人甚明幹聞其駐工年餘暑雨祁寒
皆能黽勉從事該員來謁時詢以潮汐情形工程做法均能
明悉尚係實心任事之員昨經前督臣左宗棠遵 旨查參以
同知降補業已交卸原片言其辦理塘工亦稱勤慎可見
左宗棠並不沒其勞也現在興辦要工正當喫緊熟手更
不可多得可否仰懇 天恩准將陳璚仍留浙江辦理海塘
交撫臣差委如果始終誠謹再由臣會同撫臣馬新貽隨時
奏懇 恩施臣爲要工得人起見謹附片具陳二月初
六日奉 旨另有旨同日奉 上諭吳棠馬新貽奏遵勘

浙江海塘要工籌撥款項分別工程辦理一摺浙江海塘
工程浩大值此經費支絀之時若一時悉行興辦必至
有名無實自應循照舊章分別最要次要次第辦理
吳棠等以堵禦缺口之柴垻爲最要保護殘損石塘爲
次要擬每年撥定銀八十萬兩佐以海塘捐輸次第興
修此亦就目前情形而論惟所築柴垻赶鑲外埽建復
坦水各工不過暫時堵禦潮汐將來仍需興建石塘馬
新貽當通盤籌畫使現辦各工堅實穩固石塘興建後
即可以保護塘身則此次辦理各工錢糧不至虛糜而
于將來有益若祇爲目前一時之計則日後興建石塘

仍須多費帑項不免漫無規畫馬新貽既知以十年為期諒能籌劃及此海寧塘工現在只辦有二成馬新貽飭令酌加錠鋦自當益臻堅固聞道光年間帥承瀛在浙江巡撫任內修理海鹽石塘最為精密歷久不壞即著飭令在工各員仿照辦理倘此次海寧塘工辦理不能經久必將承辦各員賠修治罪決不寬貸海塘用款雖繁屢屆辦理銀數皆可有案可稽現即工料較昂何至七八百萬該督撫等不可聽任屬員張大之詞稍存畏難之心是為至要吳棠另片奏降調道員陳璚請留浙差委等語陳璚人既明幹著准留于浙江辦理海

塘工程交馬(新點)差遣將此由四百里各諭令知之

同治七年閏四月初一日巡撫馬新貽

奏為修復民築塘堤援案給款興辦竊照海甯州迤東大小山圩及頭二圩塘堤前因賊擾失修間段坍卸上年秋潮洶湧異常各該圩堤復被冲決海水內灌田廬被淹節據該州暨東防廳備先後詳稟到臣當經飭局委員飛速會同該州廳備酌撥料物先行搶堵以保田廬一面飭委駐工之前任杭嘉湖道陳璚親往查勘去後嗣據勘明該處坐當南潮頂冲自小尖山起至大尖山止小山圩碎石塘工長三百六十八丈又大尖山至鳳凰山止大山圩碎石塘工長七百八十八丈又鳳凰山至望夫山止土圍工長九百八十餘丈內有

碎石堤工長三百丈撙節估需樁木一萬根石價經費錢
三千三百串各該圩向係民築工程現因情形吃重難以緩
辦且兵燹之後民力實有未逮議由省局如數籌撥樁木
石價飭發該州轉給該圩紳耆承領赶緊修復以衛農
田經塘工總局司道核明呈請具　奏前來臣查海塘通
志內載該處碎石塘堤曾于乾隆十三年間　奏准給價
興辦迨道光十六年及咸豐八年兩次被潮沖坍均經撥
案給款修復有案今該處應築圩堤既因民力未逮自
應酌給興築以恤民艱所估經費亦無浮濫合無仰懇
天恩俯准援案給款修築以保生民除飭該司道等

督率該州紳耆領項赶緊照估修築務須工堅料實足
資抵禦工竣照例驗收取具承辦保固報銷冊結備説另
行請銷外謹將撥款給款修復民築圩堤緣由繕摺具陳

月　日奉　旨著照所請該部知道

同治七年五月二十四日巡撫李瀚章

奏為巡閱海塘工程情形現仍督飭趕辦竊維浙省海塘工程為下游列郡田廬保障關係至重臣到任之初未能深悉情形當即詳細面詢前撫臣馬新貽略知梗概適值陰雨連旬山洪暴漲臣深慮新築柴垻埽坦或有殘隔當即飛飭該管道督率廳備隨時搶護幸保無虞一面將應辦要事稍為料理即于五月十一日出省率同署杭嘉湖道杭州府知府譚鍾麟前任杭嘉湖道陳璚候補道林聰彝沿塘履勘自李汛至尖山計程一百五十里三防原建石塘一萬七千餘丈坍塌者四千四百餘丈均築柴垻以堵其缺西中兩防業已工竣東

防缺口未堵者尚九百餘丈該處潮勢稍緩不致漫溢現飭廳備趕緊搶築年內可以完工新築海寧繞城石塘一律完整惟之坦竹簍因潮汐沖激間有潑損責成在工員弁隨時修補以固頭坦至西防開辦石塘釘樁已及百丈砌石層數過半而採辦石料樁木均屬維艱工匠又祇此數約須一年以外方能蕆事臣查前撫臣馬新貽在任數年於塘工一事竭力經營先挑土塘以禦潮汐旋築柴壩以堵缺口茲又開辦石工以垂久遠實已籌畫盡善臣惟有循舊督飭在向在工各員分任其事寬籌經費趕集夫料照常興辦俾得早日完竣以副　聖主軫念海隅蒼生之至意惟石

塘全恃外埽坦水以護其根現在西中兩防舊塘趕築柴
坦尚有未竣工二千丈而翁汛以東埽坦無存塘身孤立
擬俟西防最要石工做有眉目一面購辦料石接續興辦
一面抽撥夫役工匠趕將東防坦水八千餘丈先行建復庶
幾保一丈舊塘即省一丈新工此外鹽平二汛土塘稍有殘
陷已据杭防道勘估委員培築其拗裂石塘當俟二防
工竣次第興修臣勘畢後于十五日回省瞬屆伏秋大汛
潮汐盛旺塘工尤為喫重除嚴飭杭防道督率廳備弁
兵認真巡防隨時保護毋稍疎忽外謹將臣查勘塘工
情形及照常趕辦緣由恭摺具　奏　月　日奉　旨

知道了

同治九年二月十八日巡撫楊昌濬

奏為覆勘三防塘工大概情形現仍分飭趕辦恭摺具陳

竊浙省海塘自同治四年起各前撫臣次第經營先築柴壩堵禦缺口隨即擇要開辦石塘並于舊塘露底處所趕做柴坦石坦以資保護均經

奏明在案臣在藩司任內雖不能常時往看而會辦總局隨時留心情形頗悉去年秋冬潮汐甚旺各處埽工不無撥損臨屆春汛亟應先事防範因於開篆後將諸事略加清理即於正月二十八日赴塘率同督辦塘工省局候補道馮禮藩前任杭嘉湖道陳璚逐段覆勘西防石工已經一律完竣附土亦鋪填齊整工

程尚爲堅實外面舊修柴垻盤頭間有數處潑損該廳備石在趕辦拆修加鑲可以無虞搶修中防石工已釘樁百五十餘丈安砌百二十餘丈約計二三分工程惟翁汛大口門灣環迎潮高堤插入海中當面受衝爲最險要之區現飭或作外幫或辦柴坦擁護塘根翁家埠以東亦間須修補而大段尚屬穩固東防戴鎮兩汛石坦自去秋開工起已安砌者九百餘丈釘樁未砌者六百數十丈因工段綿長臨水施工潮來即須停止急切尚難蕆事東塘柴垻七年臘月一律完工嗣因塘腳積沙漂去塘身間有游走隨修隨坍亦所不免且海中新漲沙洲潮分兩道而來一由南趨

怨折而北謂之南潮一由東沿塘而西謂之東潮兩潮相遇
於念里亭一帶声勢極烈柴壩尤為喫重已滿限者固多坍
卸未滿限者亦有傷損已飭令趕緊備料集夫應拆修者
即日拆修應加高者速行加高用資抵禦又夾山塔山之間向
有横壩一道長二百丈乾隆年間百計而後成之現由夾山以至
陳家塢石塘屹然無恙皆此壩之力也惟年久失修塊石散落
塘身日就低薄亦應設法培修以免疎虞此三塘工程之大概
情形也已經石塘缺口以東中兩防為多缺口之大者以翁家
埠念里亭兩汛為最而急修新塘必須先保舊塘現在西中
兩防柴埧業已辦其有東防戴鎮兩汛又辦石坦一俟東防

坦水辦全舊塘根脚可固藉免續坍惟各處小缺口雖以
柴埧堵塞而剛柔不洽接筍處不能聯絡潮汐沖刷柴工
不能持久尚可隨時黏補條石坍卸在所時有今日見為
十丈者逾數月而已加寬數尺今自餘處缺口計之一年内
增出之工又復不少臣擬俟前汛石工報完後即接辦東
防先將各處石塘小缺口補齊再辦念里汛大缺口石工此外
鹽平兩汛土塘間有坍損經前撫臣李瀚章隨飭補修現尚
無險工迄于本月初二日旋省除寬籌經費督飭各委員
上緊辦理並隨時親往查看外今將復勘塘工大概情形
附驛馳　奏是月三十日奉　旨知道了

同治九年六月初五日准　工部咨爲浙省海塘大工興辦多年尚無告竣日期請　旨飭查以重大工事都水司案呈同治九年三月十一日内閣抄出署浙江巡撫布政使楊昌濬奏浙江東西二防境内坍缺石塘處所續又搶築柴壩鑲柴盤頭埽坦等工丈尺年終彙截數目一摺同治九年三月初七日奉　旨該部知道欽遵抄出到部據原奏内稱杭州府屬東中西三防海塘各口計東防辦竣柴壩鑲柴附土、埝子塘横塘等工又柴盤頭西中兩防境内先後辦竣柴壩埽工埽坦裹頭鑲柴、工附土子塘横塘行路各工柴盤頭二座做成工段高寬丈尺用過例加工料以及夫土雜用等項銀兩業經各前撫臣分別開單先後題奏各在案今自八年正月起截至十二月止東塘續該柴壩一百四丈五尺鑲柴五十丈盤頭二座西塘又該埽工萬化場三字號三十二丈埽坦九十六丈其工段尤險之處並經加築托壩拋護塊石以資保衛此次東塘續該各工在同治三四年搶要勘辦之時尚可從緩興築現計開時將及五年潮大浪急漸至潰裂傾卸本應建復石塘因正辦西中兩防石工未能同時併舉祇得搶築柴壩暫資抵禦潮汐其舊有盤頭二座及西防埽工埽坦亦皆善後應辦之工其已滿固限之柴壩固須加意保衛即新築壩工仍恐土性鬆

浮必須埧外培厚柴土以期鞏固等語臣等伏查各省修辦大工該督撫將段落銀數預先估定奏明辦理原所以杜事後增添浮冒等弊浙江海塘是以於同治三年臣部會同户部議覆御史洪昌燕條奏海塘大局摺内准令開捐辦理嗣據該撫先後將西中兩塘缺口搶築柴埧埽坦盤頭等工並西防石塘海寧繞城石塘中防石塘東塘戴鎮二汛坦水盤頭又搶築東塘缺口柴埧續辦西中兩防柴埽盤頭等工各案陸續奏報總共用銀已三百餘萬兩今該署撫臣楊昌濬又奏東西兩防續經搶築柴埧鑲柴埽坦等工並稱此項東塘續發各工在擇要勘辦之時尚可從緩現

將及五年潮大浪急漸至潰裂等語查西中兩防柴埧
已據報銷東防柴埧亦據奏報清單均已完竣此項續
竣各工既係柴埧告竣後續出之工並非缺口自應歸入歲
修案內撙節估辦何得牽混大工致多糜費且該塘工
應修者自應認真督辦無許草率緩辦者更宜防守
嚴密無致疏虞此係向辦未一定辦法即或潮大浪急亦
宜設法搶護何至聽其潰裂殊不可解再查該署撫覆
勘塘工案內奏稱已滿限者固多坍卸未滿限者亦多損
壞等語臣等查已滿限者即應歸入歲修未滿限者如有
傷損即宜分別參賠何以籠統奏請殊屬含混又據奏稱

石塘缺口以東中西防爲多缺口之大者以翁家埠念里
亭兩汛爲最各處小缺口條石坍卸今日見爲十丈者逾
數月已加寬數丈合百餘處缺口計之一年内增出之工又
復不少擬俟翁家汛石工報完後即接辦東防先將各處
小缺口補齊再辦念里亭大缺口等語查該塘缺口既已堵
築柴垻何以又有翁家埠念里亭大缺口尚須修築現在
擇要興修之石工及尖塔二山戴鎮二汛各等工是否必不
可已之工有無裨益該撫是否確有把握均宜澈底查
明以免奬混該撫身任封疆海塘是其專責乃用銀至
數百萬爲期逾五六年尚不能全塘一律完工仍復陸

續增添有加無已永無告竣之期殊屬不成事體相
應請 旨飭下浙江巡撫確切查明據實覆奏將全塘工
程先行繪畫貼說分別已修未修詳細開載奏咨報部
以憑核辦仍責成該撫嚴督承辦之員妥速辦理勒限
將全塘工程一律告竣不得任意增添名目致滋冒濫其已
竣各工責成該撫切實驗明務要一律完固如有偷減潦
草等弊即由該撫據實參奏不得含混題銷以重帑項
臣等為慎重海塘大工起見是否有當理合恭摺具奏
同治九年四月初一日具奏本日奉 旨依議

同治十年十一月十三日准　工部咨爲奏明請　旨事都水司案呈内閣抄出浙江巡撫楊昌濬奏恭報續又搶築東塘坍缺石塘柴垻及塘後鑲柴建築盤頭並西防續辦埽工埽坦各工高寬丈尺用過銀數開單具奏一摺同治十年八月十五日奉　旨該部知道單併發又清單内同日奉　旨覽欽遵抄出到部據原奏内稱浙省海塘自同治八年四月以後起截至十二月止續辦東塘柴垻一百四丈五尺塘後鑲柴五十丈柴盤頭二座西塘埽工三十二丈埽坦九十六丈並工段尤險之處加築托垻拋護塊石當于年終截數奏明在案茲據塘工總局司道具詳前項續

辦各工搶辦如式完整隨時驗收所有做成高寬段落丈尺用過
工料銀數謹繕清單恭摺具奏等因臣等查浙省續辦搶
築東西兩塘坍缺石塘柴埽盤頭等工於同治九年三月間該
撫奏報工竣摺內經臣部查明此項工程係柴壩告竣後續
出之工並非缺口自應歸入歲修案內撙節估辦奏明行
知該撫確切查明据實覆奏在案迄今一年有餘並未据
該撫聲覆又不遵照奏案認真厘剔僅憑局員具詳率
行開單奏報將臣部奏准飭查之案置若罔聞殊屬含
混臣部礙難照辦應請旨嚴飭該撫迅即遵照臣部
前奏確實查明將此項續出之工認真厘剔不得含混缺口

大工以節糜費再臣部前因浙省修辦海塘大工用銀已數百萬
爲期逾五六年全塘尚不能一律完工且該省辦理此案工程並
未將應修段落預先估定奏明辦理僅憑工員具詳陸續開報
恐啟事後增添浮冒等弊是以奏令將全塘工程繪圖貼說
分別已修未修詳細開載先行具奏並咨報臣部乃該撫並
不覆奏亦不繪圖據實報部但憑該工員具詳陸續奏報
並不通籌全塘大局亦不報明未辦者尚有若干臣部無可
稽查即該工員等浮冒增添臣部亦無從稽察殊非核實
之道應請　飭下該撫查照臣部前奏迅將全塘已修未修
各工段於文到日限兩個月詳細繪圖核實覆奏倘再遲

延即由臣部據實奏參以爲玩泄者戒所有臣等具奏緣
由是否有當伏候訓示遵行同治十年九月十八日具奏本
日奉旨依議

同治十年十一月十八日巡撫楊昌濬

奏爲海塘關係重大不敢苟簡原估段落過多未能尅期告竣據實覆陳竊前准工部咨議覆臣奏報八年分東塘續辦柴壩各工丈尺一摺内開此項續辦各工既係柴壩告竣後續出之工並非缺口自應歸入歲修估辦何得牽混大工又查該塘缺口既已堵築柴壩何以又有翁家汛念里亭大缺口尚須修築現在擇要興修之工及尖塔二山戴鎮二汛各等工是否必不可已有無把握均宜澈查以免弊混該撫身任封疆海塘是其專責乃用銀至數百萬爲期逾五六年尚不能全塘一律完工仍復陸續增添有加無已永無告竣之期殊屬

石成事體請 旨飭臣確切查明據實覆奏將全塘工程先
行繪圖貼說分別已修未修詳細開載報部核辦仍嚴督
承辦之員妥速辦理勒限將全塘工程一律告竣不得任意
增添名目致滋冒濫等因奉 旨依議欽遵抄摺行文
到臣欽聆之下惶悚難名伏查浙省被兵首尾僅止五年三
塘縱因失修何遽殘敗至此臣前在藩司任內雖亦會辦局
務而本任事繁祗任籌費之責新舊工程未能深悉底蘊
自蒙 恩擢任巡撫將及兩年每與僚屬周諮博訪得知
梗概蓋舊工坍敗如此之大者其故有三爲三防石塘全恃
柴埽石坦保護塘根原定歲修之款本無不足相沿既久積

弊叢生款項不能如數到工歲修不免偷減及至軍興以後歲修之款大半移作軍需海塘不暇兼顧數年間無寸土尺木之培無怪外埽坦水蕩然無存而石塘孤露日受潮激根底淘空樁木朽爛石工之節節坍卸此其一也道光十年以後潮勢北趨南沙日漲險工疊出雖柴南岸圍堆亦無濟迨至浙省被兵海塘逐漸塌坍水勢逾愈趨而北從前塘基變成海窪近來南岸沙性益堅沙面益闊海潮山溜皆靠北塘根而過塘之易于沖坍此其二也雍正乾隆之際物阜民康工料人夫皆稱足用所做工程價廉堅實現存石塘有屹立如故者蓋其樁木長大入土甚深石塊平正接縫扣筍拔

得歷久不壞至道光年間疊被水災官民交困工料貴重
而又限於例價迫以時日傳聞當時每出險工例價之外無可
籌畫恒調実缺州縣認辦工段以資其力吾輩不過敷衍目
前豈顧日後之患現于缺口中起出舊椿有長不滿三尺者所
謂條塊石塘僅止外用條石中以散碎塊石実之既省工料又
速時日孰知今日之散裂倒坍特甚者即在於此此其二也至
於新工之不能尅期告竣其難亦有三自兵燹之後正賦
尚未復額而用款倍之雖有釐金一項亦非不竭之源塘工經
費在浙為最要之需而京協各餉尤覺緊要不能不舍此就
彼通盤籌撥查前督臣吳棠等會奏原定每年提銀八十萬

兩爲建復全塘工程之用約以十年爲率迩來每歲所撥新
舊柴石工料統計不過得半之數雖有海塘捐例所收無
幾此經費之難也開辦石塘固以條石爲要樁木並之從前
興辦大工蘇省合力通作協濟石料今則數千丈所需
木石較之從前何止十倍而浙省一力承之初辦時尚有舊石
湊用近則無可打撈全須採辦新料山石雖隨處皆有非
觸及於碎即堅不受鑿能用以砌塘者殊不多覯樁木產
於衢嚴一帶自兵燹近地樹木被伐殆盡現時採辦須入
深山人工盤費因而加增轉運亦耽時日此物料之難也工
匠人夫今非昔比修造工價無不貴至數倍海塘用人既多

非厚其值皆裹足不前誠以土曠人稀農民力田者多應募者少石匠固不可多得而樁架夫一項又非是人所能溯查乾隆年間辦理石塘樁架多至四五百副現查工次所用樁架統共不足八十副無可再招臨水之工先築子塘然後開槽日有兩潮必須停作潮退序水事倍功半石匠安砌下底亦須乘潮未至乃可施工每日所作不過兩時之久此做工之難也臣身任封圻何一非臣專責目睹海塘要工極思尅期蕆事惟是工程如此之大籌辦如此之難欲速不能計無所出實非有意延宕在部臣過事詰難或係為節費考功起見而臣受　恩深重具有天良何敢任意增添致涉冒濫區區

愚忱諄邀　洞鑒所有部查各節亦經飭据總局司道會
詳如原奏內稱此項續後各工既係柴垻告竣續出之工並非
缺口自應歸入歲修估辦何得牽混大工一節查三防堵築
原坍缺口之柴垻雖已陸續辦竣而散裂拗拜之石塘尚未一
律興辦此項東塘續後柴垻一百四丈五尺鑲柴五十丈即係
同治六年前督臣吳棠等會勘案內典馳等字十三號散裂拗
拜石塘段落當時尚可從緩比越數年潮汐沖刷漸成缺口
因未能與西中兩防石工同時併舉仍照原案辦法先行
搶築柴垻其潰裂而尚未傾卸者不得不趕於塘後鑲柴
以資抵禦既係續辦之工未便歸入歲修自應另案造報

並無含混且以前後辦之工又經數年情形變遷每逢伏
秋大汛潮高浪急人力有所難施設風雨交加險工猝出吏
有非意料所及尚非草率從事聽其潰裂至已堵柴垻均
由承修之員照例出具保固其坍卸在限外者自應歸
入歲修辦理其殘損在限外內者均著令承修之員賠修完
固辦有定章並無含混之處又如原奏所稱該塘缺口既已堵
築柴垻何以又有翁汛念汛大缺口尚須修築現在擇要興
修之石工及尖塔二山戴鎮二汛各等工是否必不可已有無把
握等語查石塘缺口以東中西防為多缺口之大者以翁家
汛念里亭為最此項缺口係指未修之石塘而言非築柴垻

而石塘仍無缺口也至尖塔兩山為潮來門户戴鎮二汛各工皆係八年間奏案所稱次第辦理必不可已之工其餘已築柴壩未建石塘之處及塘外埽坦盤頭並附土等工仍當隨時擇要次第勘估建修等情臣復加確核均屬實情與歷次親勘情形無異又部文所稱用銀至數百萬為逾期五六年尚不能全塘一律完工仍復陸續增添有加無已永無告竣之期殊屬不成事體等語臣查前撫臣吴棠會勘摺內陳明三防石塘缺口四千四百九十六丈拗裂外拜二千二百十九丈海寧繞城石塘隨辦在先不在其內約計各工非用七八百萬金緩十年人力不能告厥成功此指全塘未辦之工一律建復而言計自同治七年已

月起至十年三月底止西中兩防共修建石塘一千六百六十丈有奇柴盤頭兩座裹頭六十丈共用銀七十八萬二千餘兩均經先後奏咨有案爲時雖逾三年而石塘用款不過七十餘萬經費物料均難廣集此其明證以現在度支而論本非興辦大工之時但石塘缺口若不補修完整每逢大汛難免續坍石塘既坍又不能不接修柴埧是石工之辦困難中止石工未完以前柴埽各工亦不能不間有增添現查升任撫臣李瀚章任內奏准開辦戴鎮兩汛之石坦及臣奏辦戴鎮兩汛之小缺口約計明年均可完竣此外中防翁汛東防念汛尖汛原坍續坍石塘缺口未辦者約有三千餘丈而拗拜之石塘尚不

在内屆時或請　欽派大臣來浙督辦抑仍接續興辦之處
容再察看情形奏請　諭旨遵行臣現惟督飭在事大小
各員將已竣各工隨時認真保護毋任損壞現辦之工妥速
趕做勒限完竣仍不准草率偷減以期鞏固除將全塘工
程繪圖貼説咨送工部查核外合將查明海塘工程艱難
告竣緣由據實覆陳同治十二月十四日奉　旨工部知道

同治 年戴槃建復東中西防石塘記

海塘之築堤也始于唐開元九年前此已有築者無可稽攷大抵所築皆土塘草塘以後造木櫃石囤塞其要處所謂石屯者皆以碎石為之非疊石為堤也海寧之有石塘自我 朝始創始于康熙改建于雍正告成于乾隆而魚鱗塘之名遂為一定不易之制前代修築必俟海嘯潮溢衝潰塘堤始行補救我 朝軫念民生鉅工屢舉一切制度積久大備並定歲修章程以為一勞永逸之計考之志書海塘自仁和望江門外至海寧尖山前止東西兩防後添設中防移台州通判改為

同知駐于翁汛迤有三防共建有石塘一萬九千餘丈

海寧地居濱海潮汐往來惟恃一帶石塘堤防捍禦

誠百世之利也道光年間因修築工程浩大　特命廷

臣駐工督辦閱兩載而工竣建修石塘一千七百餘丈自

此以後隨損隨修遂得晏然無事迨咸豐三年軍興

以來歲修銀移作軍需之用不遑兼顧塘工而海塘遂

失修焉庚申遭兵燹至甲子收復而石塘之倒塌甚多

至數千百丈大有憂之慮海水之泛溢而旁溢也奏請

興辦先築海寧之繞城石塘三百餘丈以衛城中居

民疏入　朝廷命督臣吳　來浙會同撫臣馬　勘明

三防石塘缺口四千五百餘丈應行建覆以外拗裂石塘二千二百餘丈亦須拆修　皇上允疆吏之請遂于同治五年開工次第興辦始辦西防石塘繼辦中防石塘共一千六百六十丈有奇然此皆塘後之工而非臨水之工也塘後之工用力易而成功速臨水之工用力難而成功遲歷來辦工築堤皆于塘身後開槽施工今因缺口處處均須聯絡不得不辦臨水之工開槽須先築子塘塘成戽水事半工倍此一難也沙隨潮至潮退沙淤挑淨方能動工此又一難也每年春夏秋有三大汛時逢潮水旺盛難以施工每月亦有兩汛小汛日

工作尚有三四時大汛日工作止有一兩時釘樁安砌俱有定價匠役人夫因工價所得者少退縮不前此又一難也余督辦翁鎮戴念夫五汛工程皆東中防臨水之工翁戴二汛爲尤難翁汛塘身低而蓄水不能露底戴汛沙性堅而釘樁不能如式則又三難之外有此二難此人所共知其難畏其難而不願趨事赴功者也余自十年秋七月來海寧駐工督辦戴鎮二汛石塘以爲必遲之久而後成遲之又久而後成乃時屆二載竟能告竣余之始願實不及此迨辦翁夫二汛並續辦念汛東西兩段石塘各夫役均能踴躍急公余奔馳塘

堤無間始終夏不避暑熱冬不避風寒督率在工各員踴勉從事不敢告勞俾臨水石塘要工二千六百餘丈一律完竣計自興工以迄于成甫經五載不可謂不速矣此皆仰賴大海之神靈大府之洪福故能相與有成余何敢居成功焉夫工程之遲速視乎天時地利人工非三者俱備不可天時宜多晴而少陰也地利宜落水而見底也人工宜克勤而無怠也化難為易轉遲為速天為之地為之亦人為之余則因時制宜焉耳是為記

同治十一年八月准　工部咨為奏明請　旨事都水司案呈竊
臣部前以浙江省海塘工程興辦多年尚未一律告竣請　飭下
該撫將全塘工程分別已修未修確切查明繪圖具奏嗣據該
撫將原奏並圖咨送到部　臣等查同治十年六月奉　上諭
吳棠馬新貽奏遵勘浙省海塘要工籌撥款項分別工程
辦理一摺浙江海塘工程浩大值此經費支絀之時若一時悉行
興辦必致有名無實自應循照舊章分別最要次要次第
辦理吳棠等以塘欒缺口之柴垻為最要保護殘損石塘為次
要擬每年撥定銀八十萬兩佐以海塘捐輸次第興修此亦就
目前情形而論惟所築柴垻趕鑲外埽建復坦水各工不過暫

時捍禦潮汐將來仍需興建石塘馬新貽當通盤籌畫使
使現辦各工堅實穩固石塘興建後即可以保護塘身則此次辦
理各工錢糧不致虛糜而於將來有益若祇為目前一時之計
則日後興建石塘仍須多費帑項未免漫無規畫馬新貽既
知以十年為期諒能籌畫及此海寧塘工現在祇辦有七成
馬新貽飭令酌加錠鋦自當益臻堅固聞道光年間帥承瀛
在浙江巡撫任內修理海鹽石塘最精密歷久不壞即著飭
令在工各員仿照辦理倘此次海寧塘工辦理不能經久必將
承辦各員賠修治罪決不寬貸海塘用款雖繁歷屆辦理銀
數皆有案可稽現即工料較昂何至七八百萬該督撫等不可

任聽屬員張大之詞稍存畏難之心是爲至要臣等恭讀
諭旨該撫所請七八百萬之數尚未奉 旨允准將來全塘
告竣合計銀數必較原奏之數有減無增方爲正辦歷查該
撫奏報西中兩塘柴垻各工銀九十餘萬兩又東塘柴垻並西
中兩塘埽坦等工銀一百三十七萬餘兩又東塘西塘柴垻鑲柴
等工三次奏報清單共銀十四萬餘兩又東塘戴鎮二汛頭二坦
條石柴盤頭銀三十五萬餘兩又中塘翁家埠汛魚鱗石塘銀
二十九萬餘兩又附土等銀一萬三千餘兩又東中西塘戴鎮二汛
魚鱗石塘頭二坦水埽坦等銀五十五萬餘兩又西塘魚鱗條
塊石塘銀四十九萬餘兩又附土錢一萬五千四百餘串又東塘搭

山石壩添石理砌並加填面土等工銀九千七百餘兩又東塘海
寧繞城石塘等工銀十八萬四千餘兩共計用銀已四百餘萬兩
向未辦各工據稱戴鎮兩汛之石坦及兩汛之小缺口約計明年
均可完竣此外中防翁汛東防念汛尖汛原估續估石塘缺口
未辦者約有三千餘丈而撤拆之石塘尚不在內等語所需錢
糧均未核定將來塘工告竣合計銀數較原奏銀數有增無減
礙難懸揣該省海塘工段甚長不能不分案辦理即不能不分
案報銷但所分共有幾案每案需銀若干自應先後估定則
總數可稽不致漫無限制倘不先事核明即行開辦任令隨辦
隨銷勢必難於稽核且恐與從前奏案不符殊非核實辦公之

道臣等以爲與其駁查於事後何如估定於事前相應請
旨飭下浙江巡撫將海塘未辦工程三千餘丈及擲拜各工確切
估計需銀若干專摺奏明其戴鎮兩汛之石坦及兩汛小缺口
等工亦即核定銀數先行奏明統由臣部查照該撫原奏核
明辦理臣等爲慎重帑項起見是否有當伏乞　聖鑒訓示
同治十一年五月十五日具奏本日奉　旨依議

同治十二年三月巡撫楊昌濬

奏為查明海塘所需經費不致有逾原估並仍請分案估報以昭核實恭摺覆

奏竊准部咨飭查該撫奏報已辦三塘各工銀數共計用銀已四百餘萬兩而未辦各工尚不在內將來塘工告竣合計銀數較原奏估需銀七八百萬兩有無增減殊難懸揣該省海塘工段甚長不能不分案辦理即不能不分案報銷但所分共有幾案每案需銀若干自應先為估定則總數可稽不致漫無限制請

旨飭臣將海塘未辦工程三千餘丈及掛拜各工確切估計需銀若干專摺奏明其戴鎮兩汛之石坦及西汛之小缺口等工亦即核定銀數先行奏明辦理等因奉

旨依

議欽遵飭臣當即行局遵照查明詳辦去後茲據塘工總局各司道等查得海塘搶修之工同治六年前督臣吳棠等會勘估需修費七八百萬之數雖屬約略綜計然核較工段情形亦甚遼遠惟自會勘以來又經六七年之久凡未修之工日受雨潮衝激附土土埝兩面隨即損壞情形較比時加增除經節次估辦東中西三塘各案柴石土等工共動用銀四百三十八萬有奇此外中防翁汛東防念尖二汛原搶續搶未辦石塘三千餘丈暨一撥拜未修石塘以及隨塘柴埽坦水塘後附土土埝并尖山以東鹽平兩汛滋損之段尚須隨時酌量情形分案先估後辦斷不敢漫無限制隨辦隨銷致於從前奏案不符現查尚未估辦各工

將來一律修復全整期以事事核實務求節省核計約需銀數較之原奏之數總可有盈無絀至戴鎮西汛坦水等工及該西汛小缺口石塘等工均與興辦時分案估定詳請 奏明在案應俟工竣後截算實用數目另行造冊報銷等情呈請具 奏前來臣查浙省海塘自軍興失修之後外塌坦水蕩然無存石塘孤露因而坍卸同治六年前督臣吳棠等查勘興修估需銀七八百萬兩雖係約略估計要皆酌中定議旋經各前撫臣暨臣次第擇要興工均係逐案確切勘估 奏明開辦工竣核實報銷並無浮冒經部覆准在案茲准部行令將未辦工程先行估定奏報雖屬慎重經費期有把握起見惟海塘工程最為險

要朝潮夕汐時有變遷而需費既鉅年限又遠工程之後忌料價之增減夫人之多寡實不能先事預計今若先行分案估報仍係約略之數未能準確將來察看情形或有不得不更改之處必須逐案奏請轉致多煩案牘況分估與並估總期撙節無浮事無二致所有海塘未辦各工應請仍照各前案隨時核實估辦以免掣肘惟辦理工程揀員任事自昔為難況海塘工大費鉅採石運木監工督催用人甚多雖隨處留心認真稽察仍恐耳目難周臣於工程務求堅實而於各項用款無不力求撙節分別駁減以致失意之員不免造言誹謗近來仕途流品不一所欲不遂即生怨讟然承辦工員首在操守廉潔能耐勞苦尤

須熟諳事體修築得法以故數年以來結實可靠堪以任使為
不過十數人未敢輕易生手此外亦不得不舍短用長以濟乃事臣
惟不避嫌怨持以公正督率辦理遇有不職之員輕則記過撤委
重則奏參以期共襄厥成不為人言所惑惑現查東中兩防截
鎮二汛石塘小缺口將次完竣後仍應接續興辦以免失時臣現恭
奉　恩旨校閱浙江營伍必須出省兩三月之久現將核辦秋審
事畢已在夏初能否出巡屆時再行察看秋冬之間又有文武
闈鄉試應辦事宜均關緊要臣才智短淺恐難兼顧可否仰
懇　天恩飭派熟悉工員務大員來浙督辦塘工之處伏候
聖裁除將勘估中東兩防翁夾兩汛應修石塘小缺口丈尺銀

款另行具　奏外謹將海塘所需修費不致有逾原估及仍請
逐案估報緣由恭摺覆　奏四月二十七日奉　硃批覽奏已悉
著該撫督飭承辦工員核實經理而避怨嫌所請另派大員督
辦之處著毋庸議

同治十二年八月准　工部咨為奏　聞事都水司案呈內閣抄出
浙江巡撫楊　奏查明海塘所需修費不致有逾原估並仍請分
案估報一摺同治十二年四月奉　硃批覽奏已悉著該督撫飭承
辦工員核實經理勿避怨嫌所請另派大員督辦之處著毋庸議
欽遵抄出到部查該撫奏稱查得海塘坍損之工同治六年前督
臣吳棠等會勘估需修費七八百萬之數雖屬約略綜計然核較工
段情形不甚逕庭除節次估辦東中西三塘各案柴石土等工
共動銀四百三十八萬有奇此外中防翁汛東防念尖二汛原坍續坍
未辦石塘三千餘丈暨坳拜未修石塘以及隨塘柴埽坦水塘後附
土土戧並尖山以東潑損工段隨時酌量情形分案先估後辦斷不

敢漫無限制致與從前奏案不符現查尚未估辦各工將來一律修
復事〻核實務求節省核計約需銀數較之原奏之數總可有盈
無絀惟海塘工程最為險要朝潮夕汐時有變遷工程之緩急物料
價之增減丈尺之多寡不能先事預計今若先行分案估報仍係
約略之數未為準確將來察看情形或有不得不更改之處必須逐
案奏請轉致多煩案牘況分估與並估總期撙節無浮事無二致
所有海塘未辦各工應請仍照各前案隨時核實估辦以免掣肘
等語臣查浙江修辦海塘工程同治六年該督〻等具奏塘工情形
欽奉 諭旨海塘用款雖鉅應屆辦理銀數皆有案可稽現即
工料較昂何至七八百萬〻等因臣部前以該撫奏報各工共計用

銀已四百餘萬兩而未辦各工所需錢糧均未核定恐隨辦隨銷浮
於原估之數與從前奏案不符奏請　飭下該撫將未辦各工確切
估計以憑稽核茲據該撫奏稱除節次估辦柴石土等工動用銀四
百三十八萬有奇此外未辦未修以及潑損工段隨時酌量情形分案
先估後辦不敢漫無限制與從前奏案不符並核較之原奏之數總
可有盈無絀是該撫未辦各工雖未先行估定而約計銀數已有成
算其所奏海塘工程最為險要時有變遷不能先事預計亦係實
在情形所請將海塘未辦各工仍照各前案隨時核實估辦之處
應如所奏辦理所需修費既據該撫查明不致有逾原估應請
旨飭下該撫於全塘告竣之時將通工所用款項合計總數專摺奏

報以示限制而昭核實臣等爲慎重帑項起見是否有當伏乞

皇上聖鑒謹奏同治十二年五月十七日具奏本日奉旨知道

了

浙江文獻集成

浙江文叢

續修浙江通志海塘初稿

〔第五册〕

關豫 輯

浙江古籍出版社

十一

本十二張

閲發有吉

沈纂 張娟 陶 章 金

海塘第十一冊

海塘十三

同治

光绪

奏疏

章程

闗豫編輯

同治七年正月二十六日巡撫馬新貽

奏爲酌擬保護西中兩塘已設柴垻外埽盤頭各工善後歲修章程開列條款覆查浙省海塘工程爲江浙數郡農田保障最關重大前因兵燹之後各前撫臣先後勘明失修坍缺情形議築柴垻堵塞缺口併趕修外埽盤頭各工經臣歷次親督勘辦已將搶築完竣工段丈尺開單具奏奉

旨該部知道單片併發其應如何設法保護之處另行酌定詳辦在按兹據塘工總局司道酌擬保護西中兩塘已設柴垻外埽盤頭各工善後歲修章程七條詳請具

奏前來臣復加查核逐一釐定開列清單繕摺具　奏

謹將酌擬保護西中兩塘已竣柴垻外埽盤頭各工善後
歲修章程七條敬繕清單恭呈
御覽
一西中兩塘已竣柴垻仿例保固以專責成也查海塘修
築各工保固均有例限此次興築柴垻俱屬搶險工程例
載並無保固若任其漫無限制難免失於疎虞況工段多
至二千餘丈用款多至數十萬兩購備料物支發銀錢
雖由總局派員經理其勘估修築仍係各廳備承
辦應請仿照埽工成例各按完工先後報經驗收之日
起扣足二年責成各廳備出具保固印結如固限滿後
遇有沖激挫陷方准該廳備稟請勘估另案辦理庶

事有專責於塘務實有裨益

一歲修經費宜籌撥專款也查海塘修歲銀兩初因鹽課引費不敷工用請撥地丁向無一定之數自道光五年奏定歲每不得過十五萬六千兩西塘額支十萬六千兩專修柴埽其餘五萬兩為東塘歲修坦水之用嗣因西防汛地計長九千二百四十餘丈防護難周於道光三十年劃分三千五百六十丈添設中防同知一員管理其丈尺既未加多則歲修毋庸另議今西中兩防已該柴盤頭一座柴垻埽工裹頭共三千五百餘丈又西防頭堡西昳字號起至五堡得字號止尚有舊

柴埽工二千丈爲時既久不無潑損年来雖加高土

填補行路西塘根漲沙漸被山潮西水衝刷每當春

夏之間雨多水漲時有漫溢之虞不得不加意防護

以期周妥擬自同治七年始將此段工程歸入西中

兩防歲修補築合新工共長五千五百七十四丈四尺以

道光五年之案核計銀數每年應籌修歲銀六萬

三千九百四十餘兩以備工用惟從前歲支銀兩經費

兵燹後一概無存目下浙省惟厘金一項尚可劃撥

應請按年撥銀六萬五千兩存儲藩庫備用俟地

方元氣漸復再籌別款爲久遠之資

一搶護險工應隨時勘估趕築也查浙海潮勢如排山倒峽若
值大汛又遇颶風潮即湧高數丈激漫上塘若淋雨過多徽
嚴山水陡漲又復搜刷塘根年來南岸沙塗日寬一日佔海
幾至十分之八南漲北坍勢所必然無論山水潮水近皆
薄塘而過目擊情形實較從前倍多危險今西中兩塘
已設柴壩埽坦等工除保固限內責成工員遇有應修之
處隨時修理外其或限滿之後雖該管廳備督飭弁
兵分段巡查如遇伏秋大汛難保無潮勢洶奔山流激
馳猝遭蟄陷人力難施之工必須立時搶護以防衝決
內灌應由廳備剋即稟請抚防道覆勘確估一面請

款趕築一面詳請具　奏俾得化險爲夷始終單
固
一已竣柴埽各工責成廳備加意防護也向來新工驗收
後承辦工員即留丁屬住守及二年保固限滿例應杭
防道每月巡查二次廳備按十日巡防一次然皆奉行
故事不過諉弁兵分段看管或有損動禀報往
返需時往往噬臍莫及現在西中兩防埽工尚未完竣
且在開辦石塘之際杭防道暨各廳備均應常川駐
工隨時查察不得以保固限滿專交弁兵相習懈玩
貽誤要工該管廳備督飭弁兵於新工塘面照例開

段堆積土牛遇有面土滲漏低窪隨時填補免致因小失
大又每年每兵仍循例種柳一百枝期以盤根入土而固
塘基其舊塘空地無柳之處亦飭一律補栽果能如數
種活即由該廳備等酌量獎賞倘有違誤責革示儆
以免曠廢

一歲修領銀不得扣減以歸實濟也查海塘修築給放錢
糧向由藩庫發至杭防道庫由道庫發交廳備承辦
胥吏既多經手弊端從此而生現在設局辦工公均由
司道遴選委員採辦撙節核實領支胥吏既難舞
弊丁幕亦不預謀嗣後每年歲修領款統由總局核給

併無外銷公費除部飯照章核扣平餘外不得絲毫扣減其從前規費一概刪除庶幾工歸實濟用不虛糜矣

一歲修柴木宜早籌備以應急需也查塘柴產自建德桐廬諸山樵採每在農隙故春夏之交刀工稀少砍運無多往往不敷工用至樁木則衢嚴一帶及皖省徽州所出水淺不能儹運盛漲又難成排工需緊要斷非咄嗟所能猝辦若俟用時始行購採則沖刷益深必至緩不濟急且各項工程果能有缺即補有殘即修亦可費半而功倍茲擬各工在保固限內責令工員自行辦理其在

保固限外者應飭該管廳備查照應用各項物料預備十分之一二堆積兩塘適中處所遇有殘缺隨時補葺其所需料價先於歲修項下預支俟用時由該管廳備稟請杭防道覆勘核實估計詳請復勘飭辦仍按銀數五百兩上下分別　奏咨辦理似此有備無患庶免臨時周章及山户木客居奇之弊

一西防十二堡已設柴盤頭應加擲塊石以期鞏固也查西防律歲字號新建盤頭一座於同治六年五月完工原辦係屬層柴層土多用長大樁木扦釘堅固未及加抛塊石嗣經復勘該處正當潮汐頂衝山水洄激之區

晝夜淘刷現查盤頭之外水深溜急形勢實爲危險轉瞬春汛屆期潮勢日盛一日必須加抛塊石以護塘脚庶幾可期穩固除飭赶派委員多辦塊石運工備用外惟此項盤頭前已奏報完工此次續請加抛塊石所有動用銀兩應俟東防柴埧及西中兩防外埽各工一律完竣後分別造報

二月初九日奉　旨依議該部知道單併發又清單内

仝日奉　旨覽

同治九年二月三十日巡撫楊昌濬

奏為酌議三防柴石各工歲修銀兩繕單恭摺具　奏竊照浙省杭州府屬西中東三防海塘各工前因年久失修塘外柴埽坦水盤頭裹頭大半坍沒塘內附土等工逐漸坐陷以致石塘間段潰缺節經各撫臣　奏准興辦計自同治四年二月間興工以來所有先後辦竣柴埧埽工埽坦裹頭盤頭併海寧繞城石塘坦水石塘等工丈尺業經分起截數　奏報各在案經總局司道查明前項完竣各工均當山潮會激之區其保固限內沖損照例責令廳備賠修其固限已滿後必須歲時修葺免致坐損所需歲修銀兩前

宜預爲籌定以備應用除西中兩塘境内先後各工上屆已
議定修歲銀六萬五千兩外其西中兩防續該各工併東
塘搶築柴壩等工及繞城坦水石塘盤頭等工應籌歲修
前經查照海塘新志原額銀數分别確定由總局司道核明
開摺呈請具　奏前撫臣李瀚章未及核辦移交前來臣覆
核無異合將酌議三防柴石各工歲修銀兩開列清單敬
呈　御覽
謹將西中東三塘先後辦該柴石各工丈尺籌定歲修銀
數繕具清單恭呈　御覽
一西中兩塘續該各工業經撫臣李瀚章開單　奏報

在案其已滿固限之工自應籌添歲修額款以資辦理
查續纂海塘新志内開海塘歲修經費於道光五年
奏定不得過十五萬六千兩西塘額定銀十萬六千兩專修
柴埽其時尚未劃分中防西中防工段即在其内其餘
五萬兩爲東塘坦水歲修經費上屆該兩塘辦𫉬柴盤
頭一座柴壩埽工埽坦裹頭等工二千五百七十四丈四尺
又西塘西昳字號六丈起至西得字號二十丈止舊柴埽
工一千九百八十六丈歸併該兩防歲修補築合共工五千
五百六十丈四尺自同治七年爲始以道光五年之案
核計每年籌撥歲修銀六萬五千兩在案今該兩

塘續又辦該柴盤頭一座柴工埽工埽坦及西萬化
塲三號後該埽工共四千一百七十五丈五尺其歲修
除已定先該各工銀六萬五千兩外尚應湊撥銀四萬
兩始符定額應自同治八年七月爲始添銀四萬兩爲
該兩塘續該各工限外歲修之需至欽兩等號大龍頭
及垻外埽坦亦應另籌歲修銀兩不在此十萬五千兩
之內
一西塘欽兩等號新建大龍頭一道共計工長一百五十二
丈垻外加築埽坦一百三十六丈其工段新列虹堤永慶
安瀾六字號已由杭防道詳請咨明在案查該處坐當

迎潮大龍頭挺立中流原期挑溜開行奈對岸南沙日寬潮汐逼近埽工漲沙淘刷盡淨埽前水深至三丈左右不等每遇大汛潮頭撞潑激起狂瀾而洄溜滙吸内外交冲較之他處柴垻盤頭裹頭各工尤屬異常喫重其工段常時踫陷勢難照例間年修葺必須跟接修築因此歲時修費加多若拘定前定歲修十萬五千兩之數此段工程亦在其內實難敷用必須另籌專款擬自同治八年起於前定十萬五千兩之外每年另籌歲修銀二萬兩專備大龍頭柴垻護埽之用俾得隨時搶修永保堅固庶足抵禦

一東塘辦竣柴坦盤頭等工截至七年十二月底止業经撫
臣李瀚章開單　奏報在案其已滿固限各工歲修應
籌專款以資應用查新志内開東塘埽坦等工歲修每
年原額銀五萬兩嗣又添撥鹽餉銀五萬兩共銀十萬
兩專修埽坦各工復於節省項下撥銀二十萬兩發商按
月一分生息每年應銀二萬四千兩爲石塘歲修之用今
該塘辦竣柴坦三千一百七十九丈七尺四寸除繞城柴坦三
百三十一丈已建復石塘坦水另按籌撥歲修外其餘柴
坦二千八百四十八丈七尺四寸柴盤頭一座按照該塘原額
銀數核計每年應籌撥歲修銀三萬八千兩自同治八

年爲始至八年正月後續該工程歲修俟截數奏報
後再行另案籌撥並仍合此案銀數按照丈尺厘
數率勻派用

一東塘海寧繞城石塘等工節省銀三萬一千兩前經
奏明發商生息每年約銀三千兩以備歲修盤頭
坦水之用接准工部咨以此項節省銀兩每歲生息
若干先行造冊送部備查至按年歲修動用若干
先行奏報各等因其節省銀兩業由藩司衙門飭
發紹屬各典承領按八厘輸息造具冊結詳咨惟此
項銀兩發商生息每年不足三千兩坦水尚不敷用何

論盤頭似不得不另行籌撥升任撫臣馬新貽所稱
三萬一千兩生息以備歲修坦水盤頭之用係謂息
銀爲歲修項下之一款非謂坦水盤頭得息銀三千兩
而已足也茲查新志東塘歲修坦水每年額銀五
萬兩柴埽盤頭石塘每年額銀七萬四千兩今雖
款項無著其數可約略議定擬以繞城坦水石塘盤頭
歲修爲一撥以清眉目除節省生息之銀約三千兩外
應再按年另籌撥銀六千四百兩以三千一百兩併同息銀
三千兩爲坦水石塘限外歲修之用自同治十年爲
始其餘三千三百兩爲三壓盤頭限外歲修之用則以

同治八年爲始此係查照新志數目酌定仍留將來續
該各工歲修地步
一海塘歲修從前本有定額銀款經兵燹後一概無存上
届西中兩塘籌備歲修銀兩係于厘金項下動支現在
所定前項各工歲修除發商生息一款外其餘銀兩仍援
案由牙厘總局于厘金項下按年分別撥解藩庫存
儲備用俟浙省元氣漸復再另籌別款爲久遠之資
至已籌歲修銀兩該管廳備務當核實辦理不得以
歲有額款浮冒請修總須歲有盈餘以期撙節前
項歲修銀兩每年動用若干仍按年核實　奏報

以重工需

四月初三日奉　旨該部知道單併發欽此

奉　旨覽

同治十年九月十七日准　工部咨爲咨行事都水司案呈
准浙江巡撫楊昌濬咨稱据督辦塘工總局司道詳稱准
部咨署浙江巡撫楊昌濬奏浙江杭州府西中東三防海塘
各工應籌歲修銀兩分別開單具奏一摺查該省塘工尚
未一律告竣所籌歲修銀兩已及十七萬二千四百兩之多
若俟全塘蕆事尚須陸續添撥爲數勢必更多當此剏
用艱難之際豈容漫無限制相應請　旨飭下浙江巡撫
將海塘歲修經費通盤籌畫每塘需用若干全塘共
需若干開具簡明清單送部核辦務須比較從前歷年
辦理歲修之數有減無增以昭核實而資撙節查海塘歲

修經費綜計東西兩塘歲修先後額定銀二十三萬兩現在請撥之西中兩塘先後柴盤頭柴埧埽工埽坦裹頭歲修銀六萬五千兩續後柴盤頭柴工埽工埽坦歲修銀四萬兩東塘先後柴埧柴盤頭歲修銀三萬八千兩海寧繞城頭二坦水石塘柴盤頭歲修銀九千四百兩均係考核志載舊額銀數按照所核工程丈尺均勻派定至另籌西塘大龍頭等工歲修銀二萬兩該工係屬新添所需歲修自應于原額之外另請籌撥至東塘工程現尚次第建復其歲修銀兩應于全工告竣再行隨時核案詳請奏明添撥以符定額開單咨部查照等情相應咨明等因前

未查浙江海塘工程前據該撫奏報已竣柴壩等工籌撥歲修撥内經本部令將海塘歲修經費通盤籌畫每塘需用若干全塘共需若干開具簡明清單送部核辦不得陸續增添另立名目務須比較從前歲修之數有減無增行知該撫遵照奏章辦理在案茲據咨稱現在請撥之西中兩塘先竣各柴工歲修銀六萬五千兩續竣柴工埽工埽坦歲修銀四萬兩東塘先竣柴壩柴盤頭歲修銀三萬八千兩海寧繞城頭二坦水石塘柴盤頭歲修銀九千四百兩均係考核志載舊額銀數按照所竣工程丈尺均勻派定未敢漫無限制自應准如所咨辦理嗣後

全塘工發務須按照額定章程歲修銀數均勻籌撥不
得有逾原額以符舊章而昭實核又據西塘大龍頭工程
係屬新添所需歲修應于原額之外另請籌撥銀二萬
兩等語查西中兩塘准銷冊內所開西塘大龍頭柴埧埽
担工程用銀六萬數千兩而請定歲修每年乃至二萬兩
之多殊屬冒濫且另立名目與本部奏案不符礙難準
准相應行文浙江巡撫查明声覆再行核辦可也

同治十二年四月准 工部咨開爲遵 旨議奏事都水司案呈内閣抄出浙江巡撫楊昌濬奏西塘大龍頭等工歲修銀兩一摺同治十二年正月奉 旨該部議奏欽遵抄出到部查原奏内稱准部咨浙江西塘大龍頭柴壩埽坦工程歲修銀兩既在原額之外並另請籌撥自應由臣專摺奏明辦理等因兹據塘工總局司道詳稱此項大龍頭係在西中兩塘交界原建柴壩五十五丈前後托壩二道東連中塘露字等號大口門柴壩攢長工五十七丈其段落即係新列虹堤永慶安瀾六字號西接西塘致爾二號柴壩四十丈埽坦四十丈並續辦虹堤永慶安五號埽坦五十六丈工長百數十丈内外四

層高寬闊厚倍於他工地當迎潮挺立中流潮汐搜刷埽外
水深至三丈左右不等每屆大汛潮頭撞激內外交衝較之別
處柴壩盤頭尤爲異常喫重以致常時殘陷勢難照例間
年修葺必須隨時跟接趕築以資保衛而固全工等情臣查
大龍頭柴壩等工挺立中流爲西中兩塘關鍵最爲險要所議
每年另籌銀二萬兩委係斟酌至再因工制宜實爲必不可少
之款並無浮濫等語臣等伏查浙江西塘大龍頭柴壩埽坦工
程前據該撫咨籌歲修經臣部以該工係屬新添所需歲修
於原額之外另請籌撥且另立名目與奏案不符礙難率准咨
覆在案旋據該撫咨稱大龍頭挺立中流爲西中兩塘關鍵工

段異常喫重歲修經費難援尋常柴工比擬請以每年另
籌銀二萬兩作爲歲修之需復經臣部以此項歲修既在原
額之外礙難核准據該撫聲稱難援尋常柴工比擬並稱額外新
添不得不另立名目且係另請籌撥行令該撫奏明辦理亦在案
茲據奏稱實因工段異常喫重歲修難以照常辦理每年另
籌歲修銀二萬兩委係斟酌至再因工制宜該撫所奏尚屬
實在情形應請如所奏辦理仍令該撫督飭在工各員實力修
防撙節動用以昭慎重而杜浮冒所有臣等核議緣由理合恭
摺具奏同治十二年正月二十三日具奏本日奉　旨依議

同治十一年五月巡撫楊昌濬

奏爲西中兩塘歲額不敷工用請通融辦理並添撥東塘柴工歲修銀兩竊照同治八年四月以前三防海塘先後辦竣柴壩各工限外歲修經費前經　奏定西中兩塘先後柴壩等工歲修銀六萬五千兩以同治七年爲始續竣柴埽等工歲修銀四萬兩以同治八年七月爲始西塘大龍頭壩埽各工歲修銀二萬兩東塘柴壩盤頭各工歲修銀三萬八千兩海寧繞城盤頭歲修銀三千二百兩均以同治八年爲始繞城坦水石坍歲修銀六千一百兩以同治十年爲始按年分別撥存遇有損修由該管廳備核實勘估稟道擇要詳請動款飭修年終彙案開單請

奏造冊報銷歷經遵照辦理各在案茲查十年分歲修西中兩塘柴塤柴埽盤頭裹頭以及埽坦各工共估需工料銀十五萬三千數百兩較之定額已溢支銀四萬八千有奇委係上年山潮信旺颶風時作海中陰沙日漸漲闊東潮北溜撲塘更力以致險工迭出自春徂秋修理幾無虛日查從前海塘歲修志載嘉慶二十三年以前每年本款用有餘存二十四年至道光四年本款之外長用銀一二萬兩至十餘萬兩不等具見海塘工程隨潮變遷夷險情形逐年無定在同治七八九年間工程甫經滿限修補之處較少又有限內著令承辦工員賠修之工是以節年歲額均有餘存迨至上年歷久逾限潮勢又復洶湧異常杭防道何

兆灜日駐工次查看情形除稍可抵禦之工概列緩修外其餘險中尤險至要之工即不敢拘定歲額致滋貽誤是以詳請分別修整藉資鞏固所有用過歲額銀四萬八千兩有奇亟應籌畫定款以便報銷查西中兩塘各柴工除大龍外七八九三年照章應撥歲修銀二十五萬五千兩除經節年奏報動支銀十一萬七百餘兩計尚餘歲額銀十四萬四千有奇今藩司核道會同公議擬將十年分西中兩塘歲額不敷銀數請於該兩塘節年歲修餘款內動支嗣後該兩塘如遇潮旺工急年分並請按計歷年歲額之有餘以補本年歲額之不足雖與定章稍有未符而以額內之款留辦意外之工並非逾議增漫

無限制且海汛潮勢變遷無定非此通融辦理亦未能爲善
後持久之計至東塘境轄戴鎮念尖四汛地段本屬綿長石
塘缺口甚多前築柴壩三千餘丈原係隨時補救其念汛石塘
幾至無存所築柴壩前臨海水後無倚靠近來南岸漲沙日寬
海中旣有陰沙一道綿亘數十里以致潮汐分道趨行南潮東
潮均至念汛匯合互相衝激高擁數丈巨浪洪濤勢同排山倒
峽塘身塘面無不喫重而該處石塘尚未估辦全恃一線柴塘
抵禦實屬非常險要工在限內者原歸承辦之員照常保
固一經滿限遇有潑損立須動款購料趕修庶免牽動全工
前定歲修銀祇二萬八千兩係因節省經費爲後來續殘工程

地步是以酌定此數現在潮勢變遷情形迥異萬難敷用查志載該防從前石塘全恃埽塘外柴埽坦水盤頭等工每年額撥銀十萬兩原係以全防工程計算移緩就急擇要分修自可敷用迨時柴石各工尚未建復如額所有柴垻工段均屬地當險要既無移緩就急之工更少截長補短之款且八九兩年續辦之柴垻二百三十八丈柴盤頭兩座及十年分辦緩之埽坦二百三十四丈五尺本年均屆限滿前定銀兩斷不敷用亟應籌添以資要需茲經各司道等懇籌至再請本年起添撥該塘歲修銀四萬兩查有運司衙門捐塘工銀兩發商生息一款曾經升任撫臣李瀚章奏明作爲塘工歲修之用核計是款連閏

牽計每年得銀二萬三千有奇可以儘數撥用其餘銀兩亦經該司道公同商酌議於釐金項下按年撥湊足數以濟工用似此酌量添撥歲修經費不致短绌該塘工程亦不致有貽誤遇有至要應修之工照章由道督飭核實估辦仍不准率意請修稍涉浮濫將來全工告成仍應通盤籌定按照舊額辦理以符成案由塘工總局會同藩司杭道核明呈請具奏前來臣覆核無異合將西中兩塘歲額銀數不敷修用通融辦理並添撥東塘柴工歲修銀兩緣由謹繕摺具奏十三日奉

旨該部知道

同治十一年八月准　工部咨開都水司案呈内閣抄出浙江巡
撫楊　奏西中兩塘歲額不敷修用請通融辦理並添撥
東塘柴工歲修銀兩一摺同治十一年五月十三日奉　旨該部
知道欽遵抄出到部查浙江海塘歲修經費上年甫經定額
十年分所用即逾原數又請自本年起添撥歲修銀四萬兩
將來全塘告竣仍通盤籌定按照舊額以符成案應行浙江
巡撫將每年海塘應行歲修工程先期派委妥員認真估定
即有通融辦理之處總不得有逾原額以期工歸實在款不
虛糜可也

同治九年二月准　工部咨開都水司案呈准浙江巡撫李
瀚章咨稱據塘工總局詳稱西中兩防搶築埽坦係新建名
目向無保固例限前經仿照埽工保固兩年造具冊結並說
詳請題銷在案惟查埽工保固兩年其做法底寬三丈至二丈四
五尺面寬二丈四五尺至二丈高二丈至一丈七八尺不等釘底腰面樁三
皮今新建埽坦做法底寬二丈面寬一丈四五尺高一丈四五尺不等
釘排樁一路其高寬丈尺柴木夫土與埽工大相懸殊且坦身底
窄勢難與埽工並持前經仿照埽工保固似無區別設有沖損
該管廳備有所藉口轉致貽誤自應另爲議定新建埽坦請
照埽工例限酌減一半定以一年限內沖損仍令廳備照例賠修

咨部立案亦覆等因前來查浙江省西中兩防新建埽坦工程前據浙江巡撫照埽工例限題銷業經核題在案今據咨稱埽坦做法高寬丈尺柴木夫土與埽工懸殊例限擬定以一年限内沖損仍令廳備照例賠修咨部立案等因查埽坦寬高丈尺比較埽工減少該撫所請一年為限本部核與柴塘各工一年保固之例相符應如所咨准其立案仍行該撫嚴飭廳備將修築前項各工務須認真修防不得稍事疎虞限内倘查有沖損情形該撫即行指名嚴參賠修毋稍迴護可也

同治十二年八月准 工部咨開都水司案呈准浙江巡撫楊昌濬咨稱據塘工總局司道詳稱海塘建築埽坦旋有因沙水變遷地形喫重續有分別加築之工如上年西塘境內西塞張列三號埽坦加築埽工六十丈藏閉餘三號埽坦加築柴工六十丈其因限若照搶修加築柴塘竹簍各工應春伏秋三大汛即准限准限滿似覺爲期太少擬請將此項加築工程改爲保固一年合之原築埽坦保固一年前後共有二年核與定章仍屬相符並請嗣後如有原建埽坦應行加築之工即照此次所擬辦理等情咨部查照立案等因前來查例載海塘加築柴埽各工歷春伏秋三大汛方准限滿於收工日起限等語今據該

撫咨稱續辦加築埽坦各工既爲保固一年與例相符應如所咨辦理相應咨覆浙江巡撫查照可也

同治十二年八月准　工部咨開都水司案呈准浙江巡撫楊昌濬咨稱据塘工總局司道詳稱建修西防魚鱗條塊石塘案內節省銀二萬四百餘兩發商生息以備前項盤頭裹頭限外歲修之用每年約得息銀一千九百五十餘兩查西中兩塘現經先後兩次奏定歲修銀十萬五千兩似此項生息銀兩亦須彙入歲修額款請將此項生息歲修之工歸入西中兩塘歲修款內辦理詳請咨部查照等情咨明等因前來查前項生息銀兩既据該撫咨明歸入西中兩塘歲修之用應如所咨辦理相應行文該撫查照將二塘收存動用息銀數目按年造具四柱清冊送部以備查核可也

光緒二年四月撫院楊昌濬片　奏再查從前東防柴石各工每年額撥歲修經費銀十二萬四千兩載在海塘續志此次興辦大工因石塘缺口甚多創築柴壩以資捍禦係為從前未有之工先經請撥前工歲修銀三萬八千兩並辦後海寧繞城盤頭坦水石坊等工添撥歲修銀九千四百兩嗣于同治十一年間因續後各項柴工歲額不敷修辦請再添撥銀四萬兩經臣分晰具　奏奉
旨該部知道又於十二年間　奏報辦後戴鎮二汛塘坦等工用過銀數案内請提節省銀兩發商生息以為東防坦水限滿後歲修經費之用並經陳明此項坦水工長六千餘丈每年僅得息銀二千餘兩不敷尚鉅將來另請添撥總期不致有逾原額等情

欽奉　硃批該部知道等因欽遵各在案現在東防戴鎮二
汛坦水已滿保固限期者計有五千餘丈其餘一千餘丈扣至本年
秋間一律屆滿所需修費應行動項給發茲据塘工總局司道
公同籌計請從本年爲始添撥歲額銀二萬兩循案於釐捐
項下按年提用仍當督飭撙節估辦核實報銷倘用不足額即
照歷來成案就數減提以節經費設遇潮旺工多之年亦可藉
以補苴且該防歲修建前統計共已撥銀十萬九千餘兩按照
原額尚有未撥銀一萬四千餘兩應俟石工全竣再行請撥總
當通盤籌畫不致有逾原額銀十二萬四千兩之數以符成例
等情詳請察核附　奏前來臣覆查無異合將本年東防戴

镇ㄣ汛坦水限满应需修费循案添拨岁额银两缘由附片陈

明五月奉 旨该部知道

同治四年四月督辦塘工總局司道爲詳明事案奉　前護憲
詳　札開以海塘工程關係蘇浙兩省農田水利亟應設法修
築以資保衛當經委員分往海寧德清海鹽等處勸辦木捐
接濟並飭在省設立塘工總局督同各員將修築海塘工程設
法妥議章程認真經理仍將開局辦理日期報查等因嗣又
奉　前護憲詳　札飭以海塘工程緊要亟應乘此潮平
水涸之時將各處缺口要工搶辦完竣以衛農田業經　奏
明將杭嘉湖三府木捐銀兩撥歸塘工之用札局即派委
員沿塘設立分局督辦一面委員分投收買柴草並催趕
解木捐銀兩濟用仍將委設分局辦理緣由報查各等

再奉此除遵札辦理外當將啟用關防開局日期申報在案本司職道等遵即擇于翁家埠汛設立分局委派補用同知坐補廣西興安縣知縣周壽祺候補縣丞江順詒前往駐局會同將收支銀錢一切事務認真經理一面先給款項飭委候補游擊夏守先候選知縣秦汝森候補縣丞劉開禮補用主簿王序瑚分投赴山購辦塘柴樁木運工濟用所有修築海塘工程及應辦各事今本司道等現擬就章程八條理合繕具清摺備文詳請仰祈 憲台察核示遵

謹將設局修理海塘柴壩等工酌擬辦法章程八條開摺恭呈 憲鑒

计開

一請添設分局以便賠料也查杭州離海寧百有餘里工段甚長而決口最大者莫過於翁家埠該處又爲杭州至海寧適中之地擬請即在翁家埠設立分局並請添派委員駐局照料興工暨稽察搶柴樁木割工飭兩大尺各事務並專司收發銀錢帳目除大批款項由總局給發外其工次委員薪水差役飯食各項夫價及需用一切什物等件均歸分局支放

一興辦塘工應分別緩急以期鞏固也查三防工程自五堡起至海寧止计大小決口五十餘處其海寧迤東毘連決

口大小五十餘處均擬在口門之內審度地勢建築柴埧又石塘尚堅而塘脚漏水樁木朽爛擬于石塘之外修築柴埽保護其石塘後附土殘陷擬於塘後填土鑲柴以培後靠其餘應修各工應察看情形分別緩急隨時報明興辦

一添派文武員弁監工以昭慎重也查此次修築海塘工長事多一有照料不到之處即有偷工減料之虞現擬一俟柴料到工即將海寧迤西翁家埠等處要工先行興辦除已派營員候補游擊王東林等分段駐紮監修外仍須添派委員照料並兼管柴料樁木各事宜

一委員購料到工應令分局委員認真驗收也查以前購買料物多有未能核實現在經費艱難必須力求撙節以期銀歸實用款不虛糜擬定嗣後凡有委員辦料先給銀洋若干俟柴船樁木運抵閘口由辦料委員派人先赴總局投呈發票票內註明搶柴担數斤兩樁木圍圓丈尺數目總局將發票收下備案換給局票交來人收執飭令來人將柴料押赴某塘某字號工次交納並將局票呈送分局由分局委員督同管工委員並該管汛弁眼同抽秤丈量核對與總局換給之票斤兩數目是否相符相符則由管工委員會同汛弁照數起驗出具收管呈報分局由

分局出具收票令伊赴總局找領價值若柴料與局票
不符即於收票內註明收目若干由總局另算折扣以
昭核实
一搶柴樁木既到工次應派人經管以免偷漏也查以前柴
料到工向派夫頭承起承管俟用料時由管工委員轉派
家丁或塘兵過籌記數其偷漏勝混不一而足此次柴船樁
木到工經分局委員赴船抽秤丈量後即令管工委員
會同汛弁驗收收到若干由該員弁派人看管看役飯
食由分局給發一面出具收管呈報分局若這段工程未派
管工委員即令該汛把總收管俟用料時傾駐工營員選

派委靠逢頭什長會同逐籌記數備有短少即惟該管之員弁是問如此各有稽查之責似不致任其偷漏也

一大工應令包價以期撙節也查以前凡遇搶修決口工程均是照工興作兼放籌土其中弊竇叢生防不勝防此次修築柴垻等工應飭令分別委員會同海防守備親自丈量察看地勢深淺以定柴垻工程高闊核計每丈需用土方若干再定價值多少並令監工員弁督押每鋪柴草一層蓋層土一層總以看不見柴草為度如此辦理雖不能弊絕風清而比之籌土照工較為撙節

一塘工浮費應一律裁革也查塘工與河工異前人人視爲利藪一遇辦工之時海防營弁塘兵各衙門差役每丈向各項夫頭工匠索取規費自數百文起至數千文不等各夫役無非高抬夫價以償自己之虧此外凡有局中發款若輩無不暗中需索殊堪痛恨當此經費支絀亟應嚴行禁革以除惡習而節糜費自此次定章之後倘再不知悛改一經查出除將弁兵差役嚴行懲辦外仍將海防守備並該管衙門從嚴參辦以示懲儆而昭核實

一在工文武員弁應分別賢否勤惰以昭勸懲也查此次

興修柴壩等工事繁日久辦料委員監工員弁如能
廉潔自愛勤勞倍著始終其事者自應分別記功詳
請　奏咨獎叙以示鼓勵其有貪劣怠玩者亦即立予
撤參以示懲儆

同治五年九月督辦塘工總局司道為遵札會議詳請事竊

奉撫憲

憲台札開現在興辦海寧州繞城石塘工程浩大非搶

築缺口情形可比一切事宜未可草率從事具在工文武大小

各委員自應預為派定職司以免貽誤除責札飭防陳道暨

候補唐道會同該局將購料集夫以及分段承辦興工監工

驗料等事務須逐一妥議條規開摺稟請核示辦理外札局

查照會同妥議條規開摺稟候核辦等因奉此遵即會同將

集夫購料興工監驗及派定文武員弁職司各事宜分別酌

擬八條開摺具文詳請　憲台鑒核批示俾得遵辦

謹遵會議修建海寧繞城石塘集夫購料興工監驗及派

定文武委員職司緣由酌擬八條開摺恭呈 憲鑒

計開

一辦理石塘今昔殊情也伏查海寧繞城魚鱗石塘建自雍正十三年其時趨中亹冒鎔疏以臨水做工一日兩潮油灰漿汁無所施用請先將舊塘修築以固藩籬另于塘後度基建築原以前無障蔽無從施工也今查繞城石塘外埽無存坦水亦漂失殆盡是真臨水做工開槽清底潮汐漲溢在在為難且舊樁霉爛斷梗土中釘樁必多喫力其坦去潮衝塘底開有深至丈餘之處尤須設法下樁原塘十八層今改建十八層亦以塘腳低窪非此

難資捍堵此初建興修建難易懸殊之實在情形也

一辦理石塘先資坦水也伏查海寧繞城石塘坦水建自雍正間乾隆元年補砌二層二十五年加建三層原以潮衝沙活資為保護塘根之具現已一律漂失水勢平鋪修建頭二兩坦已在水中興工如果歲修有常兩坦亦資保護若不隨時修補非有重沙疊漲坦石斷無不隨水漂蕩之理坦水壞則塘身亦斷無不乘虛坍卸之理此坦水為石塘第一要著查坦水向用條石蓋面塊石填心條石出產紹興之羊山烏門山塊石出產富陽

之長山衛海塘石工多年未辦其石價宕本每丈每方
需錢若干船運水脚需錢若干條石盤頭每丈扛抬辛
力若干無從查悉現已派員赴山採辦查明確實價錢或
有宕户承認辦運針工先悉底細免資膠混至興工一面
修建坦水於繞城未坍石塘藉資保護此石塘先資坦
水之實在情形也
一盤頭石塘宜擇要先建也查盤頭即挑水壩豈非海抵
衝底深溜急非趁秋冬潮落勢難下埽若一時齊建誠
恐夫料未能應手擇自都字號尤為緊要之盤頭擬
先行修建其廉沛宮殿字號兩盤頭及廉好爵字號

石塘次第遞修以調工力

一工次需用夫役船隻宜廣爲招募也查石塘久未興辦自遭亂後本地石匠抬夫多半流亡改業此次興工斷難一呼驟集現除飭東防同知孫丞海寧州靳牧及寧紹府縣飛速廣爲招募外並飭來工武員酌量招夫總期協力同心不懈石撈今酌定打撈本號舊石每夫每日給飯食錢百文每塊給辛力錢三十五文打撈外號石每塊共給工食辛力水脚錢百四十文現已示諭核實給發不折不扣並嚴禁需索此係現定章程甫經試辦如有變通隨時酌量增減以免苦累而昭核實其打撈之處亦經

示諭只準廢石在水中者及坍塌缺口石落沙上無依
附者聽其打撈其完善塘石及間有塌（坍）塌尚足保護
塘根之處悉禁拆取並通飭各汛員弁加意看守不
致以拆舊建新為詞橋架人夫查現在之防併計海鹽
海寧三江橋架不過四十餘副修建石塘但水全在橋夫
應手辦工方期迅速但三防外埽亦是刻不可緩之工
若全行調辦示免有顧此失彼之虞擬俟石塘興工先
行分撥二十副一面尚人前往海塩並山陰所屬之三江
錢塘所屬之西鄉等處僱辦仍札飭各該縣出示諭
令赶速來工船隻除打撈外載運條石塊石等項需用

甚多查兩岸鹽場滷船只五十餘隻鹽務亦關緊要自應隨時酌量搭運兩不妨礙爲宜再查會稽所屬之曹娥江百官蒿壩一帶蕭山所屬之義橋聞堰沿江等處向有裝貨百官船一名八卦船除札飭各該縣查船向委員查報核辦外並飭東防廳海寧州出示封僱附近船隻以應急需此各項大役現辦之實在情形也

一物料宜寬爲籌備也查石塘所需樁木條石塊石灰鐵油蔴等項繁瑣無比而樁木尤難合式其塘身坦水樁木俱以長二丈外圍一尺五六寸爲佳頭梢尤須

相稱現經蘇道赴嚴州一帶採辦自能斟酌悉宜惟
木料既多其中恐不無摻湊配搭不合用者飭工核量
挑剔變價以節虛糜亦免久擱沉落灰鐵油麻等項
需用略後次第赶辦尚不爲難

一經費宜預爲籌撥也查石塘工鉅費繁樁木仿照柴塘
辦法由局發價採辦運工分局照收造報其餘物料夫
工需費尚多每月支發若干應由總局寬爲籌畫若
能就近撥發既免解運花費又免鋪店扣短於
公事不爲無裨其解領仍由分途備文報明總局以
憑查核

一分管工段物料人員宜分別酌派也查塘務繁冗非逈項派員經理事無責成一項之中收發管驗一員勢難兼顧工段綿長一有不到自弊環生而散漫無稽尤恐紛紜舛錯現除趙令管理帳務擬派同知等官總查一員監工四員請餉一員採辦石塊一員木石兩務各一員佐以司事各二人幫同照料灰鉄油蔴等項款目較輕擬專用司事二人押同揀撈舊石現派善遣武員二人備員數不敷派遣隨時移商總局添委斟不令有虛曠

一監修文武員弁宜予限分別勸懲也查此次興辦石

塘較之柴工尤為喫重若物料人夫應手不難剋期蕆事倘稭架招夫招募無多告竣不無稍緩惟各員在工櫛風沐雨非尋常差使可比似難久持擬請文員一年一換以均勞逸當差勤慎者查照柴垻記功章程詳請記功拔委以示優異怠玩偷安者記過停委其武弁當差勤惰事同一律亦可照辦如此明定章程庶足示勸懲而勵將來

以上八條謹就現辦事宜分别酌擬將來如有變通損益自應隨時詳請　憲示遵行再查繞城石塘此次僅擇要修建除勘估丈尺外如工程期內另有

另即之處隨時詳請　核辦合併聲明

同治六年十二月督辦塘工總局司道爲詳請事案奉
撫憲
憲台札開照得搶築西中兩防缺口柴壩外埽各工現據
該局詳請　奏報完竣並據該局詳稱聲明搶辦工程
向無保固限期然能否邀准尚不可知即使照准而已竣
之工尤須隨時保護方免坍卸札局遵照妥議善後章
程詳請附　奏等因奉此除遵照妥議章程六條另文
會詳請　奏外尚有應議外辦善後各事宜茲經本司
道等會擬五條是否有當理合開摺具文詳請　憲台察
核示遵
謹將西中兩塘已竣柴壩外辦善後章程五條開摺呈

送　憲鑒

計開

一西中兩塘已竣各工應存款保固也查此次報竣各工雖由廳備出具保固甘結但各廳備並無經手銀錢與從前領款承辦者迥別現於外銷公費内撙節扣存洋九萬元錢一萬串寄儲藩庫以爲保固銀兩如西中兩塘報竣工段遇有限内應修工程准其稟請酌量動用興修由局核請藩庫給發或限外興修不得於此項保固銀兩動撥以清界限

一已竣柴埽各工責成廳備隨時保護也查向章各

防工程遇有小修由廳備督飭弁兵隨時挑築完固此
次設局興辦大工各汛弁兵除月餉外均給有薪水飯
食名目現在雖经停給而報竣各工如僅用土方筝草
修築者應飭廳備責成汛兵挑築不得由局動款以節
糜費至筝草一項應預先購積者由廳備附摺稟請
總局核給以示體䘏
一提存保固銀兩限滿後歸入歲修存案也查此次保固
提存之款如係限內興修自應稟請動款或二年限滿
後尚有盈餘即不能再作保固名目擬請劃歸歲須
下動支以昭核實

一已竣各工遇有興修應飭廳備詳估也查此次已竣各工無論限內限外動款興修應飭廳備詳請勘估俟批准後由總局動款興修如係保固領款毋庸劃扣公費

一廳備擬加薪水以資辦公也查向來興辦各工均由廳備領款承修此次改為設局委員經理實用實銷廳備概不經手銀錢其應得廉俸薪水實屬不敷公用擬請由外銷公費款內每月各加給銀五十兩以資津貼而免苦累

同治七年四月督辦塘工總局司道爲續議詳請事案奉
升任督憲馬憲台札開照得搶築西中兩防缺口柴壩外埽各工
現據該局詳請　奏報完竣並據該局詳稱聲明搶辦工
程向無保固限期然能否邀准尚不可知即使照准而已竣
之工尤須隨時保護方免坍卸札局遵照妥議善後章
程詳請附　奏等因遵經妥議善後歲修章程会詳請
奏並另議外辦善後章程五條開摺詳奉　升任督憲馬憲台批示
所議各條尚屬周妥仰即如詳辦理仍候　督部堂批示
繳摺存等因奉經遵行辦理在案本司道等伏查前議
外辦章程五條內開已竣各工遇有興修應飭廳備詳請

勘估該廳備摶節估辦或拆築或加鑲既不容稍涉浮冒
自仍宜酌定數目以示限制本司道等謹再添議一條開
摺具詳
謹將添議西中兩塘已發各工外辦善後章程一條開呈
憲鑒
一拆修各工銀數宜有限制也此次柴埽各工無不力求堅
實唯恐伏安秋汛山潮益旺新工經歷未久或致殘損偏
形該廳備稟請興修往往不知撙節抑思外銷必資扣
存保固一項原為倖恤廳備起見未可藉此浮開即限
外歲修亦復經費有常不得任意多請致滋浮冒查

志載外辦章程埽工每丈估銀九十七兩零拆修每丈銀六十餘兩加鑲每丈銀三十餘兩盤頭每座估銀六千兩拆修每座銀二千餘兩加鑲每座銀一千餘兩均應有成例可稽此後拆修工程無論限內限外應由杭防道覆勘後擇要興修覈實估計柴埽各工銀數照例估不過六十兩加鑲減半盤頭拆修照例估銀不得過三分之一加鑲銀不得過六股之一其有原估多於例估者則臨時查案酌核至柴壩裹頭估銀不一每丈銀數亦即查照原辦成案酌量核減如以上柴埽各工須拋塊石則不在歲修之內歸另案辦理若埽坦係

屬後來名目雖無例案可援而拆修有舊料可抵應照現辦島官人黄始等號新建銀數核作三分之二以示限制以杜浮冒

同治七年四月督辦塘工總局司道為會議詳請事。竊照浙省海寧繞城各工因年久失修，間段坍卸，前蒙升任督憲馬奏憲台明設局辦理，並奉派委補用唐道、林道先後駐工，會同各管道督率建築，自同治五年十月開工，迄今年三月一律告成。當准督辦林道將完竣各工字號丈尺開摺移送前來，業經開單會詳請　奏在案。本司等伏查前項海寧繞城各工，經駐工各道親督建築，無不力求堅固。惟近來南沙迭漲，海潮直趨北岸，每遇伏秋大汛，尤為猛溜。前項坦水等工，不無沖損，自宜隨時修葺。其應需一切，必須預為籌議，以垂久遠。本司道等謹會議善後歲修保護章程四條，開摺具文會

詳是否有當仰祈　憲台察核示遵

謹將會議辦竣海寧繞城各工善後歲修保護章程四

條開摺恭呈　憲鑒

計開

一護塘坦水宜責成汛兵隨時修補也查廉字號至殿字號

建復兩層坦水各六百八十餘丈原藉頭坦以護塘根藉二

坦以護頭坦第潮汐撞擊樁木間有欹斜條石即隨之

撤動若不及時補修將至連片揭起貽誤多費莫此爲

甚應責成該汛把總隨時察看若損一樁一石即稟明該

管廳備文時釘砌仍令該廳備將每汛某字號補釘幾

橋補砌殘石按月詳報總局及杭道衙門查考杭道不時
親臨閱視如有殘缺未補惟該汛弁是問
一護坦竹簍宜補拋塊石也查靜情鄣邑及渭据等字號因
水深不能施工仿照雍正十三年乾隆八年之例改用竹簍
共長四百五十餘丈惟竹絡難以持久一遇樁木動搖塊石不
免漂失此後竹簍如有潑損應令該汛弁即刻稟知廳
備驗明補釘外樁將存儲塊石隨時補拋務令填實以
固頭坦
一節省銀兩擬發典生息為歲修經費也此段石工原
估銀二十四萬兩茲經極力撙節除實用外计節省銀

三萬一千餘兩查坦水保固例限四年兩竹簍雖係兩年
限滿或有殘損不能不隨時加修從前東塘定額歲修
銀五萬兩專為修理坦水現在石塘並無歲修專款
應請以此項節省生息銀作為坦水竹簍限外修補
之用至新建盤頭三座限外如有坍卸應由該廳備稟
請杭防道勘估後詳請覆勘所需經費應於歲修項
下動給仍按銀數五百兩上下分別　奏咨辦理
一修補料物宜預儲也查限外物料已有歲修息銀可資
應用儲辦自易至限內物料現據繞城工局員詳稱存
塘椿木一千二百八十四枝條石二千二百二十塊塊石四十六方

又錢三百八十五千五百八十一文均經移交東防同知收存備
用惟移交塊石為數甚少應令分局委員按照現購價
值採運約湊三四百方積堆塘上隨用隨即補儲仍同各
物料按月詳報以憑查核又移交錢款無多所有購添
限內物料經費應令分局委員稟明總局另籌發
給不得動用歲修生息款項

同治七年閏四月准 杭道衙門爲移知事本月初五日奉
撫憲李 札開據委辦海寧繞城石塘委員留浙補
用林道聰彝申稱繞城石塘現已一律完整足資保護惟潮
汐靡常此後歲修全在該汛弁兵認真經辦方能經久酌
議善後章程六條開摺呈請飭遵等情到 前升院馬
開諭四條飭鎮海汛把總端木紹順認真經管外移交到院
行道即便轉飭該廳備遵照條款嗣後遇有損壞工程隨
時照章修補認真經管該弁如敢故違定干查究不貸
等因奉此除飭管該廳備遵照外擬合抄單移知爲
此合移 貴局請煩查照施行

计抄单

一坦水必須隨時修理也查頭坦專為保護塘根二坦及竹簍均係保護頭坦每經大汛最易冲損殘低全在有缺即補庶免日甚一日應嚴飭汛弁時刻詳加察看有片石離槽一橋失損均即報明廳備並開單呈報總局及杭防道衙門毋得隱諱東防廳聞報立即督工修理切勿延緩如未行呈報咎在該汛報後未修咎在該廳經杭防道臨塘查出分別記過重則從嚴參辦倘本汛並無殘損及殘損後已經修好亦由東防廳按汛報明總局及杭防道毋得遺漏如坦水修補齊全繞城塘各工弁無失事扣滿

一年廳汛均記大功以昭激勸

一附土宜隨時填滿也查塘後附土低洼則水無消路最易損壞塘身現在通工均將附土填成裏高外低水有去路嗣後遇有水潦滿洞隨時修理費力無多皆塘兵分所應為而海塘陋習每於上憲閱塘時面上將土填平暫時掩飾而底下聽其空虛一經雨淋仍成滿洞嗣後應責成該汛督令兵丁隨時填滿務令堅實倘苟且塞責仍任低洼廳備查出將弁汛詳請記過管段兵丁棍責廳備容隱一併記過

一盤頭等工宜按時添料修培也查廉沛自都宮殿盤

頭三、歷經霉秋兩汛後每易低矬樁頭露出應加柴加土照舊填高而庵沛西雁翅山水當冲急溜迴旋甚關險要前已抛石極多如遇十分漲險驗明酌再抛石以期永固至石塘日久如有歉矬裂縫之處立即備填完好毋得忽視

一船隻最損坦水宜嚴禁也向例船隻不許靠塘灣泊屢經示禁在案而海寧停船絡繹繫靠塘身起貨全舟泊在坦水之上壓倒排樁並掛纜大塘抛錨下椗將坦石撬起觸鬆種種損壞情形最為可惡汛兵明知故縱船户益無忌憚日積月深受害匪細嗣後責成汛弁驅逐船離坦

水外停泊遠搭跳板起貨如再故違立將掛纜割斷該
汛弁兵一并究懲庶知所儆懼保護全塘也

同治八年十二月督辦塘工總局司道為詳請事案奉撫憲憲台

札以現在三防柴垻已報完竣各工需柴較少嗣後除大龍頭

緊要工程由局隨時派辦或歸融辦外其餘無論限內限外

統歸廳辦以省轇轕而復舊制札局分飭遵照至向由廳

辦章程該局亦即查明斟酌妥善詳候察核飭遵等因奉

此遵經分飭遵照並移杭防道衙門查明向章移局詳辦

去後茲准查有向章六條開摺移局核詳並移明柴垻完

竣後曾奉　前撫憲馬　奏明善後章程嗣後每年歲

修領款統由總局核給並無外銷公費除部飯照章核

扣平餘外不得絲毫扣減與第二條向章不同尚希酌核

詳辦等因准此本局伏查　前撫憲馬　奏明善後章程每年歲修領款統由總局核給並無外銷以資除部飯照章核扣平餘外不得絲毫扣減係因近年工料昂貴若再扣減斷不敷用有礙要工杭防道移稱第二條向章尚希酌核亦係慮及今昔情形不同難以援照且現在總局經理塘工未竣一切支放工需仍由局分別核發自應仍照　前憲馬　奏定章程辦理爲是至舊章所載歲修銀兩搭放官局制錢及扣存一分數如何分起找給之處應俟總局撤後歸杭防道衙門因時制宜再行酌量詳定可也茲謹將舊章六條並擬議四條開摺備文詳請　憲台察核示遵

謹將淮杭防道移送向由廳辦舊章六條錄摺恭呈

憲鑒

計開

一塘工遇有坍卸由該管工員通詳請勘如實係工關緊要勘明請修者即由該工員核實估計銀數開具估摺呈送司道由道會詳請　奏一面由杭州府造具估冊詳送司道由道會詳請　題准估後仍由杭州府造具銷冊詳送司道由道會詳請　題銷

一查向章撥給塘工銀兩假如估銀一萬兩內扣存一分銀一千兩再照估數扣六分部平銀六百兩（自道光二十三年起奏解戶部充公其二十三年以前

僅扣二分工程平餘報明 戶部 再按所估柴薪椿木條石銀
留存司庫作為別項工用
若干兩扣一分二厘部飯銀 若干兩解 工部 扣一分八厘平餘 若干兩留
存司庫作為外辦緊要工程之用 餘銀若干兩按八成實銀放給尚餘二
成按銀一兩折給制錢一串搭放其所扣一分銀兩該工
固限及半放給前五厘估限已滿並奉 部准銷後找給
後五厘清款

一歷辦歲修工程向將該工前於某年某月某員承辦查明
已逾固限於估銷冊首聲敘

一外銷款目從前額有商捐銀一萬兩及每年海塘項下所辦
工程扣存一分八厘銀兩作為外辦緊要工程之用例不報

部亦無固限明文只須工竣後造冊詳送司道由道核明
轉詳請銷

一廳備承辦工程報竣後由道飭委杭州府赴工驗收具結送道
轉呈其保固自驗收之日起限倘工在限内升遷調署留
丁在塘防護如有沖損隨時賠修仍取家丁姓名年貌
籍貫切結送道備查

一塘工保固年限拆建魚鱗塘十年條塊石塘七年條塊
坦水四年塊石坦水三年理砌魚鱗石塘四年拆築柴埽
各工二年加鑲柴埽各工一年拆築柴盤頭二年加鑲柴
盤頭一年

謹將本局添議章程四條開具清摺恭呈　憲核

計開

一東中西三塘自同治四年開辦起至八年十二月止計東塘先後柴垻三千一百七十九丈七尺四寸塘後鑲柴六百九十五丈子塘橫塘附土土埝等工三千三百五十八丈柴盤頭一座又繞城石塘二百八十四丈一尺七寸頭二兩層坦水六百八十八丈八尺石堵三十九丈二尺柴盤頭三座土埝二百九十七丈五尺續後柴垻一百四丈五尺鑲柴五十丈柴盤頭六座西塘先後柴垻七百三十五丈五尺裹頭八十二丈柴盤頭一座埽工埽坦七百七丈八尺鑲柴二百三十四丈四尺附土子塘橫垻面土行路一千七百八十

七丈二尺續護柴盤頭一座埽工埽坦二千二百二十九丈五尺柴工二百九十丈後護埽工埽坦一百二十八丈中塘先護柴垻一千八百二十丈一尺鑲柴二百四丈八尺柴工三十丈埽坦一百九十九丈附土横塘九百二十五丈續護埽坦一千八百五十二丈柴工十二丈均經詳請　奏報在案其應籌歲修除繞城石塘以及鑲柴附土土堰子塘横塘横垻面土行路等工外所有東塘先護柴垻三千一百七十九丈七尺四寸除繞城柴垻三百三十一丈已建復石塘坦水另籌歲修外其餘柴垻並柴盤頭一座曾經詳定每年歲修銀三萬八千兩自八年分起又繞城頭二坦水六百八十八丈八尺石墙三十九丈二尺柴盤頭二座亦經

詳定每年生息銀三千兩歸坦水歲修又另籌銀六千四百兩以三千三百兩專歸盤頭歲修自八年分為始二千一百兩歸併坦水歲修自十年分為始西中兩塘先後柴壩二千五百五十五丈六尺柴盤頭一座埽工埽坦柴工裹頭一千十八丈八尺又西塘舊柴埽工一千九百八十六丈歸併該兩防歲修先經詳定自七年分起每年歲修銀六萬五千兩續請柴盤頭一座埽工埽坦柴工四千一百七十五丈五尺亦經援案詳定自八年七月為始每年添撥歲修銀四萬兩其西塘致雨等號大龍頭共工一百五十二丈又後請坦外埽坦九十六丈業經詳請另籌歲修銀二萬兩自八年分為始以上三

塘除發商生息一款外其餘各工歲修銀兩均由牙釐總局
按年分別撥解藩庫存儲備用遇有限外冲損工程仍由
該管廳備禀請杭防道勘估詳准移局轉請藩庫撥解
未局給領承辦年終部飯等款仍照章核扣分別報解
再嗣後三塘續議柴石工程應定歲修俟工竣再行援案核
請另案詳辦

一此後各防工程除实係搶險不及禀候杭防道覆勘酌估外
其有應請勘估而假捺搶險徑報開辦者雖墊款不准
開支

一限外工程動支歲修款項承辦人負因應照例保固其有

尚未滿限而拆築加鑲動用保固項下存款者併凡領款承辦工程原當責成承辦之員分别保固年限以期核实

一限外工程拆修銀數應再嚴定限制以杜浮冒也查上届詳定添議外辦章程内開志載埽工每丈估銀九十七兩零拆修每丈銀六十餘兩加鑲每丈銀三十餘兩盤頭每座估銀六千兩拆修每座銀二千餘兩加鑲每座銀一千餘兩此後拆修工程無論限内限外埽工照例估不得過六十兩加鑲減半盤頭拆修照例估不得過三分之一加鑲不得過六股之一其有原估多於例估者則臨時查案酌核等因在案現

查三防歲修工程每有藉口原估多於例估之說並不核实估計率請溢支現在西中兩塘柴埽等工歲修銀兩均照志載原額籌定東塘亦稍照所發工程議定銀數所有志載每次拆修加鑲銀數均有斟酌若今年溢支來年必有不足前任溢支後任必有不足此段溢支彼段必有不足自後凡拆修柴壩埽工無論原估多寡概應遵照志載章程埽工每丈不得過六十兩加鑲每丈不得過三十丈兩拆修盤頭每座不得過二十兩加鑲每座不得過一千兩按兩年拆修一次並只修三分之一其柴壩亦照埽工之案核辦不得仍前溢支以示限制而重公款

同治十年三月督辦塘工總局司道會詳請示遵事竊照海塘歲修工程凡係柴壩埽工盤頭裹頭等工限外沖損或辦加鑲或辦拆修工竣造銷皆有舊章可循原未便另議紛更致歧成案惟現在西中兩塘已奏　奏竣之埽坦工程係屬從前未有之工當時創建原以石塘年久失修塘外護埽沖沒無存三防險工林立進水缺口固當搶堵柴壩而完整石塘又急須設法保護因建復埽工未能迅速蕆事是以仿照石坦改建埽坦以其成功較速補救得宜蓋工雖屬新創而藉資捍衛仍是保護塘根成法惟埽坦補工做法埽身高於石塘建築工料倍於埽坦限滿後非遇潑損殘陷毋庸修葺今埽坦

做法祇坦身僅及石塘之半潮至則坦面全行漫盖披刷蕩潑蔴絃柴橋不無時有損缺若搶照埽工歲修辦法則原築柴橋尚未零朽遽行拆修未免糜費然不立即補修則小損之工日侵月削必致蕩然又非保護之道查西中兩塘已竣埽坦截至九年正月止均滿固限自須從長計議設法保護業經飭据該兩防同知擬議章程稟送前來本司道等会同酌核參擬四條是否有當理合繕具清摺備文詳請 憲台察核示遵如蒙 允准並乞俯賜分飭藩司杭道衙門查照辦理实爲公便再是案月修銀兩自九年正月起所该兩防所需木植均係向辦存塘橋木撥用並須留備部飯平餘報銷各

貲是以每月祇給銀二千二百兩擬歲俟存木用罄所需之木
由廳自行採辦并照定數核給合併陳明爲此備由呈乞
照詳施行
謹將會同酌擬保護西中兩塘限外埽坦善後章程四條開
具清摺恭呈　憲台核示遵行
計開
一西中兩塘滿限埽坦擬按月給款修補也查埽坦原係保
護塘根做法僅及石塘之半非若埽工高過石塘者可比
是以潮汐不時沖漫山水搜刷亦有潑損限内者自應責歸
原辦工員保固修補限外者亦應照章修築第潑損之

工柴樁尚未妥朽若遲行拆修反滋糜費若不及時
加補又必旋見傾圮轉成鉅工查該兩塘限外埽坦三十九
百二十丈擬請自同治九年五月起每月在於歲修項下動
給月修銀二千五百四十兩所有柴木工料夫價一概在內仍
照章劃扣平餘部飯等費責成該兩防廳員督率弁兵
夫役察看情形隨汛補柴加蔴添釘樁木加補水木以期
完好所用工料數目按月冊報核查杭防道仍不時赴工察勘
不准樁頭露出及尺及有偷工減料等弊務使用歸實濟
帑不虛糜至嗣後如有續建之處仍俟工竣限滿後再行
按照丈尺酌請添撥以敷工用

一月修經費動支歲修銀兩擬請年終彙案造銷也查月修埽坦係逐月逐汛零星修補每丈或添柴數担至數十担或加樁一根至數根不等捆龍打蘇土夫等項亦逐日所有是此項需用款造冊報銷既無例案可引未便添立月修名目擬請將月修埽坦動支歲修銀兩總計一年每防共支用歲修銀若干兩內按月支用修補埽坦銀若干兩仍將各字號丈尺修補工料細數由廳詳報杭防道察核於年終彙案造冊詳請咨部核銷以歸簡捷

一埽坦歷年已久柴樁霉朽者仍須拆修也查此項埽坦所定月修銀兩按工攤派每丈每月不過數錢祇能逐汛添

補面柴樁木加鑲地龍麻絃若應時已久樁朽柴霉一遇旺潮勢必殘陷傾圮此等工程需費較鉅月歲銀兩為數無多又不能傾此舍彼自必不敷勻用仍須另行給款以資辦理應仍照章由該管廳員稟請杭防道勘估詳請拆修所需工料銀數核照埽工減半每丈不得過三十兩章程核辦此種工程仍應彙入歲修工內開單請詳 奏報造銷庶符定制惟該管廳員責任修防既有月修經費原不得任令坍卸輒請拆修致滋浮冒仍當核實辦理以節經費

一拆修埽坦應照新建年限出結保固也查埽坦工程前所未

有向無保固例限前以新建埽坦所需工料計及埽工之年

保固請照埽工例限減半定以一年詳奉咨准在案嗣

後拆修前項埽坦仍應照新建年限由承辦之員出結

保固限内如有損壞責令賠修限滿後始准歸入月修案

内動款補修以示區别而昭核實

同治十年六月督辦塘工總局司道為遵飭議明詳覆事本年四月奉　憲台札開案查前據該局具詳酌核奏擬西中兩防限外埽坦善後章程四條呈請示遵等情到院當查所議各條均屬妥協應准照辦即經抄章札道遵辦在案茲據該道詳復查此案保護埽坦善後章程內月修辦法皆從前未有之例似須先行　奏明奉准再行歸道照辦以臻周妥茲奉前因請賜飭局詳　奏再此項月修埽坦係零星工用造冊報銷並無例案可引而總局所議於年終彙案造冊詳請咨部核銷應如何造辦之處請飭妥議冊式以便照辦至該工委員驗收並承辦保固以及高寬清單應否仍照辦理並請一併飭

議入　告等情到本部院據此查月修善後埽坦事關開銷
應否先行　奏明立案以便造報之處飭局遵照迅速妥議
詳覆察辦毋違等因奉此本司道等伏查此案詳議西中
兩防月修埽坦外辦章程業奉　憲台批定均屬妥協自應
遵照飭辦未便另請　奏立月修名目緣以奏定歲修原案
該兩防埽坦工程本計在内此項月修經費卽係動支歲修
額款並非另請開銷自應歸入年終彙案造報惟月修係零星
修補並無例案可引所議章程乃是外辦造銷則宜遵舊案仿
照柴埽各工旬派字號擇要估計工竣驗收並無他樣冊式而准
核道衙門移覆既准移明乃是外辦章程似可毋庸請　奏

但該工係逐月逐汛修補經辦廳員未能隨時具報工竣呈請
驗收應如何辦理尚須明定章程至用款定章於年終彙案
造報如一任廳員經手似無異議倘一年内有兩三廳員經修者
誠恐彼此推宕應各責令各按用銀多寡分認字號丈尺造辦
保固之處亦須定議以免推諉再定章内議埽坦歷年已久沉
陷傾圮由該管廳員稟請勘估另行給款拆修仍彙入歲修工
内開單詳請　奏報等因惟此項工程雖係專案請修另行
給款然仍動支歲修銀兩擬請統歸月修工内於年終造報以
歸劃一移復酌議詳請辦等由過司准此查月修原係逐汛
修補難以隨時報驗擬請飭令承辦工員於造銷時開單呈

道飭府照例辦理似與歲修定章不致歧異所議責令廳員
各按用銀多寡分認字號丈尺造辦保固一層甚屬妥協應
請照辦以定推諉至拆修年久殘陷埽坦統歸月修工內年終造
報事雖相因第須先行詳報然後仍歸年終彙造庶臻周妥
而歸劃一奉飭前因合將遵議緣由備文詳覆是否有當
伏祈　憲台察核批示

光緒二年七月督辦塘工總局司道爲遵飭會議詳覆事竊奉　憲台札開案查東中西三塘先後辦竣埽工柴工埽坦及條塊石坦水石塘各工除已據該局陸續詳定月修三塘限內限外埽坦暨繞城頭二坦水石塘等工銀數通年核計已在三萬八千餘兩轉瞬戴鎮二汛坦水即届限滿亦不能不有月修此外尚有未定月修之坦埽以及柴工埽工盤頭裹頭等工約計歲修費更不少且現在埽坦月修銀數參差不一尤應妥籌章程核實辦理以免虛支卯糧後難爲繼飭即會同通盤籌議酌定畫一章程詳覆察奪並將通塘柴石坦埽盤頭等工分別已未定月修各案注明年限丈尺銀數開具簡明清摺馳

日隨案送核毋延等因奉經分飭三防廳備遵照酌議稟候會商詳辦去後茲據該廳備等分別查核後晰開摺稟復請將如何酌定劃一章程之處統籌全局會議轉詳等情前來伏查西中東三防歲修各工內柴壩柴工埽工盤頭裹頭等項向係分起詳估修辦惟埽坦與坦水兩項係須隨時修補於同治九年間詳定發給西中兩防埽坦月修銀兩仍於歲修項下動支按年截數句派字號丈尺 奏咨請銷迨後東防先後埽坦坦水循案分別給辦在案近年以來中東兩防續辦埽坦坦水不少限外均應給發月修誠如 憲札必須通盤籌計撙節辦理以免後難爲繼等察核該廳備來稟復陳月修

需費不資緣由均屬實在情形若照前數核減過多誠恐不敷修辦或稍草率遷就轉貲將來糜費本司道等檢閱舊案會同通盤核議從前原定西中兩防鳳潛等號先後埽坦月修經費續經勻給瀾字等號外辦埽坦月修并剔除改辦埽工等項計現在月撥銀二千四百十一兩其中尚有扣減二成彌補另案溢用之款扣至本年三月內前經補足尚未全數給領其東防先後續城坦水月修銀三百兩歷係照數支給並無扣減之項今擬請嗣後將前項西中兩防先後埽坦月修按照二千四百十一兩之數減爲八折除零實給銀一千九百二十八兩以鳳潛瀾等號之起埽坦實存丈尺均勻攤派計每丈月給

銀四錢五分四厘八毫九絲八忽并請將東防先後繞城坦塘月修銀三百兩一體減為八折實給銀二百四十兩以此項坦水建石塘丈尺勻攤計每單長一丈月給銀一錢八分九厘三毫九絲六忽以上先後埽坦與坦水既各分別按丈劃一定數所有續後埽坦坦水應一律按丈核給其尚在限內者仍歸保固案內循舊辦理一俟限滿同未發未辦之埽坦坦水將來限滿後統照前項定數按丈核給無須隨時另議不致再有參差不齊俾足以昭公允而免紛歧統計將來埽坦坦水一律限滿之後應給月修銀兩按年連閏牽算用數總在六萬兩上下核之三防額撥歲修銀數所用月修之項不過十分之三其餘額數

抵備柴垻等項歲修經費似尚無虞支絀至所給月修應仍循照舊章按年截數勻派字號丈尺由道詳請　奏咨請銷是否有當相應會同查議開摺詳覆並將該廳備原稟錄摺附呈仰祈　憲台鑒核銜定俟奉　批示當將向給月修者從本年八月分為始改照新章支給其中防龍字等號坍坦前經詳定於保固項下給辦嗣因保固限滿月修新章尚未議定經黎故守由請減為八折仍暫於保固項下接續支給現已議詳月修新章應即從八月分為始改照新章支給其餘限滿應行停支保固改領月修者容隨時核明詳給再此次詳定按丈月給銀數內除應提部飯平餘並外辦扣水錢文之外餘俱照數給領別

無扣減之款合並声明
謹將遵擬三防埽坦工水月修劃一減發各數開摺呈候
憲鑒
計開
一西防鳳字等號埽坦一千六百七十七丈三尺
中防潛字等號埽坦一千九百三十七丈
又瀾字等號外辦埽坦六百二十四丈
謹查中西防潛鳳等號埽坦先經詳給月修銀二千五百四十兩
兩追經詳定於此內勻撥瀾字等號外辦埽坦月修
并有汛等埽工等項扣除月修計現在每月撥銀

此策請
司析
存大月修
估数与呈
包办性質
並非真实
料估
前見城工局
帐有塘料
論工價開大次次老核

二千四百十一兩內除部飯平餘并扣二成彌補溢款外餘銀分給鳳潛瀾字等號三起月修其中按丈驗攤零尾數目參差未盡畫一今溢款已經彌補足數毋庸再扣擬請嗣後將前項每月額撥銀二千四百十一兩減為八折除零撥銀一千九百二十八兩按照前三起埽坦共四千二百三十八丈三尺之數均勻攤派計每丈應攤給銀四錢五分四厘八毫九絲九忽

一中防戴汛石工案內辦護到字等號埽坦二百三十九丈八尺

謹查此項埽坦前于周限滿後詳照西中兩防月修成案

給發月修今請嗣後一律改爲每丈月給銀四錢五分
四厘八毫九絲九忽計共月給銀一百九兩八錢四分
八厘

一中防翁汎各工案内辦護龍字等號埽坦二百六十八丈
謹查此項埽坦先經詳照原定西中兩防月修銀數於保
固款内全數支給今固限已滿應請嗣後一律改爲
每丈月給銀四錢五分四厘八毫九絲九忽計共月給
銀一百二十一兩九錢一分三厘

一東防俠字等號埽坦二百三十四丈五尺
謹查此項埽坦前於固限滿後詳照原定西中兩防

月修之案全數支給今請嗣後一律減爲每丈給銀
四錢五分四厘八毫九絲九忽計共月給銀一百六兩
六錢七分四厘
一東防僥城頭二坦水核共单長一千三百七十七丈六尺又石塘三
十九丈二尺
謹查此項坦水前經詳定月給修費銀三百兩今請嗣
後一律減爲八折每月給發銀二百四十兩按前項
坦塘一千四百十六丈八尺核計每丈月給銀一錢六分
九厘三毫九絲六忽
一東防戴鎮二汛頭二坦水并隨塘坦水核共单長六千八百

五十八丈又當力二號舊坦水單長六十六丈

謹查此項坦水現在委員經管將修費按月報銷于係

因款內支給應請俟固限滿後援照繞城坦水月修

之案一律每單長一丈月給銀一錢六分九厘三毫九

絲六忽計共月給銀一千一百七十二兩八錢九分八厘

丈

一東防尖汛石工案內辦護坦水核共單長二千七百五十二

謹查此項坦水現在由廳經管按月將修費報銷于係

因項下支給應請俟固限滿後一律每丈給發月修

銀一錢六分九厘三毫九絲六忽計共月給銀四百

六十六兩一錢七分八厘

一東防念汛東頭石工案內辦竣埽坦三百十六丈

謹查此項埽坦現在由廳經管按月將修費報銷於保固項下支給應請俟固限滿後一律給發每丈埽坦月修銀四錢五分四厘八毫九絲九忽計共月給銀一百四十三兩七錢四分八厘

一東防念汛西頭石工案內辦竣埽坦五百四十一丈五尺

謹查此項埽坦現報工竣飭廳經管按月將修費報銷于保固項下支給應請俟固限滿後一律每丈給發月修銀四錢五分四厘八毫九絲九忽計共月給

銀二百四十六兩三錢二分八厘

一東防續估夫汛坦水盤頭等工案內估辦單坦二百六十

一丈又戴汛坦水十三丈五尺

謹查此項坦水現甫估辦應請俟工竣限滿後一律每丈

給發月修銀一錢六分九厘三毫九絲六忽計共月

給銀四十六兩三錢三分

以上統共應給月修銀四千五百八十一兩九錢一分七厘以一

年十二個月計之閏月在外共應給銀五萬四千九百八十

三兩四厘內西中兩防銀二萬五千九百十七兩一錢三分

二厘東防銀二萬九千六十五兩八錢七分二厘

浙江通志局收掌員

姓銜	目	本	卷	頁	收到
關編輯	海塘	第十二	全	四十七	十一年一月廿六日

海塘第十二册

陶金葉

海塘 卷十二冊

海塘

海塘十四

光緒至宣統三年

闞𡟋輯

光緒十年十一月巡撫劉秉璋奏修築西中東三塘埽坦石坦各工疏略查七年分大汛沖損埽坦石坦各工西塘自李家汛西鳳字號起至翁家汛冬字號止開共埽坦工長二百十三丈又中塘自翁家汛弟字號起至戴家汛詩字號止開共埽坦工長四百七丈又東塘自戴家汛讚字號起至尖山汛即字號止開共頭二層條塊坦水工長六百三十一丈五尺又頭二層塊石坦水工長一百七十九丈又塊石單層坦水工長二十八丈又埽坦工長一百丈四尺以上各工或龍木繳斷柴樁潑卸或條石掀起關樁繳斷塊石漂失並且坍深頭露塘根情形最險亟應分別趕修以護塘腳其埽坦仍令查照歷屆成案估辦至于坦水蓋面條石雖已掀起尚未損壞均可抵用惟樁木石塊大半繳斷漂失儘力打撈僅數四成抵用統約估需工料銀五

萬一千餘兩

又奏修築西塘大龍頭一帶柴壩埽坦各工

疏畧西塘政字號起至中塘新列闌字號止大龍頭柴壩托壩埽坦等工當迎潮頂沖高寬深厚倍于他處大龍頭挺立中流每遇大汛潮頭撞潑激起狂浪較之他處各工實屬異常吃險查光緒七年春雨之前雨水過多山水常發加之潮汐旺盛以致柴埽各工多有沖損至本年夏秋海潮益猛七月九二十等日尤異常洶湧將柴壩埽坦各工潑損沖卸荷家汎永慶至三號共埽長四十丈四尺又柴壩工長三十五丈六尺並前托坦一道均係柴樁撥卸坍深至底樹土亦間有坍寬該工係濱臨大海山潮二水腹背受沖情形最為險迫亟應一律拆築以資抵禦內有永字號東十五丈九尺慶字號西十六丈五尺共長三十二丈四尺埽外水勢尤深並須加抛塊

石籍以擁護統約估需工料銀一萬六千兩

光緒十八年七月巡撫劉樹棠奏驗收西東塘埽坦石坦並大山圩獨山等處塡土情形

疏言光緒十八年分春潮旺盛驟雨兼旬山水急注下射並以東南風狂逼潮向北衝齧

伏乞際霪雨連綿漲水泛溢風潮又復大作晝以繼夜南龍頭迴溜湍急搜底刷根秋

汛潮更洶湧疾擊猛撲潑越過塘以致三防限外埽坦石坦並海寧州大山圩午潮汛

獨山石土塘工間多潑損坍陷節據該廳備將前項埽坦石坦照章搶要修築其大小山

圩石土工程從前本係民捐民辦兵燹後因民力拮据遂由官辦而午潮汛獨山等處塘工

北遇風潮損壞歷經該州稟由塘工總局委員勘修造報此次復據該州稟報潑損

先當由局委勘確實飭派庚浦主簿胡有燦會同該州暨海防營守備湯廷懋核

實興辦所需經費即在光緒十四年奏准預定三防歲修内劃剔之大小山圩等處銀款

內勤給工竣由道彙案造報嗣後三防歷偹先後稟報經前任杭嘉湖道童紳泰前
署杭嘉湖道王景澄暨同節次履勘得西塘自李家埠汛西受字號起至翁家埠汛霜
字號止開共埽提工長三百八丈六尺中塘自翁家埠汛大字號起至戴家橋汛忘字號止
開共埽坦工長三百三十二丈一尺東塘自戴家橋汛命字號起至尖山汛林字號止開共補
修頭二層條塊坦水工長四百二十丈七尺埽坦工長一百四十七丈七尺頭二層塊石坦水工長一
百二十七丈九尺單層塊石坦水工長十八丈七尺又據委員等稟勘海寧州境內大山圩
自第一段至十一段開共條塊塘一百七十六丈五尺并海鹽獨山長字號西壞次東六丈五
尺除二字號起至歲字號止柑土工長四百八十二丈以上各工或柴塘潑卸或條石撤起問塘
激斷塊石漂失甚且坍深頭露柑土潑卸深寬情形均屬險要自應分列修築理砌

加鑲以護塘根而衛田廬其埽坦仍令查照歷届成案辦理由西防同知中防同知東防同知海防營守備海寧州知州平湖縣知縣先後報由該道等核明勘辦統約估需工料銀四萬八千一百餘兩即由塘工總局於藏頪金望鹽課綱息各款內分別動支核扣部平等款給發興工竣飭委杭防廳赴工驗收具稟詳據藩司兼杭嘉湖道宋源瀚飭據各工員將承辦工段字號丈尺做法銀數開摺核明會詳前來臣覆查無異

光緒十九年七月巡撫崧駿奏撥款修築西中塘大龍頭一帶柴壩托壩埽壩等處

疏言西中東三塘前辦搶險石塘缺口案內建築西塘詩字號起至中塘新列甫字號止

大龍頭一帶柴壩托壩埽坦各處工作直迎潮頂衝高寬厚倍于他處大龍頭挺

立中流每遇大汛潮頭撞激起狂浪較之他處各工實屬異常吃險歲時修費有增

無減前經奏明由工部議准自同治八年起每年另籌歲修銀二萬兩專指此項工程

之用查光緒十七年分春潮頭旺蒞之東南大風不時猛作潮來風勢已形洶湧審

全之際霪雨滂沱山水泛漲急流貫注伏秋兩汛風潮鼓盪縱橫摟擊勢益

奔騰今汛適北灘浮沙中流橫亙東南兩潮至此匯撞迄沙阻遏衝為散起至鎮

汛迤西復合而爲一浪花捲揚高與詹齊直漫塘顛以致埽坦柴壩各工間多

撥損坍卸節該委員擇要估修復勘西塘翁家埠汛西虹㙫三號埽坦工長四十四丈五尺柴埧工長三十丈托埧一道或柴樁激折撞卸或坍深至底坍土亦間有坍寬該工修整挺立中流迎激頂沖情形最為危險固限已逾自應分別拆築加鑲以資捍禦由該承辦委員次第估計據節承辦統約估需工料銀一萬九百六十兩零所需經費均由塘工總局于歲額厘金鹽課絹息各項下分別動給

又奏驗收三防限外埽坦石坦並海寧州大山圩條塊石塘等工

疏言光緒十七年分春潮頻旺，每令之際霪雨滂沱，伏秋兩汛風潮簸盪，以致三防限外埽坦石坦並海寧州大山圩條塊石塘等工間多潑卸坍陷，節據該廳備將前項埽坦石坦並章擇要修辦。其大小山圩石土工程，從前本係民捐民辦，兵燹後因民力拮据，遂由官辦，屢遇風潮損壞，歷經該州稟由塘工總局委員勘修造報。此次復據該州稟報潑損，先曾由局委員勘確，實難遲緩，飭派前海防海營守備沈誥偕同會同該州核實興辦，所需經費，即在光緒十四年奏准酌定三防歲修附列之大小山圩等處銀款內動支給工，該由道彙案造報。嗣據三防歷備先後稟報，經前署杭嘉湖道王景澄、現任杭嘉湖道王祖光督同節次覆勘，得西塘李家埠汛西道字號起至角字號李家埠汛騰字號止，共計埽坦工長二百十三丈中塘自洵家埠汛官字號起至戴家橋汛岦字號止計共埽坦工長四百一十丈五尺東塘自戴家橋汛似字號起至尖山汛章字號止計共頭二層條塊坦水工長四百二十丈六尺埽坦工長一百五十一丈二尺頭二層塊石坦水工長一百二十八丈單層塊石坦水工長十八丈八尺又搶去員等確實履勘海寧州境內大山圩等十四十五十六段條塊石塘一百四十丈以上各工或柴椿潑卸或條石撇起或椿濶斷塊石漂失甚致坍深頭露坦土潑卸情形均屬險要自應分別修築理如抛填以護塘身而衛田廬其埽坦仍令查照歷屆成案辦理由前任西防同知趙萬熙中防同知胡嗣誼東防同知高英升並海防營守備楊廷魁前並海防營守備沈諾揚前先後報由該道等核明飭辦統將估需工料銀四萬七千七百二十餘兩即由塘工經費項下歲修項原金塩塩課綱息各款內分別動支核扣部平等銀給辦工竣飭委核實府赴工驗

收支案詳據布政使杭嘉湖道防護各工員將承辦工段字号丈尺估需銀數開摺核

收會詳前來奴才覆查無異

吴伟炳原稿增

光緒三十四年奏稿

浙江巡撫奴才增韞跪

奏爲遵

旨查勘海塘坍卸情形分別妥籌辦理並將酌定塘工各章程繕具清單恭摺

覆陳仰祈

聖鑒事竊奴才承准軍機大臣字寄光緒三十四年七月十八日奉

上諭有人奏浙江海塘坍損潰決地方請飭親勘派員搶修一摺所陳各節關係

民命著增韞詳細查勘力除積弊妥籌辦理原摺著抄給閱看欽此欽遵寄

信前來仰見

朝廷洞燭並抱修念羣生疏讀之餘莫名欽服奴才遂即馳赴海塘按照原奏
各節逐段詳細履勘先後電請軍機處代奏在案伏查海塘工程自仁和縣境
迤及海寧、兩屬塘長一百五十餘里為七郡億萬生靈儲相託命
國家歲靡鉅款謀奠攸居通塘三防六汛皆以石疊砌而成既有柴塘石垣為外護
又有盤頭裹頭以挑溜禦沖條塘附土備塘以窒淺作溜所以障蔽塘根預防災患其
固已至周至備推算必因時而設作法亦積久而弊生近年以來工程漸不如式塘身遂岌
岌可危奴才統閱三塘坍卸情形有為原奏所已及者有為原奏所未及如東塘匡
合盤頭以西自營字至東字二十八號將老塘層見疊出匡合扶綺者多或柴
塘沖毀或塘身傾斜而卑說者以東塘實外拜五百餘丈塘工林立均原奏之所

已及其他如西塘李汛官人二号及柴塘一千一百餘丈中塘翁汛潮灘夜先第三号辛多

綫酒間有缺口東塘廣汛宮殿兩盤頭雖游擲突底柴已空而念汛石塘如兵高

駕桂等八号勉審欽謝等十号拋拜游走形若懸弧工情尤重石塘之後舊有附

土最為寶貴乃念尖兩汛間有挖取一空塘身孤立有此坎柴塘其有停滯成沿

其上石遇大潮尤為危險凡此情形均原奏之所未及其加以近年潮汛洶湧異常

如

去海寧鎮汛親見潮頭激湃舞騰立將觀潮亭西土垣摧壞潮大原奏謂

兩潮衝激高浪接天又謂居民恐慌不可終日信不誣也所有三防緊要各工若

不大加修整仍復專衍因循恐一旦潰決後患何堪設想前大學士臣左宗棠有言

自古治浙有𥂝其莫不以水利為重故左宗棠身即浙江撫篆後就殷殷以塘工掛

即宜籌款不分畛域及時修復爲請現在塘工之窳敗殘缺同治初年奏趲後

從力畫補救尤不容遲　奴才博訪周諮悉心考核迺知積弊所在厥有三大

端一曰官以虛設難資整飭一曰稽查不周釀成危險一曰輿情隔閡糾正無

人曷言乎官以虛設難資整飭也沿塘額設同知三員守備一員千把外委六十

餘員名雖似各專責成實則三防同知常駐省垣偶一到工于該管工段以内何處宜

于拆修何處宜于墊補漫不經心遇有險要工程轉與守備千把通同舞混牟利營

私而守備千把偷料減工亦遂益無忌憚設官雖多不如無官此設立專官以一事權

不容不亟起而矣曷言乎稽查不周釀成危險也海防營馬步兵丁分駐八

汛周布全塘原爲梭巡而設乃近年撫臣久不閱塘於防道三防同知又不常

川刈工竞延兵额半出临时借雇船贩情形也于缘营 奴才 行次询以治塘次要最
要者工该兵丁咸嗫嚅不能对答其平日毫无考察可想而知而守备千把敢于讳
匿险工任意捏报者亦以无稽查之人肯其后历年养成之痼习今乃大肆其毒
浙映统一呆严密查巡之道不容不讲矣易言乎兴情隔阂纠正无人也海塘为杭
嘉湖苏松常镇七郡利害所关民间闻见最真责望最切而工程总未求臻
稳固者则以层层阻隔百姓无发言之权虽深受其害痛心疾首不能自达 奴才 于
巡阅行次两集官绅会议治塘父老询以利病所在亦复众口合同浙组织机关俾
有调查陈说之权不容再缓矣昔人论治塘之要修筑愈迟则需费愈钜坍
损愈甚则成功愈难当此积弊已深险工叠出若不改弦更张徒枝枝节节而为

之似無絲毫補益奴才愚昧謹延訪官紳博采輿論酌擬辦法請為我
皇上備晰陳之一擬設海塘工程總局以鞏塘防也查海塘工料原有定章承修工
員歲久弊生任意偷減原奏所稱領尤險之銀辦最險之工領最險之銀辦次
險之工固屬不少甚且巧而黠者則又擇保固將滿之工充作尤險藉便侵漁而真正
尤險之工轉置不辦遂致尤險之工愈積愈多積弊之重無逾於此擬就海寧州
設立海塘工程總局以杭嘉湖道為督辦駐省督飭遴選廉幹道員為總辦駐
海寧總理局務該局權限專于工作而一切呈報應否修築事宜不得而預也
總辦既駐總局專日留心體察于三塘情形務使瞭如指掌遇有興作自不難
抵要以圖所有工料價值現既悉從于前應飭認真節省實用實銷從前額定

銀數成例懇請悉予豁除歲修月修額款並請撥歸該局以資周轉其保固
年限銀兩仍照章核扣用示限制並于該局內增設工程隊一隊該隊管帶一員
隊官四員書記差弁八員兵丁四百五十二名成使講明工段留心分任充汛工作出
有大工再行添僱應款以歸而節廉工亦以實而彌堅保衛之方此其基礎一撤裁三
防同知守備以下各弁兵設立海塘巡警局以便接巡也三防同知既不能合力
統籌又不能各盡厥職守備弁兵偷減侵吞互相掩飾惟利是圖全塘命脈
繫于庸儒弁兵官既漠不相關兵亦毫不足恃若仍拘泥舊章勢必日形敗壞
擬請將三防同知三員守備一員暨六汛額設千總二員把總三員外委八名額
外外委十七名並海防營馬步兵丁一律裁撤其塩平汛額設把總一名外委一

名額外外委一名並馬步兵丁向歸守備管帶安設隸乍浦同知于三塘適中之地
汛設海塘巡警局遴委巡官一員教習一員巡記一員一等巡長一員二等巡長六員巡
警兵一百名分布三塘申明約束該局權限止于巡查而一切承辦工程事宜不得而
預也各汛坦水柴塌等工有無沖刷潑損之處按月列表申報查核尋常次要之
工分報杭嘉湖道暨工程總局詳核辦理若遇險要急工無分雨夜首先馳報工程
總局立刻合力搶修一面飛報杭嘉湖道詳請優敘即以核巡警之勞逸呈報之遲速以
定賞罰此項警兵並擬招募附近村農補充庶身家念重人人有自相保衛之思
且可巡查塘工之外並保地方之治安至所裁之官弁兵丁應將餉糈即移作海塘工
程局工程隊暨海塘巡警局經費再有不敷應由塘工歲修項下作正開銷一摺設塘工

議事會以備考察也現在凡百庶政無不公諸輿論矧海塘事關民命亟須逐

漸改良若不廣益集思何以研究盡善擬就海寧州地方設立塘工議事會選舉

三塘附近公正明達紳耆充當議長副議長議紳該會權限以於調查而一切承修購

料事宜不得而預也該紳等平時考察全塘形勢或博引旁徵著爲論說或洞悉情

要切實條陳總期不託空言乃可備臨時之采擇其工程之工料是否核實向銷

有無虛浮既巡警官兵之賢否防守梭巡之勤惰均准詳查報告利害切身

責無旁貸安危所繫指視甚嚴則款不虛糜工歸實際當可期之異日矣

倘有扶同隱飾豈扶嫌誣蔑等情嗣除將議紳解散仍應酌予罰懲舉國全塘此其

樞紐以上三端分之則權限分明合之則指臂相助但求于事有濟不敢稍涉鋪張以

期御刷

聖明子惠元元之至意現值冬初水涸亟須趕緊興修業經札飭杭嘉湖道並遴委

道府大員設局試辦工必求其堅實未可徒事補苴款必力戒虛浮尤宜認真

撙節惟工程較大需用浩繁擬先動支歲修額款設有不敷再行奏請以維

民命而重要工其餘未盡事宜容再詳細妥籌奏明辦理除將現擬海塘工

程緩急塘工趕辦塘工議另會各章程一併繕具清單恭呈

御覽暨分咨查照外所有擬照原奏親勘海塘坍損情形並籌擬辦法各緣由

是否有當謹會同閩浙總督臣松壽恭摺覆陳伏乞

皇上聖鑒訓示再擬裁文武各員弁以一家

俞允應請歸于裁缺即用按班序補以免向隅合併陳明謹奏　本年十月

二十八日著弁費同原奏奉

旨著照所請該部知道單三件并發欽此

光緒三十四年章程

海塘工程總局章程

第一章　總綱

第一條　本總局設立於海寧州城内，爲辦理海塘一切工程之總機關，名曰海塘工程總局。

第二條　本總局直隸於浙江巡撫之下，統轄新編工程隊，管理全塘建造修築防護各工程事務。

第三條　本總局由撫院刊發木質關防一顆，文曰海塘工程總局關防，隨時啓用，以昭信守。

第四條　關于海塘工程建築法式應由總局切實勘算并
查照歷次奏定成案務求鞏固永遠之法繪圖貼說稟
候撫院核奪施行

第五條　本總局關于海塘工程事務在此次所須章程範圍
以內並得隨時自行命令告示遇有重要事件仍稟侯撫
院核奪施行

第六條　本總局凡購定塘工材料時須將材料種類數目
價值及所購時日商號據實分列用三聯單法填註即
將該聯單一存局一呈報撫院一交塘工議事會以備查核

第七条　本總局應行管轄海塘工程宜劃分區域遵照第四章規定辦理

第八条　本總局有隨時講求塘工建築防護之法附設工程講習所一處遵照第五章規定辦理

第九条　本總局凡與海塘巡警局及塘工議事會有關係事項皆須嚴定權限遵照第六章第七章辦理

第十条　本總局所需一切經費由撫院奏明即在海塘公費項下開支

第二章　工程總局及所屬工程隊組織

第十案 工程總局組織如左

一督辦 一員 以杭防道兼充

一總辦 一員 以候補道奏派

一提調 一員 以候補知府委充

一監查所

總監工 一員

監查委員 二員

一文牘所

文案委員 一員

收發委員一員

一籌備所

委員二員

一測繪所

測繪委員正副各一員

一會計所

收支委員二員

庶務委員一員

第十三條　工程隊組織如左

一管帶 一員
一哨官 四員
一書記長 一員
一司書生 五名
一差弁 二員
一正目 四十名
一正兵 三百六十名
一護兵 十二名
一伙夫 四十名

第三章　職務權限

第十三條　督辦稟承撫院命令監督本總局一切重要事務

第十四條　總辦會商督辦稟承撫院命令管理本總局一切事務並稽查各員勤惰功過事

第十五條　提調稟承督辦總辦命令督率本總局各所委員分任各事

第十六條　監查所總監工督率監查委員掌管監查工程隊工作事務並查核應用材料事

第十七條　文牘所文案委員掌管撰擬本總局一切公文函

稿並指揮司稿生司書生事

第十八條　文牘所收發委員掌管收發核對本總局一切公文函件並指揮稿書保存各種冊籍案卷事

第十九條　籌備所委員掌管採辦工程應用材料並收管監發事

第二十條　測繪所委員掌管繪畫工程圖式並測繪圖于海塘一切事宜繪圖貼說呈報事

第二十一條　會計所收支委員掌管本總局出入款項核造工程報銷並監發薪餉事

第二十二條　會計所庶務委員掌管本總局一切雜務購置應

用器具物品並管理夫役事

第二十三條　工程隊管帶受工程總局節制管理全隊事務暨人員督率工作稽查勤惰功過事並遇添僱工程匠夫兼行分配管理事

第二十四條　工程隊隊官禀承管帶命令指揮分管本隊事務暨人員督率工作事

第二十五條　工程隊書記長掌管擬撰本局一切公文函稿並行收發核對及保存各種冊籍案卷並指揮司書生事

第二十六條　工程隊差弁聽候本隊長官命令指揮以任差遣事

第二十七條　工程隊正目正兵護兵俱聽候本隊長官命令指揮分任各事

第十八條　關于本章職務權限詳細規則須由本總局分別續訂稟候
撫院核定施行
第四章　管轄工程區域
第十九條　本總局應管工程區域除塩平一汛外自仁和烏龍廟起至海
寧州談仙嶺止凡分六汛如左
一李家埠汛　自西一堡映字號起至西十堡官字號止共一百八十七號
二翁家埠汛　自西十堡官字號起至西二十一堡女字號止共二百一十七號
三戴家橋汛　自西二十一堡女字號起至西三十堡婦字號止共一百六十四號
四鎮海汛　自西三十堡婦字號起至東五堡聚字號止共一百三十七號

五仓里亭汛　自東五堡聚字号起至東十堡石字下号止共一百五十下号

六夹山汛　自東十堡石字下号起至十八号飄字号止共一百二十五号又大山圩小山圩至談仙嶺止不列号

第三十條　前条所列六汛自西至東共五十一堡計海塘九百七十五号又大小山圩海塘一千一百五十六丈均至塘後備塘河北岸或土備塘外餘地止皆為本總局兼管區域

第三十一條　本總局附設工程講習所其規定大要如左

一管理員無定員　由總辦派員兼充

二教員無定員　以明於工程學及諳悉塘工者由總辦派充

三聽講　凡管理工程人員及目兵皆須聽講

四課程 臨時酌定之

五時間 臨時酌定之

六經費 臨時酌定之

第三十二條 前條規定其一切辦法須由本總局另訂詳細規則稟候

撫院核准施行

第六章 工程總局與海塘巡警局之關係

第三十三條 關于海塘工程事務海塘巡警總局應行管理者如左

一隨時查看坍塌損壞以行報告事

二防止侵損海塘及沿塘官地並其植物事

三、警查在塘工作兵夫違警事

四、其他海塘工有關于巡警權限事

第三十四條　關于第三十三條第一項情形經海塘巡警局報告工程總局時應立即派員前往查驗修補

第三十五條　關于第三十三條第二項情形經海塘巡警查出係在違警律內者即由巡警局照律罰辦同時報告工程總局其情節重者應由巡警局具報工程總局核辦

第三十六條　關于第三十三條第三項情形在違警律內者即由巡警局照律罰辦同時報告工程總局其情節重者應由巡警局具

報工程總局核办

第三十七條　關于第三十三条第四項情形得分別輕重適用第三十四条第三十五条第三十六条規定办理或巡警局会同工程總局办理

第七章　工程總局與塘工議事会之關係

第三十八条　關于海塘工程事務塘工議事会應行參預者如左

一会議塘工重要事項

二參預塘工預算決算事

三查核塘工購置材料事

四審查海塘工程利害事

五　對于工程總局陳述意見以行質問事

六　徵求工程總局報告及其案卷以備議案查考事

第三十九条　關于第三十八条第一項應遵照堤工議事會章程办理

第四十条　關于第三十八条第二項凡工程總局估計工程應由議事会議長副議長或指派之議員赴工程總局參與其預算以備查核決算時亦如之

第四十一条　關于第三十八条第三項凡工程總局購定材料時准由議事会將其購料賬單隨時查核遇有虛僞不符情節准向工程總局據情質問並准徑報撫院查核

第四十二条　關于第三十八条第四項凡海塘工程之利害得由議事会隨時審查以況分別重輕会議質問或經報撫院核奪

第四十三条　關于第三十八条第五項遇有工程總局于塘工事務情節可疑或顯有不合者議事会得具意見書質問工程總局須明白答復

第四十四条　關于第三十八条第六項議事会認定其会議章程範圍以内者得具理由徵求之

第四十五条　凡關于第三十八条應行參預事項工程總局如不認議事会參預或違犯定章相抗時議事会得據實稟候撫院核辦

第四十六条　凡工程總局有應交議事會核議事項議事會宜照章

議決答復

第四十七条　工程總局遇議事會開會時得派員蒞會陳述意見但不

得預于議決之數

第四十八条　工程總局遇有權限臨時急施事項不及交議事會核議者

得徑行處理但同時須具報撫院並知照議事會後如議事會認該事爲

不正當時得具理由稟請撫院核奪

第四十九条　工程總局關于議事會議決事件有異議時得具理由交議

事會復議若議事會仍執前議得由總局將全案詳候撫院核奪

第八章 經費

第五十条 海塘工程總局經費如左

甲 額支

一督辦 一員 實缺兼差不支薪水

一總辦 一員 月薪一百八十兩 公費銀一百兩 年共三千三百六十兩

一提調 一員 月薪一百兩 公費銀五十兩 年共一千八百兩

一總監工 一員 月薪六十兩 公費銀四十兩 年共一千二百兩

一監查委員 二員 月薪各三十兩 年共七百二十兩

一文案委員 一員 月薪三十二兩 年共三百八十四兩

一收發委員一員　月薪銀十六兩　年共一百九十二兩

一善倫所委員二員　月薪各銀二十四兩　年共五百七十六兩

一測繪所委員　二員　正月薪銀三十兩　副月薪銀十六兩　年共五百五十二兩

一收支委員　二員　正月薪銀四十兩　副月薪銀二十兩　年共七百二十兩

一庶務委員　一員　月薪銀二十四兩　年共二百八十八兩

一司稿生　一名　月給公食銀十兩　年共一百二十兩

一司書生　二名　月給公食銀各六兩　年共一百四十四兩

一司役　十二名　月給公食銀各三兩五錢　年共五百零四兩

以上共計常年經費銀一萬零五百六十兩　遇閏照加

乙活支

一建築或租賃及修繕司所房屋費

一開辦及購置應用器物品費

一夏季涼棚冬季煤炭費

一油燭紙張筆墨茶水伙食等費

一設立講習所費

一調查工程差遣費

以上應由工程總司隨時估算撙節支用核實栺銷

第五十一条　海塘工程歲經費如左

甲額支

一管帶　一員　月薪銀五十兩　公費三十兩　年共九百六十兩

一隊官　四員　月薪銀各三十兩　公費各二十兩　年共二千四百兩

一書記長　一員　月薪銀十六兩　年共一百九十二兩

一司書生　五名　月給工食銀各六兩　年共三百六十兩

一差弁　二員　月薪銀各十六兩　年共三百八十四兩

一正目　四十名　月餉銀各四兩　米各三斗　年共一千九百二十兩　一百四十四石

一正兵　三百六十名　月餉銀各三兩五錢　米各三斗　年共一萬五千一百廿兩　一千二百九十六石

一護兵　十二名　月餉銀各三兩五錢　米各三斗　年共五百〇四兩　四十三石二斗

一伙夫　四十名　月（餉銀一兩五錢 米五斗三升）　年共（七百二十兩 一百四十四石）

以上共計常年經費銀二萬二千五百六十兩，糧一千六百二十七石

二斗，均遇閏照加

乙、活支

一、建築或租賃及修繕營房費

一、購置應用工程器械費

以上應由工程總局隨時估算，撙節支用，核實報銷

第五十二條　關于海塘工程應支款項，統由工程總局隨時勘估稟候

撫院核准，逐案報銷

第九章　附則

第五十三條　本章程暫行試辦以

奏准奉

旨文到之日爲實行之期

第五十四條　關于本章程有應行增删修改之處須由工程總局隨時

擬訂稟候撫院核准咨　部立案施行

光緒三十四年案

欽命浙江等處承宣布政使司布政使兼管海防事務顏　為

移復事案准

貴局移以塘工絲茶捐及加抽絲厘各項每年收數多有若干少有若干

厘餉局歷年積欠款項共有若干上年由司經收絲茶捐三項捐款已解

杭巡道衙門若干未解若干歷年收支相抵結存有餘之綱捐息款是

否亦已俟解或有餘存現在裁撤三館一營每年騰出虛俸薪餉兵米

共計若干閏年是否照加抑係勻計並塘工絲茶捐及加抽絲厘各項向係

以何捐章代收何卡共有若干其綱捐本銀若干係發何典生息月息

一項是否按年或仍按月前于

撫憲行准

度支部覆霞会奏海塘坍損情形妥善办理案内移請查復

在案移司查照前移飭取造細查明刻日開摺送司以憑核明詳

办等由准此查前項指查各款頭緒紛繁飭查匪易是以猥積至

今甫經查開齊全合就開摺移送爲此合移

貴司請煩查照再塘工各項捐款均仍会同

杭巡道及

運司辦理茲就司署歷年案牘開摺移送其有未能完備之

憲臺請　核明經移查復合併聲明望切施行須至移者

計移送

清摺

合將塘工加抽絲茶繭三捐及繭捐本息墊歷餉總局積欠絲茶捐

各款並代收各局卡名等項開摺移送

查核

計開

一給獎加抽塘工絲捐款

前款因海塘要工迭出于光緒三十年等

前撫憲聶 奏准復加海塘捐輸每鹽一包于原捐二元四角之
外加捐洋一元六角共抽塘工洋四元給票請奬每年多則收洋
十四萬餘千元少則收洋十一萬餘千元已向稽載數報明在卅
一年以前業自三十二年起截至三十三年、底止舊收洋三萬七
千百六十一元九角三分一毫二絲一忽一微又三十四年分新收洋十三
萬三千九百九十二元八角九分四厘五毫是年支解
杭巡道塘工歲修經費洋十萬元除支解過外連卅三年兩共
尚存司庫洋七萬一千百五十四元八角二分四厘六毫二絲一忽
一微 歷年挪借各款尚未歸還

一不獎加抽塘工茶捐款

前收每茶一引抽收塘工銀五錢向由厘捐總局併同正捐代收隨解藩庫因二十七年風潮異常內險工迭出厘捐總局積欠過多于光緒二十八年由

杭巡道會同詳奉

前撫憲任批准自光緒二十八年為始通飭各局卡隨同正捐徵解

司庫每年多則收銀一萬餘兩少則收銀八千餘兩已開摺截存報明至

卅一年止在案自卅二年起截至卅三年底止舊存銀八千九十四兩九錢四分一厘八毫五絲洋七十九元一角六分五厘

又卅四年分新收銀八千九百四十五兩八錢二分二厘二毫二絲洋九十七元六角五分正　是年支解

杭巡道銀一萬二千二十四兩八錢二分七厘六毫四忽五微除支解過外連卅二

年兩共存司庫銀五千四百七十九兩五錢四毫六絲五忽五微洋五百六十六元七角七分五厘

一蕭捐塘工款

前款本屬絲捐之餘向由電捐總局代收隨解以補絲捐之不足定章每

乾繭百觔提收塘工洋六角于光緒二十九年由杭嘉湖道會同詳奉

前護撫憲誠　批准自光緒二十九年分始通飭各屬照收解司庫每

年多則收洋一萬餘元少則收洋六千餘元已向按截數報收至卅

一年四五案自卅二年起截至卅三年底止舊存洋一萬二千五百廿四

元二角五分八厘二毫四絲五忽又卅四年分新收洋一萬三百四十三元七

角九分八厘七毫兩共存司庫洋二萬二千八百六十八元五分六厘九毛四

絲五忽

一綱捐塘工發典生息款

前款于同治九年奉

前撫憲李奏准將東杭嘉湖三府票鹽試辦整綱捐輸海

塘經費案内發典生息成本銀二十三萬五千三百六十兩由運司

會同前司飭發杭嘉湖寧紹五府屬各典商領存按月八厘計

閏輸息每年收息銀六萬二千五百九十四兩五錢六分係該移解

杭巡道作為東塘歲修工用年清年款歷年報銷在案截至本

年底止存銀無項

一加引綱捐塘工發典生息款

前款于光緒元年准運司移知詳明撥東西綱鹽割耗補引續捐塘工經費案内發典生息成本銀二萬四千二十一兩六錢由運司会同前司飭發杭嘉台三府分交典商領存按月八釐計閏輸息每年息銀二千三百六兩七分三釐六毫内除台府向短繳零尾息銀一釐六毫又于光緒二十八年出府郎厦豐典閉歇息本無着于二十九年呈明

前護撫憲翁 咨部有案按年短繳息銀三百八十六兩七分二釐外每年實收息銀一千九百二十兩借款移解

杭巡道作為東塘歲修工用年清年款歷年報銷至案截至卅四

年之底止存銀無項

一釐餉經費積欠光緒二十六年冬季起至二十七年冬季止計五季不

奨加抽絲茶捐塘工經費共洋十五萬四千二百餘元錢五十三千零卅

一文已解還司庫銀六萬七千二百兩照數移解

杭巡道作為歸還挪墊二分保固款及念桼二汛疏濬等另案塘

經費等用共餘未准解還

一經收絲捐各局卡名

杭房　湖墅厘局　餘東關厘局　塘棲厘局　海昌厘局　碶石

釐局　於潛釐局

嘉属　嘉秀釐卡　嘉善釐卡　海鹽釐卡　乍平釐卡　石門

釐卡

湖属　新市釐卡　烏鎮釐卡　菱湖釐卡　南潯釐卡　雙林

釐卡　長興釐卡　武康釐卡　湖城巡緝釐卡

雲水橋釐卡

寧属　寧郡釐局

一經收茶局各局卡名

杭属　江干釐局　湖墅釐局　餘東關釐局　硤石釐局

嘉府　海鹽壓卡　乍平壓卡

湖府　長興壓卡　武康壓卡　雲水橋壓卡

溫府　溫郡小南门茶卡　平陽壓局

處府　青田壓局

一應委辦蘭捐各縣　每年應派委員縣稍有增減今以本年所委各員為標準開列于右

杭府　仁和　錢塘　海寧　新城　於潛

嘉府　嘉興　秀水　嘉善　平湖

湖府　長興　安吉　烏程

紹府　会稽　蕭山　餘姚　諸暨　嵊縣　上虞　新昌

金屬　蘭谿

嚴屬　桐廬　分水

宣統元年巡撫增韞

奏為賡續海塘工程懇

恩飭撥的款以濟要工而重民命恭摺仰祈

聖鑒事竊奴才去年欽奉

諭旨親詣海塘履勘業將坍損情形及籌撥辦法詳細奏陳並聲明工程浩

大額款必有不敷再行奏請仰蒙

俞允欽遵在案所有三防同知及守備以下各兵弁已一律分別裁撤並設立

海塘工程總局并設工程隊並海塘巡警局塘工議事會數月以來漸有端

緒查飭工程總局認真估計妥慎興修務將從前積弊掃除淨盡旋據

該局暨前杭嘉湖道督約總前候補道李輔耀詳稱海塘年久失修險工林立上年怪潮迭起受損尤多其最為危險之處或柴椿損失塘身一無憑依或託頂空虛塘腳全行齒露或埽坦剝蝕坦土亦間段無存石塘傾斜潮水且漫溢為患迭經往復查勘計柴工之應修者二千六百二十四丈石工應修者六百二十七丈七尺此外尚有應行加高之石工六百二十丈均屬異常危險若徒苟且補苴因循事衍深恐顧此失彼隱患無窮所有各項工程核實估計非有的款六十萬金不能蕆事等情詳請奏撥前來奴才以該事体大不憚詳求爰于閏二月二十五日復親詣海塘逐加履勘除石塘坿土缺少業飭從前承修各員分認賠修外其沿塘護沙坦資障禦去年石山水沖刷柴石各工潑損尤甚與該局所詳情形無異

邀集塘工議事會各議紳互相討論僉稱工程重大關係匪輕該部所請六十萬
金洵屬核實估計質之沿塘父老意見相同奴才查海塘為東南要政及此早
日興修補救尚易為力若顧惜鉅款稍事遷就竊恐一旦潰決將使七郡億萬
生靈蕩析離居勢且不可收拾決非數十萬金所能措手奴才前次奏稱修築愈
遲則需費愈鉅坍損愈大則成功愈難蓋已殷憂及此是以午夜旁皇躊躇再
四明知司農仰屋挹注維艱而浙省庫款空虛窮于羅掘不得不為民請命籲
懇
鴻施伏查歷年海塘大修成案以同治四五年間工程為最鉅請款亦最多維時
前督臣吳棠撫臣馬新貽奏稱約略統計非用七八十萬帑金竭十年人力不

該告厥成功等語並請每年籌撥八十萬金爲塘工之用仰荷

廟謨廣運

恩准施行今越四十餘年迄未大加修整塘身坍損之工較少于前籌款成功

似亦較易合無仰懇

天恩俯念塘工關繫重要亟須及早興修擬請准照前案以四年爲期每年于

歲修經費銀十七萬四千兩外飭撥的款十五萬兩以符該局詳請六十萬兩之

數俾資工用　奴才仍當督飭該局撙節支發核實報銷以期早舒一日早紓一日

宵旰之廑並以仰副

聖主慎重要工惠愛子民之至意所有瀝陳海塘工程籲請飭撥的款緣由理合

恭摺具陳伏乞

皇上聖鑒訓示再此次所奏大修擬請以四年爲限限滿工竣仍歸歲修辦理

合併陳明謹

奏

宣統元年五月度支部謹
奏爲遵
旨議奏恭摺仰祈
聖鑒事軍機處交出浙江巡撫增　覆勘海塘工程懇撥的款以濟要工一摺
又附奏鹽斤售價請改用洋碼飭鹽商報効洋元撥歸海塘應用各一片宣統
元年三月二十六日奉
硃批度支部議奏片二件併發欽此欽遵到部查原奏内稱去年欽奉
諭旨親詣海塘覆勘業將損壞情形及節撙辦法詳細奏陳所有三防同知及
守備以下各兵弁已一律分別裁撤並設立海塘工程總局附設工程測繪海塘

巡塘局塘工議事會兹月以來漱有諮飭工程總局認真估計分慎
興修旋據該局暨杭嘉湖道曁總辦候補道李輔燿往復查勘計
柴工之應修者二千六百二十四丈石工之應修者六百二十七丈七尺此外尚有應行
加高之石工六百二十丈均屬異常危險所有各項工程核實估計非有的款六
十萬金不能蒇事等語詳請奏撥復親詣海塘逐加履勘除石塘後坿土缺少
業飭塘前承修各員分認賠修外其沿塘護沙柴石各工潑損情形與該局所
詳無異復邀集塘工議事會各議紳互相討論僉稱工程浩大該局所請六十
萬洵屬核實質之沿塘父老意見皆同海塘爲東南西政及此早日興修補
救尚易爲力若頃惜鉅款補事遷就窃慮一旦潰決斷非數十萬金所能措

手浙省庫款空虛不得不為民請命查海塘大修咸豐以同治四五年開工
程為最鉅維時前督臣吳棠撫臣馬新貽奏請每年籌撥八十萬金专備
塘工之用今越四十餘年迄未大加修整擬請准前案以四年為限每年于歲
修經費銀十七萬四千兩外飭撥的款十五萬兩以符該局詳請六十萬兩之
額俾資工用又附片奏稱浙西蘇五屬鹽務向由商人認繳其課項加
價及巡費等款向用銀洋分別解繳惟鹽斤售價以錢合計近來銅元充
斥洋價銀價俱為商人所虧過鉅查鹽法志載商人計本經營價貴則有
累于民價賤則有病于商隨時貴賤以期商民兩便每奉奏准在案現
在商情困難懇准浙西蘇五屬鹽斤概照現今售價暫行一律改用洋

碼俾極商困並據另片陳明杭嘉松三所鹽商翁恒昌等以鹽務困于銅
元稟請改用洋碼補行商困群情極感現值海塘工程緊要需款孔殷
各引商情願將棧用運費極力樽節報効銀洋六十萬元懇請撥歸海塘
應用各等語臣等伏查浙江海塘歲修工程本有額定專款嗣因三防加
工歷次各員積弊日久坍損已多該撫上年查勘明確妥籌改章並據聲
於工程較大搶先動支歲修額款設有不敷再行奏請以維民命等因奏
奉
允准經臣部行令按照奏章切實舉辦並未據奏陳險要各工分年
大修壞工總向估需的款六十萬元經該撫親赴工次履勘委實並議

紳耆老詢謀僉同，是工程之亟須修築與估計之無可減少，均係實在情形，自應照數准撥，以符原案。惟所請浙西蘇五屬鹽斤售價改用洋碼，即以該引商等報効銀元撥充塘工經費之處，前經臣部電詢蘇五屬鹽斤售價改用洋碼，鹽商誠可獲利若干，民情能否相安等因。旋據該撫電覆，以蘇五屬近年銷數及目前成本計，年虧約六十萬元，改用洋碼亦僅能頂全成本，並報効塘工，似于棧用運費內撙節籌湊，非有盈餘取給。迩今日用百物大都改錢為洋，均尚相安。並查蘇五屬鹽斤售價改用洋碼，雖于商人可免每年六十萬元之虧損，而于民間即增每年六十萬元之消耗，殊非兩全之策。況上年臣部奏准每斤四

文加價計蘇五屬所銷鹽斤每年祇收錢三十餘萬千文今商人
售用洋碼每年即得銀洋六十萬元是于臣部奏加四文之外該商
等又復暗加八文有餘民力幾何豈能堪此雖據該撫電稱近今百
物大都改錢為洋均尚相安然聽民自便則可若以官力為之究于
事理未安所請蘇五屬鹽斤售價改用洋碼臣部礙難議准也
該商等指勸塘工六十萬元説據該撫電稱係立機用運費內撙節
籌湊等語是其不與改用洋碼相涉已有明證本可准其指効但該
撫原奏內稱改用洋碼羣情極感指效鉅款等語又似此項指效
仍因改用洋碼而來今既不准改用洋碼自未便仍令該商等指

効銀款應令該商等即以此項節省棧用運費銀兩彌補售價
之所虧毋庸指効塘工經費以示體卹臣等公同商酌海塘保障
七郡為浙省要工自不容緩此次大修經費四年共銀六十萬兩臣部
雖當今為難猶當勉為籌畫擬請自本年起除歲修額款外
直于兩浙新案鹽斤四文加價應解部之款內撥銀九萬兩本省
留用款內撥銀三萬兩杭州關稅項下撥用三萬兩計合銀十五萬
兩均係有著的款毋庸再由鹽商指効該撫並可就近督催分
飭該運司關道等按年如數解交該局以資工用一俟限滿解清
即行停止仍飭該司道將前動用核實支銷飭將積欠扣除

淨盡使現辦各工堅固持久毫無欠缺以衛民生而重工款以蒙

命允即由臣部行知該撫遵照辦理所有浙江海塘撥撥的款緣

由理合恭摺具陳伏乞

皇上聖鑒謹

奏

宣统二年七月巡抚增韫奏塘工并捐限满请再展限

奏称浙省东中西三防海塘要工林立额款短绌日甚前司道等不得已详请奏明復办海塘捐输每并包于原捐银二元四角之外加捐银一元六角共计塘工捐银四元援照山东赈捐章程一律给票请奖奉部核准给奖衔封贡监翎枝等项予限一年于光绪三十年八月二十九日具奏奉旨依议钦此其时其市已过迟至三十一年四月始行收捐核奖嗣因四次限满工用仍属不敷又经奏准展限至十一次造册请奖各在案计自宣统元年六月初六四次展限之日起除去封篆日期扣至宣统二年七月初六日又届一年限满伏查请復是项捐输原以海塘险工迭出修费不敷不得已而议及此举所望并捐畅旺额款有资修补等得俾免

捐及石塘政出大工不意自開捐核奬以來連年豁免歉收捐數減色較之同治年間初辦是項捐輸僅得三分之一上年天氣寒燠不時霪汛更形歉薄捐數驟短全年收數僅撥歲修尚難足額而海塘工程積損太多頓失彼尋常修補徒嗟莫及光緒三十四年大加整頓奏准設立海塘工程經久善備全塘普修以收一勞永逸之效嗣後海塘工程經久估計非有的款六十萬金不能蕆事復協商實奏請以四年為期每年于歲修經費銀十七萬四千兩以外另撥的款十五萬兩雖奉核准而工程旁午需款浩繁是項捐輸若竟照限停止不獨挹注無從更恐歲修亦難足額將來貽誤事端七郡生靈固係實非淺鮮且如三十一年秋汛風潮案內奏請添撥搶修銀五萬兩日久虛懸未

今尚難弥補是以一再籌商所有是項加抽塘工並捐請獎一案審時度勢
目下實難遽停應再行展限一年俟工用稍裕即當迅飭停止再此項捐
輸上年奏請展限時聲明援照籌防捐案免定期限合無仰懇
天恩准予展限以全要工並可否援照籌防捐案免定期限俟塘工用款有餘
再行奏請停止奉
硃批度支部議奏

又十月巡撫增飭員督查海塘坦埧石工打樁偷用細短木料

札陳道翼棟文開查海寧坦埧首重石工〻〻印基全賴木樁本部院訪聞打樁一事係工程隊排長專責該排長等往〻不親到工任聽兵夫偷用細短木料殊有工作稽遲土中稍有阻礙遂將上節鋸斷是一樁僅得半樁之用以致根據不穩石工時有塌陷如果屬實殊屬不法亟應查辦以重要工合行札飭札到該總辦立即督同提調總監工速將新辦樁工詳細察看嗣後凡用木樁之處務宜親視做法隨時嚴密督查倘察出前項情弊立時稟報定將承辦弁兵等從重盡法懲處該總辦等亦有責成亦不得稍事迴護自干咎戾凜之切〻

又十二月巡撫增韞奏海塘排工起限修築分別辦理情形

奏稱竊查浙江海寧州等處海塘工程六汛柴石搶工前經籌議大修請于歲修額款之外添撥銀四十萬兩分四年撥濟經臣于上年三月前奏咨部議准自宣統元年起按年在于兩浙鹽課鹽斤加價撥部及本省留用款內撥銀十萬兩核撥關稅項下撥銀三萬兩四年共計銀六十萬兩當飭海塘工程局會同議事會商推辦法籌備一切祇因議撥之款未能當年籌集以致排工不及開辦所有緊要各工已歸入上年歲修案內趕辦完固現在新添各款已于宣統二年陸續撥解應築排工亦即于本年正月起開辦每年均宜拆修柴工六百五十餘丈拆修石塘一百六十餘丈加高石塘一百五六十丈拆修石坦一百八九十丈應自宣統二年起作限

四年為全工告竣之期本年已飭各工經臣于十一月初一初二等日親詣察看新
築工程甚係工堅料實當將大略情形電奏在案茲據杭嘉湖道童棫海塘
工程總局總辦陳翼棟詳稱新工應用工料業經按照詳細估計共需銀元
八十四萬四千一百二十七元零原定添款六十萬兩內除應扣部平六分和倫二成
農工商部水利銷費一分八厘等銀共十八萬六千八百兩外計得工料實銀四十三
萬三千二百兩均以四二合銀員銀元計六十二萬三千八百八元尚不敷銀元二十二萬三
百九元零為數甚鉅既經籌畫惟冀潮流順軌少出險工但得設法節省
此項所提和倫等銀勁撥應用或不致過于竭蹶伏查翁汎南龍頭為全塘
保障挺峙中流東迎潮浪西迎山水每值潮旺水急屢出最險工程本年霉

汛以前即已首憲及此當經察度形勢于陽致兩虹堤示等號臨水坦埽之外多
拋塊石堤字號則又裝沉石櫃復因騰陽致等字號地方衝要隨又購買平底
舊船滿塊石無為沉放石船石櫃前後內外再用塊石四面拋填俾資捍衛是
以春秋兩汛得以未出險工惟念潮汛極旺鎮汛地當衝要補救搶攘亦已防護
平穩等情據此臣察核所詳工程與前次履勘情形相同所估工款似照丈尺確
實估計雖較原定銀數略有加多並現辦工程實較舊時辦法倍形堅固是
不得不量予變通更未便以例價相繩查察在工員紳人等均能實事求是
臣仍飭令該道限令合力進行每年歲修工程仍飭照常認真辦理務
期工程鞏固款不虛糜仰慰

九重宵旰之勞下慰七郡生民之望除將估定工程及委員銜名開摺分咨農工商部度支部查照外所有海塘款工起限修築勘估辦理情形理合恭摺具陳奉

硃批該部知道

宣統三年五月巡撫增韞飭查海塘工程應酌量險要情形移緩就急不得

疏漏要工

札海塘工程局文開照得海塘工程關係七郡生命本撫院奏設新章請籌鉅款原為全塘防患未然永資鞏衛惟修築處必以工堅料實為主而功估所應有先後緩急之分若僅按段功程計日程功事屬普通款有限制必致必速其反以得緩不急者因而爭先該總辦等素諳工程必知其中樞紐平時務責佐察海塘情形公同研究以昭妥慎比聞尖山汛功今九工已按修築之理兩疏竊若今頗有可以酌議之處工程之要否必以現時之形勢為衡如非實在險要自應移緩就急雖指明挑修在前不妨聲說理由隨時詳請更定期于工程

公帑兩月課並勾丹還就原案疏漏要工致貽後患

宣統三年二月巡撫增韞奏變通海塘巡警設備海塘警察

奏稱竊查浙江海寧塘工經臣于光緒三十四年奏明設海塘工程總局塘工議事會並設立海塘巡警局均經遵照辦理在案查海塘巡警與普通巡警不同其職權重在糾察工程預防危害實與礦務警察森林警察之命意相似其責任之重其作用之大臣迭次巡塘詢諸輿論該塘士紳僉謂此次巡警其執行事務防護工程辦理均極得力惟目下工款支絀尤宜設法變通之語經臣飭令海塘工程局查核原奏巡警章程体察現在海塘情形悉心籌議去後茲據海塘工程局總辦杭嘉湖道張鴻順總辦候補道陳以冀棟等詳稱查前定海塘巡警章程巡警巡官薪餉等項銀兩年共需

二千餘石兩皆由塘工歲修經費項下開支現在工多款絀亟宜力求節省騰

出款項俾得以多辦工程擬請將海塘巡警巡董並巡官等員一再裁減此項巡警

本為稽查工程而設似應注重熟習工作之人以求適用即就工程隊之正兵挑（內每汛）

選五名六汛共三十名作為海塘警察長（五一每汛挑選排長一名六汛共六名作為海塘警察）附設教練所一處凡充警察者加以

教練再令服務並由巡警道遴派明于工程諳于警章者一員作為海塘警察

官酌設書記一名繕寫文牘所有海塘警察所事宜歸海寧州知州監督

指揮統計額（常年）支薪餉銀二千九百二十八兩仍支工程隊原額餉銀不另開支其服裝

費與活支等項隨時核實指款撥辦似此量為變更既可節省公款亦于工程

有裨籌情宜將所議章程交會議廳逐一修正共計八章二十二條呈復加

查核事屬可行除章程咨送農工商部立案並咨明民政部查照外

謹恭摺具奏奉

硃批該部知道欽此

續修浙江通志海塘長編

唐詠裳輯錄

收掌沈存朋 錢[illegible]嚴 五月初三日收

總纂沈
纂脩張
陶
章
金

○○同治戶部則例卷九十三

○浙江海塘柴石塘工料

一浙江海塘塘工歲修經費，在於藩庫新工經費銀內提出銀十萬兩，發交首府按月一分生息，每年計得息銀一萬二千兩，以一萬兩作為歲修經費，二千兩造入季冊報撥，仍將生息銀兩收支[illegible][illegible]數目報部查核。道光二年奏准

光緒會典事例卷九百二十

工部　海塘

職掌

康熙初年設浙江海防同知二人

雍正八年議准浙江省杭州府糧捕同知管糧通判令其就近分管

東西兩塘

十年設浙江省海塘設海防道一人並轄沿海州縣原設海防同知二人外每塘設海防同知一人令其分管塘工

又議准浙江新設海防道應移駐海甯稽察塘工其海塘同知三人除乍浦同知仍舊駐紮外舊同知一人移駐海寧新同知一人移駐

仁和

十二年諭浙江海塘關係重大，固須詳慎，尤貴歷練。若總理者不肯擔承，將分任者會為瞻顧，因循草率，近無遠圖，豈何以謀奠安而垂永久。海塘一應工程，毋得推諉，並毋得稽遲。

十三年議准浙江省海塘增設引河通判一人，專司疏濬。

乾隆十二年奏准紹興所屬塘工，令紹興府水利通判兼轄。

十三年議准浙江省仁和半塘、蕭山三縣塘工，專用千總，歸海防道辦理。

十九年奏准裁浙江海防道，北岸仁和、海寧（今改州）、海鹽、平湖四縣塘工歸杭嘉湖道管轄；南岸蕭山、山陰、會稽三縣塘工歸寧紹台道管轄。北岸自八仙石起至戴家石橋，計塘工八十餘里，改歸西防同知專管；自戴家石橋起至談仙嶺，計塘工八十餘里，仍歸東防同知專管。自設仙花起至江南交界仍歸乍浦海防同知專管以重責成其南岸塘工向歸紹興府水利通判管理該處專管應將北岸海防通判改為南塘通判移駐紹興之三江城專管南岸塘工凡有塘工分防所設之巡檢典史聽同知通判稽察調遣

三十二年東海浙江省山陰會稽蕭山餘姚上虞五縣典史並管塘工改派分防縣丞管理

道光六年諭程含章奏嚴立稽核海塘章程一摺浙江杭州府屬東西海塘密邇省城為保護民間田廬而設現在東塘坦水及西塘柴埽各工均有險損總由從前承修之員辦理並不認真以致於修後坍壞該撫請嚴定章程酌議六條開單呈覽朕詳加披閱所有海塘工程嗣後著杭嘉湖道每逢大汛及修築工作時到工

駐紮就近督率稽查東西兩廳同知守備均駐紮工所就近修防毋許擅回有誠居住遠者以耘雖戍守沿江住衙工者准令分汛修補建復至竹加保固限期所塘亦是兩有坦水石工著保固四年柴埽二著保固二年以驗收之日為始責令承辦工員隨時鑲修交汛弁加意防守又修柴塘工無論限內限外間有潑損潮退即行補修如有偷減柴橛之人嚴拿枷號究辦並祇要工及色與書吏請托家人者即行參辦該撫仍隨時稽查以昭核實其溢土估計柴石各工一条所奏甚是確度著責成杭嘉湖道就近總以要在倒塌丈尺為準不若積有浮漲又西塘柴埽各工請係用竹纜堆砌坦石著該撫留心察看如果經久無弊亦准其陸續改辦至各段防汛千總把總外委及移撥汛兵僅係因時制宜著照所請辦理

該撫自此次東塘工程之後，即擇妥道府大員，按季親歷，毋得日久仍

成具文

十六年設法浙江省海塘保固限滿之工，責成並無分承，承修道員巡查

所備十日一巡，杭嘉湖道每月一巡，該管府并查，如不力，及承修不實

由杭嘉湖道揭參，著賠其應歸入歲修及另案工程，由該撫親勘

明確，照准領銀，與工每年春、徵、伏、秋之汛，杭嘉湖道親駐工次稽查

該道於每汛使諭之際，親往擇妥巡防，並將該管員弁分別勸

情形示勸懲

同治十一年，設法浙江省海塘沙水情形，杭嘉湖道每月將東西兩

塘隨南岸九山之外新舊漲沙，設樁丈尺，逐細查量，由該撫繪圖

貼說按月奏報

又議準浙江省海寧州小尖山至大尖山之小山圩大尖山至石墩山之大山圩二處碎石塘之長一千一百五十六丈交尖山汛員弁管理

塘工一

康熙五十七年覆準浙江省海寧石塘下用木櫃外築坦水再開濬備塘河以防泛溢木櫃之法以松杉宜水木為之長丈餘高寬四尺橫貼塘底實以碎石以固塘根乃用大石高築塘身附塘另築坦水高及塘身之半斜豎四丈亦用木櫃備碎石為幹外砌巨石二三層縱橫合縫以護塘腳

五十九年題準建築海寧縣老鹽倉上虞縣夏蓋山等處大石塘并開中小亹淤沙以復江海故道免致淤塞北沖其大石塘之式於塘岸用長五尺闊二尺厚一尺之大石每塘一丈砌作二十層共高二丈於

石之縱橫側立兩相交接處上下並成槽榫嵌合既費工且相牽制難於動搖
又於每石合縫處用油灰抵塞鐵撐嵌口以免滲漏散裂塘身內培築土
塘計高一丈寬二丈使潮汐大時不致浸溢塘根基脚密排梅花樁三路用
三和土堅築使之穩固　大石塘之建如此
以十七年議浙海寧老鹽倉等處原議修築石塘因海潮遷徙應於
土性不能釘樁砌石之處改築柴草塘其法先捆掃牛鋪底以柴土間層加
鑲頂上培土高寬丈尺不等每長寬一丈釘底樁二根腰樁二根面樁二
根樁頭削尖戳插柴上並當頂沖內地俱釘攔樁簽纜帶住盤頭
草塘每丈用柴草二萬四千斤不連盤頭草塘每丈用柴八千斤至一萬
三千六百斤　海寧之有柴塘始此
又議浙北岸石塘已固中小亹淤沙應挑之處傍其挑濬

雍正元年佟鉞譚所築塘隄中間雖被沖壞至今間有存者數年來
皆據當所修塘隄俱虛冒帑糧於不當修築處修築以致隨修隨壞
又聞赭山有三處海口今一處淤沙壅塞水不通流若儘行疏通使淤沙
不致留沙壅塞則海寧一帶塘工方可保固有言之者雖未必穩知然不可
不留意抑或地方大臣迴護費帑糧此等處雖明知而不能也傳諭該督撫
知之

二年諭浙江省餘姚縣東自許山鎮西至臨山衛止十里內有土塘三道內
一道為老塘離海三四十里或十餘里即昔時之海岸歷年沙漲百姓開墾
於外自築土塘二道是為外塘今加高三四尺加厚五六尺又自臨山衛至上
、虞縣界之烏盆邨十五里自邨至會稽瀝海所四十五里有石塘二千
五百餘丈即康熙五十八年所築其東西兩頭土塘七千丈坍塌甚多應於塘後開深

二尺填築乱石上鋪大石寬六尺高六尺帖石築土寬二丈高一丈三四尺又仁
和嘴翁家埠起东至海宁之陈文港七十餘里旧有石塘毋庸议修自
陈文港至尖山二十餘里草塘七十四丈瑰石砌也土塘三千七百二十六丈应
將土塘加宽一丈五尺高三尺上鋪条石厚一尺其草塘亦如式改修又塘外
原有瑰石子塘宽三四尺不等外加桩橘年久敲斜剥落应修砌完固其原
無子塘者亦如式兴修又海宁塘工东自秦驻山三洞寨西至演武場石塘二
千八百丈年久塌壞八十餘丈风浪冲潰七十丈均照式修築
三年议准海塘之内一概增建複塘以防海啸
又谕江浙沿海塘工全赖坚築海塘捍禦潮汐事关民瘼朕时在念着動
支司庫平粮立限坚築剋期报完務支永保安澜毋得因循延缓亦不得草
率塞责

七年議准浙江省海寧東塘水勢危急，分築挑水盤頭大草坦五座，周圍鐵釘排樁，中填塊石竹簍，深入軟泥之下作為底腳，上加埽料壓蓋。草盤頭即挑水坦，形如半月，其法下捆草牛，中填簍石，頂用雲梯蜻蜓架釘長樁深貫其底，計高三四丈，外圍長三四十丈，內直一二十丈不等。

八年議准海寧西塘添築盤頭大坦三座。

十年議准海寧州草庵前建炸心盤頭一座。

十一年奏准仁和、海寧二處草塘均改建大石塘，東首尖塔兩山之間建立石塘以堵水勢，頻挑水坦之患，所見固是，爲再於中小亹開挖引河一道，分江流入海以殺水勢，似更有益。從前雖經開挖旋復淤塞者，皆因有惜工費之故，今宜倍加工力開挖，兩岸並岸更宜安砌石坦，建設即有沙漲，而石塘亦得依次改建，以為永久之計。

乾隆元年議準兩浙歲修土塘塘頂加高一尺塘面幫闊二尺塘底幫闊四尺五寸塘內坡開尺有五寸塘外坡開三尺

又建築海寧州繞城魚鱗大石塘五百五丈二尺

二年議準仁和海寧海鹽平湖塘工應量準丈尺編列字號以二十丈為一號建豎碑碣刊刻字號以專責成

又建築海寧州浦兒兜至尖山頭魚鱗大石塘五千九百三十丈二尺內取直節省七十二丈九尺二寸

四年覆準浙江省塘工需用條石用營造尺量厚一尺闊尺有二寸每丈准銷銀七兩三錢五係洞庭金山石外加運腳價費銀七分石宕等山海運大塊石每萬斤准銷銀八兩四分六厘內河亦運洞庭山茅嶼山大塊石每萬斤一兩四錢一分均連運費在內運船每石萬斤給水腳銀二兩有

奇

又議定浙江省海塘土方價值分別遠近乾濕着為等則取土在三十丈以內者乾地每方銀一錢一分濕地一錢二分涉江取土用船載運及繞越城垣二三里者乾地二錢四分濕地二錢五分取土在三十丈以外至百丈者照江南河工之例取土三十丈以外至五十丈者乾地一錢二分五厘濕地一錢三分六厘五十丈以外至百丈者乾地一錢三分六厘濕地一錢五分

又海寧州浦兒兜馬牧港等處草盤頭九座改建大石塘一百六十八丈六尺又添築二丈三尺

又海寧州東塘續修工內舊塘六十九丈五尺改建大石塘

九年題准浙江省海塘建竹簍石坝每丈用竹簍二層兩中放丁簍兩頭安放風尾順簍外貼水貼簍每丈下密簍排樁二十根東西兩頭下

迎潮抵溜裹頭椿以護塘底沙脚

二十三年東塘山隂縣宋家漊大地頭一帶添建石塘二十九丈二尺並於

塘外填砌塊石

又東塘仁和縣屬青龍田家井涵洞二座改建石閘

二十五年東塘浙江省尖山頭二用竹簍壘砌以資防護

二十七年海寧州東西塘念里亭等處盤頭改建坦水

又諭尖山塔山之間向有石壩朕今親臨閲視見其横截海中直障大

溜實海塘扼要關鍵波濤沖激保護非易但就目下形勢而論

或多用竹簍加鑲或改用木櫃排砌因宜隨時經理加意防修

如將來漲沙漸遠宜即改築條石壩工俾屹然成砥柱之勢庶于此

等海塘永資保障該撫當其善體朕意於興工時一面奏請一面

勤婦趲辦並勤石塔山以志永久

又諭朕稽典時巡念海塘為越中第一保障比歲潮勢漸趨北大亹實関海寧一帶塘工計於老鹽倉一帶柴塘改建石工即多費帑金為民間禦災捍患良所弗惜而議者每以施工難易所見紛岐昨朕親臨閲視柴塘沙性鬆浮一樁甫下始多扞格卒復動搖石工斷難措手若就舊塘迤內土即宜樁而地皆田廬勢必移建石工毀拆必多欲衛民而先殃民甚為於痌瘝內念朕心不忍以茲籌自熟籌而為吾民善後者惟有力繕柴塘得補偏救弊之一策在地方大吏當體朕意悉心經理實歲修以固塘根增坦水石簍以資擁護且所費帑項不妨寬置者至繕工所用物料不得不周現在采辦柴薪於河工秫苇之比向為類定官價低限未免拮据應酌量議加俾民樂

運處而良易集事曾詳悉定議以閣情形尚可並將此案列於工次勒石
一通永志遵守毋忽
又諭浙江海寧一帶塘工最關緊要今春迭奉印諭着盤頭尖山等處
於度指示飭令修築柴塘建設竹簍坦水各工用資保護今該將情形
率和員趙如藏工志孚盡心供事甚屬可嘉著交部議敘所有在工盡力
之員並著查明分別咨部議敘以示獎勵
二十八年浙江省觀音堂迤西接築竹簍四百丈
又海寧州念里亭魚鱗石塘之外添建坦水十六丈
又浙江省曹娥堰塘外接築柴塘一百丈
二十九年海寧州東塘四里橋一律改建魚鱗大石塘一百四十三丈七寸接
築陳文港東裏頭四丈八尺又陳文港東西盤頭並秋田廟盤頭改建

坦水六十丈一尺

又海寧州東塘念里亭第九十二號石塘二十九丈一律改建魚鱗石工

三十年海寧州鎮海汛第十五號魚鱗塘之外添建坦水二層長五十丈

又諭海寧石塘之程民生攸繫沖壓脱恨連年潮汛安瀾各工俱屬穩固

茲入疆伊始即日親赴該處先行閱視繞城石塘五百三十餘丈實為全城

保障而塘下坦水尤所以捍衛石塘但向來止建兩層今潮勢頂沖外沙淤

有礙則二層之外應須預籌保護該撫等上年所奏加建三層坦水六十

餘丈止就尤險要處而言於全城形勢尚未通盤籌畫著一律普築三層石

坦則於護城保塘更資裨益著將應建之四百六十餘丈均即一律添建其

二層舊坦內有樁腐石缺者亦著查明補換該督撫等當董率所屬

悉心籌辦務興修務期工堅料足無濫無浮以收實濟副朕為民先

事隸籌之至意

三十二年題准浙江省蕭山縣境內西江塘張神殿駒字等號柴土塘二段海甯州塘工例稱最險之處四十八丈改建竹簍備石疊砌以固塘基

又海寧州東塘念里亭汛石塘四十丈改建魚鱗石塘其大石橋第二十五二十六兩石塘三十二丈添建坦水二層

又海寧州南門繞城塘於欽字號首一律普築三層石坦

三十三年海寧州曹將軍廟東沛情二字號塘水添建坦水

又海寧州東塘念里亭汛勿多士三字號內石塘三十丈（二十八丈六尺五寸法塘刑三字號石塘）一律改建魚鱗石塘並築塘坦水二層

又浙江省上虞縣呂賀二塘趙柳譚柳等處柴土塘工二百七十丈內土

塘改建柴塘工長十九丈八尺

三十七年秉德海寧州城西秋田廟受字等號城東七里廟英字等號塘工間段湊長一百六十五丈有奇塘外建築坦水以護塘根

四十一年海寧縣西塘曹殿廟西茶字號至伏字號止添築竹簍七百零五丈

四十二年海寧州西塘道字號至陶字號柴塘二百丈於塘外接竹簍二百丈

四十三年海寧州西塘接築陶字等號竹簍三百六十八丈又雲亭字號石塘十九丈五尺改建魚鱗石工隨塘添建坦水

四十五年浙江省仁和縣西塘米字號起至良字號止柴塘二千二百四十丈並通首一律改建魚鱗石塘

又海寧州西塘接築塘字等號柴塘一百丈除建藏字等號要
工六十五丈
又仁和縣境內天字號迤西老土塘改築柴塘二百丈並於柴塘後
搶築條塊石塘五百丈
又論海寧州石塘工程所以保衛沿海城郭田廬民生攸繫從前節
次親臨指授機宜以柴塘保護連年潮汐安瀾各工得為穩固今朕
巡幸浙江親往閱視石塘工程尚多完好惟繞海寧城之魚鱗石
塘內有二十餘丈外係條石作牆內填塊石歷年久遠為潮汐沖
刷底樁徹朽並有裂縫蹲矬之處又城東八里文將字號至陳
文茂密字號止有石塘工七段約共長一百五六十丈地當險要塘身
單薄亦微有裂縫此塘為全城保障塘外切水所以捍護塘之皆

不可不穩為籌辦著將兩处塘工均改建魚鱗石工俾一律堅穩並添
建坦水以垂永久該督撫即派妥員確勘估計另案具奏石塘迤上前經
築有柴塘四千二百餘丈現看完整究不如石塘之鞏固雖老鹽倉有
不可下樁為石塘之处經朕親見然不可下樁處未必四千丈皆然朕於民
瘼所繫從不惜帑省工俾資保護著該督撫即將該工內柴塘可改
建石塘之处一併派委誠妥大員據實逐一勘估具奏辦理如計今歲
秋前即可辦竣即將帑藉堅無他若秋間不能完竣則定俟秋後興
理該督撫其善事所系悉心經畫以期工堅料實永保無虞務期濱海
群黎永享安恬之福以副朕先事豫籌至意
又諭朕巡幸浙江由海寧閱視塘工至杭州老鹽倉一帶有柴塘四千二
百餘丈雖因其处不可下樁為石塘故柴塘究不如石塘之堅固業經降

有將何以建築石塘之處一律改建石塘以資永久保障若使壞及該地方及沿塘居民允許如能建石塘或視柴塘爲廢之不但不加保護或任所居民拆毀需用至有因緣且改建石塘至爲保衛地方之計若留此柴塘以爲重固保障俾石塘愈資鞏固豈不更爲有益況南石工未接以前設或潮水大至而柴塘損壞無可抵禦不幾爲開門揖盜乎著該督撫即嚴飭地方文武官將現有柴塘仍照前加意保固毋任居民拆損藉用將來石工告竣歷之來年脫或視作[illegible]附柴之僅有損壞惟該督撫是問

四十八年仁和縣境内宿字天字等號柴塘竹簍改建木櫃

又海寧州老鹽倉場字號至固字號柴塘續辦魚鱗石塘一千七百丈

又范公塘土堤添築埽工二十六丈並挑水一座水字下元無埧字據校

四十七年海寧州念字等號柴塘三百丈隨塘添建坦水

又海寧州東塘十里亭一帶改建魚鱗石塘

又海寧州念里亭廣嚴宗三字號改建魚鱗石塘三十六丈五尺並建坦水十八丈六尺又於并嶽宗三字號建築坦水四十二丈

又海寧州祿福字等號柴塘六十八丈九尺改築魚鱗石塘隨塘建築坦水

又浙江省范公塘西接柴塘三百丈並接建舊築之土堤一百七十丈一律改築柴工

四十八年海寧州東塘牧用二字號石工十八丈七尺九寸連雞踈三字號石工三十五丈二尺一律改建魚鱗石工

四十九年海寧縣東塘將七十號條塊石塘一百八十八丈二尺該年諭旨改
建魚鱗石塘並添建舊塘坦水又范公塘一帶埽牛改用載石沉船長
三百八十丈

又諭浙江建築石塘所以保障民生關係甚重前庚子南巡時朕親臨
閱視指示機宜于老鹽倉舊有柴塘後一律添建石塘四千二百餘丈
次第興修於上年七月間告竣今據浙省親臨閱看乃所辦工程並無
未協之處呈覽朕於老塘後添建石塘用以保護民生亦因浙省
歲修柴塘采辦薪芻改小民日用維艱是以建築石工為一勞永逸
之計庶於閭閻生計有益然石塘既建自應柴坦水保護塘
根而情形推之柴塘必不可廢又工費甚鉅為日後歲修賠補者
朕添建石塘原留柴塘為重門保障並未令折去柴塘前降諭旨

甚防如前所議幫搭所言後加歲修又要用費數百串常年添柴
石塘爲即又石塘之前柴塘之後有潭槽一道現有積水並無去路
將來日積月長石塘根脚勢必淹浸滲漏所議幫搭亦無盡處又石
塘上有堆積土牛者年無謂設果要修又當將土所挖掘即所
有塘上土牛即著填入積水潭槽之內仍將柴塘後之土順坡斜做
止須露出石塘三四層爲度其上栽種柳樹俾根株蟠結塘工益資
鞏固如此則石柴既合爲一塊即以柴塘爲石塘之護水也較之現在柴塘
不加歲修二三十年而保安能無多即如范公塘本歷每年歲此歷年
添建工程更爲堅實即至范公塘一帶亦必須一律接建石工方資
永遠鞏護窃查現做柴塘及挑水盤頭起接築至硃筆園記
雷山止再接築至烏龍廟止亦照老塘之舊一帶仿法於舊有柴塘土

塘段一律添築石塘收漕槽塘實種柳並著撥給部庫銀五百萬兩

連從前發交各項節省銀交該督撫據實核辦分限分年並案奏報

務工員實力堅築仍予限五年分五段東西往從修築俟工程全竣後

朕另行簡派親信大臣閱看收工以期海疆永慶安瀾民生益資樂利

該部知道欽此

五十年秉奉道旨興建范公塘石工二千一百十丈並於衛柴工應建

石塘工尾接築二三百丈並於條塊園就添建挑水大石坦坡

上接五十二年 低一格寫

謹案乾隆五十二年海塘大工全竣自後仁和海寧二縣　　五丈

祇有歲修無大建築今不復敘至道光十二年後

海塘屢被風潮閒段坍損工程復興　　十八丈五尺段

甚將如前諭精擇所言後加歲修又要用費此數百萬帑金虛糜
石塘為那又石塘之前柴塘之後有溝槽一道現有積水並無去路
將來日積月去石塘根腳勢必淹浸滲漏諭精擇亦並未盡及又石
塘上有堆積土牛去年無謂設界要張又空浮土所能栽柳那所
有塘上土牛即著填入積水溝槽之內仍將柴塘後之土順坡斜做
止須要與石塘三四層為度其上栽種柳樹俾根株蟠結塘工益資
鞏固如此則石柴聯為一塘即以此柴塘為石塘之埋水地須之現在柴塘
不加歲修二三十年可保安然無事即如范公塘而歷多年始此歷年
保護工程更為堅實那至老公塘一帶亦必須一律接建石工方資
永遠鞏護著每現做柴塘及挑水互為趕接築至硃筆圈記
處止再接築至烏龍廟止亦照老鹽倉一帶做法於舊有柴塘土

塘段一律添築石塘後灘種柳並着撥給部庫銀五百萬兩
連從前發交各項餘銀交該督撫據實核明分限分年辦
加工實力堅築仍予限五年分段由東而西陸續修築俾工程全竣以
副朕為行省派親信大臣閱看收工以期海疆永奠安恬民生益資樂利
該部即遵諭行
五十一年奏准遵旨興建范公塘石工二千一百十丈並於衛築工應遵
石塘工尾接築二三百丈並於硃筆圈記外添建挑水大石壩座
又改建海寧州約法等字號魚鱗石工坦水
又范公塘迤西接築石壩四座並於沿塘堆壘竹簍五百三十五丈
五十三年山陰縣境內宋家溇外圍下睦二字號土塘長三十八丈五尺段（外受二字號土塘長二十七丈九尺　睦）
築柴腳土塘外堆塊石樹樁攔護

因山陰縣境内宋家溇外圍外塗二字號土塘長三十七丈九尺改築柴腳土塘外堆砌石塊樁橛擁護

五十四年奏准浙江省海塘范公塘一帶石坦應按各該處形勢一律改建盤頭以備抵禦不必再做石坦仍隨時分別核實報銷

五十五年又奏准浙江省上虞縣孫家渡土塘改建柴工以資捍衛

五十七年浙江省東塘念里亭汛土會字號石塘二十八丈九尺五寸改建魚鱗石塘並移苦稱樁等字號塘外建築坦水二層長一百九丈七寸

又阿字號石塘十二丈四尺戴家橋汛石塘二十丈一律改建魚鱗石塘

五十八年東塘母儀蓋鍾字號石塘四十二丈改建魚鱗石塘

六十年仁和海防乃境内范公塘東塘婦唱座沛字號建築坦水二層長二十八丈又東塘戴家（原作字誤）石橋汛用而益五字號石工外建築坦水

二層長二十五丈

又東塘樓字等號石塘三十九丈一尺九寸一律改建魚鱗石塘

嘉慶元年仁和縣海寧州居穿關三字號條石舊塘二十九丈改建魚鱗石塘隨塘建築坦水二層長二十五丈

又海寧東塘丁字等號石塘五十四丈三尺一寸一律改建魚鱗石塘又於七王廟好晉字號工外建築石塥一道遂設字號工外建築石塥一道

四年山陰縣境內南塘頭真志備三字號土塘五十丈改建柴塘

五年山陰縣境內命字號石塘外建砌單坦水二十丈

十三年蕭山縣境內孔家埠大義等號舊土隄瀕臨大江間段坍卸改建柴塘並於外腳堆砌塊石以資捍衛共長九十三丈

十六年山陰縣境內之前江塘因雨水連綿泛漲王家堰等處潰
字等號柴土塘陸續卸一百八十五丈內王家堰潰盖名區四號坍損柴盤
舊拆鑲共立形二號土塘一律改建柴工又爲古结字號土塘照舊加築土陸
外堆坝石釘樁攔護又余隷卷之案勿多母雜兩坍柴塘照舊拆鑲於外
脚堆護坝石加釘排樁藉資保衛
又山陰縣境內三江閘等處動字真三字號及固洛二字號柴土塘堤被冲
坍塌六十八丈一律建築柴塘
十七年蕭山縣境內西字號柴塘六丈改建石塘
二十年仁和縣修築石塘橋座致雲川字號各工共長三百八十二丈六尺
水墩三十五座平橋一座坐年橋一座
二十五年浙江省餘姚縣利濟土塘埋下盒之中字號起至的字號止坍

卸土塘一千二百一十丈一律加幫高厚

堯九百三十

工部海塘

塘之二

道光元年秦瀛浙江山陰縣境內宋家漊盤頭外之東西兩首姑伯

比與孔號等号坍卸九十丈並坍陷情形較從前鉅原堆塊石以廿四丈一

尺又比與孔號四号柴塘五十八丈塘外無塊石擁護坍卸更甚狀比昔

号柴塘九十丈並舊拆鑲並於塘外一律添砌塊石一百二十丈一尺加釘椿橋

以防沖潰

二年諭帥承瀛奏土塘坍卸請動項分別改建修築一摺浙江蕭山縣

境內西江土塘為田廬保障地勢緊要上年秋風海潮互激以致舊塘沖

坍又因今春江水漲發土塘復多坍卸現據該撫查明應分別改建柴塘以資匝護並修築柴土塘共九十五丈估需工料銀二千六百四十五兩零准其先於藩庫新工經費項下借支興辦

又據帥承瀛奏請動項築復蕭山縣海塘一摺蕭山縣北海塘因山水陡發附近頂沖元字號等塘工均被沖卸（自）應一律添建塊石坦水以資保固著照所請動項修築所有估需工料銀一千九百七十三兩零准其在藩庫新工經費（款）內借撥興修仍俟塘工奉撥解到即行撥還該款仍著督率所屬妥速辦理毋任草（率）偷（減）工竣驗收核實報銷

又據帥承瀛奏修築塘隄工程一摺海寧州仁山隄外三江閘塘隄坐當潮汐頂沖現在坍卸並神字號等段柴塘（須）塘外拋堆塊石以資捍衛經該撫查勘估並應修築所有估需工料銀二千一百四十九兩零著准其在藩庫新

工經費項下借支，俟收有暴工生息、契牙税息再行提還歸款。

飭該府轉飭承辦廳縣，務須妥速興修，毋得草率偷減，以保固工。

詳候核實驗收。

又奏准浙江省下塘鄉內菩溪大壽寺灣一帶塘工，原建搶水二座，

加椿修築，並於灣灣頂冲之處加釘擋水椿一層。

三年，諭：帥承瀛奏蕭石土塘坍卸，分別築復改建一摺。浙江蕭山縣

境內西江塘之上新廟一帶蕭石土塘，為山陰、會稽、蕭山三縣民田廬

舍外護。上年秋汛潮勢，發大山水陡激，陸被冲卸，情形甚為險要。

前據該撫委員勘明，友字、報字兩號蕭石塘於舊基分築後坦

水一層；其分字、切字、磨字等三號土塘，必須改建柴塘，外堆塊石，均加釘

椿擋護，共估需工料銀二千九百七十七兩有奇。著准其於蕭山庫存新工經

費款內借給興修，仍從收有餘案內塘費項下歸款，即行歸墊。該撫飭
飭司道督率所屬妥速辦理，毋使稍有草率偷減之弊，核實報銷。

又諭：帥承瀛奏請修復改建會稽縣境內塘隄各工一摺。浙江會稽縣
中若一帶塘隄，攸關民舍田疇保障。據該撫查明坍卸各案，實屬應及
早修築。所有估需工料銀二千四百八十四兩零，著照所請，准其於藩庫
新工經費款內先行借給興辦。該撫即飭司道督率所屬妥速辦理，
毋任稍有草率偷減之弊，核實報銷，以保田廬。

又諭：帥承瀛奏海鹽縣境內石塘坍卸，請借款興修一摺。浙江海鹽縣
濱海石塘內有伏周二號塘工三十一丈，全行坍卸。據該撫勘明，列為最
要。著請動款興修，並添建隨塘坦水，用資鞏固。所需工料銀一萬六
千餘兩，現在海鹽塘工生息本款不敷支給，著准其於藩庫新工項

下此款借給甚不仍將前款速即隨時陸續歸還借款按年一報部查

核

又諭帥承瀛奏請借款修辦塘工一摺浙江紹興府屬蕭山會稽蕭山餘

姚上虞等五縣境內濱臨江海之柴土各塘工向系捐卸經該撫

委員分案履勘查明久逾保固例限者現分別改建以資捍衛俾民田

廬舍乃資捍衛所有估需土方工料銀二萬八百一十餘兩應由西湖景工生

息契牙雜稅等款籌撥給辦惟本款現無存銀請照例先於藩庫

新工經費款內如數借支即飭知該州縣趕緊速辦理毋使稍有

草率偷減並照例取具保固核實驗收仍俟收有俟興南塘等款

銀兩即行提還歸款

四年諭帥承瀛奏請動項修建柴土塘堤一摺浙江上虞縣呂家埠等

要柴土塘保護該縣查照將卸原案逕咨分別修築共估需工料

銀三千三百六十兩有零着照所請准于藩庫動支經費照例如數借給

興辦俟收有南塘息租即行歸還

又諭帥承瀛奏請修海塘坦水並增建東塘遂設普兒塘工因本年

盛徵二汛及秋汛潮勢稍大以致坍卸日增情形險要急應換椿修造及

柴坝坦水等工以臻鞏固着照所請將遂設伊尹佐時普六號塘工即由

歷辦成案改建魚鱗石塘並於伊字等四號塘外柴坝護塘坦水二層俾

資捍衛所有估需例加工料銀三萬二千一十四兩有零例估銀兩准其

在歲工生息項下動支應加貼銀兩亦准其先於藩庫動支項下借支給辦

俟運庫解到各款有息項即行歸款該撫務飭司道督同所屬各員妥速興

辦毋許草率偷減以重海防

六年諭程含章查海塘沙水情形請動款改建魚鱗石塘拆鑲柴
埽盤頭各工一摺所有東西塘因伏汛潮汐洶湧直衝北岸柴埽塘坦
盤頭各工間多損壞該撫查明應行分別改建拆鑲者請所有
東塘念汛內厭翠二號石塘坦水共需例加銀九千七百五十九兩零例估
銀兩應動支節省引費因此項年頗無多不敷支給著照道光四年修
辦延伊昔號石塘之例在於埽工生息項下動支其加貼銀兩仍在二次商
息項下支給西塘馬牧港盤頭共需例加錢糧銀一千四百七十九兩零西首
字等號拆底柴埽工共需例加錢糧銀九千二百五十二兩零西塞字等
號加鑲埽工共需例加銀二千一百三十九兩零均著照所請在息項下分別
動支即飭該道縣督率所屬分段趕辦毋許草率偷減所有拆底之柴
及柴埽各工均著於完竣後保固二年西塞字等號加鑲二

百二十丈著落保固一年以示區別

又諭程含章奏請動款修築東西兩塘工程一摺浙省海塘本年秋汛

順後因潮汐過猛損內東塘容字等號條石坍卸缺口西塘要字等號

字號柴埽備卸坍損自應亟時修築以資捍衛東塘所需坦水例加料

銀八千九百二十一兩有零及加高石塘工料銀四千三百五十一兩著落該[illegible]

有司費及二成節省各項下分別動支西塘柴埽各工仍需例加工料及竹纜

樁木銀一萬八千五百八十六兩有零准其在初二兩次節省各項下動支給發所有

加補土牛等號石塘並著保固四年此次柴埽各工著由所議辦理以節

工費該撫即飭該道督率所屬各員分別趕辦工竣核實驗銷倘因保

固期近稍有草率偷減即據實嚴參

九年諭劉彬士奏海塘被沖坍卸請分別建修一摺浙江省山陰境內

西江塘該[鎮]水龕一帶柴土塘隄被潮沖刷亟應改建條石柴塘並於塘外堆
築坦石於海塘念字號等處地段卑薄亦一律培土加
幫高厚據該將查明通共實需工料銀二千六十三兩另請照案籌撥西
湖果二生息及契尾罰款等項下動支該司道核詳前來經
所請如實辦理毋任稍有草率偷減
十年據紹興士紳等請動項改建塘工據浙江蕭山縣境內西江塘工尤屬大
江為民舍田疇保障姆因被潮沖激改將該[鎮]水龕莊字[藏][等]號等柴塘間段填
築一百四丈改形坦坡據該將查明必須一律改建坦石塘堤並於塘外挑堆
坦石加釘排樁方期穩固共估需工料銀三千一百五十五兩另著照所請准
於案撥海塘等款項下動支即係司道詳事所核議袞修辦毋任草率
偷減工該委等徒收與例保固

又據劉彬士奏請修築塘工一摺浙江海塩県(縣)石塘工因本年七月間

風潮大作海水涌起漫塘段各工間有滑損沖坍亟應搶築妥(安)興修擬請

按照所估字等號條塘六十三丈七尺自常字二號大石塘十八丈應行拆築

並添建坦水二層以資捍衛共需工料銀五萬七千七百二十六兩零並查所請

塘身順砌條石項請修項與修著照所請准予查核於庫南塘歲

修經費內借支

十一年諭富呢揚(揚)阿奏請動項建築柴土塘工一摺浙江蕭山縣西江塘之

聞字沖坍應將宇字等號柴土塘工改建塊石並於塘外拋堆塊石列字等

號石塘拋堆塊石共估需工料銀三千七百九十六兩零又上虞縣境內王家埧(壩)

等處柴塘工段坍卸應將用字等號柴塘拆鑲修復加培高厚並塘外設

靡(廳)難三號拋堆塊石可(可)後等號條石整砌共估需工料銀三千九百十一兩零著援

該據查明無工均係久逾固限工程刻該着無庸議追其於東塘撥南塘

等款項下動給

又據寧紹楊河東詳請動項擇要修築塘隄一摺浙江上虞縣沿江紫土塘

隄近因南岸水勢直趨北岸該塘為頂沖處所之區本年秋雨連綿山水並

漲陡將余埭老（等）余家埭六處（六處）塘隄間段沖坍經該縣查勘確切除余埭范（遂）

余家埭（家埠）二處所坍工段較形短狹（趙堪）設法保固外至呂字埠趙村漁墩頭（墩頭）

王家堰孫家渡背字號（自）彼字號起至若字號止共計坍卸紫塘二百六十

丈急應修復並將所塘外原抛石塊流失沈陷缺口原未抛填坍石另工一律

抛填外另削除堆築工長一百五十八丈以護塘根着無庸議所有共估需工

料銀四千九百七十六兩零准其在于東撥南塘等款項下動支給發

十四年諭敬徵等奏令將海塘工程妥議辦理一摺據稱此次修理塘工前

議由念里亭汛甲字號起至尖山汛石字號止，於石塘外改築柴工，現在已壞
柴工尚能抵擋，惟塘身緊要，應照柴工外護，將此內坍卸石塘即時修整完固
著該管工員趕緊興修，以資保障。至鎮海汛起字號起至戴家橋汛積字
號止，原設改建竹簍塊石工程，本係前人成法，自乾隆四十五年以後，迄無加
通成案，而保護塘身之法，以修復條石坦水為得力。是以烏爾恭額道會
同該廳勘估，與前次情形相同，內稱坦水與竹簍均係海塘成法，當此搶修
請仍修坦水，現據核議，尚屬切實，應如所請，原設改建竹簍塊石，需
所著仍照舊例修復條石坦水二層，以護塘身，限明年四月內將頭一層坦水修竣，
限同年第七層坦水接續趕辦，統限於明年九月內，該工員烏爾恭額、吳棣
不時稽查，如有草率偷減情弊，立即嚴參，經辦惟各項工程不能同時並舉，茲
將烏龍廟以東原案保護塘身，限明年七月該工員暫為推緩，俟同年以籌

坦水攔木並石以資再工。其海字號城三層坦水及原議護城塘工加高之處，著俟明年大汛時察看情形再行奏明辦理。至請修坦水及應添鑲修不計外，應修條石坦水三千五百二十八丈，另共需銀二十一萬三千八百餘兩，要即照所議辦理，與未歸之處，業經共辦妥，限於本年十二月內完工。

又奏海寧州汛能字號起至恭字號止，又崇字號起至默字號止，並默字號東八丈起至道字號西十三丈七尺止，向有塊石坦水，照式修補，藉資保護，並於該汛適中之地添建盤頭一座，以挑溜勢。

又議海汛塘為其西向有坑塘不能取土，即有平衍可取之處，而貼近塘根，若不海挑成深坑，設遇潮汐，於塘地民地，凡距塘十丈以內，一概嚴禁取土。

又諭本日據富呢揚阿奏海塘工程請捐辦大盤頭一座，業於四月上旬

甚亟究該經歷四五月望朔兩汛頗能挑溜中趨爲牽引力如果拔除伏
汛屹然不動者秋汛地勢再遭新塘以衝頂沖者該海塘偏近塘根必須
拔除有資方免沖刷既據該接查所擬建大盤頭一座實爲得力若趁廢
舊底根留此石塊俾禦情形若必安設此項大盤頭工程如果實能挑溜
中趨歷久無損俾通塘大局日有轉機即其秋汛地勢接算未時再行添
建較爲以資捍衛俾明於工程實有裨益而辦理不至虛糜方爲安善
十五年該員查勘請動款修築塘工並添建坦水一排浙江海鹽縣境
內由緣石塘建築年久七年沒被風潮沖擊以致坍卸殘缺經該接查明
情形尚屬適宜亟須趕緊修築並添建護塘坦水二層以資捍衛若照所請而
有估需工料銀四千五百七十四兩另須將其土塘坐落處內動支給發加
工該員等查勘塘工實不敷用請將前項塘工程所收條塊石塘

一據浙江范公塘一帶埽工前經奏明一律改築鱗塘並據委員由江蘇省採加條石協濟之用茲據吳棋等查明現在塘工應用條石不敷采辦斷難驟集擬將鱗塘接續建築之處暫行停工待料緩作無附用查勘念字號起至工已歷五千餘丈應照原定緩行並成案續將范公塘埽工建築鱗塘之處仍改為條塊石塘以資捍衛計前有五十二萬餘兩少用條石六萬六千餘丈著照所請所有該工奇嶺字號東第三丈起迤西至長字號東第三丈止計長四百六十丈工程再緩辦並先行建築至首字號東第四丈起迤西至雞字號止計長四百十七丈仍暫為推緩以便趕辦石料運濟各工之用俟經費所辦節省工作以免遲誤至江蘇省協濟條石四萬丈五月內既可掃數運工並著准其將范公塘應用條石即於蘇石內如數劃留餘俟運京塘以濟要工工竣節省銀十二萬兩並著仍存原款一俟通塘緩有必不可緩之工即於

此内款請動用

又諭陶尉等款籌議捐修海塘工程一摺 此行議

十八年諭烏爾恭額奏請動項修建塘工一摺浙江蕭山縣境内西江塘工因天雨連綿山水二水互激致將坦石蛰塘冲刷坍卸塘外坦石亦漸泄滿擇該撫查明情形危險請將[illegible]字號二號坦石塘二十六丈照例築復並將西字號四號柴塘六十九丈改建坦石塘其塘外縫擲坦石一百六丈擁護塘根前所請所有估需工料銀二千五百四兩另准其在於南塘李牧塘下動支給領該撫即飭司道詳慎確勘上緊趕辦俾工堅料實毋任草率偷減核實題銷毋例保固

又諭烏爾恭額奏請動款分別修建塘坦各工一摺浙江上虞縣境内呂家埠以及前江等處一帶塘隄為民舍田疇保障本年入春以來雨水過多梅

風颱內山潮因涌溜平字塘陸被沖坍卸據該縣查明各字埠圍塘等
字號起至王字號止柴塘共長一百丈五尺內因字號塘外地
堆砌石五十七丈又該字號塘外原有舊椿四十七丈前江字至霜字
等號土塘五十五丈均係情形險要應分別拆鑲築復改建坦坡並
添石加椿整砌擁護以資捍衞等由所請確有估需工料銀四千七百三十
四兩另錢零在于南塘歲修項下動支給辦。
二十三年　諭劉鞠珂奏請動項改建塘工一摺浙江蕭山縣境內于家莊
等處土塘近因潮水湧溜逼頂以致翔字號起至國字號止塘工四百
三十丈被沖坍卸雖經前加土築惟實不足以抵禦（禦）等語應改建柴塘並
於塘外堆石釘椿以資捍衞所有估需工料銀一萬二千五百九十八兩另即
着在於南塘歲修項下動支該撫即飭司道將前項工程上緊興

移後

然務須工堅料實毋任草率偷減工錢核實驗收

三十七年奉准浙江省建上虞縣地方坍卸柴塘一百二十七丈土塘七丈塊石九十八丈拋塊石八丈照同折議修復所坍臨水土塘七丈一律改建柴塘塘外滾失樁坦塊石一律添石加樁改建整砌並添建樁坦二十一丈以護塘根

民國元年奉准浙江省[illegible]塘縣境內被水沖坍土塘七十二丈九尺並坍卸陡門浦餘杭縣境內坍卸土塘三百十二丈二尺一律修築山陰縣境內修築魚鱗條石塘四十二丈坦水九十二丈柴塘一百丈貼近三江閘之湖河地方挑築沙灘以資禦水余（會）稽縣境內龍王堂（蕩）金山寺等處塘基沖缺分行修築石塘二十八丈四尺土塘一千六百三十丈三尺蕭山縣潭頭閘家堰等處將原建土塘改建石塘條石塘改建魚鱗石五層仍用大條

移後

石十一層該壩為山水滙注沖擊之處除建坦石盤頭一座挑分水
勢汪家堰塘化普安石塘被水沖刷於塘外添建坦石大盤頭一座
外面仍用柴土夯築俾資抵禦上虞縣坍缺土柴各塘均拋石釘樁加
幫高闊寺起林行使之字段建柴塘以防沖潰
五年浙江省建設廳以蕭山北海石塘藏閏二字號坍卸四十丈將塘基
移進改建餘字號二十丈係底拆砌修復
九年錢塘江工務局会工未竣遇有潰損已竣工段多至千餘丈補由該
接將該員撤退另加派人將潰損工段一律填修
同月三年錢塘江海塘潰決甚處應督修以柴而有沿海各郡辦理善
後各收先行墊用所有購料柴料暫緩照之
五年請省財政廳撥海寧縣城石塘繪圖呈送一併海塘為東南藩

因要務而海寧塘工貼近城垣又因該處坍擋馬頭照請飭知高等瑞吉
親加覆勘奇妙暫緊所有海寧應鑲石工二百六十餘丈即應該換所請
接用舊石如有不敷設法采購其坍塌後坦水需用石塊橋木等件務擇堅料
以期經久餘采辦雖銀六千元茲存貯難以設法章程所需經費銀五十四萬兩
謹先照數動用
以弟接馬頭貼案接辦西防石塘大工單開章程並繪圖呈覽一摺海寧縣
城石塘將次工竣現辦西防石塘大工通共約需銀四十八萬九千兩據稱所估
工料價值核與定例稍有加增實因物力昂貴時勢不同所設奇係實在情
形惟所估銀數既經加增馬頭貼書精飭員認真撙辦務期工堅料實
為工費兩適之計所有勘估各工及章程六條均著照馬頭所擬辦理該
撫即實心經畫迅速開辦以重要工此項工程須將購辦石料十餘萬丈湖有采

一办料雜較用苕郡相莲遂秀安溪在於洞庭等山採出志載尺寸六面見
尖每条宽一尺二寸厚一尺長四五尺如式采办五万丈宜淅屬用毋稍遷從
至石价水脚運費等項均由江蘇籌撥専人押銷
八年議淅江省海寧塘城石塘之程險要酌増加貼惟不得立新加貼名
月該塘定例此外各項塘工不得援以為例
又海塘新建坦掃係該底寬二丈面寬一丈四五尺高一丈四五尺不等計批
椿一排其高寬丈尺柴木夫工与掃工無殊且坦水係護雜与掃工扶持仿
照掃工保固此定淅例保定以一年限内沖損仍令承辦賠修如柴塘各
工保固之例
十二年東塘東塘各尖二汛石塘於柴塘外六十八丈建築掃坦二百三十
四丈五尺掃外一律加抛塊石以期鞏固

十二年秉海中塘翁字號起至豈字號止原八条石塘均高十七
層一律段落無缺石塘塘外後所築土一律隨塘傍築以護
塘根又陽字號至菜字號掃坦加高作為掃工石塘塘外亦係築掃工並於掃
外加拋塊石以資保衛尖山汛月石字號起至郎字號止原建魚鱗石塘
曲因興修石字號東五丈九尺二寸與連念尖汛石字號中二丈八寸前係
念尖汛碣石字號盤頭旁因盤頭坍卸未經修理隨塘段建築二坦
水各八尺以護根腳詎字號二十丈起至嘉字號二十丈止秉字號二十丈起至
默字號西十三丈止一律段建塊石坦水二層獻字二十丈起至誰字二十
丈止默字東八丈起至直字號西十三丈七尺八寸止本係塊坦舊基因潮勢
頂沖分作頭二兩坦中用橋木樁批內高外低以順潮勢又於直字號東六丈
二尺二寸起至杷字號西十六丈止原建塊石單坦並條字號石盤頭一座與

修三百三十七丈四尺二寸每丈築寬一丈六尺八寸貫抒隙
光緒三年奏請浙江省仁和海寧兩属海塘照前建復魚鱗石十八層
加高二層計二十層每石寬一尺二寸厚一尺長自五尺至三四尺不等仿照
松江石塘添用鐵鍋鐵筍脗為一氣計每丈共加石鐵工料銀五十四兩二錢
工程六百二十丈原估銀二十九萬七千六百兩共增銀三萬三千兩仍請
節款用極實辦理
四年奏請東塘念汛中所六口門建修石塘鞋字號起至扶字號止
工長六百六丈五尺一律建復十八層魚鱗石塘內策字號中四丈刻字
號次西九丈五尺工長十三丈五尺又策字號中七丈刻字號西中八丈
最字號中五丈五尺州字號次西三丈工長二十三丈五尺一律築成
柴埽

又奏准海鹽縣石塘並護塘埽坦亟須擇要修建繞城魚鱗大石塘薑字號東中十一丈周字號東中七丈七尺瑞字號西一丈陶字號西二丈又大石塘通字號中十丈逐字號東一丈五尺一律拆修隨塘建復雙坦又自索字號東中十六丈九尺起至慕字號中十三丈止工長四百五十三丈一併建復單坦

五年奏准海鹽縣境戎字前號拆修魚鱗大石塘十丈五尺羌字二號拆修大石塘三丈五尺戎字前號建築塊石雙坦十七丈五尺霜字前號建復中條石塘一百九十五丈八尺又玉字號次東一丈五尺水字前號拆修中條石塘四十六丈雨字前號建築石坦單坦一百九十四丈六尺又陽字前號拆修魚鱗大石塘十五丈三尺建築塊石護坦十五丈三尺生字前號建築塊石單坦一百七丈麗字號魚鱗

大石塘三丈五尺雨霖出岡四號中条石塘十九丈一尺旬撥工料修砌

不計開銷

又奏添東塘念汛七口以建復石塘背之讀迴藻畫者三十字號凡二十

丈二十層魚鱗石塘六百二十丈一律改用篇筍用過工料銀三十三萬九

百餘兩

七年奏添西塘前汛西瀦字等六字號建掃坦一百二十丈中塘前汛育

字號七字號建掃坦一百四十丈一律加高以策成堤工折修東塘尖汛誠

字號十八層魚鱗石塘二十丈又寒字號八字號工長一百六十丈建復坦水

石單坦用工料銀六萬六千八百餘兩

九年奏前此次浙省沿海猝遇風潮湯激塘堤田廬多傷情形

志重鋒保廬念所有沖損塘工著即迅速籌款修築以資保衛

十年禦潮西防育字等號原建埽坦續加埽工三百三十一丈段回埽坦中防服字等號原建埽坦續加埽工四百十六丈段回埽坦東防六字等號原建埽坦續加埽工二百六十五丈段回埽坦忠字等號原建柴盤頭三座後另工長四十五丈五尺段建頭二坦水曲字等號原建柴盤頭二座後另工長四十八丈段建埽坦合字等號原建柴盤頭三座後另工長七十二丈段建埽工

卷九百二十二

工部 海塘

歲修

順治十八年議准杭嘉湖蘇松常鎮七郡海塘築自唐開元中至前明始易以石編立字號並編定夫役以司歲修他郡無論即就海鹽一處之塘歲編民夫九千九百九十九丹另至今並未修一築應定限歲修以防水患

雍正八年定浙江省海塘令經管之官歲以修葺其官兵俸餉均於歲修民間支給

十三年奉旨浙江修理海塘工程著用正項下銀

又覆准浙江省海塘保護之處碎石量動正帑建築柴土及時購買豫期料物塘工需用務收加謹分供遇有緊急工程一面詳報一面撥用

仍將所用物料造入歲修案內報銷如有餘剩扣除現存數目一併核數給
下次首辦買責令海防道不時稽察如有缺料短少侵蝕等項及推倂
不堪打捆柴料以及不堪應用者揭參追賠
又該浙江有開濬中小亹南港兩案引河之該制就混江龍鐵篦子
等器具用夫撈浚所以每年按季預期飭令雇夫疏濬年終據實
造冊詳送該管之道轉送督撫核實入於海塘歲修案內一併報明
其題報銷所需濬船在江兩岸銀杏西興兩埠頻設渡船內調取八船編
派應用
又查浙海塘應修一案之工估計冊籍均令承首自會同地方正印及佐工程
估定造清冊由該道詳核轉送督撫 工完據實題銷倘彼此推諉
致修築延遲者正印及承修者一併參處

又議准酌定遇有坍卸石塊冲卸樁木散斜承修官即詳報該道確勘估計
修理完固入於歲修案內題銷

又覆准海塘緊要工程遇有坍損承修官一面將柴土塘兵弁上緊搶
堵一面具報該道親往查勘核實估計無驗轉報如工非緊要不應搶修擅
飾危險希圖冒銷者詳參究處該道查勘不實徇庇蒙混者一并題
參

又覆准修築塘工段計所費錢糧令承修官另為案造報不得將歲修之
工牽混溝錢亦不得通融挪用錢糧以將來物料名色數目申報
該道委員查驗加具保結倘有虛報及挪移掩飾情弊將承修官揭
參仍委員查驗不實通同徇隱并聽參處

又議准浙江省新築土備塘工責令承修官於工竣後定限保固三

年新築條石塊石各塘保固一年附石土塘各保固半年搶修柴
草塘保固三月限內如有坍塌即著落承修官賠修如遇異常潮汐
實非人力可施查明工程本來堅固予准概歸實用其餘在限內亦准
取結保題免其賠修如將料偷減工程草率不准歸實用以致工程坍
塌其餘係異常潮汐亦必將承修官照例題參著落賠補
乾隆元年諭朕聞浙江紹興府屬山陰會稽蕭山餘姚上虞五縣有沿江沿
海隄岸工程向由附近里民按田畝派費修築而土豪衙役於中包
攬分肥用少報多甚為民累着將按畝科派之例停止其隄岸工程
遇有應修處所着地方大吏委員確估於公項內動支興修報部核
銷永著為例
又議准浙省江海塘隄均關緊要每歲歲修草塘工皆令動支司庫銀

撫李願造清册送部存案仍俟本案議工料造細册分别請銷

二十年奏准停止添築浙江省塘工中小亹引河

四十年奏准仁和海寧草塘暫停歲修

五十年奏准浙江省海塘經費每年頒撥引費銀兩為歲修之用

令裁汰海防道將兵四百兵改為堡夫及裁汰馬戰守兵三百名所遺俸

工役食月糧餉米約計每年裁省銀兩歸入海塘經費於歲修案內撥

用報銷

二十四年議准浙江省老鹽倉迤西之草塘字號先路費銀四千兩

交富陽縣建祠屋分水四鄉采辦柴斤運工堆儲以備應用俟秋汛過

後確勘分别緩急奏明辦理

二十八年議准浙江省老鹽倉迤西一帶柴塘一千二百四十五丈塘外

增建竹簍九百四十五丈該處沙土鬆浮易於坍陷自應循例歲修以資
捍衛至保固限期定例加鑲柴埽保固三月拆築柴塘保固半年其
竹簍並未定有保固例限應將加鑲拆築柴塘定保固半年如限內損
壞責令原辦之員賠修如在限外銀數千兩以下者咨部核銷千兩以上
者題估題銷所需工料於引費項下動支
四十二年設法浙江省仁和縣海寧州境內采辦柴薪每年於年底造
冊送部
四十三年奏准裁汰浙江塘工歷年經費以一萬四百六十兩有奇撥充
海塘經費之用
又奏准浙江省海寧州柴塘竹簍乏工以經歷桃伏秋三汛滿限
四十五年覆准浙江省海塘工程采辦柴薪杭嘉湖紹四府定限以文到五

十日解司庫藏，二參限文到四十日全繳，三參限文到兩月全限為限
文到七十日。有奉文之後即行離任者，須於展限十日着接任之員解
清。至有奉文之途定限為未宦解離任者，將原辦柴薪責令奉文
之員辦解，以专責成。並令該管知府就近嚴催督辦，倘有怠玩任延
以致逾限，將該管知府一併揭報。
五十一年奏准浙江省老鹽倉迤西新舊柴塘應存塘工經費項
下撥銀五十萬兩交商以一分起息，為歲修經費之用。
五十四年准浙江省海塘歲修工程在海塘經費內貸銀五十
萬兩交商以一分收息，凡東西兩塘每年有應修工程，勘明奏准做於例
估外，揆給加貼，揭節辦理，仍分別據實造冊同題請冊准部存案。不
許遞歷當支年份，將動支銀兩案內動支柴塘並存銀兩奏總

堋價不虛糜工歸實在計柴薪每百斤例價銀一錢加貼銀九分土方每

方例價銀四分加貼銀四分坦水面石每丈

例脚價銀五錢四分加貼銀三錢五分塊石每萬斤例脚價銀一兩二錢八分加貼

銀四錢底樁每根例價銀二錢三分加貼銀一錢三分膀樁每根例價銀二錢六

分加貼銀一錢五分面樁每根例價銀二錢九分加貼銀一錢六分柴工每丈例估

銀二十三兩八錢另加貼銀十九兩五錢三分另埽工每丈例估銀三十六兩五錢

另加貼銀三十兩三錢二分另坦水二層每丈例估銀四十五兩二錢另加貼銀二十

二兩九錢八分另柴盤頭係各按形勢建築圍圓大小丈尺不一應用柴薪夫

工土方樁木等項均照柴埽工加貼之數通一核加至釘樁架料等項例估

照形無庸加貼

嘉慶八年諭海塘埽工近年估價加增從前存銀兩應留為五年不敷

支用等語，酌量籌撥動撥，著照所請，將前此所存歲修銀二十萬兩並
節年停止修理存貯藩庫商生息銀六萬兩一併交商生息，爲添補埽工
歲修之用

二十年，奏准浙江省仿照各州縣塘工修費不敷，請撥商籍西湖
并工生息銀兩動支給辦

道光元年，諭帥承瀛奏，南塘歲修經費不敷，籌議培補一摺，浙江南
塘保衛仁和、海寧兩州縣民田廬舍，向於商籍并工生息銀內每年撥銀
一萬兩，爲南塘歲修之用，茲據該撫查明近來潮汐南趨，工多費繁，
東塘量籌墊撥，著照所請，於道光元年爲始，在司庫歲徵契尾
捐款項內每年撥銀一萬兩，並原撥并工生息銀共二萬兩，作爲南塘
歲修經費，如遇捐款一時徵收不及一萬兩之數，即從款撥給，仍令補足

莊辦理以慎修防

二年候補浙江省嘉興府東海塘工表費臣指修化久遠之計前應

豫籌歲修經費海塘舊有附條塘工潮案等號九十九丈拆卸砌築段

釘新樁條石柳柴最要之案字等號二長二十六丈五尺亦請興辦次要

之章字等號西號仿照東西兩塘借項生息之例借款生息所得息銀分

年攤撥收存於新立經費存款內借支十六萬兩交商生息至十六

年滿期十六萬兩原款仍以歸存本銀十六萬六千兩照舊存於原典生息永

為歲修海塘工之用

十三年據富陽楊百泉海塘危險請先撥款修復擇要以資捍禦

一摺浙江杭嘉湖及江南蘇松常鎮七郡全賴海寧等處捍海長塘為

田廬保障南岸為有蕭紹山脈綿捍衛北岸則一帶平衍均係田

塘全恃一律完塘，與潮爭勝。本年八九月間，陰雨連綿，陂塘限內限
外工段先後掣坍五百丈，並將塘後附土全行沖卸，次險工段變為極險，除限
內坍工業經分飭賠修外，限外已坍將坍各工為有八百五十餘丈，萬難
停緩，約需修費銀十九萬四千餘兩，殊前次捐攤並籌墊銀兩動用殆
盡，及修東塘靜字等號石塘沛字等號盤頭各工，約需銀六萬四千五
百兩另不敷，現用無款，所請准於藩庫[illegible]秋撥款內動撥銀十三
萬兩以為工用。
十四年，據趙盛奎等籌議海塘歲修銀款摺：浙江海塘歲修銀
兩本有定額，經該府等查明東塘柴埽竹簍兩項，連盤頭十三
座，共工長七千餘丈，現辦埽工坐當頂沖，潮極湍急，較之西塘情形
尤重，自應籌款分別以備每年工需，無須請准由該省捐輸項下每年

提銀五萬兩存貯藩庫，備添東塘歲修之用，並將東塘存生息銀
仍將鹽銀全數批撥
又諭馬良柱等嗣後東塘工外請銀照例核扣一節，據浙江海塘現
在興辦大工，設立總局，所有在局在工各員並書差兵丁一切薪水、口
糧及局書飯食、紙張需費，俱係應動羨支給，據馬良柱等
查明乾隆二年間經前督臣奏准辦料銀兩，每兩扣留平餘銀五分，
以一分二釐解交工部充公，餘銀留於外備公用，迄今十餘年間，戶部
行知此項工程每銀百兩扣平二兩，東塘外用無多，即於前項通扣平
餘銀內劃出二分批部，尚餘一分八釐留爲紫胡等項外請用度，此次
共需銀之處，給發各項公費核與乾隆年間因一案多寡將繕奉戶
部行知應扣之平餘二分，仍于原定五分內劃出批解之用，實有不敷，奇絀

允扣分數以備公用著無庸議准于工費所領工料銀內每兩另扣平餘一分造報戶部此外循照向例通扣五分仍以料價內所扣一分二厘解歸工部充公其餘一分統作前項各處工例外支銷之用此項外銷亦毋庸不報部此次仍照向來章程分晰造冊核銷

十六年奏准浙省塘河宜照鹹水河係照種令各該汛兵分段經理每年挑土以培塘基仍令該管地方官每年二三月間親歷沿河查勘遇有淤塞處所立即挑挖深通並將土戧加培寬厚報明該管上司親自查驗

又准浙江省海塘需用木石柴土先期購備如解交塘工委員驗收分、存該處所遇有緊急工程一面詳報一面撥用在保固限內者仍責令承修各員預備物料隨壞隨修如在限外飭該管廳備照例定各項

物料數目預備十分之一二堆積塘上遇有殘缺處所隨時補葺其需用
料價先於歲修項下動給預備俾責令杭嘉湖道不時稽查如辦料短少
侵蝕帑項及堆儲不慎朽爛柴料以致不堪應用者立即查參追賠
十七年議准撥給乃中汛鑲柴動撥海塘善後項一概著降旨交馬某
頒撥銀兩築坦接護據稱修復道分委逐案詳議所稱編種柳株雖不
足以備工料而於塘後空隙處所亦可種植使之盤根入土以固塘基現在
塘後坑塹均已一律填好查塘高處亦種桑柳近河低處為多大閱委議
接情形而論今塘兵分段栽種每兵每年限種一百株三年核計果
能如數種活即酌量獎賞倘有遺誤責革示儆務須認真經理毋致
有名無實
又奏浙江省海塘塘工向無歲修不敷循舊上年在藩庫收

存耗工項下提借銀五萬兩發交典商按月一分生息每年得息銀六千兩，以五千兩添作歲修經費，其一千兩提歸原款。

十九年秉淦撫浙，以省東塘外之日無一日不需支銀五萬兩斷不敷用，奏本年為始在該省捐監項下每年提銀五萬兩添補歲修。

三十年諭：吴文鎔奏海塘石工被水沖缺一摺，本年夏間浙省雨水較多，潮勢洶湧，致將海塘石工沖缺十餘丈，口門現已通水。浙省海塘為本省杭嘉湖及蘇省之蘇松常鎮七郡田廬保障，攸關緊要，著該撫督同藩臬廳縣道府等員趕緊設法搶護，毋得再有疏虞，以致潮水內灌。

又諭：吴文鎔奏海塘缺口稍寛，趕緊搶築，並請撥移西防所存海塘缺口復又稍寛十餘丈，現在廣集人夫，晝夜搶築，著該撫督同司道

責加緊趕辦克期堵合以贖前愆
又據吳文鎔稟塘工後被沖塌現在設法趕辦一摺據稱西防所屬呂
字號土塘缺口經堵合後並無蟄損復於六月三十日夜間潮汛猛烈
將調字號已成埽工塌開十丈有奇水勢下注當諭現在秋潮正旺必須
加意防護著該丞即飭工員多備料物克期堵合毋稍遲延
貽誤其前次堵合之缺口並飭設法保衛勿令蟄動埽損
又據吳文鎔稟海塘續掛口門業已堵合一摺浙江省本年秋間因大
雨兼注續經沖塌之雲騰二號海塘缺口現已趕築堵合其前次堵合
之呂調字號土塘托坦亦兼穩固並無蟄動仍著嚴飭工員隨時加
謹防護一面采購石料次第建復並將前奏塘無虞所築埽壩等工
緊辦以資保衛

乾隆七年欽奉上諭：東西塘埽石各工，猝被風潮沖損，一摺。本年七月間

浙省風雨交作，錢塘等處同時猛漲，致將西塘埽工沖損數處。海

已過水，浙省海塘為本省杭嘉湖及蘇省之蘇松常鎮七郡田廬保

障，攸關緊要，著該撫嚴飭道府各員，將已損者趕緊搶築，未損者設

法保護，毋得稍有疏虞。至全塘各工，此次據報損壞之處，並飭所屬各員分

別督修，該撫仍時時親往，督促趕辦，以期及早蕆功

因思八年東塘匯同衙門綱捐塘工之息，每發商生息一項，並開入每年

每年得息二萬三千兩有奇，按年提撥解本塘，作為限外歲修

之用

又東塘海寧州繞城石塘等工節省息銀三萬一千兩，由藩司衙門

飭發紹興府承領，按八厘繳息，每年約得息三千兩，以備海

甯海縣城石塘等工歲修經費

十年設塘海塘辦理歲修工程均先行題估後再題銷如案經題估者

石塘徑行題銷

又東塘鄉汛以西中兩塘先設柴工歲修銀六萬五千兩續設柴工

埽工坦埽歲修銀四萬兩東塘先設柴埧柴盤頭歲修銀三萬八千

兩海寧縣城附近坦水石塘柴盤頭歲修銀九千四百兩

十一年東塘西塘歲修埽工柴工柴埧盤頭附近坦石坦水工中塘歲

修柴埧外埽坦埽坦石坦水工每年共撥銀十萬五千兩為該

兩塘歲修之用

又東塘西塘致字號起至中塘潤字號止所建大龍頭一道新列

帖陞永發安瀾六字號工次柴埧托埧埽坦等工每年撥銀二萬

兩爲該處歲修之用

又東塘東塘歲修柴石各工每年撥銀七萬八千兩作爲歲修經

費

又東塘海寧州繞城坦水石塘盤頭歲修係動支節省銀約三十

兩外每年另撥銀六千四百兩以三千一百兩併同節省銀三千兩爲坦水石

塘限外歲修之用其餘三千三百兩爲三座盤頭限外歲修之用

十二年東塘中西兩塘如遇潮汛工急年分額設歲修銀兩不敷動用

於節年歲額盈餘款內動支以補本年之不足不准逾年設塘傍

無限制貲動支銀兩款目詳細列入本年歲修項下造冊送部核

銷

光緒元年東塘浙江省撥給塘工歲修銀十萬兩存儲以備育局按年

八堡行息

三年奏准浙江省海塘捐輸案內並捐請與恩賜一項提於三防歲修之用換年八堡行息解浙藩充公用

七年奏准浙江塘工經費核三防柴埽及東防舊存石塘並尖山風塘均每年歲修之款不敷除照舊提用司庫下八成每年糧道庫提還捐款生息六成每年解給外每年會同杭防將節省估計分別緩急於堡為通融撥為公費之

又議准將海寧州境並東大小坍及西二坍塘堤如遇損損即由東防同知於歲修項下酌撥工料交該州稟承紳董修補俾工程穩固再行籌款興修

塘汛

雍正八年議准浙江省海塘照河工之例專設千把總二人兵二百名

分於東西兩塘巡守並令兵丁修補要墨塘之

十年議准增設浙江省海塘守備二人分為左右二營駐扎海寧東塘

轄千總四人把總八人外委十六人又增設兵八百名建堡房四千間海鹽

及平湖乍浦建堡房二千間以便兵丁棲止

十三年議准浙江省海塘兵丁增至千名今所屬堡房應以四百名

撥歸兩營之汎資防護餘六百名仍留東西兩塘照舊分防

乾隆元年議准裁浙江海防道海防守備千總把總等員改海塘兵四

百名為堡夫又裁汰馬戰守兵三百名

二十四年奏准復設浙江省防護海塘千總一人把總二人外委三人

二十六年移防護海塘原設海寧二汛把總外委各二人分駐念里

亭戴家石橋二汛又移原駐海寧北岸外委一人駐乍浦又移原設千

總一人並撥杭州城守協中營千總一人外委四人分駐尖山翁家埠又撥杭州城守協中營把總一人駐海塩澉浦又撥杭州城守協中營守備一人千總一人並增設外委一人駐海寧城

四十九年撥浙江撫標額外外委一人駐李家埠備海防營守備並轄

夫役

雍正十二年諭朕聞浙江海塘工程現在修理尖山已堵築三分之一人心越為踴躍但尖山夫役日給銀三分六厘似覺不足今查初春之月水長則不攙越以築工程著照引河挑夫之例日加銀一分四厘共足五分之數又聞從前運石每方給銀八錢九分四厘六毛今運送每費人力著每方增銀六分俾夫役等工食寬裕

乾隆十九年奏准浙江省額設海塘兵千名應於守兵內選四百名改
為堡夫一應土石柴塘遇有塌陷坍卸堡夫即報巡捕轉報廳員查勘
如止些小坍損即調集附近堡夫修砌完固北岸設堡夫三百名一里
一夫南岸設堡夫百名二里一夫均歸該汛分司管束每名給堡房
一間月給銀一兩
二十三年奏准浙江省仁和平塘二段一帶江塘二十餘里撥二里設堡夫
一名共設堡夫十二名每名月給工食銀一兩
光緒七年奏准浙江省三塘防風外又仿照山東省近年防守黄
河章程派員專管柴埽塘次隨時會同防風護修補多購柴樁
遇有險工即行搶築實用實銷

卷九百二十三

工部　海塘

塘工做法

海寧縣城魚鱗大石塘長五百五丈二尺由東由西二處長六千九十七丈六尺八寸老盤合長五百丈大石塘共長七千一百二丈八尺八寸其以案係塘身高十八層者每丈用厚一尺寬一尺二寸條石一百十八丈三尺三寸三分石有厚薄不等以丁順間砌參差疊縫計高一丈八尺為準頂寬四尺五寸底寬一丈二尺內除收頂蓋面石以及鋪底蓋樁石無層不留收分外自底上第二層至十二層每層外留收分四寸內留收分一寸又自十三層至十七層每層外留收分三寸內留收分一寸共留收分七尺五寸二底寬一丈二尺外口釘馬牙樁二路樁縫中心每石之下釘馬牙樁一路共四

路每路用樁二十根為條底空釘梅花樁七路每路用樁十根俱一木一樁
馬牙樁用圍圓一尺五寸長一丈九尺之木梅花樁用圍圓一尺四寸長一丈
八尺之木塘身九層以外下砌埋水保護不扣錠鋦外自第十層十二層
十四層十六層每層每丈扣砌生鐵錠二個熟鐵鋦二個又收頂蓋面石
一層前後扣砌生鐵錠十六個每條石一丈用砌灰五斗每砌灰一石用汁
米五升城之迤東建築十八層魚鱗大石塘四千六百二十丈一尺七寸俱頂寬
四尺五寸底寬一丈二尺統高一丈八尺城之迤西建築十七層魚鱗大石塘一
千四百七十七丈五尺一寸俱頂寬四尺五寸底寬一丈二尺統高一丈七尺統
城建築十六層魚鱗大石塘五百五丈二尺俱頂寬四尺底寬一丈二尺統
高一丈六尺條石產處不一或采自江南洞庭費山或采本邑從芸羊大岑
山均按定價之外每丈加給運腳第一層寬一丈二尺俱丁砌蓋於底

橋之上計用折正厚一尺寬一尺二寸條石十丈外砌俻細丁石二丈五尺裏砌俻粗丁石七丈五尺砌灰五石計米二斗五升第二層寬一丈一尺五寸外順砌內丁砌外收分四寸內收分一寸計用折正厚一尺寬一尺二寸條石九丈五尺八寸三分三厘外砌俻細順石一丈裏砌俻粗丁石八丈五尺八寸三分三厘砌灰四石七斗九升一合六勺計米二斗三升九合六勺第三層寬一丈一尺外丁砌內順砌外收分四寸內收分一寸計用折正厚一尺寬一尺二寸條石九丈一尺六寸六分七厘外砌俻細丁石二丈五尺裏砌俻粗順石六丈六尺六寸六分七厘砌灰四石五斗八升三合三勺計米二斗二升九合一勺第四層寬一丈五寸外順砌內丁砌外收分四寸內收分一寸計用折正厚一尺寬一尺二寸條石八丈七尺五寸外砌俻細順石一丈裏砌俻粗丁石七丈七尺五寸砌灰四石二斗九升五合計米二斗一升八合七勺第五層寬一丈

外丁砌内順砌外收分四寸内收分一寸計用折正厚一尺寬一尺二寸條石八丈三尺三寸三分三釐三毛外砌依細丁石二丈五尺裏砌依粗順石五丈八尺三寸三分三釐三毛砌灰四石一斗六升六合七勺汁米二斗八合三勺第六層寬九尺五寸外順砌内丁砌外收分四寸内收分一寸計用折正厚一尺寬一尺二寸條石七丈九尺一寸六分六釐七毛外砌依細順石一丈裏砌依粗丁石六丈九尺一寸六分六釐七毛砌灰三石九斗五升八合三勺汁米一斗九升七合九勺第七層寬九尺外丁砌内順砌外收分四寸内收分一寸計用折正厚一尺寬一尺二寸條石七丈五尺外砌依細丁石二丈五尺裏砌依粗順石五丈砌灰三石七斗五升汁米一斗八升七合五勺第八層寬八尺五寸外順砌内丁砌外收分四寸内收分一寸計用折正厚一尺寬一尺二寸條石七丈八寸三分三釐四毛外砌依細順石一丈裏砌依粗丁石六丈八寸三分三

釐四毛砌灰二石五斗四升一合七勺汁米一斗七升七合一勺第九層寬八尺外丁砌内順砌外收分四寸内收分一寸計用折正厚一尺寬一尺二寸條石六丈六尺六寸六分六釐六毛外砌依粗順石二丈五尺裏砌依粗順石四丈一尺六寸六分六釐六毛砌灰三石三斗三升三合三勺汁米一斗六升六合六勺第十層寬七尺五寸外順砌内丁砌外收分四寸内收分一寸計用折正厚一尺寬一尺二寸條石六丈二尺五寸外砌依細順石一丈裏砌依粗丁石五丈二尺五寸砌灰三石一斗二升五合汁米一斗五升六合二勺生鐵錠二箇鐵鋦鋦二箇第十一層寬七尺外丁砌内順砌外收分四寸内收分一寸計用折厚一尺寬一尺二寸條石五丈八尺三寸三分三釐三毛外砌依細丁石二丈五尺裏砌依粗順石三丈三尺三寸三分三釐三毛砌灰二石九斗一升六合六勺汁米一斗四升五合八勺第十二層寬六尺五寸外順砌内丁砌外收分四寸内

收分一寸計用折正厚一尺寬一尺二寸條石五丈四尺一寸六分六厘六毛砌灰二石七斗八合三勺汁米一斗三升五合四勺生鐵錠二箇熟鐵鋦二箇第十三層寬六尺一寸外丁砌內順砌外收分三寸內收分一寸計用折正厚一尺寬一尺二寸條石五丈八寸三分三厘三毛外砌依細丁石二丈五尺裏砌依粗順石二丈五尺八寸三分三厘三毛砌灰二石五斗三升一合七勺汁米一斗二升七合一勺第十四層寬五尺七寸外順砌內丁砌外收分三寸內收分一寸計用折正厚一尺寬一尺二寸條石四丈七尺五寸外砌依細順石一丈裏砌依粗丁石三丈七尺五寸砌灰二石三斗七升五合汁米一斗一升八合八勺生鐵錠二箇熟鐵鋦二箇第十五層寬五尺三寸外丁砌內順砌外收分三寸內收分一寸計用折正厚一尺寬一尺二寸條石四丈四尺一寸六分六厘六毛外砌依細丁石二丈五尺裏砌依粗順石一丈九尺一寸六分六厘六毛

砌灰二石二斗八合三勺計米一斗一升四勺第十六層寬四尺九寸外順砌内
丁砌外收分三寸内收分一寸計用折正厚一尺寬一尺二寸條石四尺八寸二分
三釐三毛砌灰二石四升一合七勺計米一斗二合一勺生鐵錠二十六個熟鐵
鋦二十六個第十七層寬四尺五寸外丁砌内順砌外收分三寸内收分一寸計用
折正厚一尺寬一尺二寸條石三丈七尺五寸外砌條細丁石二丈五尺裏砌
條粗順石一丈二尺五寸砌灰一石八斗七升五合計米九升三合七勺第十八
層寬四尺五寸收頂蓋面俱用條細丁砌内外不收分計用折正厚一尺寬
一尺二寸條石三丈七尺五寸砌灰一石八斗七升五合計米九升三合七勺生鐵
錠二十六個計十六個塘脚外鋪砌條石坦水二層裏高外低斜披而下每丈
每層寬一丈二尺下用塊石砌高上用條石蓋面每層石口各釘梅樁二
路每路用樁二十根以圍圓尺四五六之長木削釘下砌塊石二層每層

牽高二丈計石三方六分上蓋条石二層每層寬一丈二尺用厚七寸寬一尺二寸条石十塊計折正石七丈石工之段四有附石土塘高低寬窄不一幫築土戧增卑培薄塘内水坑用柴橋幫護自海寧尖山石塘馬頭起西至仁和李家埠止二長一萬三千九百九丈塘段幫寬自一丈以内至三四丈以外高自一丈以内至一丈以外塘頂之上普律加高三尺從以新舊頂寬三丈底寬六丈爲準土備塘一道離外塘式一里半里不等間還附大藉以攔阻不設内灌東自海寧之雞山南麓起西至仁和之李家埠止長一萬四千四十六丈五尺塘底水坑用柴橋幫護塘長百里地勢高下不一高築高自一丈二尺以外至一丈二尺以内塘頂通寬二丈四尺塘底通寬五丈每築高一丈二尺共每丈寬土五十五方三分水三旱七撥方給工土塘既築外有石塘内有備塘雨水無從宣洩因於東塘宗俟積

水之閘道庵後念里亭東二處各添築石閘一座茆木港陳文港車子談撥轉廟尖山河雙汊港等處各添築涵洞一座又於西塘之姜石灰橋荊山廟二處各添築石閘一座楊家庄馬牧港杭宅圻三角田翁家埠曹殿圻天開河茅家埠等處各添築涵洞一座共添築石閘四座涵洞十七座涵洞所以泄水石閘並通船隻又於备塘河內建木橋二十六座東塘十一座西塘十五座以通行人每石閘一座金門闊八尺高一丈四尺兩邊金剛墻並前後鴈翅各長四丈上鋪大石為橋下砌墊底濶水石閘下釘梅花樁一百十一根墻背搵砌塊石寬四尺共用寳厚一尺條石二百三十五丈三尺五寸二分塊石二十三方七分六厘灰漿振縫鍋片墊搘嵌鐵錠四層閘板十六塊每涵洞一座長五丈高三尺五寸寬四尺六寸洞身通路高寬厚一尺條石六十一丈二尺五寸釘梅花樁石二樁二百九十

九根前後雁翅洞牙墻背共坭石七千塊每木橋一座高一丈二尺洞
四丈八尺計五空用長三丈五六尺徑六七寸大木十株木櫃之法用徑
大五六寸之圓木製成櫃形高五六尺長七八尺寬四五尺不等四面
為栅其柱木上留七八寸加欄蓋石下留四五寸插入沙土中用坭石
填塞緊密加以整株長木壓於其上遇頂沖險要之處釘樁甃石石
及或用實填底或用為埧水隨宜安放乃底小石為大石之法凡底
後即於釘圓櫃松樁加欄蓋櫃条石竹絲三名石籠以竹絲編造內
備坭石組用竹簍有方長二式如需高用方竹絲平鋪也用長竹絲
海寧尖山石埧雞嘴坦編造方竹絲需高兩邊為墻每個高
三四五尺寬六七八尺不等欽奉上諭如草塘於塘外編造長竹絲
丁順鋪放以作埧水每個高寬各五尺長一丈四五尺不等絲外密釘長

樁內鑲並釘東西裹頭樁又紹興山陰縣之荷花池亦用竹絡爲塘海寧迤東尖塔兩山之間以築石塘一道長一百八十二丈塘身深四五六丈中底深十二三丈不等編竹爲絡裝石沈放又於尖山之西大武廟前築雞嘴一座堵築石塘四段共長一百二十丈未堵口門八十丈深一丈八九尺用竹絡裝石接築引河即中小亹中間所謂之河也江海之門戶有三在龕赭兩山之間者爲南大亹在禪機山之北河莊山之南者爲中小亹河莊山之北海寧海塘之南爲北大亹自顧即挑水埧案出海中形如半月其法以捆埽草牛鋪底或以竹簍盛石爲腳周圍密釘排樁加鑲柴土並用坦石貼樁塘面以固根腳仍如柴塘搶築鐵釘底面聯樁再於頂上用雲梯蜻蜓架釘長樁深貫其底計高三四丈外圍長二三四十丈內直長一二十丈不等海寧老鹽倉西築草塘千餘丈歷年接築

至仁和半家庵止共四千二百十八丈另其以柴法先捆埽牛鋪底上以柴土間層加鑲頂上加填厚土高二三四丈寬三四五丈不等每長寬一丈釘底樁二根腰樁二根面樁二根於樁頭上削尖鐵掉柴土兼地值頂冲復於内地添釘擺樁用篾纜掣住五縱五横石塘高二丈八尺八寸計十八層底寬二丈八尺九寸面寬九尺三寸每丈用樁木三百二十個用長三丈木一百六十株條石四百八十塊每塊長五尺闊厚一尺六寸捧石麻索五十斤抬石扛索一付鉄孔此字从金从孔待查一根用熟鐵八斤鉄鍬山鎚各一把用熟鐵八斤木孔二根四縱四横壘砌十五層者較十八層省用樁六十四個條石一百十八塊魚鱗大石塘以柴高十八層計高一丈八尺塘頂石寬四尺五寸塘底石寬一丈二尺每塘一丈用馬牙樁八十根每根圍圓一尺五寸長一丈九尺梅花樁七十根每根圍圓一尺四寸長一

丈八尺七条石一百十八丈三尺三寸三分折正厚一尺寬一尺二寸為準砌砌
五千九百一斗六升六合五勺汁米二石九斗五升八合三勺二抄五撮生鉄
錠二十四箇每箇重四斤熟鉄鋦八箇每箇重一斤每塘十丈搭廠二座
塘五丈用鉄繩一条塘二丈用汁鍋一口汁缸一隻石硪一副硪肘一副木夯
五隻木篩三面塘一丈用汁桶二隻橋樞鉄四斤高櫈一架木楸一把鈴
鐺一箇竹簍三斤煤炭二斗麻皮五斤鏨細灰縫墻面丁順条石每
高三丈八尺六寸計十八丈六尺八寸三丈六尺八寸面寬七尺三寸每丈用樁木
[illegible]
[illegible]
[illegible]
[illegible]

丈用石一匠三名鏨粗丁順裏石每丈用石一匠一名六分匡砌條石每海
粗細每丈用夫三名抬夯抬汁灌漿計石一百十八丈三尺三寸三分
用夫三十五名煊圍搶鉄用鉄一匠六名㭬缸㭬桶用圍作一匠二
名五分開空撈底深一丈八尺面寬三丈六尺底寬一丈六尺計空土四
十六方八分開空撈底先於塘外築攔水草垻一道高寬各八尺用
軟草八層与土搭鑲釘椿十四根匡鑲夫九名共椿土二項牵工
措用不計半根塘匹尾土深一丈八尺面寬二丈五尺六寸底寬四尺計
遠土二十六方六分四釐十七層魚鱗大石塘計高一丈七尺塘頂石寬
四尺五寸塘底石寬一丈二尺按十八層工料有用條石四丈五尺八寸
三分十六層魚鱗大石塘計高一丈六尺塘頂石寬四尺塘底石寬一
丈二尺按十七層工料有用條石十二丈八寸四分隨塘坦水大條石坦

水二層每層寬一丈二尺共寬二丈四尺外深三尺七寸每長一丈用四石抵樁
上層二排下層二排共四排每排用樁二十根共樁八十根用圍圓尺四尺
五尺六木內尺四木長一丈八尺者二十七根尺五木長一丈九尺者二十七
根尺六木長二丈者二十六根蓋面條石上層十丈下層十丈共二十丈
折正厚七寸寬一尺二寸為準墊底塊石上層深三尺下層深三尺每
層砌石三方六分二層共石七方二分山宕遠近不同宕價每方不一按實
給價石料新舊並用一道去不同每新條石一丈用鏨鑿石一道七分匠砌
夫七分舊條石一丈用安砌石匠一分四厘匠砌夫一分四厘新塊石一方
斤用安砌沙一道三名抬運夫三名舊塊石一方斤用安砌沙一道一名抬運
夫一名加幫土戧在附石土塘之後務須一律寬平豫附石土塘低窄
不齊幫寬加厚需土多寡不一今以頂寬三丈底寬六丈裏高一尺為

準每丈除舊有附土牽寬一丈五尺高一丈計土十五方外都新土三十方

一、底有水坑牽寬一丈牽深五尺應先補土與地相平計補土五方共土三

十五方照河工成例按出土遠近計方給價並給潑水夯硪夫工填塞水坑

用柴料埽每丈埽高二尺用柴四百斤釘樁五根圍圓一尺木截用土

蒲包築高一丈二尺頂寬二丈四尺底寬五丈每丈用實土五十五方五

分以築實四十四方四分內旱土三十八方八分五釐每方用創運夫一名五分

以築打夫一名平墊夫一名水土十六方六分五釐每方用創運夫一名五分

車水夫五分以築打夫一名平墊夫一分並給石硪木夯麻皮索料填

一、築河塘（水坑寬深不一今以寬五尺深五尺為準）跨河築塘必於南北兩岸

釘樁鑲柴衛護河塘每丈每面釘三寸樁十根兩面共二十根每根

長一丈五六尺每面鑲柴五百斤兩面共一千斤並給麻竹索料河面寬

五丈河底寬三丈面寬四丈深五尺填實土二十方挖壓土二十五方每方四水方側用夫二名一分石閘面河闊八尺進深一丈（按闊字疑係濶字之訛 所據石印本作闊）高一丈四尺迎水雁翅長二丈隔水雁翅長一丈上鋪石板每座用迎水樁一百五十根用徑六四五寸長二丈七八尺木七十五根梅花樁一千一百八十三根用徑六三四寸長一丈五六尺木五百九十一根半鋸劃樁十七層並墊底墓樁柝面等石共用寬厚一尺條石二百三十五丈三尺五寸二分樁背裹石並掐砌丁樁共用塊石二十三方七分六厘鑿劃樁雁翅共條石一百九十丈四尺每丈用白灰六十斤江米七合五勺白礬十二兩塊石二十三方七分六厘每方用白灰六百斤地墻創墻計長二十一丈三尺二寸每丈用白灰六百斤生鐵錠四層共五十六箇攙墻鍋片二十一片閘板十六塊鉄提環三十二箇大麻索四百斤木縴繩二百斤釘近水樁每

五根用夫一名梅花樁每六根用夫一名圓樁一百根用木匠一名併細
條石每丈用石匠三名五分併糙條石每丈用石匠二名砌塊石每方
用砌匠一名搬運寬窄條石每二丈用運夫一名五分灌漿水夫五分
塊石每方用運夫二名地腳創撈每丈用夯硪夫七名幫背運土每
方用挑築打夫三分涵洞高三尺五寸寬四尺六寸長五丈每座用搥石
樁七十二根用徑大四五寸長二丈七八尺木三十六根梅花樁三百二十七根
用徑大三四寸長一丈五六尺木一百十三根半底面墻匠砌共用寬厚一
尺條石六十一丈二尺五寸配砌墻背塊石七十塊拴紮繩四十六斤八兩
釘搥石樁每五根用夫一名梅花樁每六根用夫一名圓樁用木匠三名
砌條石每二丈用石匠一名運條石每二丈用夫半名高三尺五寸
涵洞較高三尺五寸前梢用條石八丈木橋高一丈二尺長四丈八尺計五

空中空宽一丈二尺餘空宽九尺橋面宽四尺每座用橋柱十二根
内八根各長三丈五尺四根各長二丈樞頭穿檔十二根各長八尺橋面
四十根内八根長一丈三尺三十二根長一丈一尺計用徑大六七寸長三丈
五六尺木十根又用徑大五六寸長二丈六七尺木四根又用徑大四五寸
長一丈八九尺木二十四根搯頭釘二百八十八根釘橋柱每根用夫八名鋸
劃木匠十五名運木小夫四名二分木櫃之式長宽不一大者長八尺宽五
尺高五尺者為準每箇用柱木四根各長六尺五寸長檔木四根各長
九尺短檔木四根各長六尺柵木二十六根各長五尺五寸共單長二十九丈二
九尺用圍圓一尺五寸長一丈九尺木八株半塊石二方同櫃搬橋八根穿
銷木一根用圍圓一尺六寸長二丈木九根做櫃木匠二名運石安櫃夫四
名竹簍之式方長不同大者長六尺宽五尺高五尺者為準每箇用篾八

十斤塊石一方五分側𥴦（簽）梅樁每長一丈寬二三丈釘梅樁二十根每箇韋樁二根用圍圓一尺五寸長一丈九尺木匣石然後𥴦每方用夫二名草盤頭大小不一其樁層鑲然後柴土以及加蓋頂土截釘底面膀樁物料一道六均與柴塘無異

皇朝掌故彙編

內編卷六十　工政四

塘工

順治十六年修浙江海鹽縣海塘　礼科給事中張維赤言杭嘉湖蘇松常鎮七郡皆瀕於海海塘築自唐開元中至明始易以石編立字號并編定夫銀以事歲修他郡無論即就海鹽一處之塘歲編銀六千九百九十九兩零自明末至今並未修築此塘不知此項作何支銷應請定限歲修以防水患工部議如所請

雍正元年議政王大臣等議准修築海寧塘工

諭曰錢鏐所築塘堤中間雖被沖壞至今向有存者數年來督撫等所修塘堤俱虛冒錢粮於不當修築處修築以致隨修隨壞又

聞赭山有三處海口今一處淤沙壅塞水不通流若濬治疏通使潮汐不致壅塞則海寧一帶塘工方可保固言之甚雖未必穩知然不可不留意抑或地方大臣恐糜費錢糧此等處雖明知而不顧也爾等傳諭該督撫知之

二年

命尚書朱軾往江浙會議修築海塘事宜朱軾會同浙江撫臣議言餘姚縣東自滸山鎮西至臨山衛六十里舊有土塘三道內一道為老塘離海三四十里或十餘里即昔時之海岸歷年沙淤百姓開墾報陞自築土塘二道是為外塘又自臨山衛至上虞縣界之烏盆村十五里自村至會稽縣瀝海所四十五里有石塘二千五百餘丈（即康熙五十八年所築）其東西兩頭土塘坍塌甚多擬於塘底開深二尺填築亂石上鋪大石貼石築

土又仁和縣之翁家埠起至海寧縣之陳文港七十餘里舊有石塘無庸議修自陳文港至尖山五十餘里草塘土塘應將土塘加寬上鋪條石其草塘亦照式改修又塘外原有託石子塘寬三四尺不等外加排樁年久欹斜剝落應修全完周其原無子塘者亦照式興修又海鹽縣東自秦駐山之洞裹起西至演武場石塘八千八百丈年久坍壞八十餘丈去秋風潮衝潰七十丈應照式修築又自演武場至平湖縣之雅山地壘一帶土塘見在地方官加修月內可以完工以上估修銀十萬五千七百餘兩又會同江蘇撫臣議言松江府之華亭婁上海等縣沿海二百五十餘里地勢窪下土脈鬆浮捍海塘工較他郡尤要自金山衛城北十里起至華家角止四十餘里土塘內最險工一段自漴闕墩至東灣次險工四段自金山墩至西墩兵廠至陸家舍倪家路至三家墩周公墩至華家角俱應易

土爲石以資保障其餘二千四百餘丈水勢稍緩宜堅築土塘用條石鋪底砌邊外釘排樁自華家角至上海之頭墩十餘里塘外漲沙一二里不等自頭墩至嘉定縣界一百二十里舊有土塘二道内爲老塘外爲新塘應俱加築高厚外塘仍密釘排樁以防衝潰以上估需銀十九萬二千九百餘兩疏上令依議速行

十一年命内大臣海望等查勘浙江海塘海望等疏言浙江江海之門户有三省城東南龕赭兩山之間名南大亹禪機河莊兩山之間名中小亹河莊之北寧邑海塘之南名北大亹惟中小亹當南北兩岸之中江水海潮皆由此出入則兩岸無虞但其地面不及南北兩大亹之半潮過沙漲偶通旋塞不徙而南即徙而北南岸尚有龕赭諸山連絡捍衛北岸惟恃一綫塘堤而已南大亹久漲成平陸數十年而尚由中

小亹出入嗣後漸徙至北大亹今欲遏江海之狂瀾使其仍歸中道恐非人力所能為查海寧東南有尖山峙海口其西有小山俗名塔山相去百餘丈水底根脚相連兩山之間向有石填堵截水道後因修塘人役誤取其石現今江水大溜緊貼北塘直趨尖山塔山之間引入海潮衝激塘身護沙日卸若於兩山之間照舊堵塞使江水海潮仍向外行則北岸護沙可漲而水道亦可遷其南從於蜀山華家弄以東起以西一帶塘工有草塘并條石塊石不等應改建大石塘庶可垂永遠所需工料約銀一百八十餘萬兩既歷數年之久不能告竣且籌現議塞尖山水口既堵之後果能漲沙護塘則石塘可不必改建只仍舊漲沙再行改建似亦未遲惟翁家埠一段草塘塘内地勢低窪及塘背附土單薄之處所應培補又石草各舊塘僅有一層

應請於塘後添築土備塘一道比舊塘再高五六尺以禦風潮疏入
上目所議俱屬妥協著照所奏行朕思尖塌之間建立石堪以讓水勢似
類挑水壩之意所見固是若再於中小亹開引河一道分江流入海以
減水勢似更有益

乾隆元年 諭紹興府屬沿江沿海堤岸工程停止按畝派錢於存公項
內動支興修著為例

九年 命尚書訥親查勘江浙海塘訥親言海塘視沙之坍漲以為
平險海鹽倉一帶柴塘向因江海迴流沖刷初非正溜移注故一經
漲灘即化險為平但潮患常在北岸漲沙未可盡恃海潮向由中小
亹出入若將故道開通分減北大亹之溜勢則上下塘工悉可安堵即
使不能遽行開通而潮汛情形與湖河迥異其日月衰旺既有期信

隨長隨落為時非久若將險要處所酌量機宜多建坦坡木石戧埧俾其挑水掛溜實為捷要之法蓋有高沙則塘工即資鞏固有新沙則高沙不能坍塌柴塘一帶若辦理合宜不但不必改建石工向後並可免搶險之勞惟在該管員弁隨宜經理不可恃沙洪以為安不可矜潮汛以為險也江南沿海水勢較浙省稍為寬緩惟華亭寶山之處滔勢頗急已建有石塘其餘沿海各工令該管官督率相機守護自可無虞沖卸工部議覆應如所請從之

二十七年　諭朕稽典時巡念海塘為越中第一保障比歲潮勢漸趨北大亹實關海寧錢塘諸邑利害計於老鹽倉一帶柴塘改建石工即多費帑金為民間永遠奠安捍患良所弗惜朕抵浙次日簡從臨勘則柴塘沙性澀汕一樁甫下始多捍格卒復動搖石工

斷難措手所以為吾民善後者惟有力繕柴塘得補偏救弊之一策
地方大吏其明體朕意悉心經理定嚴飭以固塘根增垻小石簍以資
擁護庶幾盡人事而荷神庥是朕所宵旰廑懷不能刻置者著按尋
可將此旨於工次勒石一通永誌遵守

又諭尖山塔山之間舊石垻朕今親臨閱視見其橫截海中直遏大
溜於河工之挑水大垻實海塘扼要關鍵波濤衝激保護匪易但就
目下形勢而論或因竹簍加鑲或改用木櫃排砌宜隨時經理加意
脩防以將來沙漲漸遠即宜改築條石垻工俾屹然成砥柱之勢庶
於北岸海塘永資保障該督撫等其善體朕意於可興工時一面
奏聞一面動帑償辦並勒石塔山以誌永久

四十五年　諭朕幸浙江海寧閱視塘工至杭州老鹽倉一帶有柴

塘四千二百餘丈雖因其處不可下樁為石塘並柴塘究不如石塘之堅固業經降旨將可以建築石塘之處一律改建石塘以資永久保障茲忽憶及該地方官及沿塘諸民見該處欲建石塘或視柴塘為可緩（屢）之工不但不加防護甚或任聽居民拆毀即因致有損壞石塘未竣工之前於該處城郭田廬甚有關係且改建石塘原為保衛地方之計若留此柴塘以為重關保障俾石塘愈資鞏固豈不更為有益著該督撫即嚴飭地方文武官將現有柴塘仍照前加意保固勿任居民拆損欽此

四十九年　諭浙江建築石塘所以保障民生關係甚重前庚子南巡時朕親臨閱視指示機宜於老鹽倉舊有柴塘後一律添建石塘四千二百餘丈次第興修於上年七月間告竣今抵浙後親

臨閱視所辦工程不惟不應與叙並多未協之處石塘既建自應
御築坦水保護塘根乃後之替換惟云柴塘必不可廢此受工員慫
恿為日後冒銷地步況朕添建石塘原留柴塘為重門保障並未令
拆去柴塘前降諭旨甚明也若以誤替換所言復加歲脩又安用
損此數百萬帑金添築石塘為耶　又石塘之前柴塘之後見有溝槽
一道現有積水並無去路將來日積日甚石塘根腳勢必淹浸滲漏設
替換亦並未屢及又石塘上有堆積土牛皆屬無謂不過適觀甚見無
當實際設果遇異漲又豈幾尺浮土所能抵禦耶所有塘上土牛
即着填入積水溝槽之內仍將柴塘後之土順坡斜做祇需露出石
塘三四層為度并於其上栽種柳樹俾根株蟠結塘工益資鞏固
如此則石柴連為一勢所以柴塘為石塘之坦水范只隄一策亦必

需一律接連石工方於省城足資永遠鞏護著自新築石塘工止處之
現做柴塘及挑水段落起至硃筆圈記處止再接築至烏龍廟止一律
添築石塘撥給部庫銀五百萬兩連從前發交各項帑銀交該督
接據實核算作予限五年分段從東而西陸續脩築
道光十四年七月　諭趙盛奎等奏籌議保護海塘工程一摺並將擬
工事宜條議章程開具清單繪圖貼說一併呈覽朕詳加披閱此
次籌議保護海塘各工東南西湖頂衝之地現以念里亭汛為最險
除捐建盤頭六座擇要添築盤頭三座外其餘改脩柴埽埽前
出桑挑護塊石以資保護其念里亭汛迤西鎮海戴家橋西汛為
次險之工除擇要添築盤頭四座外其餘概改用竹簍塊石護之脩
復坦水更為得力此外西塘烏龍廟以東舊工本係石鱗塘一律接

築以昭慎重其海寧繞城石塘一律加高縱橫條石兩層於保護城垣

更為有益其尖山汛迤東塘下舊基潮不當衝並庸改建坦水藉資

護以塊石又韓家池改建條塊石塘戴鎮念尖等汛三次奏修鱗

塘念里亭汛塘後加幫土戧均係應辦之事〔要〕著照富呢揚阿原奏

辦理所有節次奏請修復鱗塘並土戧各工由富呢揚阿嚴飭趕

期完竣外其現議興辦柴埽盤頭竹簍塊石塘等工著照所請

分別勒限如式作法如有遲延草率立即嚴參務期帑不虛

糜工歸實濟此次奏請修建塘工銀兩統計共需銀一百九十一萬

八千餘兩較之富呢揚阿三次請銀二百五萬八千餘兩計節省銀

十四萬兩惟原奏各工條分年辦理現已另建鱗塘銀九十萬二千

兩俟興工按年陸續請撥其埽石各工統限年內及來年七月以

前一律完竣除前請豫借十五六年歲修額款並未收監餉銀共十八萬
兩先於報撥款內如數借支俟收有成數由富呢揚阿覈明具奏外其柴
撥辦塘工需現請改修埽工各工銀共七十七萬五千兩請飭部如數籌
撥於本年八九月全數解浙已著戶部速議具奏矣至辦工事宜本
程之條遴派公正道府丞倅人員總催分催驗料查工務派公正誠實諳
練之員層層稽覈有弊必除支發錢糧設立總局由該藩司總其成
着富呢揚阿隨時稽查仍派公正精細道府一二員幫同稽覈毋得
假手吏胥致滋弊竇其應用條石協濟採辦此次估需條塘二十
餘萬丈除派員承辦外約少條石十七八萬丈仍着分派紹興等三府
領銀採辦趕速運工不敷條石四萬丈已另飭江蘇巡撫按照浙省
現辦條石尺寸採辦協濟矣至橋木柴束等料均委妥員遠近分

辦埽石及工取用土方分別官地民地酌量辦理鑲埽簽樁酌添料物
遴派熟手章同妥辦以期堅穩嚴禁包料包工以期工歸實用均着照所
議章程覈實辦理又另片奏埽工兩年保固限滿不無歲脩之項以
西塘柴工七千餘丈歲脩十萬兩之數計之每年需費不過七八萬兩
東塘例有歲脩坦水銀五萬兩現已將該塘改用竹簍每年添拋塊
石錢之歲脩坦水大可節省即留為歲脩柴埽之用如有不敷每年
酌增銀兩至多不得過五萬兩之數等語東西兩塘每年歲脩究竟為
數若干現在西塘據稱每年歲脩需費不過七八萬兩東塘例有
歲脩坦水銀五萬兩現議酌增銀兩是否即係節省坦水銀兩抑
係在常例歲脩之外此時妥議之章程酌定限制將來是否仍有
歲脩之項不致再為增添着詳細查明據實具奏海塘工程現

派烏爾恭額嚴飭會同富呢揚阿妥爲辦理此項工程關繫甚鉅務須斟酌妥協以爲一勞永逸之計儻辦理稍有不善以致帑項虛糜工無實濟惟烏爾恭額等三人是問朕言出法隨不能稍從寬貸也趙盛奎著俟接奉此旨會同籌議覆奏後再行來京覆命

又諭敬徵等奏會勘海塘工程酌議辦理一摺據稱此次修理塘工前議由念里亭汛甲字號起至尖山汛石字號止於石塘外改築柴工見在已鑲柴工尚能抵涵惟塘身緊要應乘此柴工外護將此內坍卸石塘即時修整完固著速飭工員趕緊興修以資保障至鎮海汛啟字號起至戴家橋汛積字號止原議改建竹簍塊石工程本係前人成法自乾隆四十五年以後迄無成效棄而保護鱗塘之法以修後係石坦水較爲得力烏爾恭額遵旨會同覆勘仍與前次情形

相同嚴烺稱坦水與竹簍均係海塘成法富呢揚阿請仍脩坦水見據嵇徵等公同商酌意見相同所有原議改建竹簍塊石處所著仍照舊制脩復條石坦水二層以護塘基限於明年四月內將頭層坦水脩整堅固其二層坦水接續趕辦統限於明年九月內竣工著富爾恭額吳椿不時稽查如有草率偷減情弊立即嚴參懲辦惟各項工程未能同時並舉著將烏龍廟以東原奏添建鱗塘限明年七月竣工者暫為推緩俾專辦坦水椿木條石以濟要工其海寧繞城三層坦水及原議繞城塘工加高二層著俟明年大汛時察看情形再行奏明辦理至請脩坦水段落除賠脩不計外應脩條石坦水三千五百三十九丈零共需銀二十一萬三千九百餘兩著即照所議辦理柴埽工段業經與辦著限於本年十二月內完工又另片奏自

失山泥鉅字號起至嘉字號止又索字號起至默字號西十二丈止一律脩建條石坦水二層又猷字號起至催字號止並默字號東八丈起至道字號西十三丈七尺止舊有塊石坦水着照式脩補以資保護並着於該汛適中之地添建盤頭一座以挑溜勢其盤頭工料銀兩着按例覈實估辦至前項坦水工程除舊料抵用外計需銀九萬八千二百兩較原議全拋塊石銀數並無增多亦着照所議辦理又另片奏東防一帶石塘經烏爾恭額等逐細履勘亟須分別情形覈實脩整共估需銀一萬三千四百兩零着准其於協撥塘工節省銀兩內如數動用俾工員趕緊脩填以禅要工

同治五年　諭馬新貽奏開辦海寧繞城石塘繪圖呈覽一摺海塘為東南農田要務而海寧塘工貼近城垣尤屬緊要既據馬新貽

督飭道員陳璚等親加履勘自應趕緊興辦所有海甯魚鱗石工二百六十餘丈即由該撫飭令揀用舊石如有不敷設法採辦其建復坦水需用石塊樁木等件務擇堅料以期經久雖採辦維艱亦不可意存畏難致涉草率所需經費銀二十四萬兩准其照數動用該撫即嚴飭陳璚等認真興辦不得稍有偷減倘該道等不能得力並著嚴行參辦如或工料不能堅固修成後未能經久必將承修各員著落賠補並從重治罪毋稍玩忽

光緒十年浙江巡撫劉秉璋疏陳西中東三塘柴埽盤頭等工酌量改建埽坦情形　奏言杭州府屬西中東三塘工程之緩急視潮勢為轉移從前之防石塘外建埽工坦水保護塘身本無埽工名目自同治年間興辦柴石各工費用浩繁不得不量為變通於塘

外暫作臨水埽坦保護石塘根脚原議經費稍裕再行一律加高以復舊
規嗣查埽坦保衛頗資得力凡工段不甚頂沖之處擬行停加同治十一
年西防西塘脫列字號山水下注忽出險工經前撫臣楊昌濬督飭西
防同知余庭訓將埽坦改脩埽工六十丈暨光緒五六七年各工員因潮
勢變遷塘身吃重陸續稟請將埽坦改為埽工者三防合計不下
一千丈歲脩用款因之日增當此經費支絀而近年海塩石土各工又
多危險必須隨時撥款搶護抵禦風潮不得不於歲脩項下力求
撙節以期匀撥濟用卯經飭據塘工總局提調杭州府知府吳世
榮等前往三防海塩塘工周歷勘明稟報除西防西塘脫列字號
東防東塘輕肥字號地勢險要毋庸輕議更改外其西防自西首
字號起至西字字號止原建埽坦續加埽工三百三十一丈中防自服

字號起至賴字號止原建掃坦續加掃工四百十六丈東防自亦字號起

至漆字號止原建掃坦續加掃工一百六十五丈查看形勢現在各工段尚

稱平穩均擬請一律仍改掃坦歸有各工員承修掃工尺在限內者仍

令照常經營以專責成一俟限外殘損後即陸續改建掃坦以節經

費又道光十三四年間東防對江南岸堤灘陡漲以致鎮念西汛塘工

迭出雖經搶築柴掃建復坦水仍難抵禦因擇潮勢頂沖之處添

建盤頭挑溜挖淤當時頗稱得力現查東防南潮直撲塘身盤頭

不能挑過潮勢且兩年拆修一次每座需銀三千餘兩徒糜經費

無益於工擬請將海寧州繞城塘康沛自都宮殿盤頭三座尚能

得用仍舊存留外其忠則及松黍稷盤頭三座接連頭二坦者均請改

建頭二坦其典亦碣石盤頭兩座接建埽坦者均請改建埽坦其合濟
魏横用單盤頭三座接建埽工者均請改建埽工以順潮勢以上收回改
建各工擬請陸續由歲脩項下動用計用之款核之拆築盤頭埽
工均有節省蓋潮汛不改常度現在請改之工足資捍衛萬一潮勢
再有變遷即臨時搶護亦可立辦似此分别酌改挪出款項兼顧
海塩各工之用以公濟公實於庫款工程兩有裨益等情并由塘工
總局司道会查得中東西三防及海塩塘工為七郡民生保障工関
緊要現在經費艱難不得不權其緩急於歲脩案内匀撥濟用
今委員吴世榮等查看形勢擬請分别酌改通融抵撥免致顧此
失彼實因權宜撙節起見事屬可行核明請先行奏咨立案以
便遵辦等情臣復加查核既無碍於工程亦有裨於庫項應准照

办謹繕單恭摺具陳伏乞 飭部查照施行奉 旨該部知道

單併發

登記費數 分

十 元 角 分

證書號數